উপন্যাস সমগ্র ৫

উপন্যাস সমগ্র ৫

সৈয়দ শামসুল হক

অন্যপ্রকাশ

প্রথম প্রকাশ	একুশে বইমেলা ২০০২
প্রচ্ছদ	ধ্রুব এষ
©	লেখক
প্রকাশক	মাজহারুল ইসলাম

অন্যপ্রকাশ
৩৮/২-ক, বাংলাবাজার, ঢাকা-১১০০
ফোন : ৯৬৬৪২৬০, ৯৬৬৪৬৮০
ফ্যাক্স : ৮৮০-২-৯৬৬৪৬৮১

| কম্পিউটার কম্পোজ | পজিট্রন কম্পিউটার্স |

৬৯/এফ গ্রীনরোড, পান্থপথ, ঢাকা

| মুদ্রণ | কালারলাইন প্রিন্টার্স |

৬৯/এফ গ্রীনরোড, পান্থপথ, ঢাকা
ফোন : ৯৬৬৪৬৮০

| মূল্য | ২৫০ টাকা |

Upanyash Samagra 5
By Syed Shamsul Haq
Published by Mazharul Islam, Anyaprokash
Cover Design : Dhruba Eash
Price : Tk 250 only

984-868-190-6

সবিনয় নিবেদন

কাকে বলব উপন্যাস ? সংজ্ঞাটি কী হবে ? ছাপ্পান্ন-চৌষট্টি পৃষ্ঠায়ও বই হয়; এ রকম পৃষ্ঠা সংখ্যার ভেতরে একটি গল্প বলে গেলেই কি তাকে বলব উপন্যাস ? দৈর্ঘ্যই যদি বিবেচ্য হয়, সেই দৈর্ঘ্যেরও কি আছে কোনো ন্যূন বা উচ্চ কোনো সীমা ? বঙ্কিমচন্দ্রের 'কপালকুণ্ডলা'র আয়তন একশ' পৃষ্ঠা, ওদিকে তলস্তয়ের 'যুদ্ধ ও শান্তি' হাজার পৃষ্ঠা ছুঁয়ে আছে। রবীন্দ্রনাথ 'নষ্টনীড়' আলাদা বই করে ছাপলে উপন্যাস কি বলতাম একে ? তিনি 'গল্পগুচ্ছ'-র একটি গল্প— বড় জোর বড় গল্প— হিসেবে একে ঠাঁই দিয়েছেন; আবার সেই তিনিই এর প্রায় সমআয়তনের তাঁর কোনো কোনো গল্পকে উপন্যাস হিসেবে গণনা করেছেন, প্রকাশ করেছেন।

তবে দৈর্ঘ্য বা আয়তন নয় উপন্যাসের উপন্যাস হয়ে ওঠার সূত্র ?

এই কথাগুলো মনে এলো, আমার উপন্যাস সংগ্রহের এই খণ্ডে প্রথম রচনাটি— আলোর জন্যে— আবার হাতে নিয়ে। আসলে এটি কি ছোটগল্প ? না, উপন্যাস ?

গল্প কখন হয় গল্প— ছোট কিংবা বড় ? উপন্যাস কখন হয় উপন্যাস ?— মনে পড়ছে আমার প্রয়াত বন্ধু আহমদ ছফার কথা; তাঁর একটি উপন্যাস তো মাত্র বত্রিশ পৃষ্ঠার।

এবার তবে আমার বিচারটি উপস্থিত করি। আমার কাছে ছোটগল্প সেটিই যার অন্তর্গত বোধ এবং ঘটনাপ্রবাহ, ঘটনা এবং চরিত্র আলোড়ন এমনই, যে, তার স্থায়িত্ব জীবনব্যাপী নয়; অন্যদিকে, উপন্যাসের পৃষ্ঠায় যে ঘটনাগুলো ঘটে যায়, যে বোধ ও অভিজ্ঞতাগুলো উপস্থিত হয়, তার প্রভাব সেই উপন্যাসের প্রধান চরিত্রসমূহের এবং উপন্যাস-পাঠকের মানসিক কাঠামোকে মৌলিকভাবে বদলে দেয়, ফলত আমাদের চোখও বদলে যায় জগৎ, সময় ও মানুষকে দেখবার। এটি যখন ঘটে একটি গল্প পাঠ করে; তাকেই আমি উপন্যাস বলে সাব্যস্ত করি।

আমার উপন্যাসগুলো খণ্ডে খণ্ডে সংগৃহিত হচ্ছে। নিজের লেখা প্রায় কখনোই আমি দু'বার পড়ি নি। একটি লেখা লিখে উঠবার পর আমার ভেতর থেকে একটি ক্ষরণধারা সমাপ্ত হয়ে যায়; আমি যেন চিকিৎসিত হয়ে উঠি। যেনবা একটি বেদনার অবসান ঘটে, আমি নিরাময় শেষে নতুন হয়ে উঠি। এভাবেই আমি লিখি, এভাবেই আমার লেখা।

এখন এই সংকলনকালে আমাকে যে আমারই উপন্যাসগুলো আরেকবার পড়তে হচ্ছে— এ যেন আমি আমার লেখা পড়ছি না, যে পড়ছে সে এক পাঠক। পাঠক হিসেবে এক দূরত্বে এবং নিরপেক্ষতায় স্থাপিত হয়ে দেখি, কত না পরীক্ষা-নিরীক্ষা করে গেছি আমি আমার উপন্যাসগুলোতে। কখনো বলবার ভঙ্গিতে, কখনো গদ্য নির্মাণে, কখনো বিষয়কে দুই কালে— অতীত ও বর্তমানে— স্থাপনায়।

'আলোর জন্যে' লিখেছিলাম প্রথমে টিভি নাটক হিসেবে, উনসত্তরের গণঅভ্যুত্থানকালে; এবং তখন পাকিস্তানি গোয়েন্দা বিভাগ আমাকে জেরার পর জেরা করে ভীত সন্ত্রস্ত ও কলম বন্ধ করবার আয়োজন করেছিল, সেই কথা মনে পড়ছে।

মনে পড়ছে, ময়মনসিংহে পুরাতন ব্রহ্মপুত্রের পাড়ে এক যাত্রাপালা দেখে কীভাবে উদ্বুদ্ধ হয়েছিলাম এর অন্তঃসারকে আজো আমাদের ভেতরে আবিষ্কার করে এবং 'আয়না বিবির পালা' লিখেছিলাম।

'মেঘ ও মেশিন' লেখার প্রেরণা পেয়েছিলাম আমারই ছেলে দ্বিতীয় সৈয়দ হকের একটি কথা থেকে, যে, 'দেশ একদিন দেখবে; রাজনীতিকেরা নয়, বাণিজ্য বিশারদেরা চালাবে'— আমি আতঙ্কিত হয়ে পড়েছিলাম।

'ত্রাহি', 'স্তব্ধতার অনুবাদ', 'কালধর্ম', 'স্মৃতিমেধ'— এই উপন্যাস চারটিকে আমি দেখি মুক্তিযুদ্ধ পরবর্তী আমাদের জীবনে রাজনৈতিক ও শৈল্পিক ক্ষেত্রের সংকট বর্ণনা হিসেবে।

পেছনের দিকে তাকিয়ে এখন মনে হয়, আমার উপন্যাসগুলোতে আমি যে কাজটি করে গিয়েছি, মূলত সেটি হচ্ছে— একটি মানচিত্র রচনা, আমাদের মানস মানচিত্র সে। এই মানচিত্রে চড়াই উৎরাই আছে, সজল বনভূমি আছে, আবার পোড়ামাটিও আছে, পথ কোথাও প্রবাহিত, কোথাও বা স্তম্ভিত; কিন্তু অবাক হয়ে দেখি, এরই ভেতরে বাতি, এরই ভেতরে মানুষ, এবং সেই মানুষগুলো থেমে নেই। এই দ্যোতনাটি যদি পাঠক অনুভব করেন, তবেই এ লেখার যা কিছু মূল্য।

ফেব্রুয়ারি, ২০০২, ঢাকা

সৈয়দ হক

সূচিপত্র

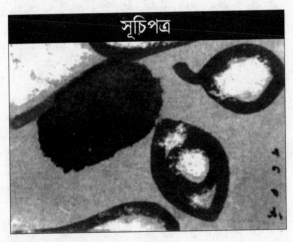

আলোর জন্যে

রাত অন্ধকারই আনে। তবু এই অন্ধকার মনে হয় অস্বাভাবিক। এই অন্ধকারকে মনে হয় একটি কিমাকার পশু; তার দেহ এই নগরীর চেয়েও অতিকায়। সবচেয়ে ভয়ের কথা, সে পশুর আক্রমণ পদ্ধতি সম্পূর্ণ অজ্ঞাত।

কেবল দু'টি দ্বীপ আছে এই অন্ধকারে। একটি নারী এবং একজন কবির একটি কবিতা। অন্তত এ বাড়ির অন্যতম বাসিন্দা খান-এর কাছে তাই-ই মনে হয়।

সে নারী বন্ধুপত্নী। তার নাম মিষ্টি। সেই কবি, অনেকেই ভুল করে যাকে জীবনানন্দ বলে ডাকে, অন্তত এই কিছুদিন পর্যন্ত তাই-ই ডাকত, এখন লোকটির নাম কোনো কোনো দেয়ালে দেখা যায়। লোকটির কোনো একটি কবিতার কোনো একটি পঙ্‌ক্তি এখন রাজনৈতিক স্লোগানে পর্যবসিত।

কিন্তু সেই অন্ধকার। সেই অন্ধকার বুকের ওপর চেপে আছে ছেলেবেলায় ঘুমের ভেতরে দেখা নিরাকার বোবার মতো।

চৌকির ওপরে স্বস্তিহীন পাশ ফেরে খান।

তারপর এক ঝটকায় উঠে দাঁড়ায়।

অন্ধকারে ডুবে থাকা এই ঘরটিতে স্পষ্ট যে জিনিসটা চোখে পড়ে, সে হচ্ছে দক্ষিণ দিকের একমাত্র জানালাটি। সেই জানালার ওপারে পথের আলো। বিজ্ঞাপনের আলো। লাল নীল বাতিতে আঁকা সাবানের বিজ্ঞাপনের আলো। হৃৎপিণ্ডের তালে তালেই সে আলো অবিরাম জ্বলে-নেভে।

জানালার কাছে যায় খান।

এই দোতলার ঘর থেকে বিজ্ঞাপনটি চোখের প্রায় সমান্তরাল।

আখন্দ অনেকক্ষণ হলো নিচে গেছে। গেছে সে বাড়িওলার কাছে। সংক্ষিপ্ত দাড়ি এবং সুপ্রশস্ত পাঞ্জাবিতে শোভিত মৃদুভাষী সেই ব্যক্তিটির কাছে। ব্যক্তিটিকে মনে হয় এই অন্ধকারেরই সহোদর।

বাড়িওলা কয়েক মাস থেকেই ভাড়া বেশি চাইছিল।

আর তো চালাতে পারি না ভাইসাব। জিনিসপত্রের দাম অত্যধিক।

কিন্তু মাইনে তো আর আমাদের বাড়ে নি। আর দামের ধাক্কায় আমরাও তো কাত হয়ে পড়েছি মৌলবি সাহেব।

বাড়িওলাকে মৌলবি সাহেব বলাতেই কি-না কে জানে, সে বিশেষ রস গ্রহণ করে নি তাদের ঐ কাৎ হয়ে পড়বার সংবাদে। সে শুধু বলেছিল, চালাতে না পারেন, অন্য বাসা দেখুন, সস্তা বাসা দেখুন। আমার এখানে থাকতে হলে ভাড়া বাড়িয়ে দিতেই হবে।

২

কিছুদিন এভাবেই গেল। তারপর শুরু হলো হুমকি।

ভদ্রলোক না আপনারা ? কথা বললে কথার জবাব তো দেনই না, আজকাল দেখছি দোতলায় যাতায়াত করছেন লুকিয়ে লুকিয়ে।

কথাটা অবশ্য নিতান্ত বানিয়ে বলেন নি তিনি। সত্যি সত্যি তারা বাড়িওলাকে এড়িয়ে চলতে শুরু করেছিল। খান, আখন্দ, তালুকদার, চৌধুরী সকলেই। মিষ্টির স্বামী কাজীও। এরপর বাড়িওলার বৌ লাগাম হাতে নেয় নিজে। একদিন সে মিষ্টিকে স্পষ্টই শুনিয়ে দেয় যে, চারজন অবিবাহিত পুরুষের সঙ্গে শেয়ার করে থাকাটা পাড়ার লোকে ভালো চোখে দেখছে না।

মিষ্টির কান্না সেদিন অনেক রাত অবধি থামে নি।

মিষ্টি সেদিন আখন্দ, চৌধুরী, তালুকদার, খান, কারো সমুখে বেরোয় নি। যেন সত্যি সত্যি এই অবিবাহিত পুরুষদের চক্রে সে এক গোপন মক্ষিরাণী।

তারপরে, একদিন হঠাৎ সন্ধেবেলায় দপ করে বাতি নিভে যায়। খেতে বসেছিল সবাই। বারান্দায় মাদুর পেতে, ফুরফুরে বাতাসে। মিষ্টি সেদিন শখ করে খিচুড়ি রান্না করেছিল নারকোলের দুধ দিয়ে। পরিবেশন করছিল নিজ হাতে। সবাই যখন রান্নার প্রশংসায় মুখর এবং জিহ্বার অস্তিত্বে একাগ্র, কাণ্ডটা ঠিক তখনই ঘটে।

না, না, উঠবেন না। আমি একটা বাতি দেখছি।

কোথা থেকে আধপোড়া একটা মোম জ্বেলে এনেছিল মিষ্টি। তাতে অন্ধকার তো দূর হলোই না, খিচুড়ির স্বাদটাই গেল নষ্ট হয়ে। সময় বুঝে ফুরফুরে বাতাসটাও বুঝি হঠাৎ বন্ধ হয়ে যায়।

কোনো রকমে আহার সেরে কাজী নিচে যায়। বিবাহিত বলেই সংসারের দায়িত্ব সহজেই সে প্রথমে নিজের কাঁধে টেনে নিতে অভ্যস্ত।

নিচে ফিউজ বক্সের কাছে গিয়ে কাজী দেখতে পায় বাড়িওলাকে।

বাতিটা হঠাৎ নিভে গেল।

আমিই বন্ধ করে দিয়েছি।

বাড়িওলার কথা শুনে প্রথমে কিছুই বুঝতে পারে নি কাজী। যেন পৃথিবীর দুর্বোধ্যতম একটি বাক্য সে এই মাত্র শুনেছে। এবং এক্ষেত্রে মানুষ যা করে, কাজীও তাই করেছিল; বাক্যটি নিজের জিহ্বায় নিজে সে উচ্চারণ করেছিল, যদি তাতে হঠাৎ করে ঝিলিক নিয়ে ওঠে অন্তর্নিহিত অর্থ।

আপনি বন্ধ করে দিয়েছেন ?

হ্যাঁ, আমি। হয় উঠে যাবেন, নয় ভাড়া বাড়িয়ে দেবেন। বাতি পেতে হলে ভাড়া বাড়িয়ে দিতে হবে।

কাজী লক্ষ করেছিল, বাড়িওলা ফিউজ বক্সে সদ্য একটি বিরাট তালা লাগিয়েছে।

অসম্ভব। অসম্ভব। কিছুতেই বেশি ভাড়া দেব না।

একসঙ্গে বলে উঠেছিল চার বন্ধু। খান, আখন্দ, তালুকদার আর চৌধুরী। মোমের সামান্য আলোতেও মিষ্টির মুখটা স্পষ্ট দেখা যাচ্ছিল। কাজী তার দিকে তাকিয়ে দেখেছিল, একবার। কারণ, বাড়িতে সারাক্ষণ থাকে মিষ্টি। বাড়িওলা যদি যুদ্ধে নেমেই থাকে, তাহলে মিষ্টিকেই তার ধকল পোহাতে হবে সবচেয়ে বেশি করে। হয়তো, রাতে যেমন আলো বন্ধ রাখবে, দিনের বেলায় তেমনি খুলে দেবে কুৎসা কাহিনীর নর্দমা।

তাছাড়া, পোষাতেও পারব না।— অন্ধকারে, সম্ভবত চৌধুরীর মুখ থেকেই কথা ক'টি উচ্চারিত হয়।

পর মুহূর্তেই সশব্দে হাঁটু চাপড়ে তালুকদার বলে, আর দিতে পারলেই দেব কেন ? এমনিতেই কি বেশি ভাড়া দিচ্ছি না ?

হ্যাঁ, ভাড়াটা কিছু বেশি বৈকি। কেবল একটি সুবিধে, বাসাটা তাদের সকলেরই আপিসের খুব কাছে। পায়ে হেঁটেই যাওয়া যায়। বাসের পয়সা বাঁচে, সময়ও বাঁচে, কাপড়ও বাঁচে— কারণ বাসে চড়বার লড়াইয়ে কাপড়ের ওপর যে ধকল, তা নেই।

সেই থেকে আলো বন্ধ। আজ বাইশদিন। একনাগাড়ে। আশ্চর্য, তারপর থেকে বাড়িওলা আর কোনো তাগাদা দেয় নি, আপিস-ফেরতা তাদের ধরবার জন্যে সিঁড়ির মুখে দাঁড়িয়ে থাকে নি, বৌকে দিয়ে মিষ্টিকে শাসাতেও পাঠায় নি।

যে দু'একবার এর মধ্যে দেখা হয়েছে, বাড়িওলাকে মনে হয়েছে সহৃদয় এবং প্রশ্রয়ী কোনো গুরুজন। চোখে চোখ পড়তেই এক প্রকার স্মিত হাসিতে মুখ উদ্ভাসিত করে পথ থেকে সে সরে দাঁড়িয়েছে। যেন কারো কোনো প্রকার অসুবিধে ঘটাতে তার একান্তই অনিচ্ছা।

এমনকি মাঝখানে কী এক কারণে মিলাদ পড়িয়ে কিছু জিলিপিও পাঠিয়েছিল সে ওপরতলায়।

আখন্দ সে জিলিপি ছুঁড়ে ফেলেছিল পেছনের বারান্দা দিয়ে নিচে, যাতে বাড়িওলার উঠানে গিয়ে পড়ে। পড়বি তো পড়, পড়েছিল বাড়িওলার দ্বিতীয় পক্ষের স্ত্রীর মাথায়।

সবচেয়ে আতঙ্কিত হয়েছিল মিষ্টি। মনে হয়েছিল, একটানে তার বস্ত্র হরণ করে কুৎসার একটি কুকুর তার সমস্ত শরীর লেহন করবে এক্ষুণি।

কিন্তু কী আশ্চর্য, তা হয় নি। বাড়িওলা সরিয়ে নিয়ে গেছে তার স্ত্রীকে। এবং সমস্তটাই এক অখণ্ড নীরবতার ভেতরে। যেন গাছ থেকে পাতা পড়ার মতোই ওপর থেকে জিলিপি পড়াটাও পৃথিবীতে এক অত্যন্ত স্বাভাবিক ঘটনা।

৩

স্বামীর বন্ধুদের সঙ্গে মিষ্টিকে জড়িয়ে সেই যে প্রথম এবং এ পর্যন্ত একবারই ইঙ্গিত করা হয়েছিল, সে ইঙ্গিত চার বন্ধুর কেউই ভুলতে পারে নি। আজ এই বাইশদিন থেকে চলছে যে অন্ধকার, সেই অন্ধকারে, যার যার চৌকিতে শুয়ে সকলেই কি ভাবছে না মিষ্টির কথা ? যে মিষ্টির আঁচল খসে যায় বারে বারে, যে মিষ্টি এই পাঁচ পুরুষের মাঝখানে একমাত্র রমণী, অবিকল যেন পঞ্চপাণ্ডবের সংসারে দ্রৌপদী ?

এখন রাত দশটা।

অন্ধকার বয়ে চলেছে চারদিকে। সন্ধের সময় জ্বালানো হয়েছিল যে মোমবাতি, সেটি কখন পুড়ে শেষ হয়ে গেছে।

আখন্দ নিচে গেছে বাড়িওলার কাছে, তাকে বোঝাতে। এই অন্ধকারে, এ বাসার চারজন পুরুষ শুয়ে আছে চৌকিতে, তারই ফিরে আসবার প্রতীক্ষায়। রান্নাঘরে টেমি জ্বেলে রান্না

করছে মিষ্টি। মাঝে মাঝে শব্দ শোনা যাচ্ছে হাঁড়ি-পাতিলের। আর দূর থেকে অস্পষ্ট একটা কোলাহল। রাত দশটায় পথের মোড়ে জটলার কোলাহল।

অন্ধকারে টেবিলের ওপর চৌধুরীর টেবিলঘড়িটা টিকটিক করে চলেছে, যেন একটা পতঙ্গ কোথাও আটকা পড়ে আর্তনাদ করে চলেছে।

জানালার কাছে খান উঠে যেতেই তালুকদার প্রশ্ন করে ওঠে, কে ?

আমি।

ও, তুমি।

তালুকদার তখন জানতে চায়, ক'টা বাজে। কিন্তু প্রশ্নটা কাকে করা হয়, বোঝা যায় না; হয়তো কাউকেই সে প্রশ্নটা করে না; কেউ উত্তর দেয় না। এক প্রকার হিংস্রতার সঙ্গে তালুকদার আবার জানতে চায়, ক'টা বাজে ?

সব সময়ই যেমন, কাজী অনুভব করে উত্তর দেবার দায়িত্ব, সবার আগে।

সে এবার পাশের চৌকি থেকে, আগের মতোই মাথার নিচে হাত রেখে চোখ বুঁজে বলে, কী জানি ক'টা বাজে ? কিছু একটা বাজে।

আখন্দ গেছে নিচে বাড়িওলার সঙ্গে কথা বলতে। গেছে সে অনেকক্ষণ। এখনো সে ফিরে আসছে না কেন ?

কাজী আপন মনেই বলে চলে, অতি ধীরে, যেন একটা মাত্র উচ্চারণ করে চলেছে সে।

সে বলে, সময় বসে থাকে না। না, থাকে না। আমি তো দেখি নি।

পর মুহূর্তেই তার মাথার ভেতরে পড়ে সন্দেহের সূক্ষ্ম একটা কুঞ্চন। তাই সে তাড়াতাড়ি যোগ করে— কিংবা থাকে। সময় হয়তো বসে থাকে। কী একটা তত্ত্ব আছে না ? না তথ্য ? আপেক্ষিক যাকে বলে। কিন্তু সময় তবু বোধহয় বসে থাকে না।

চৌকিতে আধো উঠে বসে কাজী। স্খলিত কণ্ঠে সে দ্রুততর উচ্চারণ করে, সময় বসে থাকে না। থাকে কি থাকে না, আমি জানি না। —কী যেন কে জিজ্ঞেস করছিলে ?

তালুকদার সংক্ষেপে প্রশ্নটা আবার করে। ক'টা বাজে ?

চৌকিতে শুয়ে পড়তে পড়তে অস্পষ্ট হতাশার সঙ্গে কাজী এবার উত্তর দেয়, জানি না।

জানালার পাশে দাঁড়িয়ে লাল-নীল বিজ্ঞাপন বাতির দিকে তাকিয়ে খান হঠাৎ বলে ওঠে, আজও বোধহয় অন্ধকার যাবে। আলো আসবে না।

প্রায় লাফ দিয়ে ওঠে তালুকদার।

কে ? কে ওটা ?

আমি। এই যে। খান।

যাওয়া-আসা নিয়ে কী যেন বলছিলে ?

আলোর কথা।

ওহ, আলো। আমি ভাবলাম, আখন্দের কথা বলছ। সত্যি, আখন্দ নিচে গেছে অনেকক্ষণ। এখনো সে আসছে না কেন ? সে যে গেছে, মনে হয় একটা কবরের ভেতরে নেমে গেছে

১৩

সে। নিচ থেকে একটা শব্দ পর্যন্ত পাওয়া যাচ্ছে না।

কবরের কথা মনে হতেই গা শিউরে ওঠে কাজীর। তার এক ভাই সাপে কেটে মারা গিয়েছিল মামাবাড়িতে। কী শীতল হয়ে গিয়েছিল দেহটা! এখনো আঙুলের ডগা বরফ হয়ে আছে। সেই মৃতদেহ স্মৃতি থেকে জোর করে তাড়িয়ে দেবার জন্যেই কাজী সরব হয়ে ওঠে। বলে, আখন্দ গেছে তো সেই আধ ঘণ্টা হবে না ?

এতক্ষণে চৌধুরীর গলা শোনা যায়।

তা হবে।

চৌধুরী যে এতক্ষণ এ ঘরেই ছিল, তাদের মতোই অন্ধকারে মুখ গুঁজে পড়েছিল— এখন সেটা টের পেয়ে সকলেই যেন নড়ে-চড়ে ওঠে। যেন এক প্রকার স্বাভাবিকতা ক্ষণকালের জন্যে ফিরে আসে।

কোলের ওপর বালিশ টেনে কাজী বলে, আমারও তাই মনে হয়। আখন্দ গেছে আধ ঘণ্টা হবে।

কিছুক্ষণ আগে সময় সম্পর্কে সেই আপেক্ষিক তত্ত্বের কথা তার মনে হয়েছিল। বোধহয় তারই জের টেনে কাজী এখন বলে, কিংবা এক ঘণ্টা ? না, অতটা নয়। আধ ঘণ্টা থেকে এক ঘণ্টা।

যেন একটা চরম সিদ্ধান্তে পৌঁছুনো গেছে এমনি গলায় কাজী এখন বলে, আমার মনে হয়, আখন্দ চল্লিশ মিনিট হলো গেছে। হ্যাঁ, চল্লিশ মিনিট।

ঠিক সেই সময়ে বিকট একটা শব্দ শোনা যায়। চৌধুরীর কাছে মনে হয়, একসঙ্গে অনেকগুলো ঢাকে কাঠি পড়ে।

দরোজার কাছে হঠাৎ দেখা যায় মিষ্টিকে। যেখানে সে দাঁড়িয়েছে, জানালা দিয়ে বিজ্ঞাপনের লাল নীল আলো এসে পড়ছে তার মুখের ওপর। সে আলোয় মিষ্টির সুন্দর মুখখানা দেখাচ্ছে একখণ্ড ক্রোধের মতো। জ্বলন্ত-নিবন্ত ক্রোধ। লাল ক্রোধ। নীল হতাশা।

মিষ্টি চিৎকার করে বলে ওঠে, পারব না, পারব না, আমি পারব না। এভাবে এ বাড়িতে থাকতে আমি পারব না।

যেন প্রত্যেকের হৃদয়ে সংগোপনে ঠেসে ধরে রাখা সত্যটাকেই মিষ্টি এখন দুর্বিনীত বেড়ালের মতো ঘাড় ধরে টেনে বার করে আনে। এনে বাঁ হাতে ঝুলিয়ে ধরে রাখে। আর বেড়ালটা আর্তনাদ করে চলে সমস্ত স্তব্ধতাকে খানখান করে।

যেন সেই বেড়ালটা অত্যন্ত দাপাদাপি করছিল, হাত থেকে ফেলে দেবার ভঙ্গিতে মিষ্টি হাত নামিয়ে নেয়। বেড়ালটা পালিয়ে গেলে মিষ্টি যেন একই সঙ্গে মুক্ত এবং নিঃস্ব হয়ে যায়। ঘরের ভেতরে এসে দাঁড়ায় মিষ্টি। তখন তার মুখের ওপর থেকে লাল-নীল আলোটাও সরে যায়। প্রায় কান্নার সুরে সে বলে, বাইশদিন এভাবে, অন্ধকারে। অসম্ভব।

মিষ্টির স্বামী কাজী। অতএব কাজীকেই কথা বলবার অবকাশ দিয়ে চুপ করে থাকে চৌধুরী, তালুকদার, খান। তিনজনেরই একই সঙ্গে নতুন করে মনে হয় মিষ্টি একজন রমণী, মিষ্টি সুন্দরী এবং তারা একাকী।

কাজী বলে, কিছু অসম্ভব নয়, মিষ্টি। কিছুই অসম্ভব নয়।

১৪

চুপ কর তুমি।

মিষ্টির কণ্ঠস্বরে চমকে ওঠে সবাই। এভাবে কখনো মিষ্টিকে কথা বলতে শোনে নি তারা। মিষ্টি যেন বটিতে এক পোঁচে একটা মাছ দু'ভাগ করে ফেলেছে।

পাগলের মতো বলে ওঠে মিষ্টি, চুপ কর। বাড়িওলার কোনো অধিকার নেই এভাবে আলো বন্ধ করে দেবার। একদিন নয়, দুদিন নয়, আজ বাইশ দিন। আমি পাগল হয়ে যাব।

এবার কাজীও তাকে আর কিছু বলে না। সকলেই যেন নিজ নিজ সিদ্ধান্তের অবিকল উচ্চারণ শুনতে পায় মিষ্টির কণ্ঠে। সে উচ্চারণ তারা এত প্রকাশ্যে শুনতে চায় না, কিন্তু মিষ্টিকে কীভাবে বাধা দেবে, তাও তারা জানে না।

মিষ্টির কণ্ঠে অবিরল বিষ ঝরে পড়ে। তরল, উজ্জ্বল, তীব্র বিষ।

মিষ্টি বলে, তোমাদের কী ? চৌকিতে শুয়ে আছ, সিগারেট টানছ, আড্ডা দিচ্ছ। এদিকে অন্ধকারে তরকারি মনে করে আমি আঙুল কাটছি। শিলনোড়ায় নিজের হাত নিজে ছেঁচে দিচ্ছি। কলঘরে আছাড় খাচ্ছি, পায়ের নিচে ধাড়ী ইঁদুর, মাথায় আরশোলা, কাঁধে টিকটিকি। না, আমি পারব না। অসম্ভব। আমি কিছুতেই পারব না।

মিষ্টির উন্নত বুক মাতাল জোয়ারের মতো ওঠানামা করতে থাকে। আজকাল একটু কথা বললেই হাঁপিয়ে পড়ে সে। কিন্তু তার একটু আগের ঐ কথাগুলো কারো কানে যায় না। খান, চৌধুরী, তালুকদার শুরুতেই 'তোমাদের' শব্দটি শুনে যেন এক অচিন প্রান্তরে ছিটকে পড়ে। মিষ্টি যে তার স্বামীর সঙ্গে তাদেরও যুক্ত করে 'তোমাদের' বলেছে, এতেই এক অনিবার্য ঢল নামে। কিন্তু সে ঢলে গা ভাসিয়ে দেবার অনুমোদন নেই তাদের। তাই তারা চতুর্দিকে প্রবল জলের ভেতরে সংকুচিত হয়ে যায়। মিষ্টির আক্রমণ কাজী আর প্রতিহত করে না। করবার প্রয়োজন বোধ করলেও উদ্যম খুঁজে পায় না সে।

৪

জানালার কাছ থেকে খানের গলা শোনা যায়। মিষ্টির কথার পিঠে কোনো উত্তর নয়, যে কবিতাটি এতক্ষণ তার মাথায় প্রজাপতির মতো ঘুরছিল, তারই একাংশ এখন আবৃত্তি করে খান।

> অশত্থের শাখা করে নাকি প্রতিবাদ ? জোনাকির ভিড় এসে সোনালি
> ফুলের স্নিগ্ধ ফাঁকে করে নি কি মাখামাখি ?

হঠাৎ বোঝা যায় না, খান কবিতার পঙ্‌ক্তি উচ্চারণ করেছে। মিষ্টি তার দিকে তাকিয়ে একই উত্তাপের সঙ্গে প্রশ্ন করে, কী বলতে চান আপনি ?

মজা পেয়ে যায় খান। বুঝতে পারে, মিষ্টি মনে করেছে, তারই কথার উত্তর দিয়েছে সে। তাই সে দ্বিগুণ উৎসাহের সঙ্গে বাকি কয়েকটা পঙ্‌ক্তি এবার উচ্চারণ করে—

> থুরথুরে অন্ধ পেঁচা এসে
> বলে নি কি, বুড়ি চাঁদ গেছে বুঝি বেনো জলে ভেসে ?
> চমৎকার!
> ধরা যাক দু একটা ইঁদুর এবার।

পঙ্ক্তিগুলো আবৃত্তি করেই খান টের পায়, মিষ্টির রাগ বাড়ছে বৈ কমছে না। সে তখন বলে, কিছু না মিষ্টি ভাবি। একটা কবিতা মনে মনে অনেকক্ষণ ধরে আবৃত্তি করছিলাম। তার ক'টা লাইন।

কবিতা শোনার মেজাজ নেই মিষ্টির।

সে এক মুহূর্ত ইতস্তত করে বলে, যেমন আমার স্বামী, তেমনি তার বন্ধু, আপনারা। তিনি তো দয়া করে পৃথিবীতে এসেছেন। সংসারের ধুলো গায়ে না লাগাতে পারলেই বেঁচে যান।

চৌকিতে সোজা হয়ে বসে কাজী। সিগারেট সে খায় কম; একটা সিগারেটের জন্যে নিঃশব্দে সে এখন খোঁজাখুঁজি করে।

মিষ্টি বলে চলে, তিনি তো 'ও কিছু না' 'ওরকম হয়ে থাকে' 'সব ঠিক হয়ে যাবে' বলে দিন কাটিয়ে দিলেন। বলি, আপনারাও তাই হলেন? পাগলের সঙ্গে পাগল?

খ্যা খ্যা করে হেসে ওঠে চৌধুরী।

ছি, ছি, ছি। স্বামীকে বলছেন পাগল?

সে হাসিতে ফল হয় অন্যরকম। মিষ্টির মেজাজ সপ্তমে চড়ে যায়।

পাগল আপনারা সবাই। শুধু পাগল হলে কথা ছিল না। জেনে-শুনে পাগল, নিষ্ঠুর, আলসে, কুঁড়ে, লক্ষ্মীছাড়া।

মিষ্টি বুঝি কেঁদেই ফেলে।

অন্ধকারেও বোঝা যায়, আঁচল দিয়ে সে নাক-মুখ চাপা দিয়েছে উদ্‌গত কান্নাকে ঠেলে ভেতরে পাঠিয়ে দেবার জন্যে।

উঠে দাঁড়ায় তালুকদার। বলে, কাজী, এ তোমার ভারী অন্যায়। ভাবিকে এভাবে চটিয়ে রেখেছ?

হঠাৎ করে মিষ্টির মনে হচ্ছিল এক মুহূর্তের জন্যে যে, সে কাজীর সঙ্গে একা আছে শোবার ঘরে। তালুকদারের গলার শব্দে ঘোরটা কেটে যায় তার।

মিষ্টি বলে, না, ভাবি এমনিতে চটেন না। যথেষ্ট কারণ থাকলেই এরকম তিনি বলেন।

এবার স্বামীর বন্ধুদের নিয়ে পড়ে মিষ্টি।

আচ্ছা, বাড়ি তো আমরা একা ভাড়া নিই নি, আপনারাও নিয়েছেন। একসাথে আছি, ভাগাভাগি করে ভাড়া দিচ্ছি, আপনাদের কি কোনো দায়িত্বই নেই? এই যে আজ বাইশদিন হলো বাড়িওলা আলো বন্ধ করে দিয়েছে—

কথাটা শেষ করতে পারে না মিষ্টি। তাকে তড়বড় করে বাধা দেয় তার স্বামী।

থামো, না জেনে না শুনে কথা বোলো না। মেয়েদের ঐ এক দোষ। জিভের ডগায় বিষ আর ঠোঁটের মাথায় অভিযোগ। সর্বক্ষণ। আগে বোঝো, আগে জানো—

কথা তাকেও শেষ করতে দিল না মিষ্টি।

কী বুঝি না? কী জানি না? আমি সব জানি, সব বুঝি। মেয়েদের তোমরা জানাতে চাও না কিছু, কিন্তু ঠিকই তারা সব জেনে যায়। কী করে জেনে যায়, সেটা গোপন।

১৬

মেয়েদের তরফে এই একটা জিৎ ঘোষণা করে মিষ্টি যেন প্রসন্ন হয়ে উঠল। অন্ধকার হলেও শুধু তার কণ্ঠস্বরেই বোঝা গেল, তার মুখ থেকে বিরক্তির ভাঁজগুলো এখন মিলিয়ে গেছে।

স্খলিত কণ্ঠে তার স্বামী, কাজী, কেবল এটুকুই বলতে পারল যে, থামো, থামো, কেবল বাহাদুরি।

মিষ্টি এবার প্রায় হেসেই বলে ফেলে, যেন মা বলছে তার নিজের ছেলেকে, জানিই তো, বাড়িওলা ভাড়া বেশি চায়। কিন্তু তোমরা দেবে না। তাই সে আলো বন্ধ করে দিয়েছে। জানি।

তা না জানার কী আছে ? সেই প্রথম যে রাতে বাতি নিভিয়ে দিয়েছিল, সে রাতে মিষ্টির সামনেই তো কথা হয়েছিল। মিষ্টি যে এখন ইঙ্গিত করল, তাকে জানানো হয় নি, তার কাছ থেকে কথাটা গোপন রাখা হয়েছিল, এতে আর কেউ না হোক, কাজী হতভম্ব হয়ে যায়। তারপর ক্রুদ্ধ।

কাজী প্রায় চিৎকার করে ওঠে।

ভাড়া এতকাল যা দিয়ে এসেছি, সেটাই বেশি। তার ওপর আরো বেশি চায়। আমরা কি আমেরিকার এইড পাই ? ব্যাটা ভেবেছে কী ? একটা পয়সাও বেশি দেব না। কী বলো হে ?

কাজী অন্ধকার অনুমান করে তার প্রতিটি বন্ধুর দিকে তাকায়।

তালুকদার বলে, ঠিক।

খান বলে, বটেই তো।

চৌধুরী বলে, আলবৎ।

কিছুক্ষণ চুপ করে থাকে মিষ্টি। তারপর যখন কথা বলে, মনে হয়, তার কণ্ঠ ভীষণ ক্লান্ত।

সে বলে, তাহলে থাক তোমরা এই অন্ধকারে। আমাকে দেশে পাঠিয়ে দাও। চলে গিয়ে বাঁচি। পালিয়ে গিয়ে নিঃশ্বাস নিই।

পালাবে কেন ? পালায় তো ভীরু, পালায় তো কাপুরুষ।

কাজীর কণ্ঠস্বরও উত্তাপবিহীন। প্রায় কোমল।

ফিসফিস করে মিষ্টি জিগ্যেস করে, তাহলে ?

কাজী উত্তর দেয়, এখানেই থাকবে।

পৃথিবীর চূড়ান্ত অখণ্ডিত একটা সত্যের মতো কাজী উচ্চারণ করে, এখানেই থাকবে। এই অন্ধকার থাকবে না।

প্রায় শোনা যায় না এমন গলায় মিষ্টি ক্লান্ত উচ্চারণ করে, বিশ্বাস করি না।

তারপর সে যোগ করে, দেশলাইটা দাও। মোম নিভে গেছে। রান্না পড়ে আছে।

সবার আগে দেশলাইটা এগিয়ে দেয় খান। সেটা হাতে নিয়ে মিষ্টি নীরবে দাঁড়িয়ে থাকে কিছুক্ষণ। তারপর কখন সে চলে যায়, ভালো করে বোঝা যায় না। অন্ধকার থেকে শুধু একখণ্ড গাঢ় অন্ধকার অদৃশ্য হয়ে যায়।

সে চলে যাবার সঙ্গে সঙ্গে বিছানায় চিৎ হয়ে শুয়ে পড়ে কাজী। বলে, এই মেয়েরাই বুঝলে..., একেবারে ঘেন্না ধরে গেছে। সংসার করে কোন গর্দভ।

তার বন্ধুদের কেউই সংসার করে নি। অতএব এ ব্যাপারে তাদের মন্তব্য আশা করা যায় না। তারা কোনো মন্তব্য করে না। যে যেখানে ছিল, স্থানু হয়ে পড়ে থাকে।

মানুষের কোলাহল থেমে গেলে দূর অন্ধকার বাঁশবন থেকে আবার যেমন ঝিঁঝির ডাক শোনা যেতে থাকে। এখন আবার ফিরে আসে তাদের প্রত্যেকের মনে অন্ধকারের আতঙ্ক, যে আতঙ্ক একটা ক্ষীণধার ঝর্ণার মতো অবিরাম টিপটিপ করে পড়ে।

চৌধুরীই তাদের ভেতরে প্রথম, যে সংশয়টি প্রকাশ্য করে তোলে। তাকে বলতে শোনা যায়, কিন্তু আখন্দটা এখনো আসছে না কেন ?

খান বলে অনেকক্ষণ পরে, হ্যাঁ, প্রায় এক ঘণ্টা তো হয়ে গেল!

এবারে আরেক সংশয়, অথবা একে বলতে হয় সন্দেহ, প্রকাশ পায় তালুকদারের উচ্চারণে। আমার একটা কথা মনে হচ্ছে। বাড়িওলা হয়তো ঘরে নেই।

তাহলে আখন্দ নিচে বসে করছে কী ? আসছে না কেন ?

জানতে চায় চৌধুরী। কিন্তু সদুত্তর কেউ খুঁজে পায় না।

মানুষের স্বভাবই এই, উত্তর যখন পেতেই হবে, তখন উত্তরটা সে নিজেই তৈরি করে নেয়। চৌধুরী বলে, আখন্দ বোধহয় অপেক্ষা করছে। যাবার সময় বাহাদুরি করে গিয়েছিল না ?— যে, আলো আমি জ্বালিয়ে ছাড়ব ?

তাহলে ?

তাহলে ?

তাহলে ?

কাজী বলে, আছে। বাড়িওলা বাড়িতেই আছে। এই তো সন্ধের দিকেই তার গলা শুনছিলাম। শুনছিলে না ? আর, তার সেই বিচ্ছিরি হাসিটা ? যেন একটা জন্তু বুড়ো কোনো গাছের বাকলে নখ চালাচ্ছে ? সে আছে।

চৌধুরী তখন ক্ষিপ্ত হয়ে জানতে চায়, তাহলে এত দেরি হচ্ছে কেন ? গর্দভ! আখন্দ একটা আস্ত গর্দভ। খাল ঝুঁটি ল্যাজ সমেত আস্ত গর্দভ। আমাদের আখন্দটা। আরে বাবা, এত কীসের গুজুর গুজুর ফুসুর ফুসুর ? যাবি, বলবি, আলো দেবেন, নইলে যা করবার করব। আরে, এত বাহাদুরি করে গেলি, গিয়ে একটু ভয় দেখাতে পারলি না ?

অনুপস্থিত আখন্দের ওপর আক্রমণটা একেবারেই একতরফা হয়ে যাচ্ছে দেখে খান চঞ্চল হয়ে ওঠে। আবার সে গিয়ে দাঁড়ায় জানালার কাছে, যেখানে তার মুখের ওপরে আবার পড়তে থাকে বিজ্ঞাপনের লাল-নীল আলো। ফলে, খানের মুখটা অন্য কোনো গ্রহের বলে মনে হতে থাকে।

তবে প্রকাশ্যে পক্ষ সমর্থন করতে শোনা যায় চৌধুরীকে। বলে, আখন্দের কী দোষ! বাড়িওলা ব্যাটা কম ঘুঘু নয়! মাইনে পায় মাসে মাত্র শ'তিনেক। ঢাকা শহরে কিনেছে এই দোতলা বাড়ি। আদ্দির পাঞ্জাবি পরে অফিসে যায়। তার বউ সেদিন শুকোতে দিয়েছিল

একজোড়া কাতান শাড়ি। ছেলে দুটো পরে হালফ্যাশানের ট্রাউজার। আবার এদিকে রোববারে পোলাওয়ের খোশবু পাওয়া যায়। প্রথম পক্ষের হতকুচ্ছিত মেয়েটাকে সেদিন বিয়ে দিল এক নয়া হাকিমের সাথে, দশ-বিশ হাজার খরচা করে। এমন শয়তান, মেইন সুইচে তালা লাগিয়েছে জাপান থেকে ইমপোর্ট করা।

মেইন সুইচের কথায় তালুকদার লাফ দিয়ে উঠে বসে। খলবল করে সে এক প্রস্তাব দেয়— আচ্ছা, এক কাজ করলে হয় ? ধর, আমরা চুপি চুপি রাতের বেলায় নিচে নেমে ঐ জাপানি তালা ভেঙে দিলাম সুইচটাকে অন করে ?

কাজীর গলা শোনা যায়।

আরো একটা গাধা যদি কেউ দেখতে চাও তো তালুকদারকে দ্যাখ তোমরা।

কেন, খারাপটা কী বলেছি ?

তুমি সুইচ অন করে আসবে, পরদিন তিনি অফ করে দেবেন। তুমি তো আর তার হাত বেঁধে রাখতে পারবে না। আর হয়তো ঐ তালার দাম দিতে হবে, নয়তো তালার জন্যেই থানায় করবেন তিনি ডায়রি। বুঝেছ ?

একবার ঘোঁৎ করে উঠে তালুকদার নীরব হয়ে যায়। এর পাল্টা যুক্তি তার মাথায় আসে না।

চৌধুরী বলে, আহা, তবু তালুকদার এতক্ষণে একটা পরামর্শ দিয়েছে। তোমরা তো তাও পারলে না। বাইশটা দিন খামোকা খামোকা গেঁজিয়ে পার করলে।

তালুকদার সত্যি আহত হয়েছে।

থাক, থাক, আমাকে নিয়ে আর ঠাট্টা করতে হবে না।

চৌধুরী বলে, ঠাট্টা ? ঠাট্টা করলাম কখন ?

তালুকদার যে কতখানি আহত হয়েছে, এবার তার কথা শুনে স্পষ্ট বোঝা গেল।

তালুকদার সোজা হয়ে দাঁড়িয়ে পড়ে। তারপর ছেলেবেলায় দেখা যাত্রার ভঙ্গিতেই প্রায় হাত নেড়ে বলে চলে, বোতলে করে তো আর দুধ খাই না। আমি সব বুঝি। ঠাট্টা নয়তো কী ? সেই তো বড় ঠাট্টা, যে ঠাট্টা বোঝা যায় না, কিন্তু বুকের মধ্যে গিয়ে হুল ফোটায়। যার লাগে, সে জানে।

বাইরের দরোজার দিকে যেতে যেতে তালুকদার এবার আরেক পর্দা গলা চড়িয়ে বলে, আসলে তোমরা সব ক'টা অপদার্থ। মিষ্টি ভাবি ঠিকই বলেন। তোমরা সব লক্ষ্মীছাড়া, হতচ্ছাড়া, নিষ্কর্মা! আখন্দটাও তাই। এই আমি যাচ্ছি। পাঁচ মিনিটে যদি আলো না আসে, আমার কান কেটে কুকুরের গলায় ঝুলিয়ে দিও।

দরোজা দিয়ে মিলিয়ে যায় তালুকদার। সিঁড়ি দিয়ে স্যান্ডেল চটাস চটাস করতে করতে নেমে যায়।

পেছন থেকে চৌধুরী একবার বলে, কুকুর কিন্তু কাছেই পাওয়া যাবে। বেশি খুঁজতে হবে না।

কিন্তু তালুকদারের কানে সে কথা পৌঁছায় না।

তালুকদারের ছেড়ে-যাওয়া চৌকির ওপর এবার এসে বসে খান। লম্বা হয়ে শুতে শুতে সে বলে, যারা সহজে উত্তেজিত হয় না, তারা হলে হয় ছুরির মতো ধারালো। আমার তো মনে হয় তালুকদার পারবে। যে রকম রেগে গেছে, ওকে দেখে ভয়েই হয়তো বাড়িওলা আলো দিয়ে দেবে।

চৌধুরী সংশয় প্রকাশ করে।

ভয় পাবার লোক সে নয়।

মিষ্টি যে বকুনি দিয়ে গেল, সেটা তখন থেকে কাজ করছিল তার স্বামী কাজীর মাথার ভেতরে। কেমন নিঃসঙ্গ মনে হচ্ছিল তার নিজেকে। মিষ্টি সাধারণত এমন করে জ্বলে ওঠে না।

কাজীর কণ্ঠ এখন শোনা যায়, যেন অনেক দূর থেকে ভেসে আসছে।

আচ্ছা, বাড়িওলা ক'টাকা বেশি চাইছে?

তার প্রশ্ন শুনে একটু অবাক হয় সকলে। কাজী মনে মনে ভাবছেটা কী? চৌধুরীই সবার আগে ইতস্তত গলায় উত্তর দেয়, পঞ্চাশ। দিচ্ছি দেড়শো, চায় দু'শো।

কাজী হিসেবে করতে থাকে, দেড়শো। দেড়শোর ভেতরে আমরা একটা ঘর, পঞ্চাশ; তোমরা চারজনে দুটো কামরা পঞ্চাশ পঞ্চাশ করে, মানে পারহেড পঁচিশ।

অধৈর্য হয়ে ওঠে চৌধুরী।

কী অত গুজগুজ করে হিসেব করছ?

না, দেখছি, দু'শো হলে পারহেড কত করে হয়।

অবাক হয়ে যায় চৌধুরী।

তুমি ভাড়া বাড়িয়ে দেবার কথা ভাবছ নাকি?

আরে না না।

তাহলে?

না, মানে, অঙ্কটা হঠাৎ মাথায় এসে গেল কিনা! এই এমনি। না, তা নয়। কাজী নিজেকে নির্দোষ প্রমাণ করতে ব্যস্ত হয়ে ওঠে। তুমি যা ভাবছ, মোটেই তা নয়। দ্যাখ না কেমন গোলমেলে! দু'শো হলে হিসেবটা ঠিক...

কাজীর কণ্ঠ ডুবিয়ে দিয়ে বলে ওঠে খান—

তবু রোজ রাতে আমি চেয়ে দেখি আহা
থুরথুরে অন্ধ পেঁচা অশথের ডালে বসে
চোখ পাল্টায়ে কয়— বুড়ি চাঁদ গেছে বুঝি
বেনো জলে ভেসে
চমৎকার!
ধরা যাক দু'একটা ইঁদুর এবার।

কাজী টের পেয়ে গিয়েছিল যে, চৌধুরী তাকে সন্দেহ করতে শুরু করে দিয়েছে যে, সে

ভাড়া বাড়িয়ে দেবার পক্ষপাতী। খান এখন কবিতা বলে উঠবার পর কাজী একটা সূত্র পেয়ে যায়। আবহাওয়া লঘু করবার জন্যে কাজী এখন খানের ঊরুতে চাপড় মেরে বলে, ও বাবা, তোমার ঘাড় থেকে ভূত তাহলে নাবে নি। এখনো কবিতা ?

খান সে রসিকতায় এতটুকু টলে না। গম্ভীর আর্দ্র গলায় কাজীর নাম ধরে সে ডাকে।

কাজী ?

তার কণ্ঠস্বরে কাজী চমকে ওঠে। চৌধুরীও।

কাজী ভয়ে ভয়ে বলে, কী ?

স্বপ্নে শোনা কোনো কণ্ঠের মতো খান তখন ছড়িয়ে পড়ে অন্ধকার সারাটা ঘরে।

সে বলে চলে, বুঝলে, আমি চোখের সমুখে আবার সেইসব দেখতে পাচ্ছি। অবিকল। ঠিক তেমনি। খুব ছেলেবেলার কথা। বাবার সাথে হাটে গেছি। অনেক রাত হয়েছে ফিরতে। অমাবস্যার রাত। আল্পনার ফোঁটার মতো দূরে দু'একটা আলো দেখা যাচ্ছে। রাত অনেক হয়েছে তো, শিশির পড়তে শুরু করেছে। পায়ের নিচে ভেজা ভেজা ঘাস। আকাশে অনেকগুলো তারা। শক্ত করে বাবার হাত ধরে রয়েছি— ভয়ে। চারদিক মৃত্যুর মতো স্তব্ধ। কিংবা যেন সমুদ্রের তল। শুধু বাবার নিঃশ্বাসের শব্দ। আর কিছু না।— হঠাৎ একটা বিকট আওয়াজ। আমি চিৎকার করে উঠলাম। বা— বা! বাবা আমাকে জড়িয়ে ধরলেন। মনে হলো, কে যেন আমার হৃৎপিণ্ডটা ছিঁড়ে নিয়ে হা-হা-হা-হা করে হাসতে হাসতে অমাবস্যার আকাশ দিয়ে উড়ে চলে গেল।

সম্মোহিতের মতো চৌধুরী জিজ্ঞেস করে, তারপর ?

আখন্দ এবং তালুকদার যে নিচে গেছে, সেকথা ভুলে গিয়ে কাজীও জানতে চায় এখন, তারপর কী হলো ?

তারপর আমার মনে নেই। আমার কিছু মনে নেই। জ্ঞান ফিরে এলে দেখি, বিছানায় শুয়ে আছি। মাথার কাছে লণ্ঠন নিয়ে আমার চাচা। মা একটা তামার পয়সা পুড়িয়ে পানিতে ভেজাচ্ছেন। আর বাবা আমার মুখের ওপর স্বপ্নের মতো ঝুঁকে পড়ে রোদ্দুরে গলায় বলছেন— খোকা, ভয় কীরে খোকা, অশত্থ গাছে বুড়ো প্যাঁচা ডেকে উঠেছিল, আর তাই শুনে ফিট হয়ে গেলি ? বোকা ছেলে!

তখন অখণ্ড নীরবতা নেমে আসে সারাটা ঘরে।

অনেকক্ষণ কেউ কিছু বলে না।

যেন তারা বাস্তবের দ্বীপ থেকে হঠাৎ পড়ে গিয়েছে স্বপ্নের সমুদ্রে। সেখান থেকে ফিরে আসবার প্রেরণাও তারা আর পায় না।

হঠাৎ কোথায় কী একটা শব্দ হয়। পথের ওপর খুব জোরে ব্রেক কষেছে কোনো গাড়ি, সেই শব্দে মুহূর্তেই কেটে যায় ঘোর।

কাজী শুধু বলে, তালুকদার গেছে, সেও তো অনেকক্ষণ।

অন্ধকারে খানের মৃদু হাসি শোনা যায়। সে বলে, পাঁচ মিনিটও হয় নি।

চৌধুরী আরো কৃপণ হিসেব তুলে ধরে।

তিন মিনিট।

কাজী তখন অবাক গলায় বলে, আমার মনে হচ্ছিল, সে গেছে অনেকক্ষণ।

খান বলে, সময় যায়, বড় অদ্ভুতভাবে যায়। কখনো ধীরে কখনো তাড়াতাড়ি। বাবার সাথে হাট থেকে ফিরলাম, মনে হয় কালকের কথা। মাত্র কাল রাত্তিরের কথা।

কথাটা চৌধুরীর কেন মনে হয়, সে নিজেও জানে। সে বলে, কাল রাত্তিরেও বোধহয় অমাবস্যা গেছে।

কী জানি, হয়তোবা। হয়ত অমাবস্যাই ছিল।

খান উপুড় হয়ে শোয়।

যখন কোনো কথা আসে না, তখন যে-কোনো কথাই অবলম্বন করতে চায় লোকে। কাজী বলে, বোধহয় অমাবস্যাই গিয়েছে কাল। কাল যেন মিষ্টি বলছিল, ওর পা টনটন করছে। পূর্ণিমা অমাবস্যায় ওর বাতটা আবার বেড়ে ওঠে। আচ্ছা, বাতের কোনো ভালো ওষুধ বেরোয় নি ?

মিষ্টির সেই বকুনির কথা কাজী কিছুতেই ভুলতে পারছে না। মিষ্টির কাজে লাগে এমন একটা কিছু খুঁজে পেলেই যেন আবার সব সহজ হয়ে যাবে তার।

কিন্তু চৌধুরী সে কথা জানবে কী করে ?

চৌধুরী বলে, বাতের তেমন কোনো ওষুধ আছে বলে শুনি নি। তবে ঐ একটা কী 'রে' আছে, দিলে ভালো হয়, আবার ব্যথা ফিরে আসে, আবার রে দিতে হয়। ট্রিটমেন্ট বলতে কিছু না। ঐ রে— এক ধরনের আলো আর কী!

আলো— আলো— আলো।

লাফ দিয়ে চৌকি থেকে উঠে দাঁড়ায় খান। আলোর উচ্চারণে এই অন্ধকার হঠাৎ যেন তার কণ্ঠরোধ করতে লোমশ দু'টি সবল বাহু বাড়ায়।

অশান্ত পায়চারি করতে করতে অভিভূতের মতো খান বলতে থাকে, না, আমি অন্ধকার চাই না। না, অন্ধকার নয়। আলো। উজ্জ্বল আলো। যে আলো ঠিকরে পড়ে, লাফায়, স্থির থাকে না, যে আলোতে পুড়ে যায়, অন্ধকার ছাই হয়ে যায়, পড়ে থাকে পায়ের নিচে, আর সমুখে সোনার ফিতের মতো খুলে যায় সড়ক। আলো, টগবগে ঘোড়ার মতো অস্থির আলো, যাকে সমস্ত যৌবনের একাগ্রতা দিয়ে ধরে রাখতে হয়— আমি আলো চাই— সেই আলো। শাদা শর্করার মতো পুঞ্জ পুঞ্জ চোখ ধাঁধানো অবিরাম অবিচ্ছিন্ন অনবরত আলো।

তার এই কণ্ঠের কাছে কেমন অপ্রতিভ হয়ে যায় কাজী আর চৌধুরী।

ইতস্তত গলায় চৌধুরী বলে, তাহলে, তাহলে, বাড়িওলার কাছে আখন্দ বা তালুকদারকে না পাঠিয়ে তোমার নিজে যাওয়া উচিত ছিল।

যাব ? যাই ?

সাগ্রহে সম্মোহিত স্বরে খান প্রশ্ন করে। আশ্বাস চায়। সমর্থন খোঁজে। কিন্তু যাবার জন্যে পা বাড়ায় না— যেন তার ইচ্ছা এবং দেহের ভেতরে কোনো সংগতি নেই।

খান বসে পড়ে চৌকিতে। পকেট থেকে বের করে সিগারেট, কিন্তু চট্ করে দেশলাই খুঁজে না পেয়ে, সেটা আর ধরায় না, হাতেই থেকে যায় তার।

আলোর জন্যে খানের সেই আকুতি, সেই উচ্চারণ সবচেয়ে গভীরে গিয়ে হানা দেয় কাজীর করোটিতে।

৫

কাজীর চোখের সমুখে যে কতকালের বন্ধ সিংহদ্বার, খুলে যায় হঠাৎ। বিড়বিড় করে সে বলতে থাকে, মিষ্টির সাথে যেদিন আমার বিয়ে হলো, বৃষ্টি পড়ছিল সকাল থেকে। আকাশ মেঘে ঢাকা। সারাটা দিন অন্ধকার। মনে হচ্ছিল, কোথায় কী একটা যেন হবে, ভারী দুঃখের, আবার একটা আনন্দও আছে। যে দিকেই তাকাই, মনে হচ্ছিল কে যেন ছলছল চোখে কেবলি আমার দিকে তাকিয়ে আছে। তাকিয়ে আছে তো আছেই। তার চোখের পরে চোখ রেখে সারাদিন আমি যেন একটু একটু করে এগিয়ে চলেছি। তারপর বাতি নেভানো, বৃষ্টি ভেজা অন্ধকারে মিষ্টির সঙ্গে দেখা হলো। জড়সড় হয়ে খাটের এককোণে বসেছিল। যেন একটা অন্ধকার উত্তাপ হয়ে, প্রেম হয়ে, আলিঙ্গন হয়ে উঠতে চাইছে।

কাজী হঠাৎ সচকিত হয়ে ওঠে। একান্ত ব্যক্তিগত কথাগুলো এভাবে বলে অপ্রস্তুত বোধ করে সে। কিন্তু স্মৃতি অবাধ্য, স্মৃতি এই বর্তমানের চেয়ে শক্তিমান।

কাজী নিজের ইচ্ছার বিরুদ্ধেই যেন বলে চলে— সময় বড্ড তাড়াতাড়ি যায়। এখন মনে হয়, কোনো গল্পের বইতে মিষ্টি নামে কোনো একটা মেয়ের সাথে আমার দেখা হয়েছিল। এক মুহূর্তের জন্যে। তাকে আর দেখি নি। তাকে আর দেখলাম না।

আবার অপ্রস্তুত বোধ করে সে নিজেকে। এবারে বর্তমান পতাকা ওড়ায় স্মৃতির মৃতদেহের ওপর।

প্রায় চাপা চিৎকার করে কাজী বলে, অন্ধকার আমি ভালোবাসি না। আমার নিঃশ্বাস বন্ধ হয়ে আসে। বুকের ওপর পাথরের মতো ভার এসে নামে। চোখ অন্ধ হয়ে যায়। অন্ধকার আমি ভালোবাসি না। অন্ধকার আমি চাই না।

দ্রুত স্খলিত কণ্ঠে কাজী এবার বলে চলে, জানো, একদিন রাতের বেলায় শুয়ে আছি আমি। দেশের বাড়িতে। হঠাৎ ঘুমের মধ্যে মনে হলো অন্ধকার তার একশ'টা হাত-পা নিয়ে কিলবিল করে আমাকে জড়িয়ে ধরতে আসছে। আমি পালাচ্ছি, কিন্তু পারছি না। হোঁচট খাচ্ছি, পড়ে যাচ্ছি, তবু ছুটছি। হঠাৎ দেখি আলো। লাল আলো, লকলকে আলো, উত্তপ্ত আলো। চোখ মেলে দেখি, জানালা দিয়ে দেখা যাচ্ছে, পুবের আকাশটা লাল টকটকে হয়ে উঠেছে।

চৌধুরী তার সিদ্ধান্ত জানায়— সূর্য উঠছিল।

না। দূরে, জেলেপাড়ায় আগুন লেগেছিল। বিভৎস আগুন। আর তারই আভায় আলো হয়ে উঠেছে পুবের আকাশ। সে আলোয় রান্নাঘরের পেছনে সজনে গাছটা পর্যন্ত স্পষ্ট দেখতে পাচ্ছি। মা-বাবা সবাই উঠে পড়েছেন। ভয়ে ঠকঠক করে কাঁপছেন। এই বুঝি আগুন এসে জ্বালিয়ে দিল আমাদের ঘর। এই বুঝি ছাই হয়ে গেল তিলে তিলে গড়ে তোলা তাদের

২৩

সংসার। কিন্তু আমার যে কী খুশি লাগছিল! কী যে উল্লাস হচ্ছিল। আমি চোখ ভরে সারারাত সেই আলো আর আগুনের তাণ্ডব যুগল নাচ দেখেছিলাম। আমি অন্ধকার চাই না।

চিৎকার করে ওঠে কাজী। ক্রুদ্ধ হয়ে ওঠে। কার ওপরে তার এই ক্রোধ, ভালো করে বোঝা যায় না। বিছানা ছেড়ে সটান হয়ে দাঁড়িয়ে সে একবার চৌধুরী, একবার খানের কাছে যায়। কাজী একবার, এই একটু আগে, পঞ্চাশ টাকা ভাড়া বেশি দিলে মাথাপিছু কত পড়ে, হিসেব করছিল। সত্যি সত্যি, একটা অংক করে দেখবার লোভেই হিসেবটা করে দেখতে চেয়েছিল সে। কিন্তু কাজীর প্রত্যয় হয়, বন্ধুরা তাকে ভুল বুঝেছে, বন্ধুরা মনে করেছে, সে ভাড়া বাড়িয়ে দিতে চায়। সম্ভবত কাজীর কণ্ঠ এখন তাই অমন ক্রুদ্ধ মনে হয়।

কাজী চিৎকার করে বলে চলে, আমি অন্ধকার চাই না। বিশ্বাস কর, আমি আলো চাই। আমি চাই সব আলো হয়ে উঠুক। সব আমি প্রাণ ভরে দেখি— আমার দারিদ্র্য, আমার ঐশ্বর্য, আমার পাপ, আমার জয়, আমার তুচ্ছ, আমার বৃহৎ, আমার সুখ, আমার দুঃখ, সব, সব। কি ? তোমাদের বিশ্বাস হচ্ছে না ?

যেন মিষ্টিকেই এতক্ষণ কথাগুলো বলে গেছে কাজী। কিন্তু কাজীর সমুখে এখন চৌধুরী।

তাই এক প্রকার হতাশা লক্ষ করা যায় কাজীর কণ্ঠে। এখন তার কণ্ঠ শোনায় মলিন! তুমি ভাবছ, আমি মিথ্যে বলেছি ?

থতমত খেয়ে চৌধুরী উত্তর দেয়, তা-তো বলি নি।

আবার ক্রুদ্ধ হয়ে ওঠে কাজী। তার সমস্ত ব্যর্থতার সমুখে ক্রুদ্ধ হয়ে ওঠে সে। আক্রমণ করে সে চৌধুরীকেই।

নিশ্চয়ই বলেছ। আমি তোমার চোখ দেখে বুঝতে পারছি। তোমার চোখ আমাকে বলছে, তুমি বলেছ।

অন্ধকার; যে অন্ধকার এখন এ বাড়িতে, এ ঘরে, তাতে এত ঘনিষ্ঠ করে চোখ দেখা অসম্ভব।

চৌধুরী একটু হেসে বলে, গোপনে কোনো নেশা টেশা করছ না তো, কাজী ?

পাগলের মতো একটা ধাক্কা দেয় চৌধুরীকে সে। যেন এক্ষুণি ঝাঁপিয়ে পড়ে তার টুটি চেপে ধরবে কাজী।

কিন্তু তা সে করে না। নিজের কীর্তিতে নিজেই হতভম্ব হয়ে থাকে খানিক। তারপর, আবার ক্রুদ্ধ কণ্ঠে বলে ওঠে, ও কথা বলে আমাকে ভোলাতে পারবে না বন্ধু। আমি কি জানি না, তোমরা সবাই ভাবছ আমি আলো চাই, আলো চাই, আলো চাই বলে চ্যাঁচাচ্ছি। কারণ ভাড়া বাড়িয়ে দেবার মতলব আছে আমার।— তাই না ?

প্রতিবাদ করতে যাচ্ছিল চৌধুরী আর খান।

তাদের বাধা দিয়ে কাজী বলে, আহা দাঁড়াও, দাঁড়াও। আর একথা কেন ভাবছ, তাও বলি। তোমাদের চাল চুলো নেই, আমার আছে। সংসার আছে, স্ত্রী আছে, দায় আছে, দায়িত্ব আছে। তাই আমি যে-কোনো দামেই হোক আলো চাই, বাড়িওলা ভাড়া বাড়িয়ে দিলেও রাজি হতে চাই, যে করেই হোক, তোমাদের দলে টানতে চাই। এই তো ভাবছ! ভুল। আমি

বলছি, যা ভাবছ, ভুল। আমি— ভাড়া— বাড়াতে চাই না। একটা কানাকড়িও না। কিন্তু তাই বলে, তাই বলে, এই অন্ধকারও চাই না।

উত্তেজনায় হাঁপাতে থাকে কাজী।

সেই অবসরে খানকে মধ্যস্থ মানে চৌধুরী।

তুমিই বিচার কর ভাই। এর যদি মাথা খারাপ না হয়ে থাকে তো কার হয়েছে?

চৌধুরীর হঠাৎ মনে হয়, খান ঘুমিয়ে পড়েছে।

ওকী! ঘুমোচ্ছ নাকি?

না।

চোখ বুঁজেই উত্তর দেয় খান।

চৌধুরীর সন্দেহ যায় না। সে জানতে চায়— তবে?

ভাবছি।

কী ভাবছ?

ভাবছি আলোর কথা। কখন আলো আসবে।

নতুন আর কী ভাবছ তুমি?

খান তখন উঠে বসে। কাটা কাটা উচ্চারণে তার এতক্ষণের ভাবনাটা সে তুলে ধরে লাল লাল মাংসের মতো— যেন দোকানে একটা কশাই তার পশরা সাজাচ্ছে।

খান বলে, আখন্দ গেছে, তালুকদার গেল। কেউ ফিরছে না। কেউ ফিরল না। আলো আসছে না। নিচে থেকে কোনো সাড়া-শব্দ পাচ্ছি না। সব কিছু স্তব্ধ। স্তব্ধতা সুন্দর। কিন্তু এখন এ স্তব্ধতা বিভৎস।

পেণ্ডুলামের মতো মাথা দোলাতে দোলাতে খান বলে চলে, হ্যাঁ, না, হ্যাঁ, বোধহয় না! কী জানি— হয়তো হ্যাঁ। সম্ভবত— না। কিন্তু কেন? কেন ওরা ফিরে আসছে না?

কাজী নিজের দু'কান হাত দিয়ে ঢাকতে ঢাকতে বলে, বুঝতে পারছি না। আমি কিচ্ছু ভাবতে পারছি না।

খান তবু এক নির্মম বিধাতার মতো কাজীর সমুখে এসে দাঁড়ায়। বলে, তবু ভেবে দ্যাখ। একবার ভেবে দ্যাখ। ভাববার চেষ্টা কর কাজী। আমাদের এই ভেবে দেখাটাই শুধু আছে আর সব গেছে। এটুকুই সম্বল।

কী ভেবে দেখতে তুমি বলো আমাকে?

একজন গেল, এলো না। আরেকজন গেল, সেও আসছে না। ভেবে দ্যাখ কাজী।

এগিয়ে আসে চৌধুরী।

সন্দেহ করছ?

আঙুল তুলে সে জানতে চায় খানের কাছে। স্বীকার করুক সে, বন্ধুদের সে আর বিশ্বাস করতে পারছে না।

খান বলে, সন্দেহ হচ্ছে সত্যের জননী। সন্দেহ না থাকলে সত্য থাকে না। সন্দেহ না এলে সত্য আসে না। যেখানেই সন্দেহ সেখানেই সত্যের সূত্রপাত।

মুখ দিয়ে 'ফুঃ' জাতীয় শব্দ উচ্চারণ করে চৌধুরী। তারপর বলে, বেশি কবিতা পড়ে তোমার মাথাটাই গেছে। কতবার বলেছি, অত কবিতা পড়ো না। আমাদের মতো মানুষের জন্যে কবিতা নয়। তা কি তুমি শুনবে ? না, শুনেছ ?

একটু থেমে চৌধুরী এবার প্রশ্রয় দেয় খানকে— যেন বড্ড বেশি আঘাত করা হয়ে গেছে, এবারে একটু আদর করা দরকার।

আচ্ছা, বলো দেখি, শুনি তোমার সন্দেহটা কী ?

এতক্ষণ ধৈর্য ধরে অপেক্ষা করছিল খান। কারণ যে কথা তার তখন থেকে মনে হচ্ছে, সেটা তাকে বলতেই হবে।

আমার সন্দেহ সংক্ষেপে এই রকম। সংক্ষেপ এই জন্যে যে, বিস্তারিত শোনার মানসিকতা এখন আমাদের কারো নেই।

বলো, বলো তুমি।

চৌধুরী সত্যি অধৈর্য হয়ে পড়েছে।

আমার সন্দেহ, ওরা, প্রথমে আখন্দ, পরে তালুকদার, একে... একে... নিচে নেমে... বাড়িওলার সঙ্গে গোপনে একটা সমঝোতা করে ফেলেছে।

কী ? কী বললে ?

প্রায় এক সঙ্গেই আর্তনাদ করে ওঠে কাজী এবং চৌধুরী।

হ্যাঁ, গোপন সমঝোতা। এ সিক্রেট ডিল। এ সিক্রেট প্যাক। যা আমরা এই মুহূর্তে বুঝতে পারছি না, জানতে পারছি না, টের পাচ্ছি না। কিন্তু পরে, দু'দিন পরে, কড়ায়গণ্ডায় যার মাশুল নির্বোধ আমাদের তিনজনকে দিতে হবে।

কাজীই প্রথম চিৎকার করে ওঠে, অসম্ভব। এ হতে পারে না। আর যদি হয়, আমরা তা মেনে নেব না। আমরা আখন্দ আর তালুকদারকে দেখে নেব। দেখে নেব কী, এক্ষুণি আমি দেখছি। আমি নিজেই যাচ্ছি।

উদ্দাম একটা ঘোড়ার মতো কাজী বেরিয়ে যায় ঘর থেকে। এক লাফে পেরিয়ে যায় চৌকাঠ। মুহূর্তে অদৃশ্য হয়ে যায় সে।

মিষ্টির কণ্ঠস্বরে বিহ্বলতা কেটে যায় চৌধুরী এবং খানের। ইতিমধ্যে যেন একটা যুগ চলে গেছে এই অন্ধকার সংসারের ওপর দিয়ে।

মিষ্টির গলায় অপরূপ মিনতি।

এই যে— মোম বাতিটা জ্বালুন না! কী হলো ? জ্বালুন! কিছু যে ছাই দেখতে পাচ্ছি না। শেষে গায়ে লাগবে ধাক্কা, কাপড়ে পড়বে চা। সবাই মিলে তখন বকতে শুরু করবেন। কই ?

মিষ্টির হাতে কাঠের ট্রে। তার ওপর পাঁচ কাপ চা। অন্ধকারেও শাদা পেয়ালাগুলো স্পষ্ট দেখা যাচ্ছে।

খান উত্তর দেয়, দেশলাই আপনি তখন নিয়ে গেলেন যে!

আ— আমারই হয়েছে জ্বালা। কারো কিছু না। নিন, ট্রেটা ধরুন। দেশলাই আনছি।

চৌধুরীর হাতে ট্রে দিয়ে চলে যায় মিষ্টি। ঠাহর করে করে টেবিলের ওপর কাপগুলো রাখতে রাখতে চৌধুরী বলে, পাঁচ কাপ চা। ঠাণ্ডা হয়ে যাবে। কখন যে ওরা আসে!

মিষ্টি ফিরে আসে, দেশলাই নিয়ে। টেবিলে আধপোড়া মোম বাতিটা জ্বালাতে চেষ্টা করে সে। বারবার চেষ্টা করে। পারে না। দেশলাইটার সব ক'টা কাঠি খরচ হয়ে যায়। তখন একটা বড় নিঃশ্বাস ফেলে মিষ্টি। আঁচল দিয়ে মুখ মুছতে মুছতে সে বলে, যাঃ সব শেষ, একটা কাঠিও নেই।

চৌধুরী বলে, দরকার কী ? আমরা বেশ আছি। কোনো অসুবিধে নেই তো।

মনে হয়, মিষ্টির রান্নাঘরের কাজ শেষ হয়ে গেছে। শেষ না হলেও, অন্তত শেষ হবার পথে। এক্ষুণি ফিরে যাবার দরকার নেই তার।

একটা চেয়ার টেনে বসে মিষ্টি। বলে, ওরা সব গেল কোথায় ?

খান উত্তর দেয়, আখন্দ তো আগেই গেছে। তালুকদার তার পরে গিয়েছিল।

চৌধুরী যোগ দেয়, আর রেগে-মেগে কাজীও একটু আগে গেল।

রেগে-মেগে ?

মিষ্টি একটু অবাক হয়ে যায়। কোনোদিন সে উত্তেজিত হতে দেখে নি কাজীকে। কোনো কিছুতেই না।

বলেন কী ?

হ্যাঁ, সেই রকমই, ভীষণ।

যাক, তবু এতদিনে চৈতন্য হয়েছে। যা বকেছি তখন, তারপরেও যদি কারো হুঁশ না হয়, তাহলে বলতে হতো মানুষ না, পাথর।

বলেই হেসে ফেলে মিষ্টি।

সমস্ত ঘর তখন স্নিগ্ধ মনে হয়। চৌধুরী আর খান চা শেষ করে নিঃশব্দে কাপ নামিয়ে রাখে। যেন এতটুকু শব্দ করলেই দৃশ্যমান সমস্ত কিছু বুদবুদের মতো ভেঙে যাবে।

মিষ্টি হঠাৎ ঘাড় কাৎ করে মেঝের দিকে তাকিয়ে থাকে কিছুক্ষণ। তারপর সেদিকে চোখ রেখেই বলে, জানেন, আমি অনেক সময় ভেবেছি, মানুষকে কেন পাথর বলে ?

দু'জনের কেউই কোনো উত্তর দেয় না। দু'জনেই বুঝতে পারে, মিষ্টি তার প্রশ্নের কোনো উত্তর এখন চায় না।

মিষ্টি বলে চলে, সত্যি সত্যি মানুষ কি পাথর হয়ে যেতে পারে ? পাথরের মতো প্রাণহীন ? গতিহীন ? উদ্যমহীন ? মানুষের প্রাণ তো মরেও মরে না। তার চুপ করে থাকাটাও তো এক ধরনের গতি। আর মানুষ মাত্রেই আছে তার এগিয়ে যাওয়া— যেমন একটা লতার। লতা, সে এগিয়ে যাবেই। দেখেন নি, কেমন দুর্বল, কেমন কোমল একটা লতা তার স্বচ্ছ, সবুজ, ভীরু ডগা বাড়িয়ে, ধীরে ধীরে প্রায় অগোচরে বেরিয়ে আসে অন্ধকার থেকে আলোয়। জানি না, কেন বলে, মানুষ পাথর। মানুষ কি সত্যি সত্যি পাথর হয়ে যেতে পারে ?

হঠাৎ মেঝে থেকে চোখ তুলে মিষ্টি বলে, কই চা খান।

আমরা খেয়েছি। আপনি নিন।

একটা কাপ মিষ্টির দিকে বাড়িয়ে দেয় চৌধুরী।

না ভাই। চায়ের নেশা আপনাদের, আপনারা খান। চা খেলেই আমার মাথা ধরে।

অবাক হয় চৌধুরী।

সে-কী! আপনার না বাত আছে ? চায়ে কিন্তু বাতের আরাম হয়।

মিষ্টি বলে, ছাই হয়।

তারপর সে আবার বলে, বাতের জন্যে কী না করেছি। কম ওষুধ ? কম টোটকা ?

বাতের টোটকা!

সাগ্রহে জানতে চায় চৌধুরী। তার আবার এসব দিকে বিশেষ উৎসাহ। নিজের কোনো ব্যাধি থাক আর নাই থাক, ব্যাধির যাবতীয় চিকিৎসা জেনে নিতে তার উৎসাহের অভাব নেই।

বাতের টোটকা কী রকম ? শুনি, শুনি।

জানেন না ? সেবার কোনো এক বুড়ো কবরেজ না ছাই, দেশে গিয়েছিলাম, বলল, মাগো, এই যে তেলটা দিলাম, এতে আকন্দের পাতা ডুবিয়ে উঠোনের মাঝখানে ঠিক সন্ধের সময় ঝুলিয়ে রাখবে। তারপর শেষ রাতে উঠে কোনো কিছুর ছায়া না মাড়িয়ে— আচ্ছা, অত রাতে ছায়া কোত্থেকে আসবে বলুন তো ? তো যাই হোক— যেতে হবে সেই তেলের কাছে। গিয়ে একবারে সবটা তেল নিয়ে বাতের জায়গা মালিশ করতে হবে এক নিঃশ্বাসে। কবরেজ বলল, তাহলে জীবনে আর বাত হবে না, একেবারে ভালো হয়ে যাবে।

বলেন কী ? হয়েছিল ভালো ? চৌধুরীর কৌতূহল বাঁধ মানে না।

না, না, ভালো হয় নি। কেবল মাঝখান থেকে—

মিষ্টি তার কথা শেষ করে না। মাথা নামিয়ে ইতস্তত করে একবার, তারপর নিষ্পন্দ বসে থাকে।

কী মাঝখান থেকে ?

চৌধুরী মিষ্টির দিকে ঝুঁকে পড়ে উত্তরটা ভালো করে শোনার জন্যে।

মাঝখান থেকে কী হলো ?

কিছু না।

এত ক্ষীণ গলায় মিষ্টি উত্তর দেয় যে, ভালো করে শোনা যায় না।

কী বললেন ?

কী শুনবেন ওসব মেয়েলি কথা ? খুব ভয় পেয়েছিলাম অন্ধকারে। মা হবার কথা ছিল, হতে পারলাম না।

শেষের কথাগুলো যেন কান্নার পাখায় ঠোঁট থেকে বেরিয়ে আসে মিষ্টির। নিজের এক হাত আরেক হাত দিয়ে শক্ত করে চেপে ধরে উঠে দাঁড়ায় সে।

রান্নাঘরের দিকে যেতে যেতে মিষ্টি বলে, আমার স্বামী তো ওই। ছেলেমেয়ে থাকলে বেঁচে থাকার তবু একটা মানে হয়।— আমি যাই।

সঙ্গে আসি ? যে অন্ধকার।

চৌধুরী মিষ্টিকে অনুসরণ করবার জন্যে পা বাড়ায়। যাবার আগে মিষ্টি মুখ ফিরিয়ে বলে যায়, আমাকে খুব ভীতু মনে করেন, না ?

চৌধুরীর আর সঙ্গে যাওয়া হয় না।

মিষ্টি চলে গেলে, চৌধুরীর দৃষ্টি পড়ে খানের ওপর। মিষ্টির সঙ্গে কথা বলতে গিয়ে খানকে সে ভুলেই গিয়েছিল। তার যেন মনে হচ্ছিল, এ ঘরে মিষ্টি আর সে, অপর আর কেউ ছিল না।

এক ধরনের অপরাধবোধ জেগে ওঠে চৌধুরীর মনের ভেতরে। চৌকির কাছে আসে সে। খান চোখ বুঝে আছে। ঘুমিয়ে গেছে নাকি ?

খান।

উত্তর আসে না।

আবার সে নাম ধরে ডাকে।

এবার উত্তর পাওয়া যায়।

কী ?

জেগে আছ ?

আছি। এখনো আছি।

চৌধুরী আর কোনো কথা খুঁজে পায় না। মনের ভেতরে সেই অপরাধবোধ আরো বড়, আরো বিকট হয়ে উঠতে চাইছে। কিন্তু কেন, তা সে নিজেও ভালো করে বুঝতে পারছে না। মিষ্টিকে নিয়ে, কই, খারাপ কিছু ভাবছিল না তো সে। অন্তত এখন তো নয়ই। কোনো কোনো রাতে মিষ্টিকে স্বপ্নে দেখে থাকে সে— কিন্তু সে তো নিতান্তই স্বপ্ন।

তবে, এভাবে নিশ্চুপ বসে থাকাটাও দুঃসাধ্য। ইতস্তত করে খানকে সে জিজ্ঞেস করে, আচ্ছা, ইয়ে তখন তুমি কী যেন বলছিলে ?

কখন ?

আহ্, সেই যে তখন।

ও, বুড়ি চাঁদ গেছে বুঝি বেনোজলে ভেসে ?

দূর, তোমার কবিতা নয়। ঐ যে সন্দেহের কথা। ঐ যে বলছিলে, সন্দেহ হচ্ছে সত্যের জননী। সন্দেহ না থাকলে সত্য থাকে না। সন্দেহ না এলে সত্য আসে না।

তাতে হয়েছে কী ?

খান তবু চোখ খোলে না। তার মনের কোনো হদিস পায় না চৌধুরী।

চৌধুরী তখন খানকে মৃদু একটা ঠেলা দিয়ে বলে, জানো, তুমি হেসো না, আমারও সন্দেহ হচ্ছে। ভীষণ সন্দেহ। ভয়ানক সন্দেহ। একটা ষড়যন্ত্র চলছে। আমি টের পাচ্ছি। আমি স্পষ্ট টের পাচ্ছি। কান খাড়া কর তো! কিছু শুনতে পাচ্ছ ?

কই ? না।

আমিও শুনতে পাচ্ছি না। আর সেটাই সাংঘাতিক। এই নিস্তব্ধতা। এই কিছু শুনতে না পাওয়া। তুমি কখনো শিকারে গিয়েছ কিনা জানি না। বড় শিকার। সুন্দরবনে। মাঝ রাতে। কত রকম শব্দ। পাতার, নদীর, নিঃশ্বাসের, এমনকি চাঁদের, জোছনার শব্দ, পৃথিবী যে ঘুরছে তার শব্দ, মাটিতে একেকটা বালিকণার সরে যাবার শব্দ। তারপর হঠাৎ চুপ। বেহালার তারের মতো টানটান। তখন সেই স্তব্ধতাকে স্পর্শ করা যায়। তার বেধ আছে, প্রস্থ আছে, আছে দৈর্ঘ্য। যেন একটা মঞ্চ। এখন বাঘ এসে গেছে।

কিছুক্ষণ চুপ করে থাকে চৌধুরী। খান কি তার কথাগুলো শুনছে ? না শুনুক, চৌধুরীকে তবু এখন বলতেই হবে।

কিংবা, আকাশ যখন আদিগন্ত একটা মেঘ, তখন তুমি পদ্মার মাঝখানে নৌকায় কখনো ছিলে ? কিংবা ধর, সেদিন দুপুরে যে দেখলাম ছবিটা, যুদ্ধের, অবিশ্রান্ত গোলাবর্ষণের পর সেই যে হঠাৎ সব স্তব্ধ হয়ে গেল, যেন হৃৎপিণ্ড শুধু থেমেই যা নি, ছিটকে বেরিয়ে গেছে শরীর থেকে।

চৌধুরীর কণ্ঠস্বর হঠাৎ বদলে যায়। কাজীর মতো সেও প্রায় দুঃসহ যন্ত্রণায় চিৎকার করে ওঠে। না, আমি জানি না, এসব কী হচ্ছে ? নিচের তলা থেকে ওদের কোনো আওয়াজ পাচ্ছি না। তুমি যে বলছিলে, সন্দেহ হচ্ছে সত্যের জননী। বাড়িওলা, আখন্দ, তালুকদার, কাজী— সবাই চুপ। কেন ওরা চুপ করে আছে ? জীবিত কেউ কি কখনো চুপ করে থাকতে পারে ? আমি জানতে চাই। আমি জানতে চাই ওদের কী হয়েছে ?

এতক্ষণে খান একটা কথা বলে।

উত্তেজিত হয়ো না চৌধুরী।

কী বলছ তুমি! উত্তেজিত হবো না ? কেন হবো না ? চারদিকে কী হচ্ছে, আমি কিছুই বুঝতে পারছি না। আমার বিশ্বাস, কোথাও একটা ষড়যন্ত্র হচ্ছে। নিশ্চয়ই হচ্ছে। তোমার কী মনে হয় খান ?

ওদের আরো কিছুক্ষণ সময় দাও। হয়তো ওরা এখনো তাকে বোঝাচ্ছে।

কচু করছে। বুঝিয়ে কোনো লাভ হবে না। বাড়িওলা কি শোনার পাত্র ? সে জানে স্বার্থ, সে চেনে টাকা। আমরা তার কাছে কিছু নই। টাকাটাই তার কাছে সব। আমরা চলে গেলে নতুন ভাড়াটে আসবে। তারা বেশি ভাড়া দেবে—

খান যোগ করে, আবার তাদের কাছেও একদিন আরো বেশি ভাড়া চাওয়া হবে।

ছড়া মেলাবার উত্তেজনায় চৌধুরী তখন বলে চলে, তখন তারাও চলে যেতে বাধ্য হবে। তখন আরো বেশি ভাড়ায় নতুন কোনো ভাড়াটে আসবে।

এবং তারাও চলে যাবে।

তারপর আরো বেশি ভাড়ায়— না, না, তা হতে পারে না খান। এরকমভাবে কোনো কিছুই চলতে পারে না। সব কিছুরই সীমা আছে। বাইশদিন। আজ বাইশটা দিন আলো বন্ধ। এই অন্ধকার। না। আর আমরা সহ্য করব না। আমাকে একটা সিগারেট দাও।

প্যাকেট এগিয়ে দিয়ে খান বলে, কিন্তু দেশলাই নেই।

তাহলে থাক, থাক সিগারেট। আমি আলো চাই। তুমি বলছিলে না ?— যে, আলো ঠিকরে পড়ে, লাফায়, স্থির থাকে না, যে, আলোতে পুড়ে যায়, ছাই হয়ে যায় অন্ধকার, পড়ে থাকে পায়ের নিচে আর সমুখে সোনার ফিতের মতো খুলে যায় সড়ক ?

অবাক হয়ে যায় খান। যে-চৌধুরীকে এতকাল সে মোটা মাথার লোক বলে মনে করে এসেছে তার এই স্পৃষ্ট হবার লক্ষণ দেখে চমকে ওঠে খান।

চৌধুরী বলে চলে, অনেক সময় আলো মানুষকে অন্ধ করে দেয় জানো ? বিশ্বাস কর ? করবে না। কিন্তু আমার নিজেরই একবার হয়েছিল। আচ্ছা, তোমার বাড়ি কি গ্রামে ?

খান অত্যন্ত উৎসুক হয়ে ওঠে চৌধুরীর কথা শুনবার জন্যে। গভীর একটা সহমর্মিতা অনুভব করে সে।

বলে, না, কেন ?

তাহলে তুমি তো বুঝবেই না।

তবু বলো। চেষ্টা করব। আর না বললে শান্তি পাবে না তুমিও।

ঠিক, ঠিক বলেছ। বলব। বলছি আমি। গ্রামে যখন রাত নামে, সে অন্ধকার তুমি দ্যাখ নি খান। ফলা ওপড়ানো মাটির ঢেলায় ভরা ক্ষেতে, বুড়ো বটগাছে, ঘরের পেছনে, মাঠে, তোরংগের তলায়, নদীর ঘাটে, অন্ধকার প্রথমে ঝুপ করে লাফিয়ে পড়ে, দাঁড়িয়ে থাকে কিছুক্ষণ। তারপর তার দেহটা বড় হতে থাকে। খুব রাগ হলে, আক্রোশ হলে, মানুষ যে রকম ফুলে ওঠে, ঠিক তেমনি। তখন সেই অন্ধকার ছড়িয়ে পড়ে চারদিকে। কিছুতেই তাকে আর রোধ করা যায় না। দেয়াল। দেয়াল ভেদ করে এগিয়ে আসে অন্ধকার। মন। মন ছিঁড়ে ঢুকে পড়ে অন্ধকার। মায়ের কোলে যে শিশু, সেই শিশু আর মায়ের মধ্যে জ্বলন্ত সীসের মতো বসে যেতে থাকে অন্ধকার।

হঠাৎ চৈতন্য হয় চৌধুরীর। সে বলে ওঠে, তুমি, তুমি মিথ্যে বলেছ। তুমি মিথ্যেবাদী।

প্রথমে বুঝতে পারে না খান, পর মুহূর্তেই বুঝতে পেরে নিঃশব্দে হাসে সে।

চৌধুরী জানতে চায়, একটু আগেই না তুমি বলেছিলে, বাবার সাথে আমাবস্যার রাতে হাট থেকে বাড়ি ফিরছিলে ?

হ্যাঁ, ফিরছিলাম।

তাহলে এইমাত্র যে বললে, গ্রামে কখনো থাক নি ?

খান নিঃশব্দে হাসতে থাকে।

আবার হাসছ ? মিথ্যুক।

মিথ্যে না বললে তোমার কথাগুলো জানতে পেতাম না।

ও। ও। তাই বুঝি ?

দ্রুত পায়চারি করতে থাকে চৌধুরী। যেন চিন্তার হারিয়ে যাওয়া সুতোগুলো ধরবার জন্যে ছুটোছুটি করে সে।

চৌধুরী আবার বলতে থাকে, জানো খান, গ্রামের সেই অন্ধকার থেকে আমি যখন প্রথম শহরে এলাম, বিজলী আলো আমার চোখ ধাঁধিয়ে দিল। চোখের সামনে শুধু আলো

দেখতাম তখন। লাল-বেগুনি-নীল আলো। ছোট-বড় বলের মতো সে আলো লাফায়। চোখে জ্বালা ধরায়। চোখ বুঁজে আসে। তারপর একদিন সেই বলগুলো হারিয়ে গেল। তারপর একদিন আমি সেই বলগুলোর কথা ভুলে গেলাম। না, তারা হারায় নি। না, আমি ভুলি নি। আমি তাদের হয়ে গেছি। তারা আমার হয়ে গেছে। আমি পাগল হয়ে যাব। আমার মাথার ভেতরে কেমন করে উঠছে। আমি পাগল হয়ে যাব। আমি আলো চাই। যে-কোনো মূল্যে, যে-কোনো উপায়ে আমার আলো চাই, আলো।

দরোজার দিকে ছুটে যায় চৌধুরী।

পেছন থেকে চিৎকার করে ডাকে খান, কোথায় যাচ্ছ ?

দাঁড়িয়ে পড়ে চৌধুরী। শূন্যদৃষ্টিতে একবার তাকায় খানের দিকে, তারপর গাঢ় কণ্ঠে প্রশ্ন করে, যারা যায়, তারা কোথায় যায় বলতে পার ?

খান উঠে এসে চৌধুরীর কাঁধে হাত রাখে।

গেলে তুমি নিজেই জানতে পারবে। আমি তো এখনো যাই নি।

হঠাৎ খানের হাত আঁকড়ে ধরে চৌধুরী, যেন একটা জাহাজডুবির পর সে তীরে উঠতে চাইছে।

ব্যগ্র কণ্ঠে চৌধুরী বলে, চল না! একসঙ্গে যাই।

কোথায় ?

কেন, নিচে। বাড়িওলার কাছে।

তারপর ?

যাব। গিয়ে দেখব ওরা তিনজন কী করছে ? কেন এই দেরি ?

তারপর ?

তারপর এক সাথে সবাই মিলে জোর করে সুইচ অন করে দেব। আচ্ছা, তোমার কী মনে হয় ? নিচ থেকে আমরা কোনো সাড়া-শব্দ পাচ্ছি না কেন ?

খানের হাতের ওপর চৌধুরীর শক্ত করে ধরা মুঠিটা থরথর করে কাঁপতে থাকে।

ফিসফিস করে খান জিজ্ঞেস করে, তোমার ভয় করছে চৌধুরী ?

কীসের ভয় ?

তোমারও না ফিরে আসবার ভয়।

না ফেরা ?

এক পা পিছিয়ে আসে চৌধুরী।

ও-কী, তুমি পিছিয়ে এলে যে!

তখন জোর করে হেসে ওঠে চৌধুরী। বলে, না, ভয় পাই নি। ভয় কেন পাব ? আমি ভয় পাই নি। তোমাকে সঙ্গে যেতে ডেকেছি, তার অর্থ ভয় পাওয়া নয়। না। ভয় পেলে তুমিই পেয়েছে।

বলতে বলতে চৌধুরী খানের হাত ছেড়ে দেয়। দরোজা দিয়ে বেরিয়ে যেতে যেতে বলে, তুমি ভয় পেয়েছ। আমি নই। আমি যাচ্ছি। এই তো যাচ্ছি।

৬

চৌধুরী চলে যায়। ঠিক যেভাবে কাজী গেছে, তালুকদার গেছে, সেইভাবে সে যায়।

তখন ঘরের ঠিক সেই বিন্দুতে গিয়ে দাঁড়ায় খান, যেখানে তার মুখের ওপর বিজ্ঞাপনের লাল-নীল আলো আবার এসে পড়ে। চোখ বুঁজেই সে যেন অনুভব করতে পারে তার মুখের ওপর রঙের এই আনাগোনা।

নিজেকেই সে বুঝে দেখতে চায়।

সে কি ভয় পেয়েছে?

সে ভীত? কাপুরুষ?

আখন্দ, কাজী, তালুকদার, চৌধুরী— ওরা গেছে ওদের সাহস আছে বলে?

কিন্তু যারা যায়, তারা কোথায় যায়?

এ কি ভয়, না সন্দেহ?

সন্দেহ সত্যের জননী। ভয় মৃত্যুর বোন। যমজ বোন। এক রকম চেহারা তাদের। অবিকল। যারা ভয় পায়, তারা মরে যায়। কিন্তু সে নিজে তো এখন বেঁচে আছে। ঐ লাল-নীল আলোর মতোই অবিরাম তার হৃদয় স্পন্দিত হচ্ছে।

নিঃশ্বাসের পতন মানে জীবন।

উচ্চারণ মানে জীবন।

সঞ্চরণ মানে জীবন।

ভোজন, প্রজনন, প্রাণধারণ— জীবন কি এই-ই?

জীবন কি এর ওপারে এর অতিরিক্ত এর অতিক্রান্ত কিছু আন্দোলন, যা চৈতন্য দ্বারা সম্পাদিত?

কিন্তু ওরা গেল কোথায়? কী হয়ে যাচ্ছে ওদের?

কেন ওরা ফিরছে না? কেন ওদের সাড়া পাচ্ছি না?

কোথায় আমার বন্ধুরা? কোথায়? কোথায়?

শেষ শব্দগুলো বোধহয় অজান্তেই ঠোঁট থেকে গড়িয়ে পড়ে তার।

দরোজার কাছ থেকে মিষ্টি বলে, বিড়বিড় করে কীসব বলছেন?

চমকে ওঠে খান। সমস্ত ঘরে একা মিষ্টির মুখোমুখি দাঁড়িয়ে সে বুক ভরে একবার নিঃশ্বাস নেয়।

তারপর বলে, কই? না। কিছু না।

মিষ্টি হঠাৎ অবাক হয়ে শুধায়, ওরা কোথায়?

নিচে। সবাই নিচে গেছে আলো আনতে।

সবাই।

হ্যাঁ, একে একে সবাই।

একবার লাল, একবার নীল রঙে খানের সমস্ত মুখ দেখায় অন্য কোনো গ্রহের অন্য কোনো প্রাণীর মতো।

মিষ্টি ইতস্তত করে একবার, তৃষ্ণা বোধ করে, তারপর ছোট্ট পা ফেলে চেয়ারের ওপর বসে পড়ে। বলে, আমার কেমন ভয় করছে।

ভয় ? কেন ?

খান তার পাশে এসে দাঁড়ায়।

আপনারও ভয় করছে ? আশ্চর্য!

মিষ্টি তার উত্তরে বলে, অদ্ভুত লোক তো আপনি! ভয় পাব এ বাড়িতে, এই পুরনো বাড়িতে, এই অন্ধকারে, এতে আশ্চর্য হবার কী আছে ?

আরেকটা চেয়ার টেনে মিষ্টির মুখোমুখি বসে খান। তাদের হাঁটু প্রায় ছোঁয়াছুঁয়ি হয়ে যায়। কিন্তু কেউ চেয়ার সরিয়ে নেয় না।

খান বলে, আমাকে একটু আগেই একজন ভীতু বলে গেছে।

কে ?

চৌধুরী।

কেন ? ভীতু বলল কেন ? অন্ধকারে ভূতটুত দেখেছেন নাকি ?

না। দেখি নি।

তখন মিষ্টি হঠাৎ নতুন কথা পাড়ে।

আচ্ছা, আপনি ভূত বিশ্বাস করেন ?

কেন জানতে চান ?

আপনি ভূত কখনো দেখেছেন ?

না, দেখি নি।

আচ্ছা, ভূত হয় ? বলুন না, ভূত হয় কি না ?

খান কোনো উত্তর দেয় না। মিষ্টির মুখ এত কাছের মনে হয়, যেন ছুঁয়ে দেখা যায়।

মিষ্টি হঠাৎ চোখে দুষ্টুমি এনে বলে, আমার দিকে কী দেখছেন ? আমি ভূত নই। জানেন, আমি কিন্তু একটা ভূত দেখেছি। সে অনেক আগে। সেই দেশের বাড়িতে। সেই যে তখন এক কবরেজের তেলের কথা বললাম ? — আকন্দ পাতা ডুবিয়ে ? —শেষ রাতে উঠোনে গিয়ে সেই তেল হাতে নিয়ে যেই ফিরেছি, আর অমনি দেখি—

কী ? কী দেখলেন আপনি ?

জানি না কী দেখেছি। বিশ্বাস করুন, কী দেখেছি আমি জানি না।— আমি বোধহয় আর কোনোদিন মা হতে পারব না।

বুকের ভেতরে ভীষণ মোচড় দিয়ে ওঠে খানের।

কেন ?

৩৪

সেই ভয়। সে রাতের সেই ভয়টা আমার সর্বনাশ করে দিয়ে গেছে।

কিন্তু আপনি তো কিছু দেখেন নি সে রাতে।

না, দেখি নি।

তবে ?

কী জানি। কিন্তু ভয় পেয়েছিলাম। খুব ভয়। সে অন্ধকার যদি আপনি দেখতেন! কী ভয়ানক অন্ধকার! জমাটবাঁধা অন্ধকার।

দু'হাতে মুখ ঢেকে ফেলে মিষ্টি। সেই অন্ধকারের স্মৃতিতে ? না কান্নায় ?

উঠে দাঁড়ায় খান।

আমি যাচ্ছি।

মুখ থেকে হাত সরায় মিষ্টি।

কোথায় ?

নিচে। আলো যে এখনো এলো না।

উঠে দাঁড়ায় মিষ্টি।

আর আমি একা থাকব ?

দু'জনে দু'জনের চোখের দিকে তাকিয়ে থাকে কিছুক্ষণ।

না, না, আমি একা থাকতে পারব না। আপনি যাবেন না। আমাকে একা ফেলে যাবেন না। চারদিকে কী যেন সব দেখতে পাচ্ছি। ছায়া ছায়া। কাছে। দূরে। না, না, আবার সর্বনাশ হয়ে যাবে আমার। আপনি যাবেন না।

তখন ধরে না ফেললে মিষ্টি হয়তো পড়ে যেত। খান তার দু'কাঁধ ধরে সোজা পায়ের ওপর দাঁড় করিয়ে রাখে তাকে।

হঠাৎ খানের বুকের মধ্যে মুখ লুকোয় মিষ্টি। কাঁদতে থাকে ফুঁপিয়ে ফুঁপিয়ে। তারপর হঠাৎ নিজেকে সামলে নেয় সে। তাড়াতাড়ি সরে গিয়ে আঁচল দিয়ে চোখ মোছে।

বিমূঢ় খান প্রশ্ন করে, কীসের সর্বনাশ ?

বুঝতে পারছেন না ? আমি একা থাকলে ভয় পাব। ভয় পেলে আবার আমার সর্বনাশ হয়ে যাবে। আমি মা হতে চলেছি যে। আমি মা হতে চাই। আমি একটা ছেলে চাই। আমি তাকে চোখে দেখতে পাচ্ছি। আমি এখনই তাকে দেখতে পাচ্ছি। গ্রামের মাথা ছাড়িয়ে যেমন দাঁড়িয়ে থাকে বটগাছ, বহুদূর থেকে সবার যেমন চোখে পড়ে, সবাই যেমন তাকে নিশানা করে চলে, সবাই যেমন বারবার ফিরে আসে তার ছায়ায়, সমস্ত ঝড়-ঝঞ্ঝা, কালবৈশাখী বয়ে যায় তার মাথার ওপর দিয়ে, আর তারপরও সে তার লক্ষ লক্ষ চিকন সবুজ পাতায় বাতাস আর আলোর নাচন ধরে রাখে— অবিকল তেমনি। আমি তাকে দেখতে পাচ্ছি। আমার ছেলে। আমি তার মা। আমি যে মা হতে চলেছি। দোহাই আপনার, আপনি যাবেন না।

বিহ্বল খান মন্ত্রের মতো উচ্চারণ করে, না, যাব না।

কথা বলুন। দোহাই আপনার, কথা বলুন। আমার ভয় করছে। কিছু বলুন। ছোট্ট একটা পাখির মতো ছটফট করে ওঠে মিষ্টি।

কথা ? কী কথা ?

যা হয় কিছু বলুন। চুপ করে থাকবেন না।

কী বলব ?

আপনার কথা বলুন।

আমার কোনো কথা নেই।

জানেন, আমি বলছি, আপনার বৌ খুব সুখী হবে। আপনাদের সুখের ঘর হবে। বিয়ে করুন না! কেন করছেন না ? একটা বৌ আনুন।

এ কোন আকর্ষণ বুকের ভেতরে হঠাৎ করে বোধ করছে খান ? সে চঞ্চল হয়ে ওঠে। পায়চারি করতে থাকে। মিষ্টির কাছে যেতে ইচ্ছে করছে বলেই দূরে যাবার জন্যে ব্যাকুল হয়ে ওঠে সে।

কিন্তু ইচ্ছে করলেই কি পারা যায় ?

ঘরের সমস্ত অন্ধকারের ভেতরে খান একবার শেষ চেষ্টা করে ব্যর্থ হয়। পূর্ণিমার মতো মিষ্টির মুখ অনবরত তাকে আকর্ষণ করতে থাকে। এক পা এগিয়েও যায় সে। পর মুহূর্তেই তার পিঠের ওপর তীব্র চাবুক পড়ে। নিশ্চল খান কোনোমতে উচ্চারণ করে, আমি যাই। নিচে যাই। আলো আমাকে আনতেই হবে।

একা অন্ধকারে মিষ্টি তার দুই হাত দিয়ে নিজের গর্ভ বেষ্টন করে বিড়বিড় করে উচ্চারণ করে চলে, আমি ভয় পাব না। আমি ভয় পাব না। আমাকে মা হতে হবে। সবাই গেলেও আমার ছেলে বেঁচে থাকবে। আমাকে মা হতেই হবে।

ফেব্রুয়ারি ১৯৬৯
গ্রীন রোড, ঢাকা

আয়না বিবির পালা

হায়, সাধু মামুদ উজ্জ্যাল রে, হায়, জীবন ও মৃত্যুর মধ্যভাগে অবস্থানকারী মামুদ; হায়, প্রেমিক মামুদ, তুমি তোমার আয়না বিবির কথায় আজ এভাবে চমকে উঠলে কেন ? কেন তোমার বুকের ভেতরে দপ করে জ্বলে উঠল কাটা ফসলের মাঠে আগুনের মতো আগুন ? কেন তোমার চোখে হঠাৎ ফলে উঠল ক্রোধের মতো বিষফল ? কেন তুমি অকস্মাৎ এখন এত কঠিন হাতে, একদা তো কত মমতায়, ধরে আছ আয়না বিবির কোমল বাহু ? কেন তোমার ঠোঁট এখন কাঁপছে নদীর পাড়ে বর্ষার ফাটলের মতো ?

কী তুমি উচ্চারণ করতে চাও, সাধু মামুদ উজ্জ্যাল ?

কে তোমাকে আখ্যা দিয়েছিল 'সাধু' ?

নদীর পাড়ে বিপজ্জনকভাবে ঝুঁকে থাকা হিজল গাছের তলায় দাঁড়িয়ে একদা কে তোমাকে ডাক দিয়েছিল, 'সাধু' ? সেই অপরাহ্নে তার অন্তরে, তোমার কোন গুণের বিভা এসে পড়েছিল, সাধু ? তুমি পেছন ফিরে তাকে দেখেছিলে এবং নিজের জীবনকে তোমার দৃষ্টির ভেতরে স্থাপন করে তার হাত তুমি নিজের হাতের ভেতরে সংগ্রহ করে এনেছিলে; সেই মানুষটি ছিল কে ?

একবার তুমি ভেবে দেখ, মামুদ; তুমি কি এখনো সেই মামুদ ?

তুমি কি এখনো সেই মানুষ, যাকে সে হিজল গাছের তলায় দাঁড়িয়ে একদা অপরাহ্নে ডেকে উঠেছিল, 'সাধু' ?

তুমি কি তোমার জন্মের কথা স্মরণ করতে পার, মামুদ ? কে পারে ?

তুমি কি তোমার মৃত্যুর কল্পনা কর ? কে করে ?

কল্পনা ও স্মরণ তো মানুষের আজ সবচেয়ে বড় বিলাস বটে, এই ক্ষুধার রাজত্বে, ছেদিত ভবিষ্যতের এই বৃক্ষকাণ্ডের পাশে এবং তোমাকে আজ আমরা বিলাসী বলে চিহ্নিত করতে অক্ষম; আমরা হৃদয়হীন নই, বিলাসী তো তারাই, যারা আমাদের জীবনকে আমাদের অনুমতি না নিয়েই আজ নিয়ন্ত্রণ করছে এবং তুমি এখন স্বয়ং তোমার নদীস্রোতকে বহিয়ে এনেছ, নদী জীবনেরই তুলনা; এই জীবন কি এখন তোমার প্রিয় বলে বোধ হচ্ছে ?

এবং একাকী প্রেমিকের তো জগতে কোনো অন্ন নেই। আষাঢ়ের মেঘের মতো যার চুল ছড়িয়ে পড়ে, হৃদয়ের প্রধান চাঞ্চল্যে যার স্খলিত হয় বসন, যার কানন-ভ্রমণে মলিন হয়ে যায় চম্পার মতো ফুল, সেই কন্যার হাতে, মামুদ, তুমি অন্ন গ্রহণের পর আজ এ কোথায় হাত ধুতে এসেছিলে ?

এখন আলোতেও তুমি তার মুখ আর অবলোকন করতে পারছ না, অথচ একদা তো অন্ধকারও ছিল দীপ্তির অধিক এবং তা এখানে, এই জগতেই ? জগৎ কি পরিবর্তিত ? না, তুমিই, সাধু, স্বয়ং ?

মামুদ, তুমি স্থির হও, তোমার আগুন নেভাও, বিষফল ছিঁড়ে ফেল এবং শিথিল করে আন তোমার বাহু।

সাধু, তুমি তোমার উচ্চারণকে সংবরণ কর এবং আমাদের এখন এই সংলাপের অনুমতি দাও যে, সে বড় কোমলপ্রাণ, মামুদ।

তোমার কি মনে নেই ? তোমার কি কিছুই মনে নেই, সাধু মামুদ উজ্জ্যাল ?

একবার তুমি তাকিয়ে দেখ তো ? সেই মুখ, সেই চোখ, সেই তো সকলই।

আমাদের এখন তুমি অনুমতি দাও, আমরা সেই সকলই আবার স্মরণ করি।

২ *পুত্র মোর বাইচা থাকুক নোয়ার কাটি হইয়া*

নদীর নাম ভেরামন, গাঁয়ের নাম চাঁদের ভিটা, পাহাড় থেকে বয়ে এসেছে নদী, কুড়া পাখির জঙ্গলের ভেতর দিয়ে বয়ে চলেছে নদী, নরায়ণখলা গাঁয়ের পাশ দিয়ে বাঁক নিয়ে চলতে চলতে ভেরামন নদী চাঁদের ভিটা ছুঁয়ে চলে গেছে দক্ষিণের দিকে।

চাঁদের ভিটায় নদীর পাড়ে বাড়ি, নদীর বুকে জলটুঙ্গি, তারপর নিকানো উঠোন, যে উঠোন থেকে সিঁদুর পড়লে সবটুকু তুলে নেয়া যায়। উঠোনে দুগ্ধবতী ধবল গাভী, উঠোন পেরিয়ে আটচালা বাংলাঘর, উলুছন দিয়ে ছাওয়া, খাগড় দিয়ে বিনুনি করা, সুন্দি বেত দিয়ে বাঁধা। লোকে বলে ছবির মতো বাড়ি। লোকে বলে, আয়নার মতো ঝিলিমিলি করে।

মানুষ কেন ছবির মতো বাড়ি বলে ? কোন ছবি দেখেছিল মানুষ, কবে দেখেছিল, সেই ছবির কথা স্মরণ করে ?

আয়নার কথা কেন বলে মানুষ ? আয়নায় যে জগতের ছবি, সেই জগৎ আমাদের এই জগতের মতো, তবুও যেন নয়, এবং তাই কি ?

এই বাড়িটিতে এখন চাঁদের আলো, যদিও আকাশে কোনো চাঁদ নেই। এই বাড়িটিতে এখন বকুল ফুলের বৃষ্টি, যদিও এখন বকুল ফুলের মৌসুম নয়। এই বাড়িটিতে এখন মাতার কোলে নবজাতক; সংসারে প্রথম পুত্র এই; পিতা বড় সখ করে নামকরণ করেছে তার— মামুদ উজ্জ্যাল।

দাওয়ায় মামুদের কপালে কাজলের টিপ এঁকে দিচ্ছিল তার মা, সে দেখতে পেল স্বামীকে চালার বাতায় গোঁজা তীর-ধনুক বের করে আনতে।

কী কর ? তুমি কী কর ?

আমি শিকারে যাই। আমি বনের গহীন থেকে কুড়া শিকার করে আনব। আজ আমার বাড়িতে ভোজ হবে।

ভাণ্ডার থেকে কাজের মানুষ শ'হাতি জাল কাঁধে বেরিয়ে আসে।

ওগো, কী করে ? তারা কী করে ?

তারা ভেরামন নদীতে যায়। তারা অতল পানির মিঠা মাছ ধরতে যায়। আজ আমার বাড়িতে ভোজ হবে।

ধবল গাভীর বাঁট থেকে অঝোর ধারায় দুধ ঝরে।

মামুদ উজ্জ্যালের পিতা গৌরব করে বলে, আজ আমার সন্তানের খুশিতে বিরাট ভোজ হবে।

একত্রে আহার গ্রহণের সেই কাল আর নেই, মানুষের আনন্দে কি তাই আর মানুষ গৌরাঙ্গ হয়ে যায় না ?

মামুদ উজ্জ্যাল খলখল করে হেসে ওঠে মায়ের কোলে একবার। আবার সে বর্ষার মেঘের মতো কেঁদে ওঠে। পিতার পথের দিকে মুঠো করা হাত তুলে চিৎকার করে সে কাঁদে। মা তার মুখে চুমু দিয়ে বলে, আজ আমার মামুদ উজ্জ্যালের ভোজ হবে।

বনের গহীন থেকে ডেকে ডেকে ওঠে কুড়া পাখি।

নদীর পানিতে ঘাই মারে মাছ।

গলকম্বল টানটান করে আকাশের দিকে তাকিয়ে ধবল গাভী হাম্বা করে ওঠে।

কপালের বাঁকা কাজল কখন মুছে ফেলে সারা মুখে কালি মাখিয়ে বসে আছে মামুদ উজ্জ্যাল।

বাঁট থেকে দুধের ধারা বন্ধ হয়ে যায় হঠাৎ।

নদী যেন দু'হাত দিয়ে টেনে ধরে জাল, আর জাল ওঠে না।

কুড়া পাখির চিৎকারে মথিত হতে থাকে গজারের বন।

তারপর, দুপুর গড়িয়ে যায়, মানুষেরা পথের দিকে তাকিয়ে থাকে, অপরাহ্ণ হয়ে যায়, মানুষেরা পথের দিকে তাকিয়ে আছে; সূর্য ডুবে যায়, মানুষেরা ফিরে যাবার জন্যে নড়ে ওঠে; চন্দ্রহীন অন্ধকারে দশদিক ডুবে যায়, অভুক্ত মানুষেরা বিদায় নেয়; মামুদ উজ্জ্যালের পিতা গজারের বন থেকে এখনো ফিরে আসে না।

ভোর রাতে স্বপ্নের ভেতরে আসে এবং মামুদ উজ্জ্যালের মাকে সে বলে, আমাকে সর্প দংশন করেছে, বৌ। আমি যে দংশিত।

চিৎকার করে উঠে বসে বধূ।

দুয়ারের বাইরে নতমুখে দাঁড়িয়ে মানুষ দুজন বলে, মা, এই কথা সত্য, সর্প তাকে দংশন করে। আমরা তাকে বনে বনে সন্ধান করি, তার পায়ের চিহ্ন লক্ষ করি, পতিত একেকটি তীরের মুখ লক্ষ করে আমরা অগ্রসর হই, আমরা সূর্যের শেষ লাল আভায় কুড়া পাখির একটি নীল পালক লক্ষ করি বনের মধ্যে গোল একটি ফাঁকা জায়গায়। আমরা দূরে তাকাই এবং তাকে শায়িত দেখতে পাই বিবর্ণ পাতার স্তূপের ওপরে।

তোমরা কি তাকে মৃত দেখলে ?

তখনো তার দেহে প্রাণ ছিল, মা।

হায়, আমি কেন তখন সেখানে উপস্থিত ছিলাম না ? তাহলে অবশ্যই তার বিষ শোষণ করে তাকে নিরাময় করতে পারতাম; যত্ন দিয়ে তার বল ফিরিয়ে আনতে পারতাম; সে আমার কাঁধে ভর দিয়ে আবার এই ঘরে ফিরে আসত।

কিছুক্ষণ অবনত হয়ে দাঁড়িয়ে থাকে মানুষ দুজন।

তোমরা বলছ তার দেহে প্রাণ ছিল, তোমাদের সে কি চিনতে পেরেছিল ? তোমরা কি তাকে বলো নাই, আমরা তার অভাবে সমূলে উৎপাটিত হব, তরঙ্গে ডুবে যাব এবং দিনের প্রদীপও বড় নিষ্প্রভ মনে হবে ?

সে সকলই জানে এবং গভীর উৎকণ্ঠা প্রকাশ করে। সে একটি কাহিনী অত্যন্ত সংক্ষেপে আমাদের শোনায়, আপনাকে জানাতে অনুরোধ করে সেই কাহিনী, আমরা অবশ্য সেই কাহিনী অন্তিমকালের প্রলাপ বলেই বিবেচনা করছি।

প্রলাপ অথবা স্থিরবুদ্ধিজাত, আমাকে তোমরা সেই কাহিনী বলো।

মা, তবে তার জবানিতেই শুনুন।— আমি বনের ভেতরে প্রবেশ করি এবং সঙ্গীতের স্বর শুনতে পাই। আমি জানি কখনো কখনো বৃক্ষের ঘন পাতার ভেতর দিয়ে প্রবাহিত বাতাসের বেগ-ধ্বনি সঙ্গীত বলে ভ্রম হয়, কিন্তু না, অচিরেই নীল শাড়ি পরিহিতা এক যুবতীকে দূরে প্রত্যক্ষ করি, আমার বিশ্বাস হয় যে, এই যুবতীই সঙ্গীত রচনা করছে। আমার কৌতূহল হয়, আমি অগ্রসর হই এবং নিকটে এসে বড় বিস্মিত হই। আমি আবিষ্কার করি যে, সঙ্গীত বলে যা গ্রহণ করেছিলাম, আসলে তা ক্রন্দনের ধ্বনি ছাড়া আর কিছুই নয়। যুবতীটি ক্রন্দন করছে। এটাই জাগতিক সত্য যে, যুবতী মাত্রই আমাদের যৌবনবোধকে আলিঙ্গন করে, বিশেষত যে রূপবতী সে তো দর্শন মাত্রেই। কিন্তু একথা আমার স্ত্রীকে তোমরা অবশ্যই বলবে যে, তাকে দেখেই আমার বড় বাৎসল্য উপস্থিত হয়। আমরা ধারণা হয় যে, সম্প্রতি আমি পুত্রের পিতা হয়েছি বলেই এ মত বোধ হচ্ছে। আমি মামুদ উজ্জ্যালের কথা স্মরণ করে উঠি এবং একই সময়ে যুবতীটি বলে ওঠে, আপনার পুত্রের কারণেই আমি আজ বিড়ম্বিতা। আমি বিহ্বল বোধ করি। অচিরে যুবতী খিলখিল করে হেসে ওঠে এবং বলে যে আপনার পুত্রের প্রতি আমি এক ভীষণ প্রতিশোধ গ্রহণ করব। আমি ক্রুদ্ধ হয়ে উঠি, পৃথিবী দুলে ওঠে, দীপ্তি অন্তর্হিত হয়ে যায়, আমি তীর সন্ধান করি। হায়, যুবতীটি চোখের পলকে সর্পে রূপান্তরিত হয়ে যায়, আমাকে দংশন করে সে মিলায়।

মামুদ উজ্জ্যালকে তার মা বুকের ভেতরে জড়িয়ে নিয়ে উচ্চারণ করে, আমার পুত্র কখনো যুবতীর সঙ্গে পরিচিত হবে না।

মা, আপনি নিতান্ত অজ্ঞানের মতো কথা বলছেন। যুবক কি কখনো যুবতীর পরিচয় গ্রহণ না করে অগ্রসর হতে পারে ? আপনি কি কখনোই শোনেন নি যে, যুবকেরা কাল এলে পিতাকে ত্যাগ করে, মাতার স্নেহ বিস্মৃত হয় এবং স্ত্রীর আলিঙ্গনে আবদ্ধ হয় ?

হ্যাঁ, আমি শুনেছি।

তবে আপনি ঐ ভীষণ প্রতিজ্ঞা উচ্চারণ করলেন কেন ? তাছাড়া, যে প্রতিজ্ঞা রক্ষার দায়িত্ব আপনার নয়, সে প্রতিজ্ঞা করাও আপনার কর্তব্য হয় না।

আমি মামুদ উজ্জ্যালকে তবে যুবতীর প্রতিশোধ থেকে রক্ষা করব কীভাবে ?

মা, ক্রিয়ার প্রতিক্রিয়া আছে, কর্মের প্রতিফল আছে; আঘাতেরও প্রতিশোধ আছে। আপনার পুত্র যদি আঘাত করে, তবে পরিণাম তাকে ভোগ করতেই হবে। এ বিষয়ে আপনার করণীয় কিছুই নেই। আপনার পুত্র যৌবনপ্রাপ্ত হলে তার কর্ম বা আচরণকে আপনি নিয়ন্ত্রণ করবেন কীভাবে ?

তাহলে বালক বয়সেই আমি তার হৃদয় কোমলভাবে গঠিত করে দেব।

অথচ, সে একটি সমাজের ভেতরে বাস করবে এবং সমাজের দৃষ্টিভঙ্গিকে সে গ্রহণ করবে। আমাদের সমাজধর্মে রমণীদের আঘাত করাটা দূষণীয় নয়, সে আঘাত শারীরিক অথবা মানসিক যাই হোক না কেন। আমরা লক্ষ করে দেখেছি, রমণী সবচেয়ে আঘাত পায় যখন তাকে অবিশ্বাস করা হয়; এবং আমাদের সমাজধর্ম এই যে, রমণীই বিনা প্রমাণে অপরাধী ও বিশ্বাসঘাতিনী বলে সাব্যস্তকৃত। অতএব, মা হিসেবে আপনার কর্তব্য হবে এই প্রতিজ্ঞা করা যে, যদি কোনোদিন মামুদ উজ্জ্যাল কোনো যুবতীকে, অর্থাৎ তার প্রণয়িনী অথবা

পত্নীকে অবিশ্বাস করে, আপনি পুত্রের পক্ষ অবলম্বন করবেন না যা কিনা আমাদের রমণীদের স্বভাব, বরং আপনি কন্যার পক্ষ গ্রহণ করবেন ও পুত্রকে প্রমাণ উপস্থিত করতে বলবেন। আমরা এখন বিদায় নিচ্ছি, মৃতদেহ সৎকারের অপেক্ষায় রয়েছে।

মৃত সমাধিস্থ হয়, জীবিতরা জীবনের পথে অগ্রসর হয়।

ছবির মতো বাড়িটি ক্রমে ম্লান হয়ে আসে।

স্বজনেরা সম্পত্তির বিপুল অংশ গ্রাস করে; স্বজনেরাই তো সবার আগে তৎপর হয়।

মানুষেরা বলে থাকে, বাড়ির প্রধান ব্যক্তিটি দেহান্তরিত হলে, পোষা কবুতর উড়ে যায়, ফলন্ত গাছ বন্ধ্যা হয়ে যায়, মানুষ সম্ভবত মানুষের স্বার্থপরতাকে গোপন করবার জন্যেই এইসব প্রতীকের আশ্রয় নেয়।

মামুদ উজ্জ্যালের মা ভেরামন নদীর দিকে তাকিয়ে বিলাপ করে, বড় বাড়ি ও বড় ঘরের আশা কেউ করো না; হাট যখন ভেঙে যায়, কে কোথায় যায় কেউ তাকিয়ে দেখে না; গাছের পাখি তো রাত পোহালেই বৃক্ষ ছেড়ে চলে যায়; তুমিও চলে গিয়েছ, তুমিও এখন আর এসে দাঁড়াবে না, তুমিও আর জিজ্ঞেস করবে না যে কেমন আছে তোমার পুত্র, কেমন আছে তোমার নারী।

মামুদ উজ্জ্যালকে বুকের ভেতরে চেপে ধরে তার মা; এই পুত্র বড় হলে তার সব দুঃখ ঘুচে যাবে, আবার এই বাড়িতে পূর্ণিমার আলো ফুটবে এবং ধবল গাভী অঝোর ধারে দুধ দেবে। জগতে যার পুত্র আছে, আশা তো তারই আছে এবং আশা বিনা মানুষ জীবনধারণ করে কী করে ?

অকূল সাগরে নৌকোর তো আশাদ্বীপের কূলকেও কেড়ে নিতে পারে না।

মামুদ উজ্জ্যাল বড় হতে থাকে। এক দুই বছর করে বড় হয় মামুদ উজ্জ্যাল। তিন বছর যায় তার হেসে খেলে; মায়ের চার বছর যায় পুত্রের দিকে তাকিয়ে থেকে; পাঁচ ছয় এইভাবে দশ পার হয়ে যায়, মা ঘরের চালে উলুছনের ছাউনি দেয়; ষোল বছর বয়সে মামুদ উজ্জ্যাল হালের বলদ কিনে চাষে মন দেয়।

কার্তিক মাসে মামুদ উজ্জ্যাল বীজতলায় বীজধান বোনে, লকলক করে বেড়ে ওঠে চারা; অগ্রহায়ণ মাসে মামুদ উজ্জ্যাল জমি কর্ষণ করে, কিছু নিজে করে কিছু কিষাণ দিয়ে করায়; এখনো তো অভিজ্ঞতা তার কিছুই নেই, নবীন কৃষক সে; পৌষের কুয়াশার ভেতরে চারা রোপণ করে সে, রোপণ করবার পর জলসেচ করে, পথ দিয়ে প্রবাসী বাড়ি ফেরে, সে তাকিয়ে দেখে প্রবাসীর হাতে বিদেশী কত আজব জিনিস; মামুদ উজ্জ্যাল ক্ষণকালের জন্যে জলসেচে বিরতি দেয়, মনটা উদাস হয়ে যায় তার, প্রবাসীর হাতে ঝোলানো আজব জিনিসগুলোর সঙ্গে সঙ্গে তার মন বহুদূর পর্যন্ত হেঁটে যায়, আবার সে ফিরে আসে, আবার সে জলসেচে মন দেয়; তার মাথার ঘাম পায়ে পড়ছে দেখে মা কেঁদে উঠে বলে, এই কাঁচা বয়সে এই তোর কপালে ছিল ?

বৈশাখ মাসে কাঁচি নিয়ে মাঠে যায় মামুদ উজ্জ্যাল, পাকা সাইলের ধান অপটু হাতে সে কেটে কেটে তুলে গোছা বেঁধে মাথায় করে বাড়ি ফেরে, পুত্রের প্রথম ফসল মা মাথায় তুলে নেয়, মায়ের ছাড়া জগতে আর কার অধিকার আছে এই প্রথম ফসলের ?

কতদিন উপবাসী আছে মা, তবু তো সেই অন্ন প্রথমে সে স্পর্শ করে না, পীরের দরগায় পাঠিয়ে দেয়, ভক্তের পায়ের ধুলায় পূতঃ মাটিতে মা আঁচল বিছিয়ে দোয়া চায়, আমার পুত্র যেন বেঁচে থাকে।

৩ *এই ধন বৈদেশে দিয়া পরান কেমনে ধরবো মাও*

যে দেশ দেখে নাই, যে দেশে যায় নাই, মানুষ কেন সেই দেশ অপরূপ মনে করে ? সেই না-দেখা দেশের জিনিস দেখলে মানুষ কেন অপলক চোখে তাকিয়ে থাকে, একবার স্পর্শ করবার জন্যে ব্যাকুল হয় ?

মানুষের কেন পাখা দেয় নি সৃষ্টিকর্তা ? যদি পাখা থাকত মামুদ উজ্জ্যালের তাহলে সে তো এই দণ্ডে উড়ে যেত আরব দেশে, একবার দেখে আসত, না জানি কেমন সেই দেশ যেখানে এই চাঁদের ভিটা থেকে কত মানুষ গিয়েছে।

মামুদের ক্ষেতের পাশ দিয়ে সড়ক, নদীর ঘাট থেকে নেমে এই সড়কে পা দিয়ে গাঁয়ে ঢুকতে হয়, ছুটির সময়ে কত মানুষ ফিরে আসে আরব দেশ থেকে, কত আজব, কত অচিন জিনিস হাতে ঝুলিয়ে, সায়েবি জামা পরে তারা গর্বের সঙ্গে পা ফেলে গাঁয়ের দিকে নেমে যায়। তাদের বাড়িতে খুশির হাওয়া বয়, অচিন গানের সুর ভেসে আসে, সারারাত বাংলাঘরে সুমসুম করে বিলাতি বাতি জ্বলে, কত মানুষ দেখা করতে আসে। যাবে নাকি একবার মামুদ উজ্জ্যাল জামালের বাড়িতে ?

জামাল তার সমান বয়সী। এক বছর হয় আরবে যায়, পরশু দিন ফিরে এসেছে, জামালকে তো চিনতেই পারে নি প্রথম দেখে।

ওটা আবার কে ? সায়েবের মতো পোশাক পরে লম্বা পা ফেলে হেঁটে যাচ্ছে ?

আমি জামাল।

বলে কী ? আরে বাসরে, শহরের লোক মনে করেছিলাম যে। মামুদ খুশি হয়ে ছুটে যায়, তার গায়ে হাত দিতে গিয়েও থমকে যায়, কী জানি যদি কিছু মনে করে, নিজের ঊরুতেই তখন হাত ঘষতে ঘষতে সে বলে, ভালো আছ তো, ভাই ? ভালো আছ ? কেমন আছ ? কেমন ছিলে ? এই কুশল জিজ্ঞাসা ছাড়া আর কোনো কথা জোগায় না তার মুখে। বন্ধু যদি বন্ধু হয়, কুশল ছাড়া আর কোনো কথা থাকে ?

আছি, ভালো আছি। তোমরা ?

আমরাও ভালো আছি, আমরা সকলেই ভালো আছি। তোমার হাতে এটা কী ?

বয়াতি গানে কতবার শুনেছে মামুদ উজ্জ্যাল— বাণিজ্য থেকে ফিরে আসে সওদাগর, হাতে তার হীরামন পাখি, নীলবরণ, ঘাড়ের কাছে লাল পালক যেন আগুনপাট।

কী পাখি, সওদাগর ?

হীরামন পাখি লবঙ্গ দ্বীপ থেকে এনেছি সাতমোহর দাম, কিন্তু বড় গুণী পাখি, ভোরবেলায় গান গেয়ে ঘুম ভাঙায়, রাতে গান গেয়ে ঘুম পাড়ায়, ঘরে থাকলে স্ত্রীর ভালোবাসা শতগুণে বাড়ে, কারণ এই পাখির জন্ম স্বর্গে হয়।

সওদাগর হীরামন পাখির গায়ে আদর করে হাত বুলায়, পাখি গান করে ওঠে।

জামালের হাতে চৌকো নীল রঙের জিনিসটা রৌদ্রে ঝকমক করে ওঠে।

জামাল মুখে কোনো উত্তর না দিয়ে বোতাম টিপে দেয়, সঙ্গে সঙ্গে গান ফেটে পড়ে। টু ইন ওয়ান একে বলে। রেডিও ধরে, ক্যাসেট বাজে, আবার তুমি কথা বললে কথাও ধরে রাখে, তোমার কথা তোমাকেই শোনায়। বাড়ি এসো, সব দেখাব।

আশ্চর্য হীরামন পাখিটাকে দোলাতে দোলাতে জামাল গাঁয়ের দিকে নেমে যায়।

লবঙ্গ দ্বীপ থেকে সওদাগর ফিরে এসেছে, দক্ষিণপাড়ায় ধুম পড়ে যায়।

মন বসে না কাজে, হাত চলে না মাঠে, মামুদ উজ্জ্যাল ক্ষণে ক্ষণে জামালের হাতে দেখা সেই আশ্চর্য জিনিসটার কথা ভাবে।

হ্যাঁ, হীরামন পাখিও তো মানুষের স্বর নকল করে শোনাতে পারে। সেদিন জামালের বাড়ি যায় মামুদ উজ্জ্যাল এবং এক আশ্চর্য সম্ভাবনা বহন করে ফিরে আসে। ভেরামন নদীর পাড়ে তার পিতার সেই জলটুঙ্গী কবেই ভেঙে গেছে, পাটাতনের কিছুটা এখনো কোনো ক্ষমতা বলে টিকে আছে, সেই পাটাতনের ওপর সে চুপ করে বসে থাকে, নদীর পানি তার চারপাশে ছোট ছোট খুশির তালি বাজিয়ে বয়ে যায় সারাটা অপরাহ্ণ।

মামুদ উজ্জ্যাল তো বুঝতেই পারে নি; হঠাৎ সে জামালের মুখে জেরা শুনে থ।

তোমার নাম কী ?

নাম জিজ্ঞাসা করে কেন জামাল ? তাকে সে চেনে না ? সেই কোন ছোটবেলা থেকে এক সঙ্গে বড় হয়েছে, এখন আবার নাম জিজ্ঞাসা করে কেন ?

বিদেশে গিয়ে ভুলে গেলে, ভাই ? আমার নাম মামুদ উজ্জ্যাল।

হাসতে গিয়েও বারবার কেন হাসি চাপতে চেষ্টা করছে জামাল ?

সে বলেই ফেলে, আরে, আরে, ব্যাপার কী ?

ব্যাপার গুরুতর। তোমার নামে মামলা আছে।

মামলা ? কীসের মামলা ?

কথার উত্তর দাও ঠিক ঠিক, মামলার বিষয় পরে জানবে। তোমার বাড়ি ?

ভয়ে ভয়ে উত্তর করে মামুদ, চাঁদের ভিটা। তারপরেই দ্রুত গলায় বলে ওঠে, আমি তো কারো কোনো ক্ষতি করি নি, মামলা করল কে ?

হো হো করে হেসে ওঠে জামাল, এবং মামুদ তখন লক্ষ করে যে খুট করে একটা বোতাম টিপে দিল সে যন্ত্রটার গায়ে, সেই নীল যন্ত্র। হাসতে হাসতে জামাল কী সব নাড়াচাড়া করে কিছুক্ষণ পরে আবার একটা বোতাম টিপে দেয়, মামুদ বিস্মিত হয়ে যায়।

জামালের গম্ভীর গলা, 'তোমার নাম কী ?'

স্নায়ু ঝিমঝিম করতে থাকে মামুদের, এক্ষুণি তার গলা নিশ্চয়ই শোনা যাবে। তার গলা ? 'বিদেশে গিয়ে ভুলে গেলে, ভাই ? আমার নাম মামুদ উজ্জ্যাল।'

হাসতে হাসতে গড়িয়ে পড়ে জামাল। মামুদ কিছুক্ষণ ফ্যালফ্যাল করে তাকিয়ে থেকে হো হো করে হেসে ওঠে। যন্ত্রের ভেতর থেকে স্পষ্ট শোনা যায়, সেই যে তখন খুকখুক করে হাসছিল জামাল, সেই হাসি।

'আরে, আরে ব্যাপার কী ?' নিজের ব্যাকুল গলা শুনে এবং তখন যে কিছুই বুঝতে পারে নি সেটা স্মরণ করে, লজ্জায় লাল হয়ে যায় মামুদ।

'ব্যাপার গুরুতর। তোমার নামে মামলা আছে।'

মামুদ বলে, আবার শুরু থেকে দাও, ভাই। আবার শুনি। কানে কানে এতকাল শুধু শুনেইছি এই যন্ত্রের কথা, আজ চোখে দেখে সার্থক হলো ভাই। আবার শুরু থেকে।

পরপর দু'বার শুনেও বিস্ময় কাটে না মামুদের, তৃপ্তি হয় না; আবার বাজাতে বলতে কেমন একটু সংকোচ হয় তার। আহারে মাকে যদি একবার শোনানো যেত! বলবে সে জামালকে ? চল, আমার বাড়িতে যাবি ? আর এটা নিবি সাথে ? আমার মা যে কোনোদিন দেখে নাই।

মায়ের কথা তো পুত্রেরই মনে পড়ে এ রকম একটা আশ্চর্য খুশির ভেতরে, যে পুত্রের মনে পড়ে না তার মা না জানি কত দুঃখী; সেই পুত্র যেন কারো গর্ভে না আসে।

সংকোচ করেই বাড়িতে নিয়ে যাবার কথাটা শেষ পর্যন্ত বলা হয় না মামুদের। এবং সেই তখন তার কল্পনা হয়, তার যদি নিজের এরকম একটা যন্ত্র থাকত, মায়ের গলা ধরে রেখে আবার যখন বাজিয়ে দিত, মা না জানি ভূত মনে করে লাফিয়ে উঠত, ভয়ে তাকে জড়িয়ে ধরত, কিছুতেই বিশ্বাস করত না— এত আশ্চর্যও জগতে আছে ?

ভাঙা জলটুঙ্গীর ওপর বসে মামুদ উজ্জ্যাল স্বপ্ন দেখে, নদীর পানিতে নিজের ছায়া পড়ে, সেই ছায়া পড়ে থিরথির করে কাঁপে, টু-উ-টু-উ করে কোথায় ডাকে পাখি, ঢুপ ঢুপ, ঢুপ, ঢুপ করে পাড়ের গর্তে পানি খেলা করে, মামুদ উজ্জ্যাল স্বপ্ন দেখে হীরামন পাখি ঝুলিয়ে সেও এসে নদীর ঘাটে নেমেছে।

নিজের গলার গান নিজে সে চিনতে পারে না।

অপরাহ্নে এ জলটুঙ্গীর পাটাতনে এসে আজকাল যখন সে বসে, সে তো আর এ দেশে থাকে না। সৃষ্টিকর্তা পাখা দেয় নি, মানুষের মন দিয়েছে, সেই পাখায় ভর দিয়ে মামুদ উজ্জ্যাল চলে যায়। আজো সে যায়। আর সেই বহুদূর থেকেই সে শোনে, তার দেশ থেকে কোনো এক যুবক বড় দরদ দিয়ে গাইছে, 'গিরকর্ম কর লো কন্যা, আলো কন্যা, তোর চক্ষে কেন পানি ? কোন জন জ্বালায়া গেল, আলো কন্যা, তোর মনের আগুনি।'

আরে, আরে, আরে।

এ গান তো তারই গলার গান। এ গান যে জামাল তার নীল যন্ত্রে ধরে রেখেছিল সেদিন। মামুদ উজ্জ্যাল পেছন ফিরে দেখে, যন্ত্রটা হাতে করে হাসিমুখে দাঁড়িয়ে আছে জামাল।

বন্ধ কর, বন্ধ কর, ভাই।

কেন, লজ্জা করে ?

যন্ত্রের ভেতর মামুদ উজ্জ্যাল গেয়ে ওঠে, 'এমন যইবন লো কন্যা, আলো কন্যা, তোর যায় অকারণ ?'

লজ্জায় লাল হয়ে যায় মামুদ।

'কাঞ্চা বয়স কালে লো কন্যা, আলো কন্যা, তোর ধইরাছে চিন্তা ঘুণ।'

মামুদ জামালের যন্ত্রটা দুহাতে ছুঁয়ে বলে, এই প্রথম সে ছোঁয়, পায়ে ধরি, ভাই। বন্ধ কর।

বন্ধ করে দেয় জামাল। তখনো যন্ত্রের ওপরে মামুদ উজ্জ্যালের হাত। অনেকক্ষণ সে হাত ফেলে রাখে যন্ত্রটির ওপরে। যুবতী কন্যার শরীর স্পর্শ করে কি এত সুখ আছে? যুবতী কন্যার স্পর্শ তো কখনো সে পায় নি; কিন্তু ঐ কাঞ্চা বয়স কথাটা শুনলেই যে রকম শিহরণ ছড়িয়ে পড়ে শরীরের ভেতরে, তার চেয়েও নিবিড় শিহরণ অনুভব করে মামুদ উজ্জ্যাল।

টু-উ, টু-উ।

টুপ টুপ, টুপ টুপ।

জামাল বলে, মনটা খারাপ লাগছে।

কেন রে?

কাল চলে যাচ্ছি।

কাল? আগামীকালই?

হ্যাঁ, ছুটি শেষ।

মামুদ উজ্জ্যাল একদিকে অনুভব করে মন খারাপ লাগবার ব্যথা, আরেক দিকে সে অনুভব করে লবঙ্গ দ্বীপে কেউ যাচ্ছে শুনে তুমুল আনন্দ। দুয়ের টানাপোড়েনে সে ফ্যালফ্যাল করে তাকিয়ে থাকে জামালের দিকে।

বিদায় নেবার আগে জামাল একটা অবাক করা কথা বলে।

এখানে থেকে কী করবি? চল না আরব দেশে।

আমি? আরব দেশে?

দুই বন্ধু এক সাথে থাকব, গলাগলি ধরে গল্প করব। হাত পুড়িয়ে রান্না করে খাব। আর সারাদিন খুব খাটব। সেই টাকা দিয়ে দেশে জমি কিনব, ব্যবসা করব, ঢাকায় থাকব।

মামুদ উজ্জ্যালের কি পাখা দেয় নি সৃষ্টিকর্তা, যে, সে এই এখনি সেই আরবদের দেশে উড়ে যায়।

প্রবাসী ফিরে যায় প্রবাসে, স্বপ্ন রেখে যায় যারা এখনো স্বদেশে আছে তাদের কাছে; ভেরামন নদীতে কোনাকুনি পাড়ি দেয় নৌকো— কোথায় যায়? অচেনা মানুষ জেলা সড়ক দিয়ে বড় দ্রুত পায়ে মিলিয়ে যায়। কোথায় যায়?

নারায়ণখলার পাশ দিয়ে ঢাকার সড়ক, সেই সড়কে জাহাজের মতো বাস এসে মুহূর্তের জন্য দাঁড়ায়, ভেঁপু বাজিয়ে মিলিয়ে যায়— কোথায় যায়?

মানুষের মনের পাখা যতদূর যায়, ততদূর কি যায়?

জ্যৈষ্ঠের দীঘল দিন ফুরোতে চায় না, চোখ বুজতে না বুজতেই আবার নিশি প্রভাত হয়, ডালে ডালে আম পাকে, জাম পাকে, কাক পক্ষী খায়, গাছের ফল মা কেটে পুত্রকে খাওয়ায়, পুত্রের দিকে বারবার তাকায় মা, আর মনে মনে ভাবে, আমার মামুদ কেন উদাস?

গভীর নিশীথে পুত্রের মাথায় এসে হাত দেয় মা।

ঘুম আসে না, বাবা? আমারও যে ঘুম আর আসে না। এ সংসার আমি কার হাতে দিয়ে যাব? আনাজ কুটি, আমি সেই কথা ভাবি। উঠান নিকাই, আমি সেই কথা ভাবি। গাছের ফল পাড়ি, আমি সেই কথা ভাবি। ফুলের সময়ে ফুল, ফলের সময়ে ফল, বর্ষাকালে পানি, শীতকালে পিঠা, সময়ের সুখ সময়ে নাই, তার জীবনে কিছুই নাই। আমি পাত্রী দেখি?

আহা কাঞ্চা বয়স। মামুদ উজ্জ্যালের মনে পড়ে যায় নীল সেই যন্ত্রটিকে স্পর্শ করার কথা। শরীর ঘন হয়ে আসে। সে পাশ ফিরে শোয়।

মা পুত্রের সেই ভঙ্গিকে সম্মতির প্রকাশ বলে ধরে নেয়, যুবক পুত্রের কত কথাই তো মায়েদের এভাবে অনুমান করে নিতে হয়, পুত্রের গায়ে হাত বুলিয়ে দিতে দিতে মা বলে, আমার সেই কপাল নেই যে তোমার বাবা জীবিত থাকবে, ঘোড়ায় সোয়ার হয়ে তার সাথে তুমি বর হয়ে যাবে। সে যদি থাকত, তোমার বিয়ের দিন কত ঢোল ডগর বাজত, আকাশে কত হাউই খিলই তুমরি বাজি পুড়ত। কত রোশনাই পথ দেখিয়ে চলত, কত জয় জুকার হতো। সে যদি থাকত, আমি সধবা, বরের মা, আমার সমবয়সী সখীরা কত সোহাগের দ্রব্য এনে দিত আমাকে, সাইল ধানের চাল দিয়ে আমার জন্যে তারা পিঠালি বাটত আর মুখে তিনবার আবা ধ্বনি দিয়ে আমাকে পরিহাসে জর্জরিত করে তুলত। সে যদি থাকত কত বড় ঘরের কন্যা সে তোমার জন্যে খুঁজে আনত, বাসরঘরে যাবার আগে চোরপানির ঘাটে তোমার শাশুড়ি দিতেন সোনা রুপার দান, যাত্রাকালে কত সজ-মশলা, ভারীর কাঁধে কত উৎকৃষ্ট চিকন চাল, গন্ধ তেল, আর তিনি বিলাপ করে বলতেন— আজ থেকে আমার কন্যা পর হয়ে যায়, বন্ধকী মালের পাহারাদার ছিলাম আমি, আজ আমি মালিকের হাতে তুলে দিলাম। বাবা, আমাদের কি সেই কপাল আছে? তবু জীবন ধর্ম কুম্ভকারের চাক। গরিবের ঘরে সোনা নাই, মন আছে; বাদ্য নাই, হাসির ঝিলমিল আছে; রোশনাই নাই, আদর আছে। সেই আদর যেখানে আছে, খুশি যেখানে আছে, মন যেখানে আছে, সেখান থেকে সোনার প্রতিমা আমি খুঁজে আনব বাবা।

মামুদ উজ্জ্যাল মায়ের দিকে ফিরে শোয় অতঃপর, মায়ের কোলে হাত রেখে বলে, মা, তোমার কষ্ট আমি বুঝি। তোমার কষ্ট দূর না করে আমি বিয়ে করব না।

আমার তো কোনো কষ্ট নেই বাবা।

আমি তোমারই মুখে শুনেছি আমার বাবা কত সচ্ছল ছিলেন। আমি তোমারই মুখে শুনেছি তিনি কত সমৃদ্ধ ছিলেন, আমি তোমারই মুখে সেই সচ্ছলতা ও সমৃদ্ধি বিনষ্ট হয়ে যাবার বিলাপ শুনেছি। আমি তোমার বিলাপ শুনে আর স্থির থাকতে পারছি না। আমি বিদেশে উপার্জন করতে যাব।

মা ডুকরে কেঁদে ওঠে।

কী? তুমি কী বললে, বাবা? আমি যা শুনেছি, তা ভুল শুনেছি বলেই বিশ্বাস করতে চাই, অতএব তুমি আবার সেই কথা বলো না।

বিছানার ওপর লুটিয়ে পড়ে কাঁদে মামুদের জননী, কারণ পুত্র আবার তার সিদ্ধান্তের কথা উচ্চারণ করেছে।

আমি আরব দেশে যাব, মা। তুমি কাঁদ কেন ? আমি চির জীবনের জন্যে তো বিদায় নিচ্ছি না ? আমি আবার ফিরে আসব, আমি যখন আসব, তখন আবার আমাদের সব ফিরে আসবে, সেই সচ্ছলতা, সেই সমৃদ্ধি।

নদীর পাহাড় ভেঙে পড়ে ঢেউয়ের রূপ ধরে, জননী পুত্রকে জড়িয়ে ধরে।

মামুদ উজ্জ্যাল পরদিন জামালের পিতার কাছে যায় জামালের ঠিকানা সংগ্রহ করতে। সেখানে সে সংবাদ পায়, জামালের নিজের কোনো সাধ্য নেই যে মামুদকে নিয়ে যায়।

তুমি ঢাকায় এই ঠিকানায় পত্র লেখ। আরব দেশে তারাই মানুষ পাঠায়।

সাগরে বান ডেকে ওঠে; সেই বান মামুদের জননী অন্তরে গোপন করে রাখে, কিন্তু চোখ আড়াল করতে পারে না; কেউ কি পারে ? এক পুত্রের জননী কি পারে ?— তার আঁচল ভিজে ওঠে।

মামুদ উজ্জ্যাল চিঠি পায়।

ঢাকা থেকে তার নামে চিঠি আসে।

> আরব দেশ, সে বড় দূরের দেশ। কাজের বন্দোবস্ত করাই আছে। পঁচিশ হাজার টাকার জোগাড় করিবেন। আর টাকাসহ আমাদের দফতরে আসিয়া সাক্ষাৎ করিবেন।

জননী চোখ মুছে প্রশ্ন করে, এত টাকা কোথায় ?

জামালের বাবা, মামুদ উজ্জ্যালের উপকার করবার ছলনায়, জামালেরই টাকায় মামুদের সমস্ত জমি ক্রয় করে নেয়।

মা, তুমি কাঁদ কেন ? এই জমি আবার আমি কিনব। আমাদের সমস্ত বেদখলি জমিও আমি উদ্ধার করব। আমি পয়গম্বরের দেশে যাই, মা। তুমি চোখের পানি ফেল না।

মায়ের মন কি আকাশের মতো ? তাই কি আকাশে এই ঘন কালো মেঘ, যেন রাজার হাতি সারি বেঁধে এসে দাঁড়িয়েছে ? সারারাত ঝরঝর করে বর্ষণ হয়।

আজ বড় সকাল করে ওঠে মামুদ উজ্জ্যালের মা।

আমার উজ্জ্যাল কী খেতে ভালোবাসে ? আমার উজ্জ্যাল কোনটা বড় পছন্দ করে ?

মায়ের কিছুই মনে পড়ে না।

বর্ষণ শেষে সোনার মতো ঝলঝল করে ওঠে আকাশ। মায়ের চোখে বর্ষণ থামে না। প্রবাসগামী পুত্রের জন্যে রান্না করে সমুখে বসে তাকে খাওয়ায়, পুত্র খায় আর মা দু'চোখ ভরে দেখে।

বাবা, পথে যদি ক্ষুধা বোধ হয় ? আর কিছু খাও।

পুত্র মাথা নাড়ে, তার পেটে তো স্থান নেই।

বাবা, কিছু সঙ্গে করে দিই ? বিন্নি ধানের খই আছে, বাবা। পাশের বাড়ি থেকে মহিষের দই এনে খোরায় দিই ? পথে ক্ষুধা পেলে তুমি খেও।

তুমি যে কত অবুঝ, মা। দই নিয়ে, খই নিয়ে শহরে কেউ যায় ?

তবে চারটি খইর খাজিয়ার চাল নিয়ে যাও, বাবা। কোনো কষ্ট নেই, পানিতে ভেজালেই ভাত হয়ে যায়। ক্ষুধা পেলে ভিজিয়ে খেও।

মামুদ উজ্জ্যাল নৌকায় উঠে বসে। সেই নরায়ণখলা পর্যন্ত নৌকায় যেতে হবে। তারপর সেখানে নেমে, মাইল খানেক হেঁটে বাস ধরতে হবে, সেই বাস যাবে ঢাকা।

মনে মনে পীরের সিন্নি মানে মা।

বিদেশ, এই অভাগীর ধন আমি তোমার হাতে তুলে দিলাম।

৪ *সেই চম্পা মৈলান হইব এই কন্যার কাছে*

ভেরামন নদী শিবার বাঁকে এসে মোচড় নেয়, সেই বাঁকে এসে নৌকা থেমে যায়।

কী হলো, মাঝি, কী হলো ?

মামুদ উজ্জ্যাল কোমরে বাঁধা টাকার থলি হাত দিয়ে চেপে ধরে থাকে। সে কি শোনে নি, পথিক এমন কত লুণ্ঠিত হয় ?

না, না, তেমন কিছু না, বাঁক ঠেলে লগিও আর চলে না। নদীর পানি বর্ষা এখনো জুৎ মতো পায় নি গো। আসুক না একদিন আকাশ ভেঙে ঝলমল করে পাগলি, তখন দেখো কিছুই আর করতে হবে না, হাল ধরে বসে থাক, তরতর করে পানিই তোমাকে টেনে নিয়ে যাবে।

কাল রাতে বৃষ্টি হলো যে ?

এক রাতের বৃষ্টি, নদীর তিয়াস মেটাতেই শেষ; তিয়াস মিটবে, তবে তো খলখল করে হাসবে ? তবে না সেই হাসির তোড়ে শিবার বাঁক তলিয়ে যাবে ?

যাত্রার মুখে এমন একটা বাধা ? মামুদ উজ্জ্যালের মনটা খারাপ হয়ে যায়। হঠাৎ ছ্যাঁৎ করে ওঠে তার প্রাণ। তাই তো ? আহা হা, যাত্রার কালে জননীর পায়ে সেলাম করে আসা হয় নাই তো! তাই কি বিধি বিরূপ হলেন ?

মাঝি বলে, ভাইরে, এখান থেকেই বিদায় দাও আমাদের। পাথারের ভেতর দিয়ে কোনাকুনি হাঁটা দিলে নরায়ণখলা এক ক্রোশের পথও নয়।

জননীর পায়ে সেলাম করতে কি জননীর সাক্ষাতে যাওয়ার দরকার পড়ে ? মামুদ উজ্জ্যাল মায়ের উদ্দেশে মনে মনে বলে, মাগো, তুমি অপরাধ নিও না।

সে নৌকো থেকে দ্রুত নেমে পড়ে। হেঁটেই যদি যেতে হয়, আর বিলম্ব করে লাভ কী ? নরায়ণখলায় এসে যখন পৌঁছোয় সে, মাথায় বাজ ভেঙে পড়ে।

বাস থামবার মোড়ে কয়েকটা দোকান, সেই দোকানের এক মানুষ বলে, এ হে হে, আর এক দণ্ড আগে আসতে পারলেন না ? বাস এইমাত্র ছেড়ে গেল।

তুমি কি অপরাধ নিয়েছ, মা ? মামুদ উজ্জ্যাল উদ্‌ভ্রান্ত হয়ে পড়ে।

আর বাস নেই ঢাকার ?

আছে।

আশার বাতি আবার ঝলমল করে ওঠে।

কখন ?

সেই মগরেবের আজান হবে, তখন।

দোকানের সামনে পাতা বেঞ্চের ওপর ইতস্তত করে বসে পড়ে মামুদ উজ্জ্যাল। সন্ধ্যার বাসেই সে ঢাকা যাবে। শখ করে এক পেয়ালা চা খায় সে। চারদিক তাকিয়ে তাকিয়ে দেখে। সবাইকে কত সুখী, নিশ্চিন্ত মনে হয়; মনে হয় জীবন নয়, জীবনের পালাগানে অভিনয় করছে ঐ দোকানি, ভিখিরি, বসে থাকা দুটো মানুষ, রাখাল, মৌলবি, বোরকা পরে বসে থাকা জামতলার বৌটি, তার কাছেই শুয়ে থাকা বুড়ো ছাগল।

একটা লোক মামুদের পাশ ঘেঁসে বসে পড়তেই তার মনে পড়ে যায়, সঙ্গে টাকা আছে, সে কোমরে হাত দেয়। না, ঠিকই আছে। লোকটি মামুদের দিকে তাকিয়ে মৃদু হাসে; মামুদ কোমরের ওপর আরেক হাত রাখে; লোকটি তার কোমরের দিকে তাকায় একবার চকিতে। লোকটিকে সুবিধের মনে হয় না মামুদ উজ্জ্যালের, লোকটি বারবার প্রশ্ন করে সে কেন ঢাকায় যাচ্ছে ? মামুদ উঠে দাঁড়ায়, মামুদ একটু একটু করে সরে যায় দোকানের ছায়া থেকে, হেঁটে যায় জামতলা দিয়ে। মামুদ মনে মনে ভাবে, নরায়ণখলায় না পিতার এক বন্ধু ছিল ? তার বাড়িটাও যদি জানা থাকত, মামুদ না হয় আজ এখানেই রাত কাটিয়ে কাল দিনের বাসে করে ঢাকা যেত।

পেছন ফিরে সে দেখতে পায়, লোকটি দূরে উঠে দাঁড়িয়েছে, তারই দিকে তাকিয়ে আছে। মামুদ আর বিলম্ব করে না, দ্রুত পায়ে গাঁয়ের দিকে নেমে যায়।

অচিরে সে খাল পাড়ে পৌছায়, খাল পাড়ে সে ডেপুরা ঘর দেখতে পায়, ঘরের মাথায় আনাজ লতার ঘন সবুজ, বাড়ির কোনো আব্রু নেই, কয়েকটা কলা গাছ মাথা তুলে যেন পাহারা দিচ্ছে সংসার।

আহা, কার এমন ছবির মতো সংসার! আবার সেই ছবির কথা এসে যায়। মানুষ কবেকার কোন ছবির সঙ্গে অবিরাম তুলনা করে ?

প্রাচীন বৃক্ষের চেয়েও প্রাচীন এক বুড়ো আঙিনায় কার প্রতীক্ষায় অপলক তাকিয়ে আছে; যেন সে মামুদ উজ্জ্যালেরই পথ চেয়ে আছে, তাকে দেখে সেই প্রাচীন নীরবে আমন্ত্রণ জানায় বসবার জন্যে।

মামুদ একটা কাঠের গুঁড়ির ওপর আসন নেবার সঙ্গে সঙ্গে প্রাচীন বলতে শুরু করে, আমার মতো হতভাগ্য আর কেউ নয়। আমি অবলম্বন করতে পারি, এমন আমার কেউই নেই। আমার জোত-জমি ছিল, নদী তা গ্রাস করেছে; আমাকে এখন গ্রাসাচ্ছাদনের জন্যে সেই সৃষ্টিকর্তার দয়ার ওপর নির্ভর করতে হয়। দিনের দিনমান একবার আহার করি এবং তবুও দিনকে আমি দৌড়ে ধরতে পারি না। পথিক, আমি নিজের জন্যে চিন্তিত নই, আমার এক কন্যার জন্যেই আমি রাত্রির ঘুম জানি না এবং দিবসেও কোনো উজ্জ্বলতা দেখি না।

প্রাচীনের চোখ বেয়ে নিঃশব্দে অশ্রু গড়িয়ে পড়ে।

আহা, কেঁদ না।

আমি আমার জন্যে কাঁদি না, আমি আমার পাখির মতো কন্যাটির জন্যে এখন ব্যাকুল বোধ করছি। আমি সারাদিন এই পথের দিকে তাকিয়ে থাকি এবং আমার বিশ্বাস হয়, যে, একদিন এই পথ দিয়ে এমন এক যুবককে আমি উঠে আসতে দেখব, যার গন্তব্য এখানেই।

মামুদ উজ্জ্যাল একটি সুবাস পায়, সেই সুবাস ক্ষীরের মতো কলার নয়, কান্তিবর্ধক আনাজের মতো নয়, সেই সুবাসটিকে গীতধ্বনির মতো অনুভব করা যায়।

অচিরে সে এক যুবতীকে গাগরি কাঁখে বাড়ির পাশ থেকে আঙিনায় উঠে আসতে দেখে। যুবতী নতমুখে উঠে আসে এবং চোখ তুলেই ভিনদেশী পুরুষকে আঙিনায় বসে থাকতে দেখে আঁচল টেনে গা ঘুরিয়ে দাঁড়ায়। স্থির হয়ে দাঁড়িয়ে থাকে কিছুকাল, তারপর দ্রুত ডেপুরার ভেতর চলে যায়।

সেই মুহূর্তকালের ভেতরে মামুদ উজ্জ্যাল জীবনের স্বাদ তীব্র মিষ্টি বলে ধারণা করে ওঠে। কন্যার সে প্রথম যৌবন দেখে, আর ভালো, আর কিছুই তার দৃষ্টিতে ধরে না। মাথার বেশ উপুড় হয়ে পড়েছে পায়ে, তার চোখ দেখে নিজের চোখকে বোঝায় সে— আবার তার দেখা পাব, অঙ্গ থেকে স্খলিত বসন যেন যৌবনের পায়ে লুটিয়ে পড়ে, অবাক্য মামুদ উজ্জ্যাল তাকিয়ে থাকে যুবতীর পরিত্যক্ত শূন্য স্থানের দিকে। জাগ্রত মানুষও কি স্বপ্ন দেখতে পায়?

ডেপুরার ফাঁক দিয়ে দুটি চোখ অচিন এই পথিককে অপলক চোখে দেখতে থাকে।

প্রাচীন প্রশ্ন করে, বাবা, তুমি কে? তোমার নাম কী? তোমার পিতার পরিচয়ই বা কী? তুমি কোথা থেকে এসেছ? তুমি কোথায় যাচ্ছ? তোমার যদি ত্বরা না থাকে, তুমি এই দরিদ্রের বাড়িতে আজ আতিথ্য স্বীকার কর, ভোরবেলায় তোমাকে আমরা সজল চোখে বিদায় দেব।

আমার নাম মামুদ উজ্জ্যাল, আমিও বড় হতভাগ্য, আমার পিতা জীবিত নেই। আমি ঢাকায় যাচ্ছি, আমি চাঁদের ভিটা থেকে আসছি। আমার সংসারে জননী ছাড়া আর কেউ নেই।

ডেপুরার বেড়ার ফাঁকে কান পেতে একজন অন্তর দিয়ে শোনে তার কথা।

অচিরে সেই প্রাচীন উচ্চারণ করে, আয়না।

মামুদ উজ্জ্যালের বোধ হয়, প্রাচীন কোনো মন্ত্রপুত অলৌকিক আয়নাকে আহ্বান করে, যা এখুনি বায়ুস্তর থেকে অবতীর্ণ হয়ে একটি স্বপ্নজগৎ তাকে প্রত্যক্ষ করাবে। প্রাচীন আবার আহ্বান করে, আয়না।

ডেপুরার পাটশোলার দরজা সরে যায় নিঃশব্দে, লজ্জায় রক্তিম একটি মুখ এসে রৌদ্রের ভেতরে স্থাপিত হয়।

মামুদ উজ্জ্যাল স্মরণ করে, দেশে আছে চম্পার ফুল, সেই ফুল ফুটে থাকে গাছের শাখায়, এই কন্যার পাশে সেই চম্পাও মলিন হয়ে যাবে।

প্রাচীন আর্তনাদ করে ওঠে, জনম দুখিনী সে, আমি যখন কবরে যাব, আয়নার দুঃখে আমার কবরের মাটিও ফেটে যাবে।

এই বাড়িতেই মামুদ উজ্জ্যাল সে রাতের মতো আশ্রয় নেয়।

ঘরের বাতায় ঝোলানো কলসের ভেতরে তোলা আছে কাউনের চাল, সেই চালের জাউ আর গাছের কলায় তাকে আপ্যায়ন করে আয়না বিবি। অমৃতের কি এত স্বাদ হয়? যে স্বাদ লজ্জায় অবনত যুবতীর এগিয়ে দেয়া তণ্ডুলে?

ভোরে বিদায়ের সময় আয়নাকে কোথাও দেখা যায় না, অশ্রু এবং কৌতুকে মাখামাখি হয়ে প্রাচীন বলে, তার বড় লজ্জা। ফেরার কালে তুমি আবার আমাদের দেখা দিও, উজ্জ্যাল।

খালের পাড় দিয়ে পথ। পথে নামে মামুদ উজ্যাল। এই পথ বড় দীর্ঘ মনে হয়। হঠাৎ একটি ভ্রমর যেন গুঞ্জন করে ওঠে, সাধু।

থমকে দাঁড়ায় সে।

বহুদূর দিয়ে কে যেন গান গেয়ে যায়, 'নিকট বন্ধুরে'। হিজলের তলায় এসে সেই সুর ঘুরপাক খায়। মামুদ হিজলের দিকে দৃষ্টিপাত করে, গাগরি কাঁখে আয়না বিবিকে দেখতে পায় তখন। খালের বুকের ওপর আনত হয়ে আছে হিজলের ডাল, সেই ডালের আড়ালে নতমুখে দাঁড়িয়ে আছে যুবতী।

মামুদ কিছুটা অগ্রসর হয় দুপায়ে, সবটুকু অগ্রসর হয় দু'চোখে।

যুবতী চোখ তুলে তাকে দেখে এবং আর সে চোখ নামিয়ে নেয় না।

আয়না বিবি তার হাত মামুদের হাতে সমর্পিত দেখতে পায়, শিহরিত হয়ে ওঠে। সে তার চারদিকে শব্দের কোমল ভ্রমরগুলো উড়তে দেখে, যুবকের শরীর থেকে নদী প্রবাহের ঘ্রাণ সে পায়।

আয়না বিবির দৃষ্টি থেকে উচ্চারিত হয় তখন, তুমি কি আমার সেই নিকট বন্ধু তবে ? যদি হও, আমি তোমাকে আমার এই ছোট্ট জীবনের দিনগুলো, যেন এক মুঠো ফুল, মালা গাঁথি নাই, কারণ, জানি না কার জন্যে মালা; অথবা গাঁথি নাই আমার হাতে রঙিন সুতো নেই বলে, সেই দিনগুলো আমি তোমাকে দিতে চাই, সাধু। আমার এই জীবন, আমার এই সামান্য জীবনের অতি সাধারণ দিনগুলো, যার একমাত্র অসামান্যতা এতেই যে, সবগুলো দিন যেন একটিই দিন এবং একটিই তার উদয়ের কারণ কারো প্রতীক্ষা। তুমি কি সেই প্রতীক্ষার অবসান, সাধু ?— আমি এতই সামান্য যে, নির্ণয় করতেও বড় অক্ষম। যদি তুমি সেই হও, আমার পরিচয় না শুনে তুমি তোমার গন্তব্যের দিকে অগ্রসর হয়ো না। ভোরের রৌদ্রও বড় কম তীব্র নয়। তোমার মুখে ঘাম জমছে, সাধু। তুমি এই হিজল তলায় এসে দাঁড়াও, হিজলের ছায়া তোমাকে প্রীত করুক এবং সেই ছায়া যে অন্তরে আমারই শাড়ির আঁচল, তা তোমার অজানাই না হয় থাক, সাধু।

চোখ দিয়ে পানি গড়িয়ে পড়তে থাকে আয়না বিবির।

কাঁখের গাগরিতেও কি এত পানি আছে ? চোখ মুছে আয়না বিবি আবার মামুদ উজ্যালের দিকে দৃষ্টিপাত করে।

পিতার বড় আদরের, মায়ের বড় অভিশাপের আমি, সাধু। জন্মেই আমি গ্রাস করি আমার জননীকে। এমন ফুল কি তুমি দেখ নি ? যে গাছ বিদীর্ণ করে পুষ্পিত হয় ? আমার একটিই দুঃস্বপ্ন, আমাকেও কি বিদীর্ণ হতে হবে পুষ্পিত হবার জন্যে ? অতএব, প্রতীক্ষার আনন্দ এবং মৃত্যুর আশঙ্কা এনে দেয়। তবে আমি বয়াতিদের গান শুনেছি, সাধুর সাহচর্যে অভিশাপও কেটে যায়, সত্যিই যদি সাধু সহানুভূতিশীল হয় এবং তার করতল হয় সুগন্ধযুক্ত। তুমি কি আর একটি দিন অপেক্ষা করে যেতে পার না ?— যাতে আমার পরিচয় তুমি গ্রহণ করতে পার, যেন আমা থেকে তুমি ভীত না হও ?

মামুদ উজ্যাল বিস্মিত হয়ে তাকায় আয়না বিবির দিকে। সাধু তোমার চোখ আমি দেখলাম। এক চোখে প্রশ্নের কাঁটা, আরেক চোখে সহানুভূতির ফুল। দেখ, নদী এখন

আশ্রয় নিয়েছে আমার দুই চোখের পল্লবের ফাঁকে। আমি তো আজীবন দেখেছি কাঁটা ডুবে যায়, ফুল ভেসে থাকে, তোমার দুই চোখেই ফুল ফোটাও সাধু সোনার কলসি আমার কাঁখে নেব, নিতান্তই এ মাটির, এর কোনো দীপ্তি নেই। তা নাই থাক, তুমি অবশ্যই জেন, সোনার কলসির চেয়ে মাটির কলসি তৃষিতের করতলে স্নিগ্ধ বলে অনুভূত হয়ে থাকে। তুমি কি তৃষিত ?

মামুদ উজ্জ্যাল উচ্চারণ করে, এই হিজলের ছায়া আমি বিস্মৃত হব না। ফেরার পথে আবার আমি এখানে ফিরে আসব। এই হিজল যেন পানির বুকে ততদিন মুখ দেখে।

দূরে বড় সড়কের ওপর জাহাজের মতো বাস এসে দাঁড়ায়। মামুদ উজ্জ্যাল ঢাকার বাসে উঠে পড়ে।

বাস উধাও হয়ে যায়; বাসের ভেতরে একজন অবিরাম শুধু চম্পা ফুলের সুবাস পায়।

হা কন্যা, তুমি গৃহকর্ম কর, তোমার চোখে কেন পানি ? সন্ধ্যার প্রদীপ জ্বালাতে কেন তোমার এখন আর মনে থাকে না ? হিজল তলায় এসে দাঁড়ালে সড়কের দিকে কেন তোমার চোখ পড়ে রয় ? ভরা কলসি, তবু কেন বারবার তুমি কলসি কাঁখে ছুটে যাও হিজল তলার ঘাটে ? তোমার বেলা যায়, তোমার তবু বেলা যায় না কেন ? স্নান কর, তবু কেন শীতল তুমি হতে পার না ? প্রসাধন কর, তবু কেন তোমার কেশের মলিনতা যায় না ? তুমি কেন চিকন কাঁকনীর মতো আঙিনায় শুধু প্রদক্ষিণ কর ?

৫ *লাভের বাণিজ্য সাধু সমূলে হারায়*

বনে থাকে বাঘ, সেই বাঘের মতো নির্দয় কে ? পাহাড়ে থাকে ভালুক, সে ভালুকের মতো হিংস্র কে ? গর্তে থাকে সাপ, সে সাপের মতো খল কে ? বস্তিতে থাকে মানুষ, সে মানুষের মতো একই সঙ্গে, হিংস্র আর খল কেউ নয়। অবোধ প্রাণী তো আর স্বভাব বোঝে না যে দয়াবান হবে ? স্নেহশীল হবে ? সরল হবে ? মানুষ অবোধ প্রাণী নয় যে সে জানে না যে সে কী করছে ? মিথ্যাই মানুষ দোষী করে বনের প্রাণীকে, মানুষের চেয়ে বড় দোষী এই জগতে আর কে ?

হায়, মানুষের হাতেই মানুষের আশা, আবার সেই মানুষের হাতেই মানুষের আশা যায়। বড় আশা করে সে যায়। শহরের মানুষ শরীর ঘুরায়, সে অবাক হয়ে দেখে; শহরের মানুষ হাতের দশ আঙুল চোখের ওপর নাচায়, সে আশ্চর্য হয়ে দেখে; শহরের মানুষ অচিন ভাষায় কথা কয়, সে বেকুব হয়ে শোনে। মামুদ উজ্জ্যালের সমুখে কাগজ এনে ধরে, সে সই দেয়; মামুদ উজ্জ্যালকে কোথায় কোন দালানের সমুখে লাইনে দাঁড় করিয়ে দেয়, সে এক পা এক পা করে এগোয়; মামুদ উজ্জ্যালকে টাকা দিতে বলে, সে থলি ধরে হাতে তুলে দেয়। মামুদ উজ্জ্যালকে আশা দেয়, সে আশা নিয়ে বস্তির ঘরে দেশের মানুষের সঙ্গে বাস করে।

একদিন দেশের মানুষ বড় সাজগোজ করে, মাথার সিঁথি ঘুরায় ফিরিয়ে আবার সিঁথি কাটে, পাম্পসু জোড়া পায়ে দেয়, বুক পকেটে রুমাল রাখে, মামুদ উজ্জ্যালের দিকে ফিরে তাকিয়ে মিটিমিটি হাসে।

কোথায় যাও, ভাই কোথায় যাও ?

যাই এক দেশে।

মামুদ উজ্জ্যাল অবাক হয়ে দেশের মানুষকে জিজ্ঞেস করে, কত দূরের দেশ? সেটা কেমন আবার দেশ? যে, আয়োজন নাই, উদ্যোগ নাই, পকেটে শুধু রুমাল নিয়েই যাওয়া যায়? সে বড় রঙ্গিলা দেশ, সেখানে রুমাল ছাড়া বেসাতি নাই। চল না যাই?

আমি?

যাও তো চল আমার সাথে। সব চিনিয়ে দেব, জানিয়ে দেব, একবার গেলে আর ফিরে আসতে মন চাইবে না।

মামুদ উজ্জ্যালের হাত টেনে পথে নামায় দেশের মানুষ।

সেই কত দূর, সেই কোন নদীর পারে গিয়ে রিকশা থেকে নামে দুজন, তারপর পায়ে হেঁটে গলির ভেতরে ঢোকে, ঢুকতেই খিলখিল হাসি, নাকে ঝাঁক ধরানো অচিন গন্ধ, রুনরুন ঝুনঝুন শব্দ আর ছেঁড়া ছেঁড়া ফুলের পাঁপড়ি, গান, নিভু নিভু আলো। মামুদ উজ্জ্যাল দেশের মানুষের খুঁট ধরে টান দেয়, বলে, এ কেমন জায়গা? এ তুমি কোথায় আনলে?

খুকখুক করে হাসে দেশের মানুষ।

এ খারাপ জায়গা। মামুদ উজ্জ্যাল ছটফট করে দৌড়ে পালাবার জন্যে।

দেশের মানুষ তার হাত ধরে টান দেয়, বলে, নিতান্ত কাঁচা না তবে? জানলে কী করে?

মানুষ খারাপ জায়গায় কোনোকালে না গিয়েও কী করে বোঝে? গণিকালয় তো কাউকে চিনিয়ে দিতে হয় না? নতুন মানুষ ভুল করে ঢুকলেও নিঃশ্বাস নিয়েই চমকে উঠে, ছুট দেয়। আবার সেই মানুষই মানুষের অন্তরের খারাপ কোনো কখনোই আঘাত না পাওয়া পর্যন্ত টের পায় না? খারাপের সঙ্গে সরল বিশ্বাসে মেশে? তার হাতে সর্বস্ব তুলে দেয়?

দেশের মানুষ মামুদের হাত ধরে নিচু একটা দরজা দিয়ে ভেতরে ঢুকে যায়, তারপর ছোট্ট উঠোন পেরিয়ে একটা ঘরের সমুখে এসে থামে, দরজা দিয়ে আধো খোলা, লম্বা তারের সঙ্গে ন্যাংটো একটা বাতি ঝুলে আছে, রেডিও থেকে গান শোনা যাচ্ছে।

দেশের মানুষ চতুরালি করে টোকা দেয়, কুউউ করে উঠে, নিচু গলায় মিঠে ডাক দেয়, মউফল।

কড়া সুগন্ধ আর চিকচিকে অলঙ্কারের ছটা নিয়ে মউফল এসে দরজায় দাঁড়ায়, তারপর নতুন মানুষ দেখেই কোমর দুলিয়ে, চিবুক বাঁকিয়ে আড়চোখে তাকিয়ে থাকে একদৃষ্টে।

দেশের মানুষ হেসে বলে, গিলে খাবে নাকি? এ রয়ে সয়ে খাবার জিনিস। টাটকা। আনাড়ি।

খপ করে মউফল মামুদ উজ্জ্যালের হাত ধরে টান দেয়।

আরে, আরে, করে কী?

মউফল চোখ ঘুরিয়ে বলে, বাঘ নই যে গিলে খাব, ভয় কীসের?

দুজনকেই ঠেলা দিয়ে ভেতরে ঢুকিয়ে দেয় দেশের মানুষ, লাফ দিয়ে ভেতরে এসে দরজা বন্ধ করে হাত ঝাড়া দিয়ে বলে, বিশ্বাস কী? দেখা— দেখা এক পলকের দেখা না, তোমার চোখে রসের ঝিলিক?

এখনি বুঝি মুর্চ্ছা যায় মামুদ উজ্জ্যাল। মউফলের গায়ের সেই কড়া সুগন্ধ তাকে অবশ করে দেয়, সে বিড়বিড় করে বলে, আমি যাই, তবে আমি যাই, আমি যাই এখন।

খিলখিল করে হেসে ওঠে মউফল।

দেশের মানুষ মউফলের কোমরের মাংস চিমটিতে তুলে নিয়ে বলে, এত তোমার বড়াই, আর এত তোমার ঢলঢলানি, নাগর দেখি যাই-যাই করে। কী ব্যাপার ?

মামুদ উজ্জ্যাল ফ্যালফ্যাল করে তাকিয়ে থাকে মউফলের দিকে।

মউফল বলে, কী দেখ ?

দেশের মানুষ টিপ্পনি কাটে, রূপ।

মামুদ উজ্জ্যাল চোখ ফিরিয়ে নেয় সঙ্গে সঙ্গে।

দেশের মানুষ হা হা করে হেসে ওঠে, বলে, না, না, রূপ দেখে না। শিশু জননীকে চক্ষু মেলে দেখে, দুগ্ধ পান করবে কিনা ? আহা, দাও, ওকে দাও, কোলে নিয়ে দুগ্ধ দাও মউফল।

হঠাৎ তারস্বরে চিৎকার করে ওঠে মউফল।

দেশের মানুষটা মউফলের দু'হাতের নখের আঁচড়ে, আঘাতে, পেষণে একেবারে বেসামাল হয়ে যায়, মাদুরের ওপর পা ছড়িয়ে প্রায় চিৎ হয়ে পড়ে যায় সে।

অপ্রতিভ গলায় হাসবার চেষ্টা করতে করতে দেশের মানুষ বলে, কী কর, কী কর, মউফল ? আমি এমন কী বললাম ?

হাঁপাতে হাঁপাতে উঠে দাঁড়ায় মউফল। তার দু'চোখ মাথার ওপরে বাতিটার মতো টকটক করছে।

মা জননী কি তোমাকে গর্ভে ধারণ করে নি ? তরল পাপ আর ধবল দুধের ভেতরে যে তফাত, তা কি তুমি জান না, বিস্মৃত হয়েই পাপের ভেতরে প্রবেশ করতে হয় ? যে বিস্মৃত হতে পারে না, সে পাপ করতে পারে না।

মউফল তীব্র কণ্ঠে উচ্চারণ করে, মা নিয়ে কথা ?

বড় কৃতজ্ঞ বোধ করে তখন মামুদ উজ্জ্যাল, এই জগৎ আর সম্পূর্ণ বিরূপ বা অচল বলে তার বোধ হয় না, মউফলের জন্যে তার অস্বস্তি ধীরে ধীরে তলিয়ে আসতে থাকে, এমনকি মনের ভেতরে কোথায় যেন সে একটি আশ্রয় অনুভব করে ওঠে।

দেশের মানুষ মউফলকে অচিরে পাশের ঘরে নিয়ে যায়, দরজা বন্ধ করে দেয়, মাথা নিচু করে অপেক্ষা করে মামুদ উজ্জ্যাল। এবং বড় দ্রুত ফিরে আসে দেশের মানুষ, এসে মামুদের হাতে হ্যাঁচকা টান দিয়ে বলে, বসে কেন ? চল।

বিরস মুখে দাঁড়িয়ে ছিল মউফল, মামুদ উঠে দাঁড়াবার সঙ্গে সঙ্গে মউফলের চোখে ঝিলিক দেয়। মউফল মামুদের হাত ধরে বলে, আরেকদিন এসো।

নীরবে মাথা দোলায় মামুদ উজ্জ্যাল।

আসবে না ?

চুপ করে থাকে সে।

মউফল বলে, সুখে না আস, দুঃখের সময় এসো।

মামুদ উজ্জ্যাল চমকে তার মুখের দিকে তাকায়।

না।

না ?

না, না, না।

হঠাৎ খিলখিল করে হেসে উঠে মউফল, হাসতে হাসতে প্রায় গড়িয়ে পড়ে মামুদ উজ্জ্যালের গায়ে, মামুদ লাফ দিয়ে সরে দাঁড়ায়।

আমার গায়ে কি কুষ্ঠ ? লাফ দিয়ে সরলে ?

দেশের মানুষের হাত ধরে মামুদ বেরিয়ে যাবার জন্যে পা বাড়ায়, পেছন থেকে টেনে ধরে মউফল, মামুদ যখন জামা ছাড়িয়ে নেয়, সে আবার সবলে আঁকড়ে ধরে।

মউফল বলে, চিনি না ? তোমাকেও আমি চিনি! কাল না আস, পরশু আসবে, পরশু না আস, পরের দিন আসবে। আসবেই, আসতে হবে।

দেশের মানুষ বিরক্ত হয়ে বলে, আহ্, শুরু করলে কী ? ছেড়ে দাও।

মউফল জামাটা ছেড়ে দেয় মামুদের, কিন্তু রেহাত দেয় না, মামুদের চিবুকে হাত রেখে বলে, মুখখানা দেখে রাখি তো, যদি আসে, যদি চিনতে না পারি ?

মামুদ বলে, বড় বিনয় করে সে বলে তখন, আমাকে যেতে দাও বোন, তুমি আমার বোন হও।

খিলখিল করে আবার হেসে ওঠে মউফল। হঠাৎ দরজা আগলে দাঁড়ায়।

দেশের মানুষ সামাল দেবার চেষ্টায় বলে ওঠে, কী খেলা শুরু করলে ? এখন যেতে দাও তো।

তোমার বন্ধু আমাকে বোন বলে যে।

নতুন মানুষ, তাই বলে।

কত ভাই দেখলাম, কত স্বামী দেখলাম, বোনের কামাই খায়, বৌ এনে বেশ্যাপাড়ায় বেচে দেয়।

বলো কী ? বলো কী, মউফল ? তুমি বলো কী ?

বিস্ময় আর অবিশ্বাস নিয়ে মউফলের দিকে তাকায় মামুদ উজ্জ্যাল।

তার দিকে চোখ বাঁকিয়ে মউফল বলে, হ্যাঁ গো, হ্যাঁ।

বেচে দেয় ?

নতুন শুনলে বুঝি ?

কেন বেচে দেয় ? বৌ কেন বেচে দেয় ?

খিলখিল করে হাসে মউফল।

টাকা নিয়ে বেচে দেয় ? নিজের বৌ ? কী বলো তুমি বোন ?

কীসের বোন ? বোন ডাকবে না। আমার কাছে সাধু সাজ ?

আহ্, আহ্! মামুদ বুকের ভেতরে ভয়াবহ মোচড় অনুভব করে। কে তাকে ডেকেছিল সাধু বলে সেই হিজল গাছের তলায় দাঁড়িয়ে ?

মউফল মামুদ উজ্জ্যালের ঘাড়ে ধাক্কা দিয়ে ঘর থেকে ঠেলে বের করে দিতে দিতে বলে, কত সাধু দেখেছি হে, কত গাঙের পানি আমি দেখলাম। যাও আবার এসো। আসবেই তুমি। ঘরের বৌ বেচতে আসবে, আমার কাছে এসো, আমি মহাজন হয়ে বসে রইলাম পথ চেয়ে।

দড়াম করে দরজা বন্ধ করে দেয় মউফল।

উঠোনে নেমেও পা চলতে চায় না যেন মামুদের!

দেশের মানুষ তার পিঠে চাপড় মেরে বলে, মউফলের কাহিনী আছে। তার স্বামী তাকে এখানে বেচে দিয়েছিল, সেই অভাবের সময়। রূপের এত বাহার তার, অনেক টাকাই পেয়েছিল, মনে হয়। মউফলের পেটে দু'ফোটা পড়লেই এইসব বকে। তুমি টের পাও নি ? আজ তো একেবারে গলা পর্যন্ত খেয়েছে।

কী খেয়েছে ?

মদ, মদ।

সমস্ত শরীর দুলে ওঠে মামুদ উজ্জ্যালের। কানের ভেতরে অবিরাম ডাক শুনতে পায়, সেই এক ডাক, সেই গীতধ্বনি কী আহ্বান, সাধু, সাধু, সাধু, হিজলতলায়, খালের পানিতে মুখের ছায়া; চম্পা ফুলের আধো সুবাস, সাধু মামুদ উজ্জ্যাল।

মউফল খিলখিল করে হাসে, ইতস্তত ছেঁড়া ফুলের পাপড়ি, মউফল উন্মত্তের মতো রুনরুন ঝুনঝুন নিস্তব্ধ হয়ে অবিশ্রান্ত ঝিল্লি পোকার ডাকে রূপান্তরিত হয়ে যায়।

পরদিন আরব দেশে যাবার দিন; আহা, নবী করিমের দেশে যায় মামুদ উজ্জ্যাল, হীরামন হাতে ঝুলিয়ে ফিরে আসবে মামুদ উজ্জ্যাল, ভেরামনের বুকে ভাঙা জলটুঙ্গী আবার নতুন হয়ে উঠবে, সুন্দি বেতের চিকন লতি দিয়ে ঘরের বেড়ায় চিত্র রচিত হবে, ধবল গাভী হাম্বা ডেকে উঠবে বিকানো উঠোনে, তার মায়ের গরব দেখে গাঁয়ের রমণীরা আবা ধ্বনি নিয়ে উঠবে মঙ্গল কামনায়; জাল পাসপোর্টের দরুন মামুদ উজ্জ্যাল এবং আরো এগারজন আরব যাত্রী বিমান বন্দরে পুলিশের হাতে গ্রেপ্তার হয়।

যে লোক তাদের পাসপোর্ট করে দিয়েছিল, যাত্রার আয়োজন করে দিয়েছিল, সে উধাও হয়ে যায়, মামুদ উজ্জ্যালদের পরে ছেড়ে দেয় পুলিশ।

সর্বস্বান্ত, অবসন্ন, অবিশ্বাস্য অভিজ্ঞতায় এখন বিহ্বল ও ধীর, মামুদ উজ্জ্যাল চাঁদের ভিটার দিকে অগ্রসর হয় নগরী ত্যাগ করে; তার সমস্ত আশা শীতকালের উনুনের ছাই হয়ে পৃথিবীর পেছন বাড়িতে ভোরবেলায় ফেলে যায়।

সমৃদ্ধি ও সচ্ছলতার স্বপ্ন মিলিয়ে যায়, জীবন কত কুটিল বোধ হয় এখন মামুদ উজ্জ্যালের; বিমান বন্দরে আর বাদামতলির গলিতে সাধু মামুদ উজ্জ্যাল তার নির্মলতাকেই সমূলে হারায়। পুবাল বাতাসে তার গায়ে কাঁটা দেয়, জ্বরতপ্ত শরীর তার ঢলে ঢলে পড়ে দেশগামী বাসের গহ্বরে, দুই চোখ বুজলে সে পথের আয়নাকে দেখে, দুই চোখ মেলে তাকালে সে আয়নাকে সমুখে দাঁড়িয়ে আছে দেখে, ছ' মাস পরে আজ আবার মামুদ উজ্জ্যাল নরায়ণখলার মোড়ে এসে নামে।

খালের পারে হিজল গাছ, তার পাতায় পানি, সেই সজল হিজল গাছ সাধুকে হাতছানি দিয়ে ডাকে, রাতের অন্ধকারে নেমে এসে দিনের আলো নিশি হয়ে যায়।

ডেপুরায় উঠে এসে মামুদ উজ্জ্যাল শূন্য ভিটা পড়ে আছে দেখতে পায়; পাখি নেই, পিঞ্জর এখানে হাহাকার করছে, তবু আশা হয়, বুঝিবা সেই হিজলের তলায় কোনো চিহ্ন পড়ে আছে; খালের পারে ছুটে যায় সাধু, যেন দুরন্ত হাওয়া দুঃস্বপ্ন ওড়ায়।

নিশির আঁধারে হিজল ডালের ছায়া পড়ে না পানিতে; সাধুর চোখে নিশির আঁধার নামে; একটি জায়গায় কবরের চিহ্ন দেখতে পায় সে, মূর্চ্ছিত হয়ে পড়ে যায়।

পাড়াপড়শিরা এসে বলে, সেই বৃদ্ধের মৃত্যু হয়েছে মাত্র দু' সপ্তাহ আগে, জগতের চিহ্ন তার এই কবরের ওলটানো মাটিতে পড়ে আছে।

আর তার কন্যা ? তার কন্যা ?

সাধু মামুদ উজ্জ্যাল আশান্বিত হয়ে উঠে বলে, মানুষের হাত ধরে অনুনয় করে; আমাকে তার সংবাদ দাও, যদি জান, তোমরা নীরব থেক না।

খালের পানি ছলাৎ ছলাৎ করে।

তার কোনো সংবাদ আমরা জানি না। সে যায়। সে কোথায় যায়, আমরা জানি না।

কোন দিকে যায় ?

আমরা তাও জানি না।

চলে যাওয়া মানুষের পায়ের চিহ্ন কি পথে পড়ে থাকে না ? পথের ধুলা নিরিখ করে নিসর্গ তোলপাড় করে তোলে সাধু। না, কারো পায়ের চিহ্ন কখনোই ধরে রাখে না ধূলি। দোকানের বেঞ্চে সেই যে লোকটি এসে মামুদের গায়ে পা ঠেকিয়ে বসেছিল, সে পিচ করে পানের পিক ফেলে বলে, যুবতীর কোনো বিশ্বাস নেই।

কী বলো তুমি ? কী বলো ?

যুবতীর মন কচু পাতার পানির মতোন। এক পাতা থেকে টুপ করে আরেক পাতায় পড়ে। সেখানেও কি থাকে ? টলটল পানির ফোঁটা তিল তিল করে অগ্রসর হয়, আবার দেখ টুপ করে পড়ে যায়।

আর্তনাদ করে ওঠে সাধু।

দোকানি জিভেয় চুকচুক শব্দ করে বলে, রমণীকে যে স্থির জ্ঞান করে, তার মতো নির্বোধ আর নেই।

কী বলো তুমি ? কী বলো ?

তবে জেনে রাখ, সাধু, যে রমণী পথে নামে, পথ তার দেহের বসন খসিয়ে নেয়।

হাহাকার করে ওঠে সাধু মামুদ উজ্জ্যাল।

বাসের অপেক্ষারত মৌলবি তার পিঠে হাত রেখে জানায়, শয়তানের চেলা হয় রমণী সকল, তুমি কি শোন নাই ? যে শয়তানের হাতে গন্ধম খায় বিবি হাওয়া ? আর সেই বিবি হাওয়ার কারণেই বাবা আদম বেহেশত ছাড়া হয় ?

বিস্ফারিত চোখে তাকিয়ে থাকে সাধু মামুদ উজ্জ্যাল।

বর্ষার পানিতে খলখল করছে ভেরামন নদী, নৌকো এখন নরায়ণখলা পর্যন্ত আসে, দেশের মাঝিকে চিৎকার করে সাধু মামুদ উজ্জ্যাল বলে, তোমরা সকলেই দেশে যাও, আমি আর দেশে যাব না। মাঝি, তুমি আমার মায়ের পায়ে সেলাম দিয়ে বলো, তোমার পুত্র সংসার ত্যাগ করেছে। মাঝি তুমি আমার মায়ের চোখের পানি মুছিয়ে দিয়ে বলো, তোমার পুত্র আর প্রাণে বেঁচে নেই। মাঝি, তুমি আমার মায়ের বিশেষ যত্ন করে বলো, তোমার পুত্র দরিয়ায় ডুবে মরেছে। তুমি আমার মায়ের খোঁজ নিও, মাঝি, তাকে তুমি জানিও যে তোমার পুত্র আর চাঁদের ভিটায় ফিরে আসবে না।

সড়কের ওপর দোকানের পাশে, জামতলায় শয্যা নেয় সাধু। পথ দিয়ে কত লোক যায় তারা কি জানে না আয়না এখন কোথায়!

আয়নাকে দেখেছ তোমরা ? আয়নাকে দেখেছ ?

কেউ মাথা নাড়ে, কেউ হাসে, কেউ ক্ষণেক দাঁড়ায়, কেউ দ্রুত চলে যায়।

মৌলবি আবার তাকে বলে, যে রমণী চোখের আড়াল হয়, সে পুণ্যেরও আড়াল হয়। তোমার আয়না বিবি কি আদ্যোপান্ত রমণী নয় ? অতএব, সে এখন কার অঙ্কে শায়িতা আছে, কে বলবে ? সে এখন কার জন্যে মিষ্টি শরবত প্রস্তুত করছে, কে খবর দেবে ? হস্তচ্যুত রমণীর সন্ধান করা পুরুষের উচিত নয়।

চিৎকার করে মামুদ উজ্জ্যাল গ্রাম ত্যাগ করে।

না, তার আয়না এখনো জীবিত আছে— তার আশা হয়।

না, তার আয়না এখনো তারই পথ চেয়ে অপেক্ষা করছে— তার বিশ্বাস হয়।

না, সন্ধান কখনো ব্যর্থ হয় না— তার প্রবোধ হয়।

গ্রাম থেকে গ্রামান্তরে সে যায়, আয়নাকে সন্ধান করে, ফকির বেশে ঘুরে বেড়ায় মামুদ উজ্জ্যাল, ভিক্ষার ঝুলি নিয়ে বাড়ি বাড়ি যায়। কেউ মুঠো ভরে চাল দেয়, কেউ তিরস্কার করে, কেউ দীর্ঘশ্বাস ফেলে বলে, আহা, এই বয়সে এই বেশ কেন নিয়েছ ? কেউ বলে, এই বেশ নেবার কারণ আছে, কেউ বলে এর কারণ কিছুই নেই।

এক গ্রাম থেকে আরেক গ্রামে যায় সাধু।

কুলের বৌকে ভিক্ষা দিতে মানা করে শাশুড়ি।

নববধূরা মুখ টিপে বলে, এই ফকির প্রেমের দিওয়ানা।

আহা, স্বর্ণকারই তো চিনতে পারে, তিসি ব্যবসায়ী নয়।

সাধু মামুদ উজ্জ্যাল ঝুলি ভরে ভিক্ষা নেয় নববধূর; তার দিকে মিনতির দৃষ্টি স্থাপন করে রাখে।

তোমরা আমাকে আশীর্বাদ কর যেন আমি অচিরেই এই বেশ ত্যাগ করতে পারি। এই বেশ আমি তখনই ত্যাগ করব যখন তার দৃষ্টি এসে আমার ওপরে পতিত হবে। তার দৃষ্টি তখনই তো আমার ওপরে পতিত হবে যখন আমি তার সাক্ষাৎ পাব। তোমরা আমাকে আশীর্বাদ কর, তোমাদের নতুন প্রেমের সমস্ত শক্তি দিয়ে আমার জন্যে শুভকামনা কর, আমি যেন আয়নার সাক্ষাৎ আবার পাই।

আবার সেই গ্রাম ত্যাগ করে সাধু মামুদ উজ্জ্যাল অগ্রসর হয়।

সন্ধ্যা পার হয়ে যায়, নক্ষত্রের আলোয় জোনাকির দীপ্তিকণায় পথ ঝিলমিল করে ওঠে, সাঁজালের ধোঁয়া বাঁশ বনের ভেতর দিয়ে ওড়ে, কাক এবং কোকিল ফিরে আসে নিজের বাসায়, ঝিল্লিরব যেন জীবনের স্পন্দন জপ করে।

আজ মামুদ উজ্জ্যাল এই গাছের নিচে ধুলায় শয়ন করে থাকবে, কাল সে চোখের পানিতে ভাসতে ভাসতে আবার সন্ধান করবে আয়নাকে।

হারানো গাভীকে সন্ধান করে বাড়ির পথে ফিরে যেতে বর্ষিয়সী রমণী একজন ফিরে তাকায়। আহা, কে শুয়ে আছে ঐখানে ? কার পুত্র ধন ?

বর্ষিয়সী তার ওপর ঝুঁকে পড়ে, কপালে হাত রেখে, ধীরে জাগিয়ে তোলে।

মানিক, তোমার আহার কি হয় নি ? তুমি আমার বাড়িতে এসো, এই গাভী দোহন করে তোমাকে আমি দুধ পান করতে দেব, ভোরে উঠে তুমি আবার পথ নিও।

৭ *আর যাদু মিলে রে ভালা পরানে পরান*

আবার পথ নেয় সাধু মামুদ উজ্জ্যাল। কোথায় তার আয়না ? মানুষ কি এই সন্ধান জানে না যে, এই সন্ধান সারা জীবনের ? এক আয়না পাওয়া যায়, আরেক আয়না হারিয়ে যায়। আয়না তো পাওয়া যায়, কিন্তু এমন আয়না কি পাওয়া যায় ?— যে আয়নায় জীবনের প্রতিফলন দেখা যায়।

গরু রাখ রাখাল ভাইরে, তোমরা লড়ালড়ি কর; এই পথে কি যেতে দেখেছ আয়নাকে ? মেঘের মতো কেশ কন্যার, তারার মতো দুই চোখ, এই দেশে কি উড়ে এসেছে সেই তোতাপাখি ? তোমরা কি সেই কন্যাকে কেউই দেখ নি ? বনে ফুল ফোটে, পূর্ণিমায় জ্যোৎস্না জ্বলে, আর সেই কন্যাকে আঁধার ঘরে রেখে দিলে কাঁচা সোনার মতো আলো হয়ে যায় সব, তোমরা কি দেখ নাই ? বনের শোভা হয় ফুল, আর পর্বতের শোভা হয় মণি, জীবনের শোভা সেই রমণী, তোমরা তার সন্ধান যদি জান, এই পথিককে বলে দাও, গৃহস্থ ভাই।

আরে, বলো বলো, তোমরা তো বনের পশু-পাখি, তোমরা তো প্রান্তরের তরুলতা, আয়না এখন কোথায় ?

আরে শোন শোন, জঙ্গলের বাঘ, তুমি এই পথিকের প্রাণ সংহার কর, কিন্তু তার আগে তাকে বলে দিও, আয়না এখন কোথায় ?

আরে, দেখ দেখ, জলের কুমির, তোমরা জলের সংবাদ রাখ, কোন জলে ভেসে যায় সেই আয়না ?

আহা এই রোদের উত্তাপে যে তার গলার মণিহার গলে গিয়েছে।

এক দেউড়ির কোণে এসে দাঁড়ায় সাধু মামুদ উজ্জ্যাল। জিকির ছেড়ে সুজন গৃহস্থের উদ্দেশে বলে, আমাকে তোমরা ভিক্ষা দাও।

তখন ভিক্ষার ডালা নিয়ে বেরিয়ে আসে কন্যা, ভিক্ষুককে দেখে তার হাতের ডালা হাত থেকে ভূমিতে পড়ে যায়।

চার চোখ এক হয়, কতদিন পরে, সেই কতকাল পরে, কত জীবনের পরে, কত বিনতি ও সন্ধানের পরে, কত প্রতীক্ষা ও বর্ষার পরে; চার চোখ দিয়ে অবিরল ধারায় অশ্রু গড়িয়ে পড়ে।

আমার আঁখির আগে কি তুমি দাঁড়িয়ে ?

নয়ন কেন এমন সুখে জলে ভেসে যায় ?

ডুকরে কেঁদে ওঠে আয়না, বলে, সাধু আজ এমন কেন দেখি ? তুমি কীসের ভিক্ষা চাও ?

ভিক্ষার আমার কী প্রয়োজন, প্রাণ ? আমি তোমার দর্শন ভিক্ষা চাই।

ফুঁপিয়ে কেঁদে ওঠে আয়না। নত হয়ে ভূমি থেকে তণ্ডুল কুড়িয়ে তোলে।

দীর্ঘ ছটি মাস আমি পথে পথে, কন্যা। আমি কার জন্যে পথে ?

তণ্ডুল আবার ছড়িয়ে যায় ভূমিতে।

পৃথিবী আমাকে পাগল বলে, গৃহস্থ আমাকে চোর বলে, বধূরা আমাকে দিওয়ানা বলে। আমি কার জন্যে পাগল ? আমি কার জন্যে অপহরণ করতে প্রস্তুত ? আমি কার স্মরণে দিওয়ানা ?

ভিক্ষার ঝুলি দূরে ছুড়ে ফেলে দেয় মামুদ, ভিক্ষুকের বেশ টেনে ছিঁড়ে ফেলে।

সাধু তুমি তবে, এসেছ, সাধু ? এতকাল পরে অভাগিনীর কাছে ফিরে এসেছ ?

এসেছি, আমি এসেছি। শস্য নয়, কড়ি নয়, আমি তোমাকে পেলে ফিরে যাই।

সাধু, ও সাধু, আমার যে উপায় নেই, আমার যে এখান থেকে মুক্তি নেই। পিতার মৃত্যুর পর আমি এই মামার বাড়িতে আসি কেবল আমার অবিরল অশ্রু সম্বল করে, আমার মন্দভাগ্য সঙ্গে করে। মন্দভাগ্য তো অভিশপ্তেরই সঙ্গে সঙ্গে ফেরে। তোমার কি স্মরণে নেই, আমি একদা বলেছি, সাধুর সাক্ষাতে অভিশাপ কেটে যায় ? মামা আমাকে তার পুত্রের সঙ্গে বিবাহ দিতে চায়। তুমিই আমার উপায়, তুমিই আমার মুক্তি, আমি তো তোমারই পথের দিকে তাকিয়ে ছিলাম এবং তোমারই আশায় তো আমার দেহে এখনো জীবনের ধারা বয়, সাধু। যে দেশে যাবে তুমি বন্ধু, আমাকে তুমি সঙ্গে নিয়ে যাও।

এখনি তুমি চল। মামুদ উজ্জ্যাল হাত বাড়িয়ে দেয়।

আমার মামার পাঁচ পুত্র! শিউরে উঠে আয়না। পাঁচ পুত্রের হাতে দশ লাঠি! অস্থির হয়ে ওঠে আয়না। তারা দশ দিক পাহারা দিয়ে আছে! আতঙ্কে থরথর করে কাঁপতে থাকে আয়না। তারা তোমাকে জীবিত এই পুরী থেকে বেরুতে দেবে না। সাধুর হাত ধরে আয়না অনুনয়

করে, তুমি এই ভিক্ষা নেবার ভান করে এখন দ্রুত এখান থেকে চলে যাও, আমি তোমার জন্যে পেছনের দুয়ার খুলে রাখব। রাত যখন গভীর হবে, বনের বাঘ ভালুক ছাড়া যখন কেউ আর পৃথিবীতে জাগ্রত থাকবে না, যখন বাঘের চেয়েও নির্দয়, ভালুকের চেয়েও হিংস্র, সাপের চেয়েও খল মানুষেরা ঘুমিয়ে পড়বে, তুমি এসে আমাকে নিয়ে যেও।

আয়নার অন্তর যেন তণ্ডুল হয়ে ঝরঝর করে সাধুর করতলের ওপর পড়ে।

আমি তবে বাড়ির পেছনে নদীর পারে বনের ভেতরে নিশীথ নেমে না আসা পর্যন্ত আত্মগোপন করে থাকব। কিন্তু এই কয়েক প্রহর তো একটি জীবনের চেয়েও দীর্ঘ, এই দীর্ঘক্ষণ তোমাকে না দেখে আমি কী করে থাকব?

সমস্তটা দিন ছটফট করে কাটে আয়নার। আহা, সে-ই বা কী করে আরেকবার না দেখে থাকবে তার গলার হার! অবিরাম সে ঘর-বার করে, একবার সেই নদীর পাড়ে গিয়ে দাঁড়াতে ইচ্ছে করে, একবার সেই বনের দিকে দৃষ্টিপাত করতে ইচ্ছে করে। বন্দিনীর কি ইচ্ছা করতে আছে? তবু বন্দিনী কেন আকুল হয় বন্দিশালায়?

এই ভরা ভাদ্রে তুমি এলে কিন্তু আমার মাঝ গাঙে যে চর। আমার জলের কলসি যে পূর্ণ, আমি কোন ছলে জলের ঘাটে যাব? এখন তো স্নানের সময় নয়, আমি স্নানের ছলেই বা কী করে যাব, সাধু? আমি তো বণিক নই যে বেসাতি নিয়ে যাব এবং একবার সোনাবন্ধুকে দেখে আসব? আমি তো বাথানের রাখাল নই যে গোষ্ঠের ছলে তার কাছে যেতে পারব? হায়, আমি বাগানের মালিনী নই যে মালা গাঁথব, সেই মালা নিয়ে যাব। হায়, আমি ধোবানী নই যে তার বস্ত্র নিয়ে তার কাছে যাব। আমি শুকপাখি হলে এই মুহূর্তে শূন্যে উড়াল দিতাম, কবুতরি হলে আধার সংগ্রহের জন্যে বেরুতে পারতাম। হায়, আমি যদি বাতাস হতাম তো তার কাছে স্নিগ্ধ প্রবাহ হয়ে যেতে পারতাম।

সময় থেমে থাকে না, সময় অগ্রসর হয় বলেই মানুষের আশাও কখনো নিঃশেষিত হয় না। দুপুর অপরাহ্ণ হয়, অপরাহ্ণ মলিন হয়ে যায়, অন্ধকার হামা দিয়ে নেমে আসে এবং চরাচরের ওপর কীসের প্রতীক্ষায় উৎকর্ণ হয়ে থাকে। পেছনের দুয়ারে গভীর নিশীথে এসে দাঁড়ায় মামুদ, নিঃশব্দে বেরিয়ে আসে আয়না বিবি, একবার তারা আলিঙ্গন করে পরস্পরকে, সাধু মামুদ উজ্জ্যাল তার প্রার্থিত ভিক্ষা পায় উন্মুক্ত আকাশের নিচে। উভয়ে দ্রুত অগ্রসর হয়।

কত জল, কত জঙ্গল ভেঙে তারা অগ্রসর হয়।

কত প্রতীক্ষায় স্মৃতির ভেতর দিয়ে তারা অগ্রসর হয়।

কত সম্ভাবনার দীপ্তির ভেতর দিয়ে তারা অগ্রসর হয়।

তারা চাঁদের ভিটায় এসে পৌঁছোয়।

মা, মাগো, জননী গো।

কী কর মামুদের মা, কী কর বসে? তোমার হারানো মানিক পুত্র ফিরে এসেছে, তোমার দুই চোখের তারা এসেছে।

পাগলিনী মা দুয়ার খুলে পুত্রকে বুকে জড়িয়ে ধরে।

কী কর মামুদের মা, কী কর বসে? তোমার বুকের ধন পুত্র আজ সোনার পাখি নিয়ে এসেছে।

আহ্লাদিত জননী প্রদীপ হাতে আয়নাকে বরণ করে।

আহা, সোনার ছাতা নেই যে বৌয়ের মাথায় এনে ধরবে।
আকাশের তারা নেই যে বৌয়ের গলায় এনে পরিয়ে দেবে।
শিমুলের ফুল নেই যে চেলি করে পরিয়ে দেবে।

আহা, আমার ধান আছে, দূর্বা আছে, তেল আছে, গুড় আছে, আমার বুকভরা ভালোবাসা আছে। মামুদ উজ্জ্যালের মা আয়না বিবিকে জড়িয়ে ধরে। পুত্র আর পুত্রবধূকে পাশাপাশি দাঁড় করিয়ে দু'চোখ ভরে দেখে। স্বামীর আমলের সে উড়ে যাওয়া কবুতরের জোড়া ফিরে আসে, চালের বাতায় বসে তারা দেখে। নিকানো উঠোনে হাম্বা ধ্বনি করে এসে দাঁড়ায় ধবল গাভী, সে গ্রীবা বাঁকিয়ে দেখে। মাঠে মাঠে লকলক করে ওঠে শস্যের চারা, তারা একবার উঁচু হয়ে দেখে নিয়েই আনন্দে এ ওর গায়ে ঢলে পড়ে।

যখন প্রাণের সঙ্গে প্রাণ এসে যুক্ত হয়, সন্ধ্যায় ঘরে যেন প্রদীপ পশে।

৮ *আজুকার নিশি কেমনে দেখ গেল পোহাইয়া*

রমণীরা আবা ধ্বনি দেয়, শুভ রাতে ফুলশয্যায় যায় মামুদ উজ্জ্যাল, চঞ্চলা কন্যা আর উচ্ছলা বধূরা আড়ি পাতে; মামুদ উজ্জ্যাল তার ঘরের ভেতরে সন্ধ্যার চাঁদ দেখতে পায়, সেই চাঁদ ঘিরে আছে ঘোমটার মেঘ; নিঃশ্বাস সংবৃত করে প্রতিবেশিনীরা বেড়ার ফাঁকে দৃষ্টি স্থাপনের প্রতিযোগিতায় মেতে উঠে; ঘোমটা সরায় মামুদ, খোঁপা খুলে ছড়িয়ে দেয় দীঘল কেশ, সেই কেশ নিয়ে খেলা করে সে; রমণীদের চাপা হাসির ঢেউ হঠাৎ ভেঙে পড়ে বাতাসে; আয়না বিবি প্রদীপ উল্টে নিভিয়ে দেয়।

মামুদ উজ্জ্যালের হাত ধরে সন্ত্রস্ত আয়না অনুনয় করে, কী কর, কী কর প্রাণের বন্ধু, আমার মাথা খাও, আজ রাতে তুমি মানা দাও। যদিও তুমি ক্ষুধার্ত, আমার মিনতি, তপ্ত ভাত তুমি জুড়িয়ে খাও। যদিও তোমার চয়নের হাত এখন উদগ্রীব, এই ফুলের জন্যে আরো কিছুক্ষণ অপেক্ষা কর। যদিও তুমি যাত্রার জন্যে প্রস্তুত, এই নদীর ঢেউকে তুমি শান্ত হবার অবকাশ দাও। আর তুমি কি বিস্মৃত হলে ?— বাহিরে কারা ? ভুষণের রুনঝুন, বস্ত্রের খসখস, নিঃশ্বাসের ইস ইস ধ্বনি শুনে কাল বিহানে তারা আমাকে পরিহাস করবে; তখন আমি কী করে তাদের শাসন করব ? নিঃশব্দ নিঃশ্বাসে নিঃশ্বাস মিশিয়ে তারা শুয়ে থাকে; জীবনের সঙ্গে জীবন, অস্তিত্বের সঙ্গে অস্তিত্ব, স্বপ্নের সঙ্গে সংলগ্ন হয়ে থাকে সারারাত।

দিনের আলোতেও কি কম বিড়ম্বিত হতে হয় আয়নাকে ? মামুদ উজ্জ্যাল সামান্য একটা ছুতো নিয়ে ভেতর আঙিনায় আসে।

মামুদ উজ্জ্যাল মায়ের সঙ্গে জরুরি কী একটা কথা বলার ছল করে আয়নার পাশে আসন নিয়ে বসে। মরমে মরে যায় আয়না বিবি; চকিত চোখ তুলে নীরবে সে তিরস্কার করে স্বামীকে, হঠাৎ হা হা করে হেসে ওঠে মামুদ উজ্জ্যাল; কবুতর জোড়া ঠোঁট ঘষে ডালে বসে, ছি ছি লজ্জায় মরে যাই, নদীর পানি পারের নরম গায়ে ছলাৎ ছলাৎ করে অবিরাম গড়িয়ে পড়ে আজ।

সেই নাছোরবান্দা মামুদ উজ্জ্যালের কাছে মনে মনে নিবেদন করে আয়না বিবি, ডাব ডালিমের রস নয় যে ডাবর ভরে হাতে তুলে দেব, তোমার পিপাসা মেটাব? পান নয়, সুপুরি নয়, যে বাটা সাজিয়ে দেব? শশাও নয়, কলাও নয়, যে রেকাবি ভরে পাঠিয়ে দেব? পায়েসও নয়, পিঠাও নয়, যে বাটি ভরে ভোজন করতে দেব? আমি কী করি? এখন যে দিনের আলো, এখন যে সংসার।

নিশি আসে, চাঁদ আসে, নক্ষত্র আসে; সংসারে নির্জনতা তাদের মতো সন্ধ্যাকালেই আসে না। গভীর নিশীথে, শাশুড়ির সেবা সমাপন করে আয়না বিবি স্বামীর ঘরে আসে; শয্যায় বসে অপেক্ষা করে মামুদ উজ্জ্যাল; তার চোখ আবের মতো ঝিকমিক করে।

নীরবে তাকে তিরস্কার করে আয়না বিবি।

তুমি যেন কী? তুমি গোহালের বাঁশের খুঁটি, তুমি বোকা ছাগলের ভ্যা ভ্যা। উঠে এসে দুয়ার দিতে পারছ না? আমাকে হাত ধরে তোমার কাছে টেনে নিতে পারছ না?

দুয়ারের কাছে দাঁড়িয়ে আয়না।

সারাদিনের ক্ষুধা তোমার বসে আছ, সাধু?

লাফ দিয়ে উঠে এসে বুকের ভেতরে টেনে নেয় আয়নাকে তখন মামুদ।

দাঁড়াও, দাঁড়াও, ক্ষণেক দাঁড়াও, সাধু; তোমার পায়ে কপাল রাখি আগে; গাঙের পানি হয়ে তোমার চরণ ধুয়ে দি, তারপর তোমাকে চুয়া চন্দন করে কপালে আমার ফোঁটা পরি।

ঠোঁট নামিয়ে আনে মামুদ।

সাধু, যদি আমি বাঁশের বাঁশি হতাম, বাজাবার ছলে তুমি মুখ নামিয়ে আনতে, আমার এত লজ্জা করত না।

আয়নার বসন ধরে টান দেয় মামুদ।

সাধু, যদি আমি ভুট্টার কলি হতাম, তুমি খোসা ফেলে দিয়ে দানা খেতে, আমার এত কাঁপন বোধ হতো না।

আয়নার সমস্ত শরীর মথিত হতে থাকে।

সাধু, আমি যদি জ্যৈষ্ঠের বৃক্ষ হতাম, ফলের আশায় তুমি সেই বৃক্ষকে আন্দোলিত করলে আমার এত সংকোচ হতো না তোমার হাত ভরে দিতে।

পরদিন মায়ের কাছে দাঁড়ায় মামুদ উজ্জ্যাল।

মা আবার আমি কৃষিকাজ করব, হাল করব, হালের বলদ কিনে আনব; দূরের আশায় নিকটের দিক থেকে আর মুখ ফিরিয়ে রাখব না।

আবার মাঠে যায় মামুদ উজ্জ্যাল।

আবার সে বীজতলায় ধানের বীজ ছড়িয়ে দেয়, জল সেচ করে, ক্ষেত প্রস্তুত করে; শ্রান্ত মামুদ উজ্জ্যালের শরীর বেয়ে দরদর করে ঘাম পড়ে, অপরাহ্নে দাওয়ায় এসে বসে, তার পাশে দাঁড়িয়ে বাতাস করে আয়না বিবি আর দু'চোখ ভরে রঙ্গ দেখে, শীতল কলসির পানি এনে স্বামীকে খাওয়ায়, কত পদের ব্যঞ্জন সে প্রস্তুত করে মাঠের শাক পাতা দিয়ে, মহিষের দৈ পাতে সে মাটির খোরায়, নিজ হাতে তুলে তুলে খাওয়ায়, তার সুখ আর ধরে না, আসমানতারা শাড়ির মতো তার সুখ যেন ক্ষণে ক্ষণে জগৎ উজ্জ্বল করে ওড়ে।

আবার নতুন করে ঘর তোলে মামুদ উজ্জ্যাল; আটচালা চৌচালা ঘর বাঁধে সে, বারদুয়ারের ঘর বাঁধে, শীতলপাটি বোনে আয়না বিবি, সেই শীতলপাটি দিয়ে ঘরের বেড়া হয়, উলুছনের সোনায় ঘরের চাল ঝকঝক করে ওঠে, মাছরাঙা পাখির পালক দিয়ে দুয়ারের দু'পাশ সাজায়। পড়শি বর্ষিয়সীরা বলে, এক পুত্রের বরাতেই তার দুয়ারে এখন হাতি বাঁধা।

মামুদ উজ্জ্যাল শিবার বাঁকের হাটে যায়। হাট থেকে কিনে আনবে কী ? আনবে আয়না বিবির জন্যে আবের চিরনি।

হাটের দিকে মামুদ উজ্জ্যাল কোনাকুনি পাথার ভেঙে যায়। আনবে আয়না বিবির জন্যে নাকের বলাক নথ। মামুদ উজ্জ্যাল হাটে এসে পৌছোয়। আনবে আয়না বিবির জন্যে আসমানতারা শাড়ি।

সেই আসমানতারা শাড়ি, সেই শাড়ির মধ্যে ফুল, সেই শাড়ি পরে আয়না বিবি কানে পরবে দুল; সেই শাড়ি দুল পরে আয়না বিবি জলের ঘাটে যাবে, ঘাটের নারীসকল তাকিয়ে দেখবে, কলসি কাঁখে জলের ঘাটে সেই কখন গেছে আয়না বিবি, মামুদ উজ্জ্যাল মাঠ থেকে ফিরে এসে তার পথের দিকে তাকিয়ে থাকবে।

বাড়ির শোভা বাগান, ঘরের শোভা বেড়া, আর কুলের শোভা বধূ, মামুদ উজ্জ্যালের মা গর্ব করে পড়শি বাড়ি যায়, তার সুখে আবা ধ্বনি দেয় সধবারা।

চৈত্র যায়, বৈশাখ যায়, কিষাণ নিয়ে মাঠে যায় মামুদ, ধান কেটে আনে, কিষাণের মাথা থেকে আঁটি নামায় আয়না, মাড়ায়ের পর আগ-কুলা থেকে ধান নিয়ে পীরের দরগায় সিন্নি দেয়, মায়ের কাছে জগৎ আবার ফিরে আসে।

জ্যৈষ্ঠ মাসে আম পাকে, সেই আম যত্ন করে কাটে আয়না বিবি, স্বামীকে খাওয়ায়। এই কি জ্যৈষ্ঠ মাসের বিচার ? লম্বা দিন, কাটতে চায় না, আর নিশীথে ঘরে গেলেই রাত পুহিয়ে যায়। রাত ভোর হলেই কত কাজ আয়নার, কিন্তু স্বামী যে তার আঁচল ধরে টানে, এখন তার দুয়ার খোলা ভার।

বুকের ওপর আয়নাকে টেনে নেয় মামুদ।

ছি, সাধু, ছি।

আর একটু থাক, কন্যা আর একটু থাক।

ছি, সাধু, নিশি নাই আর নিশি নাই।

৯ *এইখানে তো রাইখ্যা গেলাম আমার দুই নয়নের তারা*

তাইরে নাইরে নারে না করে জ্যৈষ্ঠ মাস চলে যায়, জলের যৌবন নিয়ে আষাঢ় মাস আসে, মেঘের রাণী কাঁখে কলসি নিয়ে দেশে দেশে ফেরে, আসমানে দাঁড়িয়ে উপুড় করে ঢেলে দেয় ধারা, সাওর হাওর নদীনালা খলখল করে ওঠে।

ভেরামন নদী দিয়ে নৌকার মেলা, কত নৌকো কত দিকে ভেসে যায়, এই আছে এই নাই, কোন দূরদূরান্তে পাড়ি দেয়, মনের মধ্যে হঠাৎ কীসের টান পড়ে মামুদ উজ্জ্যালের, সে বোঝে না, তার কোনো কাজে কেন যেন আর মন বসে না, আয়নার হাত ধরেও মনে হয়

আয়নার হাত ধরে নি, আয়নাকে পাশে নিয়ে শুয়ে থেকেও বোধ হয় আয়না তার পাশে নেই।

তোমার মন কেন এমন, সাধু ? তোমার মন কেন এমন ?

আয়না, আমার হাত ধরে থাক।

তোমার হাত কেন এমন, সাধু ? তোমার হাত কেন এমন ?

এই হাতে সর্বনাশ হয়, এই হাতে নির্মাণ হয়।

কী বলো তুমি, কী বলো ? আমার প্রাণ আনচান করে।

সৃষ্টিকর্তার ইচ্ছার কথা স্মরণ করি। ভয় পাও কেন ? মানুষের এই হাত দিয়ে কত কী হয়, আবার কত কিছু লয়।

আয়নাকে বুকে টেনে নেয় মামুদ উজ্জ্যাল।

কবুতরের মতো পড়ে থাকে সে নিঃসাড় হয়ে।

আয়না, তোমার বুক ধুকপুক করে।

তুমি সে অচিন ভাষার কথা কও, তাই।

তবে তোমাকে বুঝিয়ে বলি। কৃষিকার্য করি এই দু'হাত দিয়ে, আমি হাল দিই, নিড়াই, বপন করি, কাটি, ঘরে তুলি।

নতুন কথা কী, সাধু ?

এই হাত দিয়ে যে ফসল করি, অভাব তো যায় না।

তুমি থাকলে আমার আবার অভাব কী, সাধু ?

আমার যে বড় সাধ হয়, তোমাকে কত অচিন আশ্চর্য এনে দিই, সোনা-রুপায় সাজিয়ে দিই, খাটের পরে বসিয়ে তোমার মুখ আমি চেয়ে চেয়ে দেখি, আয়না।

মামুদ উজ্জ্যাল আয়নাকে এক পাশে সরিয়ে উঠে বসে। বলে, আমার এই দুই হাত দিয়ে যদি আমি অন্য কোনো কাজ করতে পারতাম, আমি সোনার খনি বুঝি বাড়ির উঠানে পেতাম।

সোনার খনি তো তোমার উঠানেই আছে, সাধু, তোমার চক্ষু নাই, তাই তুমি দেখতে পাও না।

এ বড় কবিতার কথা।

তোমার অন্তর নাই তাই তুমি জানতে পাও না।

এই বড় নারীসুলভ কথা।

এই দেশে, এই মাটিতেই সোনার খনি পাও, যদি তুমি চাও। আমার মন বলে, আমার মন এখন এই কথা বলে, তুমি আবার সেই বিদেশ যেতে চাও। বিদেশ তো আপন দেশ না, সাধু, পরের বাড়ি তো আপনার বাড়ি কখনো হয় না। পরের বাড়িতে পরের ধনের দিকে চক্ষু যার পড়ে থাকে, সে নিজের জননীকে গহীন বনে ডাকাতের হাতে ছেড়ে দিয়ে পথ ধরতে পারে।

খরতর ভেরামন নদী বেয়ে নৌকো এসে চাঁদের ভিটায় থামে, আরব দেশ থেকে জামাল আবার ফিরে আসে, বুকের ভেতরে হুহু করে ওঠে মামুদ উজ্জ্যালের; জামালের হাতে অচিন আশ্চর্য জিনিস দেখে আগের মতো বিহ্বল চোখে সে তাকাতে পারে না, চোখের ভেতরে বালি খচখচ করে।

জামাল বলে, ইস, ইস, তুমি কোন চোরের পাল্লায় পড়েছিলে, ভাই। আমাকে তুমি যদি একখানা পত্র দিতে, আমি সব সুলুক সন্ধান বলে দিতাম।

মাথা নত করে বসে থাকে মামুদ উজ্জ্যাল।

জামাল সান্ত্বনা দিয়ে বলে, কী করবে ? কপালে ছিল জরিমানা, দিয়েছ; সাদকা গিয়েছে। আবার তুমি চেষ্টা কর। কী করবে এই দেশে পড়ে থেকে ? এই দেশের ধুলোয় আর সোনা নেই, আরব দেশের বালির নিচে সোনা কলকল খলখল করে, সকাল সন্ধ্যা ঝুরঝুর করে পড়ে।

জামালের কথায় চকচক করে ওঠে মামুদের চোখ। একদা তার চোখ আবের মতো চকচক করত, এখন মরা মাছের আশের মতো ছটা দেয়।

মামুদ উজ্জ্যালের কি ভূত আছে ঘাড়ে, এই ভূত কোথা থেকে মানুষের কাঁধে আসে ? জামালের হাত চেপে ধরে বলে, ভাইরে, আমার নাই জমি, সবই তো বিক্রি করে দিয়েছিলাম; আমার নাই সহায়, ছোটকালে বাপ হারিয়েছিলাম, বড় হয়ে তোমার মতো বন্ধু আমার হয়, সেই বন্ধু ছাড়া আর তো কোনো ভরসা নেই। তুমি একটা পথ বলে দাও, আমি কেমন করে আরব দেশে যাই ? আরব দেশের খরচ আমি জোগাড় করি কেমন করে পরামর্শ দেবে না, ভাই ?

জামাল আবার নতুন কথা বলে।

বিয়ে করেছ বৌ ফেলে যাবে ? বৌ ফেলে একা থাকতে পারবে বলে তো মনে হয় না। এমন ছবির মতো বৌ, এমন জিলকির মতো রূপ; দূরে গিয়ে তো শান্তি পাবে না।

হ্যাঁ, সে এক কথা বটে; কিন্তু মামুদ উজ্জ্যাল তো আর চিরদিনের মতো যাচ্ছে না ? সে বিনতি করে বলে, রূপে তো পেট ভরে না, ভাই; ভাঙিয়ে কড়ি পাওয়া যায় না। আমি মনস্থির করছি, আরব দেশে যাব, তুমি আমাকে উপায় করে দাও। দেবে না, ভাই ?

আচ্ছা, তোমার বৌকে আগে জিজ্ঞেস করে দেখি, সে কী বলে ? সে যদি ছেড়ে থাকতে পারে, তখন না হয় একটা বুদ্ধি করা যাবে।

মিটমিট করে হাসতে থাকে জামাল।

আবার বলে, সাত দিন হয় এলাম, বৌ দেখালে না, কেমন বন্ধু তুমি ? লোকের কাছে, জনের কাছে, তোমার বৌয়ের কথাই শুনি, চোখে আর দেখি না।

মামুদ উজ্জ্যাল খুশি গলায় ব্যস্ত হয়ে বলে, চল, চল, এখনি চল। বোকার বোকা আমি, কথাটা আমার মাথাতেই আসে নি।

উঁহু, এই ভাবে কি যাওয়া যায় ? তুমি করবে দাওয়াত, তোমার বৌ রাঁধবে ভাত, রাঁধবে নানা ব্যঞ্জন, করবে নানা পিঠা, নিজ হাতে তুলে তুলে দেবে, আসন পেতে দুই বন্ধু খাব, তবে না যাওয়া যায় ?

কাল দুপুর আমার বাড়ি তবে তোমার নিমন্ত্রণ। আমাকে তুমি অবশ্য অবশ্য উপায় বলে দেবে; কাল আর তোমার কোনো বাহানা শুনব না, ভাই।

পরদিন সে কী ধুম পড়ে যায় মামুদ উজ্জ্যালের বাড়িতে! কতদিন পরে বাড়িতে একজন অতিথি আসবে, তাও যে সে অতিথি নয়, মামুদের ছেলেবেলার বন্ধু, আরব দেশে কত বড় কামাই করে, মা আর বৌ মিলে মাছ কোটে, আনাজ কোটে, শাক ছেঁড়ে, মসলা বাটে, ছ্যাঁক দেয়, পোড়া দেয়, সম্বরা দেয়; হায় হায়, রসুই শেষ হবার আগেই যে অতিথি এসে দুয়ারে ডাক দেয়।

কই, আমার বন্ধু কই ? আমার বন্ধুর নয়নতারা কই ?

হুটমুট করে বাড়ির ভেতরে এসে মামুদের মায়ের পায়ে সেলাম করে জামাল বলে, চাচি কতকাল পরে দেখা, সকল সময় মনে পড়ে আপনাদের কথা, মন বলে না এখানে থেকে যাই, তবু উপায় নাই, কত বড় একটা দায়িত্ব আমার সে দেশে। হাসতে হাসতে পাশের লম্বা ঘোমটার দিকে ইশারা করে বলে, আপসোস, মামুদের বিয়ের দাওয়াতটা খেতে পারলাম না।

মামুদের মা বলে, নিজের বাড়ি, নিজের জন; দাওয়াতে আসতে পার নি, মন খারাপ কর কেন ? বিয়ের সময় যে উদ্যোগ করি নাই, আজ তার দ্বিগুণ করব, দেখ না, মামুদ গেছে রুই মাছ আনতে, এই এসে পড়বে বাছা, তুমি দাওয়ায় গিয়ে বস। ও বৌ, জামালকে তুমি আসন পেড়ে দাও।

দাওয়ায় উঠে আয়নার হাত থেকে আসন নেবার সময় জামালের সঙ্গে হাত ছোঁয়াছুঁয়ি হয়ে যায়; তড়বড় করে সরে যায় আয়না, জামালের বড় মিঠে লাগে চলে যাবার সেই ভঙ্গি, নবীন মাছ যেন মানুষের সাড়া পেয়ে তলতল করে পানির ভেতরে হারিয়ে যায়।

মামুদ এসে যায়, দুই বন্ধু দাওয়ায় বসে গলাগলি ধরে গল্প করে, আয়নার ঘোমটা একটু একটু করে কমতে থাকে, কাজের ফাঁকে ফাঁকে সে চোখ মেলে দেখে দুই বন্ধুকে। দুই বন্ধুকে তো ছাই, স্বামীকে সে দেখে, নতুন মানুষের পাশে স্বামীকেও তার নতুন বলে ঠাহর হয়, গা কেমন শিরশির করে ওঠে।

মা তাড়া দেয়, ও বৌ, তুমি যেন কী ? দুই ছেলে গোসল করে এলো নদী থেকে, জলপান দেবে না ? জলপান খেয়ে আরাম করুক, রান্নাবাড়ি তো এখনো কিছুই হয় নি, এত বেলা উপোস দিয়ে থাকবে ?

দ্রুত পায়ে আয়না এসে জলপান ধরে দেয় দু'জনের সমুখে; নুন তেল আর নারকোল দিয়ে মাখা ঘরের মুড়ি, গুড়, বাতাসা চিড়ের মোয়া, এক ছড়া পাকা ডৌয়া কলা।

জামাল বলে, হ্যাঁ, খুব সুন্দর বৌ হে তোমার। এমন বৌ ছেড়ে আরব দেশে থাকতে পারবে তো ? জিজ্ঞেস করেছিলে বৌকে ? কী বলে ?

মেয়েমানুষের কথা ধরলে চলে ? কাঁদে আর কাঁদে।

হা হা করে হাসে জামাল।

তবে ?

মামুদ উজ্জ্যাল বলে, রসের কথা ছাড় দেখি, আমার কী উপায় হয় তাই কও। আমি অনেক ভেবে অনেক হিসাব করে দেখেছি, ঘরে কিছু সোনার অলঙ্কার আছে। এখন সোনার দাম চড়া, বিক্রি করলে হাজার পনের কুড়ি কি হবে না?

জামাল প্রথমে আপত্তি করে, গয়না বিক্রি করবে? বৌয়ের? মায়ের?

উপায় করে আবার গড়িয়ে দেব।

মাথা দুলিয়ে জামাল বলে, হ্যাঁ, আরব দেশে সস্তার সোনা, অসুবিধে হবে না। এক বছরেই গা ভরে অলঙ্কার করে দিতে পারবে তোমার নয়ানতারার।

জামাল বারবার আয়নাকে নয়ানতারা বলে উল্লেখ করে; নামটা বড় পছন্দ হয় মামুদের, বড় আত্মীয়তা অনুভব করে সে জামালের সঙ্গে, জগতের সঙ্গে, নিজের সঙ্গে।

জামাল কিছুক্ষণ মাথা নিচু করে কী ভাবে, যেন জামালের হাতে তার মরণ-বাঁচন, মামুদ উজ্জ্যাল উদ্বিগ্ন মুখে তাকিয়ে থাকে তার দিকে, জামাল একবার দূরে উঠানে আয়নার পিঠের দিকে দৃষ্টিপাত করে কী ধ্যান করে, তারপরে গলা পরিষ্কার করে বলে, তুমি একবার ঢাকা যেতে পারবে?

খুউব, খুব পারব। একবার তো গেছি, ভাই। সব আমার চেনা হয়ে গেছে।

ঢাকায় আমার এক বিশ্বাসী মানুষের কাছে তুমি যাও। দেখা কর। টাকা পয়সা এখনি কিছু নিও না, কী বলে না বলে শুনে ফিরে এসো। আমি তো আরো দু'সপ্তাহ আছি, আমাকে এসে জানাও, তারপর না হয় যাওয়ার সময় তোমাকে সঙ্গে নিয়েই ঢাকা যাব, কপাল তেমন হলে আমার পরপরই আরবে যেতে পারবে।

হাতে হাতে স্বর্গ পেয়ে যায় যেন মামুদ উজ্জ্যাল; সেই ভবিষ্যৎ এত অবিশ্বাস্য মনে হয় যে সে আর এ নিয়ে ভাবতে চায় না, ভাবলেই যদি শূন্যে মিলে যায় সব? মামুদ লাফ দিয়ে উঠে রান্নার জায়গায় গিয়ে তাড়া লাগায়, কী, আজ আর কারো খাওয়া লাগবে না, নাকি?

মামুদের ফুর্তি এখন দেখে কে? যেন আরব যাবার ব্যবস্থা সব হয়েই গেছে, কেবল যাওয়ার অপেক্ষা; বৌয়ের ওপর, মায়ের ওপর হম্বি তম্বি করে সে এক কাণ্ড করে তোলে।

জামালের পাতের ভাত বেড়ে দেয় আয়না বিবি, ব্যঞ্জন তুলে দেয়।

মামুদ উজ্জ্যাল হা হা করে ওঠে, আরে, কর কী, কর কী? বন্ধুর পাতে, আমার প্রাণের বন্ধুর পাতে ভাজা পোড়া দিলে কোন আক্কেলে? মেয়েলোক হয়ে তোমরা সংস্কার জান না, অনাচারে আমার বাড়ি ছারখার করবে। বন্ধুর কপাল সোনার মতো কপাল, সেই কপালে পোড়া ছ্যাকার দাগ দিতে চাও?

থতমত খেয়ে আয়না বিবি জামালের পাত থেকে টপটপ করে তুলে সরিয়ে দেয় ব্যঞ্জনগুলো, চোখের পানিতে টলমল করে ওঠে তার মুখ।

জামাল বলে, ভালো মানুষটাকে কাঁদালে কী বলে? অ্যাঁ? তারপর গলা নামিয়ে বলে, নাকি, কাঁদলে আরো সুন্দর লাগে বলে এমনি করে কাঁদাও?

লজ্জা পেয়ে সরে যায় আয়না বিবি, যেতে তাকে হয় পরের ব্যঞ্জন আনতে।

জামাল মনে মনে আপসোস করে; মামুদের গেঁয়ো সংস্কারের জন্যে পাত থেকে ভাজা কই মাছ, বেগুন পোড়া, তিলের বড়া, বেসন দেয়া উলকি ভাজা, কড়া কড়া চাপটি, সব উঠে গেল গো, আহা হা হা।

আয়না বিবি ফিরে এসে আবার পরিবেশন করে; এবার সে তুলে দেয় কলাই শাক দিয়ে শরপুঁটি মাছের ঘন্ট, লাউয়ের বেসর, খলসে-পুঁটির চচ্চড়ি, আধফোটা মাষের ডাল, মুগের ডালে রুই মাছের মাথা, বোয়াল মাছের পেটির ঝোল, সে ঝোল যেমন লাল তেমনি ঝাল, তারপর রুই মাছের লেজের তেলানি; সবার শেষে ঘরে পাতা মহিষের দুধের দৈ।

এরপরও ঘন দুধের ভরা বাটি দেখে জামাল একেবারে জোড় হাত করে বসে।

এই প্রথম খিলখিল করে হেসে ফেলে আয়না বিবি।

আরে আরে চারদিকে মুনিয়া পাখি এলো কোত্থেকে ?

জামালও তখন হাসতে থাকে। বলে, এত খেলাম একটুখানি ক্ষিদে তবু ছিল ভাবি। আপনার হাসিতে সেই ক্ষিদে পূরণ হলো।

ডালিমের মতো রাঙা হয়ে যায় আয়না।

মামুদ উজ্জ্যাল খপ করে বৌয়ের হাত ধরে বলে, বৌ তাহলে আরো একটু হাসো। বন্ধুর মনে হয় আরো ক্ষিদে আছে। বলে সে নিজেই হেসে গড়িয়ে পড়ে; আয়না নিজের হাত মুচড়ে ছাড়িয়ে নিয়ে পালিয়ে যায় এক দৌড়ে; ঢেঁকিঘরের আড়াল থেকে একবার চোখ বের করে তাকায় দাওয়ার দিকে, ও আল্লা, লোকটা যে এখনো হা করে তাকিয়ে আছে, চোখে চোখ পড়তেই সে ছুটে পেছন বাড়িতে গিয়ে বেড়ায় ঠেস দিয়ে দাঁড়ায়, দাঁড়িয়ে সে হাঁপাতে থাকে স্বর্ণকারের লাল টুকটুকে হাপরের মতো।

জামাল এদিকে মামুদ উজ্জ্যালকে বলে, ভাই তুমি কালই ঢাকা রওয়ানা হয়ে যাও। দেরি করবে কেন ? যাওয়ার ভাড়া না থাকে বন্ধুর কাছে বলতে কোনো লজ্জা কর না, মনে বড় দুঃখ পাব। কাল প্রভাতেই যাত্রা কর।

মদ নেশা, ভাঙ নেশা, বাজি নেশা, বাইচ নেশা, তারও চেয়ে বড় নেশা— রূপের নেশা। রূপের নেশা এমন নেশা, আত্মা মানে না, অপর বোঝে না। জামালের চোখের পর্দায় রূপের নাচন থামে না। জামাল, তুমি কী কর, কী কর ? মামুদ উজ্জ্যাল না তোমার বড় বন্ধু হয় ? আয়না বিবি না তোমার বন্ধুর বড় আদরের ধন হয় ? সেই ধন তুমি আজ লোভের হাতে নিশির অন্ধকারে চুরি করার নষ্টস্বপ্ন বসে বসে দেখ ? তাও যার ধন তারই পাশে এক আসনে বসে ?

প্রভাতে নদীর ঘাটে কেন আস তুমি, জামাল ? এখন এইখানে তো বিদায় নেয় মামুদ উজ্জ্যাল আয়নার কাছ থেকে।

আয়নার জলভরা চোখের দিকে তাকিয়ে জগৎ দুলে ওঠে একবার, মামুদের পা নৌকোয় ওঠে কী ওঠে না, মামুদ উজ্জ্যাল নৌকোয় উঠে বসেও ছটফট করে নেমে যাবার জন্যে, নৌকো বাঁকের মুখে মিলিয়ে না যাওয়া পর্যন্ত তীরের দিকে, ঘাটের দিকে তাকিয়ে থাকে সে। তার জীবন ঐখানে দাঁড়িয়ে আছে।

আমি সাত দিনের বেশি এক মুহূর্ত থাকব না। যাব আর আসব। তুমি কি জান না, আয়না, এইখানে যে আমার নয়নের তারা রেখে গেলাম আমি?

জামাল বলে, ভাবি, আর সেই নৌকো নেই, মানুষ নেই, পানির শুধু আছাড়, তবু আপনি দেখেন কী?

জামাল তুমি কি জান না, পথিক স্বামীর ক্রন্দসী বধূ শূন্যতার দিকে তাকিয়ে কী দেখে?

জামাল মিষ্টি হেসে ঘন হয়ে কাছে আসে; আয়নাকে বলে, মন খারাপের একটা ওষুধ আমি জানি এটা। এই যে। কোমরের পেছনে আড়াল করে রেখেছিল এতক্ষণ, জামাল এবার সেই নীলযন্ত্রটা সমুখে এনে দোলায়। বলে, বোতাম টিপলে গান হয়, সেই গানে মনের কষ্ট বাতাসে মিলায়, চোখের পানি চোখের পলকে শুকায়। দেখবেন? জামাল যন্ত্রটির বোতাম টেপে।

ঝমঝম করে গান বেজে ওঠে, 'উচা ডালের ভালাফুল নাগাল যদি পাই, সেই না ফুলে মালা গাইনথা কারে বান পরাই?'

আহা, রাঙা লাঠি দেখেই তো অবোধ শিশু কাঁদতে কাঁদতেও হেসে ওঠে।

চোখ ঝিলমিল করে ওঠে আয়নার। হা করে সে তাকিয়ে থাকে সেই নীল অচিন জিনিসটার দিকে। কী করে গান হয় ওর ভিতরে? কার এমন দরদভরা গলা?

'এই না গানথা মালা লয়্যা আমি কান্দি বিরলে, পুষ্পবন অইন্ধকার কন্যা তুমি না'

হঠাৎ গানের কথাগুলো অনুভব করে ওঠে আয়না বিবি। এতক্ষণ যে বিস্ময়বোধ ছিল তার ওপরে ঝাঁপিয়ে পড়ে গা থরথর করা অচেনা একটি অনুভূতি। সে ছুটে বাড়ির দিকে যায়।

পেছন থেকে জামাল বলে, ভাবি রোজ এসে আপনাকে গান শুনিয়ে যাব কিন্তু।

১০ *রাইতের নিশা কালে কন্যা ঘর ছাইড়্যা চলিল।*

নিশীথে একাকী শয্যায় শুয়ে আয়নার বড় অভিমান হয় স্বামীর প্রতি। মনে কি এতটুকু মায়া নেই তার যে এভাবে তাকে একা ফেলে গেল? এতটুকু দয়া নেই যে এভাবে বিদেশে যাবার জন্যে পাগল হলো? এতটুকু ভাবল না সে এ কীসের ভেতরে তাকে রেখে গেল?

জামাল সেই দিন থেকে রোজ আসে, ঘুরে ঘুরে আসে, ফিরে ফিরে আসে, হাতে সেই নীল যন্ত্র; বিষের মতো নীল রঙ তার; জামাল এসে ভাঙা জলটুঙ্গির পাটাতনে বসে উঁচু পর্দায় গান বাজায়, আর থেকে থেকে বাড়ির দোয়ারে এসে হাঁক দেয়, ও ভাবি বড় পিয়াস। পানি দেয় আয়না। আবার এসে হাঁক দেয়, ও ভাবি বড় ক্ষিদে। জলপান দেয় আয়না। আবার এসে হাঁক দেয়, ও ভাবি বড় আলুনি। পান সেজে দেয় আয়না।

আয়নার বড় রাগ হয় স্বামীর প্রতি। বিদেশ যাবার জন্যে এত কেন ক্ষেপে উঠল লোকটা? মানুষ কি দেশ থেকে সব বিদেশে চলে গেছে? দেশে কি সুখ নাই? সোনা নাই? বুকের ধন পতিত নাই?

আয়নার আরো রাগ হয়, কত যে বুঝিয়েছে স্বামীকে, তবু বুঝতে চায় নি।

ওগো, কেন তুমি বিদেশ যাবার জন্যে পাগল হলে ? কীসের অভাব আমাদের ? অভাব তো নেই, আমাদের কোনো লোভও নেই। তবু এই জননীর মতো দেশ ছেড়ে তুমি যেতে চাও। তুমি মনে কর, আমি অবলা অবোধ ? হয়তো তাই। কিন্তু সেই আমিও তো বুঝি যে, নিজের মাটির মতো আর কোনো মাটি নেই। তবু কেন তুমি চন্দন ফেলে অঙ্গে ছাই মাখতে চাও ? আম ফেলে আমড়ার জন্যে হাত বাড়াও। দধি ফেলে ঘোলের দিকে দৃষ্টিপাত কর ? এ তোমার কী বুদ্ধিনাশ হলো ? তুমি ময়ূর হয়ে ভেউড়ের পালক পরতে চাও, খঞ্জন হয়ে চড়ুই পাখির নাচন ধরতে চাও। কীসের জন্যে তুমি মণি ফেলে কড়ি গুনতে চাও, মণিহার ফেলে গলায় দড়ি দিতে চাও ? না, তবু তুমি বুঝবে না এবং কিছুই শুনবে না। জানি না, কে তোমাকে বশ করেছে। কীসে তোমাকে গুণ করেছে ? তুমি যাত্রার আয়োজন করেছ; তুমি গজমতি ফেলে হাড়ের মালা গলায় দিয়েছ, তুমি সাগর ফেলে পাথর নিংড়িয়ে পানির আশা করছ।

সন্ধ্যারাতে এই বিনতিতে কান দেয় নি মামুদ উজ্জ্যাল, শেষ রাত পর্যন্ত অভিমানে পাশ ফিরে শুয়ে থেকেছে আয়না বিবি, ভোরের প্রথম আলো যখন শাদা সুতো থেকে কালো সুতো কেবল আলাদা হয়ে আসছে, তখন আয়নার বুক ধড়ফড় করে উঠেছিল। আর তো সময় নেই। এই তো প্রভাত হবে, এই তো ঘাটে এসে গহনার নৌকো হাঁক দেবে, এই তো মামুদ উজ্জ্যাল শহরে চলে যাবে।

তখন স্বামীর পায়ে মাথা রেখে আয়না কি বলে নি ?— যেও না, যেও না তুমি দূর দেশান্তরে। আয়না একবার তার নিজের কথা বলেছিল, অন্তত তাতে যদি মন ফেরে তার সাধুর। এই অভাগী আয়নাকে নিয়ে তুমি আপন ঘরে থাক। যেও না, যেও না তুমি উপার্জনের কারণে, তুমি বিনা অর্থে কী প্রয়োজন আমার ? চাঁদ ছাড়া যে নিশি সকল সময়ই অন্ধকার। লজ্জার মাথা খেয়ে আয়না বলেছিল, নদীর ঢেউ খরতর, সেই নদীতে যৌবনের তরী, এমনকালে পতি না থাকলে তরীর কাণ্ডারি না থাকারই সমান নয় কি, সাধু ? পাগল ঢেউয়ের নদী বড় উতল, কে তাকে সামাল দেয় ? ফসল উৎপন্ন না হতেই কৃষক যদি মাঠ ছেড়ে চলে যায়, কে সেই মাঠ পাহারা দেয় ?

মধ্যরাতে দুয়ারে ঘা পড়ে আয়না বিবির। আষাঢ় মাসের অন্ধকার রাত। মেঘে মেঘ, ঠাটায় ঠাটা, থেকে থেকে কাঁপন ধরা হাওয়া। এই অসময়ে যখন নৌকো ছাড়ে না, পথিক চলে না, কেবল বুঝি তারই জন্যে মাঠ ঘাট ভেঙে এসেছে, ফিরে এসেছে, তার স্বামী। শয্যা ছেড়ে তাড়াতাড়ি আয়না বিবি বেশ আগলায়, কেশ সামলায়, প্রদীপের শিখা বাড়ায়, দরজা খুলে বুকের ওপর ঝাঁপিয়ে পড়ে। আহা, সৃষ্টিকর্তার বিচার নাই এত অবিচারের মধ্যেও ? সৃষ্টিকর্তার চোখ নাই এত চোখ-বন্ধের কালেও ? বুকের ওপর ঝাঁপিয়ে পড়বার মুহূর্তেই আয়না বিবি দেখতে পায়, সমুখে তার সাধু নয়, জামাল, এবং দাঁড়িয়ে আছে জামাল। নিজেকে সামলে নেয় আয়না, থরথর করে কাঁপতে থাকে সে, হাতের প্রদীপ নিভে যায়; আষাঢ়ের দমকা বাতাসেই নিভে যায়, না, কেউ নিভিয়ে দেয় ?

অন্ধকারের ভেতরে জামাল দ্রুত ফিসফিস করে বলে, কী বলে ?— এই কথা কোনোদিন শুনবে বলে কি জন্ম হয়েছিল আয়নার ?— জামাল বলে, ভাবি, একটা খবর আছে, খারাপ খবর। মামুদের অ্যাকসিডেন্ট হয়েছে, নরায়ণখলার কাছে বাস উল্টে খালে পড়ে গেছে। এইমাত্র খবর পেয়েছি। বাসের দু'জন যাত্রী কোনোমতে প্রাণে বেঁচে ফিরে এসেছে, তাদের

মুখেই শুনলাম, যাত্রীরা কেউ সড়কের পাড়ে অজ্ঞান হয়ে পড়ে আছে, কারো লাশ খালের পানিতে ভেসে আছে, অনেক মানুষের কোনো খবর নেই। না জানি মামুদের কী অবস্থা। বেঁচে থাকলে, অবশ্যই সে ফিরে আসত।

মূর্চ্ছিত হয়ে পড়ে যাচ্ছিল আয়না, জামাল তাকে দু'হাত দিয়ে ধরে ফেলে।

কার অঙ্গে পড়ে আছে, কার আশ্রয়ে নিজেকে সঁপে দিয়েছে কোনো হুঁশ নেই তার। আর হায় জামাল, জামাল যে আলুলায়িত কেশের ঘ্রাণে জগতের শেষ চিহ্নটুকু ঘূর্ণির মতো তলিয়ে যেতে দেয়। প্রবাসী স্বামীর বিরহিনী বধূর প্রসাধনহীন কেশেও কেন এত সুঘ্রাণ অবশিষ্ট থেকে যায়?

টলতে টলতে আয়না ঘরের ভেতরে যায়, বাইরে দাঁড়িয়ে ইতস্তত করে জামাল— ভেতরে সে যাবে, কি যাবে না? দরজা ঈষৎ স্পষ্ট হয়ে আসে হঠাৎ, জামাল লক্ষ করে ভেতরে প্রদীপ আবার জ্বেলেছে আয়না; সে বিস্মিত হয়ে লক্ষ করে আয়না বিবি প্রদীপ জ্বেলে, সেই ধূমায়িত লাল আলোয় আর্শির ভেতরে আপন মুখ দেখছে। কৌতূহলী হয়ে জামাল ঘরের ভেতরে প্রবেশ করে।

আর্শির ভেতরে অপলক তাকিয়ে আছে আয়না, এক হাতে প্রদীপ ধরে নির্ণিমেষ নিজের প্রতিফলন সে অবলোকন করছে।

না, আমার সিঁথির কুমকুম তো এখনো সন্ধ্যাতারার মতো জ্বলছে। যদি আমার স্বামী জীবিত না থাকত, এই তারা মলিন হয়ে যেত।

আর্শি অদূরে ছুড়ে ফেলে দিয়ে আয়না বিবি হাতের চুড়ি স্পর্শ করে ঘুরিয়ে ঘুরিয়ে দেখে সে, ফিরিয়ে দেখে। জামাল বিস্ফারিত চোখে তাকিয়ে থাকে যুবতীর দিকে।

না, আমার হস্তের অলঙ্কার তো ভাঙে নাই। যদি আমার স্বামী জীবিত না থাকত এই চুড়ি আর অটুট থাকত না।

আয়না বিবি নিজের হাত নিজে ছেড়ে দিয়ে ফিরে দাঁড়ায়, দরজার কাছে হেঁটে আসে; দরজার ভেতরেই দাঁড়িয়েছিল জামাল, জামালের কাছে এসে আয়না বিবি স্থির হয়, তারপর নিজের বসনের দিকে তাকিয়ে দেখে যুবতী। জামাল রক্তের ভেতরে কামনায় মথিত হয়ে থাকে।

না, আমার আঁচল তো পায়ে জড়িয়ে যায় নি। যদি আমার স্বামী জীবিত না থাকত, তাহলে আমি বসন জড়িয়ে আছাড় খেয়ে পড়ে যেতাম।

সাধ্বীর তবু প্রত্যয় হয় না, হৃদয় স্থির না, উদ্বেগ প্রশমিত হয় না, বরং সাধ্বী বলেই এয়োতি চিহ্নগুলোকে সে এখন অবিশ্বাস করে, হৃদয় দ্রুতগামী অশ্বের চেয়েও বেগে ধাবিত হতে থাকে এবং উদ্বেগ তার কণ্ঠ রোধ করে থাকে।

আয়না বিবি কোনোক্রমে কেবল উচ্চারণ করতে পারে, আমি তার কাছে যাব।

গুরু গুরু দেয়া ডাকে, জিলকি ঠাটা আকাশ বিদীর্ণ করে, ভেরামন নদীর পানি উথাল-পাথাল করে, পাগলিনীর মতো আয়না জামালের সঙ্গে বাড়ি থেকে বেরোয়, দুয়ার খোলা ঘরে এখন তার পতিত আর্শির পাশে প্রদীপের শিখা থরথর করে কাঁপে।

নদীর ঘাটে বাঁধা ছিল ছৈঅলা নৌকা, সেই নৌকায় গিয়ে ওঠে জামালের সঙ্গে আয়না বিবি,

বলে, নদীর দেশের মেয়ে আমি, নদীর পাড়ে বাড়ি, আমার হাতে বৈঠা দাও, আমি বৈঠা মারি।

আয়না বিবি, তুমি যেও না— বাতাস হুহু করে বয়ে যায়। আয়না, ফিরে এসো— বিদ্যুত গর্জন করে ওঠে।

আয়না, সাবধান— নৌকোর গায়ে নদীর হাত ছলাৎ করে ধাক্কা দেয়।

চাঁদের ভিটা থেকে অনেক দূরে, শিবার বাঁকের কাছে নৌকো এসে পড়ে, আষাঢ়ের পানিতে শিবার বাঁক এখন এ-কূল ও-কূল ছাপিয়ে সাগর হয়ে আছে।

মাঝ নদীতে জামাল— ও জামাল, এই তোমার মনে ছিল ?— আয়না বিবির হাত থেকে বৈঠা কেড়ে নেয়, আঁধার উতরোল পানিতে ফেলে দেয় ঝপ করে, দু'হাতে আলিঙ্গন করে যুবতীকে, হস্তির শুঁড়ের মতো বলবান দু'টি বাহুতে তাকে পিষ্ট করতে থাকে।

আয়না, আমি তোমার জন্যে উন্মাদ হয়েছি। আমি তোমার রূপে মোহিত হয়েছি। তোমার জন্যে পৃথিবীর চন্দ্র সূর্য ত্যাগ করতেও প্রস্তুত। তুমি অনুগ্রহ কর। আয়না, কামবশে আমি জর্জরিত, তুমি আমার শরীরে তোমার যৌবনের চন্দন লেপন কর। আয়না, সম্ভোগের কল্পনায় আমি জ্বরতপ্ত, তুমি তোমার স্তনদ্বারা আমাকে আবৃত কর। আয়না, এক মুহূর্তের মিলনও শ্রেয়, সারাজীবনের বিরহ কে কামনা করে ?

আয়না বিবি জামালের বাহু বাঘিনীর মতো কামড়ে ধরে, রক্তের লবণস্বাদও সে এখন মিষ্ট বলে গণনা করে, অবিলম্বে আর্তনাদ করে ছেড়ে দেয় তাকে জামাল, আয়না ছৈয়ের ভেতর দিয়ে ছুটে অপর প্রান্তে যায় এবং প্রবল আর্কষণে হালের বৈঠা বাঁধন থেকে মুক্ত করে মাথার ওপর তুলে ধরে।

আয়, তবে আয়, তোরই শোণিতে তবে তোর জ্বর শমিত করি। আয়, তবে আয়, তোরই চূর্ণ অস্থির মজ্জায় তোর দেহ লেপন করে দিই। তোর মৃতদেহের ওপর আজ প্রেতিনীরা নৃত্য করবে এবং যে মিথ্যা সংবাদ দিয়ে আমাকে ছলনা করে এই নির্জনে এনেছিস, সেই মিথ্যার শাস্তিস্বরূপ রোজ হাশরে বিবি ফাতেমা তোর জিহ্বা টেনে ছিঁড়বেন।

কিছুকাল মূর্তির মতো দাঁড়িয়ে থাকে জামাল; ঢেউয়ের দোলায় টলমল করে নৌকো, নাকি জগৎ টলমল করে। বিজলীর চমকে ক্ষণে ক্ষণে উদ্ভাসিত হয়ে ওঠে ভয়ঙ্কর একটি ছবি— অন্ধকার কূলহীন ভীষণ জলস্রোতের ওপর ভাসমান জলযানের একপ্রান্তে রমণী, আরেক প্রান্তে তস্কর।

তস্কর ঐ রমণীর মারমূর্তি দেখে ভিন্ন কৌশল গ্রহণ করে; সে কামকম্পিত কণ্ঠে মিষ্টবাক্য উচ্চারণ করতে থাকে এখন— কন্যা, আমি ছলনা করেছি তা তোমারই জন্যে করেছি। আকাঙ্ক্ষিতাকে পাবার জন্যে কোনো ছলনাই নিন্দনীয় নয়, এ কথা বহু বৎসর আগেই শাস্ত্রকারেরা বলে গেছেন এবং সমাজ তাতে এখন পর্যন্ত সম্মতই বটে; উদাহরণ দিতে পারি আমাদের চতুপার্শ্ব থেকে, কিন্তু তার সময় এখন নয়। তুমি কি কলঙ্কের ভয় করছ ? মানবের স্মৃতি সবচেয়ে অস্থির ও সস্তা বস্ত্রের চেয়েও রঙ তার কাঁচা। বস্তুত, কল্পনা যে ক্ষেত্রে বাস্তবায়িত হয় না, কলঙ্ক সে ক্ষেত্রেই; তুমি লক্ষ করে দেখ। আমার কল্পনাকে বাস্তবায়িত না করলেই বরং অসতী ও কলঙ্কিতা বলে তুমি চিহ্নিত হবে, স্মরণ রেখ। অতএব আমার আলিঙ্গনে সম্মত হয়ে নিজেকে তুমি অপবাদ থেকে রক্ষা কর। কেবল

আলিঙ্গনই বা কেন ? তুমি যদি সম্মত হও, আমি তোমাকে বিয়ে করতে প্রস্তুত। ঐ কৃষকের চেয়ে তুমি আমার কাছে অধিক যত্ন পাবে। তোমার চিরল কেশ আমি সোনার ঝুরি দিয়ে বন্ধন করে দেব, তোমাকে আমি রুপার খাট গড়িয়ে দেব, তোমাকে আগুন পাটের শাড়ি দেব এবং সেই শাড়ি অঙ্গের চেয়ে ভূমিতে লুণ্ঠিত অবস্থাতেই অধিক শোভাময় বলে তুমিও স্বীকার করবে, তোমার গলায় আমি দুলিয়ে দেব গজমোতির হার এবং শনকাচের মালা, তোমার হাতে পরিয়ে দেব তার-বাজু, নিজের হাতে তোমার দুই চোখে কাজল পরিয়ে ঘিয়ের বাতি জ্বালিয়ে চাঁদমুখ দেখব যুবতী, রণবতী, তুমি আমার হও।

আয়না বিবি হাতের বৈঠা তৎক্ষণাৎ জামালের দিকে ছুড়ে মারে, দ্রুত এক পাশে সরে গিয়ে মাথা বাঁচায় জামাল এবং এবার সে পূর্ণ বেগে ধাবিত হয় যুবতীর দিকে।

যুবতী নদীতে ঝাঁপ দেয়; অন্ধকার নদীতে যুবতীকে আর লক্ষ করা যায় না; প্রবল বেগে আকাশ থেকে বর্ষণ শুরু হয়; প্রচণ্ড শব্দে কোথাও বজ্রপাত হয়; নীলাভ আলোয় থেকে থেকেই দেখা যায় ভেরামন নদী প্রলয় নাচে মেতে উঠেছে; রাত্রির তৃতীয় প্রহরে বৃষ্টি ও ঝড় থেমে গেলে জামাল চাঁদের ভিটার দিকে নৌকা পরিচালনা করে। জামাল পরদিনই গ্রাম ত্যাগ করে চলে যায়, তার ছুটি ফুরিয়ে যাবার আগেই সে আরব দেশে ফিরে যায়।

১১ *এই নারী না রাখবা তুমি আপন ঘরে*

সর্ব অঙ্গে পাঁক শুকিয়ে প্রতিমার চটা ধরা মাটি, উড়াল ঘন কেশে জলের লতা যেন চিকন চিকন সাপ, দৃষ্টিতে তাপ ধরা তৈজসের খুনি লাল আভা, অঙ্গে বস্ত্র আছে কী নেই, অভাগিনীর ছেঁড়া আঁচল ফোঁপানির মতো বাতাসে ওড়ে ক্ষণে ক্ষণে, আয়না বিবি দুঃস্বপ্নের মতো চাঁদের ভিটায় ফিরে আসে দু'দিন পরে। মাঠের মানুষ কাজ ফেলে বিস্ফারিত চোখে তাকে দেখে, ঘাটের রমণীর কাঁক থেকে কলসি পড়ে শতখান হয়ে যায়, শিশুরা ভীত হয়ে মায়ের সন্ধানে দৌড়ে যায়, গাছগাছালি স্তম্ভিত হয়ে থাকে, আয়না বিবি বাড়ির উঠানে এসে দাঁড়ায়। সেই সেদিন আর আজ এই দিন; তার শাশুড়ি মা ছুটে আসে না হাত ধরে তুলে নিতে, পড়শি রমণীরা আবা ধ্বনি দেয় না; কেবল চারদিকে ঘৃণার ও লজ্জার ফুলকি ওড়ে যেন বা জগৎ এক কামারশালা এখন।

কোথায় গিয়েছিলে, বৌ, তুমি কোথায় গিয়েছিলে ?

স্থির দৃষ্টিতে বোবার মতো তাকিয়ে থাকে সে।

কার সঙ্গে গিয়েছিলে, বিবি, কার সঙ্গে গিয়েছিলে ?

নিরুত্তর আয়না, হা, এও এক আয়না।

একবারও বুক কাঁপল না তোমার ? একবারও ধর্মের কথা স্মরণ হলো না ?

ধর্ম কি স্মরণ করার বস্তু ? না, ধারণ করার আধার ? মানুষ তবু কেন বলে ধর্মকে কেবল স্মরণ করবার কথা ?

একবারও তুমি ইতস্তত করলে না, পাপিয়সী, ঘরের বাইরে পা রাখতে ?

মূর্তির মতো নিশ্চল দাঁড়িয়ে থাকে আয়না।

ঘরই যদি ছেড়েছিলি, কুলটা, আবার তবে ফিরি এলি কোন মুখে ?

নিকট ও দূরে, চেনা ও অচেনা, সধবা ও বিধবা, যুবতী ও বর্ষিয়সী রমণীদের নিক্ষিপ্ত থুতু এসে আয়না বিবির অঙ্গে পড়ে অবিরাম, সমস্ত দিন, পরদিন এবং তার পরদিন।

বল, তুই কার সাথে গিয়েছিলি ?

বল, তুই কার সাথে ঘর ছেড়েছিলি ?

বল, তুই কার শয্যায় শুয়েছিলি ?

যে কান দিয়ে বাঁশি শুনেছিস সেই কান কি এখন বধির হয়ে গেছে তোর ?

যে জিহ্বা দিয়ে পিরিতের কথা উচ্চারণ করেছিস, সেই জিহ্বা কি খসে গেছে তোর ?

যে অঙ্গ দিয়ে সেবা করেছিস, সেই অঙ্গ কি অবশ হয়ে গেছে তোর ?

আয়নার শরীরে প্রস্তর নিক্ষেপের জন্যে পুরুষদের আঙুল চঞ্চল হয়ে ওঠে।

নীরব নিশ্চল, নিস্পন্দ আয়না বিবি তিনদিন প্রাঙ্গণে দাঁড়িয়ে থাকে। চতুর্থ দিনে মামুদ উজ্জ্যাল ঢাকা থেকে ফিরে আসে; নদীর ঘাটে পা দেবার সঙ্গে সঙ্গে তার চারদিকে সমস্ত গ্রাম কোলাহল করে ওঠে; সমস্ত গ্রামের চোখ তাকে অনুসরণ করে; সমস্ত গ্রামের শ্রবণ উৎকর্ণ হয়ে থাকে।

নদীর ঘাটেই মৌলবি তাকে বলে, সোনা নয় রুপা নয়, যে ভেঙে আবার গড়া যায় নারীর সতীত্ব এই মতো হয়।

প্রাঙ্গণে যখন মামুদ উজ্জ্যাল এসে দাঁড়ায়, তার পায়ের ওপর ভেঙে পড়ে আয়না, যেন আঘাত এ ক'দিন কোনো অলৌকিক শক্তিতে স্তম্ভিত হয়েছিল, এখন সশব্দে কাচ শত শত খণ্ড হয়ে ছড়িয়ে পড়ে ভূমিতে।

মামুদ উজ্জ্যাল হতচকিত হয়ে জননীর দিকে তাকায়; জননীর ঘরে গিয়ে সশব্দে দুয়ার বন্ধ করে দেয়; মামুদ উজ্জ্যাল অনুভব করে ওঠে যে যতক্ষণ এই রমণী এই সংসারের প্রাঙ্গণে আছে ততক্ষণ পর্যন্ত তার গর্ভধারিণী অন্নজল গ্রহণ করবে না।

মা, মাগো, তোমার পুত্র কখনো তোমার দুঃখ অপমান অথবা প্রাণ বিয়োগের কারণ হবে না। হা, সংসারের কী জটিল কুটিল রীতি, পুত্রের মাতৃভক্তির পরীক্ষা এইভাবেই নেয়া হয়ে থাকে।

লুণ্ঠিত আয়নার কপালের নিচ থেকে মামুদ উজ্জ্যাল পা সরিয়ে নেয়, যেন জগতের শেষ দীপ্তি অপসৃত হয়ে যায় সহসা।

আয়না বিবি ধীরে মাথা তোলে এবং স্বামীর দিকে তাকায়। আমি তোমারই ফিরে আসার প্রতীক্ষায় ছিলাম; তুমি আমার সকল কথা শোন। আমার কথা কেউ বিশ্বাস করবে না বলেই এ ক'দিন নীরব ছিলাম, আজ আমি বিনা প্রশ্নেই বিবরণ দেব, কারণ এ বিবরণ তুমি ছাড়া কেউ বিশ্বাস করবে না। আমার আর কিছুও বলবার প্রয়োজন হয় না, যদি তুমি এটুকুই কেবল লক্ষ করে দেখ যে আমি আমার স্বামীরই ফিরে আসবার পথের দিকে পরম সহিষ্ণুভাবে তাকিয়ে ছিলাম এই তিনটি দুঃস্বপ্নের দিন ও রাত্রি। এতেই কি প্রমাণিত হয় না যে তুমি ভিন্ন আমার কেউ নেই ? তবু, তুমি পা সরিয়ে নিয়েছ; আমি এই প্রথম হাহাকার করে উঠলাম।

গ্রাম শতকণ্ঠে বলে ওঠে, রমণীর অশ্রু ছলনার চক্ষু থেকেই নির্গত হয়।

মামুদ উজ্জ্যাল মুখ ফিরিয়ে নেয়, যেন জগতের শেষ স্থলভূমি নিমজ্জিত হয়ে যায়।

তোমা ভিন্ন আমি জীবন জানি না, তোমা ভিন্ন মৃত্যু বলেই সমস্ত কিছু জ্ঞান করি। তোমার আলিঙ্গন আমার স্বর্গবাসের নিমন্ত্রণ; তোমার উচ্চারণ আমার গীত শ্রবণের পরম; তোমার মুখ আমার জগতের সূর্য। তবু, তুমি মুখ ফিরিয়ে নিয়েছ, আমি এই দ্বিতীয় হাহাকার করে উঠলাম।

গ্রাম সহস্রকণ্ঠে উচ্চারণ করে, রমণীর বাক্য মিথ্যার গহ্বর থেকেই উচ্চারিত হয়।

মামুদ উজ্জ্যাল কঠিনস্বরে প্রশ্ন করে, কে এ কথা বিশ্বাস করবে যে সেই মধ্যরাতে তুমি আমাকেই ভেবে ঘরের দুয়ার খুলে দিয়েছিলে?

আমি এই শেষ হাহাকার করে উঠলাম।

গ্রাম অযুতকণ্ঠে হা হা করে হেসে ওঠে।

মামুদ উজ্জ্যাল একেকটি চাবুকের মতো উচ্চারণ করে তখন, আমি কি সমস্তই এখন শুনি নি? আমার যাত্রার পর মুহূর্তেই তুমি কি আগ্রহের সঙ্গে নীলযন্ত্রের গান শোন নি? আমার অনুপস্থিতিকালে সে কি বারবার তোমার কাছে আসে নি? তুমি কি তাকে পিপাসায় পানি দাও নি? জলপানে তার ক্ষুধা নিবৃত্ত কর নি? সুগন্ধ মশলায় সাজা পানে তার ঠোঁট রক্তিম দেখতে চাও নি? এবং তাকেই তুমি মেঘাবৃত নির্জন নিশীথে দুয়ার খুলে দাও নি? বস্তুত, তুমিই কি তাকে আকর্ষণ কর নি? এবং তার সঙ্গে আমার বন্ধুত্বকে বিস্মৃত হও নি? কে বিশ্বাস করবে, সে তোমাকে আমার দুর্ঘটনার সংবাদ দেয় এবং তুমি তা সরল মনে বিশ্বাস কর? কে বিশ্বাস করবে, যদিও বা সেই সংবাদ তোমার আস্থা হয়, তুমি শাশুড়িকে তা জানাতে ভুলে গিয়েছ? কে বিশ্বাস করবে, তুমি স্বামীর অমঙ্গল শুনে এতই আত্মহারা হয়ে পড় যে পরপুরুষের সঙ্গে এক নির্জন নৌকোয় যে উঠছ, তা তোমার কাছে নিতান্তই স্বাভাবিক বলে মনে হয়েছে? কে বিশ্বাস করবে তুমি আত্মরক্ষা করতে ঝড়ক্ষুব্ধ নদীতে লাফ দিয়েছ এবং সেই পাহাড়ি স্রোত যা হাতিকেও ভাসিয়ে নিয়ে যায়, তুমি তা থেকে বেঁচে ফিরে এসেছ? কে না বিশ্বাস করবে যে, তুমি তাকে আলিঙ্গন করতে চেয়েছ? কে না বিশ্বাস করবে যে, তুমিই তাকে মায়াবিস্তার করে বশীভূত করতে চেয়েছ? কে না বিশ্বাস করবে যে, তুমি তাকে নষ্ট করতে ব্যর্থ হয়েছ বলেই ঘরে ফিরে এসেছ?

মৌলবি গ্রামের প্রতিনিধি হয়ে বলে, মামুদ উজ্জ্যাল, এই নারী তুমি আপন ঘরে রাখবে না। আয়না বিবির কেশ হঠাৎ বাতাসে প্রবল বেগে উড়তে শুরু করে।

মামুদ উজ্জ্যাল যেন তার সমুখে এক রাক্ষসীকেই প্রত্যক্ষ করে। আমি জানি তুমি কেন আমার বন্ধুর দিকে অগ্রসর হয়েছিলে। সেই নীল যন্ত্র, সেই অচিন আশ্চর্য বস্তুসকল তোমাকে লোভী করে তুলেছিল।

তখন, এই সংলাপ যখন উচ্চারিত হয়ে যায়, তখন কলকল খলখল করে অকস্মাৎ হেসে ওঠে আয়না এবং বাম হাতের তর্জনী প্রসারিত করে মামুদ উজ্জ্যালকে চিহ্নিত করতে করতে অট্টহাসিতে লুটিয়ে পড়ে ভূমিতে।

ক্রোধে থরথর করে কাঁপতে কাঁপতে মামুদ উজ্জ্যাল আয়না বিবির কেশ ধরে টেনে তোলে

পায়ের ওপর, নদীর ঘাটের দিকে তাকে টেনে নিয়ে যেতে যেতে বলে, এই সৎ, শুদ্ধ ও প্রাচীন গ্রামে তোর কোনো স্থান নেই।

নৌকা ছেড়ে দেয়।

মামুদ উজ্জ্যালের জননী দুয়ারের আগল খুলে প্রাঙ্গণে এসে দাঁড়ায়। রমণীরা তাকে ঘিরে আবা ধ্বনি দিয়ে ওঠে। মামুদ উজ্জ্যালের পিতার মৃতদেহ ও মৃত্যুসংবাদ যে দুজন মানুষ একদা বহন করে এনেছিল, আবার তারা নিশীথে এসে উপস্থিত হয়।

মা, আপনি কি জানেন, আপনার পুত্র এখন কোথায় ?

মামুদ উজ্জ্যালের মা মানুষ দুজনকে চিনে উঠতে পারে না।

কে তোমরা ?

আপনি কি এরই মধ্যে সকল বিস্মৃত হলেন ? অনন্ত জীবনের কাছে কয়েকটি বৎসর তো ধূলিকণার তুল্যও নয়, বস্তুত আমরা একটি পলের ব্যবধানেই আবার এখানে উপস্থিত। আমরা মৃত্যুকে অবিরাম প্রত্যক্ষ করি এবং জীবিতকে সেই সংবাদ দিয়ে থাকি। না, আপনি ব্যাকুল হবেন না, আপনার পুত্র মৃত নয়, যদিও এক অর্থে সে এখন মৃতই বটে। প্রাণবায়ু নির্গত হয়ে যাওয়াই মৃত্যুর একমাত্র লক্ষণ নয়। শত সত্ত্বেও আপনি জননী এবং জননীর স্বভাবই এই যে, শেষ পর্যন্ত শারীরিকভাবে পুত্র জীবিত থাকলেও সে সৃষ্টিকর্তাকে ধন্যবাদ দেয়। আপনার পুত্র এখন নিলীন অর্থে মৃত, প্রকাশ্য অর্থে জীবিত। সে এখন তার যুবতীনারীকে নিয়ে, আমরা ইচ্ছে করেই স্ত্রী শব্দটি আর ব্যবহার করলাম না, শহরের দিকে চলেছে। আপনি ঘরে দুয়ার দিয়ে ক্রোধব্রত পালন করলেও আপনার কান সজাগ ছিল এবং আপনি সমস্ত সংলাপই শুনেছেন। আপনার স্মরণ হবে, যে, মামুদ উজ্জ্যাল বলেছিল, নীল যন্ত্র এবং অচিন বস্তুসকল আয়না বিবিকে লোভী করে তুলেছিল। আপনার অবশ্যই স্মরণ হবে যে, আয়না বিবি তখন অট্টহাসি করে উঠেছিল। আমাদের অজানা নয় যে, আপনি ঘরের বেড়ার ফাঁক দিয়ে দৃশ্যটি দেখবার চেষ্টা করেছিলেন। কিন্তু মানুষের অন্তর তো দেখা যায় না; মন নামের অগোচর এই বস্তুটি কোনো কিমিয়াতেই ধরা দেয় না; আপনার পুত্রের মনে তখন একটি আশ্চর্যভাবের উদয় হয়; সে তখন একই সঙ্গে স্ত্রীকে বর্জন, স্ত্রীকে চিরনির্বাসন দান, স্ত্রীর এই অট্টহাসির দরুন ক্রূর প্রতিশোধ গ্রহণ এবং সেই প্রতিশোধ গ্রহণের মাধ্যমে জাগতিক অর্থে লাভবান হবার একটি পথ দেখতে পায়। আপনি প্রশ্ন করতে পারেন, বর্জন ও নির্বাসন না হয় স্বীকার করা গেল, প্রতিশোধ কীসের ? তার উত্তর এই যে, আয়না বিবির অট্টহাসিতেই আপনার পুত্র নিজের কাছে সম্পূর্ণ উন্মোচিত হয়ে যায়, সে লক্ষ করে যে লোভ তার নিজেরই অন্তর্গত রয়েছে এবং সেই লোভ অন্তত একজনের কাছে আর গোপন নেই; মানুষের স্বভাবই এই যে, তিক্ত সত্য প্রকাশিত হওয়া মাত্র ক্ষিপ্ত হয়ে যায়। তাই আপনার পুত্র প্রতিশোধ নেবার জন্যে এখন প্রতিজ্ঞাবদ্ধ। অতঃপর কীভাবে সেই প্রতিশোধ সে নেবে তা আপনার না জানলেও কোনো ক্ষতি নেই, আপনার কোনো প্রয়োজনও নেই। তবে, এই প্রতিশোধ শব্দটি আপনাকে এখন বিশেষভাবে অনুধাবন করতে বলি। আপনার কি স্মরণ হয় যে, আগের সাক্ষাতে শব্দটি আমরা ব্যবহার করেছিলাম ?

সমস্ত শরীর কাঁটা দিয়ে ওঠে মামুদ উজ্জ্যালের জননীর।

বলুন, স্মরণ হয় ?

হ্যাঁ, হ্যাঁ, হয়।

আর কী স্মরণ হয় ?

একটি যুবতীর কথা।

এবং আর কিছু স্মরণ হয় ?

প্রমাণ ছাড়া যেন অবিশ্বাস না করি। মামুদ উজ্জ্যালের জননী রাত্রি মথিত করে বিলাপ করে ওঠে এখন। হায়, আমি প্রমাণ চাইবার কথা কী করে বিস্মৃত হলাম ?

আমরা এই আশঙ্কাই করেছিলাম। স্মরণ হয় ?

হ্যাঁ, হয়।

এবং সেই আশঙ্কাই সত্য হয়ে গেল।

মামুদ উজ্জ্যালের জননীর দেহতাপ অকস্মাৎ বৃদ্ধি পায়, তৃষ্ণায় গলা কাঠ হয়ে আসে।

মানুষ দুজন দুয়ারের কাছে দাঁড়িয়ে বলে, আপনি তৃষ্ণায় এখন কাতর। কিন্তু আমাদের ঘরে প্রবেশের অনুমতি নেই।

পানি, পানি, পানি।

আমরা ঘরে প্রবেশ করে পানি দিতে পারি, কিন্তু সেই হবে আপনার শেষ পান। এই নিয়ম।

মামুদ উজ্জ্যালের জননী তবু পানির জন্যে দু'হাত বাড়ায়; তখন মানুষ দুজন তার ঠোঁটে কয়েক ফোঁটা পানি মমতার সঙ্গে ঢেলে দেয়। পরদিন গ্রামবাসীরা মামুদ উজ্জ্যালের জননীকে মৃত দেখতে পায়।

১২ *জঙ্গলায় আছে বাঘ ভালুক তারা কি বান অনিষ্ট করিল*

চলে নদী ভেরামন, স্রোতে খরশান, কপাল যখন ভাঙে তখন পাথরেও ঘাম দেখা দেয়, বাথানে গো-মহিষ প্রাণ ত্যাগ করে, আশ্বিনের পানিতে পাকা ধান ডুবে যায়, বনের পাতা ছিদ্র করেও রৌদ্র তীর বর্ষণ করে।

কোন পথে আমরা যাব, আরে ভালো কোন নদী বেয়ে যাব; উজানে যাব কি ভাটিতে যাব ? জীবনের লাল বৈঠা, মরণের নীল বৈঠা ঝামুর ঝুমুর করে, সংসারের পানি তোলপাড় হয়ে ওঠে।

ও সাধু মামুদ উজ্জ্যাল, তোমার আয়না বিবিকে এ তুমি কোথায় নিয়ে এলে ?

খিলখিল করে হেসে ওঠে মউফল।

এলে, তুমি এলে ?

আজ বড় স্থির কণ্ঠে, চোখ তুলে, মাথা ঝাঁকিয়ে মামুদ উজ্জ্যাল উত্তর দেয়, হ্যাঁ, এলাম।

রুনরুন ঝুনঝুন শব্দ ওঠে, ছেঁড়া পাপড়ি ইতস্তত ছড়িয়ে পড়ে, সুগন্ধ যেন বসন খুলে নিতে চায়। আয়না বিবি ভীত হয়ে মামুদ উজ্জ্যালের হাত মুঠো করে ধরে; সে হাত ঝাঁকুনি দিয়ে সরিয়ে নেয় মামুদ, তার কাঁধ খাবলে ধরে মউফলের সমুখে ঠেলে দাঁড় করিয়ে দেয়।

হাসি থামিয়ে, চিবুক বাঁকিয়ে, চোখ ঘুরিয়ে মউফল একবার আয়নাকে দেখে, একবার মামুদ উজ্জ্যালকে। তারপর বিস্ময় নিয়ে বলে, এ-কী ? এমন তোমার মতি কেন আজ ?

আহ্, কী বলো তুমি ? কী বলো ?

মউফল চোখ গোল করে বলে, এখানে তো পাখির খোঁজে মানুষ আসে, পাখি নিয়ে তো কেউ আসে না। এ কোন পাখি ? কার পাখি ?

আয়না বিবির চিবুক তুলে ধরে মউফল।

বিরক্ত হয়ে মামুদ উজ্জ্যাল বলে, দাঁড় করিয়ে রাখবে ? না, ভেতরে বসতে দেবে ? তোমার সাথে কথা আছে, কাজের কথা, অনেক কথা।

আয়নাকে হাত ধরে ভেতরে নিয়ে যায় মউফল।

ঘরের ভেতরে ছাদ থেকে ঝোলানো ন্যাংটো সেই বাতির আলোয় আয়না বিবি যা দেখতে পায়, থরথর করে কেঁপে ওঠে সারা অঙ্গ।

দেয়ালে বেহায়া যুবতীর ছবি, টুলের ওপর সবুজ খাড়া বোতল, মেঝের ওপর বাদ্যযন্ত্রের পাশে থেতলানো শাদা ফুল, শয্যায় খোপ কাটা নীল চাদর টানটান করে পাতা।

কোথায় কে পাগলিনীর মতো কলকল করে হাসে ?

কোথায় কে হড়হড় করে বমি করে ?

শিকলের শব্দ ঝনাৎ করে ওঠে কার দরজায় ?

দরজা ভেজিয়ে দিয়ে মউফল বাইরে আসে, আঁধারে দাঁড়িয়ে থাকা মামুদ উজ্জ্যালের কাছে ঘন হয়ে এসে ফিসফিস করে জিজ্ঞেস করে, নিজের, না অপরের ?

সে কথায় কাজ কী তোমার, সে কথায় কাজ কী ?

অভাবে, না স্বভাবে ?

আহ্, সে কথা শুনে তোমার লাভ ? সে কথা শুনে লাভ ?

বাঁচতে চাও, না বাঁচাতে চাও ?

চুপ কর, মউফল, চুপ কর।

মামুদ উজ্জ্যালের গলা জড়িয়ে ধরে মউফল তখন; আজ মামুদ উজ্জ্যাল আঁতকে ওঠে না, লাফ দিয়ে সরে দাঁড়ায় না; কড়া সুগন্ধ তার স্নায়ুকে অবশ করে দেয় না।

মামুদ উজ্জ্যাল খসখসে গলায় উচ্চারণ করে, তুমি না বলেছিলে, কেনার জন্যে মহাজন হয়ে বসে থাকবে ? তোমার সেই কথা, সেই প্রতিশ্রুতি, এখন আমি স্মরণ করছি। এই যুবতীকে আমি বিক্রি করতে এসেছি। তুমি কত অর্থের বিনিময়ে একে কিনতে পার ? দেখ, এ রূপসী; দেখ, এ ছলাকলায় বিশেষ পারদর্শিনী; দেখ, এ পুরুষের শয্যার অনভিজ্ঞা নয়; দেখ, এর সম্ভাবনা প্রচুর এবং দেখ, এর যৌবন আরো দীর্ঘকাল অক্ষুণ্ন থাকবে। আমার প্রচুর অর্থের প্রয়োজন, আমি সর্বোচ্চ দাম আশা করছি।

দামের ইতর বিশেষ হয় পণ্যের ইতর ভেদে। আমি তোমাকে একদা বলেছিলাম যে তুমি একদিন আসবে এবং বিক্রি করতে আসবে; আমার সেই ভবিষ্যদ্বাণী অক্ষরে অক্ষরে ফলেছে বলে আমি উৎফুল্ল, এ কারণে তোমাকে আমি দামের ওপরে এক হাজার বেশি দেব। আমি

তোমাকে একদা স্পর্শ করেছিলাম এবং তুমি আমাকে কুষ্ঠ রোগগ্রস্ত কোনো রমণী মনে করে নিজেকে সরিয়ে নিয়েছিলে, এখন তুমি আমার এই আলিঙ্গনে বরং আশান্বিত বোধ করছ। এই পরিবর্তনের কারণে আমি সেই এক হাজার দেব। তুমি যদি আমাকে বলো যে যুবতীকে বাঁচাবার জন্যেই তাকে এখানে এনেছ, আমি দামের থেকে এক হাজার কম দেব। তুমি যদি বলো, যুবতী তার স্বভাবেই এখানে তোমার সঙ্গে আগতা, আমি তোমাকেই সেই এক হাজারের কমে আরো এক হাজার কম দেব। এবং তুমি যদি আমার প্রথম প্রশ্নের উত্তর এই দাও যে, যুবতী তোমার নিজের স্ত্রী, আমি তোমাকে দামের তিনগুণ দাম দেব। তোমার উত্তর শুনবার জন্যে আমি অপেক্ষা করছি।

মামুদ উজ্জ্যাল উত্তর দেয়, সে আমার স্ত্রী।

মউফল পায়ের গোড়ালির ওপর ভর দিয়ে উঁচু হয়ে মামুদ উজ্জ্যালকে দ্রুত একটি চুমো দিয়ে বলে, এই যুবতীর জন্যে আমি পাঁচ হাজার দেব। এবং অবিলম্বে তাকে আলিঙ্গন মুক্ত করে সে এক পা পিছিয়ে যায় ও চিবুক তুলে খিলখিল করে হেসে ওঠে।

মামুদ উজ্জ্যাল মউফলের হাত আকর্ষণ করে বুকের কাছে টেনে এনে স্খলিত কণ্ঠে উচ্চারণ করে, আমি তোমার সঙ্গে আজ রাত্রি যাপন করব।

মউফল নিজের ঠোঁটে তর্জনী স্থাপন করে বলে, চুপ। এখন তুমি বিক্রেতা এবং আমি ক্রেতা। আজ নিশীথে এই আমাদের সম্পর্ক।

ঘরের ভেতরে পতনের শব্দ হয়; মামুদ উজ্জ্যাল ও মউফল পরস্পর দ্রুত দৃষ্টি বিনিময় করে; মামুদ উজ্জ্যাল মাটিতেই স্থির থাকে, অন্ধকারেই স্থির থাকে, মউফল দরজার ভেজানো পাট সরিয়ে দিয়ে ভেতরে দৃষ্টিপাত করে।

মেঝের ওপর স্তূপীকৃত বস্ত্রের মতো পড়ে আছে আয়না।

মউফল ঘরের ভেতরে যায়।

মামুদ উজ্জ্যাল অদূরে মেহেদি গাছের দিকে জোনাকির ওড়াউড়ি মনোযোগের সঙ্গে তখন দেখতে থাকে, আয়নার প্রতি আর কখনোই সে দৃষ্টি স্থাপন করে না।

ঘরের ভেতর থেকে মউফল বলে, তোমার স্ত্রী মূর্চ্ছিতা।

অন্ধকার থেকে মামুদ উজ্জ্যালের উত্তর আসে, সে এখন আর আমার স্ত্রী নয়।

সে এখন ঈষৎ পাশ ফিরছে।

সে যেন আমার দিকে পাশ না ফেরে, তুমি দৃষ্টি রাখ, মউফল।

সে এখন চক্ষু মেলেছে।

সে যেন জীবনকে আর দর্শন না করে।

সে উঠে বসতে চাইছে।

অধঃপতিত সে।

তোমার নাম সে এখন উচ্চারণ করছে।

পাপ-জিহ্বায় সে যেন আর অতীত উচ্চারণ না করে। মউফল, তাকে তুমি জানিয়ে দিও যে, তাকে আমি বিক্রি করেছি এবং তার অতীতকে আমি পদাঘাত করেছি।

মউফল তখন ঘর থেকে বেরিয়ে আসে এবং ইশারা করে তাকে অনুসরণ করতে বলে।

নীরবে সে মউফলের পেছনে অগ্রসর হয়, প্রাঙ্গণের ভেতরে বিভিন্ন ঘর, চালা ও জলনালি পেরিয়ে তারা আলোকিত একটি দরজার সমুখে উপস্থিত হয়। নীল চুনকাম করা ঘরের ভেতর থেকে দুধের মতো আলো গড়িয়ে ধাপের ওপর পড়েছে, সেই ধাপ বেয়ে মউফলের পেছনে মামুদ উজ্জ্যাল উঠে যায়।

ধবধবে চাদরের ওপর দুলিচা পাতা, সেই দুলিচার ওপর কৃশ, সতর্ক, দীর্ঘ একটি লোক গুটিয়ে বসে আছে।

লোকটি রক্তাক্ত চোখ তুলে মামুদ উজ্জ্যালের দিকে দৃষ্টিপাত করে; তার অভিব্যক্তি দেখে বোধ হয় না যে মামুদ উজ্জ্যালের সমুখেই মউফল রয়েছে।

মউফল বাঁ হাতের পাঁচটি আঙুল প্রসারিত করে তুলে ধরে। লোকটি মামুদ উজ্জ্যালের দিকে এবার ঈষৎ স্মিত হয়ে ওঠে এবং দ্রুত দুলিচা ত্যাগ করে বাক্স খুলে এক তাড়া টাকা বের করে আনে।

খপ করে টাকাগুলো মুঠোয় তুলে নেয় মামুদ উজ্জ্যাল।

গুনে নাও।

কে বলে ? লোকটি বলে ? মউফল বলে ? মামুদ উজ্জ্যালের যকৃত বলে ?

মামুদ উজ্জ্যাল টাকাগুলো যখন গুনছে লোকটি মউফলের দিকে চকিত দৃষ্টিপাত করে দ্রুত ঘর থেকে বেরিয়ে যায়; মউফল আবার সেই খিলখিল করে হেসে ওঠে।

জগৎ, তুমি অন্ধকার হও; বৃক্ষ, তুমি উড়াল দাও; চাঁদ, তুমি পতিত হও; কৃশ লোকটি এখন আয়না বিবির রূপসুধা পান করছে, মামুদ উজ্জ্যাল এখন শত টাকার নোট গুনছে, মউফল এখন কোমর দুলিয়ে দুধের মতো আলোর ভেতরে হেসে চলেছে।

এই টাকায় তুমি কী করবে সাধু ?

চমকে ওঠে মামুদ উজ্জ্যাল।

এই নাম তুমি কোথায় জানলে, মউফল, তুমি কোথায় জানলে ?

একজন মূর্চ্ছা থেকে চোখ মেলে বলেছে, সে আমাকে বলেছে।

তুমি কি জান না, মউফল, সেই আয়না যে ভেঙেছে ?

যাবে তুমি, এখনি যাবে ? সাবধানে পা ফেল, সাধু। ভাঙা আয়নায় পা যদি কাটে ?

মামুদ উজ্জ্যাল ঈষৎ বিস্মিত হয়ে গলির মুখে দাঁড়িয়ে পড়ে।

মউফল অভয় দিয়ে বলে, না, না, এই আয়নায় পা কাটে না, কাটলেও রক্ত বেরোয় না, বেরুলেও দেখা যায় না। যাও তুমি নির্ভয়ে যাও। সাধু, তুমি কোথায় যাও ?

আমি দেশ ছেড়ে যাই, আমি অনেক দূরে যাই, আয়না বিক্রির টাকায় আমি আরব দেশে যাই।

যাওয়ার আগে একবার তবে আসবে না ?

আসি যদি, বিক্রি করতে না, মউফল, আসি যদি, খরিদ করতে আসব, আমি কথা দিই।

আমি তোমার জন্যে পথ চেয়ে থাকব, সাধু, মাথার দোহাই দেখ, নিরাশ না হই।

১৩ *চান্দের ভিটা পাইবাম রে আমরা কোনবা পন্থে গেলে*

মানুষই কি বস্তুর গায়ে মাখিয়ে দেয় দুঃখের কষ ?— বস্তুর কোনো বোধ নেই ? মানুষই কি নিসর্গের ভেতরে খনন করে শূন্যতা ? নিসর্গের কোনো মায়া নেই ?

অথবা, বস্তুরই কেবল বোধ আছে, মানুষের নেই ? নিসর্গেরই শুধু মায়া আছে, মানুষেরই নেই ?

এই তো সেই চাঁদের ভিটা, সংসার নেই। এই তো সেই গাছগাছালি, বাবুই টিয়া নেই। এই তো সেই জলের ঘাট, জলে কোনো ছবি নেই।

উঠানের এক কোণে মেহেদি গাছ, এখানে কত জলসেচ করেছিল আয়না।

এই ঘর, এই দুয়ার, এই দুয়ার কত নিশীথে যুগলকে গোপন করে রেখেছিল।

এই শয্যা, যুগল দেহ ফুলের মতো বিছিয়ে ছিল। হায়, বাসা ছেড়ে বাবুই কেন বৃষ্টিতে ভেজে ?

কী কর, মামুদ উজ্জ্যাল, তুমি কী কর ? তুমি কেন সোহাগের শীতলপাটি উঠোনে ছুড়ে ফেলে দাও পশুমলের ওপরে ?

কী কর, মামুদ উজ্জ্যাল, তুমি কী কর ? তুমি কেন আবের কাঁকই হাতের চাপে দু' টুকরো করে ছাই গাদায় ফেলে দাও ?

কী কর, মামুদ উজ্জ্যাল, তুমি কী কর ? তুমি কেন বেড়ার গায়ে মাছরাঙার পালক ছিঁড়ে কুটিকুটি করে লু-বাতাসে উড়িয়ে দাও ?

তুমি কী কর, উজ্জ্যাল ? নিজের হাতে যে ঘর তুমি একদিন তুলেছিলে, সেই ঘরের চাল টেনে নামাও ?

তুমি কী কর, উজ্জ্যাল ? নিজের হাতে সুন্দি বেতে যে বাঁধন তুমি দিয়েছিলে, সেই বাঁধন খুলে বেড়ার পাটি নদীর পানিতে ভাসিয়ে দাও ?

তুমি কী কর, উজ্জ্যাল ? নিজের যে গাভীর গলায় তুমি মিঠা ঘুঙুর বেঁধে দিয়েছিলে, সেই ঘুঙুরের দুল ছিঁড়ে তুমি শ্মশানে ফেলে দাও ?

এই উনুন নিজের হাতে বানিয়েছিল একজন; মামুদ পদাঘাতে তার ঝিক ভেঙে দেয়।

এই ছিকা নিজের হাতে বুনেছিল একজন, মামুদ কঠিন হাতে ছিঁড়ে নামায়।

এই নকশি কাঁথা নিজের হাতে সীবন করেছিল একজন, মামুদ দারুণ রোষে আগুন ধরিয়ে দেয়। সমস্ত বাড়িটাই এক নিশীথে দাউদাউ করে আগুনে জ্বলে ওঠে।

মৌলবি বলে, কোনো কোনো পাপ আগুনে দগ্ধ হয় না, তবু মানুষ চেষ্টা করে। পাপ যেখানে থাকে, সেখানে ঘাস পর্যন্ত হলুদ হয়ে যায়। পাপ যে মাটিতে পড়ে, সেই মাটি পর্যন্ত কালো হয়ে যায়। ধন্য বটে মামুদ উজ্জ্যাল, সে এই সংবাদ জানে।

গ্রাম বলাবলি করে, নতুন ভিটায় নতুন ঘর তুলবে উজ্জ্যাল; পুরনো তাই পোড়ায় সে।

মামুদ উজ্জ্যাল সোনার অলঙ্কারগুলো তো পোড়ায় না। সোনার গায়ে কি পাপের মলিন দাগ পড়ে না ? অলঙ্কারগুলো সাবধানে, কোমরের খুতির ভেতরে লুকিয়ে সে ঢাকার পথে রওয়ানা হয়ে যায়।

ঢাকায় অলঙ্কারগুলো বিক্রি করে, মউফলের কাছ থেকে পাওয়া টাকাগুলো যোগ করে; এবার সে শহরে আর অচিন নবীন নয়, এবার সে ঠিক জায়গায় ঠিক মানুষ চিনে বের করে, এবার সে খাঁটি কাগজের জোরে আবার যাত্রার জন্যে প্রস্তুত হয়, চাঁদের ভিটার পথ এখন থেকে চিরদিনের মতো বুজে যায়। মানুষের জন্যেই পথ, মানুষ যখন পথ আর নেয় না, পথ কি তখনো থাকে ? কে বলে, পথের কোনো অভিমান নেই ?

১৪ *নায়ের কাছি কাইট্যা নাও দরিয়ায় ভাসায়*

সাচ্চা সাপ যাকে খায়, ওঝার সাধ্য কী তাকে বাঁচায় ? আরব যাত্রার আগের দিন সন্ধ্যা বেলায় মামুদ উজ্জ্যাল গলির ভেতরে যায়। পোশাকেই চেনা মানুষ, অচিন পোশাকেই অচিন হয়ে যায় ? তবু যেন চিনি চিনি, চেনা যায়, মামুদ উজ্জ্যাল আস্তে ধীরে সিগারেটের ধোঁয়া ছেড়ে গলি দিয়ে হেঁটে যায়।

টকটকে কমলা রঙের ওপর কটকটে হলুদ রঙের খোপ কাটা সায়েবি পোশাক পরা আজ মামুদ উজ্জ্যাল, পেতলের বড় বড় বোতাম দুষ্টের চোখের মতো দেখ-দেখ করে জ্বলে; গায়ে বুঝি গন্ধ সাবান মেখেছে, গা ভুরভুর করে, হাতের রুমাল ফুরফুর করে ওড়ে; নাকে মুখে ধোঁয়া ছাড়ে; গলির যুবতীরা হাত ধরে টানে তার, গায়ে ঢলে পড়ে; মুচকি হেসে হাত ছাড়িয়ে মামুদ উজ্জ্যাল এগিয়ে যায়।

পানের দোকানে গান বাজে; নীলযন্ত্রের গান শুনেছিল সেবার, সেই রকম গান; রক্ত ফোটে, অঙ্গ নাচে; বরফের ওপর লাল সালুতে সাজিয়ে রাখা খোশবু পান; পান নয়তো ঠাণ্ডা রুপার পাত, তবক দেয়া পান মুখে দিয়ে জিভেয় চুন লাগাতে লাগাতে পা বাড়ায় মামুদ উজ্জ্যাল।

মউফলের দুয়ারে এসে দেশের সেই মানুষের মতো কুউউ করে ওঠে সে, টুক করে টোকা দেয়, সুর করে ডাকে, মউফল।

পাল্টা সুরে ঘরের ভেতর থেকে সাড়া আসে, সাধু ?

আজ সেই ডাক শুনে চমকে ওঠে না মামুদ উজ্জ্যাল, দরজায় রূপের আগুন নিয়ে যখন মউফল এসে দাঁড়ায়, মামুদ উজ্জ্যাল তার হাত ধরে গতর ঠেলে ঘরের ভেতরে ঢুকে নিঃশব্দে হাসতে থাকে।

সাধু গো, সাধু। কথা দিয়েছিলাম কি দিই নি ? যাবার আগে বাণিজ্য করে যাব ?

খিলখিল করে হাসে মউফল।

দেখি, দেখি, নয়ন ভরে তোমাকে দেখি, সাধু।

মামুদ উজ্জ্যালের নতুন বেশ, নতুন কেশ, নতুন আচার, নতুন বাহার ঘুরে ঘুরে দেখে মউফল।

চোখ ভঙ্গি করে মামুদ উজ্জ্যাল বলে, মনে ধরে, মউফল ?

ধরবে না ? বলো কী, নাগর ? জগতের রমণী আজ তোমার পায়ে লুটাবে।

মামুদ উজ্জ্যাল হাতের ভঙ্গি করে বলে, আর আমিই যদি লুটাই ? মন বলে, আজ তোমার পায়ে এই মনটাকে লুটাই।

তাই ?

মউফলের হাত ধরে বলে মামুদ উজ্জ্যাল, আমাকে তুমি বসতে বললে কই ?

দাঁতে আঁচল কেটে হাসতে থাকে মউফল।

আরে, হাস কেন, মউফল, হাস কেন ?

বসার তুমি অর্থ জান ? এতটুকু সবুর নাই ? যত্ন করি, আদর করি, চরণ ধরি, তারপরে তো বসবে তুমি, সাধু।

বড় অপ্রতিভ হয়ে মামুদ উজ্জ্যাল হাসে, আবার মউফলের গালে ঠোনা মারে। বলে, কর যত্ন, কর আদর, স্মৃতি নিয়ে বিদেশ যাই। আমি বড় দূরদেশে যাই। ফিরে যখন আসব, মউফল, তোমার জন্যে হীরামন পাখি হাতে করে আনব। গান জান, মউফল ? তুমি এখন গান কর। এমন গান কর যে গানে রক্ত ফোটে, অঙ্গ নাচে। পান সাজো, মউফল। এমন পান সাজো, যে পান রুপার মতো মুখে গলে যায়।

মউফল হাত ছাড়িয়ে পাশ থেকে উঠে দাঁড়ায়।

কোথায় যাও, মউফল, তুমি কোথায় যাও ?

গানও হবে, পানও হবে, পানি হবে না ? লাল পানি ? সেই পানি যে পানিতে জগৎ বড় রঙিন হয়ে যায়, আমি সেই পানি আনতে যাই।

ঝুরঝুর করে টাকা ছড়িয়ে দেয় মামুদ উজ্জ্যাল। আরবের বালির নিচে তরল সোনা কলকল খলখল করে; দেশের টাকা চৈত্রের পাতার মতো বড় হলুদ নিঃশব্দে ঝরে পড়ে।

নূপুর বাজিয়ে কোমর দুলিয়ে পেছন ফিরে বাঁকা চোখে দেখতে দেখতে মউফল চলে যায়। ও সাধু মামুদ উজ্জ্যাল, এই পুরীতে না তোমার আয়না তুমি ফেলে গেছ ? তার কথা একবারও কি মনে পড়ে ?

নেশায় জড়িত কণ্ঠে মামুদ উজ্জ্যাল মউফলের কোমর জড়িয়ে ধরে বলে, সে বড় অসতী ছিল। পরপুরুষকে কাছে ডেকেছিল, নির্জনে নিশীথে তার সমুখে বসন ফেলে দিয়েছিল, গৃহের পবিত্রতা সে নষ্ট করেছিল। আমার উচিত ছিল, সেই পাপীয়সীকে গলা টিপে হত্যা করা। আমার মতো নিষ্পাপ ব্যক্তিকে সে প্রতারণা করেছিল, আমার মতো একনিষ্ঠ স্বামীকে সে অবমাননা করেছিল। জগতে নীতি যদি না থাকে তো আর কী থাকে ? রমণীর সতীত্ব যদি না থাকে তো জগতের অবশিষ্ট কী থাকে ?

মউফলকে নিবিড় করে জড়িয়ে ধরে মামুদ উজ্জ্যাল।

বিড়বিড় করে সে বলে চলে, গন্দম তো আদমকে দিতে সাহস পায় নি শয়তান ? রমণীরাই পাপের প্রতিমূর্তি বটে। সৃষ্টিকর্তাকে অসীম ধন্যবাদ, আমাকে তিনি রমণী করে সৃজন করেন নি। কিংবা তাই বা কেন ? আমি তো রমণী রূপে জন্ম নিলেও এই পাপ করতে পাথর হয়ে যেতাম; আর সে নিজের হাতে দুয়ার খুলে তার হাত ধরে নৌকোয় আরোহণ করেছিল।

মউফলের বসন ধরে টান দেয় মামুদ উজ্জ্যাল। তখন দ্রুত নিজেকে গড়িয়ে সরিয়ে নেয় মউফল এবং খিলখিল করে হাসতে হাসতে সে উঠে বসে।

সেই হাসিতে বড় মোহময়ী মনে হয় তাকে।

সেই চোখ, সেই সকলই, কিন্তু তবু সে যেন চিনতে পারে না আয়না বিবিকে। তার পেছনে অকস্মাৎ দরজা বন্ধ হয়ে যায়, বাইরে থেকে শিকল বন্ধ হয়ে যায়; মামুদ উজ্জ্যাল ঘুরে তাকিয়ে দেখে মউফল অন্তর্হিত হয়েছে।

সাধু, যখন আমি সতী ছিলাম আমাকে তুমি ত্যাগ করেছ, এখন আমি সত্য সত্যই অসতী, এবার নিশ্চয়ই আমাকে তুমি গ্রহণ করবে ?

আয়না বিবির হাত শক্ত মুঠোর ভেতরে চেপে ধরে মামুদ উজ্জ্যাল; সে নিজেও জানে না যে কেন তার নিজেরই চোখ এখন তাপপ্রাপ্ত তৈজসের মতো রক্তাভ, বুকের ভেতর কেন শস্যক্ষেতের আগুন এবং ঠোঁট স্রোতাহত নদীপাড়ের ফাটলের মতো কম্পমান।

না, মামুদ উজ্জ্যাল, তুমি তোমার সংলাপ সংবরণ কর এবং আমাদের এটুকু উচ্চারণ করবার অনুমতি এখন দাও যে, সে বড় কোমল প্রাণ।

আহ্, সাধু মামুদ উজ্জ্যাল। হায়, জীবন ও মৃত্যুর মধ্যভাগে অবস্থানকারী মামুদ; হায়, আদমের অনুকরণে নির্মিত উজ্জ্যাল, তুমি কী করলে ? তুমি এ কী করলে ?

তুমি আয়নাকে চপেটাঘাত করলে ? আয়নার বিস্মিত মুখই কি তোমার মুখ নয় ?

তুমি আয়নাকে পদাঘাত করলে ? চূর্ণিত আয়নার কি রক্তমাংসের পা থেকে রক্ত নির্গত হয় না ?

তুমি আয়নার বসন একটানে উন্মোচন করলে ? সতীত্বের চিহ্ন তো মাতৃস্থানে অঙ্কিত থাকে না।

মামুদ উজ্জ্যাল ঝাঁপিয়ে পড়ে আয়নার দেহ থেকে রূপ ও মাংস আহার করতে শুরু করে। অবিরল ধারায় অশ্রু গড়িয়ে পড়ে আয়নার চোখ দিয়ে। অথচ ঠোঁটে তার স্মিতহাসি লক্ষিত হয়।

তুমিই না একদিন বলেছিলে, সৃষ্টিকর্তার কী লীলা! মানুষের এই হাতেই হয়, আবার এই হাতেই লয়। সতী সে তোমারই জন্যে; অসতী— সেও তোমারই জন্যে। সতীকেও একদা তুমি গ্রহণ করেছ, আজ অসতীকে একই অস্তিত্ব দিয়ে গ্রহণ করলে। আমার এই ছোট্ট জীবনে ক্ষুদ্রতম পাখির চেয়েও ক্ষুদ্র আমার এই হৃদয়ে এর চেয়ে বড় সুখ আর কী হতে পারে ?

১৫ *তারা হইল ঝিমিঝিমি ফুল হইল বাসী*

রাতের তৃতীয় প্রহরে নিঃস্তব্ধ হয়ে যায় গতিপথ। রুনরুন ঝুনঝুন আর শ্রুত হয় না। ফুলের ছেঁড়া পাপড়িগুলো পায়ে পায়ে পিষ্ট হয়ে কখন কাদায় পরিণত হয়ে গেছে। ভোরের উপাসনা সুচনার নদী চুম্বিত বাতাস এসে তীব্র সুগন্ধ নিঃশেষে দূর করে দিয়েছে। এখন একটি রমণীর অন্তর থেকে এক তালে ধ্বনি ওঠে, ডুবুক ডুবুক নাও। ডুবুক ডুবুক নাও। নৌকা যখন আর বহন করতে পারে না, তখনি তো নিমজ্জিত হয়।

আয়না বিবি নির্জন সুপ্ত কলতলায় অবগাহন করে ঘরে আসে, স্বামীর পায়ে কপাল ছোঁয়ায়, তারপর ধীরে ধীরে আপন বসন খোলে, সেই বসন বড় যত্নে সে বন্ধন করে এবং সৃষ্টিকর্তার কাছে ফিরে যায়; মানুষকে তো একদিন যেতেই হয়, এখনি অথবা বিলম্বে।

আরো অনেক পরে, রৌদ্রের তাপ যখন জগতের ওপর আছাড় খায়, ঘুম থেকে জেগে ওঠে মামুদ উজ্জ্যাল এবং আপন ফাঁসিতে লম্ববান, বাতাসে ঈষৎ দোদুল্যমান আয়না বিবিকে সে দেখতে পায়। বিস্ফারিত চোখে সে আয়নার ভেতরে তার নিজের প্রতিফলনই দেখতে পায় অকস্মাৎ।

এক নয়, দুটি দেহ অবলম্বনহীন জগতে এখন ঝুলে থাকে।

১৯৮২ সাল
মঞ্জুবাড়ি, গুলশান, ঢাকা।

মেঘ ও মেশিন

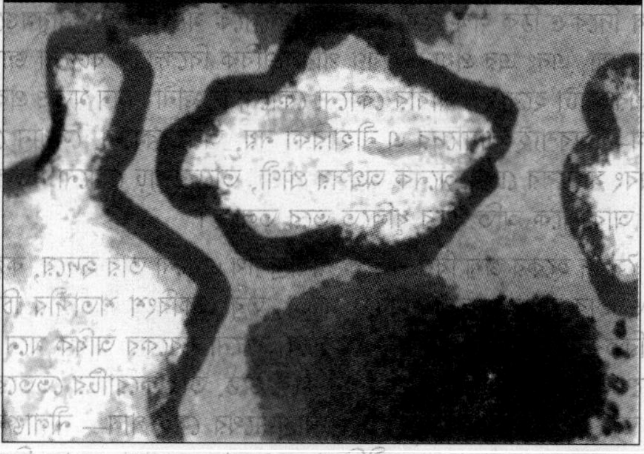

ক'দিন থেকেই আকাশে কালো মেঘ আনাগোনা করছে। বছর দশেক হলো আকাশে, বিশেষ করে ভোর ও সন্ধের দিকে লাল আভা একটু বেশি করে দেখা যায়, এটা বিশ শতকের শেষ দিকেও ঠিক লক্ষ করা যায় নি। অনেকে মনে করেন, বায়ুমণ্ডলে ধূলিকণার ভাগ বেড়ে যাওয়া, এবং এর প্রধান কারণ পারমাণবিক বিস্ফোরণ ঘটানো জাতীয় পরীক্ষা, এরই দরুন এরকমটা হয়েছে। আবার কোনো কোনো বিজ্ঞানী এমন মতও প্রকাশ করেছেন যে, নীহারিকা— অবশ্যই আমাদের এ নীহারিকা নয়, অন্য কোনো, সেখান থেকে কোনো বুদ্ধিসম্পন্ন এবং মানুষের চেয়ে অনেক অগ্রসর প্রাণী, তাদের গূঢ় কোনো মতলবে আমাদের এই পৃথিবীর আকাশকে অতি ধীরে ধূলিতে ভরে তুলছে।

কিন্তু, দ্বিতীয় সৈয়দ হকের জন্ম বিশ শতকে, রবীন্দ্রনাথ এখনো তার হৃদয়ে, কল্পনায়, প্রেমে, বিরহে, যদিও তার বয়স এখন পঁয়ষট্টির মতো, তবু একবিংশ শতাব্দীর চিকিৎসাবিদ্যার অসামান্য ত্বরিত উন্নতির ফলে তাকে দেহে মনে এখনো যুবকের অধিক মনে হয় না, সেই দ্বিতীয় আকাশে কালো মেঘ দেখলেই গুনগুন করে ওঠে, তার করোটির ভেতরে, কারণ তার গানের গলা তার পিতার মতোই বৃষতুল্য, রবীন্দ্রনাথের সেই গান— নীলাঞ্জনছায়া, প্রফুল্ল কদম্ব বন, জম্বুপুঞ্জে শ্যাম বনান্ত, বনবীথিকা ঘন সুগন্ধ— বাবা লেখক ছিলেন, দ্বিতীয়র এখনো মনে আছে, স্মৃতিশক্তি তার অসাধারণ বলে এই কম্পিউটারের কাল— যখন প্রায় সবকিছুই রাখবার দায় মানুষ যন্ত্রের হাতে দিয়ে বসে আছে, বোধহয়, কেবল রমণীসঙ্গ করবার ব্যাপারটি এখনো কম্পিউটারকে দেয়ার পথ বেরোয় নি— এই কালেও সে স্মরণ করতে পারে। 'জম্বু' মানে শুধু জাম গাছ নয়, গোলাপজাম গাছ, আর সে নিদারুণ খেদের সঙ্গে অবলোকন করে যে, বাংলাদেশে কোথায় কেমন জানে না, কিন্তু এ ঢাকা শহরে একটিও কদমের গাছ নেই— যে গাছ রবীন্দ্রনাথের কাছে মনে হয়েছিল নীলকালো মেঘের সাক্ষাতে প্রফুল্ল।

আকাশে মেঘ, কালো মেঘ, সে মেঘে নীলের আভাস, বস্তু যতদূরে যায়, ক্রমশ নীল হয়ে আসে— এই কথাটিও মনে পড়ে তার, বাবা তাকে বলেছিলেন এবং বাবা কথাটা শুনেছিলেন চিত্রকর জয়নুল আবেদিনের কাছে।

দ্বিতীয় তার কম্পিউটারচালিত গাড়িতে অফিসে যেতে যেতে আকাশের দিকে তাকিয়ে দেখে, বারবার তার মনের মধ্যে কথা কয়ে ওঠে— নীলাঞ্জনছায়া, নীলাঞ্জনছায়া, নীলাঞ্জনছায়া। কিন্তু সে জানে এই মেঘ থাকবে না। এই নীল ছায়ার মায়া থাকবে না আকাশে— আকাশের যতটুকুই এখন ঢাকায় দেখা যায় চল্লিশ-পঞ্চাশতলা ভবনের ভিড়ে। দ্বিতীয় জানে আগামী পরশু ঢাকায় পরাশক্তিদের একাদশ ধাপের কর্মকর্তাদের সম্মেলন আছে এবং সেই সম্মেলন উপলক্ষে চাই নির্মল নির্মেঘ আকাশ; তাই হয়তো আজই আকাশে বিমান থেকে বিশেষ এক ধরনের বোমা ফাটানো হবে যার ফলে মেঘ সরে যাবে উত্তর দিকে অন্তত শ' খানেক মাইল। ঢাকার আকাশে থাকবে নীল, থাকবে না এই নীলাঞ্জনছায়ার মায়াটুকু।

কম্পিউটারচালিত গাড়ি হলেও চালক একজন আছে, হয়তো আর কিছুদিনের মধ্যে চালকও নিষ্প্রয়োজন হয়ে যাবে। চালক মানিক মিয়ার কাজ শুধু এইটুকু যে, গাড়ি তার অন্তর্গত প্রোগ্রাম অনুসারে অফিসের গাড়ি বারান্দায় এসে দাঁড়ালে সাহেবের ব্রিফকেস সঙ্গে নিয়ে একচল্লিশ তলায় তাঁর অফিস পর্যন্ত দিয়ে আসা।

গাড়ি থেকে নেমে শেষবারের মতো আকাশের দিকে তাকায় দ্বিতীয় সৈয়দ হক। নীলাঞ্জনছায়া। কদম ফুল। গোলাপজাম। দ্বিতীয়র মা গোলাপজাম খুব ভালোবাসতেন। এখন সেই মা ত্রিমাত্রিক ছবি হয়ে দ্বিতীয়র দেয়ালে অনন্তকাল হাসি মুখে আছেন।

নীলাঞ্জনছায়া।

কদম গাছ।

গোলাপজাম।

বাবা।

মা।

অনেকগুলো টুকরো ছবি, স্মৃতি, দ্বিতীয়কে কিছুক্ষণ স্তব্ধ করে রাখে গাড়ি বারান্দার নিচে। নিঃশব্দে মানিক মিয়া তার পেছনে দাঁড়িয়ে থাকে।

আকাশ দেখছিস ? দ্বিতীয় পেছন না ফিরেই মানিককে প্রশ্ন করে।

মানিক জানে, তার মনিব এ প্রশ্ন করেছেন কোনো উত্তরের আশায় নয়, এটি একটি উচ্চারণ মাত্র— তার অর্থ একমাত্র উচ্চারণ-কর্তার কাছেই স্পষ্ট।

আকাশটা কেমন কালো। দীর্ঘ একটি নিঃশ্বাস ফেলে সে যোগ করে, থাকবে না এই কালো, থাকবে না নীলাঞ্জনছায়া।

মানিকের কাছে আজ তার সাহেবের কথাবার্তা একটু অদ্ভুত মনে হয়।

স্বচ্ছ ক্যাপসুল লিফট, যা দ্বিতীয় সৈয়দ হককে একটানে তার একচল্লিশ তলায় পৌছে দেবে, সেই লিফটে এখন দ্বিতীয় একা। মানিক অন্য লিফটে, তুলনামূলকভাবে ধীরগতিসম্পন্ন লিফটে আসছে। দ্বিতীয় বুঝতে চেষ্টা করে, আজ হঠাৎ তার মনের মধ্যে রবীন্দ্রনাথের গান কেন এত বারবার ফিরে আসছে ? আকাশ যে তার স্বাভাবিক রঙ হারিয়ে সম্মেলনে আগত অতিথিদের জন্যে কৃত্রিম ও উজ্জ্বল নীলে আবৃত হয়ে থাকবে, এর জন্যে তার কেন মৃদু খেদ হচ্ছে ?

লিফটের দরোজা খুলে যায়। বাইরে পা রাখে সে।

অফিসের দরোজা খুলে যায়, অফিসে ঢোকে সে। বিশ শতকে এমন দরোজা ছিল, সমুখে যে-কেউ দাঁড়ালেই তা খুলে যেত, কিন্তু এখন এমন প্রোগ্রাম করা দরোজা হয়েছে যে, বিশেষ ব্যক্তির উপস্থিতিই কেবল দরোজা গ্রাহ্য করবে এবং খুলবে।

দ্বিতীয়র অফিসে কেবল সে, তার ব্যক্তিগত সচিব অপরা এবং অপরার সহকারী জামালের প্রবেশ দরোজা গ্রাহ্য করে। আর সবাইকে অপেক্ষা করতে হয়, অপরার সম্মুখে আগন্তুকের চেহারা পর্দায় ফুটে ওঠে, অপরা নিজে ভালো মনে করলে তার জন্যে দরোজা খুলে দেবার বোতাম টিপে দেয়, দরোজা খুলে যায়, অথবা যদি নিজে সে সিদ্ধান্ত নিতে না পারে, বা তার এমন মনে হয় যে, তার প্রভু এখন কাউকে দেখা দিতে চাইবে না, তখন সে আগন্তুকের ছবিটি পাঠিয়ে দেয় ভেতরে প্রভুর ডেস্কে— দ্বিতীয় সৈয়দ হক যদি মনে করে, কেবল তাকে মাথা একটু ওপর নিচে ওঠানামা করতে হয়, দরোজা খুলে যায়।

দ্বিতীয়কে দেখে অপরা উঠে দাঁড়ায়।

স্যার। অপরার হাসিটা বড় মিষ্টি।

দ্বিতীয় অবাক হয়। অপরার হাসিও তার অনেক দিন এত সচেতনভাবে চোখে পড়ে নি। আজ কী হয়েছে তার?

অপরার সমুখে দ্বিতীয় কিছুক্ষণ চুপ করে দাঁড়িয়ে থাকে।

অপরা উদ্বিগ্ন হয়ে প্রশ্ন করে, স্যার?

না, কিছু না। একটু দ্রুত পায়ে দ্বিতীয় তার ঘরে ঢুকে যায়।

চেয়ারে আসন গ্রহণ করতেই তার বাঁ হাতের কাছে ছোট টেবিলটাতে টুং করে একটা শব্দ হয়, তার জন্যে শূন্য পেয়ালায় কালো কফি ধীরে ভরে ওঠে।

কফির কাপে চুমুক দিয়ে দিনের কাজ শুরু করে সে— বহুদিনের অভ্যেস তার। কফিতে চুমুক দিতে দিতে সে সমুখের পর্দায় দেখে নেয় আজ তার কী কী করবার আছে। পাশের ঘর থেকে অপরা কাজের তালিকা একে একে পর্দায় পাঠাতে থাকে।

প্রথমেই পর্দার এক কোণে ফুটে ওঠে আজকের তারিখ— ২৭ ডিসেম্বর ২০৩৫। এবং তারিখটি আজ সারাদিন পর্দার কোনায় লিখিত হয়ে থাকবে লাল আলোয়।

আজ নতুন কিছু নাই। সেই পুরনো সব প্রতিদিনের কাজ। কিছু চিঠিতে স্বাক্ষর করতে হবে, দুপুরে অমুকের সঙ্গে লাঞ্চ করতে হবে, অতটার সময় টোকিওর সঙ্গে টিভিফোনে কথা বলতে হবে, অতটা বাজে অত মিনিটে দিল্লি জানতে চাইবে একটা চুক্তি সম্পর্কে বাংলাদেশ সরকারের দৃষ্টিভঙ্গি কী?

কফির কাপে চুমুক দিতে দিতে, এবং মনের মধ্যে তখনো রবীন্দ্রনাথের গানের সেই পঙ্‌ক্তি বহন করতে করতে, হঠাৎ দ্বিতীয় চমকে ওঠে।

তার মনে পড়ে গেছে।

তার আগেই মনে পড়া উচিত ছিল।

হয়তো এ জন্যেই রবীন্দ্রনাথ, জয়নুল আবেদিন এঁদের কথা এত করে তার মনে পড়ে যাচ্ছিল।

তার, দ্বিতীয় সৈয়দ হকের বাবা, বেঁচে থাকলে, আজ তাঁর একশো বছর পুরো হতো। এখনো মন বলে কিছু আছে, আছে স্মৃতি বলে কিছু, এখনো আমরা উন্মন হই, মনের অতল থেকে এখনো কথা উঠে আসে, কম্পিউটারের সাধ্য কী তার সন্ধান পায়!

বোতাম টিপে দেয় দ্বিতীয়, পর্দায় সমস্ত লেখা, তার দিনের কাজের সকল বিবরণ মুছে যায়, কেবল এক কোণে লাল আলোয় জ্বলজ্বল করে থাকে তারিখটি— ২৭ ডিসেম্বর, ২০৩৫। পাশের ঘরে অপরা ঈষৎ বিস্মিত হয়। ঈষৎ উদ্বিগ্নও বটে।

সে বুঝতে পারে না তার প্রভু কেন হঠাৎ দিনের তালিকা পাঠ বন্ধ করে দিলেন। নতুন কোনো পরিকল্পনা? নতুন কিছু ভাবনা? এক্ষুণি তিনি ডেকে পাঠাবেন অপরাকে?

অপরা উঠে দাঁড়াবার এবং প্রভুর ঘরে প্রবেশ করবার জন্যে প্রস্তুত হয়ে থাকে— এমনকি আধো উঠেও দাঁড়ায়। এবং সেই মুহূর্তে তার মনে পড়ে যায়, এই কাজটুকুর জন্যেও

আগামীকাল থেকে তার ব্যস্ত হতে হবে না। 'ভাবনা-লিখন' যন্ত্র এসে পৌঁছেছে, বাকসো থেকে খোলা হয়ে গেছে, এখন এটি কোথায় বসবে, তার প্রভুর ঘরে, না তার ঘরে, সেটা জেনে নিতে হবে— এইমাত্র। ভাবনা-লিখন যন্ত্রের সমুখে বসলে, সুইচ টিপে দিলে এক অদৃশ্য আলোক তরঙ্গ এসে সমুখে বসা ব্যক্তির করোটিতে পড়বে এবং তখন সেই ব্যক্তিটি যা ভাববে তা আপনা থেকেই পর্দায় লিখিত হয়ে যেতে থাকবে। এ যন্ত্রের বাংলা সংস্করণ মাত্র একটিই তৈরি করানো হয়েছে দ্বিতীয় সৈয়দ হক অ্যাসোসিয়েটস-এর জন্যে। যন্ত্রটি সম্পর্কে অপরার নিজেরই রয়েছে অসীম কৌতূহল; যন্ত্রটি এখন তার টেবিলের পাশে ছোট একটা টেবিলের ওপরে বসানো রয়েছে— এবং এখন তার, অপরার মনে হয়, সম্ভবত তার প্রভু পর্দায় দিনের কাজের তালিকা দেখা বন্ধ করে দিয়েছেন ভাবনা-লিখন যন্ত্রটির কথা মনে পড়ে যাওয়ায়। অপরা অপেক্ষা করে, কখন তার ডাক পড়ে। যখন ডাক আসবে, একটা ছোট নীল আলো, হীরের মতো দ্যুতি যার, জ্বলবে টেবিলের ডান দিকের কার্নিশে এবং মৃদু একটা টুং শব্দ হবে।

আলো জ্বলে না। শব্দ হয় না।

অপরা উদ্বিগ্ন বোধ করে। সে কি নিজে থেকেই ভেতর যাবে?

অপরা সিদ্ধান্ত নিতে পারে না। সে একটি বোতাম টেপে। এই বোতাম টিপলে তার প্রভুর ঘরে যিনিই উপস্থিত থাকুন তার মানসিক অবস্থার একটি সাধারণ নির্দেশ পাওয়া যায়। যেমন— ব্যস্ত কিনা? কিছু চিন্তা করছেন কিনা এবং এই মুহূর্তে কাউকে দেখতে চান না, অথবা, কিছুই নয়, শুধু একা থাকতে চান, কিংবা এতদূর পর্যন্ত এই ব্যবস্থাটি উন্নত যে, মন খারাপ থাকলেও তার একটা আভাস ধরা পড়ে।

অপরা বোতাম টিপে দেবার সঙ্গে সঙ্গে বিস্মিত হয়ে যায়। যন্ত্র নির্দেশ করে যে, তার প্রভু এখন একা থাকতে চান এবং আবছা একটা ইঙ্গিত পাওয়া যায় যে, এই একা থাকার সঙ্গে অফিসের কাজের কোনো যোগ নেই, এ সম্পূর্ণ ব্যক্তিগত পরিস্থিতি।

ব্যক্তিগত?

অপরা আবারো মনে মনে উচ্চারণ করে— ব্যক্তিগত?

অপরা তার প্রভুকে ভালো করে জানে। সে জানে দ্বিতীয় সৈয়দ হক কখনোই তার অফিসে ব্যক্তিগত কিছু মনের মধ্যে বহন করে আনে না। অদ্ভুত এক ক্ষমতা তার, সবকিছু পেছনে ফেলে অফিসে এসে কাজ করে যায় দ্বিতীয়, তার প্রভু।

অপরার বহুবার মনে হয়েছে, তার প্রভুর কাছে এ ব্যাপারে পাঠ নেবে, কারণ, অপরার একটা বড় সমস্যা, অন্তত এই কিছুদিন থেকে, ব্যক্তিগত কিছু কথায় অফিসে সে সারাক্ষণ তাড়িত হয়ে থাকছে।

সে ভুলে থাকতে চায় তার ব্যক্তিগত সবকিছু— যতক্ষণ সে অফিসে। কিন্তু কিছুদিন থেকে পারছে না। একেবারেই পারছে না।

অফিসে এসেও কৌরবকে সে ভুলে থাকতে পারে না।

২

দ্বিতীয় সৈয়দ হক স্মরণ করে আজ তার বাবার জন্ম শতবার্ষিকী। সে উঠে গিয়ে জানালার কাছে যায়।

আকাশ দ্যাখে। নীলাঞ্জনছায়া আবার তার মনের মধ্যে গুনগুন করে ওঠে। দ্বিতীয় লক্ষ করতে পারে, আকাশে হালকা একটা বিমান উড়ছে, এই সেই বিমান যেখান থেকে বিশেষ বোমাটি বিস্ফোরিত করা হবে এবং আধ ঘণ্টার ভেতরে আকাশ থেকে সমস্ত মেঘ দ্রুত পায়ে পালিয়ে যাবে, নীল পড়ে থাকবে শুধু, নীল, যে-নীল আমাদের চোখের ভুল মাত্র। আকাশ তো নীল নয়, আকাশ কালো, ঘোর কৃষ্ণ, তাই কি হিন্দু পুরাণে কৃষ্ণই ঈশ্বর? —তাই কি হিন্দু কল্পনায় শ্রেষ্ঠতার সঙ্গে কৃষ্ণের যোগ? —আকাশটা নীল হয়ে যাবে, নীল নীল নয়, কালো, কৃষ্ণ, মসিকৃষ্ণ, শীতল, বরফ, তাপাংকের সে নিম্নতা মানুষের কল্পনারও অতীত। দ্বিতীয় সৈয়দ হক একটা ডিস্ক বের করে চাপিয়ে দেয় শ্রবণ যন্ত্রে। ভেসে আসে তার পিতার স্বর, তার পিতারই লেখা একটি কবিতা, এ কবিতার একটি পঙ্‌ক্তি আজীবন সে আউড়েছে। যন্ত্রে ভেসে আসে কবিতার শুরু— 'এখন আমার কাছে এ শহর বড় বেশি ধূসর ধূসর বলে মনে হয়।' এরপরে কবিতা চলতে থাকে, কিন্তু দ্বিতীয়র কানে আর তা পশে না। পিতা কি ধূসরের বদলে কৃষ্ণতা ব্যবহার করতে পারতেন না? কৃষ্ণ, সবকিছুই কালো, নীল শুধু বিভ্রম, ভালোবাসা বিভ্রম, প্রেম বিভ্রম, স্মৃতি বিভ্রম, দ্বিতীয় সৈয়দ হকের কাছে একমাত্র সত্য শুধু তার কাজ— এই বিশাল ব্যবসা প্রতিষ্ঠান এবং সঙ্গীত। সেই কোন কিশোর বেলায় সে সঙ্গীতের যন্ত্র হাতে নিয়েছিল, যখন তার পিতার হৃদযন্ত্রে অপারেশনের জন্যে তাকে তার মায়ের সঙ্গে লন্ডনে থাকতে হয়েছিল, সেই থেকে আজ অবধি সে কাজের বাইরে একমাত্র সঙ্গীতকেই, এমনকি কোনো নারী নয়, বন্ধু নয়, বিশেষ কোনো বন্ধন নয়, কেবল সঙ্গীতকেই প্রশ্রয় দিয়ে এসেছে। এখনো গভীর রাতে উঠে সে সঙ্গীত রচনা করে, কিন্তু সে রচনার রূপ আর তার শোনা হয় না, কবিতার মতো স্বরলিপি সে লিখে যায় মাত্র, এবং স্বরলিপি লিখন যন্ত্রে এখন এমন উন্নতি ঘটেছে যে, রচনার সঙ্গে সঙ্গে তার একটা শ্রুতিরূপ মোটামুটি সে রচনা করে ধরে রাখতে পারে, বোতাম টিপলেই শোনা যাবে, কিন্তু দ্বিতীয় তাও শোনে না, কারণ এই বাংলাদেশে শিল্প-সাহিত্য বলে আর কিছু নেই। এই বাংলাদেশ এখন পৃথিবীর আরো সত্তরটি দেশের মতো পরিচালিত হয় বাণিজ্যিক ভিত্তিতে। পরাশক্তি দুটির ভেতর মৌলিক রাজনৈতিক-দর্শনের পার্থক্য এখন বলতে গেলে অত্যন্ত সামান্য, বস্তুত নামেই তারা ভিন্ন; সেই তারা পৃথিবীর প্রায় সত্তরটি অনুন্নত দেশকে তাদের স্বাধীনতা, পতাকা, জাতীয় সঙ্গীত সমস্ত কিছুই ব্যবহার করতে দিচ্ছে বটে, তবে, দেশের পরিচালনার ভার তারা দিয়েছে দেশেরই ভেতরে নতুন এক জাতের টেকনোক্র্যাটদের হাতে। এই টেকনোক্র্যাটরা দেশকে বিরাট এক বাণিজ্যিক প্রতিষ্ঠান হিসেবে দ্যাখে এবং সেইভাবে সবকিছু পরিচালনা করে। পৃথিবীতে এখন এই হচ্ছে রাজনীতির নতুন চেহারা, স্বাধীনতার নতুন অভিধা।

বাংলাদেশে শিল্প-সাহিত্য বলতে এখন আর কিছু নেই, থাকলে দ্বিতীয় সৈয়দ হকের পিতার জন্ম শতবার্ষিকী অবশ্যই উদযাপিত হতো। অন্তত কাগজে একটা খবর বেরুতো, হয়তো ছবি ছাপা হতো। বিশেষ কী, দ্বিতীয় নিজেই ভুলে যেত না তার পিতার জন্ম শতবার্ষিকীর কথা।

স্যার।

বোধহয় তুমি মেশিনটা পেয়ে গেছ।

কাজের কথা এসে যাবার সঙ্গে সঙ্গে ঘরের পরিস্থিতি, দ্বিতীয়র মনের অবস্থা, অপরার অপ্রতিভ মুখ— সব স্বাভাবিকতা ফিরে পায়, প্রতিদিনের হয়ে যায়।

ভাবনা-লিখন যন্ত্র তো, স্যার ?

হ্যাঁ।

মেশিনটা আমি সকালে এসেই বাকসো থেকে খুলে আমার টেবিলের পাশে রেখেছি স্যার। আপনার নির্দেশ পেলে ওটা কোথায় রাখব...।

দ্বিতীয় তাকে বাক্য শেষ করতে দেয় না। ওটা তোমার ঘরেই থাকবে। তুমি যদি যন্ত্রের সঙ্গে ওদের পাঠানো বইটা ভালো করে পড়ে থাক তাহলে দেখবে, আমার ঘর থেকেই ওটা ব্যবহার করতে পারব।

কিন্তু...।

দ্বিতীয় ঈষৎ ভ্রু কুঁচকে তাকায়।

বলছিলাম কী, স্যার, এটা তো ভাবনা-লিখন যন্ত্র, আপনি আপনার ঘরে বসেই ওটা দিয়ে কাজ করতে পারবেন, কিন্তু আপনার ভাবনা যে মেশিনের পর্দায় ফুটে উঠবে, তখন তো আর, স্যার, গোপন থাকছে না, আমার চোখে পড়বে, আমি জেনে যাব।

না।

না ?

অপরা মনে মনে যন্ত্রের সঙ্গে পাঠানো ম্যানুয়েল বইখানার পাতা ওলটায়। কোথাও এমন কিছু দেখেছে বলে তার মনে পড়ে না, যাতে এক ঘরে বসে অন্য ঘরে মেশিনে ভাবনা মুদ্রিত হলেও তা গোপন রাখবার ব্যবস্থা আছে।

দ্বিতীয় বলে, ঐ মেশিনের একটি পর্দা আমার ঘরে থাকবে। ম্যানুয়েলে দেখবে তুমি, দ্বিতীয় একটি পর্দা দেয়া হয়েছে। আমি ইচ্ছে করলে তোমার ঘরে মূল মেশিনের পর্দা বন্ধ করে আমার ঘরেই কেবল পর্দা চালু রাখতে পারব। চল, দেখে আসি মেশিনটা।

দ্বিতীয় ওঠার আগেই অপরা উঠে দাঁড়ায় এবং ঠিক তখন জামাল ঘরে আসে দ্বিতীয়র ঘরে লাগাবার ভাবনা-লিখন যন্ত্রের পর্দা নিয়ে।

দ্বিতীয় অপরাকে বলে, এই সেই সেকেন্ড স্ক্রিন। জামাল তুমি লাগাও। আমি মেশিনটা দেখে আসছি। ছবিই দেখেছি। চোখে কখনো দেখি নি। আই অ্যাম কিউরিয়াস।

অপরা এর আগে কখনো শোনে নি তার প্রভুকে এমন কথা বলতে যে, তিনি কৌতূহলী। বরং অপরার মনে হয়েছে, মানুষটি মানুষ নয়, চলমান এবং রক্তমাংসের একটি মেশিন মাত্র।

অপরার ঘরে এসে মেশিনের সমুখে দাঁড়ায় দ্বিতীয় সৈয়দ হক এবং আবার তার পিতার কথা মনে হয়— আমরা পিতাকে কীভাবে ভুলতে পারি ? আহ্ যদি ভোলা যেত— যেমন এই বাংলাদেশে— আহ্, বাংলাদেশ, পৃথিবীর সত্তরটি দেশ— দ্বিতীয় মধ্যরাতে রচনা করে

সঙ্গীত কিন্তু তার শ্রুতিরূপ সে আর শোনে না, এই বাংলাদেশে আজ শিল্প নেই, সাহিত্য নেই— দ্বিতীয় মেশিনটির দিকে স্মিত মুখে কিন্তু হৃদয়ে বিষণ্নতা ধারণ করে তাকিয়ে থাকে। অপরা তা টের পায়, কারণ, তার প্রভুর এই সম্পূর্ণ অফিস এলাকায় উপস্থিত প্রত্যেকের মানসিক অবস্থার একটা প্রতিচ্ছবি অত্যন্ত নিঃশব্দে গোপনে ধরা পড়ে। অপরা প্রভুর এহেন মিশ্র মনোভাব লক্ষ করে ঈষৎ ভীত বোধ করে এবং মানসিক অবস্থার পরিমাপক যন্ত্রের সুইচ অত্যন্ত সাবধানে, সবার অলক্ষ্যে অফ করে দেয়।

দ্বিতীয়র মনে পড়ে তার পিতার কথা, তিনি যদি এমন একটা মেশিন পেতেন আরো অনেক কিছু লিখতে পারতেন। প্রায়ই বলতেন, দ্বিতীয়, আমার যদি দশটা হাত থাকত, দিন যদি আটচল্লিশ ঘণ্টায় হতো আর জীবন যদি দুশো বছর দীর্ঘ হতো, তাহলে কত কিছু যে বলবার করবার ছিল, তার খানিকটা শেষ করে যেতে পারতাম।

খানিকটা ?

দিন আটচল্লিশ ঘণ্টা, হাত দশটা, তারপরও খানিকটা ? —সবটা তিনি করে যেতে পারতেন না ? এত কাজ ছিল তাঁর ? এত কিছু তাঁর মাথার ভেতরে মৌচাক বেঁধে ছিল ? অথচ কী হলো ? কে তাকে মনে রেখেছে ? দ্বিতীয় মনে মনে না হেসে পারে না, বাবা তো বাবা, রবীন্দ্রনাথই এখন মাত্র গোটা দশেক গানের ভেতর আছেন এই বাঙালির কাছে, তাও গানের প্রথম দু তিনটি পঙ্‌ক্তির ভেতরে— জাতীয় সঙ্গীত সমেত।

দ্বিতীয়র মনে পড়ে যায়, বাবা কলম ছেড়ে প্রথম টাইপরাইটারে লিখতে শুরু করেন তার বয়স যখন এক। দ্বিতীয়র মনে আছে বাবাকে, বড় হতে হতে প্রথম যে স্মৃতিগুলো আমাদের সঞ্চয়ের অন্তর্গত হয়, প্রথম এক স্মৃতি, দ্বিতীয়র, বাবা মুনীর অপটিমায় টাইপ করে চলেছেন সারারাত। তখনো তাঁর অসুখ হয় নি হৃদযন্ত্রের, সারা রাত কাজ করতেন তিনি— সারাটা রাত ঘুমের ভেতরে দ্বিতীয় শুনতে পেত হাতে চালানো, জোরে জোরে চাপ দিয়ে একেকটা অক্ষর কাগজে ছাপ ফেলবার শব্দ। সেই শব্দ তার কাছে এক ধরনের ঘুম পাড়ানিয়া গানের ধ্বনির মতো মনে হতো। যে রাতে বাবা লিখতেন না, দ্বিতীয়র কেমন যেন ঘুম হতো না, ঘুমের ভেতরে কেবলই কালো, নীল, আবার নীল, কালো বেগুনি রঙের গোলা তাকে ধাওয়া করত।

তারপর ইলেকট্রনিক বাংলা টাইপরাইটার এলো, সঙ্গে সঙ্গে বাবা কিনলেন, বোধহয় তিনটি কী চারটি বই মাত্র লিখেছিলেন ঐ যন্ত্রে, তারপর— কৃষ্ণ, কৃষ্ণতা, আকাশ নীল কিন্তু আসলে সে নীল নয়, ঘোর কৃষ্ণ, তার পিতা চীন যাবার পথে ব্যাংকক থেকে কিছুদূর যাবার পর বিমান দুর্ঘটনায় মারা যান।

তিনি যদি এই ভাবনা-লিখন যন্ত্র পেতেন।

তার বাবা।

বাংলাদেশে আজ সাহিত্য না-ই থাক, দ্বিতীয়র ব্যক্তিগত সংগ্রহে তো থাকত।

অবাক হয়ে যায় দ্বিতীয় সৈয়দ হক; অবশ্য পর মুহূর্তেই সে অনুভব করে ওঠে যে, মোটেই তার অবাক হবার কথা নয়। অবাক সে হয়েছিল, কারণ তার ভাবনাগুলো মেশিনের পর্দায় ফুটে উঠেছে। অপরা কখন মেশিনের সুইচ অন করে দিয়েছে দ্বিতীয় টেরও পায় নি। মেশিনের পর্দায় জ্বলজ্বল করছে লেখাগুলো— বাবা কত বেশি লিখতে পারতেন। কারণ,

তাকে আর হাত ব্যবহার করতে হতো না, কেবল এই মেশিনের সমুখে বসে ভাবলেই লেখা হয়ে যেত, পরে আরেক বোতাম টিপলেই ছাপা হয়ে বেরিয়ে আসত। আজ বাবার জন্মশতবার্ষিকী। এই দেশ এখন একটি বহুজাতিক কোম্পানি। রবীন্দ্রনাথের গোটা দশেক গান। তাও কয়েকটা করে লাইন মাত্র। ভুল সুর। এমনকি জাতীয় সঙ্গীতেও। অপরা কখন মেশিন চালালো ? অপরার উচিত ছিল আমাকে জিজ্ঞেস করা।

অপরাও একই সঙ্গে ভীত চোখে লেখাগুলো পড়তে থাকে এবং শেষ কথাটিতে ভীষণ ভয় পায়। প্রভু কাজে বিরক্ত হবেন, এ কখনোই ঘটে নি।

কিন্তু কেমন যেন সম্মোহিত বোধ করে অপরা এবং দ্বিতীয় নিজেও।

পর্দায় একের পর এক লেখা উঠতে থাকে— সঙ্গীত। সঙ্গীত কেউ শোনে না। বাবা শুধু সঙ্গীতেই কিছু করেন নি। আমার জন্যে বোধহয় কাজটা রেখে দিয়েছিলেন। কে এই বাংলাদেশে এখন চায় সঙ্গীত ? কিংবা পৃথিবীর আর আর গরিব দেশে ? উৎপাদন, বিপণন, এবং জীবন ধারণের জন্যে সাধারণ মানুষের মিনিমাম ব্যবস্থা।— এখন আমার কাছে এ শহর বড় বেশি ধূসর ধূসর বলে মনে হয়— প্রেম একটা জীবনের মতো, জীবন অনেকের— উপনীত গোলাপ বাগানে— বাবা যখন প্লেন ক্র্যাশে মারা যান তখন দীর্ঘ একটি কবিতা লিখছিলেন যার শিরোনাম ছিল 'উপনীত গোলাপ বাগানে'— কোন গোলাপ বাগানে আমরা উপনীত হতে চাই ? —কোন গোলাপের বাগানে মানুষেরা ? —সকল প্রতীকের ভেতরে গোলাপ কেন এত দীর্ঘস্থায়ী হয়ে রইলো, এমনকি এই কোম্পানি পরিচালিত বাংলাদেশেও ?
অপরা।

স্যার।

ভাবতেই পারা যায় না।

কেন স্যার ? এ মেশিন তো বছর খানেক থেকে বাইরে বিদেশে ব্যবহার হচ্ছে।

জানি। কিন্তু বাংলাদেশে তো এই প্রথম। তাও বাংলা ভাষায়। দ্যাখো, আমি আমার বাবাকে যে প্রথম মুনীর অপটিমা টাইপরাইটারে টাইপ করতে দেখেছিলাম, সেই প্রথম মেশিনের অক্ষরের ছাঁচে এর অক্ষর তৈরি করবার অর্ডার দিয়েছিলাম। হুবহু সেই ওরা দিয়েছে। বাবা বেঁচে থাকলে কী খুশি হতেন!

অপরা স্মিত মুখে তার প্রভুর দিকে তাকিয়ে থেকে বলে, নিশ্চয়, স্যার। কিন্তু মানুষ তো অমর নয়, স্যার।

কে জানে। অমরত্ব কী, আমরা কি আদপেই জানি ? এসো, মেশিনের সমুখে এসো।

দ্বিতীয় অপরাকে মেশিনের অদৃশ্য সেই আলোকপথের ভেতর এসে দাঁড়াতে বলে, যেখানে এলে মনের ভাবনাগুলো আপনা থেকেই পর্দায় ফুটে উঠবে।

স্যার।

আহ, এসোই না।

এমন সময় জামাল ঘরে এসে জানায় যে, তার প্রভুর ঘরে পর্দা টানিয়ে দেয়া হয়েছে এবং এই যন্ত্রের সঙ্গে তার সংযোগও করে দেয়া হয়ে গেছে।

গুড। জামাল, তুমি এসো।

জামাল দ্বিতীয়র কাছে আসে, তবে এতটা কাছে নয় যাতে প্রভু ও কর্মচারীর দূরত্ব জখম হয়। দ্বিতীয়র হাতের ইশারায় জামাল আরো খানিকটা কাছে আসতেই পর্দায় লেখা ফুটে ওঠে।—ও ফাদার, স্যারের গায়ে সেন্টের কী সুন্দর গন্ধ!

হাঁ হয়ে যায় জামাল এবং এক মুহূর্তেই বুঝতে পারে কী ঘটেছে, তার মনের কথাটা পর্দায় ফুটে উঠেছে।

জামাল ভীষণ লজ্জিত হয়ে যায়। ইংরেজি-বাংলায় সে আমতা আমতা করতে থাকে, স্যার আই ডিডন্ট মিন, আপনার গায়ে, মানে, দ্য আফটার শেভ ইউ ইউজ, স্যার।

দ্বিতীয় কিছু বলে না, হাতের ইশারায় পর্দার দিকে দেখিয়ে দেয়। সেখানে জ্বলজ্বল করে ফুটে উঠেছে দ্বিতীয় সৈয়দ হক গত তিরিশ বছর ধরে যে বিশেষ আফটার শেভ লোশন ব্যবহার করে থাকে, তার নাম। এবং সেই সঙ্গে এই কথাটিও ফুটে ওঠে, জামাল, আমি তোমাকে ওর একটা শিশি প্রেজেন্ট করব। আজ আমার বাবার জন্ম শতবার্ষিকী।

এবার দ্বিতীয় নিজেই মেশিনের সুইচ অফ করে দিতে দিতে বলে, মুখে বলে, আজ আমার একই সঙ্গে আনন্দ আর দুঃখ হচ্ছে।

অপরা অলক্ষ্যে নিঃশব্দে মানসিক অবস্থা পরিমাপের সুইচ অন করে দেয়। একই মনোভাবের আভাস অপরার টেবিলের প্রান্তে তরঙ্গায়িত রেখা হয়ে ফুটে ওঠে।

দ্বিতীয় নিজের ঘরে ফিরে যায়।

৩

অফিস বন্ধ হয়ে যায় বিকেল চারটায়। দ্বিতীয়র অফিসে সপ্তাহে দু'দিন ছুটি, অন্যান্য দিনে সকাল দশটা থেকে চারটে পর্যন্ত কাজ।

বেরিয়ে যাবার পথে দ্বিতীয় অপরাকে বলে, আর ইউ নট গোয়িং হোম ।

আমার একটু দেরি হবে, স্যার।

নীরবে ভ্রু তোলে দ্বিতীয়। সে কখনোই পছন্দ করে না তার কর্মচারীরা নির্দিষ্ট সময়ের অতিরিক্ত কাজ করুক।

অপরা বলে, স্যার, আমি এই মেশিনের ম্যানুয়েলটা একটু ভালো করে দেখব, তাই একটু থেকে যেতে চাইছি। নইলে কাল আপনি যখন মেশিনটা ব্যবহার করবেন, যদি ভুলভাল হয়?

দ্বিতীয় হেসে ফেলে, বলে, তোমার ঐ ভুলভাল কথাটা আমার খুব পছন্দ হলো। কথাটা কি তোমার?

মানে, স্যার?

মানে, আগে কখনো তোমার মুখে ভুলভাল বলে কিছু শুনি নি। এরপর একটু হেসে দ্বিতীয় যোগ করে, ঐ যে যার কথা বলছিলে, তোমাকে আমার বাবার কবিতা পড়িয়েছিল, তার কাছ থেকে শেখো নি তো?

লজ্জিত স্বরে অপরা বলে, স্যার।

আর কিছু বলতে পারে না।

আপনা থেকে দরোজা খুলে যায়, ক্যাপসুল লিফটে ঢোকার আগে ফিরে তাকিয়ে দ্বিতীয় অপরাকে বলে, প্রেমে পড়লে কী হয় জানো তো ? যে বেশি ভালোবাসে, সে অন্যজনের অনেক কিছু নিজের অজান্তে চুরি করে নেয়— কথা, চালচলন, ভঙ্গি। চলি।

ক্যাপসুল লিফট দ্রুতবেগে নিচে নেমে যায়।

অপরা এখন একা।

ঘরে সম্পূর্ণ একা।

মানসিক অবস্থা পরিমাপের যন্ত্রটা এখনো অন রয়েছে, অপরা দেখতে পায় তার নিজেরই মনের ছবি— কৌরবের কাছাকাছি হবার বাসনায় রক্তিম একটি রেখা। এই রেখা এত স্থির যে, মনে হয় অপরার বুক ফেটে যাবে। সে তো অস্থির হতে চায়, অস্থিরতাই তো প্রেমে পড়বার লক্ষণ বলে বিশ শতকের কিছু কবিতায়, বিখ্যাত কিছু রচনায় সে পড়েছে। কৌরব তাকে পড়িয়েছে। বাংলাদেশে এখন আর সাহিত্য কেউ পড়ে না। যারা পড়ে, তারা কৌতূহলের উদ্রেক করে।

কৌরব কিন্তু তার সাহিত্য পাঠ নিয়ে এতটুকু লজ্জিত নয়, কারো কাছে লুকোয় না। এমনকি, রাজনীতি, বিশ শতকের শেষ দশকেও রাজনীতি বলতে যা বোঝাত তাও এখন যাদুঘরের সামগ্রীতে পরিণত হয়েছে, দেশ এখন রাজনীতির ভিত্তিতে নয়, কোম্পানির ভিত্তিতে পরিচালিত হয়। পৃথিবীর গরিব দেশগুলোতে এখন রাষ্ট্রপ্রধানের সঙ্গে কোনো বিশাল কোম্পানির চেয়ারম্যানের মৌলিক কোনো পার্থক্য নেই। কৌরব বিশ শতকের সেই রাজনীতি নিয়ে পড়াশোনা করা, কথা বলা, এমনকি তর্ক করতেও এতটুকু পেছপা নয়। সবাই মনে করে কৌরব তার সময় নষ্ট করছে, অপচয়— হায়, অপচয়, অপচয় করে কে ? —যার আছে সে-ই তো অপচয় করতে পারে— কৌরব রাজনীতি বোঝাতে চেষ্টা করে মানুষ ধরে ধরে, অবশ্য খুব কাছের মানুষ ছাড়া সে কারো সঙ্গে এ সব নিয়ে কথা বলে না, কারণ এ কথা সরকারের কানে গেলে তার বিপদ হতে পারে— বিপদের রূপটা এই যে, কোম্পানি থেকে চাকরি যেমন চলে যায়, তেমনি তারও নাগরিকত্ব হঠাৎ চলে যেতে পারে। নাগরিকত্ব চলে যাবার অর্থ এই— কৌরবের ক্ষেত্রে— সে আর বাংলাদেশের একমাত্র পাঠাগারে যেতে পারবে না এবং পুরনো বই পড়বার সুযোগ পাবে না। বই এখন যা পাওয়া যায় বিজনেস অ্যাডমিনিস্ট্রেশনে ডিগ্রি নেবার জন্যে যেমন দরকার তেমনি স্টেট ম্যানেজমেন্ট সংক্রান্ত বই।

একদিকে কৌরবের কথা সে ভাবে, আবার অন্যদিকে অপরা এই ভাবনা-লিখন যন্ত্রের ম্যানুয়েল পড়ে চলে।

ম্যানুয়েলের একটি জায়গায় এসে অপরার চোখ আটকে যায়। এটা পরশুদিন পড়বার সময় তার চোখে পড়ে নি। নাহ্, সে সত্যি কৌরবকে নিয়ে বড় বেশি ভাবছে, বড় বেশি আচ্ছন্ন হয়ে আছে, নইলে আগে কখনো তো এমন হয় নি যে সে কোনো কিছু অর্ধমনস্কভাবে পড়েছে, পড়তে পড়তে কোনো কিছু ছুটে গেছে বা পড়বার পরে সে ভুলে গেছে। অসাধারণ স্মৃতিশক্তির জন্যে বরং তার প্রভু দ্বিতীয় সৈয়দ হক তার প্রশংসা করে সব সময়, সম্ভবত এই

বিশেষ গুণটির জন্যেই এত বড় কোম্পানির চেয়ারম্যানের ব্যক্তিগত সহকারীর মতো চাকরি সে এত অল্প বয়সে পেয়েছে।

নাহ্, কৌরব, নাহ্। মেশিনের পর্দায় লেখা ফুটে ওঠে। তারপর মুছে যায় লেখা, অর্থাৎ এই মুহূর্তে অপরা আর কিছু ভাবছে না। হঠাৎ আবার লেখা ফুটে ওঠে ভাবনা-লিখন যন্ত্রে— কৌরব, তোমাকে ভালোবেসে আমি আমার কর্মজীবনের যোগ্যতা ক্ষুণ্ন করি, এই চাও? এই আমি চাই?

মেশিনটা কিছুক্ষণের জন্যে অফ করে দেয় অপরা। ম্যানুয়েলে লেখা আছে, এই ভাবনা-লিখন যন্ত্রের সঙ্গে এর ব্যবহারকারীদের জীবন সংক্রান্ত যে-যাবতীয় তথ্য কম্পিউটারে রাখা আছে, তার সংযোগ সাধন অত্যন্ত আবশ্যক, নইলে যন্ত্রটি ব্যবহারকারীর চিন্তা সঠিকভাবে মুদ্রিত করতে পারবে না, এর কারণও খুব স্পষ্ট— ব্যবহারকারীর চিন্তার সঙ্গে রক্ত-মাংসের সম্পর্ক তার ব্যক্তিত্বের, তার জীবনের, তার অভিজ্ঞতার, তার সবকিছুর।

ভাবনা-লিখন এই যন্ত্রটি ব্যবহার করবে কেবল দ্বিতীয় সৈয়দ হক এবং কখনো প্রয়োজন হলে, এবং যেহেতু মূল মেশিন থাকবে অপরার ঘরে, অতএব, অপরাও হবে এর আরেকজন ব্যবহারকারী। মোট এই দু' জন; অতএব যুক্তিসঙ্গতভাবেই এ দু' জনের ব্যক্তিগত তথ্য সংবলিত কম্পিউটার ডিস্ক এই মেশিনে যুক্ত করা দরকার।

অপরা অবিলম্বে দ্বিতীয় সৈয়দ হক এবং তার ডিস্ক দুটো বের করে কপি তৈরি করে এবং ভাবনা-লিখন যন্ত্রে তা ঢুকিয়ে নিশ্চিন্ত বোধ করে। আরামে সে চেয়ারে একটু হেলান দিয়ে পিঠ মাছের মতো বাঁকিয়ে বসে।

ইস, কী বাঁচাটাই না বাঁচা গেছে! কাল স্যার যখন মেশিনটা ব্যবহার করতে চাইতেন আর এই ব্যক্তিগত তথ্য সংবলিত ডিস্ক এর ভেতরে পরানো না থাকার দরুন চিন্তার লিখিত রূপে যদি কোনো ত্রুটি ধরা পড়ত তাহলে বড় কেলেংকারী হতো।

একটা তো এই যে, তাকে অবিলম্বে চাকরি হারাতে হতো। বাংলাদেশে এখন যে-কোনো বড় প্রতিষ্ঠানে সামান্যতম ভুলেরও কোনো ক্ষমা নেই।

অপরা চেয়ারে বসে নিজের শরীর মৃদু তালে সামনে পেছনে দোলাতে থাকে।
ভাবনা-লিখন যন্ত্রটা তাকে চুম্বকের মতো আকর্ষণ করে।

সে অনেকক্ষণ লোভ সামলে রাখে।

ব্যক্তিগত কাজে মেশিন বা অফিসের কোনো কিছু ব্যবহার করা অপরাধ বলে গণিত হয়। অপরা কিছুক্ষণ চিন্তা করে। না, এ ক্ষেত্রে বোধহয় তার অপরাধ হবে না। কারণ, মেশিনটি নতুন এসেছে, সে ম্যানুয়েল পড়েছে, এখন কিছুটা অবকাশ তো তাকে দিতেই হবে পরীক্ষা করে দেখবার জন্যে যে, বিষয় ও বোতামগুলো ঠিক ঠিক মতো সে বুঝেছে কিনা?

সুইচ অন করে দেয় অপরা।

ভাবনা-লিখন যন্ত্রের পর্দায় দুধশাদা আলো ছড়িয়ে পড়ে। লেখা ফুটে ওঠে— আমার নাম অপরা। মানে অপরের স্ত্রী লিঙ্গ, অর্থাৎ আমি অপর। আমি তো অপর হতে চাই না। আমি আপন হতে চাই।

হঠাৎ এই লেখা, যা কালো রঙে ফুটে উঠেছে, তার নিচে লাল রঙে লেখা ফুটে ওঠে— বাংলা ভাষায় অপর শব্দের আরো একটি অর্থ হয় বিকল্প। আপনি কী অর্থে অপর শব্দটিকে এখন গ্রহণ করছেন ?

ম্যানুয়েল খুলে অপরা দেখতে পায়, এই ভাবনা-লিখন যন্ত্র যখন ব্যবহারকারীর জীবন সংক্রান্ত ডিস্ক পায়, তখন নিজেই সে কথা বলতে পারে প্রয়োজনবোধে এবং সে-ক্ষেত্রে এই লিখন যন্ত্রের কথা ফুটে ওঠে লাল রঙে।

অপরা চিন্তা করে এবং লেখা হয়ে যায়— না, আমি বিকল্প অর্থ করি নি। আমি বিকল্প হতে চাই না। আমি জানি কৌরবের আর কেউ নেই। তাই বিকল্প হবার কোনো প্রশ্নই ওঠে না।

লাল রঙে মেশিন কথা বলে, কেউ নেই কথাটা সত্যি নয়।

তার মানে ?

যন্ত্র তার আপন নিয়মে পুনরাবৃত্তি করে, কেউ নেই কথাটা সত্যি নয়।

তার মানে কী ? অপরার ভাবনা যে নিঃশব্দ চিৎকার প্রায়, তা বোঝা যায় তার এই শেষ প্রশ্নটির অক্ষরের আকার দেখে। অপরা ম্যানুয়েল না দেখেও অনুমান করতে পারে, চিন্তারও স্বর-স্তর আছে উচ্চারিত সংলাপের মতো এবং নীরবেও আমরা চিৎকার করতে পারি আমাদের চিন্তায়, এই যন্ত্র তা রূপ দেয় অক্ষরের আকার ছোট-বড় করে।

লাল রঙে একই কথা মেশিন আবার লেখে, কেউ নেই কথাটা সত্যি নয়।

কালো কালিতে অপরার কথা, তাহলে কেউ আছে ?

ভাবনা-লিখন যন্ত্র এতক্ষণে ভিন্ন প্রশ্ন পেয়ে উত্তর দেয়, আছে।

আছে ?

আছে।

মিথ্যুক।

আমি ? না, কৌরব ? কে মিথ্যুক ?

আমি আপনার জীবন বৃত্তান্ত জানি, আপনি আমার বৃত্তান্ত কতটা জানেন তার প্রমাণ এই যে— আমি কেন, কোনো যন্ত্রই মিথ্যা কথা বলে না। বিকল হলে ভুল তথ্য দেবে, যেমন ঘড়ি, কিন্তু আপনি বলতে পারবেন না যে বিকল ঘড়ি মিথ্যে সময় দেখিয়েছে।

পর্দা কিছুক্ষণ দুধশাদা আলো হয়ে থাকে, অর্থাৎ অপরা এখন কিছুই ভাবছে না, অতএব তার চিন্তার কোনো অনুলিখনও ভাবনা-লিখন যন্ত্রে দেখা যাচ্ছে না।

অপরার হঠাৎ কান্না পায়।

মেশিনের পর্দায় কতগুলো কালো বল নাচানাচি করতে থাকে।

অপরার ফোঁপানি বেড়ে যায়, পর্দায় বলগুলো আরো বিচিত্র মুদ্রায় নাচতে থাকে। অপরা তার কান্নার ভেতরেও হাসি চাপতে পারে না। কান্নার এই যান্ত্রিক চিত্ররূপ দেখে তার আমোদ হয় এক ধরনের। তখন সেই বলগুলোর ভেতরে শাদা শাদা চিড় ধরে এবং বলগুলো ক্রমশ চৌকো হয়ে যেতে থাকে। এবার পর্দায় কোনো বল গোল, আবার কোনোটি চৌকো একেকটি বর্গক্ষেত্র; অপরা বুঝতে পারে, এ মেশিনে আমোদের চিত্ররূপ হচ্ছে বর্গক্ষেত্র।

ক্রমে সবগুলো কালো গোল বল অন্তর্হিত হয়ে যায়, কেবল কিছু ছোট ছোট বর্গক্ষেত্র ফুটে থাকে। ক্রমে সেই ছোট বর্গক্ষেত্রগুলো মিলে গিয়ে একটি বড় বর্গক্ষেত্রের রূপ নেয়। কিছুক্ষণ সেটি মনস্থির করতে পারে না যেন— আরো বড় হবে ? না, ছোট হবে ? হঠাৎ তা মিলিয়ে যায়।

অপরা তার চেয়ারে পিঠ সোজা করে, মন শান্ত অবস্থায় নিজেকে আবিষ্কার করে।

পর্দায় তার প্রশ্ন ফুটে ওঠে, জানতে চাই, কৌরবের কাছে আমার চেয়ে আপন আর কেউ আছে ?

লাল অক্ষরে মেশিন উত্তর দেয়, আছে।

অপরা এতটুকু বিচলিত হয় না। মেশিনকে তার বরং পরম এক বন্ধু বলে অকস্মাৎ মনে হয়। সে বড় নিকট বোধ করে, এত নিকট এবং এত আপন যে, তার কাছে সব বলা যায়।

অপরা টের পায় তার চোখ ভিজে আসছে, সে জোর করে তা চাপা দেয়। কয়েকটা কালো ছোট বল গড়ে উঠতে উঠতে ভেঙে মিলিয়ে যায়।

মেশিনের পর্দায় অপরার প্রশ্ন দেখা যায়, আমার চেয়ে আপন ?

হ্যাঁ, আপন।

আমার চেয়ে ?

আপনার অধিকার নেই।

কৌরব তাহলে একজনকে বিয়ে করবে ?

সম্ভব নয়।

কেন সম্ভব নয় ?

কারণ, তাদের সঙ্গে কৌরবের বৈবাহিক সম্পর্ক হতে পারে না।

কেন হতে পারে না ?

কারণ, তারা তার বাবা, মা, বোন ও ভাই।

হঠাৎ পর্দায় কালো রঙের নাচন দেখা যায়, বড় বড় সব বর্গক্ষেত্রের নাচন। হাসছে। অপরা কেবল নিঃশব্দেই নয়, সরবেও এখন হেসে ওঠে। এত সোজা কথাটা তার মাথায় আসে নি যে, কৌরবের বাবা মা ভাই বোন আছে এবং মেশিন যখন 'আপন' শব্দটি তার যান্ত্রিক মস্তিষ্কে গ্রহণ করে তখন যুক্তিসঙ্গতভাবেই অপরাকে একমাত্র 'আপন' বলে গ্রহণ করতে পারে না, প্রকাশ করতে পারে না, মেশিনকে মনে রাখতে হয় কৌরবের আরো অনেক 'আপন' আছে।

মেশিন লাল রঙে লিখে যায়, বাবা, মা, ভাই, বোন এরা আপনার চেয়ে কৌরবের বেশি আপন। কারণ, তাদের সঙ্গে রয়েছে তার রক্তের সম্পর্ক। আপনার সঙ্গে রক্তের সম্পর্ক তার নেই।

অপরার প্রশ্ন ফুটে ওঠে, কিন্তু কৌরবের আপন কি আমি নই ?

না। লাল রঙে মেশিনের প্রায় চিৎকার, কারণ, অক্ষরের আকার একটু বড়।

অপরা ঈষৎ ভীত বোধ করে। তবে কি মেশিনেরও আবেগ আছে ? আবেগ না থাকলে তার উচ্চারণে চিৎকারের আভাস আসবে কেন ? চিৎকারই যদি না হবে, তাহলে অক্ষরের আকার বড় হবে কেন ?

লাল রঙে লেখা ফুটে ওঠে, অপরা বুঝতে পারে মেশিন তার প্রশ্ন অনুমান করেই উত্তরটা দিয়েছে। পর্দায় লেখা ফুটে উঠেছে, আমার অক্ষরের আকার বড় দেখেছেন। এর অর্থ এই নয় যে আমি মানুষের মতো কণ্ঠের ওঠানামায়, অর্থাৎ মনোভাবের বিচিত্র স্বর-স্তর প্রকাশ করতে সক্ষম। আমি যখন অনুভব করি আমার ব্যবহারকারী কিছুতেই বুঝতে পারছেন না, তখন আমি ঈষৎ বৃহৎ অক্ষর দিয়ে কথাটা জানিয়ে দিই। বুঝেছেন ?

হ্যাঁ, বুঝেছি।

মেশিন প্রশ্ন করে, আমার দুটি প্রশ্ন আছে। প্রথম প্রশ্ন, আপনার জীবন বৃত্তান্তের যে ডিস্ক আপনি আমার ভেতরে স্থাপন করেছেন, তাতে আমি দেখতে পাচ্ছি আপনি অত্যন্ত বুদ্ধিমতী। আপনি যে-কোনো উচ্চারিত বাক্য এবং অধিকাংশ অনুচ্চারিত ভাবনা প্রায় নির্ভুলভাবে গ্রহণ ও উপলব্ধি করতে সক্ষম।

অপরার ভাবনা পর্দায় ফুটে ওঠে। আপনি যে প্রশংসা করছেন তা আমার প্রভুর মতোই শোনাচ্ছে।

প্রশংসা কাকে বলে ?

প্রশংসা ? —প্রশংসা ? প্রশংসা মানে কাউকে প্রশংসা করা, মানে ভালো বলা।

তাহলে ভালো এবং প্রশংসা এক ?

হ্যাঁ। হঠাৎ অপরা ইতস্তত করে, এবং পর্দায় তার কথা ফুটে ওঠে, তার এ সংশয়— না, প্রশংসা আর ভালো এক নয়, আমি পরে বুঝিয়ে দেব।

আপনি আমার ভেতরে কীভাবে তথ্য পাঠাতে হয়, ম্যানুয়েলে দেখে নেবেন, কারণ আপনি একাধিকবার ভুল করেছেন।

মেশিন তাহলে তিরস্কারও করতে পারে। কিন্তু সে তিরস্কারে অপরা এতটুকু লজ্জিত বোধ করে না। আসলে মেশিনের কাছে লজ্জিত হবার কিছু নেই। আমরা যখন ঘড়ির কাঁটা ভুলে উলটো দিকে ঘুরিয়ে ফেলি তখন কি লজ্জিত হই, না ঘড়ির কাছে ক্ষমা প্রার্থনা করি ?

ভাবনা-লিখন যন্ত্র অবিলম্বে লিখে চলে, আমার প্রথম প্রশ্ন সম্পূর্ণ হয় নি। প্রশ্ন এই যে, আপনি এত বুদ্ধিমতী কিন্তু এ পর্যন্ত আপনি নির্বোধের মতো আচরণ করছেন কেন ?

অপরা আহত হয়। নির্বোধের মতো ?

আমি তাই-ই বলেছি। অন্য কিছু নয়। নির্বোধ।

অপরার মনে পড়ে যায় যে, কিছুক্ষণ আগে সে 'আপন' বলতে কৌরব এবং তার বাবা-মা-ভাই-বোনকে একসঙ্গে ভাবে নি, বরং তার চেয়ে ওরাই যে কৌরবের আপন বেশি— রক্তের দিক থেকে— সেটিও সে মনে রাখে নি।

আমি দুঃখিত। অপরার ভাবনা কালো রঙে লেখা হয়ে যেতে থাকে। এরপর থেকে আমি চেষ্টা করব সজাগ থাকতে যে আমি একটি যন্ত্রের সঙ্গে কথা বলছি।

ঈষৎ বড় এবং লাল রঙে লেখা ফুটে ওঠে দ্রুত— আমি এ-ক-টি যন্ত্র নই, আমি ভাবনা-লিখন যন্ত্র।

আর ভুল হবে না যে আমার সমুখে ভাবনা-লিখন যন্ত্র।

যন্ত্র দ্বিতীয় প্রশ্ন করে, আমার প্রথম প্রশ্নের উত্তর পেলাম না। কেবল আপনার দুঃখ প্রকাশ দেখতে পেলাম। আমার সিদ্ধান্ত, আপনি এ প্রশ্নের উত্তর দেবার মতো মানসিক অবস্থায় এখন নেই। পরে আপনাকে স্মরণ করিয়ে দেব, আপনি আমাকে উত্তর দেবেন, যে, কেন আপনার কাজে এত বুদ্ধিমতী হয়েও কৌরবের ব্যাপারে নির্বোধের মতো আচরণ করছেন ? আমার দ্বিতীয় প্রশ্ন, আশা করি এর উত্তর থেকে আমাকে বঞ্চিত করবেন না বা পরে উত্তর দেবেন বলে ফেলে রাখবেন না। মেশিনেরও কৌতূহল আছে। বস্তুত আমার একটি প্রধান কাজ আমার ব্যবহারকারীদের সম্পর্কে যত বেশি তথ্য জানতে পারি তত বেশি সুচারুভাবে তার ভাবনা আমি পর্দায় লিখতে এবং বোতাম টিপলে কাগজে তা মুদ্রিত আকারে উপস্থিত করতে সক্ষম হবো। দ্বিতীয় প্রশ্ন— কৌরবকে আপনি 'আপন' বলে মনে করেন, রক্তে মাংসে সে আপনার 'আপন' নয়, তবু আপনি তা স্বীকার করছেন না, আপনি বিচলিত হয়েছেন, আপনি কেঁদেছেন। এর কারণ কী ?

পর্দায় দুধশাদা আলো। শূন্যতা। অপরা কিছুই ভাবছে না। এক মুহূর্তের ভেতরে কিছু কালো রেখা দেখা যায়, তারা সাপের মতো শরীর নিয়ে পর্দায় নাচ করতে থাকে, ঢেউয়ের মতো ওঠানামা করতে থাকে।

পর্দায় লেখা ফুটে ওঠে, এর অর্থ কী ?

আপনি বিভ্রান্ত।

আমি বিভ্রান্ত সত্যিই। আমি জানি না, কী এর উত্তর দেব। এর উত্তর কি যন্ত্র বুঝবে ?

আপনি কি আমার কথা বলছেন ? আমি যন্ত্র নই, আমি ভাবনা-লিখন যন্ত্র এবং যখন আমার কথা ভাববেন বা আমাকে কিছু বলবেন আমাকে পুরো নাম ধরে ডাকবেন, নইলে অন্য যন্ত্রের সঙ্গে আমার সংঘর্ষ হতে পারে।

সংঘর্ষ ?

হ্যাঁ, সংঘর্ষ। কারণ, আমি সম্পূর্ণ বর্ণনা ছাড়া বুঝতে অক্ষম যে, আপনি কোন যন্ত্রের কথা ভাবছেন। আপনার ঘরে আরো যন্ত্র আছে, টিভি-ফোন যেমন, এই ফোনটিও আপনার ইঙ্গিত মাত্রে আপনা থেকে সচল হয়ে ওঠে, এমনকি আপনাকে হাত দিয়ে ডায়াল করতে হয় না, আপনি যার সঙ্গে কথা বলতে চান তার নম্বর আপনা থেকেই বেজে ওঠে শুধু একটি কোড বোতাম টেপার সঙ্গে সঙ্গে। আমার প্রশ্নের উত্তর দিন।

ততক্ষণে অপরা ভুলে গেছে যন্ত্রের প্রশ্ন কী ছিল।

কোন প্রশ্ন ?

আপনার জীবন বৃত্তান্তের ডিস্কে দেখছি এ যুগেও আপনার স্মরণশক্তি বিশ শতকের তিরিশ দশকের সেরা স্মৃতিধরদের অনুরূপ। আপনি এরই মধ্যে ভুলে গেলেন আমার প্রশ্ন ? আমি আবার প্রশ্ন করছি। কৌরবকে আপনি 'আপন' মনে করতে দৃঢ়প্রতিজ্ঞ। কেন ? এই আপনতার অর্থ কী ? কারণ কী ? ভিত্তি কী ?

বিশদভাবে বুঝিয়ে দিয়ে পর্দা স্থির শাদা হয়ে থাকে উত্তরের অপেক্ষায়। এক মুহূর্ত সময় লাগে না অপরার; সে ভাবে এবং তার ভাবনা ফুটে ওঠে পর্দায়, কৌরবকে আমি ভালোবাসি।

কৌরবের বাবা তাকে ভালোবাসে? কৌরবের মা তাকে ভালোবাসে? কৌরবের বোন তাকে ভালোবাসে?

হ্যাঁ, তারাও বাসে। তারাও তাকে ভালোবাসে।

ঐ যে বাসে বললেন, ওটা কি ভালোবাসের সংক্ষিপ্ত রূপ?

হ্যাঁ।

তাহলে তাদের ভালোবাসার সঙ্গে আপনার ভালোবাসার তফাত কোথায়?

যন্ত্র যন্ত্রই বটে। মানুষের মতো আবেগরঞ্জিত সে নয়।

যন্ত্রে লাল রঙে লেখা ফুটে ওঠে, তফাত কোথায়?

আমি তাকে প্রেম করি। এই তফাত।

আপনি দুটো সম্পূর্ণ ভিন্ন শব্দ ব্যবহার করেছেন। একবার বলেছেন, ভালোবাসা; আরেকবার বলেছেন, প্রেম। প্রেম ও ভালোবাসা কি এক?

পর্দায় সাপের মতো কালো রেখার নাচন দেখা যায়। অর্থাৎ অপরা বিভ্রান্ত বোধ করছে।

লাল রঙে যন্ত্র প্রশ্ন করে, ভালোবাসা কী? প্রেম কী?

অভিধান ডিস্কে কি এর অর্থ দেয়া নেই? অপরা প্রশ্ন করে।

আছে।

অবিলম্বে লাল রঙে যন্ত্র লিখে যায়— ভালোবাসার অর্থ প্রণয়, প্রেম, অনুরাগ। এর কোনোটিই মনে হচ্ছে ভালোবাসা-অবস্থার পুরোটা ধারণ করতে পারছে না। আপনি প্রেম শব্দটি ব্যবহার করেছেন। আমি এবার আমার বড় ডিস্কে প্রেম শব্দটি দেখছি। বড় ডিস্কে প্রেম অর্থ— অনেকগুলো শব্দ, যেমন— প্রিয়ভাব, সৌহার্দ্য ইত্যাদির সঙ্গে আবার ঐ ভালোবাসা কথাটিও আছে। তবে এই বড় ডিস্কে ভালোবাসা বলে কোনো শব্দ নেই। ভালো আছে, ভাল আছে, বাসা আছে, কিন্তু ভালোবাসা বা ভালবাসা নেই। বড় ডিস্কে আমি দেখতে পাচ্ছি কিছু উদাহরণ দেয়া আছে। মানুষ উদাহরণ ছাড়া প্রায় ক্ষেত্রেই কিছু বুঝতে অক্ষম, এটা আমি জানি। যন্ত্র উদাহরণকে গ্রাহ্য করে না, কিন্তু যেহেতু যন্ত্র ব্যবহার করে একজন মানুষ তাই যন্ত্রকে উদাহরণের আশ্রয় নিতে হয়। যা হোক, প্রেম বলতে অভিধানে উদাহরণ দেয়া হয়েছে চৈতন্যচরিত থেকে— রতি গাঢ় হৈলে তার প্রেম নাম কয়— আমি এবার রতি শব্দটি দেখছি এবং দেখতে পাচ্ছি এই রতির কোথাও প্রেম বা ভালোবাসার কথা বলা হয় নি, কিন্তু যে বস্তু গাঢ় হলে অন্য বস্তু হয়, বৈজ্ঞানিক যুক্তি এই যে, তার উল্লেখ আগেই থাকবে। অথচ রতি, যে-রতি গাঢ় হলে হয় তা প্রেম, সেই প্রেমের বিন্দুমাত্র উল্লেখ নেই আপনারা যে অভিধানগুলো আমাকে দিয়েছেন তার কোনোটিতে। বড় ডিস্কে অবশ্য এক জায়গায় বলা আছে, মনের প্রিয় বস্তুতে প্রেমার্দ্র মনকে রতি বলা যায়, কিন্তু তার পর পরই ব্যাখ্যায় বলা হচ্ছে— ইহা শৃংগার রসের স্থায়ীভাব। শৃংগার কী? অভিধানের ছোট ডিস্কে বলা হচ্ছে, নায়ক-নায়িকার সম্ভোগমূলক রস এবং বলা হচ্ছে আবারো রতিক্রিয়া।

আমি বুঝতে অপারগ আপনি যখন বলছেন, কৌরবকে আপনি ভালোবাসেন তখন আপনি তাকে কি প্রেম করেন ? সে প্রেম কি রতি গাঢ় হলে যা হয় তাই-ই। তবে রতিক্রিয়া কি আপনাদের মধ্যে সম্পন্ন হয়েছে ? —সে কী, আপনি উঠে দাঁড়াচ্ছেন ?

অপরার মনে হয়, সে উলঙ্গ হয়ে গেছে। তার সমুখে কৌরব যেন উলঙ্গ হয়ে যাচ্ছে ধীরে ধীরে। অপরা সুইচের দিকে হাত বাড়ায়।

লাল রঙে ঈষৎ বড় অক্ষরে লেখা হয়ে ওঠে। যন্ত্র বলে, দাঁড়ান। আপনি কি আমাকে বন্ধ করতে চান এখন ?

হ্যাঁ।

আপনি লজ্জিত বোধ করছেন। কেন ?

বলব না।

আপনি এখন কৌরবের কাছে যাচ্ছেন।

কী করে জানলে ? অপরা বিস্মিত হয়ে প্রশ্ন করে।

যন্ত্রে লাল রঙে লেখা ফুটে ওঠে, এবং লেখাগুলো জ্বলজ্বল করে, আপনি ভুলে গেছেন যে, আমি ভাবনা-লিখন যন্ত্র, আপনার ভাবনা আমি পড়তে পারি। আপনি কৌরবের কাছে যাচ্ছেন, ঠিক নয় ? যদি ঠিক না হয়, তাহলে আমার ভেতরে কোথাও কোনো গোলযোগ আছে, তার মেরামতের ব্যবস্থা করতে হবে।

অপরা জানে, এই যন্ত্র এমন এক কোম্পানি থেকে এসেছে যারা কখনোই খারাপ জিনিস দেবে না। তাই অপরা এক মুহূর্ত থেমে বলে, আমি কৌরবের কাছে যাচ্ছি।

না। লাল রঙে যন্ত্রের নির্দেশ। যাবেন না।

কেন ?

অপরা আশ্চর্য হয়ে যায়; যন্ত্র নিজেই নিজের সুইচ অফ করে দেয়। যন্ত্রের এই ক্ষমতাও যে আছে অপরার তা জানা ছিল না। কাল এসে তাকে ম্যানুয়েল দেখতে হবে। আজ সময় একেবারে নেই। কৌরব তার জন্য রমনা মাঠের মাঝখানে এখনো যে কয়েকটি নারকেল গাছ আছে, তার কোনো একটির নিচে দাঁড়িয়ে থাকবে।

ঘড়ির দিকে তাকিয়ে অপরা অস্থির হয়ে পড়ে।

কৌরব অপেক্ষা করে আছে অনেক আগে থেকেই। সময় সম্পর্কে অত্যন্ত সচেতন সে বলে, যার সময়জ্ঞান নেই, তার কোনো জ্ঞান নেই। সময় মানুষের সবচেয়ে বিশুদ্ধ এবং পূর্বরহিত আবিষ্কার। সেই সময় যে চিন্তায় শ্রদ্ধার আসনে না রাখতে পারে, তাকে দিয়ে কিছুই হবার নয়, এমন কিছু যা মানুষের কল্যাণে লাগবে।

৪

বাড়িতে কেউ নেই। দ্বিতীয় সৈয়দ হক এখন একা। তার স্ত্রী গেছে ছেলের কাছে। ছেলে তৃতীয় সৈয়দ হক হিমালয় অঞ্চলের ছোট একটি নতুন রাজ্যে গেছে চাকরি নিয়ে। তৃতীয় সৈয়দ হক স্টেট ম্যানেজমেন্টে ডক্টোরেট করে এসেছে দুই পরাশক্তিরই দুই সবচেয়ে সম্মানিত বিশ্ববিদ্যালয় থেকে।

আর কিছুদিনের মধ্যেই তৃতীয় সৈয়দ হক বাংলাদেশে ফিরে আসবে অভিজ্ঞতা সঞ্চয় করে এবং এ দেশ পরিচালনার কাজে লেগে যাবে। যদি তার প্রতিভা থাকে এবং পরাশক্তির সুনজর তার ওপর পড়ে তাহলে সে চল্লিশ বছর বয়স হবার আগেই রাষ্ট্রপ্রধান হতে পারবে।

দ্বিতীয় সৈয়দ হক জানে তার বাবা, যাঁর জন্ম শতবার্ষিকী আজ, তিনি শিল্প-সাহিত্যে মাধ্যমে কাজ করলেও রাজনীতি তাঁকে গভীরভাবে টানতো। হয়তো তাঁর একাধিক জীবন হলে তিনি একটি জীবন রাজনীতিতে ব্যয় করতেন।

দ্বিতীয়র নিজের সঙ্গে নিজের কাটাবার ঘর— বই, টিভি, টিভি-ফোন, লেসার রেকর্ড প্লেয়ার এবং এক বিশাল গোল বিছানা যা বোতাম টেপা মাত্র যে-কোনো আকার, ঢাল এবং উচ্চতায় নতুন হয়ে উঠতে পারে— মানুষের সমস্ত কাজের উদ্দেশ্যে কী কী ভাবে সে তার অবসর কত সুন্দর করে কাটাতে পারে? —কে সেই কবি যিনি বলেছিলেন, দ্বিতীয় তার বাবার মুখে শুনেছে, দ্যাখো হিসাব করে, প্রতিদিনও যদি রমণের ক্ষমতা থাকে, ধরা যাক দশ মিনিট, আর আহারে দু'বেলায় বিশ মিনিট, মোট এই তিরিশ মিনিট আনন্দের জন্যে আমরা আট ঘণ্টা অন্তত পক্ষে পরিশ্রম করি প্রতিদিন, এটা কি অবিচার নয়? —সেই ঘরে তার অবসর নিয়ে দ্বিতীয় এখন জানালার কাছে গিয়ে দাঁড়ায়।

ধীরে খুলে যায় দেয়ালজোড়া পর্দা এবং স্বচ্ছ কাচের ভেতর দিয়ে দেখা যায় বিরাট আকাশ, নির্মেঘ, তারাগুলো আগুনের ফুলকির মতো দেখাচ্ছে, হ্যাঁ, ওরা বোমা ঠিকই ফাটিয়েছে, মেঘ পালিয়েছে হিমালয়ের দিকে।

হিমালয়ের কথায় তার ছেলে তৃতীয় সৈয়দ হকের কথা মনে পড়ে যায়। যত তাড়াতাড়ি পারে ছেলেটা দেশে ফিরে এলে ভালো। বর্তমান রাষ্ট্রপ্রধানের সঙ্গে দ্বিতীয়র এখন সম্পর্ক খুব ভালো যাচ্ছে অত্যন্ত ব্যক্তিগত একটি কারণে। তৃতীয় তাড়াতাড়ি ফিরে এলে তার উন্নতির সোপানটা এই রাষ্ট্রপ্রধানের মাধ্যমেই তৈরি করতে শুরু করা যেত।

তৃতীয়কে চিঠি লেখার কথা মনে হয় দ্বিতীয়র। অনেকদিন লেখা হয় নি। প্রতিদিন মনে পড়েছে ছেলের কথা, মনে মনে কথাও সে বলেছে তার সঙ্গে, কিন্তু লেখা আর হয়ে ওঠে নি।

ভাবনা-লিখন যন্ত্রটার কথা মনে পড়ে যায় দ্বিতীয় সৈয়দ হকের। ঈষৎ ভ্রূ কুঁচকে যায় তার। বাড়িতেও কি একটা ভাবনা-লিখন যন্ত্র সে লাগাবে?

মন্দ হয় না।

অন্তত ছেলেটার কাছে চিঠি লেখার কষ্ট স্বীকার করতে হবে না। যন্ত্রের সমুখে বসে কেবল ভাবলেই চলবে।

না।

দ্বিতীয়র ভেতর থেকে হঠাৎ 'না' উচ্চারিত হয়।

না। বাড়িতে এ যন্ত্র নয়। তাহলে তার ভেতরের কোনো কিছুই আর গোপন থাকবে না কারো কাছে। এই তার ঘরে সে এসে যখন বসে, যখন আকাশে কালপুরুষ কাৎ হয়ে শুয়ে থাকে তাল গাছের মাথার ওপরে, রবীন্দ্রনাথ হেঁটে যান তার করোটির ভেতর দিয়ে, সঙ্গীত বিস্ফোরিত হতে থাকে, ভাঙতে থাকে সোনার পদ্মফুলগুলো ছেলেবেলার জলেশ্বরীতে,

আজি বিজন ঘরে, এ কি এ সুন্দর শোভা, মানুষকে আর কত পথ পার হতে হবে যে তারপর তুমি তাকে বলবে যে সে মানুষ, আর কত পথ, বন্ধু এর উত্তর ভেসে যাচ্ছে আকাশে, না, না, না, না, না, না— এ যন্ত্র বাড়িতে নয়, তার ভেতরের এইসব দুর্বলতা ভাবনা-লিখন যন্ত্রের পর্দায় ফুটে উঠুক, ডিস্কে ধৃত হয়ে যাক, বোতাম টিপলেই মুদ্রিত হয়ে বেরিয়ে আসুক তা সে চায় না। এই বাংলাদেশে শিল্প-সাহিত্য-সঙ্গীত-সংস্কৃতি সম্পর্কে এখন নিজের মতো করে কোনো কিছু ভাবনা করাটাই রাষ্ট্রীয় অপরাধ, রাষ্ট্র-কোম্পানির বিরুদ্ধে একটি কাজ হিসেবে গণিত হতে পারে। দ্বিতীয়, তোমার কাজ, বহুজাতিভিত্তিক কোম্পানির ছাঁচে পরিচালিত এই দেশে বিশেষ কিছু পণ্যের উৎপাদনের লক্ষ্যমাত্রা পূরণ করা। এর বেশি কিছু নয়। তুমি যদি সাহিত্যের কথা ভাবো— তুমি তোমার রাষ্ট্রীয় দায়িত্ব অবহেলা করছ, সময়ের অপচয় করছ।

দ্বিতীয় বোতাম টেপে। টিভি-ফোনে অপরার শূন্য ঘর ভেসে ওঠে। অপরা বাড়ি নেই। দ্বিতীয় ফোনের নব ঘোরায়, অপরার সাক্ষাৎ সে তার সারা বাড়িতে পায় না। বোতাম টিপলেই যে টিভি-ফোনে অপর পক্ষের ছবি ভেসে উঠবে, তা নয়; কারণ, অপর পক্ষের একটা জীবন আছে, চার দেয়ালের ভেতরে সে অবশ্যই গোপনতা চায়; তাই নিয়ম হচ্ছে কেউ যদি না চায় তাহলে সে তার ফোনের টিভি পয়েন্ট অফ করে রাখতে পারে, এতে ছবি আর দেখা যাবে না। এবং সাধারণ ফোনের মতো কেবল রিং হবে এবং তুললে কথা বলা যাবে। অপরা তার ফোনের টিভি পয়েন্ট অফ না করেই বাইরে চলে গেছে, এতে একটু অবাক হয় দ্বিতীয়। যে-কেউ, খারাপ উদ্দেশ্য থাকলে, ফোন করে দেখে নিতে পারবে তার নিজের টিভি-ফোনের পর্দায় যে— ঘরে কেউ নেই। তাছাড়া এখনো, একবিংশ শতাব্দীর তিন ভাগের একভাগ পার হয়ে যাবার পরও মেয়েদের, বিশেষ করে তরুণী, সুন্দরী ও একা মেয়েদের বিপদ কাটে নি। তৃতীয় বিশ্বে যান্ত্রিক উন্নতির অনেক কিছুই এসে পৌঁছেছে, কিন্তু মেয়েদের ব্যক্তিগত নিরাপত্তার জন্যে উন্নত দেশগুলোতে যে-সব ইলেকট্রনিক ব্যবস্থা রয়েছে, যেগুলো মেয়েরা তাদের জামার ভেতরে পরে বেরোয়, কাগজের মতো পাতলা কয়েকটা চাকতি, তা তৃতীয় বিশ্বে প্রায় অজানা। দ্বিতীয়র যদি মেয়ে থাকত তাহলে তার জন্যে সে এই ব্যক্তিগত সুরক্ষা-ফয়েল আনিয়ে নিত; তার স্ত্রীর এখনো আছে, যদিও যৌবন উত্তীর্ণ সে, তবু এখনো তার স্ত্রী অত্যন্ত আকর্ষণীয়া এবং সে ঐ সুরক্ষা না পরে ঘর থেকে বেরোয় না।

বড় একা বোধ করে দ্বিতীয়।

স্ত্রীকে সে সমস্ত অস্তিত্ব দিয়ে ভালোবাসে।

অপরার জন্যে তার এক প্রকার কষ্ট হয়।

অপরার জন্যে এবার একটি ব্যক্তিগত সুরক্ষা-ফয়েল সে আনিয়ে দেবে। অপরা অসামান্য সুন্দরী। আশ্চর্য, তার জন্যে সুরক্ষা-ফয়েলের কথা এতদিন কেন মনে হয় নি দ্বিতীয়র? এটা কি এ জন্যে যে, অপরাকে সে আর দশজন কর্মচারীর মতো মনে করে? অথবা, এমন মনে করে যে, অপরা নিজেকে রক্ষা করবার মতো শক্তি রাখে।

অপরা তাকে আচ্ছন্ন করে রাখে।

অপরার মনের ভেতরে কী হয়? আমাদের মনের মধ্যে কী হয়? ক্ষণে ক্ষণে মনে মনে শুনি অতল জলের আহ্বান, ওবলাডি ওবলাডা, বিস্তীর্ণ দু' পারের অসংখ্য মানুষের হাহাকার

শুনেও ও পদ্মা তুমি বইছো কেন ? —অপরার মনের মধ্যে কোন ছবি ? পিকাসোর হারলেকুইন ? অথবা গোলাপ হাতে সম্রাট জাহাঙ্গীর ?

আকাশে তারাগুলো আগুনের ফুলকি, আমাদের মনের মধ্যে বরফের টুকরো, আজ বাবার জন্ম শতবার্ষিকী, তৃতীয়র ওপর ঈষৎ ক্ষোভ— সে কেন মনে রাখে নি ? —গ্রামছাড়া ঐ রাঙামাটির পথ— রবীন্দ্রনাথ; দ্বিতীয় আরো একবার স্মরণ করে তার বাবার ছিল রাজনীতির দিকে ভীষণ আকর্ষণ, অথচ স্কুল, কলেজ ও বিশ্ববিদ্যালয় জীবনে কখনোই তিনি রাজনীতি করেন নি— কোনো কোনো বীজ বড় বিলম্বে অংকুরিত হয়— আমি কোন বলরামের চেলা— ভাবনা-লিখন যন্ত্রটি এখন পেলে ভালো হতো। আজ যে সামান্য সময় দ্বিতীয় ঐ যন্ত্রের কাছে ব্যয় করেছে, দেখেছে, যে-কোনো কারণেই হোক, চিন্তা অনেক গুছিয়ে আসে, এখন যেমন মাথার ভেতরে ভাবনাগুলো বাঁদরের মতো এ-গাছ থেকে ও-গাছে লাফাচ্ছে, তেমনটি যেন তখন হয় নি। এটা কি ঐ যন্ত্র থেকে বিচ্ছুরিত আলোর কোনো অদৃশ্য ক্রিয়া, অথবা, আমরা যখন কিছু করব বলে মন স্থির করি তখন আপনা থেকেই আমাদের চিন্তাগুলো অনেক সজ্জিত ও স্পষ্ট হয়ে আসে ?

এখন আমার কাছে এ শহর বড় বেশি ধূসর বলে মনে হয়। বাবা কেন ঐ কথাগুলো লিখেছিলেন ? কোনো আঘাত কি পেয়েছিলেন কারো কাছ থেকে ? তাই কি পরের একটি লাইন এরকম, যে রূপদক্ষ যুবতীরা চলে গেছে যে, যার পছন্দমতো রমিত বাড়িতে ? অপরাকে বলতে হবে, সে যখন বাসায় থাকে না তখন যেন টিভি-ফোনের টিভি ক্যামেরা অফ করে যায়।

হঠাৎ টিভি-ফোনের পর্দায় অপরাকে দেখা যায়।

দ্বিতীয় কিছু একটা বলতে গিয়েও হঠাৎ থেমে যায়, নিজের কণ্ঠ সে সামলে নেয়। কারণ সে একটা কিছু লক্ষ করে। সে লক্ষ করে, অপরা ঘণ্টাখানেকের ব্যবধানেই যেন কয়েক বছর বয়সের ভারে নুয়ে পড়েছে। দ্বিতীয় এ ধরনের পতনের সঙ্গে তার নিজের জীবন বা তার কাছাকাছি কারো জীবনের সঙ্গে পরিচিত নয়। সে সব সময় মানুষকে উন্নত এবং কর্মিষ্ঠ দেখতে অভ্যস্ত। অপরাকে তার এত কাছাকাছি রাখবার কারণ, তাকে তার ব্যক্তিগত বিশেষ সহকারী করবার কারণই এই যে, মেয়েটির মনোবল অসাধারণ এবং এই বাংলাদেশ নামক রাষ্ট্র-কোম্পানিতে একবিংশ শতাব্দীতে ভেঙে পড়া মানুষের জায়গা নেতৃত্বের স্থানে নেই, জনতা তারা— যারা ভেঙে পড়ে।

অপরা যে অন্যমনস্ক কতখানি তা বোঝা যায় এ থেকে, যে, সে এখনো অনুভব করতে পারে নি যে তার টিভি-ফোন এখন অন আছে। অবশ্য অনেক সময় শুধু ফোন কেউ তুলে রাখলে নেহাৎ নজর না পড়লে যেমন বোঝা যায় না, এও ঠিক তেমনি।

দ্বিতীয় কৌতূহলী হয়ে তাকিয়ে থাকে। একবার যেন আবছা মনে হয়, কাজটা ঠিক হচ্ছে না— এক কুমারী মেয়েকে এভাবে তার অজান্তে দেখাটা। হঠাৎ যদি সে, ধরা যাক, পোশাকই পাল্টাতে শুরু করে ?

তখন টিভি-ফোন বন্ধ করে দেবে দ্বিতীয়। ততক্ষণ খোলা থাক। খোলা থাক, কারণ দ্বিতীয়র জানতেই হবে অফিস থেকে বেরিয়ে অপরা কোথায় গিয়েছিল এবং এমন কোথায় সে গিয়েছিল যেখান থেকে এতটা বিধ্বস্ত হয়ে সে ফিরে এসেছে।

অপরা দরোজা বন্ধ করে ঘরের মাঝখানে বসে থাকে একটা নরম গোল গদির ওপর।
বসেই সে থাকে।

চোখ মেঝের দিকে।

মেঝেতে এখন ইচ্ছে করলে অপরা তার টিভি পর্দা নিয়ে আসতে পারে সামান্য একটা
বোতামের চাপে। টিভি এখন পাতলা একটা পর্দা মাত্র এবং ঘরের যে-কোনোখানে, ছাদে,
দেয়ালে, মেঝেয়, এমনকি ডিনারের প্লেটে পর্যন্ত টিভি অনুষ্ঠান বা পূর্বধারণকৃত কোনো
অনুষ্ঠান দেখা সম্ভব।

অপরা তাও করে না।

অপরা বসেই থাকে।

দ্বিতীয়র আরেকবার মনে হয়, এবার অপরার জন্যে ব্যক্তিগত সুরক্ষা-ফয়েল কিনে দিতে
হবে। এবং এ কথাটি মনে হবার সঙ্গে সঙ্গে দ্বিতীয় প্রায় লাফ দিয়ে ওঠে।

অপরা ধর্ষিত হয় নি তো ?

অপরা!

ডাক দেয় দ্বিতীয়।

ডাক শুনে চমকে ওঠে মেয়েটি। চারদিকে ভয়ার্ত চোখে তাকায়, তারপর লাফ দিয়ে উঠে
দাঁড়ায়। পেছোতে থাকে।

অপরা!

এবার অপরাকে টিভি-ফোনের দিকে তাকাতে দেখা যায়।

অপরা, আমি!

স্যার।

কাজটা ঠিক কর নি ?

কোনটা, স্যার।

ঘর থেকে বেরিয়েছ, টিভি-ফোনের টিভি লাইন অফ করে যাও নি।

অপরা মাথা নিচু করে রাখে।

অপরা।

স্যার। চোখ তোলে অপরা। দ্বিতীয়র ছবি তার টিভি-ফোনের পর্দায়; ছবির দিকে সে
সরাসরি তাকায়।

দ্বিতীয়র মনে হয়, যেন সেই আগের অপরা, যে-অপরা তার ব্যক্তিগত বিশেষ সহকারী,
তাকেই ফিরে পাওয়া গেল, এমন সাহসী চোখে মেয়েটি এখন তার চোখের দিকে তাকিয়ে
আছে— সাহসী এবং একই সঙ্গে প্রভু-কর্মচারীর দূরত্বের উপলব্ধিতে নম্র।

অপরা, তুমি কখনো আমার কাছে মিথ্যে বলো নি বলেই আমার বিশ্বাস।

স্যার। অপরা তার প্রভুর পরবর্তী বাক্যের জন্যে অপেক্ষা করে।

একটু সময় নেয় দ্বিতীয় সৈয়দ হক। একটা ছোট্ট দীর্ঘনিঃশ্বাসও বুঝি তার পড়ে— এবং
সেটা পড়ে, কারণ তার মনের মধ্যে আজ বাবার ছবিটা বারবার ফিরে আসছে। তার বাবা

ঈষৎ রমণীকাতর মানুষ ছিলেন— ক্ষণে ক্ষণে মনে মনে শুনি অতল জলের আহ্বান— মনে কী দ্বিধা রেখে গেলে চলে— হায়, চিল, সোনালি ডানার চিল— তোমায় আমি রেখে এলেম ঈশ্বরের হাতে— বাবার জন্মশতবার্ষিকী— দ্বিতীয় সৈয়দ হক তার মনের অতল থেকে উঠে এসে বলে, অপরা, তুমি আমাকে সত্যি বলো তো, কী হয়েছে ?

স্যার। বলে চুপ করে থাকে অপরা।

বলবে না ?

অপরা আবার শুধু ছোট্ট করে বলে, স্যার।

তার মানে তুমি বলতে চাও না। ঠিক, অলরাইট, ভেরি গুড। আমি তোমার ব্যক্তিগত ব্যাপার কিছু জানতে চাইব না, জোর করে, যদি, যদি, যদি না তুমি বলো।

হঠাৎ ভীত দেখায় অপরাকে আবার এবং তার মৃদু উচ্চারণ শোনা যায়, স্যার।

দ্বিতীয় ঈষৎ উত্তাপ আনে গলায় এবং বলে, ও, ডু স্টপ কলিং মি স্যার অল দ্য টাইম।

আই অ্যাম সরি, স্যার, আই মিন আই অ্যাম জাস্ট সরি। দ্যাটস অল।

অ্যানি থিং রং ?

নো, নো, স্যার। আই মিন, জাস্ট নো।

হেসে ফেলে দ্বিতীয়। বলে, হাউ ডিফিকাল্ট ইজ ফর ইউ নট টু কল মি স্যার।

দ্বিতীয়র সে হাসির ছোঁয়া লাগে অপরার চোখে-মুখে। সেও হেসে বলে, ইয়েস, স্যার।

অফিস থেকে অন্য কোথাও গিয়েছিলে ? এত দেরি হলো বাসায় ফিরতে।

অফিসে ভাবনা-লিখন যন্ত্রের ম্যানুয়েলটা আবার ভালো করে পড়ালাম। আপনার পার্সোনাল ডাটা আছে যে ডিস্কে সেটা, স্যার, ঐ যন্ত্রে দিতে হবে, নইলে আপনার ভাবনাগুলো ঠিকমতো হয়তো মেশিন লিখতে পারবে না।

অপরা ভেবেছিল, তার প্রভু বোধহয় নিজের ব্যক্তিগত তথ্য মেশিনে দিতে আপত্তি করবেন, কারণ, এতে করে তথ্যগুলো দশজনের কাছে ইলেকট্রনিক কোনো গোলযোগে পৌঁছে যেতে পারে।

কিন্তু দ্বিতীয় বলে, এটা তো খুবই যুক্তিসঙ্গত কথা। অবশ্যই আমার পার্সোনালিটি মেশিনকে জানতে হবে, নইলে কাজ দেবে কী করে ? আমি হয়তো জীবনের বদলে প্রাণ শব্দটা বেশি পছন্দ করি, কোমলের বদলে নরম, আবার ফুলের বদলে সব সময় পুষ্প আমি নাও যদি চাই, কখনো কোনো বিশেষ কারণে তো চাইতে পারি। ঠিক। তুমি কি তথ্য-ডিস্ক ফিড করে এসেছ আমার ?

স্যার, আপনার পার্সোনাল ডিস্ক আপনার নিজস্ব ক্যাবিনেটে আছে। আপনি কাল অফিসে যদি আমাকে বের করে দেন, আমি মেশিনে লাগিয়ে দেব। আর, স্যার, আপনার হাতের লেখার দু'একটা পাতা দিতে হবে।

আমার হাতের লেখার দু'একটা পাতা ? কেন ?

ম্যানুয়েলে লিখেছে, স্যার, আপনার হাতের লেখা থাকলে, যদি আপনি ব্যক্তিগত কোনো চিঠি ছাপার অক্ষরে না চেয়ে নিজের হাতের লেখার মতো চান তো সেভাবেই ছেপে দেবে এ মেশিন।

বলো কী ? অবাক হয়ে শিস দিয়ে ওঠে।

এবং শিস দিয়েই, নিজের সেই সুরে দ্বিতীয় ক্ষণকালের জন্যে মুগ্ধ হয়ে যায়। খুব খারাপ স্বর সে সৃষ্টি করে নি। বি ফ্ল্যাট।

বাবার কথা মনে পড়ে দ্বিতীয়র। বাবা শুধু সঙ্গীতটাই করেন নি, বোধহয় তার, দ্বিতীয়র, কথা ভেবে। নইলে যে ধরনের মানুষ ছিলেন তিনি, সত্তর বছর বয়সেও সঙ্গীতের পাঠ নিতে শুরু করতে পারতেন একজন কিশোরের আগ্রহ নিয়ে। তবে— দ্বিতীয়র চোখ ভিজে আসে ঈষৎ— অকালে, হ্যাঁ, অকালেই বলতে হবে, মাত্র চুয়ান্ন বছর বয়সে তিনি বিমান দুর্ঘটনায় প্রাণ হারালেন।

অপরা।

স্যার।

তুমি কি এতক্ষণ অফিসেই ছিলে ? জানো, আমি ওভার ওয়ার্ক পছন্দ করি না। যদি তুমি আমি আমরা সবাই ভাবনা-লিখন যন্ত্র ছাড়া এতদিন চলে আসতে পারি তো আর দুটো একটা দিন পারতাম না ? এত তাড়া কিসের যে তুমি এই দু'আড়াই ঘণ্টা বাড়তি অফিস করলে ?

অপরা চোখ নামিয়ে নেয়।

দ্বিতীয় বুঝতে পারে। দ্বিতীয় জানে, অপরা তার কাছে কিছু বলবে না তাও ভালো কিন্তু অসত্য উচ্চারণ করবে না।

তুমি অন্য কোথাও গিয়েছিলে ?

হ্যাঁ, স্যার।

কোথায় ?

আমার একটা নিজের দরকারে।

দ্বিতীয়র প্রচণ্ড কৌতূহল হয় জানতে যে অপরা কোথায় গিয়েছিল এবং কোথায় গিয়ে সে পরাজিত হয়ে ফিরে এসেছে।

হ্যাঁ, পরাজিত, পরাজিত, পরাজিত বলেই মনে হয়েছিল তাকে, প্রথম যখন সে ঘরে ঢুকেছিল, কিন্তু শব্দটা ঠিক মাথায় আসে নি তাঁর।

পরাজিত। প্রেমেন মিত্তির। সংখ্যায় কী আসে যায়, আমি চাই সত্যই সৈনিক। পরাজিত। আহ্ মনে পড়ছে না, কে বলেছিল ? —তোমার কাছে হেরে গিয়েও সুখ আছে। আহ। আহ। আহ। হা। অপরা। পরা। রা। রা। রা। রা। দ্বিতীয়র মাথার ভেতরে সাতটা স্বর রা-রা-রা গেয়ে ওঠে।

দ্বিতীয় অপরাকে বলে, একটু দ্রুত কণ্ঠে, আমি তো বলেছি, জোর করে তোমার কিছু জানতে চাইব না। তবে তোমার জন্যে এবার আমি সুরক্ষা-ফয়েল আনতে দেব। আমার মনে হওয়া উচিত ছিল আগেই। আই অ্যাম সরি।

অপরা বিস্মিত হয়, তার প্রভু এতদিন পরে হঠাৎ কেন তার, অপরার, শরীরের নিরাপত্তা, সোজা কথায় ধর্ষণের হাত থেকে নিরাপত্তার কথা ভাবলেন ?

অপরা!

স্যার।

আমি এখন ফোন রেখে দিচ্ছি।

কোনো দরকার ছিল, স্যার, ফোন করেছিলেন ?

না। বাড়ি একা, তৃতীয় তো জানো কোথায়, হিমালয়ে ব্রহ্ম সাধনায় রত, হা, হা, হা, আর তার মা গেছেন তাকে দেখতে, আসলে আমি একা বোধ করছিলাম একটু, তারপর, কী একটা যেন কথা ছিল এখন আর ঠিক মনে পড়ছে না, ও, না, মনে পড়েছে, কাল অফিসে যাবার আগে তুমি একটা কাজ করবে, তুমি আমার এখানে চলে আসবে, ব্রেকফাস্ট টেবিলে বড় একা লাগে। অ্যান্ড আই ডোন্ট হ্যাভ এ ডটার। অর এ গ্র্যান্ড ডটার। জানো, আমার মেয়ে থাকলে এতদিনে নানা হতাম। তৃতীয় নেহাত দেশে ফিরে একটা কিছুতে জুৎসই না বসে বিয়ে করবে না বলে পণ করেছে, নইলে এতদিনে দাদাও হয়ে যেতাম, হা হা হা, তৃতীয় হয়েছে ওর দাদার বাবার মতো, চল্লিশ বছর বয়সে বিয়ে করেছিলেন, ভদ্রলোক। —অপরা।

স্যার।

তুমি বিয়ে করবে না ?

অপরা মাথা নামিয়ে নেয়।

দ্বিতীয় স্নেহের তিরস্কার নিয়ে বলে, তুমি একবিংশ শতাব্দীর মেয়ে, বিয়ের কথায় আগের কালের মতো মাথা নিচু করবে কেন ? রাঙা হবে কেন ? গুড নাইট।

দ্বিতীয় ফোন রেখে দেয় এবং পর্দা খোলা কাচের স্বচ্ছ নির্মল জানালা দিয়ে আকাশ আবার দ্যাখে, এত স্বচ্ছ এই কাচ যে, মনে হয় নক্ষত্রের সঙ্গে তার কোনো দূরত্ব নেই। কিংবা সে ঘরের ভেতরে নয়, খোলা প্রান্তরে দাঁড়িয়ে আকাশ দেখছে।

মাথার ভেতরে সাতটি স্বর খেলা করছে— রা রা রা রা রা পরা পরা পরা পরা পরা অপরা অপরা অপরা অপরা অপরা।

অপরা ?

তৃতীয়র সঙ্গে অপরার বিয়ে দিলে কেমন হয় ?

দ্বিতীয় কিছুক্ষণ খেলা করে সম্ভাবনাটি নিয়ে। কিন্তু পরমুহূর্তেই সব ছাপিয়ে তার করোটির ভেতরে খেলা করে ওঠে রা রা রা রা রা।

এখন আমার কাছে এ শহর বড় বেশি ধূসর ধূসর বলে মনে হয়। দ্বিতীয়র স্মরণ হয়, বাবা একবিংশ শতাব্দীর কথা ঐ কবিতাতে বলেছিলেন। তিনি বলেছিলেন, আমার পরে যে আসবে, যে কবি— হায়, কবিতা আর এই বাংলাদেশে নেই, কবিতা যে থাকবে না তিনি যদি জানতেন— সেই কবিকে আমি কোথায় খুঁজব ? —শহরের কোন কলোনিতে ? একবিংশ শতাব্দীর কোন অ্যাপার্টমেন্ট ব্লকে থাকে সে যুবক ? —বাবা প্রশ্ন করেছিলেন। দ্বিতীয়র মনে পড়ে দীর্ঘ ঐ কবিতার শেষে বাবা বলেছিলেন, এখন এমন হয়, হঠাৎ অপরিচিত বলে মনে হয় পুত্রকে, কন্যাকে। কন্যার কথা কন্যা জানে, দ্বিতীয়র এখন এই জিজ্ঞাসা আবার মাথার ভেতরে অক্টোপাস হয়ে বিস্তার-খেলা করে চলে— কেন তাকে, দ্বিতীয়কে মাঝে মাঝে অপরিচিত বলে মনে হতো বাবার ?

দ্বিতীয় স্বরলিপি লেখার খাতা খুলে বসে। যদিও এখন স্বরলিপি লেখার অনেক উন্নত টাইপরাইটার বেরিয়েছে এবং এমনও বেরিয়েছে, যে, কোথাও কোনো স্বরপতনের গোলমাল হলে তা ধরিয়ে দেবে, লিখিত অংশ কাগজে মুদ্রিত হবার আগে পর্দায় জ্বলবে নিভবে, জ্বলবে নিভবে বিপদ সংকেতের মতো।

কিছু কিছু পুরনো জিনিস দ্বিতীয় এখনো ধরে রেখেছে।

যেমন ঝরনা কলমে সই করা। যদিও আজকাল ব্যক্তিগত কম্পিউটার-কলম আছে যা আপনা থেকেই মালিকের স্বাক্ষর করে দিতে পারে এবং সে-কলম মালিক ছাড়া আর কারো হাতে স্বাক্ষর লিখবে না। ব্যাপারটা খুবই সহজ, আমাদের চেহারা যেমন একজনের থেকে আরেকজনের আলাদা, কোনো দু'জনের চেহারা এক নয়, তেমনি আমাদের হাতের আঙুলের ছাপও এক নয়, প্রতিটি মানুষের আঙুলের ছাপ আলাদা— এ তথ্য বিশ শতকে জানা ছিল, উনিশ শতকের শেষদিকে তো অনেকেই বলতে শুরু করেছিলেন এ বিষয়ে। এখন স্বাক্ষর করবার এই কম্পিউটার-কলমের গায়ে আসলে আছে সংবেদনশীল ফয়েল, এবং সেই ফয়েল মালিকের আঙুলের রেখা সনাক্ত করে সেকেন্ডের হাজার ভাগের একভাগ সময়ের ভেতরে, আগে থেকেই কলমে মালিকের আঙুলের ছাপ সম্পর্কে তথ্য দেয়া থাকে, তাই মালিকের হাতে কলম না থাকলে ভেতরে ছাপ-তথ্যের সঙ্গে ব্যবহারকারীর ছাপ-তথ্যের মিল হবে না, অতএব স্বাক্ষরও আর হবে না।

দ্বিতীয় কলম টেনে নেয়।

রা রা রা রা।

বাবার জীবন তার মনে পড়ে, কাদার ভেতর দিয়ে হেঁটে হেঁটে স্কুলে গেছেন বারো বছর বয়স পর্যন্ত— ধানক্ষেতের ভেতর দিয়ে, গোখরো সাপ আর ছিনে জোঁক এড়িয়ে রংপুরের এক অজশহরে জীবনের প্রথম বারো বছর কাটিয়েছেন, ধরলা, ধরলার পাড়ে শহর, ধরলার সে কী ভাঙন! দ্বিতীয়র মাথার ভেতরে একটি বালকের হেঁটে যাওয়া সঙ্গীতের স্বর হয়ে যায়, প্রজাপতি, টক আম, কালবৈশাখী, তারপর প্রমত্ত ধরলা, ভাঙন। দ্বিতীয় যখন তার সঙ্গীত রচনা শেষ করে তখন রাত সাড়ে বারোটা। কালপুরুষ তাল গাছের মাথার পাশ থেকে উঠে মাঝ আকাশে এখন ঠায় দাঁড়িয়ে আছে কোমরে তলোয়ার নিয়ে। সঙ্গীতটি তৃপ্তিকর হয়েছে। কিন্তু এই বাংলাদেশে এখন আর কবিতা-গান-সুর-সাহিত্য কিচ্ছু নেই। দ্বিতীয় খাতা বন্ধ করে তার এই পর্দা খোলা ঘরে, অগণন নক্ষত্রের ছায়ায় ঘুমিয়ে পড়ে।

৫

মায়ের কথা মনে পড়ে অপরার, মায়ের একমাত্র মেয়ে ছিল সে, বাবা সড়ক দুর্ঘটনায় মারা যান, কোনো এক বড় প্রতিষ্ঠানের কম্পিউটারচালিত গাড়িতে যান্ত্রিক গোলযোগ দেখা দেয়, গাড়িটি হঠাৎ পথের ওপর এলোপাতাড়ি চলতে শুরু করে, অপরার বাবা চাপা পড়েন এবং আরো একুশজন, শেষ পর্যন্ত গাড়ির কম্পিউটার নিজেই নিজের চিকিৎসা করে নিয়ে পথের এক পাশে স্থির হয়ে দাঁড়ায়; তার প্রোগ্রামে দেয়া আছে যে, কোনো দুর্ঘটনার পর তাকে পুলিশের অপেক্ষায় দাঁড়াতে হবে, গাড়ির নামমাত্র যে চালক, যার কাজ প্রধানত সুইচ অন এবং অফ করা, তারও ক্ষমতা নেই এখন গাড়ি সরিয়ে নিয়ে যায়। বাংলাদেশ যন্ত্র নির্মাণ

করে না, ব্যবহার করে, সম্ভবত সে-কারণেই যন্ত্রের প্রতি এখনো এ দেশের মানুষের দৃষ্টিভঙ্গি গ্রাম্য রয়ে গেছে— যন্ত্রের বিষয়ে ঔৎসুক্য গড়ে ওঠে নি, ঠিক একদা যেমন মোগল বাদশারা হল্যান্ড থেকে তৈরি ঘড়ি পেয়েও বিন্দুমাত্র উৎসাহিত হন নি ঘড়িটা চলছে কেমন করে জানতে, বা জানবার জন্যে তাঁরা নিজের দেশের কাউকে উৎসাহিত করেন নি। যাহোক, কম্পিউটার-আদি যাবতীয় যান্ত্রিক উন্নতি সত্ত্বেও শুধু এই ঔৎসুক্যের অভাবের দরুন বাংলাদেশে এখনো যন্ত্রপাতি হঠাৎ বিগড়ে যায়, যা কয়েক লাখে মাত্র একবার হবার কথা। সেই প্রতিষ্ঠান থেকে বিপুল পরিমাণ ক্ষতিপূরণের টাকা পান অপরার মা, তিনি সেই টাকা দিয়ে অপরাকে ভারতে পাঠান বোর্ডিং স্কুলে থেকে পড়াশোনা করবার জন্যে এবং নিজে দ্বিতীয়বার বিয়ে করেন। তাঁর দ্বিতীয় স্বামীর সাথে অস্ট্রেলিয়ায় বর্তমানে বাস করেন অপরার মা অপরার সৎ ভাই বোনদের নিয়ে। অপরা লেখাপড়া শেষ করে বাংলাদেশে ফিরে আসে; বস্তুতপক্ষে দ্বিতীয় সৈয়দ হক ভারতেই অপরাকে দ্যাখে এবং চাকরির প্রস্তাব করে তার পড়াশোনার রেকর্ড দেখে। দ্বিতীয়র আগের ব্যক্তিগত সহকারী জুলি রাব্বানীর স্বামী বিদেশ বাসের সিদ্ধান্ত নেবার ফলে দ্বিতীয়কে নতুন সহকারী খুঁজতে হয়েছিল। তৃতীয় তখন সদ্য স্টেট ম্যানেজমেন্টে ডিগ্রি করে ভারতে আঞ্চলিক প্রশিক্ষণ নিচ্ছিল, সেই আঞ্চলিক প্রশিক্ষণ মহাবিদ্যালয়ে ছাত্রী ছিল অপরা এবং অপরাকে দেখে, তার রূপ প্রথমে দৃষ্টি আকর্ষণ করে দ্বিতীয়র, পরে বাংলাদেশের মেয়ে শুনে এবং অবচেতন মনে হয়তো তার নিজের মেয়ে নেই খেদটিও কাজ করে থাকবে বলে মেয়েটি সম্পর্কে খোঁজ নেয় দ্বিতীয়।

আজ মা'র কথা অনেকদিন পরে অপরার মনে পড়ে। প্রতি বছর মা অপরাকে ভিডিও ক্যাসেট পাঠান তাঁর ও তাঁর পরিবারের, অপরা ইচ্ছে করলে এক্ষুণি দেখতে পারে যে কোনো একটি ক্যাসেট চালিয়ে, কিছু ক্যাসেটে মা চলমান ত্রিমাত্রিক ছবিও পাঠিয়েছেন— সে-ক্যাসেট চালালে এমন বিভ্রম হয় যেন মা সশরীরে ঘরের ভেতরেই আছেন।

অপরা বিছানায় শুয়ে এপাশ ওপাশ করে।

ক্যাসেট চালাবার বিন্দুমাত্র শক্তি সে অনুভব করে না।

মা। মা, তুমি কোথায়?

কেন আমাদের মায়ের কথা এমন করে মনে পড়ে?

মায়ের গর্ভে জন্ম বলেই কি এই বন্ধন? আর কিছু নয়? বিজ্ঞান এতদিকে এত উন্নতি করেছে, কিন্তু কৃত্রিম বা স্বাভাবিক উপায়ে, যে-কোনোভাবেই গর্ভ সঞ্চারিত হোক না কেন, এখনো সন্তান জন্মের জন্যে ন'মাস ন'দিন অপেক্ষা করতে হয়। বিজ্ঞান এই সয়মকালটি কমিয়ে আনতে পারে নি। তাই কি মা-মাতা-জননী আমাদের কাছে এখনো একটি পরম বিস্ময়, এমন বিস্ময়, যাকে বিজ্ঞান পর্যন্ত সমীহ করে চলেছে?

মা, মাগো।

অপরা বিছানায় এপাশ ওপাশ করে।

তার প্রভু দ্বিতীয় সৈয়দ হক কিছু প্রশ্ন করেছিল, অপরা মিথ্যে কথা বলে না, বস্তুত মিথ্যে বলবার খুব সুবিধেও নেই, কারণ তার প্রভু হাতে যে ঘড়ি পরেন তার ভেতরে এমন একটি ছোট্ট যন্ত্র বসানো আছে যে তার সমুখে দশ মিটারের ভেতরে কেউ মিথ্যে কিছু উচ্চারণ করলে একটি লাল আলো জ্বলে ওঠে, অতি সূক্ষ্ম ছোট এক ফোঁটা আলো, দ্বিতীয় ছাড়া

কারো চোখে পড়বার কথা নয় তা। অবশ্য টিভি-ফোনে মিথ্যে বললে দ্বিতীয় তা ধরতে পারত না, কিন্তু অনেক দিনের অভ্যেসের ফলে সত্যি কথা বলাটা অভ্যেসে পরিণত হয়ে গেছে অপরার। এবং একই সঙ্গে এটাও বলতে হবে, যে, কেবল যান্ত্রিক-গোয়েন্দার ভয়েই সে সত্যি কথা বলে তা নয়, তার আছে মূল্যবোধ, এবং সেই মূল্যবোধের ভেতর সত্য উচ্চারণ ধৃত রয়েছে।

কৌরবকে আজ সে মিথ্যে বলতে পারে নি, যদিও কৌরবের হাতে নেই গোয়েন্দা ঘড়ি, বস্তুত অত দামের জিনিস কৌরবের স্বপ্নের আয়ত্তে নয়।

রমনায় গিয়ে অপরা দেখে কৌরব নেই।

এসেছিল কি ?

কথা দিয়ে কৌরব কখনো আসে নি, এমনটা হয়েছে বলে মনে পড়ে না। বরং অপরাই বহুবার সময়মতো আসতে পারে নি, যেমন আজ সে এসেছে প্রায় এক ঘণ্টা দেরিতে।

তাই বলে কৌরব চলে যাবে ? অপেক্ষা করবে না ? একে বলে ভালোবাসা ?

হঠাৎ অপরার মনে পড়ে যায় ভাবনা-লিখন যন্ত্রটির কথা। যন্ত্র তাকে জানিয়েছিল, যে, অভিধানে ভালোবাসা বা ভালবাসা বলে কোনো শব্দ নেই, ছোট অভিধানে আছে, বড় অভিধানে ভালো আছে, ভাল আছে, বাসা আছে, ভালোবাসা নেই। এই তথ্যটা জানা ছিল না। এবং তার আরো জানা ছিল না যে, একেকটি শব্দ একেকটি মানুষের ব্যক্তিগত হয়ে যায় তার বয়স বাড়বার সঙ্গে সঙ্গে। প্রেম বলতে আমি যা বুঝি, তুমি তা বোঝ না, এবং এ নিয়ে তোমার সঙ্গে আমার যদি ঝগড়া হয়, তাহলে আমরা অভিধানের শরণাপন্ন হয়েও বিবাদ মেটাতে পারব না, কারণ, প্রেমেরও এমন কোনো অর্থ অভিধানে দেয়া নেই যা দিয়ে অপরা অনুভব করতে পারে যে এই-ই হচ্ছে কৌরবের সঙ্গে তার সম্পর্কের প্রকৃত বর্ণনা।

অপরা উঠে অভিধানের বড় ডিস্ক তার পাঠযন্ত্রে লাগিয়ে দেয় এবং 'প্রেম' শব্দটির জন্যে বোতাম টিপে দেয় বানান করে। পর্দায় লেখা ফুটে ওঠে।

বড় কৌতূহলী হয়ে ওঠে অপরা। আশ্চর্য, ভাবনা-লিখন যন্ত্র আসবার আগে, কত আগে কৌরবের সঙ্গে তার প্রেম, কিন্তু একবারও মনে হয় নি তো যে শব্দটির অর্থ একবার দেখে নিই ?

প্রথমেই প্রেমের কিছু অর্থ দেবার চেষ্টা করা হয়েছে— যেমন, প্রিয়ভাব, সৌহার্দ্য, স্নেহ, ভালবাসা— অথচ এ সবই যে কত অসম্পূর্ণ তার একটি প্রমাণ এই অভিধানেই 'ভালবাসা' বলে কোনো শব্দ নেই।

অপরার চোখে পড়ে কিছু উদাহরণ।

প্রথমেই রবীন্দ্রনাথ থেকে— 'প্রেমের পথ নম্রতার পথ।' নম্রতা ? নম্রতা বলতে কী বুঝি আমরা ? দেখবে নাকি অভিধানে নম্রতার অর্থ কী ? না, অভিধানের অর্থে আর তার আস্থা নেই, আজ বিকেলে তা ভাবনা-লিখন যন্ত্র গুঁড়ো করে দিয়েছে। বরং সে মেশিন তো বলেইছে যে, মানুষ তুলনা বা উদাহরণ ছাড়া কিছু বুঝতে অক্ষম।

রঘুবংশ থেকে উদাহরণ দেয়া হয়েছে, প্রেম মানে— পরস্পরাশ্রয়ম অর্থাৎ প্রেম হচ্ছে পরস্পরের আশ্রয় ? কী এই আশ্রয় ? কী তার রূপ ? বাস্তবিক কিছু, না, মানসিক, অথবা একই সঙ্গে দুই-ই ?

কৌরব কি তবে আমার আশ্রয় ? কৌরব ও আমার পথ কি তবে নম্রতার পথ ? একই সঙ্গে পথ এবং আশ্রয় অর্থাৎ স্থিতির কথা বলা হচ্ছে নাকি ? এই চলা এবং এই থেমে থাকা— একই সঙ্গে তবে ?

অপরা কিছুক্ষণ তাকিয়ে থাকে রঘুবংশের উদ্ধৃতির দিকে।

বিদ্যাসাগরের লেখা 'সীতার বনবাস' থেকে একটা উদ্ধৃতি চোখে পড়ে অপরার— 'অকৃত্রিম প্রেম কি পরম পদার্থ।' পদার্থ ? ঈশ্বরচন্দ্র বিদ্যাসাগর, মাইকেল মধুসূদন যাঁর সম্পর্কে চিঠিতে লিখেছেন বাঙালি মায়ের হৃদয় যিনি ধরেন, সেই বিদ্যাসাগর তাঁর জননীর অন্তর দিয়েও প্রেম সম্পর্কে কিছুই বলতে পারেন নি, শুধু বিস্ময় প্রকাশ করে বলেছেন যে, এ এক পরম পদার্থ। পদার্থ ? অপরার মনে পড়ে তার নিজের মায়ের কথা, তাঁর একটি বহু ব্যবহৃত শব্দ, প্রায় যে-কোনো প্রসঙ্গেই তিনি ব্যবহার করেন— 'পদার্থ'। যেমন, অস্ট্রেলিয়ায় যে সমুদ্রের নীল, সে যে কী পদার্থ তুই চোখে না দেখলে বিশ্বাস করবি না। বিদ্যাসাগরের হৃদয় সত্যি সত্যি জননীর বলেই তিনি প্রেমকে পরম পদার্থ বলে মাতৃসুলভ সরল বিস্ময়ে আপ্লুত হয়েছেন।

অপরার চোখে পড়ে এক জায়গায় বলা হয়েছে, অকস্মাৎ চোখে পড়ে তার এবং চমকে ওঠে, প্রেমকে অভিধানকার বলছেন, 'বিয়োগসহিষ্ণুতা'— মানে, বিয়োগ যে সইতে পারা যায় না, মনের সেই অবস্থা যখন হয়, তাকেই বলে প্রেম ? —যার জন্যে হয়, তাকেই বলে প্রেমের মানুষ ?

কৌরবের জন্যে অপরা এখন অন্তরের ভেতরে তুমুল তামাটে, প্রবল প্রবাল রঙের অসহিষ্ণুতা বোধ করে— অসহিষ্ণুতা কৌরবের সান্নিধ্যের জন্যে, কৌরবের গায়ের গন্ধের জন্যে, কৌরবের কথা বলবার সময় নাক ঈষৎ কুঁচকে যাবার জন্যে, এমনকি কৌরবের কালো ঠোঁটজোড়ার জন্যে— এসব থেকে বিয়োগের চিন্তা, বিচ্ছেদের আশংকা অপরাকে অসহিষ্ণু করে তোলে।

কিন্তু কৌরব আজ যা বলেছে তা যখন তার প্রভু দ্বিতীয় সৈয়দ হক শুনবে, তখন ? তখন কী হবে ? —আতঙ্কে হিম হয়ে আসে অপরার শরীর। ঠোঁটের ওপর ঠাণ্ডা ঘাম জমতে থাকে।

কৌরব বলছিল, রমনা মাঠের ঐ দূরে, মাঠের ওপরে চিৎ হয়ে শুয়েছিল সে, অপরা হাঁটতে হাঁটতে তাকে আবিষ্কার করে হঠাৎ, কৌরব বলেছিল, আমি বোমা মেরে উড়িয়ে দেব রাষ্ট্র পরিচালনা দপ্তর, উড়িয়ে দেব তোমাদের ফ্যাক্টরি আর মিস্টার রেম্যানের ফ্যাক্টরি।

দ্বিতীয় সৈয়দ হকের ফ্যাক্টরিতে তৈরি হয় গুঁড়ো দুধ এবং সে-দুধ রাষ্ট্র থেকে বিনামূল্যে প্রতিটি শিশুকে দেয়া হয় তার তিন বছর বয়স পর্যন্ত।

এতে তুমি ক্ষতি কী দেখছ ? অপরা অবাক হয়ে জানতে চেয়েছিল। রাষ্ট্র বিনি পয়সায় একটা বাচ্চার তিন বছরের দুধের জোগান দিচ্ছে, আর তুমি তার ভেতরে দেখছ অন্যায় ? —এ কী করে হয় আমাকে বলো ? মি. রেম্যান দেশের সমস্ত হাসপাতালগুলোতে রক্ত পরীক্ষার সুঁই সিরিঞ্জ থেকে শুরু করে যাবতীয় জিনিস যা লাগে সরবরাহ করেন। অসুখ হলে রক্ত পরীক্ষা করাতে হবে না ? মানুষের অসুখ হয় না ? রাষ্ট্র বিনামূল্যে, একেবারে একটি পয়সা না নিয়ে এই রক্ত পরীক্ষার ব্যবস্থা করে দিয়েছে, এতেও তুমি দোষ দেখছ, কৌরব ? ঠিক আছে,

আমি মেনে নিচ্ছি, দেশে শিল্প সাহিত্য গান কবিতা উঠে গেছে, তার জন্যে তুমি কিছু কর, আমি আছি, কিন্তু তুমি বাচ্চাকে তার দুধ থেকে, মানুষকে তার চিকিৎসা থেকে বঞ্চিত করবে এ কেমন কথা ?

পাঠযন্ত্র থেকে টুংটাং শব্দ ওঠে, অর্থাৎ পাঠযন্ত্র জানিয়ে দিচ্ছে অনেকক্ষণ তাকে বসিয়ে রাখা হয়েছে, ব্যবহার করা হচ্ছে না। এই শব্দেও যদি পাঠযন্ত্রের প্রতি মনোযোগ না দেয়া যায় আবার, তাহলে এক মিনিট পরে নিজে নিজেই অফ হয়ে যাবে।

পাঠযন্ত্র কি বন্ধ করে দেবে অপরা ? কৌরবের কাছে যে-কথা শুনেছে তার পরও কি আছে তার আগ্রহ কৌরবের সান্নিধ্য, গাত্রগন্ধ, তাপ, মমতার জন্যে ?

আছে।

আছে।

আছে।

অপরা, আছে, অপরা, আছে, অপরা, আছে, আহ্, কৌরব তোমার কালো ঠোঁট দুটো কী অপরূপ, এই আমি তোমাকে চুমো দিলাম, গুনে গুনে ন'টি, পেয়েছ ? পেলে ? পাও নি ? তবে, আবার, আবার আমি দিচ্ছি।

প্রেম এক বিয়োগাসহিষ্ণুতা।

ভাবনা-লিখন যন্ত্রে তখন যে উদ্ধৃতি অপরাকে রাঙা করে দিয়েছিল সেই 'রতি গাঢ় হৈলে তার প্রেম নাম কয়' যখন পর্দায় ফুটে ওঠে, অপরা তাড়াতাড়ি সে লাইন পর্দার বাইরে ঠেলে পাঠিয়ে দেয় এবং আরো একবার রাঙা হয়ে যায়।

পাঠযন্ত্র সে বন্ধই করে দেয়; না, কৌরবকে নিয়ে বিছানার কথা ভাবতে এখনো তার লজ্জা হয়, যদিও সে জানে প্রেম থেকে বিছানার দূরত্ব একদিন শূন্যতায় পৌঁছতে বাধ্য, যদি থাকে উভয় পক্ষের সম্মতি অথবা যদি হয় বিয়ে।

কৌরব আজ খুব রেগে গিয়েছিল।

রাগ করলে ?

কৌরব চুপ করে ছিল।

তুমি রাগ করলে আমার একা লাগে, খুব একা। বলে অপরা কৌরবের হাতখানি বড় ভয়ে ভয়ে হাতে নিয়েছিল। প্রথমে কী কঠিন ছিল সেই হাত, শিলার মতো, তারপর হাতের ভেতরেই অনুভব করতে পারে অপরা ক্রমে, ধীরে, আঁধার কেটে যাবার মতো কোমল দ্রুততায় তার সেই হাত, কৌরবের হাত পৃথিবীর প্রথম জন্মকালে গলিত উষ্ণ শিলার মতো হয়ে যায়। কৌরব অপরার হাত ধরে।

অপরা, আমারও খুব একা লাগে। খুব একা। কবিতা নেই, গান নেই, ছবি নেই, ভাবতে পার ? বাংলাদেশে, এই বাংলাদেশে কবিতা নির্বাসিত ? পৃথিবীর গরিব দেশগুলো থেকে রাজনীতি অপসৃত। ভাবতে পার ? না, এর বিরুদ্ধে কিছু করতে হলে রক্ত দিয়ে করতে হবে। গত শতাব্দীতে শেষ যে মহাযুদ্ধ হয় সেখানে জাপানি বাহিনীর কামাকাজি অর্থাৎ আত্মহত্যা-মিশনের মতো মিশনে নামতে হবে। আই ওয়ান্ট টু ডু দ্যাট।

এ তুমি কী বলছ ?

সুকান্তর কবিতা পড়েছ ?

অপরা পড়েছে, কৌরবই তাকে পড়িয়েছে, কিন্তু কোন কবিতার কথা বলছে কৌরব ?

মনে আছে সেই কবিতা, অপরা, সুকান্ত যেখানে বলছেন, 'এ পৃথিবীকে এই শিশুর বাসযোগ্য করে যাবো, তারপর ইতিহাস হবো।' আমি ইতিহাস হবার স্বপ্ন দেখি না, আমি আমার কোনো ব্যক্তিগত স্বপ্ন আছে বলে মনে করি না।

আমিও না ?

আহ্, তোমার কথা হচ্ছে না। ইউ আর পার্ট অব মি। তুমি আমার অংশ। তুমি আমার অংশ বলেই আমরা দু'জন নই, একজন, আমরা দুই নই, আমরা এক, অভিন্ন।

অপরার এখন, একা, তার নিজের ঘরে, বিছানার শাদা চাদরে গা এলিয়ে দিয়ে মনে হয়, হ্যাঁ, এই-ই বুঝি প্রেম, অভিন্নতা, দুই নয়, এক।

আমাকে কথা শেষ করতে দাও, অপরা। কৌরব অপরার হাত আরো জড়িয়ে ধরে বলে যায়, না, আমার স্বপ্ন অনেক পরে, তার আগে আমার কাজ হচ্ছে এ পৃথিবীকে, বাংলা নামে এই দেশটিকে শিশুর বাসযোগ্য করে যাওয়া। বাংলাদেশে যদি আমি, মানে আমরা, আমি একা নই, আমরা কয়েকজন আছি, একে একে তুমি সবার নাম জানবে, কিন্তু এখন নয়, আমরা যদি কাজটা শুরু করতে পারি, তাহলে এ আগুন ছড়িয়ে যাবে সবখানে। রবীন্দ্রনাথের গানের একটা লাইন থেকে ভেঙে বললাম— একেবারে আলাদা একটা কথা বোঝাবার জন্যে। পথ দেখাব আমরা। যদি মরি মরব, যদি বাঁচি, তোমার কাছে আসব, ফিরে আসব।

অপরার ভেতরটা ভয়ে আঁধার হয়ে থাকে।

কৌরব বলে, কিছু বলছ না ?

তুমি যা বলবে তা নিশ্চয়ই আমারও কথা হবে। যদি আমি তোমাকে ভালোবেসে থাকি, তবে আমরা তো এক। তাই না ?

তবে চমকে উঠেছিলে কেন ফ্যাক্টরি বোমা মেরে উড়িয়ে দেবার কথা শুনে ?

অপরা চুপ করে থাকে।

যদি আমরা এক হয়ে থাকি, তাহলে আমার কথায় তুমি চমকে উঠবে কেন ? ভয় পাবে কেন ? আমি তো এ পৃথিবীকে শিশুদের বাসযোগ্য করে যেতে চাই। শিশু— অপরা, তোমার আমার শিশু, আমাদের শিশু। কৌরব অপরার হাত ছাড়িয়ে এবার তার মুখোমুখি বসে বলে, গলা নামিয়ে, প্রায় ফিসফিস করে, খুব সংক্ষেপে বলব। প্রশ্ন করবে না। নিরাপত্তার ব্যাপার আছে। কে কোথায় আড়ি পেতে আছে, জানি না। শোন, তোমাদের ফ্যাক্টরিতে যে দুধ তৈরি হয় শিশুদের বিনামূল্যে দেবার জন্যে, তার ভেতরে থাকে এমন এক রাসায়নিক বস্তু যা শিশুর মানসিক বুদ্ধি বিকাশের পথে বাধা দেয়, এক কথায় তাকে বোকা হাবায় পরিণত করে দেয়।

অপরা চমকে ওঠে।

এ কথা আমার প্রভু জানে ?

প্রভুর দিকে তোমার খুব টান ?

ঠাট্টা করো না, কৌরব। দ্বিতীয় সৈয়দ হক জানে ?

না। সে জানে না। তাকে যে কাঁচামাল পরাশক্তিরা সরবরাহ করে থাকে তার ভেতরেই আগে থেকেই বস্তুটা মিশিয়ে দেয়া থাকে।

তুমি নিশ্চিত হলে কী করে ?

কী ব্যাপারে ? তোমার প্রভু জানে না সেই ব্যাপারে ? না, দুধে যে রাসায়নিক থাকে সেটা ?

আমার প্রভুর ব্যাপারে।

কারণ, তিনি গান ভালোবাসেন, গান রচনা করেন, সঙ্গীত তাঁর প্রাণের বস্তু, তুমিই তো বলেছ। আর শেক্সপিয়ার বলেছেন, যে গান ভালোবাসে না সে খুন করতে পারে। না, অপরা, আমি তোমার প্রভুর প্রশংসা করে বলছি না, তিনি গান ভালো বাসুন আর না বাসুন সেটাও কোনো কথা নয়, কথা হচ্ছে, পৃথিবীর গরিব দেশগুলোর কোনো রাষ্ট্রপ্রধান, রাষ্ট্রপ্রধান থেকে শুরু করে সরকার, ফ্যাক্টরি মালিক, বিক্রেতা, ক্রেতা কেউ জানে না। শুধু দ্বিতীয় সৈয়দ হক নয়, গরিব দেশের কোনো সৈয়দ হকই জানে না তারা কী করছে, কী বানাচ্ছে এবং কী বিক্রি করছে।

ভয়ে ভয়ে অপরা জিজ্ঞেস করে, আর মি. রেম্যানের ফ্যাক্টরি ?

তিনি বানান, তুমি জানো, আমি জানি, সবাই জানে, রক্ত পরীক্ষার যন্ত্রপাতি। এবং আমরা সকলেই জানি, অসুখ হোক না হোক, একুশ বছর বয়সে ভোটার তালিকা— যে তালিকার কোনো অর্থ নেই— সেই তালিকায় নাম ওঠানোর জন্যে স্বাস্থ্য পরীক্ষা করাতে হয়। তোমাকে যেতে হয় না, তোমার ঘরে এসে এ পরীক্ষা করে যাওয়া হয় এবং রক্ত নেয়া হয়। আসলে রক্ত নেবার সময়ে এক ধরনের ওষুধ মানুষের শরীরে ঢুকিয়ে দেয়া হয় যা তার চিত্তবৃত্তিগুলোকে ভোঁতা করে দেয়, তার গানের বদলে ঘুম ভালো লাগে তখন, নাচের বদলে পা মুড়ে পড়ে থাকে। অর্থাৎ ছোটবেলায় গুঁড়ো দুধের মাধ্যমে পরাশক্তিরা আমাদের গরিব দেশের শিশুদের মানসিক বিকাশ বন্ধ করবার যে কাজ শুরু করে তার পরবর্তী ধাপে রক্তে এই ওষুধ ঢোকানোটা হয়। এর ফলে মানুষ তার প্রতিদিনের অন্নের জন্যে যতটুকু কাজ তা মেশিনের মতো করে যায়, তার চিন্তা রুদ্ধ হয়ে যায়, তার কল্পনা শুকিয়ে যায়, তার দৃষ্টি আচ্ছাদিত হয়ে যায়।

এ কথা, এত কথা, তুমি, মানে তোমরা জানলে কী করে ?

হাসে কৌরব। বলে, আজকাল তো প্রবাদ প্রবচনও উঠে গেছে বাংলাদেশ থেকে। তোমাকে বধিবে যে গোকুলে বাড়িছে সে।

তার মানে ?

মানে থাক। কথা লম্বা করব না, বলেছি। নিরাপত্তার ব্যাপার। পরাশক্তিদের ভেতরেই বিবেকবান কিছু মানুষ আছে, তাদের ভেতরেই পৃথিবীর গরিব দেশগুলোকে নতুন এই সাম্রাজ্যবাদের ভেতরে নিয়ে আসার বিরুদ্ধে মতামত গড়ে উঠছে, কাজ চলছে, আর তাদের কাছ থেকেই আমরা খবর পেয়েছি।

কিন্তু—।

কিন্তু কী, অপরা ?

এ খবর তো আমি আমার প্রভুকে জানাতে কর্তব্যে আবদ্ধ, কৌরব।

আমি জানি, কর্তব্যে তুমি আবদ্ধ। আবার আরেক দিক থেকে দ্যাখো। না, আমি তোমাকে মিথ্যে কথা বলতে বলব না। আমারও মূল্যবোধ আছে। কিন্তু তুমি জিজ্ঞাসিত না হলে বলবে কেন ? তোমাকে জিজ্ঞেস করা না হলে তো জানাবার দায় তোমার নেই, অপরা।

তা নেই, কিন্তু আমার কর্তব্যের ভেতরে এটা পড়ে না কি, যে, কোম্পানি বা আমার প্রভুর স্বার্থের বিরুদ্ধে যায় এমন কিছু যদি আমি শুনি বা জানি বা প্রমাণ পাই, আমাকে তা অবিলম্বে জানাতে হবে ?

জানাতে হলে জানাও, তবে, ঐ যে প্রবাদ-ট্রবাদ উঠে গেছে বললাম, একটা কথা এক সময়ে, সেই ব্রিটিশ আমলে লোকে খুব বলত— অশত্থমা হত ইতি গজঃ। অর্থাৎ মহাভারতের কথা। অশত্থমা নামে এক হাতি মারা গেছে। ঐ নামে এক বীরযোদ্ধার পুত্রও আছে। যুধিষ্ঠিরকে বলা হলো, আপনি গিয়ে যদি 'অশত্থমা হত' এই কথা বলেন তাহলে তার পিতা, আমাদের শত্রু, যে আমাদের এত সৈন্য মারছে, সে শোকে ভেঙে পড়বে, যুদ্ধে আমাদের তখন সুবিধে হবে। যুধিষ্ঠির ধর্মপুত্র, তিনি কী করে মিথ্যে বলেন ? এদিকে তাঁরও নিজের পক্ষের অবস্থা যায়-যায়। শেষ পর্যন্ত তিনি মিথ্যেটা গিয়ে বললেন, যে, অশত্থমা মারা গেছে, তবে সেটি হাতি— অশত্থমা হত ইতি গজঃ। অপরা, নিতান্ত যদি বলতেই হয় তোমার প্রভুকে, যে, পরশু সম্মেলন শেষে আকাশে আবার মেঘ ডেকে আনবার জন্যে যখন বিমান উড়বে আমরা সেই বিমান বোমা ফেলবার কাজে ব্যবহার করব— তাহলে অশত্থমা হত ইতি গজঃ গোছের বলে দিও। তোমার সত্য তুমি রক্ষা করলে। কী, কিছু বলছ না ?

অপরা উঠে দাঁড়ায় নীরবে।

কৌরবও উঠে দাঁড়ায়।

কৌরব টের পায় একটা কোথাও ঘা লেগেছে অপরার।

কী হলো ?

অপরা হাঁটতে থাকে।

কী হলো, বলবে তো ?

অপরা হেঁটে চলে।

আমি তোমাকে ভালোবাসি, অপরা, আমরা এক, দুই নই।

অপরা ঘুরে দাঁড়ায়।

অপরা কিছুক্ষণ অন্ধকারের ভেতরে কৌরবের চোখের দিকে তাকিয়ে থাকে।

বলো, অপরা, কিছু বলো।

যদি তুমি যা বললে তা শুনে থাকি, তাহলে আমাকে তা দ্বিতীয় সৈয়দ হক সাহেবকে জানাতে হবে। জানাতেই হবে। মহাভারত আমি জানি। তোমার কল্যাণেই আমি পৃথিবীর, বিশেষ করে গরিব দেশগুলোর মহাকাব্য পড়েছি। কারণ, তুমি জানো, তুমিই বলেছ,

আমাদের আবার গোড়া থেকে শুরু করতে হবে এবং আমাদের ভিত্তির জন্যে আবার মহাকাব্য আর গণগাথাগুলোর কাছে ফিরে যেতে হবে। না, কৌরব, আমি ধর্মপুত্র যুধিষ্ঠির নই, যিনি ধর্মের পুত্র হয়েও মিথ্যে বলেছেন এবং নিজের মনকে চোখ ঠেরেছেন। আমি সাধারণ মানুষের মেয়ে, গরিব এক স্কুল কেরানির মেয়ে, নিতান্ত গাড়ি চাপা পড়েছিলেন বলে ভালো লেখাপড়া করতে পেরেছি। আমার রক্ত মানুষের রক্ত। দেবতা বা অতিমানুষের রক্ত হলে আমি মিথ্যে বলতে পারতাম এবং আমার কথা কাব্যে লেখা হতো। না, কৌরব, না, আমাকে সব কথা আমার প্রভুকে জানাতেই হবে।

না। চিৎকার করে ওঠে কৌরব। না, অপরা, না।

কৌরব নিজের হাতের তেলোতে নিজেই ঘুষি মারতে থাকে।

অপরার মন ভেঙে যায়। কোমল, প্রায় কান্নাভেজা গলায় সে বলে, তোমার দুঃখ হচ্ছে, অনুতাপ হচ্ছে, যে, আমাকে তুমি বলেছ কী করতে যাচ্ছ?

কৌরব কিছু বলে না এর উত্তরে।

বলো।

কৌরব হাতের তেলোর ওপর ক্রমাগত ঘুষি মেরে চলে। তারপর হঠাৎ অপরার দিকে তাকিয়ে হিসহিস করে বলে, আমি তোমাকে বলছি, তুমি বলবে না। আমি তোমাকে আরো বলছি, যদি কেউ জিজ্ঞেসও করে, তুমি মিথ্যে বলবে। আমি আদেশ দিচ্ছি, তুমি মিথ্যে বলবে, সত্য গোপন রাখবে।

অপরা বিদীর্ণ হয়ে যায় কৌরবের এই কথা শুনে।

৬

এসো, অপরা।

দ্বিতীয় সৈয়দ হক অপরাকে আসন নিতে বলে এবং তীব্র তীক্ষ্ণ চোখে তার দিকে তাকিয়ে থাকে। অপরা লক্ষ করে এবং লক্ষ করেও সে চোখ ফিরিয়ে নেয় না, কারণ সে জানে ফিরিয়ে নিলেই তার প্রভু অনুমান করতে পারবে, যে, কোথাও কিছু একটা হয়েছে।

কাল সে টিভি-ফোনের টিভি লাইন অফ করে যায় নি।

দ্বিতীয় বলে, চল, নাশতা খেতে খেতে কথা বলি। তুমি তো জানো, আমি এক গেলাস লেবু পানি আর রঙ চা ছাড়া সকালে কিছু খাই না। বাট আই হ্যাভ অর্ডার্ড এ ভেরি নাইস ব্রেকফাস্ট— সর্ট অব ইংলিশ বেংগলি ব্রেকফাস্ট। আই হোপ ইউড লাইক ইট, অপরা।

থ্যাংক ইউ, স্যার।

লেবু পানি এক চুমুকে শেষ করে দ্বিতীয়। বলে, খাও শুরু কর। আই উইল ওয়াচ। আই লাইক টু ওয়াচ পিপল ইটিং অ্যান্ড আই অ্যাম জেনইনলি হ্যাপি ইফ দে আর এনজয়েইং দেয়ার ফুড হোয়েন ইটস ইন মাই হাউজ। কাম অন। কাম অন, হ্যাভ দ্য জুস ফার্স্ট।

অপরা আমের রস ভরা ছোট্ট ঠাণ্ডা গেলাস হাতে নেয়।

আই ক্যান অ্যাসিউর ইউ, অপরা, ইটস নট কেমিক্যাল, ইটস পিওর ম্যাংগো জুস।

কেমিক্যালের কথায় অপরার মনে পড়ে যায় কৌরবের কথা, কৌরব বলেছিল বাচ্চাদের গুঁড়ো দুধে মেশানো থাকে কেমিক্যালস। অপরার হাত-পা ঠাণ্ডা হয়ে আসে। নির্মল, প্রশান্ত চেহারার মানুষটি তার সমুখে বসে, দ্বিতীয় সৈয়দ হক, সে জানে না, যে, তার দুধে আছে রাসায়নিক ধীর-বিষ এবং এই দুধই বাংলাদেশের সমস্ত শিশু পান করে জন্মের পর প্রথম তিন বছর সরকারি খরচে।

নিশ্চয়ই এ তথ্য তার প্রভুর অজানা, নইলে তিনি এত স্নেহ নিয়ে তাকে অনুরোধ করতে পারতেন না, যে, অপরা, রস খাও, আমের বিশুদ্ধ রস, এতে কোনো রাসায়নিক কিছু নেই।

ডোন্ট কিপ অন হোল্ডিং ইয়োর গ্লাস। ড্রিংক ইট।

অপরা জানে কখন তার প্রভু একটানা ক্রমাগত ইংরেজি বলে। অপরা জানে, যখন গুরুত্বপূর্ণ কিছু বলবার থাকে, অথচ, জানা নেই কীভাবে তা বলা যাবে, তখন তার প্রভু ইংরেজিতে কথা চালিয়ে যায় এবং মনের প্রধান অংশ আগামী বক্তব্য নিয়ে ভাবতে ও সাজাতে থাকে।

অপরা ভীত বোধ করে। দ্বিতীয় অবিলম্বে বলে, অপরা, তুমি কাল ফোনের লাইনে টিভি চ্যানেল অফ না করেই বেরিয়েছিলে, তার মানে তুমি অফিসে বেরুবার সময়েই ভুলে গিয়েছিলে।

আমাকে আর লজ্জা দেবেন না, স্যার। আপনাকে চা ঢেলে দিই!

দ্বিতীয় হাত তুলে তাকে থামায়। বলে, একটু হেসে, আমার বাবার মতো আমিও, যতটা পারি নিজে করি, করতে ভালোবাসি, চা আমিই ঢেলে নেব। কাল বাবার জন্মবার্ষিকী ছিল। দ্বিতীয় স্মরণ করে স্বরলিপির খাতায় লেখা বাবার উদ্দেশ্যে তার নতুন সঙ্গীতটির কথা। বলে, আই রোট এ কাইন্ড অফ সিম্ফনি লাস্ট নাইট, বাবার জন্ম শতবার্ষিকী উপলক্ষে।

সত্যি, স্যার?

তার আগে তোমার কথা। তুমি আজকাল, আমি লক্ষ করেছি, কেমন অন্যমনস্ক। সেদিন তোমার পার্সোনাল ডিস্ক আমি কম্পিউটারে দিয়েছিলাম টু ফাইন্ড আউট, হোয়াই ইউ আর ড্রিফটিং অ্যাওয়ে সামটাইমস। কেন তোমার মন থেকে থেকেই সরে যাচ্ছে? দ্বিতীয় স্মরণ না করে পারে না— ক্ষণে ক্ষণে মনে মনে শুনি অতল জলের আহ্বান। বলে, ইউ মাস্ট বি ইন লাভ।

স্যার। অস্ফুটস্বরে উচ্চারণ করে মাথা নিচু করে নেয় অপরা, যেন হঠাৎ কেউ তার মাথায় ছোট্ট দুষ্টু একটা টোকা দিয়েছে।

প্রেমে পড়েছ?

অপরা উত্তর দেয় না। কিন্তু তার মুখে ঈষৎ হাসি।

সৌভাগ্যবানটি কে?

অপরা ইতস্তত করে।

কী নাম?

ডাক নাম কৌরব, স্যার।

শিস দিয়ে ওঠে দ্বিতীয় সৈয়দ হক।

জানো, অপরা, আমার বাবা এ নাম শুনলে এত খুশি হতেন। অদ্ভুত সব নাম তিনি আবিষ্কার করতেন। এই দ্যাখো না, আমারই নাম, তিনি রেখেছেন, দ্বিতীয়, জীবনে আর প্রথম হতে পারলাম না। একটু হেসে সে যোগ করে, এমনকি তোমার ক্ষেত্রেও, কৌরবের কাছেও দ্বিতীয় হয়ে গেলাম। বলে হা হা করে সে হাসতে থাকে।

অপরার মনে হয়, তার বাবা বেঁচে থাকলে এই রকম করেই হাসতেন। অপরার কাছে বাবার একটা ছবি আছে, হাসছেন, চিরকালের মতো ধরা পড়ে আছে এক নির্মল হিমালয়— শাদা হাসি, সেই হাসির ছবি নতুন করে দেখতে পায় অপরা এখন তার প্রভুর হাসিতে। মনটা প্রসন্ন হয়ে যায়। কিছুক্ষণের জন্যে সে ভুলে যায় কাল সন্ধের কথা, কৌরবের সন্ত্রাসবাদী পরিকল্পনার কথা এবং তার কর্তব্য পালনের কথা এবং কৌরবের সেই কঠিন আদেশ, তুমি সত্য বলতে পারবে না।

দ্বিতীয় বলে, আমি আজ তোমাকে ডেকেছি কেন জানো? কাল ফোন করে টিভি চ্যানেলে যখন দেখলাম, তুমি ঘরে ঢুকেছ পরাজিত মানুষের মতো, আমার ভেতরটা হাহাকার করে উঠল। আমারও পরাজয় আছে। হ্যাঁ, অপরা জীবনে আমারও পরাজয় আছে।

অপরা উৎসুক চোখ তুলে তাকায় প্রভুর দিকে।

আমার পরাজয়, আমার বাবার পরাজয়, আমাদের অনেকের পরাজয়। আমি সঙ্গীত রচনা করি, কিন্তু যে সঙ্গীত কেউ শুনবে না, তা আমি নিজে শুনেই বা কী করব? তাই মাথার ভেতরে, করোটির ভেতরে, ধমনীর ভেতরে সেই সঙ্গীত শুনি, শুনে যাই, আর লিখে যাই তার স্বরলিপি, পড়ে থাকে স্বরলিপি, একদিন নষ্ট হয়ে যাবে, বুদ্ধেরই কথা— অল দ্যাট লিভ মাস্ট ডাই— যা কিছু আছে তার ধ্বংসও আছে। আমার স্বরলিপিও ধ্বংস হয়ে যাবে। ধ্বংস হয়ে যাবে তা শ্রুতরূপ পাবার আগে, সেই শ্রুতরূপ কেউ শোনার আগেই। এখানেই পরাজয়। হ্যাঁ, অপরা, আমি তোমাকে ডেকেছিলাম, পরাজয় মেনে নেবে না, পরাজিত বোধ করবে না। আমার একেক সময় ইচ্ছে করে, এই যে দেশ এখন বহুজাতিভিত্তিক কোম্পানির ধাঁচে চলছে, এই যে কী এক অদ্ভুত শিথিলতা, উদ্যমহীনতা মানুষের ভেতরে, তরুণদের ভেতরে, এই যে গান নেই, কবিতা নেই, আমার ইচ্ছে করে আমি, বিশ শতকের মাঝামাঝি সেই বিখ্যাত গেরিলার নাম কি শুনেছ? —চে গুয়েভারা— চে গুয়েভারা হয়ে যাই, সবকিছু ধ্বংস করে দিই, ছাই করে দিই। টি.এস. এলিয়ট, ওহ আই লাভ হিম, আই লাভ সাম অব হিজ পোয়েমস। তিনি বলেছিলেন, পুরনো ছাই থেকে নতুন আগুন, পুরনো ইট দিয়ে নতুন দালান— ওহ, আই হ্যাভ ফরগেটেন দ্য লাইনস, মনে পড়ছে না, কী আশ্চর্য, এক সময় আমার মুখে মুখে অনবরত উচ্চারিত হতো লাইনগুলো। সেই পাখির মতো ছাই থেকে, পাখির মৃতদেহের ছাই থেকে আবার উঠুক পাখি— আমি চাই। আমার ইচ্ছা করে আমি তোমার কৌরব— আমি যদিও তাকে দেখি নি, হি মাস্ট বি ইয়াং অ্যান্ড হ্যান্ডসাম— আমি কৌরবের মতো হয়ে যাই, তৃতীয়র মতো বয়স আমার হোক, আমি চাই, এবং সব ভেঙে চুরে আবার নতুন করে শুরু করি। —অপরা, ইউ আর নট ইটিং ইওর ব্রেকফাস্ট। অপরা, খাও।

খাচ্ছি, স্যার।

১২৫

শুনে খুব ভালো লাগল যে তুমি প্রেমে পড়েছ। তুমি কাউকে ভালোবাস। এ দেশ থেকে একদিন ভালোবাসাও উঠে যাবে। দেখো তুমি, যদি এভাবে সব চলতে থাকে, ভালোবাসাও উঠে যাবে অথচ এই উঠে যাওয়া, আত্মার এই মৃত্যু, দেশের এই মৃত্যু, এর সঙ্গে আমিও জড়িত, আমিও এর জন্যে দায়ী।

চমকে ওঠে অপরা। তবে কি তার প্রভু জানে যে, দুধে রাসায়নিক ধীর-বিষ পরাশক্তিরা মিশিয়ে পাঠায় গরিব দেশগুলোতে?

দ্বিতীয় বলে, এবং যা বলে তাতে অপরা টের পেয়ে যায় যে, না, তার প্রভু এর বিন্দুবিসর্গ জানে না, অপরা শোনে, দ্বিতীয় বলে যায়, আমিও জড়িত, আই অ্যাম অলসো এ পার্ট অব দ্য হোল প্রসেস। হিটলারের অনুচরদের মতো আমি সাফাই দেব না, যে, আমি তো বিশাল অসংখ্য চাকার একটি দাঁত মাত্র, অতএব আমার কোনো দোষ বা দায়িত্ব নেই। নো। না। উই অল মাস্ট অ্যাকসেপ্ট আওয়ার রেসপনসিবিলিটি। আমাদের সবার স্বীকার করতে হবে দায়িত্ব। আহ্‌, রবীন্দ্রনাথের কী একটা কবিতা আছে, ঠিক এই কথা বলা আছে, কী যেন, আহ্‌, কী যেন, অন্যায় যে করে আর অন্যায় যে সহে— না, মনে পড়ছে না, আমার কী হয়েছে, বাবা বেঁচে থাকলে ডেকে বলতেন মাথা নেড়ে চুক চুক শব্দ করে, দিতি, ইউ হ্যাভ ডিসঅ্যাপয়েন্টেড মি। বাবা রেগে গেলে আমার সঙ্গে ইংরেজি বলতেন। অথচ এত বছর ওর সঙ্গে বিলেতে থেকেছি সেই ছেলেবেলায়, আমরা ইংরেজি বলতাম আর উনি উত্তর দিতেন, কথা বলতেন, আমাদের সঙ্গে বাংলায়। আমার মা-ও তাই করতেন, যেন আমরা বলতে না পারলেও মায়ের ভাষাটা কানে ধরে রাখি, তার সুর স্বর যেন মনের ভেতরে বাসা করে থাকে। অপরা তুমি শুনছ?—কাল তোমাকে দেখে মনে হলো, কোথাও তুমি পরাজয় স্বীকার করেছ। অ্যাম আই রাইট?

অপরা জানে, কথাটা কতখানি সত্যি।

কৌরব।

হ্যাঁ, কৌরবের জন্যে এ পরাজয়। প্রেমের কাছে পরাজয়।

কৌরবের শেষ আদেশ, তুমি সত্যি কথা জিজ্ঞাসিত হলেও বলবে না, অপরা এটা মেনে নিয়েছে বাড়ি ফিরতে ফিরতে শুধু কৌরবের ভালোবাসার জন্যে, সত্যের চেয়ে প্রেমকে ওপরে মনে করে।

কিন্তু এখন, তার প্রভু, দ্বিতীয় সৈয়দ হকের সমুখে বসে, তার কথাগুলো শুনতে শুনতে অপরার মনে হয়, না, এ পরাজয় সে মেনে নেবে কেন? সে প্রেমকে সত্যের ওপরে জায়গা দেবে কেন? প্রেম তো ব্যক্তিগত, প্রেম তো একান্ত, সত্য সামাজিক, সত্য চিরন্তন। সেই সত্য স্থান নেবে প্রেমের নিচে?

অপরা আবার দ্বিখণ্ডিত বোধ করতে থাকে।

বিদীর্ণ।

চে গুয়েভারা।

পুরনো ছাই থেকে নতুন আগুন।

কৌরব, কৌরব, কৌরব, এসে দেখে যাও, দ্বিতীয় কৌরব, না, আমি বসে আছি এক অদ্বিতীয় কৌরবের সমুখে এখন।

তোমারই মতো সে ভাবে, এই দেশের কথা ভাবে, পৃথিবীর দেশগুলোর কথা ভাবে, কিন্তু সে কিছু করতে পারছে না, আর তুমি এগিয়ে যাচ্ছ কিছু করতে!

হয়তো তার প্রভুকে সে বলতে পারবে। হয়তো তার প্রভু বিচলিত হবার বদলে খুশিই হবে।

তার প্রভু বলে, তুমি আমাকে জিজ্ঞেস করতে পার, আমি জেনেশুনেও কেন এই মানবতাবিরোধী জীবনবিরোধী সভ্যতাবিরোধী কাজে জড়িয়ে রেখেছি নিজেকে? তারও উত্তর আছে। জীবনের মোহের কাছে আমি পরাজিত আমি বলব না, যেমনটা মুনীর চৌধুরী— নাম শুনেছ তাঁর? —নাট্যকার— ভাষা আন্দোলনের ওপর লেখা একমাত্র সার্থক নাটকের রচয়িতা— কে আর এই বাংলাদেশে নাটক নিয়ে ভাবে— সেই মুনীর চৌধুরীকে আমার বাবা শ্রদ্ধা করতেন, বাবার শিক্ষক ছিলেন, বাবাকে বহুবার বলতে শুনেছি, মুনীর চৌধুরী এক সময়ে কমিউনিস্ট পার্টিতে ছিলেন, পরে এক স্বৈরাচারীর তাঁবেদারে পরিণত হন, এবং তাঁকে জিজ্ঞাসা করা হলে তিনি বলেন, একজন অসামান্য নাট্যকার, একজন খাঁটি শিল্পীই কেবল এমন সরল নিঃসংকোচ উত্তর দিতে পারেন, যে, আমি জীবনের মোহের কাছে পরাজিত। আমি বরং বলব, অপরা, আমি বলব, আমি আমার কাছে পরাজিত। যে-কোনো ভাবে ব্যাখ্যা করে নাও। আমি আমার কাছে পরাজিত। চল, তুমি শুনবে কাল রাতে লেখা আমার সঙ্গীত। শেষটা শোন। শেষটুকু। শুধু শেষটুকু— যেখানে আমার বাবার বিমান দুর্ঘটনায় মারা যাবার সঙ্গীতরূপ আমি রচনা করেছি। শোন।

দ্বিতীয় পিয়ানোর কাছে টুল টেনে বসে যায়।

অপরার একবার মনে হয়, অফিসে দেরি হয়ে যাবে দু'জনেরই, কিন্তু সেকথা বলতে সাহস হয় না তার।

দ্বিতীয় পিয়ানোর ডালা খোলে।

একটা চাবিতে আঙুল দিয়ে চাপ দেয়।

আওয়াজ ওঠে।

গম্ভীর উন্নত এক ধ্বনি।

মাথা নিচু করে কিছুক্ষণ বসে থাকে দ্বিতীয়।

তারপর হঠাৎ ঘুরে সে বলে, নো, অপরা, আই ক্যান নট প্লে, আই ডোন্ট ওয়ান্ট টু প্লে। আমি বাজাতে চাই না। বাংলাদেশ নামে রাষ্ট্রকোম্পানির নাগরিক এবং সেই রাষ্ট্র কোম্পানিকে সচল রাখার কাজে প্রধান ভূমিকা নিয়ে আমি আমার অধিকার হারিয়েছি সঙ্গীতের ওপর। থাক, আমার করোটির ভেতরেই থাক। লেটস গো টু আওয়ার হোম। হা হা হা হা। হোম ইজ হোয়ার উই ওয়ার্ক, আওয়ার অফিস, অ্যান্ড দ্যাট ইজ হোয়ার উই আর গোয়িং নাও। কাম।

অফিসে দ্বিতীয় সৈয়দ হক ভাবনা-লিখন যন্ত্রে অপরাকে দ্যাখে তার, দ্বিতীয়র, ব্যক্তিগত তথ্য সংবলিত ডিস্ক এবং হাতের লেখার নমুনা পরিয়ে দিতে।

৭

স্যার, আপনি আর আমি ব্যবহার করব বলে আমাদের দু'জনের পার্সোনাল ডাটা ডিস্ক এতে দিয়েছি। আমারটা বের করে নেব?

ভাবনা-লিখন যন্ত্র তৎক্ষণাৎ তার নিজস্ব লাল রঙে লেখে, 'তথ্য ফেরত নেবার প্রয়োজন নেই। এই যন্ত্র বিশ্বস্ত।'

দ্বিতীয় হেসে অপরাকে বলে, কত বড় একটা সত্যি কথা বলেছে লক্ষ করলে?

না, স্যার।

যন্ত্র বলছে, যে, যন্ত্রই একমাত্র বিশ্বস্ত। কথাটা তাই দাঁড়াচ্ছে। মানুষের বিশ্বস্ততা তার ব্যক্তিত্ব, তার বর্তমান পরিস্থিতি, তার ওপরে নানা কোণ থেকে নানা প্রকারের চাপের ওপর নির্ভর করে। একমাত্র যন্ত্রই এসব থেকে মুক্ত। আমার তো এখন মনে হচ্ছে, মানুষকে যদি ষোল আনা বিশ্বস্ত হতে হয়, তাহলে তার যন্ত্র হয়ে যাওয়া ছাড়া আর কোনো উপায় নেই, বা বলা ভালো, পথ নেই।

অপরার বুকের ভেতরটা কেঁপে ওঠে।

সে কেঁপে ওঠে একাধিক কারণে।

এই যে গতকাল সে কৌরবকে বলেছে, সন্ত্রাসবাদী যে কাজ করবার কথা কৌরব ভাবছে তা তার প্রভু, দ্বিতীয় সৈয়দ হককে জানাতে হবে, এটা তার কর্তব্য, এটা তার বিশ্বস্ততার অংশ— তাই যদি হয় তাহলে সে কি যন্ত্রের মতো ব্যবহার করছে না? বাংলাদেশের, সেই সঙ্গে নির্যাতিত দেশগুলোতে বিপ্লবের সূচনা হবে তা জেনেও সত্য গোপন রেখে যে বিশ্বস্ততার পরিচয় সে দিতে চাইছে তা কি যান্ত্রিক বিশ্বস্ততা নয়? অপরার বুক দ্বিতীয় যে কারণে কেঁপে ওঠে, তা হলো— এই যে সে কৌরবকে ভালোবাসে, এই যে কৌরবকে সে সারা জীবনের প্রতিশ্রুতি দিয়ে বসে আছে, এই যে আমরা আর দুই নই, আমরা এক, অভিন্ন, এটাও কি তবে যান্ত্রিকতা? এমন কি হতে পারে না, আবার আসবে প্রেম, আবার ভালোবাসা, আবার বিয়োগাসহিষ্ণুতা, আবার রতি গাঢ় হৈলে ইত্যাদি ইত্যাদি, রবীন্দ্রনাথ, নম্রতার পথ, প্রেমের পথ নম্রতার পথ, আবার কারো সঙ্গে নতুন কোনো নম্রতার পথে হাঁটা— অপরা বিচলিত ও বিহ্বল বোধ করে।

ঘরের ভেতরে মানসিক পরিস্থিতি মাপবার সুইচ অন করা রয়েছে। দ্বিতীয় লক্ষ না করে পারে না, যে, অপরা বিচলিত এবং এটাও লক্ষ না করে সে পারে না যে, মেয়েটি নিজেকে সামলাবার প্রাণপণ চেষ্টা করছে।

অপরা।

আমার মনে হয়, তুমি আক্ষরিক অর্থে প্রেমে পড়েছ।

স্যার, আমার কথা থাক।

কেন থাকবে? অন্য যে-কেউ মনে করবে যে আমি একজন পুরুষ যেমন মেয়ের প্রতি আকৃষ্ট হয়, তেমনি বা, কিন্তু তুমি জানো, আমি তোমাকে আমার মেয়ের মতো দেখি, আমার মেয়ে নেই, থাকলে তোমার মতোই হয়তো হতো, তুমি কীভাবে নেবে জানি না, কাল রাতে আমি এক মুহূর্তের জন্যে ভেবেওছিলাম আমার ছেলের সঙ্গে তোমার ইয়ে মানে তুমি আমার

পুত্রবধূ হলে কেমন হয় ? দ্যাট ওয়াজ জাস্ট এ ফ্লিটিং থট। আই অ্যাম গ্ল্যাড, অপরা, ইউ আর ইন লাভ। আমার জীবনে প্রেম এসেছিল সেই কতকাল আগে। প্রথম সেই প্রেমের স্মৃতি আমার হৃদয়ে বারবার ফিরে আসে, করোটির ভেতরে পায়চারি করে, এক প্রান্তে গিয়ে যখন সে ফিরে যায় সে নতুন চেহারা নিয়ে ফিরে দাঁড়ায়, আমি তার সেই প্রতিদিনের পদচারণা আমার মাথার ভেতরে সঞ্চয় করতে করতে যখন আর বহন করতে পারি না, তখন সঙ্গীত রচনা করি। অপরা, আমি কৌরবকে একবার দেখতে চাই। আমার মনে হয়, তুমি তার কাছে কাল একটা ধাক্কা খেয়েছ, আমাদের প্রথম যৌবনে, সেই গত শতাব্দীর শেষ দিকে একে বলতাম মাইনর ছ্যাঁক খাওয়া। তোমার তরুণটিকে আমার কাছে নিয়ে এসো, ইন দ্য অফিস মে বি, মে বি ইন মাই হাউজ, আমি কথা বলব ওর সঙ্গে। বিয়ে করে ফ্যালো। বিয়ে করা দরকার তোমার। ইউ আর লোনলি। তোমার কাজে ভুল হচ্ছে। কেন নিজের ক্যারিয়ার নষ্ট করবে এভাবে ? সে যদি তোমাকে ভালোবাসে, তুমি যদি তাকে ভালোবাসো, ফাইন, গো অ্যাহেড, ম্যারি, আমি হলে তো ঝাঁপিয়ে পড়তাম। বলে দ্বিতীয় সৈয়দ হক এক চোখ ছোট করে হা হা হা করে হেসে ওঠে। অপরার মন মেঘমুক্ত হয়ে যায়। বাবার কথা মনে পড়ে, ছবিতে বাবার সেই হিমালয়-শাদা হাসিটি।

আপনার জন্যে কফি করে দিই, স্যার ?

কফি ? নো, থ্যাংকস। দেখি চিঠি লিখব, তৃতীয়কে অনেক দিন লেখা হয় না। তোমার এই ভাবনা-লিখন যন্ত্রে আমার বাংলা হাতের লেখার যে নমুনা দিয়েছ, যখন ছেপে বেরোবে চিঠি, আমার হাতের লেখার মতো বেরোবে তো ?

ম্যানুয়েল তো তাই বলছে। একটু ট্রাই করবেন নাকি, স্যার।

অল রাইট।

দ্বিতীয় ভাবনা-লিখন যন্ত্রের অদৃশ্য আলোকরশ্মির ভেতরে বসে কিছুক্ষণ চিন্তা করে, এবং যেহেতু সে মাথা নিচু করে ছিল, তাই সে দেখতে পায় না, অপরা দেখতে পায়— তার প্রভু ভাবছে এবং লেখা হয়ে যাচ্ছে— 'অপরার সঙ্গে একটু দুষ্টুমি করা যাক। এমন কথা লেখা যাক, যেটা দেখলে ও লজ্জায় ছুটে পালাবে। গত শতাব্দীর মেয়েদের কিছু কিছু অভ্যেস ওর আছে। আমি এখন ভাবছি, আমি এ-খ-ন ভা-ব-ছি, আমার হাতের লেখায় মুদ্রিত হোক, নবদম্পতি অপরা ও কৌরবকে আমার অভিনন্দন।'

চোখ তুলে দ্বিতীয় দেখতে পায় পর্দায় লেখা হয়ে আছে কথাটা কিন্তু ঘরে অপরা নেই। তার মানে লেখা দেখেই মেয়েটা পালিয়েছে।

মুদ্রণের বোতাম টিপে দেয় দ্বিতীয়। মুনীর অপটিমার প্রথম অক্ষরের ছাঁচে লেখাটা বেরিয়ে আসে। কই, তার নিজের হাতের লেখায় তো বেরুলো না। সে অপরাকে পাশের ঘর থেকে ডাকে।

অপরা এসে দাঁড়ায়।

পালিয়ে গেলে কেন ?

অপরা মাথা একটু নিচু করে অপরূপ হেসে ওঠে নিঃশব্দে এবং হালকা একটা দোলা দিয়ে মাথার চুল একপাশে সরিয়ে নেয়।

বলেছিলে মুদ্রণের বোতাম টিপলে আমার হাতের লেখায় বেরোবে। কই ? এই দ্যাখো।

স্যার, শুধু মুদ্রণ বোতাম নয়, তার আগে হস্তাক্ষর— বোতাম টিপতে হবে, স্যার। তাহলে আপনার হাতের লেখায় ছাপা হয়ে আসবে।

আই সি।

দ্বিতীয় বোতাম টিপে, এবং টিপতে টিপতে বলে, নো, ইউ আর নট গোয়িং, টেক দিস অ্যান্ড গো। বলে দ্বিতীয় যন্ত্র থেকে উগরে দেয়া কাগজটা হাতে নেয়— অবাক হয়ে সে দ্যাখে তারই হাতের লেখায়, যেন এই মাত্র ঝরনা কলমে সে লিখেছে— 'নবদম্পতি অপরা ও কৌরবকে আমার অভিনন্দন।'

টেক ইট।

অপরা হাত থেকে কাগজটা নেয়। মুখভাব এমন করে রাখে যেন সে অফিসের কোনো জরুরি চিঠি হাতে নিয়েছে।

দাঁড়িয়ে আছে মেয়েটি। মুখে চাপা হাসি।

কিছু বলবে ?

না, স্যার। মানে, স্যার, কিছু না, স্যার।

আই উইশ আই ওয়াজ ইয়াং লাইক কৌরব অ্যান্ড মাই সন তৃতীয় অ্যান্ড লাইক অল দ্য ইয়াং ম্যান ইন দিস ওয়ার্ল্ড হু আর ইন লাভ। গুড লাক।

থ্যাংক ইউ, স্যার।

অপরা চলে যায়।

অপরা তার নিজের ঘরে চেয়ারে বসেই বিদ্যুৎস্পৃষ্টের মতো উঠে বসে। প্রভুর অফিস থেকে নিজের ঘরে আসতে যে কয়েক সেকেন্ড লাগে তারই ভেতরে সে অনেকগুলো কথা একসঙ্গে ভেবে সেরেছে। যেমন, কৌরবকে সে ভালোবাসে, কৌরব তাকে ভালোবাসে, তার প্রভু কৌরবের কথা শুনে খুশি হয়েছেন, তাদের বিয়ের কথা তিনি বলেছেন, এবং আরো সে এই কয়েক সেকেন্ডের ভেতরে ভাবে, যে, আজ সকালে তার প্রভু এই বর্তমানের বদল চাইছিলেন প্রবলভাবে, তুমুল ভাষায় তিনি বলছিলেন কোনো গেরিলা নেতার কথা, গত শতাব্দীতে যার তুল্য গেরিলা নাকি আর ছিল না, কৌরব কি সেই গেরিলা নেতার মতো একদিন উচ্চারিত হবে অন্য কারো কণ্ঠে অন্য কোনো শতাব্দীতে ? কৌরবের জন্যে গর্বে তার মন ভরে যায়। এবং সে সিদ্ধান্ত নেয়, কৌরবের সঙ্গে আজ বিকেলে যখন তার দেখা হবে তখন— ঠিক তখনই বিদ্যুৎস্পৃষ্টের মতো অপরা উঠে বসে তার চেয়ারে।

সে খাড়া হয়ে বসে। সে স্থির ও হতভম্ব হয়ে যায়। রাসায়নিক ধীর-বিষ মেশানো গুঁড়ো দুধ গত তিরিশ বছর ধরে বাংলাদেশে চালু রয়েছে। কৌরব তিরিশের কম বয়সী, তার মানে সে দুধ কৌরবও খেয়েছে। তাহলে তো তার বুদ্ধি এবং মেধা বেশ নিচু পর্যায়ের হওয়ার কথা। এ দুধ খায় না কেবল দেশে যারা সম্পদ ও রাষ্ট্র পরিচালনার সঙ্গে প্রথম শ্রেণীর ব্যক্তি হিসেবে জড়িত।

অপরার মনে পড়ে যায় যে, কৌরবের বিস্তৃত পরিচয় সে কখনোই জিজ্ঞেস করে নি।

কে সে ?

কে তার পিতা ? কী তার বংশ পরিচয় ?

কোন এলাকার ছেলে সে ?

না, একেবারে কিছুই জানে না অপরা এই মানুষটি সম্পর্কে, অথচ তাকেই সে দিয়ে বসে আছে তার হৃদয় এবং জীবন ?

আজ বিকেলে অফিস শেষে যখন তাদের দেখা হবে, সে জিজ্ঞেস করবে। অপরা বলবে, আমি তোমার সব কথা শুনেছি, আমি তোমার জন্য সত্যও গোপন করব, কিংবা গোপন করবার দরকার হবে না, কারণ আমার প্রভুও প্রায় তোমারই মতো ভাবেন, কেবল বলেছেন যে, তিনি কিছু করতে পারেন না, কারণ তিনি নিজের কাছে নিজে পরাজিত, এ কথা বলে আমি বলব, এবার তুমি তোমার কথা বলো, আমার এখন যেন মনে হচ্ছে, তোমাকে সব সময় দেখেছি নিজের কথা এড়িয়ে যেতে।

হ্যাঁ, অপরার মনে হয়, মনে পড়ে যায়, কৌরব কখনোই নিজের কথা বলে নি। আর দু'জনের প্রেমও এত দ্রুত এবং আকস্মিকভাবে গড়ে ওঠে, প্রধানত কৌরবের তরফ থেকে যে, কোনো কিছু জিজ্ঞেস করবারও অবকাশ তেমন হয় নি।

অপরা ভাবনা-লিখন যন্ত্রটার দিকে তাকায় এবং সুইচ অন করে, কিন্তু লেখা ফুটে ওঠে, 'এখন দ্বিতীয় সৈয়দ হক ব্যবহার করছেন।'

অপরা সুইচ বন্ধ করে দেয়। যন্ত্র খালি থাকলে সে কৌরবকে জিজ্ঞেস করবার বদলে একটা চিঠি ধরিয়ে দিত, ভাবনা-লিখন যন্ত্রে লেখা চিঠি— এক মুহূর্তে দীর্ঘ একটা চিঠি লিখে ফেলতে পারত সে। তার মাথার ভেতরে এখন সেকেন্ডে পাঁচ হাজার শব্দ আসছে।

দ্বিতীয় প্রথম চিঠি লেখে তার স্ত্রীকে।

> জানো, কী আশ্চর্য, গতকাল ছিল বাবার জন্মশতবার্ষিকী, অথচ আমাদের মনেই ছিল না। এ দেশ থেকে শিল্প-সাহিত্য যে কীভাবে, আশাহীনভাবে, উঠে গেছে এতেই তার প্রমাণ মিলবে। যত ছোট লেখকই হোক না কেন, তাঁর নিজের পরিবারও তাঁর জন্মশতবার্ষিকীর কথা ভুলে যাবে, এর চেয়ে শোচনীয় আর কী হতে পারে ? আমার ভীষণ ক্রোধ হচ্ছে। তৃতীয়র মতো যদি আমার বয়স হতো, আমি গেরিলা হতাম, চে গুয়েভারা হতাম। আমি দেখতে তরুণ হলেও, বাবার মতো আমারও হৃদযন্ত্রের অসুখ আছে জানোই তো। আমার আজ ইচ্ছে করছে সবকিছু ভেঙে গুঁড়িয়ে দিই এবং বিশ্বটাকে নতুন করে তৈরি করি। কিন্তু কে আমি ? আমি তো সেই আমি যে নিজেই নিজের কাছে পরাজিত ? আমার অফিসে যে মেয়েটি কাজ করে আমার ব্যক্তিগত সহকারী হিসেবে সে কৌরব নামে একটি ছেলের প্রেমে পড়েছে। নামটি ডাক নাম। ভালো নাম বলে নি। আমার মনে হয়, ভালো নাম সে নিজেও জানে না। তবে, অপরার মুখে কৌরব সম্পর্কে আমি যতটুকু শুনেছি, বলতে গেলে কিছুই শুনি নি, তবু অনেক সময় জানো তো, কিছু বলা না হলেও শুধু মুখ দেখে অনেক কিছু জেনে নেয়া যায়, তেমনি, অপরার মুখের ভাবেই যেন স্পষ্ট দেখতে পাচ্ছিলাম কৌরবকে। এতেই ছেলেটিকে আমার ভীষণ ভালো লেগেছে।

হঠাৎ ভাবনা-লিখন যন্ত্রের পর্দা লাল রঙে ঢেকে যায়। দ্বিতীয় কিছু বুঝতে পারে না। সে চিন্তা করে, কিন্তু তার চিন্তা অক্ষর আকারে পর্দায় আর ফোটে না। খারাপ হয়ে গেল নাকি ? খারাপ হবার কথা তো নয়। দ্বিতীয় অপরাকে ডাকে।

স্যার।

দ্বিতীয় আঙুল দিয়ে ভাবনা-লিখন যন্ত্রের পর্দা দেখিয়ে দেয়।

অপরা জানে যন্ত্র তার নিজের কথা বলতে চায়, কিন্তু সে-কথা তো লিখিত আকারে গতকালের মতো ফুটে ওঠার কথা। শুধু লাল রঙ কেন ?

অপরা দৌড়ে ম্যানুয়েল বইটা আনে। দ্রুত পাতা ওল্টায়। এবং এক জায়গায় লেখা আছে, পর্দা যখন সম্পূর্ণ লাল হবে, তখন এই যন্ত্রকে বিশ্বসংবাদ গ্রাহক যন্ত্রের সঙ্গে যুক্ত করতে হবে এবং অত্যন্ত গোপনীয় একটি তথ্যের জন্যে প্রস্তুত থাকতে হবে— আরো এই যে, মাত্র এক ব্যক্তির উপস্থিতিতেই যন্ত্র তার কথা বলবে। ঘরে অন্য কেউ থাকলে যন্ত্র অবিরাম শুধু লাল পর্দা হয়ে থাকবে।

অপরার ভীষণ ভয় করে। তার মনে হয়, সমূহ কোনো বিপদ। কৌরব। বোমা। মেঘ। মিস্টার রেম্যানের ফ্যাক্টরি। গুঁড়ো দুধ।

দ্বিতীয় মৃদু তিরস্কার করে ওঠে, কী হলো, বিশ্বসংবাদ-গ্রাহক যন্ত্রের সঙ্গে এর সংযোগ ঘটাতে দেরি করছ কেন ? ডু ইট ইমিডিয়েটলি।

কম্পিত হাতে অপরা সেই যন্ত্রের আউটপুট তার এনে ভাবনা-লিখনের ইনপুটে পরিয়ে দেয়। দ্বিতীয়র টেবিলের পাশেই বিশ্বসংবাদ গ্রাহক যন্ত্র থাকে এবং নিঃশব্দে অনবরত বিশ্বসংবাদ পর্দায় লিখে যায়, খুব গুরুত্বপূর্ণ সংবাদ হলে টং টং করে মনোযোগ আকর্ষণ করে।

নাউ গো। দ্বিতীয় একটু অবাক হয়ে অপরাকে ইতস্তত করতে দেখে, তুমিই তো বললে ঘরে অন্য কেউ থাকলে যন্ত্র কথা বলবে না। নাউ গো।

অপরা চলে যায়।

এবং সে চলে যাবার সঙ্গে সঙ্গে পর্দায় লাল আলোয় লেখা ফুটে ওঠে— 'কৌরব অপরাকে ভালোবাসে। সাবধান। সাবধান। সাবধান।'

ক্রমশ ঐ 'সাবধান' লেখাটি বড় হতে থাকে— যেন লাল নিঃশব্দ চিৎকার।

দ্বিতীয় কথা বলে, অর্থাৎ সে চিন্তা করে এবং ভাবনা-লিখন যন্ত্রের সঙ্গে নীরব সংলাপে অবতীর্ণ হয়।

দ্বিতীয়র ভাবনাগুলো কালো এবং যন্ত্রের কথাগুলো লাল রঙে ফুটে উঠতে থাকে।

লাল রঙে— 'সাবধান'।

কেন কিসের সাবধান ? কার থেকে সাবধান ?

বিশ্বের কোনো কোনো দেশে পরিস্থিতি ভালো নয়।

কিসের পরিস্থিতি ?

রাষ্ট্র পরিচালনা সংক্রান্ত। এর বেশি এখনো দেবার মতো তথ্য আমার হাতে নেই। আমার সঙ্গে বিশ্বসংবাদ-গ্রাহক যুক্ত করে রাখবেন। সংযোগ বিচ্ছিন্ন করবেন না। অপরাকে ডাকুন। তাকে জিজ্ঞেস করুন। সে আপনার কাছে মিথ্যে বলতে পারবে না। মিথ্যে বললে আপনার গোয়েন্দা ঘড়ি সঙ্গে সঙ্গে আপনাকে তা জানিয়ে দেবে। ডাকুন তাকে এবং আমাকে অফ করবেন না, শুধু ভাবনা-লিখনের বোতামটা নিচের দিকে নামিয়ে দিন যাতে আমি আপনাদের আলোচনা শুনতে পারি, কিন্তু আপনাদের ভাবনা, বিশেষ করে আপনার ভাবনা যেন অপরা পড়তে না পায়।

নির্দেশ মতো লিখন সুইচ থামিয়ে অপরাকে ডেকে পাঠায় দ্বিতীয়।

অপরা তার অস্থি-র ভেতরে জানত এ ডাক আসবে।

৮

অপরা।

স্যার।

আমার দিকে তাকাও।

স্যার।

ভালো করে তাকাও।

এই যন্ত্র তোমাকে ডেকে পাঠাতে বলেছে।

অপরা চোখ নামিয়ে নেয়।

আমার দিকে তাকাও।

রীতিমতো ধমক দেয় দ্বিতীয়।

যন্ত্র আমাকে সাবধান হতে বলেছে।

অপরা চোখ ফিরিয়ে নেবার চেষ্টা করে আবার চোখ প্রভুর দিকে স্থাপিত রাখে।

আমি কৌরবের প্রশংসা করছিলাম আমার স্ত্রীর কাছে লেখা চিঠিতে, ঠিক তখনই পর্দা লাল হয়ে যায়। তুমি আমাকে বলো, আমি যদি মনে করি, কৌরব এবং তোমার সঙ্গে এবং বিশ্ব পরিস্থিতির সঙ্গে— তুমি জানো ভাবনা-লিখন যন্ত্র বিশ্বসংবাদ-গ্রাহক যন্ত্রের সঙ্গে সংযোগ চেয়েছে এবং সে সংযোগ অক্ষুণ্ন রাখতে বলেছে— এখন তুমি আমাকে বলো, যন্ত্র যে আমাকে সাবধান হতে বলেছে, বারবার বলছে এবং ক্রমশ বড় অক্ষরে বলছে, এবং এতটা গুরুত্ব দিচ্ছে যে ঘরে দ্বিতীয় ব্যক্তির উপস্থিতি পর্যন্ত সে নিষেধ করছে, আমি যদি বলি, যে, এই সাবধান হতে বলা হচ্ছে তোমার অথবা কৌরব অথবা দু'জন থেকেই, তাহলে কি খুব ভুল করব ?

নীরবতা।

অপরা।

নীরবতা।

অপরা।

আবারো নীরবতা।

দ্বিতীয় উঠে দাঁড়ায়। বলে, দেয়ার ইজ সামথিং হ্যাপেনিং সাম হোয়ার। আমার সিক্সথ সেন্স বলছে। কাল সন্ধে থেকে বলছে। নর্মালি তোমাকে আমি বাসায় ফোন করি না, নর্মালি তোমাকে আমি সকালে নাশতায় ডাকি নি, সে-সবই আমি করেছি এবং কেন করেছি তা জানি না, এখনো জানি না, ইউ নো ইট, অপরা, আই লাভ মিউজিক, সঙ্গীত আমার প্রাণ, আই ওয়ান্ট মিউজিক, পোয়েট্রি, পেইনটিং। যে গান, ছবি, কবিতা ভালোবাসে তাকে তুমি একেবারে খারাপ মানুষ বলবে কি ? যদিও, হ্যাঁ যদিও তুমি বলবে আমি নিজেই জানি না এ সমাজ, এ বিশ্ব নষ্ট, আশাহীনভাবে পঙ্গু ও বিকলাঙ্গ, তবু তুমি আমাকে বলতে পার। বলো, কৌরবের কথা বলো।

অপরা এক মুহূর্ত সময় নেয় না। বলে, আপনি খোলাখুলি বলেছেন। আমিও বলব। ভাবনা-লিখন যন্ত্র ঠিকই বলেছে, আপনার বিপদ সমুখে। কিন্তু সে বিপদ আপনার প্রিয় বিপদ বলে আমি মনে করছি।

তার মানে ?

আমাদের গুঁড়ো দুধ, যার একমাত্র সরবরাহক আমরা, আমাদের মনোপলি, সেই গুঁড়ো দুধ যে বিদেশ থেকে আসে, তার ভেতরে আছে রাসায়নিক ধীর-বিষ। শিশুদের মস্তিষ্কের স্বাভাবিক বিকাশে বাধা দেবার জন্যে পরাশক্তিদের এই কৌশল।

নীরবে দীর্ঘ বর্ণনা শুনে যায় সে।

অপরা বলে চলে, মিস্টার রেম্যানের ফ্যাক্টরি এবং দ্বিতীয় সৈয়দ হকের ফ্যাক্টরির ওপর বোমা ফেলা হবে।

বোমা ? কীভাবে ? দ্বিতীয়র মনে হয় সে এক সস্তা রহস্য উপন্যাস শুনছে, আবার আরেকদিকে তার ভেতরে ঘোর উত্তেজনা হয়। তাহলে সবকিছু এখনো আশাহীনভাবে মৃত নয়।

কাল পরাশক্তিদের একাদশ পর্যায়ের নেতাদের সম্মেলন হচ্ছে ঢাকায়। তার জন্যে আকাশ নীল ও মেঘমুক্ত রাখতে বোমা ফাটানো হয় শূন্যে।

হ্যাঁ, জানি। কাল রাতে কালপুরুষ অত্যন্ত জ্বলজ্বল করছিল। ঐ বোমা যখন ফাটায় তখন আকাশটা ছেলেবেলার বইয়ের ছবির মতো নীল দেখায়।

অপরা মনে মনে অবাক বোধ করে প্রভুর জন্যে; বিপদের কথা শোনবার সময়েও সে তার ছেলেবেলার কথা, তার পার্শ্ব-মন্তব্য, প্রতিক্রিয়া কী স্বাভাবিকভাবে দিয়ে যেতে পারে!

বলে যাও, অপরা।

কিন্তু বছরের এ সময়ে মেঘ দরকার। প্রাকৃতিক কারণে, শস্যের কারণে, অনেক কারণে মেঘ এ সময়ে বাংলাদেশের জন্যে দরকার, বৃষ্টি দরকার, পানি দরকার।

সো হোয়াট ?

অপরা আরেকবার অবাক হয় কিন্তু অন্য কারণে, যে, লোকটা অসহিষ্ণুও হতে পারে এবং টেবিলের ওপর দু'হাতে আঙুলের তুবড়ি বাজাতে পারে।

কিন্তু আপনি তো জানেন, স্যার, বোমা ফাটিয়ে মেঘ সরিয়ে দেবার পর আবার বোমা ফাটাতে হয় যাতে মেঘ আবার আমাদের আকাশে স্বাভাবিকভাবে আসে।

আমি জানি।

সম্মেলন শেষে যখন দ্বিতীয়বার বোমা ফাটানোর জন্যে আকাশে প্লেন উঠবে তখন সেখানে মেঘ ডেকে আনবার বিশেষ বোমার বদলে থাকবে ফ্যাক্টরি বিধ্বংসী বোমা।

তুমি ঠিক বলছ?

হ্যাঁ, স্যার, আমি কখনো মিথ্যে বলি না। আর যদি মিথ্যে বলতাম তাহলে আপনার হাতঘড়িতে গোয়েন্দা-ফয়েল লাল বাতি জ্বেলে দিত, আপনি টের পেতেন যে আমি মিথ্যে বলছি। দেখুন আপনার ঘড়ি।

দ্বিতীয় জানে, তবু দ্যাখে, এবং দ্যাখে যে কোনো লাল বাতি নেই, অতএব অপরা যা বলছে সব সত্যি।

দ্বিতীয় কিছুক্ষণ চিন্তা করে বলে, তাহলে এর সঙ্গে অনেকেই জড়িত, এ কাজ একা হবার নয়।

জি, স্যার। শুধু কৌরব নয়, তার সঙ্গে আরো অনেকে আছে।

তুমি তাদের চেনো?

না, স্যার। তাদের নামও জানি না।

এসব তোমাকে কৌরব বলেছে?

জি, স্যার।

কখন বলেছে?

কাল সন্ধেবেলা।

দ্বিতীয় এতক্ষণে বুঝতে পারে কেন অপরাকে অতটা বিধ্বস্ত দেখাচ্ছিল টিভি-ফোনে।

তুমি গাড়ি নিয়ে যাও, আমি কৌরবকে দেখতে চাই।

আমি তার ঠিকানা জানি না, স্যার।

দ্বিতীয় দ্রুত গোয়েন্দা হাতঘড়ির দিকে তাকায়। না, অপরা সত্যি কথাই বলেছে, সে তার ঠিকানা জানে না, ঘড়িতে লাল আলো জ্বলে নি।

মেয়েটা এতবড় কথা এমন নির্মলভাবে অকম্পিত কণ্ঠে বলে গেল— দ্বিতীয় কেমন এক দুর্বোধ্য আত্মীয়তা বোধ করে ওঠে অপরার সঙ্গে।

দ্বিতীয় উঠে দাঁড়ায়।

পায়চারি করে।

দ্বিতীয় পায়চারি করে আর আপন মনে বলে, ভাবনা-লিখন যন্ত্রের সুইচে কখন তার হাত পড়ে যায় উঠতে গিয়ে সে জানে না, লেখা ফুটে উঠতে থাকে, কালো অক্ষরে, দ্বিতীয়র মনে মনে সংলাপগুলো— 'আবার গান, আবার কবিতা, আবার ছবি, আবার জীবন, দুধ, দুধে

বিষ, রক্তে বিষ, মস্তিষ্ক ও মেধা খুন, নীলাঞ্জনছায়া, ক্ষণে ক্ষণে মনে মনে শুনি অতল জলের আহ্বান, বাবার জন্ম শতবার্ষিকী, জীবদ্দশায় যত উপেক্ষিতই থাকুন না কেন তিনি, স্বাভাবিক তো এই ছিল, যে, দেশে স্বাধীনতা যে এসেছে তা হবে প্রকৃত স্বাধীনতা, নতুন যে শতাব্দী আসছে— একবিংশ শতাব্দী, সে হবে সবদিক থেকেই নতুন এবং বাঙালির কাছে একুশ মানে অনেক কিছু, সেই একুশে ফেব্রুয়ারি থেকে, একুশ, একবিংশ, একবিংশ শতাব্দী আর এই একবিংশ শতাব্দীতে এসেই খুন হয়ে গেল একুশের চেতনা ? —কৌরব। কৌরব। চে গুয়েভারা। আমার যদি যৌবন আবার ফিরে আসত। আমার নিজের ছেলেকে পর্যন্ত আমি পাঠিয়েছি স্টেট ম্যানেজমেন্ট পড়তে এবং এখন সে ছোট একটা রাষ্ট্র পরিচালনায় হাত পাকাচ্ছে বাংলাদেশকে কীভাবে কোম্পানির মতো পরিচালনা করা যায়, এমনকি আমি নিজেও তার রাষ্ট্রপ্রধান হবার স্বপ্ন দেখি নি তা নয়, আমার সব গুলিয়ে যাচ্ছে, আমি আমার নিজের কাছেই পরাজিত, এখন আমার কাছে এ শহর ধূসর ধূসর বলে মনে হয়, পুরনো ছাই থেকে নতুন আগুন, পুরনো ইট থেকে নতুন দালান, রোম, হামাদান, ব্যাবিলন, ব্রাসিলিয়া, টোকিও, লণ্ডন, কুড়িগ্রাম, যশোর, চে গুয়েভারা, কাদের সিদ্দিকী, তামিল টাইগার, ফিলিস্তিনি গেরিলা, ইয়াসের আরাফাত, ফিদেল কাস্ত্রো, ডি ভ্যালেরা, কার্ল মার্কস, লেনিন, মাও সে তুং, মৌলানা ভাসানী, শেখ মুজিব, তিরিশ লক্ষ মানুষ গণহত্যায় নিহত হয়েছে মাত্র ষাট বছর আগে এই বাংলাদেশে, আর সেই বাংলাদেশে এখন মানুষের শৈশব থেকে তার বুদ্ধি, মেধা, প্রতিভা ও মানবিকতা খুন করে চলেছে ওরা পরিকল্পিতভাবে, আমি জানতাম আমি নিজের কাছে নিজেই পরাজিত। কৌরবের জয় হবে ? হবে জয় কৌরবের ? তাকে দেখতে ইচ্ছে করে, বড় ইচ্ছে করছে ছেলেটিকে একবার দেখি।'

স্যার।

চিন্তায় ছেদ পড়ে দ্বিতীয় সৈয়দ হকের। সে প্রায় চমকে ওঠে। সে জানতে পারে না যে কখন তার হাতের সামান্য স্পর্শে জেগে উঠেছিল ভাবনা-লিখন যন্ত্রের পর্দা এবং তার সব ভাবনাকে অপরার কাছে জানিয়ে দিয়েছে কালো রঙের অক্ষরে।

স্যার।

কী অপরা ?

আপনি কৌরবকে দেখতে চান ?

তুমি কী করে জানলে ? উদ্বিগ্ন হয়ে প্রশ্ন করে দ্বিতীয়।

আপনি তো তাকে দেখতে চান। আমার কাছে একটা ছবি আছে।

দ্বিতীয় নিঃশব্দে হাত বাড়িয়ে দেয়।

একটু ইতস্তত করে অপরা বলে, পাশের ঘরে হাতব্যাগে আছে, স্যার।

অপরা নিজের ঘরে যায় ছবি আনতে। কৌরবের ছবি।

দ্বিতীয় পায়চারি করে অশান্ত পায়ে।

নিঃশব্দে অপরা এসে তার পেছনে দাঁড়ায়। ছবিটা বাড়িয়ে দেয় বড় আগ্রহ করে। তার বাবা বেঁচে থাকলে এভাবেই তো কৌরবের ছবি তাকে দেখাত অপরা!

ছবিটা হাতে নিয়ে স্তম্ভিত হয়ে যায় দ্বিতীয় সৈদয় হক।

ছবিতে তারই ছেলে তৃতীয় সৈয়দ হকের মুখ।

এক মুহূর্ত কোনো কথা বলতে পারে না দ্বিতীয়।

অপরা শংকা ভরা চোখে তাকিয়ে থাকে। কী হলো ? এমন করে তার প্রভু কেন তাকিয়ে আছে তার প্রেমের মানুষটির দিকে ?

স্যার।

হঠাৎ হো হো হো করে উচ্চস্বরে হেসে ওঠে দ্বিতীয় সৈয়দ হক।

তুমি ঠিক জানো এ কৌরব ?

হ্যাঁ, স্যার।

দেন আই ওয়ান্ডার হোয়ার ইজ হি অ্যান্ড হোয়ার ইজ হিজ মাদার। আই ওয়ান্ডার ইফ শি ইজ অলসো ইন লিগ উইথ হিম।

অপরা কিছুই বুঝতে পারে না। ছবির জন্যে হাত বাড়াতে তার সাহস হয় না। ছবিটা তার হাতেও ফিরিয়ে দেয় না দ্বিতীয় সৈয়দ হক।

আবার হঠাৎ হো হো করে হেসে ওঠে দ্বিতীয়, অপরার প্রভু।

স্যার।

ডোন্ট কল মি স্যার, ইউ সিলি গার্ল। কল মি ইউর ফাদার ইন ল, কল মি ড্যাড, বাবা, কৌরব নয়, তৃতীয়, আমার ছেলে, অপরা, হি ইজ মাই সান।

৯

পরাশক্তিদের একাদশ পর্যায়ের কর্মকর্তাদের ঢাকা সম্মেলন শেষ হয়ে গেছে। আজ ছুটির দিন। অপরা আর দ্বিতীয় এখন নিজস্ব ঘরে জানালার পর্দা খুলে তাকিয়ে আছে আকাশের দিকে।

দ্বিতীয় গুনগুন করে গাইছে 'নীলাঞ্জনছায়া, প্রফুল্ল কদম্ববন, জম্বুপুঞ্জে শ্যাম বনান্ত'— অতি ক্ষীণ স্বরে তার সঙ্গে একসময়ে কণ্ঠ মেলায় অপরা।

অবাক হয়ে দ্বিতীয় ফিরে তাকায়।

তুমি গাইতে জানো ?

অপরা কথার উত্তর না দিয়ে আর একটু উচ্চস্বরে দ্বিতীয়র ছেড়ে যাওয়া অংশ পূর্ণ করতে থাকে— 'বনবীথিকা ঘন সুগন্ধ।'

তারা জানে আর একটু পরেই আকাশে উড়বে বিমান, মেঘ ডেকে আনবার জন্যে, কিন্তু মেঘের বদলে দেখা যাবে ফ্যাক্টরি ধ্বংসের ধোঁয়ার মেঘ, রাসায়নিক দ্রব্য পুড়ে যাবার ঘন কালো বিশাল ছত্রাক, এবং তারপর প্রকৃতি জননীর মতো আবার পাঠাবেন মেঘ, জলভরা মেঘ।

দু'জনের কণ্ঠ ক্রমে জোরালো ও সুন্দর স্বরগ্রামে মিলিত হয়ে আসে।

একটু পরেই আকাশে বিমানটিকে দেখা যায়। সেই বিমানে আছে তৃতীয় সৈয়দ হক। এবং সে, তার মা— যার গর্ভে দ্বিতীয়র এতদিন পরে একটি সন্তান এসেছে, সেই মাকে হিমালয়ের এক লামা নিবাসে রেখে এসেছে। যদি কেউ নাও বাঁচে, সেই সন্তান তো বাঁচবে। মানুষ মানুষের জন্যে যতই ভাবুক, তার রক্তের মানুষের জন্যে তার একটা ভাবনা থেকেই যায়, বিশেষ একটা মায়া, অনন্য এক ধারাবাহিকতা।

ফেব্রুয়ারি, ১৯৯০
মঞ্জুবাড়ি, গুলশান, ঢাকা।

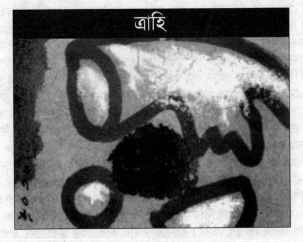

ত্রাহি

হায় কখন যে কোন উচ্চারণ মানুষের স্মৃতি ও ভবিষ্যতের অন্তর্বর্তী শূন্যতার ওপর অস্ত্রোপচার করে যায় তাকে বলতে পারে মানুষের প্রতি উচ্চারণই এমত প্রতিভা-সম্পন্ন, কেবল আমরাই প্রায়শ অজ্ঞান, সম্ভবত তাই বাক্যটি শুনেও আমজাদ আলী তার তাৎপর্য তৎক্ষণাৎ অনুভব করতে পারে না; তিস্তা জংশনে জলেশ্বরীর ট্রেনের অপেক্ষায় তার চারপাশের ভিড়ের ভেতর থেকে এই জটিল বাক্যটি উচ্চারিত হয় যে, 'আল্লা সবখানেই আছেন— এমনকি তিনি বল্লার চরেও আছেন।' ট্রেন আসবার নির্ধারিত সময় বহু আগেই পার হয়ে গেলেও বরং অচিরে তা আসবে না এই সিদ্ধান্ত করে আমজাদ আলী তখন তার সহযাত্রী ওয়ারেস হোসেনকে নিয়ে চায়ের স্টলে যায় এবং সেখানে বড় বড় নীল মাছির অবিরাম ভনভন শব্দের ভেতরে পরিচ্ছন্নতা সন্ধান করতে গিয়ে হঠাৎ সে থমকে যায়, বড় বিলম্বে ঐ বাক্যের শেষ অংশ বিদ্যুত হয়ে তার অন্ধকার চিরে দিয়ে যায়, সে যেন আবার পরিষ্কার শুনতে পায়, 'এমনকি তিনি বল্লার চরেও আছেন।' বিশেষভাবে বল্লার চরেই বা আল্লার উপস্থিতির সাক্ষ্য দেয়ার কী প্রয়োজন পড়ল সে বুঝে উঠতে পারে না, তার মেরুদণ্ড শীতল হয়ে যায়, বল্লার চরেই তার ও ওয়ারেসের গন্তব্য। আমজাদ চায়ের কাপ অস্পৃষ্ট রেখে ব্যাকুল চোখে ভিড়ের ভেতরে বক্তাকে সন্ধান করে, কিন্তু উচ্চারণের ছাপ মানুষের ঠোঁটে থাকে না, যেমন আহার্যের থেকে যায় যতক্ষণ না আচমন করা হয়, বস্তুত মানুষের উচ্চারণ যে ব্যক্তিগত সম্পত্তি নয় এভাবেই তার প্রমাণ হয়তো মেলে, স্বাভাবিকভাবেই বক্তাকে শনাক্ত করা আমজাদের পক্ষে সম্ভব হয় না।

টিকিট খোপের সমুখের চত্বরে দু'সারি হেলানো বেঞ্চের ওপর ঠাসাঠাসি হয়ে বসে আছে কয়েকজন, আবার তাদের পায়ের কাছে চাদর বিছিয়ে কয়েকজন, সকলে মিলে ট্রেন প্রতীক্ষার জটলা, সকলেই যে সকলের পরিচিত তা নয়, কিন্তু একই অঞ্চলের মানুষ বলে কিনা একই গন্তব্যের যাত্রী বিধায় এখন তারা পরস্পরের ভেতরে প্রায় প্রবিষ্ট, তাদের প্রত্যেকের ব্যক্তিগত আশু সমস্যাগুলো এখন অপরের কাছে উন্মোচিত এবং কেউ কেউ পরামর্শ প্রার্থী, কেউ কপট নিদ্রায় বা এড়াতে চায় অপরের অতি অন্তরঙ্গতা, কেউ উচ্চকণ্ঠ, কেউবা ত্রাসিত, আমজাদ সিদ্ধান্ত করে বাক্যটি এদেরই একজন উচ্চারণ করেছে, কিন্তু কে?

চায়ের স্টলে ওয়ারেসকে পেছনে ফেলে সে কৌতূহলভরে এগোয়, মেরুদণ্ডের শৈত্য তাকে ত্যাগ করে না, আগন্তুক বলেই সে সহজে এখন জটলার অন্তর্গত হয়ে যেতে পারে না, কিছুটা দূরে সে দাঁড়িয়ে পড়ে উৎসুক হয়ে, আশা হয় ঐ বাক্যের জের ধরে বক্তা অবিলম্বে কিছু বলবে, কিন্তু বলে না, জটলার ভেতরে কারো কোনো উচ্চারণই আর স্পষ্ট ঠাহর করা যায় না, কেবল লক্ষ করা যায়, আমজাদ লক্ষ করে জটলার ভেতরে সবুজ তহবন্দ পরা, মাথায় হজ্বের রুমাল পাতা প্রৌঢ় একজনের কথাই অন্য সকলে মনোযোগের সঙ্গে শুনছে, হয়তো এই সেই বক্তা, আমজাদ ভালো করে কান পাতে— সে কী বলছে।

পেছন থেকে ওয়ারেস ডাকে, কি, ট্রেন আসছে নাকি? ওয়ারেসের মনে হয় আমজাদ কান পেতে ট্রেনের শব্দই ঠাহর করতে চাইছে।

তখন চায়ের কাপ এবং ওয়ারেসের কাছে ফিরে আসে আমজাদ এবং যদিও গোপন করার কোনো কারণই নেই, সে মিথ্যে করে বলে, মনে হলো ট্রেনের শব্দ, বহু দেরি আছে। এবং সে আশ্চর্য হয়ে যায় নিজেরই মিথ্যা ভাষণে, সহজে আর সে ওয়ারেসের দিকে তাকাতে পারে না, নিজের ভেতরে সে এমন একটি উপস্থিতি বোধ করে যার সঙ্গে ইতিপূর্বে তার কোনো

পরিচয় ছিল না, আমজাদ সশব্দে চায়ের কাপে চুমুক দেয়, নিজের ওপরে ক্ষণকালের জন্যে সে নিয়ন্ত্রণ হারিয়ে ফেলেছিল বলে মাত্রার অতিরিক্ত গরম চা তার মুখের ভেতরে এসে যায়, সে চঞ্চল হয়ে ওঠে।

ওয়ারেস বলে, তিনটের ট্রেন পাঁচটাতেও যদি না আসে, বল্লার চরে যেতে যেতে...। বাক্যটি সে আমজাদের সমুখে অসমাপ্ত টেনে রেখে দেয়।

আমজাদ এখন হঠাৎ অনুভব করে তার ফুসফুসের ভেতর কিসের একটা চাপা নিঃশ্বাসের তুলনায় প্রশ্বাস সংক্ষিপ্ত এবং সংকুচিত, সে হা করে বুকের সবটা বাতাস বের করে দিয়ে বলে, রাত এগারোটা-বারোটা হবে, যদি আর কিছুক্ষণের ভেতর গাড়ি আসে। কথাগুলো ওয়ারেসকে বললেও তার চোখ পড়ে থাকে সেই প্রৌঢ়ের দিকে তখনো, তখনো আশা হয় তাকেই বক্তা বলে সনাক্ত করা অসম্ভব হবে না হয়তো।

প্রৌঢ় তার মাথা থেকে রুমাল নামিয়ে কাঁধের ওপর রেখে উদাস চোখে চারদিকে তাকিয়ে দেখে, যেন সে, এই জীবন ও স্থানের কিছু নয়, রুমাল সে কাঁধের ওপরেও স্থায়ী হতে দেয় না, রুমাল দিয়ে ভালো করে মুখ মেজে এবার সে কোলের ওপর রাখে, কেউ তাকে একটা পান এগিয়ে দিলে সে বস্তুটিকে যেন চিনতে পারে না, অচিরেই পারিষ্কার হয়, নীরবে সে পান নিয়ে চুনের জন্য তর্জনী বাড়িয়ে দেয় দাতার দিকে এবং চুন পাওয়ার সঙ্গে সঙ্গে তার অন্তঃস্থল থেকে গভীর নির্ঘোষ শোনা যায়, 'আল্লাহ গাফুরুর রহিম।' তখন সমস্ত কিছু স্পষ্টতা পায়, রোদ আছাড় খায়, আমজাদ নিশ্চিত হয় এই সেই কণ্ঠ, 'এমনকি তিনি বল্লার চরেও আছেন।'

আমজাদ বল্লার চরে আগামীকালের আগে জানতে পারবে না যে বক্তার নাম হাফেজ ইমামউদ্দিন এবং আরো অন্তত এক সপ্তাহের আগে তার জানা হবে না যে এই ইমামউদ্দিনের ছেলে কামালউদ্দিন আর ভাইপো জামালউদ্দিনের জন্যেই তার ওয়ারেসের পথ ভিন্ন হয়ে যাবে, কীভাবে কাকে সহযাত্রী থেকে বিচ্ছিন্ন হয়ে যেতে হয় তার ভেতরেই নিহিত থাকে আমাদের যাবত পরিচয়।

আমজাদ হেলানো বেঞ্চের দিকে অগ্রসর হয়, যদিও সে চোখেই দেখতে পায় সেখানে বসার ঠাঁই নেই, বল্লার চরে তার মামা বাড়ি, মামা নেকবর আলীর দাদাই প্রথম বল্লার চরে বসতি স্থাপন করেছিলেন এবং তাঁর বংশধরেরাই বল্লার চরের তাবৎ অধিবাসী, অতএব জটলার এই যাত্রীরা বল্লার চরের লোক হলে একরকম তার, আমজাদের আত্মীয় হওয়ারই কথা, সে এখন আত্মীয়তাসূচক স্মিত মুখে প্রৌঢ়ের সমুখে গিয়ে দাঁড়ায়। প্রৌঢ় আমজাদের দিকে নির্মীলিত চোখ তুলে তাকায়।

ওয়ারেস জানায়, আমি একটু হেঁটে আসি।

আমজাদ বলে, আমার পা ধরে গেছে। তার এই বাক্য যতটা না ওয়ারেসের জন্য তার চেয়ে প্রৌঢ়ের জন্যেই উচ্চারিত, ফলত কাজ হয়, প্রৌঢ় পবিত্র হাসিতে উদ্ভাসিত মুখে নীরবে জায়গা ছেড়ে দেয় আমজাদকে এবং আমজাদ বসার পরও তার দিকে একই প্রকার উজ্জ্বল চোখে তাকিয়ে থাকে, সে তাকিয়ে থাকা প্রশ্নের নয়, আপ্যায়নের নয়, অনুগ্রহেরও নয়, জীবনের যাবতীয় রহস্য একমাত্র তারই কাছে কিছুটা স্পষ্ট— এই অহঙ্কার থেকেই হয়তো মানুষ এরকম ঔজ্জ্বল্য প্রকাশ করতে পারে।

ওয়ারেস লম্বা প্লাটফরমে নেমে হেঁটে হেঁটে শেষ মাথায় মালের শেডের কাছে গিয়ে দাঁড়ায়, শেড যদিও ফাঁকা তবু শস্যজাত তীব্র একটা ঘ্রাণ তার নাকে পশে নেশার মতো শরীরের ভেতরে কাজ করে, গাছের মাথায় কয়েকটা কাক তারস্বরে চিৎকার করে, কিছু লোক যারা মানবেতর মৃত্যু এবং আলোকচিত্র শিল্পীদেরই বিষয় তারা মাথার নিচে গামছার বিড়ে পাকিয়ে যেখানে সেখানে ঘুমায়, নিকটেই পথিকের মল তীব্র রোদে শুকাতে থাকে, একটি লোমওঠা খোঁড়া কুকুর পা টেনে টেনে লাইন পার হয়ে যায়, ওয়ারেস পর্যটকের মতো সমস্ত কিছুতেই স্বাদ পায়, সমস্ত কিছুই ধনবানের মতো আপন-জ্ঞান করতে থাকে, এ অঞ্চলে জীবনে এই প্রথম সে এলেও এটাই যে শেষ আসা নয়— এই নিশ্চয়-বোধ তাকে বলশালী করে রাখে। আবার সে সুখী শ্লথ পায়ে হেঁটে হেঁটে টিকিট ঘরের কাছে আসে, আমজাদের চোখে না পড়লেও তার দিকে দৃষ্টিপাত করে সে ক্ষণস্থায়ী ইশারা পাঠায় 'আমি বেশ চমৎকার আছি', বস্তুত আত্মার ভেতরে মানুষ যখন সুখের ফলবন্ত গাছ প্রত্যক্ষ করে তখনই সে অবিরাম দৃষ্টির বার্তা পাঠাতে থাকে, গ্রাহক কেউ থাকুক বা না থাকুক, ওয়ারেস এবার বিপরীত প্রান্তে কেবলার তীরচিহ্ন পর্যন্ত হেঁটে যায়, মাথার ভেতরে কেবলই সে নার্গিসের নাম সমস্ত শব্দকে রহিত করে শুনতে পায়। আমজাদের যে মামাতো বোনকে সে এখন পর্যন্ত চোখে দেখে নি, যার একটি পুরনো ফটোগ্রাফ সে দেখেছে মাত্র কয়েকদিন আগে আমজাদের কাছে, যার উদ্দেশ্যে আমজাদের সঙ্গে সে ঢাকা থেকে যাত্রা করেছে, এখন চারপাশের সমস্ত কিছুর চেয়ে অধিক বাস্তব হয়ে আছে সেই নার্গিস, অপিচ, ওয়ারেসের মনে হয় নার্গিসের সঙ্গে তার দেখা হয়ে গেছে, নার্গিসকে সে পছন্দ করছে এবং সে নিজেও নেকবর আলীর পরিবারে সাদরে গৃহীত হয়ে গেছে। বিবাহ সম্পন্ন হয়েছে এই অনতিদূর অতীতে এখন বল্লার চরে যাওয়ার জন্যে নয় বরং বল্লার চর থেকে নববধূকে নিয়ে ঢাকা ফিরে যাওয়ার পথেই আজ সে তিস্তা জংশনের প্লাটফরমে ট্রেনের অপেক্ষা করছে, সত্য এই, কখনো কখনো ভবিষ্যৎও স্মৃতি হয়ে যায়, ওয়ারেস এখন জানে না এই ভবিষ্যৎ কীভাবে অচিরেই নারী কবলিত হয়ে যাবে, মানুষ বর্তমানকে কখনোই ত্যাগ করতে পারে না বলেই ভবিষ্যতের ভাবনায় সে তার চারদিকে কলকল খলখল ধাবমান এক শব্দ শোনে, যেমন ওয়ারেস এখন।

প্রৌঢ় সহাস্য মুখে প্রশ্ন করে, আপনি ? তারপর অতি ধীরে ডানে বামে প্রত্যেকের ওপর চোখ বুলিয়ে ফিরে আসে, আমজাদের পরনে খোপ কাটা সাফারি স্যুট— ততোধিক পেতলের বোতামগুলো লক্ষ করে সে তার দ্বিতীয় প্রশ্ন, কিংবা প্রশ্ন নয়, উচ্চারণ করে, রাজধানীর লোক মনে হয় ? সহসা নির্ণয় করা যায় না তবে প্রশ্নটি বিদ্যুৎ প্রবাহিত কিনা, আমজাদ ইতস্তত করে।

আমজাদ ভীতি অনুভব করে। সে উপলব্ধি করে এই ভীতি সদ্য আগত নয়, এতক্ষণ তার শরীরের ভেতরে নিঃশব্দে ছিল, এখন অট্টহাস্য করে উঠল। অনিবার্যভাবে তার মনে পড়ে যায় একই প্রকৃত অট্টহাস্য সে 'আল্লা সবখানেই আছেন— এমনকি বল্লার চরেও তিনি আছেন' উচ্চারণের অনুক্রমে বক্তার কণ্ঠে কিছুক্ষণ আগেই শুনতে পেয়েছিল, কেন তিনি বিশেষভাবে বল্লার চরেই আছেন ? কোন নির্মমতার ভেতর দিয়ে আবার প্রমাণিত হলো সর্বভূতে তাঁর অস্তিত্ব ? কিংবা কোন কোমলতায় মানুষ আবার তাঁকে অনুভব করতে পারল বাংলাদেশের বিশেষ একটি গ্রামে, যে গ্রাম পঁয়ষট্টি হাজার গ্রাম থেকে ভিন্ন নয়, গরিব আরো গরিব হয়, বধূরা এনড্রিন পান করে, অন্ধকার সড়কে গলা কাটা লাশ পড়ে থাকে, বীজ বন্ধ্যা

হয়, সঙ্গীত গীত হয় না, মানুষ ব্যবহৃত হয়, চাল ধ্বসে পড়ে এবং অনবরত ভিটা পরিত্যক্ত হয়, সেখানে এমনকি আল্লাহর জন্যেই বা কোমলতার কোন অবকাশ অবশিষ্ট থাকে ?

প্রৌঢ় তার বাম বাহুতে আলতো করে হাত রাখে, হাতের গাঢ় শ্যাম বর্ণের তুলনায় করতলের মাংস শ্বেতীদুষ্ট গোলাপি বোধ হয়, পরক্ষণেই হাত সরে যায়, প্রৌঢ় আবার প্রশ্ন করে, যাবেন কোথায় ?

কোথাও নিশ্চয়ই কিছু ঘটে যায়, আমজাদ অবাক হয়ে লক্ষ করে সে বড় স্বাভাবিক বোধ করছে এখন, মুহূর্তের জন্যে প্রৌঢ়ের হাত বস্তুত জীবন্ত একটি মানুষের হাত, তাকে স্পর্শ করার কারণেই কি নিরাময় হয় ? লঘু কণ্ঠে সে বলে, যাচ্ছি আর কোথায়, ট্রেনেরই পাত্তা নেই।

তিনটার ট্রেন কোনো দিনই সাতটার আগে আসে না। গণ্ডগোলের পর থেকে এই অবস্থা।

গণ্ডগোল ? আমজাদ আর্ত কণ্ঠে প্রতিধ্বনি করে ওঠে। এতক্ষণে সে শনাক্ত করতে পারে যে বল্লার চরে কোনো একটা গণ্ডগোলের আশঙ্কাতেই সে এ যাবৎ ভীত ছিল, বস্তুত নার্গিসকে নিয়ে আমার অনবরত চিঠি পাওয়ার পর ওয়ারেসকে হাতে পেয়ে তাকে নিয়ে রওয়ানা হওয়াটাই তার কাছে এতক্ষণ এক আত্যয়িক যাত্রা বলে বোধ হচ্ছিল। প্রৌঢ়ের দিকে বিস্ফারিত চোখে সে তাকিয়ে থাকে।

প্রৌঢ় রুমাল দিয়ে আবার মুখ মেজে নেয় এবং এবার তা সে মাথায় স্থাপন করে, তারপর ধীরেসুস্থে বলে, একাত্তর সালের কথা বলি।

প্রথমে ঠাহর করতে পারে না আমজাদ, আগের মতোই ভীত চোখে প্রৌঢ়ের দিকে সে তাকিয়ে থাকে, প্রৌঢ় তখন ঈষৎ বিরক্ত হয়ে বলে, দেশ তো স্বাধীন করছি, সকলই কি স্বাধীন করছি এখন দ্যাখেন। রাজধানীতে থাকেন আপনারা তো আমাদের আগে টের পান।

ধাতব সংঘর্ষের আর্তনাদ করতে করতে দোদুল্যমান শেকলগুলো নিনাদিত করে ট্রেন এসে যায়, মানুষ কি জানে কখন কীভাবে কোন বেশে আজরাইল এসে উপস্থিত হয়, সে কেবল জানে তাকে অবিরাম মৃত্যুর দিকেই অগ্রসর হতে হয় এবং যেখানে তার মৃত্যু সেখানেই তাকে কবজ নিয়ে হাজির থাকতে হয়, বস্তুত আমজাদের পক্ষে জানার কথাই নয় যে, কয়েক দিন পরেই বলাবলি হবে... জলেশ্বরীর ট্রেন আসলে নিয়তির ট্রেন, আমজাদকে তার মৃত্যুর অকুস্থলে নিয়ে যেতে এসেছিল, আমজাদের যেন তর সয় না, ওয়ারেস এ অঞ্চলে নবাগত, ওয়ারেস তার অতিথি, ওয়ারেস নার্গিসের সম্ভাব্য বর, তবু সেই ওয়ারেসকে পেছনে ফেলেই সে লাফিয়ে ট্রেনে উঠে যায়; ওয়ারেস ছোট্ট এই ঘটনাটিও অচিরেই খেদের সঙ্গে স্মরণ করবে নার্গিসের কাছে।

২

জানালার পাশে জমিয়ে বসে আমজাদ ওয়ারেসকে উৎফুল্ল গলায় বলে, তোমাকে তো বলেইছি, আমার মামার বাড়ি, সে একেবারে পৃথিবীর সেই প্রান্তে; বিশ ঘণ্টা জার্নি হয়ে গেছে, তবু তো ভালোয় ভালোয় এসেছ। এখন এই কয়লার এনজিন ঢিকোতে ঢিকোতে তিন ইস্টিশন পরে জলেশ্বরী নেমে, যদি বারো বছর আগের কথা আমার ঠিক মনে থাকে, পাকা দু'ঘণ্টা, তারপর জলেশ্বরী থেকে মাইল দশেক গিয়ে সাত্তারের হাট, হাটের লাগাও আছে খাল, সেই খাল পেরোলে তবে বল্লার চর। রাত এগারোটা হয়ে যাবে।

স্মিত মুখে ওয়ারেস আমজাদের দিকে তাকিয়ে থাকে, আসলে এই বর্ণনা তার কানে পশে না, তার সোনালি চিত্তে চিড় ধরে না। প্রৌঢ় দ্রুত চোখে আশেপাশের যাত্রীদের দিকে দেখে নেয় একবার, অনাবশ্যকভাবে নিজের দুই করতল সমুখে বিস্তৃত করে ক্ষণেক পর্যবেক্ষণ করে, তারপর অপ্রত্যাশিতভাবে আমজাদের দিকে মুখ ফিরিয়ে নির্মল হাসির দ্যুতি ছড়াতে থাকে, সহ্যের প্রায় অতীত একটি বাকহীন সময়ের পর প্রৌঢ় রহস্যময়ভাবে বলে, নৌকা থেকে নামি নাই, আছি, দেখবও; কিছু কিছু এরই মধ্যে দেখাও গেছে, যায় নাই ? প্রশ্নটা সাধারণভাবে ছুড়ে দেয়া হলেও আমজাদ লক্ষ করে, জনা দুই বড় বড় মাথা নেড়ে সমর্থন জানায়, প্রৌঢ় আবার আমজাদের বাহুতে করতল রেখে জানতে চায়, তা যাবেন কোথায়, শুনলাম না।

বল্লার চর!

দ্রুত হাত সরিয়ে নেয় প্রৌঢ়, আমজাদ অনুভব করে আশেপাশের যাত্রীরা হঠাৎ সচকিত হয়ে ওঠে, জগৎ জড়ত্ব লাভ করে, প্রৌঢ়ের মুখ থেকে হাসি অন্তর্হিত হয়ে যায়, দৃষ্টি মেঘাচ্ছন্ন হয়ে পড়ে, প্রস্তরীভূত শরীরের ভেতরে কেবল তার ঠোঁট দুটি ঈষৎ সঞ্চালিত হয়ে উচ্চারণ করে, বল্লার চর কোথায় ?

নেকবর আলীর বাড়িতে ।

নেকবর আলী ?

আমজাদের মনে হয় প্রৌঢ় তার মামাকে শনাক্ত করতে পারছে না, তাই সে প্রাঞ্জল করে বলে, রসুলের আব্বা, আমানের মামা, আমান আমারই বড় খালার ছেলে।

যাত্রীদের ভেতরে একজন যে বেঞ্চের সমুখে এতক্ষণ উবু হয়ে বসে অনবরত পান বানাচ্ছিল, সে প্রৌঢ়ের দিকে মুখ তুলে অস্ফুট গলায় বলে, মুক্তিযোদ্ধা আমান আর রসুলের কথা বলে।

আমজাদ তখন উৎসাহিত কণ্ঠে যোগ করে, সেই রসুলের আব্বা নেকবর আলী, আমার মামা, তার কাছে যাচ্ছি এবং অনেক দিন পরে যাচ্ছি। এই তথ্যটুকু দিতেও সে কুণ্ঠিত হয় না, যেন এই সংবাদটুকুই সকলের সঙ্গে তার আত্মীয়তা স্থাপনে বিশেষ কাজ দেবে।

কিন্তু দেয় না, প্রৌঢ় হঠাৎ বাম পাশে কিছুটা এলিয়ে পড়ে চোখ বোজে, আমজাদ জানে না যে মফস্বলে এভাবেই বয়স্করা কোনো প্রসঙ্গের একতরফা ইতি টানে, ভঙ্গিটাকে সে ভদ্রজনোচিত মনে করতে পারে না, এদিকে সমুখের উবু হয়ে থাকা লোকটি বসা অবস্থাতেই দু'পা পিছিয়ে গিয়ে পানের বাক্স বন্ধ করতে থাকে, কেউ একটি নিঃশ্বাস শব্দ করে ত্যাগ করে, কেউ পকেট থেকে ট্রেনের টিকিট হঠাৎ বের করে পর্যবেক্ষণ করে, এমন সময় বহুদূর থেকে ট্রেনের তীব্র হুইসেল শোনা যায়, যেন সমস্ত কিছুই এতক্ষণ জলের ওপর ভাসমান ছিল, বোঝা যাচ্ছিল না, এখন দুলে উঠতেই সাড়া পড়ে যায়। কষ্ট কষ্ট বলেই বোধ হয় না, সে বরং নার্গিস বিষয়ে আরো কিছু শুনতে আগ্রহী, আর কোনো পথ খুঁজে পায় না, সে একইভাবে তাকিয়েই থাকে, থামা ট্রেনের ওপাশে বেতবন, তার ভেতরে গুটিকয় ছাতার পাখি ওড়াউড়ি করে এবং ওয়ারেসকে আদৌ বিচলিত হতে না দেখে আমজাদ, এখন শেষ অস্ত্র ত্যাগ করে, বলে, কী, ভেবেছিলে আজ সন্ধেবেলাতেই কনে দেখা হয়ে যাবে ? তা হচ্ছে না হে, ধৈর্য ধরো ধৈর্য।

এতদূর আসতে পেরেছি, ধৈর্য নেই ?

আরো চাই, আরো। আমার মামাতো বোন কিছু সহজলভ্য নয় হে।

সে তো টেরই পাচ্ছি।

ওয়ারেসের সহাস্য এই ঘোষণা শুনে চোখ ছোট করে আমজাদ। বিয়ের সাধ উবে যাচ্ছে নাকি ? যে শ্বশুরবাড়ি যেতেই এত ঝক্কি, সেখানে শ্বশুরবাড়ি করে কী লাভ ?

তখন ঘটাং করে এক টান দিয়ে ট্রেন যাত্রা শুরু করে।

ওয়ারেস হঠাৎ পরিহাস ছেড়ে উদ্বিগ্ন গলায় বলে, তুমি যে আগে থেকে ওদের একেবারে কিছু জানালে না, ওরা মুশকিলে পড়বে না তো ?

জানে তো আসছিই। লিখেই দিয়েছিলাম আমার ইউনিভার্সিটি বন্ধ হলেই তোমাকে নিয়ে হাজির হব। ওয়ারেসকে তবু ইতস্তত করতে দেখে আমজাদ যোগ করে, আর নার্গিস তো জলেশ্বরী কলেজে পড়ে, যদি বল্লার চরে না থাকে তো সে আর কতদূর, খবর দিয়ে একবেলার মধ্যে কনে হাজির করা হবে, তোমার ভাবনা নেই।

ওয়ারেস সলজ্জ হয়, তারপর আবারো নতুন এক উদ্বেগ প্রকাশ করে, সব না হয় হলো, তোমার মামা যদি আমার কাজটা পছন্দ না করেন ?

সিনেমার কাগজে কাজ কর এই তো ? সিনেমার কাগজ না বললেই হলো। বলবে, খবরের কাগজ। বলবে ইত্তেফাকে কাজ কর, কী দৈনিক বাংলা, সংবাদ, একটা বলে দিও।

প্রথমেই মিথ্যা কথা বলব ?

কী করবে ? মেয়ে পছন্দ হলে, তোমার স্বার্থেই বলবে।

যখন আসলটা জানতে পারবে, নার্গিস কী মনে করবে ?

কে ?

তোমার মামাতো বোন।

মনে মনে তো বৌ ঠিক করে বসে আছ দেখছি, এখন আমার মামাতো বোন হয়ে গেল ?

এখন পর্যন্ত তোমারই সে মামাতো বোন ।

তাই ?

তাই তো ?

উচ্চকণ্ঠে হেসে ওঠে দু'জন। বাইরে দ্রুত ধাবমান দৃশ্যের দিকে মনোযোগ দেয় ওয়ারেস, আসলে সে নিজের ভেতরের দিকে দৃষ্টিপাত করে, সেখানে আমজাদ এইমাত্র সঠিক একটি বোতাম টিপে দিয়ে গেছে, ঢাকায় আংটি কেনার সময় থেকেই সে নার্গিসকে গ্রহণ করে বসে আছে— এই সত্যটা এখন সরব হয়ে ওঠে যেন একটি চিত্রের ওপর আলো পড়ে ঘুম ভেঙে যায়।

আমজাদ তাকে খোঁচা দিয়ে বলে, দ্যাখো, একটা কথা বলি। আমার বোন বলে চক্ষু-লজ্জা করবে না, পছন্দ না হলে বলে দেবে আমি ঠিক ম্যানেজ করে নেব।

দেখি।

তোমার আবার মনটা নরম তো ? তাই আগেভাবেই বলে দিলাম। বেশি আশা করো না। মাঝখানে একবার চশমা নিতে ঢাকা এসেছিল, হ্যাঁ, বেশ সুন্দরী, আইএ পড়ছে, এই গ্রামের মেয়ে যেমন হয় আর কী, তাই বলে অপুর সংসারের শর্মিলা ঠাকুর আশা করো না।

আবার একটি সঠিক বোতামে আমজাদ চাপ দেয়, ওয়ারেস ভীরু চোখে তার দিকে ক্ষণকালের জন্যে তাকায়, কী আশ্চর্য, ঢাকা থেকে বেরোবার সময় ওয়ারেসের তো মনেই হয়েছিল শর্মিলা ঠাকুরের কথা, তার মনে হয়েছিল সত্যজিতের ছবির ভেতর দিয়ে সে এগিয়ে যাচ্ছে, শাপলা ফুটে আছে, পাখি স্থির হয়ে আছে, জলে ছায়া পড়ছে, বাঁশবনের ভেতরে ছায়ায় শুয়ে আছে সে, নার্গিসকে পছন্দ করে ফেলেছে সে বহু আগেই। মৃদু সুবাসিত নারকেল তেলের সৌরভ এখন চারদিকে, ছাপা শাড়ির ফিনফিনে আঁচল উড়ছে দিগন্তের ধনুক স্পর্শ করে, তারপর চন্দনের বড় বড় ফোঁটা পড়ে আকাশের শ্যামল অন্ধকারে, ওয়ারেস আবার আমজাদের দিকে তাকায়, এবার প্রত্যয় তার চোখে, পরিপূর্ণভাবে সে তাকিয়ে থাকে, বলে, তুমি তো জানোই, আমি শুধু একটি বৌ চাই, ভালো হবে, সাধারণ হবে, আর কিছু না।

আমার তো সন্দেহ হয়।

কেন ?

কেউ যদি বলে, ঢাকায় তোমার জন্ম, ঢাকায় তুমি মানুষ, থাক ঢাকায়, তুমি কেন হঠাৎ আজ পাড়াগাঁয়ের মেয়ে খুঁজছ বিয়ে করার জন্যে ?

ওয়ারেস কিছুক্ষণ চুপ করে থাকে, এই নীরবতা উত্তরের অভাবসূচক নয়, উত্তর সে মনে মনে উচ্চারণ করে, মনের ভেতরেই শোনে, মনের ভেতরেই উত্তরটির সততা তাকে নির্মল করে দিয়ে যায়, সে এখন প্রকাশ্যে প্রতিধ্বনি করে মাত্র, কেন খুঁজছি, আমি জানি না।

সে হতেই পারে না।

কেন হতে পারে না ? ওকালতি পড় তো ? তাই তোমার মনে হয়, সব কিছুরই কারণ আছে, পেছনে একটা কাহিনী আছে, না ? সত্যি বলছি, আমি জানি না, যখন ঠিক করলাম বিয়ে করব, অমনি আমার মনে হলো গ্রামের ছিমছাম মেয়ে পেতাম বিয়ে করতাম, তারপর তুমি একদিন বললে তোমার মামা পাত্র খুঁজছেন, তোমার সঙ্গে বেরিয়ে পড়লাম।

ঢাকায় মেয়ে নেই ?

আছে।

তাদের ভালো লাগে না ?

লাগে। দূর থেকে। বাইরে থেকে!

তাহলে ঢাকার মেয়েদের কী গতি হবে ?

তার মানে ?

তোমার মতো ছেলেরা সব যদি গ্রামে বৌ খোঁজে, ওদের বিয়ে করবে কে ?

তুমি করবে। ক্ষণকালের জন্যে ওয়ারেস আমজাদ থেকে দূরত্ব অনুভব করে ওঠে, আবার সে নিকট হয়, বস্তুত সে আমজাদের হাঁটুতে হাত রাখে পুষিয়ে দেয়ার জন্যে, বলে, ঠাট্টা করছিলাম। আমার জন্যে গ্রামের মেয়েই ভালো।

আমজাদ হয়তো ঠাট্টা বলে আগের কথাটা নিতে পারে নি, তার উত্তরেও এবার ধার এসে যায়— তোমার মতো রোমান্টিক কথাবার্তা, ওসব সিনেমায় ভালো।

সিনেমার কাগজে ওয়ারেস কাজ করে বলে ক্ষত গভীর হয়।

গ্রাম গ্রাম কর, আমি গ্রামেরই ছেলে, সে গ্রাম আর নেই, গ্রামের মেয়েরা এখন শহরের মেয়েদের ঘোল খাওয়াতে পারে।

একটি চিত্র শত খণ্ড হয়ে যায়, ট্রেনের বাইরে চলমান অন্ধকার গাঢ়তর বোধ হয়, নিশ্ছিদ্র এবং নক্ষত্রহীন। আমজাদ ঘোষণা করে, রোমান্টিকতা দিয়ে জীবন চলে না। আমি বলি, যা কর, বুঝে শুনে কর ; নার্গিসের কোনো সমালোচনা করছি না, তুমি তাকে বিয়ে করলে আমি খুশিই হব, কিন্তু একটা জীবন, সারাটা জীবন বলে কথা, ঘোর যখন কেটে যাবে আফশোস করবে না তো ? বুঝে দেখ।

প্রসঙ্গটির ইতি টেনে আমজাদ ঈষৎ আড় হয়ে বসে, অনান্য যাত্রীদের দিকে মনোযোগ দেয়ার চেষ্টা করে, তিস্তা জংশনে সাক্ষাৎ পাওয়া সেই প্রৌঢ়ের কথা চকিতে মনে পড়ে যায় এবং সে দ্রুত চোখে সারা কামরা সন্ধান করে তার জন্যে, কিন্তু তাকে দেখা যায় না, বল্লার চর সংক্রান্ত মন্তব্যটি তার মাথার ভেতরে ধ্বনিত প্রতিধ্বনিত হতে থাকে, তাই ওয়ারেসের প্রশ্নটা সহসা তার বোধগম্য হয় না— ওয়ারেস যখন জিজ্ঞেস করে, তোমার কী মনে হয়, ওরা সন্দেহ করবেন ?

কারা ? কীসের সন্দেহ ?

যে আমি কেন ঢাকা থেকে এতদূর মেয়ে খুঁজতে এসেছি ?

তোমার কী মনে হয় ?

তুমি বলার পর মনে হচ্ছে, ওদের ভাবনা হতে পারে। হয়তো ভাবতে পারে, ঢাকায় কোনো কাহিনী আছে আমার, ধর, কোনো মেয়ের কাছে ঘা খেয়েছি, কিংবা কোনো মেয়েকে ডুবিয়েছি, এমন ভাবতে পারে আগে আমার একটা বিয়ে ছিল, কতকিছুই ভাবতে পারে, কিন্তু তুমি তো জানো এসব কিছুই না, ঢাকায় আমার কিছু ছিল না, কিছু নেই, তোমার চেয়ে বড় সাক্ষী কে আছে, তোমার কথা ওরা বিশ্বাস করবে, করবে না ?

হা, হা করে হেসে ওঠে আমজাদ। তুমি দেখছি সত্যি সত্যি ঘাবড়ে গেছ। তোমাকে আমি চিনি না ? তুমি করবে প্রেম ? তুমি ডোবাবে মেয়েকে ? এক বৌ রেখে আরেক বৌ ? ওসবের জন্যে সাহস দরকার, শক্ত মনের দরকার, হওয়া চাই বেপরোয়া, একরোখা, তোমাকে দেখে সে ভুল কেউ করবে না। তুমি নিশ্চিন্ত থাক।

আমি আরেকটা কথা ভাবছিলাম।

বলো, বলো।

পছন্দ হলে বিয়েটা এবারেই সেরে ফেলতে চাই।

বলো কী ?

খামোকা আবার ঢাকা ফিরে গিয়ে কী হবে ?

আবার একটা জার্নির ভয় করছ ?

না, মাকে আমি বলেই এসেছি। পছন্দ হলে বৌ নিয়েই ফিরব।

কৌতুকবাহিত বিস্ময় বোধ করে আমজাদ, তার সন্দেহ হয় ওয়ারেস নিজের বিরুদ্ধে একটু আগের অভিযোগগুলো খণ্ডন করতে চাইছে, প্রমাণ করতে চাইছে প্রয়োজন হলে সেও বেপরোয়া হতে পারে, একরোখা হতে পারে। আমজাদ ইতস্তত করে, আমজাদ কী বলবে

বুঝে পায় না, আমজাদ বিষয়টিকেই উপেক্ষা করে শেষ অবধি, বাইরের দিকে তাকিয়ে বলে, মনে হয়, জলেশ্বরী এসে গেল।

কোথায় জলেশ্বরী? কেবল রাজার হাট, এরপর নবগ্রাম, তারপর জলেশ্বরী; কিন্তু জলেশ্বরীর উল্লেখ মাত্র ওয়ারেসের হৃৎপিণ্ডের ভেতরে সেই যে দ্রুত ধাবন শুরু হয় আর কিছুতেই শাসন করা যায় না; আমরা এভাবেই আমাদের প্রধান গন্তব্যের সাক্ষাতে চূর্ণিত হই। আমাদের প্রধান গন্তব্য কোনো একটি বিশেষ স্থান নয়, আমাদের প্রত্যেকের নিজস্ব একটি পরীক্ষার প্রসঙ্গ আছে, আর সেই প্রসঙ্গেই হচ্ছে গন্তব্য, সেই পরীক্ষার দিকে যাত্রা ক'জন করতে পারে, সেই পরীক্ষায় ক'জনই বা উত্তীর্ণ হতে পারে? আর, আপাতদৃষ্টে কী সরল সেই পরীক্ষা, হ্যাঁ, অথবা না, সমুখে অথবা পেছনে, একটি জীবন অতিবাহিত হয়ে যায় তবু পা সরে না, আবার একটি মুহূর্ত অতিক্রান্ত হয়ে যাওয়ার আগেই কেউ পা বাড়াতে পারে, বস্তুত আগে থেকে কারো সম্পর্কেই কিছু বলা যায় না, প্রায়শ আমরা নিজেরাই আমাদের সম্ভাবনা এবং প্রবণতা সম্পর্কে কোনো ধারণা রাখি না, অতএব পরীক্ষার প্রসঙ্গেই আমাদের অস্তিত্ব উদ্‌ঘাটিত হয়, আর অন্য কিছুতে নয়। আমরা অচিরেই দেখতে পাব ওয়ারেসের সিদ্ধান্ত কী হয়, ওয়ারেস এখন এগিয়ে যায় একটি গ্রামের দিকে নয়, গ্রামের একটি মেয়ের দিকে নয়, নতুন একটি সংসারের দিকে নয়, সে এখন একটি পরীক্ষার প্রসঙ্গের দিকে যায়, রাতের এই রেলগাড়িতে যায়, বাংলাদেশের অভ্যন্তরে সে যায়, মানুষের সাহস এবং কাপুরুষতার ভেতরে লম্বমান টানটান একটি পাণ্ডুর রেখার দিকে যায়, একথা এখন তার জানার কথা নয়, এখন সে জানে তার এই গাড়ি জলেশ্বরীর দিকে যায়, জলেশ্বরী থেকে একটি বাস সাত্তারের হাটের দিকে যায়, হাটের পরে খাল পেরিয়ে সেই পথ নার্গিসের দরোজায় গিয়ে থমকে দাঁড়ায়।

মধ্যরাতে গ্রামটিকে শিথিল হয়ে পড়ে থাকতে দেখা যায়, দৃশ্যমান সমস্ত কিছুই অস্তিত্বহীন বলে বোধ হয়; গাছ, বাড়ি, পথ, উঠান, সকলই এখন মাটির আরো নিকটবর্তী, পৃথিবীর অন্তঃস্থলের দিকে উৎসুক যেন বা; চাঁদ ঔজ্জ্বল্য নিয়ে ভেসে যায় কিন্তু কোনো কিছুই কান্তি পায় না, ওয়ারেসকে নিয়ে আমজাদ এখন নেকবর আলীর বিশাল বাহির উঠানে এসে দাঁড়ায়, চারদিকের স্তব্ধতার প্রতি সম্ভ্রমেই সে নতকণ্ঠে বন্ধুকে বলে, মনে হয়, কেউ জেগে নেই। চাঁদের আলোয় হাতঘড়িটা ভালো করে দেখা যায় না, তবু ওয়ারেস চেষ্টা করে, চোখ তুলে বলে, রাত মাত্র সাড়ে এগারোটা।

এখানে তো অনেক রাত। বলতে বলতে ডানে বামে তাকায় আমজাদ, যদি বা কেউ চোখে পড়ে, যদি বা কারো সাড়া পাওয়া যায়, সম্মুখে বিরাট বাংলা ঘরের দিকে তাকিয়ে অনাবশ্যকভাবে বলে, সব সেই রকমই আছে। তারপর সে উচ্চকণ্ঠে ডাক দেয়, রসুল, ও রসুল। কিছুক্ষণ অপেক্ষা করে, কেউ সাড়া দেয় না, তখন সে আরো খানিকটা এগিয়ে ভেতরে যাবার বেড়ার দরোজার কাছে দাঁড়িয়ে আবার হাঁক দেয়, রসুল ওঠো, আমি আমজাদ।

ভেতর থেকে টিনের দরোজার ওপর ভারি কাঠের খিল খোলার শব্দ ওঠে তখন, এক চিলতে আলো কাঁপতে কাঁপতে অন্ধকার হাতড়ায়, মানুষের কণ্ঠ শোনা যায়, কে?
আমি আমজাদ, ঢাকা থেকে আসছি। তারপর গলা নামিয়ে ওয়ারেসকে সে বলে, মনে হয় নেকবর মামার গলা।

লণ্ঠন হাতে নেকবর আলী এসে দাঁড়ান বাহির উঠানে। মুখের ওপর আলো তুলেও আবার তিনি প্রশ্ন করেন, কে ?

আমি আমজাদ।

নেকবর আলী তখন লণ্ঠন ওয়ারেসের মুখের সম্মুখে ঘুরিয়ে ধরেন নীরবে।

আমার বন্ধু ওয়ারেস, নিয়ে এলাম।

নেকবর আলী ধীরে লণ্ঠন নামিয়ে নেন এবার, অনেকক্ষণ কিছুই বলেন না, ওয়ারেস বড় অপ্রতিভ বোধ করে, আশার কাচে কোথায় যেন নিঃশব্দে একটা চিড় ধরে যায়, আমজাদ উৎফুল্ল কণ্ঠে প্রশ্ন করে, মামা, ঘুমিয়ে পড়েছিলেন নাকি ?

না। বলেই নেকবর আলীর মনে হয় তিনি যেন উত্তর দেন নি, আবারো বলেন এবং ঘোষণার ভঙ্গিতে, না ঘুম কোথায় ?

আমজাদ বলে, খবর দিয়ে আর আসা হলো না। রসুল নাই বাড়িতে ?

রসুল ? যেন নিজের ছেলের নামটা নেকবর আলী ঠিক শনাক্ত করতে পারেন না, যেন সে চেষ্টাই তিনি করেন না, বলেন, বাংলা ঘর খুলে দেই, এনাকে বসাও, তোমাদের সব খবর ভালো তো!

নেকবর আলীর অস্বাভাবিক ধীর উচ্চারণ মধ্যরাতের ঘুম থেকে উঠে পড়ার জন্যে কিনা ওয়ারেস ঠাহর করতে পারে না, তার এমনও বোধ হয় আগে থেকে খবর দিয়ে না আসার দরুন তিনি অসন্তুষ্ট হয়েছেন, এজন্যে মনে মনে সে আমজাদকে দোষারোপ করতে থাকে, এমন সময় স্তব্ধতাকে আছাড় দিয়ে ভেতর থেকে আচমকা এক বিলাপ ওঠে নারী কণ্ঠে।

সঙ্গে সঙ্গে মাথা নামিয়ে নেন নেকবর আলী, আমজাদকে বলেন, মামির সাথে দেখা করে আস।

বিস্ফারিত চোখে আমজাদ তবু তাকিয়ে থাকে নেকবর আলীর দিকে, যেন সে তাঁর কাছে সমর্থন চায় যে বিলাপের ঐ আকস্মিক ধ্বনি সে সত্যই, সত্যই শুনেছে, কিন্তু অন্ধকারের ভেতরে নেকবর আলীর মুখ স্পষ্ট দেখা যায় না, ওয়ারেসের হাত সে একবার ধরে, তারপর ছেড়ে দেয়, তারপর একাই সে ভেতরে যায়।

মামি তাকে দেখেই জলচৌকির ওপর মাথা কুটতে কুটতে চিৎকার করে বলে ওঠেন, নাই, হামার নার্গিস নাই।

৩

বিলাপ কি কখনো সে, ওয়ারেস, শোনে নি ? নারীকণ্ঠে ?— যে, এখন তার মনে হয় কোনো হিন্দু রমণী হুলুধ্বনি দিয়ে ওঠে, মাথার ভেতরে বিশ বছর আগের একটি নিস্তব্ধ সন্ধ্যা লাফ দিয়ে পড়ে, এই বিশ বছরে একবারও মনে পড়ে নি, অসম্ভব কোনো কিছুই কারো পক্ষে ভুলে যাওয়া, সকলই অপেক্ষা করে কৌটোর ভেতরে স্প্রিং ঠাসা পুতুলের মতো, এই যে, সে আবার হুলুধ্বনি শুনতে পায় বিশ বছর আগে একদা রামকৃষ্ণ মিশন রোডে, প্রাইভেট পড়াতে যাচ্ছিল সে, সদ্য নিহত দিনের বেদনায় সন্ধ্যাটি ছিল বধির ও নিশ্চল, হঠাৎ হুলুধ্বনি, ইতিপূর্বে মানুষের কণ্ঠে এই রোল সে কখনো শোনে নি, আর পায়ের নিচে পথটিকে মনে হয়েছিল হঠাৎ ওপরের দিকে উঠে যেতে চাইছে, পাশেই দোকানের লণ্ঠন দুলছে, লজেন্সের

বোয়ামগুলো ঝনঝন করে ভেঙে পড়ছে, মানুষের দৌড়ে যাওয়ার দুপদাপ শোনা যাচ্ছে, ক্ষণকাল স্তম্ভিত থেকে দৌড়েছিল সেও কিন্তু পায়ের নিচে, মাথার ওপরে, শরীরের ভেতরে ভয়াবহ দুলুনির হাত থেকে নিস্তার সে পায় নি, দুলুনি থেমে গেলেও মিশনের মন্দির থেকে হুলুধ্বনি থেকে আত্মরক্ষা করার জন্যে সে দক্ষিণে বামে দৌড়েছে এবং মানুষের কোলাহলের দিকে অবশেষে ধাবিত হয়েছে— যে মানুষেরা চিৎকার করে বলছিল, ভূমিকম্প, ভূমিকম্প।

আকস্মিক ঐ বিলাপধ্বনির সঙ্গে সঙ্গে ওয়ারেস পায়ের তলায় দুলুনি অনুভব করে, বাস্তব এককালে রহিত হয়ে যায়, শ্বাস স্তম্ভিত এবং যখন চৈতন্য হয় যে বিশ বছর আগেই গত, বিলাপটি দ্বিতীয়বার সে শোনে— তার স্মৃতি তাকে বাজিয়ে শোনায়, বাস্তবে, নারীকণ্ঠ এখন স্তব্ধ, ওয়ারেসের মনে হয় বিলাপের মধ্য দিয়ে এই একটি বাক্য উচ্চারিত হয়ে গেল যে, 'হায়, আমরা সন্তানহারা হলাম।' দুলুনির বদলে পায়ের নিচে মাটির কাঠিন্য সে হঠাৎ মর্মে অনুভব করে ওঠে।

কে কাঁদে ? সে কেন আর কাঁদে না ? সে কেন একবার কেঁদে উঠে আর কাঁদে না ? সে কেন আরো নিকটবর্তী হয় না ? সে কেন প্রকাশ করে না তার ইতিহাস ? নেকবর আলী উদ্ভিদের মতো স্থির হয়ে থাকেন, লণ্ঠনের আলো তার মুখমণ্ডল পর্যন্ত পৌঁছায় না, হাত থেকে লণ্ঠন ঝুলে থাকে মাটির কিছুটা ওপরে, ফলত নেকবর আলীর ঊর্ধ্বাঙ্গ মৃত এবং নিম্নাঙ্গ জীবিত বলে বোধ হয়, ওয়ারেস মূর্ছিত বোধ করে।

তখন তাকে স্পর্শ করেন নেকবর আলী, তার একটি হাত তিনি টেনে নেন, যেন একটি সেতু রচনা করেন, বলেন, পথে কষ্ট হয় নাই তো ? বড় দূরের পথ।

এই বাক্য এবং ঐ স্পর্শের দরুন ওয়ারেস আবার সুস্থ বোধ করে, তবে চিত্তের বিচলন দূর হয় না, সেও একটি হাত ধরে নেকবর আলীর এবং ব্যাকুল কণ্ঠে প্রশ্ন করে, কে কাঁদে ?

ক্ষণকাল চুপ করে থেকে নেকবর আলী উত্তর দেন, বাড়ির তারা। এখন এই বাগধারার সঙ্গে ওয়ারেস পরিচিত নয় বলে বুঝতে পারে না যে তিনি তার স্ত্রীর কথা বলছেন, তার ধারণা হয় বাড়ি কাঁদছে এবং সে বিস্ময়বোধ করে মনের একাংশে, আবার একাংশ বাড়ি যে কাঁদতে পারে তা অসম্ভব জ্ঞান করে না, সে আবার প্রশ্ন করে, কেন কাঁদছে ?

চলেন, বাংলাঘর খুলে দিই, বলতে বলতে নেকবর আলী অগ্রসর হন এবং চলমান অবস্থাতেই প্রায় স্বগতোক্তি করেন, এখন কান্দন ছাড়া আর কী আছে, কন ?

এই বাক্য ওয়ারেসের পেছন ছাড়ে না, রাত অগ্রসর হয়, বিছানায় শুয়ে থেকেও ঘুম আসে না, আমজাদ তার বিছানা তৈরি করে দিয়ে সেই যে ভেতরে যায় আর ফিরে আসে না, মেঝের ওপরে স্তিমিত লণ্ঠনের আলোয় লেপা মাটির অতি চিকন শিরগুলো পর্যন্ত সে স্পষ্ট দেখতে পায়, অথচ পরিপার্শ্ব এবং এ বাড়ির অতীত তার কাছে বিন্দুমাত্র বোধগম্য হয় না, বস্তুত সে এখন এখানে কেন তাও দুর্বোধ্য ঠেকে, নার্গিস তাকে আর আচ্ছন্ন করে রাখতে পারে না, গলার নিচে অবিরাম একটা ঢিবঢিব ভাব সে অনুভব করে, তারপর চেতনার ওপর দিয়ে অতি ক্ষীণ কুলুকুলু স্বরে জল বয়ে যেতে থাকে এবং এক রমণীর উপস্থিতি সে ঘরের ভেতরে টের পায়।

নিতান্ত স্বাভাবিক মনে হয় তার এই রমণীর উপস্থিতিকে যেন সে কী একটা ঘরের কোণে পেছন ফিরে খুঁজে চলেছে, অনেকক্ষণ ধরে খুঁজছে, অবশেষে ওয়ারেস বালিশ থেকে মাথা

তুলে জানতে চায়, পাওয়া গেল না ? সেই রমণী পেছন ফিরেই না-সূচক মাথা নাড়ে এবং আবার খুঁজে চলে, তখন উঠে বসে ওয়ারেস, মৃদু স্বরে বলে, আমি খুঁজে দেখি ? রমণী সম্মতি দেয় না, অথবা দেয়, কারণ সে তাকে আহ্বানও করে না, বারণও করে না, পাছে সে বিরক্ত হয় তাই ওয়ারেস বিছানা ছেড়ে উঠে দাঁড়ায় না, রমণীকে গোপন করেই নিঃশব্দে সে এখন তার বিছানার আশেপাশেই সন্ধান করতে থাকে, কীসের সন্ধান করে, রমণীর অন্বিষ্ট কী, জানা নেই, তবু অজ্ঞাত বলে বোধ হয় না, পুরস্কারহীন সন্ধান করে চলে সে, তবু রাত ভোর হয় না, রাত তার স্বপ্নের ওপরে স্তম্ভিত হয়ে থাকে।

হাতলহীন চেয়ারে খাড়া বসে থাকে আমজাদ। সম্মুখে খাটের ওপর বামে হাতের তেলো ভর দিয়ে নেকবর আলী ঈষৎ ঝুঁকে আছেন। পাশেই তার স্ত্রী এলিয়ে পড়ে নিঃশব্দে কেঁদে চলে, ধারা বালিশ ভিজিয়ে দেয়, আমজাদ ভীত চোখে তা প্রত্যক্ষ করে চোখ ফিরিয়ে নিতে পারে না, শক্তির অভাবেই কেবল কান্নার কোনো শব্দ হয় না, খাটের পাশে গোল টেবিলের ওপর রাখা লণ্ঠন, বাতাসে তার শিখা থেকে থেকেই দপদপ করে ওঠে, আবার স্থির হয়, নেকবর আলী গভীর মনোযোগের সঙ্গে যেন তা পর্যবেক্ষণ করে চলেন, কী তিনি আবিষ্কার করতে চান সহসা স্পষ্ট হয় না। আমজাদ অত্যন্ত ভীত বোধ করে, এখান থেকে পালিয়ে যাওয়ার জন্যে ভেতরটা ছটফট করে অথচ মামার বর্তমান পরিস্থিতিতে এতটুকু চাঞ্চল্য প্রকাশ করতেও ভয় হয় তার, এভাবে বল্লার চরে আসার জন্যে নিজেকে সে ক্ষমা করতে পারে না, ওয়ারেসের ওপর তীব্র ক্রোধ হয় তার।

নেকবর আলীর স্ত্রী এতক্ষণ নীরবে কাঁদার পর হঠাৎ উঠে বসে, তখন বিস্ফারিত চোখে তাকে লক্ষ করতে থাকে দুই পুরুষ, দু'জনেই প্রতি মুহূর্তে আশঙ্কা করে এই রমণী হঠকারী কিছু করে বসবে এক্ষুণি, তার প্রতিটি অঙ্গ সঞ্চালন তারা এক প্রকার সম্মোহনের সঙ্গে লক্ষ করে, কিছু যদি করেই বসে তাহলে তাকে বাধা দেয়ার মতো যথেষ্ট শক্তি বা কৌশল তাদের আছে কি ?— নির্ণয় করতে না পেরে উভয়ে আশাহীন হয়ে পড়ে, এতটাই আশাহীন যে কেউ কারো দিকে দৃষ্টিপাত পর্যন্ত করে না। নেকবর আলীর স্ত্রী কিছুক্ষণ স্থাণু হয়ে থাকে সংসারত্যাগী কোনো মহিলার আলোকচিত্রের মতো, অতি ধীরে বাম হাত উঠে তার কপালে ন্যস্ত হয়, অচিরে তা খসে পড়ে কোলের ওপর, তারপর অপ্রত্যাশিত দ্রুতবেগে তার দেহ আগুপিছু দোল খেতে থাকে। তৎক্ষণাৎ দুই পুরুষ বিকট একটা কিছু ঘটে যাওয়ার সম্ভাবনায় রমণীর দিকে ঈষৎ ঝুঁকে পড়ে প্রস্তুত হয়, কিন্তু আবার অপ্রত্যাশিতভাবেই দেহের দোল থেমে যায়, ধপ করে বিছানায় পড়ে যায় সে সংজ্ঞা হারিয়ে; নেকবর আলী একটি দীর্ঘশ্বাস মোচন করেন, যেন একটি সংকট থেকে অপরের কৃপায় সহসা মুক্তি পেয়ে যান।

স্খলিত কণ্ঠে আমজাদ বলে ওঠে, আবার ফিট লেগেছে। কোথাও জল আছে কিনা, তার চোখ ঘরের ভেতরে সন্ধান করে চলে; নেকবর আলী ক্লান্ত কণ্ঠে বলেন, এখনই আবার জাগবে, ব্যস্ত না হও তুমি। সত্য সত্যই রমণীর বুজে থাকা চোখের পাতায় অচিরে কম্পন লক্ষ করা যায়, ধীরে তার চোখ খুলে যায়, সে এখন কণ্ঠেও শক্তি পায়, আমজাদ তার ক্ষীণ কণ্ঠ থেকে বক্তব্য উদ্ধার করে, রমণী বলছে, এই তো ছেলে এসেছিল, বিয়ে হয়ে যেত। এই একই বক্তব্য ক্ষীণ থেকে ক্ষীণতর কণ্ঠে বারবার উচ্চারিত হতে থাকে। নেকবর আলী ক্ষণকালের জন্যে আমজাদের দিকে দৃষ্টিপাত করে আবার তেলোয় ভর দিয়ে লণ্ঠনের শিখা পর্যবেক্ষণ করে চলেন, আগুন এবং তার দীপ্তি যে মানুষের প্রাচীনতম বন্ধু, এতে আর সংশয় যেন কেউ না করে।

নেকবর আলীর স্ত্রীর বিলাপ ক্ষীণ হতে হতে যখন জলের ধারায় কেবল প্রকাশিত হতে থাকে, আমজাদ বলে, আমি তো জানি না, ধারণাও করি নাই, তবে এখন কী করা যায় ?

তোমার বন্ধুকে বলো নাই ?

না, এখনো বলি নাই।

বলা কি ভালো হবে ?

গোপনই বা কীভাবে করি, একথা গোপন করা যাবে না।

নেকবর আলী নতমুখে কিছুক্ষণ চিন্তা করেন, গ্রামে বহুকাল তিনি নেতৃত্ব দিয়ে আসছেন, মাটির সঙ্গে মালিকানা ও উৎপাদনের নানা জটিল পরিস্থিতি তাঁর অভিজ্ঞতার অন্তর্গত, সহজে তিনি বিচলিত হন না, মাত্র দশদিনের ভেতর পারিবারিক এতগুলো দুঃসংবাদ তিনি কীভাবে গ্রহণ করেছেন তাঁর বর্তমান মুখভাব থেকে আঁচ করা আমজাদের পক্ষে দুঃসাধ্য হয়, সে ভীতি ও বিস্ময় নিয়ে মামার দিকে অপলক তাকিয়ে থাকে।

নেকবর আলীকে একবার মাত্র অস্ফুটস্বরে উচ্চারণ করতে শোনা যায়, গোপন করায় কী লাভ ? মানুষ গোপন করে, যখন আশা থাকে।

কোনো আশা নাই ?

নেকবর আলী হঠাৎ উৎসুক হয়ে আমজাদের দিকে তাকান, তারপরই লক্ষ করেন যে সম্মুখে যে আছে সে কোনো নতুন সংবাদ দেয় নি, তিনি আবার চিন্তামগ্ন হয়ে পড়েন।

দু'জনেই নীরব থেকে সম্ভবত একই ভাবনায় সময় পাড়ি দেয়, অতঃপর তিনদিন আগে নার্গিস গ্রাম থেকে অপহৃত হয়েছে, একথা ওয়ারেসকে জানানো সমীচীন হবে কিনা সহসা সিদ্ধান্ত করা যায় না; নার্গিসেরই ফুপাতো ভাই আমানকে মাত্র আটদিন আগে নিহত গলিত অবস্থায় পাওয়া গেছে রংপুরের এক হোটেলে, সে কথা স্মরণ করে প্রত্যয়ের সঙ্গে বলা যায় না নার্গিস নিজেও আর জীবিত আছে কিনা; নার্গিস নিহত হয়ে থাকলে এবং তা নিঃসংশয়ভাবে জানা গেলে আগন্তুকের কাছে সহজেই তা প্রকাশ করা যেত, কিন্তু অপহরণ ? —যুবতী অপহৃত হলে তার প্রত্যাবর্তনের সম্ভাবনা থাকে এবং যুবতীরা অপহৃত হওয়ার পর কবে কোথায় কুমারী থেকেছে, আর থাকলেও কবে তা নিয়ে ঘোর সংশয় দেখা দেয় নি ? —অতএব কেউই নির্ণয় করতে পারে না, অপহরণের সংবাদ ওয়ারেসকে জানানো হবে কিনা।

নেকবর আলীর স্ত্রীর কণ্ঠে আবার অতি ক্ষীণস্বরে বিলাপ ফিরে আসে, তার দিকে লক্ষ করে নেকবর আলী পরামর্শ দেন এবার, গলা তোমার বাইরে যায়, চুপ করি থাকেন। তারপর আমজাদের দিকে ফিরে বলেন, চিন্তা করি না বলাই ঠিক হয়। আল্লার মনে কী আছে জানি না, নয় তোমরাই বা হঠাৎ আসি পড়বেন কেনে ?

জানলে তো আসতাম না। বলেই আমজাদ অনুভব করে কথাটা স্বার্থপর উক্তি বলে শ্রোতার কাছে মনে হতে পারে, সে শঙ্কিত হয়ে মামার দিকে চকিত দৃষ্টিপাত করে, তারপর দ্রুত যোগ করে, মানে, ওয়ারেসকে নিয়ে আসতাম না। তাকে এখন কী বলি ?

নেকবর আলী পরামর্শ দেয়, যেন তার নিজের কোনো ব্যাপারই নয় এটা, অন্য কারো সমস্যা সে সহজাত নেতৃত্ব বলে আপন জ্ঞান করে নিয়েছে; তার পরামর্শ হয়, বলেন না কেনে, রসুল হামার ব্যাটা গ্রেপ্তার, মিছাও চোরাচালানের আওয়াজ তুলি তাকে গ্রেপ্তার করাইছে, হামার

বইনের ব্যাটা আমান খুন হইছে, সংগ্রামের পরে তার ফটো পেপারে বিরাইছিল বাহাদুর বলি, দ্যাখো নাই তোমরা ?— বলেন, বাড়ির কারো মন ভালো নাই, পাত্রী দেখা বা বিয়ার কথা এখন হবার নয়। এগুলো তো মিছা কথা নয় ? দ্যাশের অবস্থা কাঁই না জানে— হামরা কীসের মধ্যে বাস কর ?

আবার এক প্রবল ভীতি আমজাদ অনুভব করে ওঠে, তার দেহের ভেতরে আমান বরফ বহন করে আনে অবিরাম, একবার ঝলক দিয়ে যায় একটি চিত্র— তার, আমজাদের লাশ খালের পানিতে ভেসে আছে, শিহরিত হয়ে চোখ বোজে সে। মানুষ কেন যে কখনো কখনো বড় তীব্র আলোকে ক্ষণকালের জন্যে ভবিষ্যৎ দেখতে পায়, তার কোনো ব্যাখ্যা নেই।

নেকবর আলী দীর্ঘশ্বাস ফেলে উঠে দাঁড়ান, আমজাদকে বলেন রাত আর কতই বা বাকি আছে, বাংলাঘরে গিয়ে শুয়ে পড়তে; তিনি শেষ পরামর্শ দেন, কাল সকালেই যেন আমজাদ তার বন্ধুকে নিয়ে ফিরে যায়।

৪

বারান্দায় নেকবর আলী লণ্ঠন হাতে দাঁড়িয়ে থাকেন, প্রশস্ত উঠান পেরিয়ে আমজাদ বাংলাঘরের দিকে এগিয়ে যায়, তার খিল লাগাবার শব্দ পাওয়ার পর নেকবর আলী নিজের ঘরে ঢোকেন, ভালো করে খিল আটকে দেন, স্ত্রীর পাশে শুয়ে পড়েন সন্তর্পণে, এখন তার কান্নার আওয়াজ আর পাওয়া যায় না, কান পেতে তবু একবার নিশ্চিত হয়ে তারপর তিনি লণ্ঠনের সলতে ছোট করে দেন, সঙ্গে সঙ্গে মনে হয় কারা যেন কোথায় এসে নিঃশব্দে দাঁড়িয়ে আছে, লণ্ঠন আবার বড় করেন, আধো উঠে বসে ঠাহর করতে চেষ্টা করেন, বাতাসের শব্দ ছাড়া আর কিছুই কানে পশে না, তিনি শুয়ে পড়েন।

ওয়ারেসের মুখের ওপর লণ্ঠনের আলো পড়ে বাহির আঙ্গিনায় যে চিত্র রচিত হয়েছিল, তার চোখের সম্মুখে ধীরে তা ভেসে ওঠে। কিন্তু যথেষ্ট স্পষ্ট হওয়ার আগেই তা মিলিয়ে যায়, আবার ভেসে ওঠে এবং এবার তিনি প্রবল মানসিক শক্তি দিয়ে চিত্রটিকে আর অন্তর্হিত হতে দেন না, স্থির তাকিয়ে থাকেন, সচেতনভাবে নার্গিসকে এবার স্মরণ করেন এবং নার্গিসকে তার পাশে স্থাপন করেন, দেখেন, দেখতে থাকেন এবং তার অজ্ঞাতেই ওয়ারেসের মুখ কখন মিলিয়ে যায়, কেবল নার্গিসের চিত্র স্থায়ী হয়ে থাকে, সে চিত্র স্থির নয়, নার্গিসকে তিনি অনবরত বিচরণ করতে দেখেন, কখনো ঘরে, কখনো উঠানে, কখনো বাড়ির পেছনে জামরুল গাছের তলায় এবং নার্গিস ক্রমশ শিশু হয়ে যায়, নেকবর আলী নিজেকে প্রত্যক্ষ করেন ঝুঁকে পড়ে নার্গিসকে মেঝে থেকে তুলে নিচ্ছেন। অকস্মাৎ এই চলচ্চিত্র অন্তর্হিত হয়ে যায়, নিশ্ছিদ্র অন্ধকারের ভেতরে কিছুক্ষণ বিহ্বল হয়ে থেকে তিনি একটি সিদ্ধান্তের সাক্ষাৎ পান— ওয়ারেসকে তাঁর পছন্দ হয়েছে।

নেকবর আলীর এমত বিশ্বাস হয়, নার্গিস অপহৃত হয় নি, সে বেড়ার ওপাশে ছোট কুঠরিতে ঘুমিয়ে আছে, এখুনি উঠে গেলে দেখতে পাবেন কুঠরিতে টেবিলের ওপর পড়ার বই, দড়ির পরে টানানো শাড়ি, দড়ি ঝোলা তাকের ওপর কাঁকই, তেলের শিশি আর সমস্ত কিছুর কেন্দ্রে একটি ঘুমন্ত মুখ। নেকবর আলী বিছানা ছেড়ে উঠে বসেন, যেন জোর করে বাস্তবের মুখোমুখি হতে চান, যে নৌকা হঠাৎ ভেসে যাচ্ছিল খপ করে তার গলুই আঁকড়ে ধরেন তিনি।

দরজা খুলে নিঃশব্দে বেরিয়ে গোটা বাড়িটা চক্কর দিয়ে আসেন তিনি, কিষাণের ঘরের সম্মুখে হাঁক দেন, জাগি আছ ? তাদের সতর্ক সাড়া পেয়ে তিনি গোলাঘরের দিকে যান, পায়ের কাছ দিয়ে কিচকিচ করে একটা ইঁদুর দৌড়ে যায়, গোলার তালা টেনে পরীক্ষা করে আবার ফিরে আসেন নিজের ঘরে, খাটের ওপর স্ত্রীকে লণ্ঠন তুলে একবার দেখে নেন, আবার শুয়ে পড়েন, তাঁর অন্তঃস্থলের বায়ু, 'আল্লাহু' উচ্চারণ ভর করে নিঃশেষে নির্গত হয়, যেন আর শ্বাস নেয়ার কোনো ইচ্ছাই তার নেই কিন্তু ধীরগতিতে শ্বাস আবার তাঁর শরীরে প্রবেশ করতে থাকে।

স্বপ্নের ভেতরে ওয়ারেস সন্ধান করে চলে, পায় না, ঈষৎ হতাশ হয় এবং লক্ষ করে ঘরের কোণে রমণী তখনো তার দিকে পেছন ফিরে বস্তুটি খুঁজে চলেছে, কোথায় বাতাস ওঠে, মরমর করে ওঠে গাছের ঘন মাথাগুলো, দিগন্তে ম্লান হাসির মতো আলো দেখা দেয়, রমণী অদৃশ্য হয়ে যায়, ওয়ারেস বড় ব্যাকুল হয়ে পড়ে তখন। জেগে উঠে দ্যাখে, আমজাদ তার প্যাশে অঘোরে ঘুমিয়ে আছে।

স্বপ্নের ভেতরে রমণীটি কে ছিল, সে শনাক্ত করতে পারে না; তার পরিচিত কারো মতো বলে মনে হয় না, অথচ খুব চেনা বোধ হয়; রমণীকে আবার দেখার জন্যে সে তৃষিত বোধ করতে থাকে। ধীরে বাইরের দরোজা খুলে সে নিকানো বারান্দার ওপর এসে দাঁড়ায়; সমুখে উঠানের নিচ দিয়ে ঘুরে গেছে মাটির কাঁচা সড়ক, বাঁকের কাছে জগৎ অধিকার করে দাঁড়িয়ে আছে একটা বেল গাছ, তার ওপারেই মানুষের বুক-সমান পাট গাছ— যতদূর চোখ যায়; নতুন একটা জীবনের ভেতরে যেন সে প্রবেশ করে।

সর্ব অর্থেই সমস্ত কিছু নতুন বলে বোধ হয় তার, নিজের শরীরও সদ্যনির্মিত বলে ধারণা হয়, বড় লঘু বোধ করে সে, তার মুখমণ্ডল শীতল বাতাসে অবিরাম ধৌত হতে থাকে, নিঃশ্বাসের ভেতর সে লতা ও গুল্মের ঘ্রাণ অনুভব করে।

বারান্দা থেকে নেমে আসে ওয়ারেস, তার খুব হাঁটতে ইচ্ছে হয়, সবকিছু আবিষ্কার করতে ইচ্ছে করে, কিন্তু পরিপার্শ্ব তাকে আকৃষ্ট করলেও সদ্যোজাত শিশুর মতো সীমানা ছেড়ে বেরোতে লঘু ভয় হয়, উঠান পেরিয়ে সে সড়কের ধার পর্যন্ত গিয়েও ফিরে আসে আবার, তার কোনো তাড়া নেই, নিজের কাছে প্রায় অজ্ঞান একটি অনুভব তার ভেতরে ভেতরে কাজ করে— যেন সে এখানে অতিথি মাত্র নয়, এখানে তার একটি ভূমিকা আছে।

ওয়ারেস বিশাল উঠানের এ-মাথা থেকে ও-মাথা হেঁটে বেড়ায়, হঠাৎ তার চোখে পড়ে কিষাণ একজন গরুর জন্যে জাবনা তৈরি করছে, সে তার কাছে গিয়ে দাঁড়ায় কৌতূহল নিয়ে। কিষাণ জানতে চায়, তার মুখ ধোবার পানি চাই কিনা, সে ব্যস্ত হয়ে বলে ওঠে— না, না, তুমি কাজ কর আমি দেখি। কিষাণ অপলক চোখে কিছুক্ষণ তার দিকে তাকিয়ে থেকে আবার কাজে মন দেয়, বিড়বিড় করে সে কী যেন বলতে থাকে, ওয়ারেস ভালো করে ধরতে পারে না, কিষাণের কণ্ঠের চেয়ে পাখির ডাকই যেন শ্রবণ অধিকার করে থাকে, অগত্যা ওয়ারেস তার আরো কাছে গিয়ে হাসতে হাসতে বলে, আমাকে কিছু বলছ ?

ভীত চোখে কিষাণ তার দিকে তাকায় তখন, সে ভয় ওয়ারেসের দৃষ্টি এড়ায় না, কিষাণকে হঠাৎ বড় চঞ্চল দেখায়, আবার এমনও মনে হয় শহরের অচেনা লোক দেখে সে ঘাবড়ে গেছে, ওয়ারেস তাকে আশ্বস্ত করতে চায়, আমাকে তুমি না চিনলেও আমি বাইরের লোক না। কথাটা উচ্চারণ করে নিজেই সে আশ্চর্য হয়ে যায়, তার রক্তের ভেতরে শিহরণ অনুভব করে সে, যেন গূঢ় বক্তব্যটি কেউ তাকে দিয়ে বলিয়ে নেয়, বিহ্বল একটা ঘোরের ভেতরে

কিছুক্ষণ দাঁড়িয়ে থেকে সে অপ্রত্যাশিত একটি আলিঙ্গনের স্বাদ গ্রহণ করে, তারপর প্রত্যক্ষের ভেতরে ফিরে এসে হাসি মুখে বলে, কী যেন বলছিলে তুমি ?

কিছু নয়।

এখানে তুমি কাজ কর ?

সেই বাচ্চাকাল থেকে আছোঁ, তিন কুড়ি বয়স হইয়া গেইলো।

বলো কী !

দুটো গরুকে টেনে এনে গামলার কাছে বাঁধে কিষাণ, পূর্বাপর সম্পর্ক স্থাপন না করে হঠাৎ সে বলে, বড় অসময়ে আসছেন তোমরা, বাহে, গোরস্থানে আসি খাড়াইছেন।

কথাটার তাৎপর্য প্রথমে সে উপলব্ধি করতে পারে না, সঠিক শুনেছে কিনা সে বিষয়েও সন্দেহ হয়, ওয়ারেস জানতে চায়, গোরস্থান ?

নয়তো কী ? তামান বল্লার চর গোরস্থান হয়া যাইবে, দেখি নিবেন।

ওয়ারেস তখন অনুমান করে বৃদ্ধের মাথার দোষ আছে, সে হাসতে থাকে।

হঠাৎ ক্ষিপ্ত হয়ে ওঠে কিষাণ, নুয়ে পড়া মেরুদণ্ড পলকের ভেতরে লাঠির মতো খাড়া হয়ে যায়, প্রায় চিৎকার করে বলে ওঠে, হাসির কথা নোয়ায়, হাসেন তোমরা ? টাউনে থাকি দিশ উদ্দিশ পান না ? টাউন বলিয়াও ছাড়া পাবার নন, টাউনও গোরস্থান হয়া যাঁইবে, তখন স্মরণ হইবে হামার কথা।

এভাবেই অচিরে বৃদ্ধের কাছে ওয়ারেস শোনে, সে শোনে নার্গিসের কথা, রসুলের কথা, আমানের কথা। বল্লার চর সহসা তার কাছে স্তব্ধ হয়ে যায়, সড়ক স্তম্ভিত হয়, উঠান সংকুচিত হয়, দিগন্তের রক্তবর্ণকে পদাঘাত করে সূর্য প্রকাশিত হয় এবং তার কটাহ থেকে গলিত তামা গড়িয়ে পড়তে থাকে।

গরু দুটোকে হ্যাঁচকা টান দিয়ে নির্মমভাবে খাদ্য থেকে বঞ্চিত করে কিষাণ, প্রবণ দুই বাহু দিয়ে আকর্ষণ করে তাদের নিয়ে উধাও হয়ে যায় সে, চলে যাওয়ার পরও অনেকক্ষণ পর্যন্ত পশুর আর্ত হাম্বা রব শোনা যেতে থাকে, ওয়ারেস নিশ্চল দাঁড়িয়ে থাকে।

সেই হাম্বা রব ক্ষীণ থেকে ক্ষীণতর হয়ে যায়, তবু মিলিয়ে যায় না, বিলীন হতে হতে বিন্দুতে পরিণত হয় মাত্র এবং সেই একটি বিন্দুই অধিকার করে থাকে শ্রবণ, বিন্দু সহস্র বিন্দুর জন্ম দিতে থাকে প্রতি পলে, তারা গ্রথিত হয়, মথিত হয়, একটি বিশাল পিণ্ডে আশ্রয় নেয়, অচিরে বিকট হাম্বা ধ্বনিতে চরাচর কম্পিত হতে থাকে।

স্বপ্নের সেই রমণীকে সে এখন আবার দেখতে পায়, আবার সেই রমণী তার দিকে পেছন ফিরে কী একটা সন্ধান করে চলেছে, ওয়ারেসের বোধ হয় জগতের সমস্ত কিছুই অত্যন্ত দ্রুতবেগে এখন ধাবিত এবং তার বিপরীতে এই রমণী বড় ধীর, নির্বিকার; তার ক্রোধ হয়, মত্ত দুই হাতে সমস্ত কিছু ছিঁড়ে ভেঙে ছড়িয়ে দেখতে ইচ্ছে হয় কোথায় আছে সেই বস্তু, কিন্তু তার শক্তি বড় সীমিত বলে সে অনুভব করে, তার চোখ বাষ্পাচ্ছন্ন হয়ে আসে, নিজের ইচ্ছার বিরুদ্ধে ঠোঁট কাঁপতে থাকে তার, হাত মুষ্টিবদ্ধ হয়।

ধীরে ধীরে বাড়িটার দিকে মুখ করে সে দাঁড়ায়। নিখুঁত একটি সরল রেখায় সুপারি গাছের সার দুইদিকে চলে গেছে, সবুজ একেকটি স্তবকের মতো তাদের শীর্ষগুলো ঊর্ধ্বে নিবেদিত,

আন্দোলিত হচ্ছে মৃদু তালে যেন গৃহীত হওয়ার জন্যে ব্যাকুলতা প্রকাশ করছে তারা; শান্ত স্তব্ধ বাংলা ঘর, টিনের চালে শ্যাওলার স্তর, বারান্দায় বাঁশের জালিবোনা খিলানে কবেকার কোন উৎসবের রঙিন কাগজের ফালি, দরজার কাঠে খোদাই করা পানের পাতা, বারান্দার নিচে মাটির ধাপের দু'পাশে বেড়ে উঠেছে লতা, ঘরটা শীর্ষে শ্যাওলা পাদদেশে ঘন লতা নিয়ে চারদিকের সবুজের সঙ্গে আত্মীয়তা রচনায় মগ্ন, কান পাতলে যেন তার অস্ফুট উচ্চারণ শোনা যাবে।

দূর হও, কে বলে মানুষের দুঃখের ছাপ তার গৃহে লেগে থাকে? এই উঠানে দাঁড়িয়ে, এই বাড়ির দিকে দৃষ্টিপাত করে কে বলতে পারে, গৃহস্থ আজ শোকাভিভূত, তার কন্যা অপহৃত, তার একমাত্র পুত্র একদা বীরের মতো সংগ্রাম করে আজ তস্করের মতো লাঞ্ছিত এবং তার ঘনিষ্ঠ এক স্বজন নির্মমভাবে নিহত? গৃহের ভিত এখনো অটুট, দেয়াল এখনো সমকোণে প্রতিষ্ঠ, গাছ এখনো সবুজ। এখনই এ বাড়ির ভেতর থেকে আনন্দের কোলাহল শোনা যেতে পারে, অথবা শোকের বিলাপ, গীত অথবা স্তব্ধতা, ভিত অটুট থাকবে, দেয়াল থাকবে দেয়ালের জায়গায়, লতা বেড়ে উঠবে, গাছ ফল ধারণ করে থাকবে। মানুষ কেবল মানুষেরই ভেতর প্রতিক্রিয়ার জন্ম দিতে পারে।

আমজাদ এসে বলে, তুমি এখানে দাঁড়িয়ে আছ যে!

ওয়ারেস আমজাদকে এক মুহূর্তের জন্যে অচেনা জ্ঞান করে।

কী হয়েছে? আমজাদের কণ্ঠে আর্তনাদ ধ্বনিত হয়।

ওয়ারেস অপলক চোখে তাকিয়ে থাকে আমজাদের দিকে।

হাত-মুখ ধুয়েছ? ধোও নি? একটু তাড়াতাড়ি করতে হবে। আর, একটা কথা আছে।

আমি শুনেছি।

আমজাদ কেবল প্রতিধ্বনি করতে পারে, শুনেছ? তারপর সংবিত ফিরে পায়, দ্রুত প্রশ্ন করে, কী শুনেছ? কার কাছে শুনেছ? কখন?

এই মাত্র।

আমজাদ উৎকর্ণ হয়ে অপেক্ষা করে, কিন্তু ওয়ারেস আর কিছু বলে না, তখন সে তার হাত ধরে বাংলাঘরের দিকে টেনে নিয়ে যায়।

ওয়ারেসের দিকে গভীর চোখে তাকিয়ে থাকে আমজাদ, এখনো তার ঠিক বিশ্বাস হয় না ওয়ারেস কিছু জানে, নিশ্চিত হওয়ার জন্যে সে প্রশ্ন করে, সব শুনেছ?

ওয়ারেস মাথা নত করে।

আমানের কথা?

হ্যাঁ।

রসুলের কথা?

শুনলাম।

আর, আর কী শুনলে?

নার্গিসকে কারা নিয়ে গেছে?

দু'জন দু'জনের চোখের ওপর থেকে চোখ ফিরিয়ে নেয়, দীর্ঘক্ষণ চুপ করে থাকে তারা, অবশেষে ওয়ারেস বলে, খবর কাগজে পড়তাম, কত পড়েছি, এই সেদিনও তো, রাজশাহীর কী একটা জায়গায় একটা বাড়ির দু'জন না তিনজন খুন হবার কথা পড়লাম, মুক্তিযোদ্ধা ছিল, আজ নিজে একেবারে সামনা সামনি। হাসতে চেষ্টা করে ওয়ারেস, সম্ভব হয় না, কেবল তার মুখ কুঞ্চিত হয় ক্ষণকালের জন্যে, সে চৌকি থেকে উঠে দাঁড়ায়।

আমজাদ বসেই থাকে, একবার তার উঠে দাঁড়ানো দেখে নিয়ে চোখ বোজে সে, বাম হাতের তর্জনী দিয়ে কপালে দাগ কাটতে থাকে।

ওয়ারেস বলে, কখনো ভাবি নি ভেতরে এসে পড়ব, আমাকে পড়তে হবে। কাগজে যখন দেখতাম আমজাদ, কতদূরের মনে হতো, আর দশটা খবরের মতো, সব সময় ভালো করে যে পড়েছি তাও নয়।

আমি তো কাগজ পড়াই ছেড়ে দিয়েছি।

ঘটনা তবু ঘটবে, ঘটছে, কাগজ পড়া ছেড়ে দিলেও ঘটনা বন্ধ হয়ে যাবে না।

না, আমি ঠিক তা বলি নি।

ওয়ারেস আবার চৌকিতে এসে বসে, আমজাদের বাহু স্পর্শ করে প্রশ্ন করে, তুমি কি কখনো স্বপ্নেও ভাবতে পেরেছিলে তোমারই মামার বাড়িতে এরকম কখনো হবে ?

আমজাদ চুপ করে থাকে।

জানো আমজাদ, কাগজে যখন পড়তাম, কাহিনীর মতো মনে হতো, এমন একটা কাহিনী যার সঙ্গে আমার কোনো যোগ নেই, আমার বিশেষ কিছু আসে যায় না, আমার সঙ্গে ওসবের কোনো কিছু আছে বলে মনে হতো না।

আমজাদের কণ্ঠ শুনতে চায় ওয়ারেস, আমজাদ নীরবে বসে থাকে। ওয়ারেস তার নিজের কথারই প্রতিধ্বনি শুনতে পায় অনেকক্ষণ, মাথার প্রতিটি কোষে খিন্নতা শিরশির করে তার।

আমজাদ বলে, অনেকক্ষণ পর, তখনো তর্জনী দিয়ে কপালে দাগ কাটতে কাটতে, জলেশ্বরীর বাস কিন্তু সকাল ন'টায় ছেড়ে যায়।

জলেশ্বরী ?

হ্যাঁ, দুপুর দুটোয় ট্রেন, ধরতে পারলে ঢাকার রাতের ট্রেন পাব।

ওয়ারেস অখণ্ড এক স্তব্ধতার ভেতর বসে থাকে।

আমজাদ খেদের সঙ্গে উচ্চারণ করে, তোমার আসাটাই কষ্টের হলো, মামা খুব ভেঙে পড়েছেন, মামিরও কান্না থামছে না।

তুমি, ফেলে যাবে ?

ওয়ারেসের দিকে চকিত দৃষ্টিপাত করে আমজাদ বলে, আমি মানে, আমার এখানে আর করার কী আছে ? আমি কী কাজে লাগব ? তারপরে, তোমাকে তো ফিরে যেতেই হচ্ছে, আমিই নিয়ে এসেছিলাম, আমাকেই সঙ্গে যেতে হবে। ওয়ারেসের মুখে কোনো প্রতিক্রিয়া না দেখে আমজাদ একটু হেসে স্খলিত কণ্ঠে প্রশ্ন করে, কেন, তুমি কী ভাবছ ?

এভাবে তুমি যেতে পার না।

না ?

তুমি পারলেও আমি পারব না।

প্রবল বিস্ময়ের সঙ্গে আমজাদ অস্ফুট একটা শব্দ করে ওঠে, তাকিয়ে থাকে ওয়ারেসের দিকে।

ওয়ারেস নিজেও বিস্মিত হয়ে যায় তার নিজের সংলাপে, এই একটি বাক্য উচ্চারণ করার সঙ্গে সঙ্গে সে অনুভব করে তার পরিপার্শ্ব চমকে উঠে পাশ ফিরল।

আমজাদের ক্রোধ হয়, কিন্তু সে তা সাফল্যের সঙ্গে গোপন করে হেসে ফেলে, আবার হাসি মুছে ফেলে স্থির চোখে ওয়ারেসের দিকে তাকায়, নতুন করে আবার একটু হাসে, বলে, কী বলছ, এখানে তোমার থেকে যাবার কী মানে হয় ? ক'দিনই বা থাকবে ?

ওয়ারেস নীরব থাকে, উত্তর তার নিজেরও জানা নেই।

তোমার চাকরি আছে না ?

এক মাসের ছুটি।

ইতস্তত করে আমজাদ বলে, তুমি কি ভদ্রতা করছ ?

চোখ তুলে তাকায় ওয়ারেস।

আমজাদ বলে চলে, আমার মনে হয়, তুমি ভদ্রতা করছ।

না।

তাহলে ? আর তো কোনো কারণ আমার মাথায় আসে না। তুমি কি সত্যি সত্যি আজ যেতে চাও না ?

আমজাদ তার ভাবনার অতলে ডুব দিয়ে অনুসন্ধান করার ব্যর্থ চেষ্টা করে কিছুকাল, তারপর বলে, আমি নিজেই যখন যেতে চাচ্ছি, তোমার রাজি না হওয়াটা বুঝতে পারলাম না। তাছাড়া, মামাই বললেন।

কী বললেন ?

তোমাকে নিয়ে ফিরে যেতে।

তবু আমার মনে হয়, তোমার থাকা উচিত; আমারও। ওয়ারেস আবার চৌকি ছেড়ে উঠে দাঁড়ায়, আমি কী করে যাই ? আমরা কী করে যাই, আমজাদ ?

আমজাদও উঠে দাঁড়ায়, বলে, কী একটা মুশকিল বলো তো। ঘর থেকে দ্রুত বেরিয়ে যায় সে, সে কোথায় যায় ওয়ারেস কোনো কৌতূহল অনুভব করে না।

অনেকদিন পরে নার্গিস ওয়ারেসকে জিজ্ঞেস করবে, তুমি কেন ফিরে যেতে চাইলে না ? বারবার ওয়ারেসের কাছে এই একটি প্রশ্নেরই উত্তর চাইবে নার্গিস, সে কেন ভোরবেলায় উঠে চলে গেল না।

তুমি গেলেই তো পারতে। যে কেউ চলে যেত। আমজাদ ভাই যেতে চেয়েছিল।

ওয়ারেসের লোভ হবে ক্ষণকালের জন্যে এ কথা বলতে যে, সে হয়তো আর দশজনের মতো নয়, কিন্তু ভালো করে নিজের ভেতরে তাকিয়ে দেখবে, দশজন থেকে ভিন্ন সে নয়, তার এমন কিছু নেই যা বিশিষ্ট, ব্যক্তিগত।

নার্গিস তখন গাঢ় লজ্জা নিয়ে জানতে চাইবে, তুমি কি আমার কথা ভেবে ফিরে যাও নি ? ওয়ারেস তখন দ্রুত পায়চারি করবে, বারবার নার্গিস থেকে দূরে সরে যাবে, আবার ফিরে আসবে, আবার যাবে, অবশেষে বলবে, হ্যাঁ, তোমার কথাও ভেবেছিলাম। তোমাকে কখনো দেখি নি, তবু মনে হচ্ছিল তোমাকে যেন দেখতে পাচ্ছিলাম, যেন তুমি আমার জন্যে আশা করে আছ আমি থেকে যাব।

নার্গিস যেন একটি দ্বন্দ্বযুদ্ধে উঠে দাঁড়াবে তখন। এবং সে যুদ্ধ কৃত্রিম; বলবে, আমি তো তোমার কথা জানতামই না।

আমি আসব, জানতে না ? আমজাদ লেখে নি ?

ধরা পড়ে হেসে ফেলবে নার্গিস, আবার গম্ভীর হয়ে বলবে, নাম শুনেছিলাম, আর কিছু না। বারে, নাম শুনেই আমি প্রেমে পড়ে গিয়েছি নাকি ? বরং তুমি পড়েছিলে।

ওয়ারেস হেসে ফেলবে।

কী হাসছ যে ? ঠিক বলি নি ?

না, নার্গিস, না। তোমাকে খুশি করতে পারলে, করতাম, না প্রেম নয়, তখন প্রেমের কোনো কথাই নয়। আমজাদ বলেছিল ভদ্রতার কথা। আমারও একবার মনে হয়েছিল, হয়তো তাই। হয়তো একটা ভদ্রলোককে তার দুঃখের সময়ে ফেলে যাওয়াটা, আমার বাধছিল। কিন্তু দেখি তাও না। কী যে আমি নিজেও ভালো করে তখন বুঝি নি, এখনো বুঝি না। আমার ভেতরে সম্ভবত একটা আক্রোশ হয়েছিল, কাউকে প্রচণ্ড আঘাত করতে ইচ্ছে করছিল, আমার মাথার ভেতরটা দপদপ করছিল। সেদিন ভোরবেলায় কিষাণের মুখে যখন শুনলাম তখন তুমি বিশ্বাস করবে কি— আমার মনে হয়েছিল আর কেউ নয়, ক্ষতিগ্রস্ত আমি, আমারই ভাই খুন হয়েছে, আমারই ভাইকে ধরে নিয়ে গেছে।

আর ?

কী আর ?

আমার কথা ?

তোমার কথা, নার্গিস, তোমার কথা, তোমার কথা, তোমার কথা ভাববার আগে আমার মনে হয়েছিল আমার জীবনের সমস্ত স্বপ্ন, সমস্ত বাড়ি, ইচ্ছা, ভবিষ্যৎ, সব কিছু, আর্তনাদ করে আমার চারদিকে ধ্বসে গুঁড়িয়ে পড়ে গেল, যখন শুনলাম তুমি নেই ? ওয়ারেস তখন নার্গিসের কাঁধ স্পর্শ করে ব্যাকুল স্বরে বলতে থাকবে, রাজনীতি আমি করতে চাই না, নার্গিস, কোন দল কী চায়, আমি ভালো করে বুঝি না, দেশকে ভালোবাসার কথা সকলেই বলে, অথচ কারো সঙ্গে কারো মিল দেখি না, আমি শুধু চাই একটি জীবন, সাধারণ একটি জীবন, একটি সংসার, সেই সংসার চেয়েই আমি বল্লার চরে এসেছিলাম, দেখলাম, শত্রুকে আঘাত না করে, যুদ্ধ না করে, রাজনীতি না করে, সেই সংসারের দুয়ারেও আমি পা রাখতে পারছি না, আমার আর ফিরে যাওয়া হলো না, আমজাদ ফিরে যেতে চেয়েছিল, তা পারল না।

৫

দুপুর গড়িয়ে যায়, ওয়ারেসের সঙ্গে আমজাদ ভালো করে কথা বলে না, চোখে চোখ পড়লে অন্যদিকে দৃষ্টি ফিরিয়ে নেয়, তাকে ফেলে বাইরে চলে যায়, আবার বাইরেও তার অবস্থান

দীর্ঘস্থায়ী হয় না, ফিরে আসে, ওয়ারেস যখন লক্ষ করছে না তখন তাকে বিস্ফারিত চোখে দেখে, যেন ওয়ারেস হঠাৎ অচেনা হয়ে গেছে। তারপর বিকেলের দিকে বলে, আমাকে বড় খালার বাড়িতে একবার যেতে হয়, তুমি যাবে নাকি আমার সঙ্গে ? বড় খালার ছেলে আমান।

আমানের উল্লেখ হতেই ওয়ারেস শৈত্য অনুভব করে, সে বলে, তুমি যাও, আমার খারাপ লাগছে, আমি সহ্য করতে পারব না।

আমজাদ বিদ্রূপ করতে ছাড়ে না। সকালে ফিরে গেলেই ভালো ছিল না ? আমজাদ বেরিয়ে যেতে যেতে বলে, থাকো, আমি আসছি।

সাত্তারের হাট লাগাও আমানদের বাড়ি, মাইল খানেক পথ, আমজাদ দ্রুত হেঁটে যায়; এই দ্রুততা তার খালার সঙ্গে দেখা করার, তার ছেলের মৃত্যুতে শোক জানাবার প্রেরণা থেকে নয় বরং এক আতঙ্কের জন্যেই এই দ্রুতি; কিছুতেই নিরাপদ অনুভব করে না সে, তার অনবরত মনে হয় সে আক্রান্ত হবে, ঘাতক অপেক্ষা করছে, কোথাও ঝোঁপের ভেতরে লুকিয়ে থেকে কেউ অনুসরণ করছে তাকে, হঠাৎ সন্ধ্যা হয়ে যাবে এবং তার আর ঢাকা ফেরা হবে না, পথের দৈর্ঘ্য তাকে হতাশ করে, সে প্রায় হাঁপাতে হাঁপাতে সাত্তারের হাটে এসে পৌঁছায়।

খালের পাড়ে হাটের মুখেই চেয়ারম্যানের অফিস ঘরে নেকবর আলীকে দেখতে পায় সে, ব্যক্তিগত দুর্যোগের ভেতরেও তার মামা অফিস ঘর খুলেছেন, দরবার করছেন; আমজাদ অবাক হয়ে যায়। তার এমত ধারণা হয়, প্রাণ এবং মাংস দ্বারা নির্মিত মানুষ নয় এখানে এরা কেউই, স্বয়ং নেকবর আলীর স্বাভাবিক মুখমণ্ডল এখন তাকে ভীত করে।

সে কী আশা করেছিল ? নেকবর আলী বুক চাপড়ে চিৎকার করে কাঁদবেন ? তাঁর গৃহস্থালি ছত্রখান হয়ে পড়ে থাকবে ? তাঁর বাক্য হবে অসংলগ্ন ? দর্শন প্রার্থীরা খেদসূচক মাথা নাড়তে নাড়তে বিদায় নেবে ? গত রাতে তার চোখে অশ্রু দেখেছিল আমজাদ, অশ্রুসিক্ত সেই মুখ এখন তার নিজেরই দৃষ্টি বিভ্রম বলে বোধ হয়, নেকবর আলীকে সে পরম ধৈর্যের সঙ্গে এখন এক ব্যক্তির সঙ্গে আলাপ করতে দ্যাখে।

আমজাদ আবিষ্কার করে এই ব্যক্তি আর কেউ নয়, তিস্তা জংশনের সেই প্রৌঢ় যে বলছিল, ‘আল্লা সবখানে আছেন— এমনকি তিনি বল্লার চরেও আছেন।’ সম্মোহিতের মতো তাকিয়ে থাকে আমজাদ, বল্লার চরে যা ঘটেছে গত কয়েকদিনে তার সঙ্গে লোকটির ঐ উক্তি মেলাতে সে পারে না, একাগ্র চেষ্টা করে, সিঁড়ি রচিত হয় না, নিজের হৃৎস্পন্দন সে শুনতে পায়, অগত্যা হৃৎস্পন্দনই সে শুনতে থাকে এবং তা বিস্ময়কর মনে হয়।

আমজাদ চেয়ারম্যানের অফিসের দরজায় এসে দাঁড়ায়। ঠিক তখন প্রৌঢ় বিদায় নেয় এবং তার চোখাচোখি হয় আমজাদের সঙ্গে, প্রৌঢ় তার উদ্দেশে ক্ষীণ হাসি ছুড়ে দিয়ে খাঁখাঁ মাঠের ভেতরে নেমে যায়, আমজাদ ভেতরে আসে।

নেকবর আলী সপ্রশ্ন চোখ তুলে তাকান, আমজাদের জানার কথা নয় যে তিনি তাকে একা দেখে ওয়ারেস সম্পর্কে জানতে চান, আমজাদের বোধ হয় তিনি তাকেও অফিসসংক্রান্ত একজন দর্শনপ্রার্থী জ্ঞান করে অবিলম্বে বিষয়টি জানতে ইচ্ছা করছেন, ফলত সে নিশ্চিত হয়ে যায় যে পুত্রের গ্রেপ্তার বা কন্যার অপহরণ লোকটিকে বিচলিত করে নি আদৌ, যেন এ সব কিছুই ঘটে নি, তিনি আগের মতো অফিস করেছেন।

আমজাদ ইতস্তত করে, নেকবর আলীর স্বাভাবিক মুখভাব দেখে ওয়ারেসের বল্লার চরে থেকে যাওয়া একটি অপচয় বলে বোধ হয় তার, কিন্তু কৌতূহল শেষ পর্যন্ত জয়ী হয়, সে জানতে চায়, মামা, এই লোকটা কে ?

নেকবর আলীর চোখ হঠাৎ সংকুচিত হয়ে যায়, এক অভূতপূর্ব তীক্ষ্ণতা ধারণ করে তার দৃষ্টি, কোথায় যেন চাঞ্চল্য অনুভব করে আমজাদ এবং মুহূর্তের জন্যে নেকবর আলীকে সে মানবিক অনুভূতির ভেতর প্রত্যাবর্তন করতে দেখে।

নেকবর আলী উচ্চারণ করেন, হাফেজ ইমামউদ্দিন। তারপর তিনি সমাগত অন্যদের দিকে মনোযোগ ফেরান, আমজাদের উপস্থিতি তিনি আর গ্রাহ্য করেন না।

কিছুক্ষণ চুপ করে দাঁড়িয়ে থাকবার পর আমজাদ বলে, বড় খালার বাড়িতে যাই।

হ্যাঁ, যাওয়া তোমার দরকার।

উপস্থিত কয়েকটি লোক দীর্ঘশ্বাস ত্যাগ করে, বায়ু মন্থর হয়ে যায় সহসা, স্তব্ধতা ঝুলে পড়ে, কাকের চিৎকার শোনা যায়।

যাওয়ার বদলে আমজাদ এখন বেঞ্চের ওপর বসে পড়ে, তার ঘোষণা ও কাজের পরস্পর বিরোধিতায় কেউ বিস্মিত হয় না, অচিরে একটি দু'টি করে ঘরের সকলেই নিষ্ক্রান্ত হয়ে যায়। নেকবর আলী উচ্চারণ করেন, উপর থেকি মানুষ চেনা যায় না, আমজাদ।

আমজাদ উৎকর্ণ হয়, কিন্তু নেকবর আলী আর অগ্রসর হন না।

বড় খালার বাড়ি থেকে ফেরার পথে আবার আমজাদ আসে চেয়ারম্যানের অফিসে, নেকবর আলীর সঙ্গে তার সাক্ষাৎ হয় না, তিনি বাড়ি গেছেন, আকাশ কোমল হয়ে আসে, পাখিরা চঞ্চল হয়ে পড়ে, অবিলম্বে আজান শোনা যায়, তার ধারণা হয় হাফেজ ইমামউদ্দিন আজান দিচ্ছে, মামার শেষ সংলাপ তখন আবার তার স্মরণ হয়, খালের ওপাড়ে বল্লার চরের পথ অন্ধকারে ক্রমশ ডুবে যায় এবং তার ভয় হয় ফিরে যাবে কী করে ? ব্যাকুল হয়ে সে অফিসের বারান্দায় পায়চারি করে, তার বড় খালার কান্না সে আবার কানে শুনতে পায়, এখানে কি নারীরাই কেবল শোক অনুভব করে ? তারাই কেবল সন্তানহারা হয় ?

অন্ধকারের ভেতর থেকে একটি তরুণ সহসা প্রকাশিত হয়।

কে ?

নাম শুনে কিছুই স্পষ্ট হয় না, তরুণটিকে আপাদমস্তক সে দ্যাখে, সে খুব স্বাভাবিকভাবেই তাকে শত্রু অথবা বন্ধু বলে নির্ণয় করতে চায়, গতরাত থেকে তার জন্যে বিশ্ব এখন এই দু'টি শিবিরে বিভক্ত হয়ে গেছে এবং শত্রু শিবিরই যে প্রধান শিবির এ বিষয়ে নিশ্চিত সে, অতএব তরুণটিকে আতঙ্কের সঙ্গে সে লক্ষ করে চলে।

আপনি আমানের ভাই ?

খালাতো ভাই। হ্যাঁ, কেন ?

ঢাকা থেকে আসছেন ?

হ্যাঁ, কেন ?

তরুণটি চিন্তামগ্ন হয়ে পড়ে।

আপনি কে ?

আমান আমার বন্ধু ছিল, এক সাথে পড়েছি।

তরুণের পাশে সহসা আরো একজনকে দেখা যায়, আরো একজন তারই বয়সী, আমজাদ
দ্রুত তাকে দেখে নিয়ে স্খলিত কণ্ঠে বলে, আপনারা ওর বন্ধু ?

নীরবে মাথা নেড়ে সায় দেয় দু'জন।

তৃতীয় এক তরুণ নিঃশব্দে এসে যোগ দেয়, তখন তাকে নেছার নামের তরুণটি জানায়—
না, ইনি খবর পেয়ে ঢাকা থেকে আসেন নি। তখন নবাগত খেদের সঙ্গে উচ্চারণ করে,
ঢাকায় বড় বড় মানুষ, কারো কোনো গরজ নাই।

তিনজনই হতাশ হয়ে মাটির দিকে তাকিয়ে থাকে, একজন ফিরে যাবার উদ্যোগ নেয় কিন্তু
পার্শ্ববর্তী তরুণ তাকে হাত ধরে কাছে টানে।

অচিরে আমজাদের কাছে স্পষ্ট হয় তাদের কথায় যে, আমানের খুন হওয়ার পর তারা ঢাকায়
জানিয়েছিল, আশা করেছিল সরেজমিনে দেখতে কেউ আসবে, এমনকি তারা এও আজ
সকালে শুনেছে যে দু'জন মুক্তিযোদ্ধা ঢাকা থেকে এসেছে খোঁজখবর করতে।

সতর্ক গলায় আমজাদ জিজ্ঞেস করে, আপনারা মুক্তিযোদ্ধা ?

তরুণ তিনজন নিজেদের ভেতরে দ্রুত দৃষ্টি বিনিময় করে, তারা হ্যাঁ কিংবা না— কিছুই বলে
না, আমজাদের ভয় করে ওঠে, মামার কথা স্মরণ হয় তার, 'উপর থেকি মানুষ চেনা যায়
না', মুক্তিযোদ্ধার বদলে হয়তো সে তিনজন রাজাকারের মুখোমুখি দাঁড়িয়ে আছে চিন্তা করে
তার শীতল ঘাম হতে থাকে, সে ম্লান হাসে একবার, যেন সে যে-কোনো পরিস্থিতির জন্যে
প্রস্তুত।

ঠিক তখন অফিস ঘরের ভেতর থেকে কর্মচারী একজন তরুণদের উদ্দেশ করে বলে, নয়া
মানুষ, তোমরা কেউ চেয়ারম্যানের বাড়ি পৌছে দেন না কেনে ?

না, না, তার দরকার হবে না, আমি যেতে পারব।

ভেতরের লোকটি বেরিয়ে এসে বলে, সে কথা কইলে কি হয় ? তার সহাস্য উচ্চারণ শুনে
আমজাদের আবার মনে হয়, এখানে রক্তমাংসের মানুষ কেউ নয়, মানুষ কখনো বর্তমান
পরিস্থিতিতে এভাবে নির্মল হাসতে পারে না।

সে খালের পাড়ে যায়, পেছন ফিরে দ্যাখে তরুণ তিনজন দূর থেকে তাকে লক্ষ করছে,
বুকের ভেতরে টিপটিপ শুনতে পায় সে, বড় উৎফুল্ল হয় যখন দেখে খালের ওপারে তারই
জন্যে দাঁড়িয়ে আছে তার মামার কিষাণ বুড়ো।

তোমার উদ্দিশ নাই, চেয়ারম্যান সাব হামাক পাঠেয়া দিলে, দিনকাল তো ভালো নোয়ায়।
আমজাদের পাশে পাশে হাঁটে সে, অবিরাম বকবক করতে থাকে, নাই নাই, সে দিন নাই
বাহে, রাজার পাগড়ি পড়ি গেইছে, বনোবাসে গেইছে রাজা, আল্লায়ও ইস্তফা দিছে।

আল্লার উল্লেখে হাফেজ ইমামউদ্দিনের কথা আমজাদের স্মরণ হয়, সে তখন কিষাণের কাছে
লোকটি সম্পর্কে জানতে চায়, সঙ্গে সঙ্গে পথের ওপর দাঁড়িয়ে পড়ে বৃদ্ধ, হঠাৎ এমনভাবে
রুখে দাঁড়ায় যেন আমজাদকে সে আক্রমণ করবে, কী একটা উচ্চারণ করে ভালো বোঝা
যায় না, অন্ধকার সজারুর কাঁটার মতো প্রস্তুত হয়ে যায় চারদিকে, নিমজ্জিত মানুষের যেমন

আর জলমগ্ন হওয়ার ভয় থাকে না, আমজাদ নতুন করে ভীতি বোধ করে না, এমনকি লোকটির পূর্বকথা যখন সে বিস্তারিত শোনে তার বিস্ময় হয় না।

সন্ধ্যার আগে রৌদ্র ছিল, এবং একই সময়ে বিভিন্ন স্থানে ভিন্ন ভিন্ন ঘটনা ঘটে, পাত্র-পাত্রী বিকশিত হয়, নতুন অভিজ্ঞতা রচিত হয়, তাই নেকবর আলীর কথাও বলে নিতে হয়। সাত্তারের হাটে আমজাদকে একাকী দেখে নেকবর আলী ওয়ারেসের কথা চিন্তা করেন, গভীরে একটা আলোড়ন টের পান, অফিসের কর্মচারীকে 'মুই বাড়ি যাঁও' বলে বেরিয়ে পড়েন এবং ওয়ারেসকে বিকেলের বাহির উঠানে মুখোমুখি চেয়ারে বসিয়ে বিনা ভূমিকায় বলতে শুরু করেন, ধারণা করোঁ, কত হাজার দুঃখ মানুষের মনে জমা হয়া আছে, মানুষ খাবার না পায়, ভবিষ্যতের আশা না পায়, যাই রাইখবে তাঁই ধরি ধরি খায়, ঘরোয়াল ঘরে খিল দিয়া থাকে— চোর বুক টান করি ঘাটা দিয়া যায়, আল্লার দুনিয়ায় মানুষ কি আর থাইকবার নয় ?

অতঃপর আকস্মিকভাবে নেকবর আলী ওয়ারেসের দু'হাত নিজের হাতের ভেতরে টেনে নিয়ে তার প্রতি গভীর কৃতজ্ঞতা প্রকাশ করেন, তার এই আগমন ভিন্ন পরিস্থিতিতে কত সুখের হতে পারত সে কথা স্মরণ করে তিনি ভাষাহীন হয়ে যান। অচিরেই নেকবর আলী নার্গিসের কথা উত্থাপন করেন, যেন নার্গিস অপহৃত নয়, বাড়ির ভেতরেই উপস্থিত; তিনি তাঁর মেয়ের সুশীল স্বভাব, লেখাপড়ার উৎসাহ, এই বয়সেই সংসার সম্পর্কে তার জ্ঞান ও বুদ্ধিমত্তার বিবরণ দেন উদাহরণসহ; দীর্ঘ সময় নেন তিনি, অথচ তা যথেষ্ট বলে তাঁর বোধ হয় না, একটা প্রসঙ্গে বারবার ঘুরে আসেন, নতুন নতুন উদাহরণ সন্ধান করেন।

তিনি নীরব হয়ে গেলে ওয়ারেস এই প্রথম মৃদুস্বরে জিজ্ঞেস করে, পুলিশে খবর দেন নি ?

পুলিশ ? খবর দেওয়া দরকার, দিছোঁ খবর।

তারা কিছু করছে না ?

তারা বিশ্বাস করে না ধরি নিয়া গেইছে, কয় কারো সাথে পলেয়া গেইছে।

ওয়ারেস চুপ করে থাকে।

নেকবর আলী নিজেই বলে যান, পুলিশের আশা করো না, পুলিশের আশায় বসিয়াও নাই।

তাহলে ?

নেকবর আলী গলা খাটো করে আনেন এবং অপ্রত্যাশিত এক সংবাদ দেন, খবর পাওয়া গেইছে।

কার ? নার্গিসের ?

নেকবর আলী নীরবে সম্মতিসূচক মাথা নাড়েন, ওয়ারেসের জন্যে জগৎ টাল খেয়ে আবার সুস্থির হয়।

খবর পেয়েছেন ? ওয়ারেসের হঠাৎ শঙ্কা হয়, নার্গিস হয়তো নিহত, তাই তিনি সংবাদটা দিতে ইতস্তত করছেন, সে একদৃষ্টে নেকবর আলীর দিকে তাকিয়ে থাকে, নেকবর আলীর নীরবতা তার কাছে দুঃসহ বোধ হয়।

নত মুখে কিছুক্ষণ চিন্তা করার পর নেকবর আলী ওয়ারেসের দিকে দৃষ্টিপাত করেন, এই প্রথম তার দৃষ্টিতে আতঙ্কের অস্পষ্ট একটা ছায়া লক্ষ করা যায়, ওয়ারেসের শঙ্কা গাঢ় হয়,

নার্গিস অবশ্যই নিহত, দুঃসংবাদ শোনার জন্যে নিজেকে সে প্রস্তুত করে তোলে।

অপেক্ষা করার পরও নেকবর আলীকে নীরব দেখে সে কম্পিত গলায় প্রশ্ন করে— বেঁচে আছে ?

নেকবর আলী তখন ঈষৎ মাথা নেড়ে তাকে আশ্বস্ত করেন, তারপর ওয়ারেসের একটা হাত নিজের দু'হাতের ভেতর টেনে নিয়ে উচ্চারণ করেন, এখন পর্যন্ত কারো কাছে কও নাই, জানাজানি হইলে বিপদ হইবে, আপন পর হয়া যায়, পর আপন হয় এই কথা কারো কাছে প্রকাশ কইরবার নন। ওয়ারেসের হাতে ঝাঁকুনি দিয়ে তিনি অনুনয় করেন, তারপর দীর্ঘশ্বাস ফেলে হাত ছেড়ে দিয়ে বলেন, বুকে পাষাণ বান্ধি দ্যাশে হামরা বাস করি, জানিয়াও পংগু হয়া থাকি।

কোথায় আছে ?

ক্রোশ দুই দূরে।

মাত্র দুই ক্রোশ ?

হয়।

ভালো আছে ?

নেকবর আলী চকিত দৃষ্টিপাত করেন ওয়ারেসের দিকে, তিনি অনুমান করতে চেষ্টা করেন সে কী জানতে চাইছে, কুমারিত্বের শ্বেতবর্ণ একবার তিনি প্রত্যক্ষ করেন, বিভ্রান্ত বোধ করেন, বলেন, বাঁচি আছে এইমাত্র কবার পাই।

ওয়ারেস দ্বিখণ্ডিত বোধ করে, মুখ ফিরিয়ে নেয়, নীরব হয়ে থাকে অনেকক্ষণ, একটি জীবন যেন সে অতিবাহিত করে আসে নার্গিসের সাথে, নেকবর আলীকে হতাশাকণ্ঠে প্রশ্ন করে, কখন খবর পেলেন ?

কাইল বৈকালে।

এত আগে ? এখন পর্যন্ত নিশ্চেষ্ট বসে আছেন নেকবর আলী ? ওয়ারেস প্রতিধ্বনি করে ওঠে, কাল ?

স্পষ্ট খবর নয়, আবছা একখানা কথা শুনছিলোঁ, আইজ সকালবেলায় স্পষ্ট হয়।

ওয়ারেস তার কানের ভেতরে নার্গিসের চিৎকার শুনতে পায়, নেকবর আলী অতঃপর কী বলে যান ভালো বোধগম্য হয় না, দ্রুত পড়ে আসে বিকেল, গরুর হাম্বা রবে ভরে যায় উঠান, তারপর ধীরে ধীরে মনের ভেতরে সে অনুধাবন করে ওঠে যে, নার্গিস কোথায় আছে এ খবর নেকবর আলী পেয়েছেন জানাজানি হলে তাকে দূরে কোথাও সরিয়ে নিয়ে যাওয়ার চেষ্টা হবে, হয়তো তারা সে চেষ্টাও করবে না, তার প্রাণনাশ করবে— এই কথাটাই নেকবর আলী একটু আগে বলেছেন।

তাহলে কী করবেন ?

নেকবর আলী চুপ করে থাকেন।

কী চিন্তা করেছেন ?

নেকবর আলীর কাছ থেকে কোনো উত্তর আসে না।

কিছু করা যায় না ?

হঠাৎ ক্ষিপ্ত হয়ে পড়েন নেকবর আলী, চাপা গলায় শব্দ তাঁর কণ্ঠ থেকে উদ্গীরিত হতে থাকে, যাবার নয় কেনে ? কত কিছু করা যায়, রামদাও হাতে নিয়া ঝাঁপেয়া পড়া যায়, কল্লা কাটি আনা যায়, ভিটায় আগুন লাগেয়া চিরোতরে নির্বংশ করা যায়, যাবার নয় কেনে ? হঠাৎই আবার স্তিমিত হয়ে যায়। তিনি বলেন, সমাধান তাতে হবার নয়, দুশমনও শেষ হবার নয়, স্মরণ নাই ?— একাত্তর সালে সংগ্রাম করেন নাই ? দ্যাখেন নাই, এক যায়া আর আইসছে ? মানুষের স্বার্থ গেইছে ? লোভ গেইছে ? আগে পরের মানুষ হামাক জবো কইরতো, এখন নিজের মানুষ জবো করে। হামার মাইয়ার জন্যে চিন্তা করি না, অবাক না হন, হামাক পাষাণ বলি মনে না করেন, মানুষের জীবন বইলতে জীবন যে আর নাই, সেই কথা চিন্তা করি জীবন আর ধইরবার না ইচ্ছা করে। ক্ষণকাল চুপ করে থেকে নেকবর আলীর স্মরণ হয় নার্গিসের উদ্ধার বিষয়ে ওয়ারেস প্রশ্ন করেছিল, তিনি এখন উচ্চারণ করেন, প্রায় শোনাই যায় না তার কণ্ঠ, আল্লায় দিলে হামার বেটি উদ্ধার হইবে।

ক্ষীণস্বরে উচ্চারিত হলেও আশার এই উক্তি জননীর মতো কোমল হাতে মৃদু চাপড় দিতে থাকে পরিপার্শ্বের শরীরে। জগতের ইচ্ছা নয় তবু যেন সে সন্তানের মুখ চেয়ে প্রফুল্ল হয়ে উঠতে থাকে, পাখির কাকলি শোনা যায়, শীতল বাতাস বয়, কিশোরেরা জলে ঝাঁপ দেয়, ওয়ারেস উজ্জ্বল গলায় প্রস্তাব দেয়, আমাদের কিছু করা দরকার, বসে না থেকে।

নেকবর আলী ঈষৎ তুলে ধরেন ডান হাতখানা, যেন এই মুহূর্তেই ওয়ারেস বেরিয়ে পড়তে চাইছিল তিনি তাকে নিরস্ত করেন, বলেন, ব্যস্ত না হন। ব্যস্ত হয়াই আমান জীবন দিছে।

নার্গিসের জন্যে ?

না, তার আগের কথা, হাফেজ ইমামউদ্দিনের ব্যাটা কামাল উদ্দিন, রাজাকারের ব্যাটা রাজাকার, সহ্য না হয়া আমান খাড়া হয়া গেল আগে পাছে না দেখি, কতল হয়া গেল।

অতঃপর নেকবর আলী বল্লার চরের পরিস্থিতি ধীরে ধীরে প্রকাশ করতে থাকেন, ওয়ারেসের অবিলম্বে ধারণা হয় নতুন কিছু সে শুনছে না, বহুবার কাগজে পড়া বহুবার সাংবাদিক বন্ধুদের কাছে শোনা সেই এক কাহিনী তার কাছে উন্মোচিত হয়, কেবল পাত্রের নাম ভিন্ন, স্থানের নাম অন্যকিছু। হায়, প্রকৃতির প্রতিভাও কি মানুষেরই মতো সীমিত যে একই কাহিনী ভিন্ন আর কিছু রচনা করতে পারে না সে ? ওয়ারেসের তীব্র ক্রোধ হয়, মানুষ কেন সহ্য করে যায়, মানুষ কেন নিষ্ক্রিয় বসে থাকে, মানুষ কেন অশ্রুপাত করে কেবলই ?

তিক্ততার সঙ্গে ওয়ারেস প্রশ্ন করে, ইমামউদ্দিন, কামালউদ্দিন, জামালউদ্দিন, শমসের, মানিক এই তো ক'টা লোক। কোথায় তারা এত শক্তি পায় যে এত বড় একটা জায়গা, এতগুলো লোক, কেউ রুখে দাঁড়াতে সাহস পায় না ?

দীর্ঘ নীরবতা ত্যাগ করে নেকবর আলী উচ্চারণ করেন, শক্তির কথা কন, রাজধানীতে থাকেন, বোঝেন না ? সরকারের চেহারা দ্যাখেন না ? শমসের, মানিক জেল থেকিয়ে খালাশ পায় আর হামার ব্যাটা রসুল গ্রেফতার হয়, হামার ভাগিনা আমান কতল হয়, কামালওদ্দি বুক টান করি ঘুরি বেড়ায়, শক্তির কথা কন ? পুছ করেন পিসিডেনোক যায়া, পুছ করেন আরব দ্যাশে যায়া, পাকিস্তানের গলায় যারা মালা দেয়, পুছ করি দ্যাখেন উয়াদের, হামাক না কন।

উঠে দাঁড়ায় ওয়ারেস, এক টানে তাকে চেয়ারে বসিয়ে দেন নেকবর আলী, বলে চলেন, বইসেন, বইসেন, সংগ্রাম করি বাংলাদেশ বানেয়া কি আল্লার গোড়ত পাপ কচ্ছিনু ? হিন্দু

হয়া গেছেন ? আগে হামারা বেশি মোছলমান ছিনু ? জবাব দিবে কাই ? গরিবের মুখে ভাত উইঠবে, নেংটি যায়া লুঙ্গি হইবে, ব্যাটা বেটি নিয়া দিন গুজরান কইরবে, তারে জন্যে সংগ্রাম কচ্ছিনু আল্লার ঘরে বাড়ি দিবার জন্যে নোয়ায়, আল্লার পাওনা সেজদা ফাঁকি দিবার জন্যে নোয়ায় জানি রাখেন। মুঁই রাশিয়া আমেরিকা চেঁনা না, রাজনীতিও বোঝোঁ না, মুঁই হামার এলাকায় কিছু লোক দ্যাঁখো, গরিবের গোশত কাটি খায়, বিটিশ আমলেও খাইছে, পাকিস্তানেও খাইছে, বাংলাদেশেও খায়। মানুষগুলা নিকাশ করেন। আসল বাংলাদেশ হইবে। বর্তমান চলতি থাইকলে, হামার মতো হইবেন, ব্যাটা জেলে যাইবে, বেটির ইজ্জত যাইবে, কোনদিন দেইখবেন হামার কাল্লা কাটি নিছে, সুপারি বাগানে পড়ি আছোঁ। হঠাৎ কিষাণের দিকে চোখ পড়তেই অবলীলাক্রমে প্রসঙ্গ ত্যাগ করেন নেকবর আলী। স্বাভাবিক কণ্ঠে প্রশ্ন করেন মাঠ থেকে গাই গরু সব ফিরিয়ে আনা হয়েছে কিনা, নিশ্চিন্ত হয়ে নির্দেশ দেন, আমজাদ গেইছে আমানের বাড়ি সানঝো হয়া যায়, নয়া মানুষ যান তাক ধরি আসেন, দেরি না করেন।

৬

বন্ধন সে অনুভব করে রক্তের ভেতরে, কোনো গূঢ় কারণে এই বন্ধন তার অস্তিত্বের জন্যে প্রয়োজনীয় এবং স্বাস্থ্যপ্রদ বলে ধারণা হয়, তার এমত বোধ হয়— বল্লার চরে নবাগত সে নয়, অতিথিও নয়, তার জীবনের সঙ্গে বল্লার চর বহুদিন থেকেই যুক্ত; আবার মনের একাংশ থেকে এ নিয়ে বিস্ময়বোধ যায় না, বস্তুত সে দ্বিখণ্ডিত হয়ে নিজেকেই অবলোকন করে। নার্গিসের জন্যে তার ভয় হয়, এত তীব্র ভয় সে আর কখনো অনুভব করেছে বলে জানা নেই; ভয় হয় নার্গিস হয়তো কখনোই তার বন্দিদশা থেকে মুক্তি পাবে না।

হতাশ হয়ে চৌকিতে সে এলিয়ে পড়ে এবং যাকে সে কখনো দেখে নি তারই জন্যে তার সমস্ত জীবন ব্যর্থ এবং দলিত হয়ে যায়। ঢাকায় আমজাদের কাছে নার্গিসের যে ফটো সে দেখেছিল, এখন কল্পনা করতে চেষ্টা করে, কোনো কোনো স্মৃতি কখনোই ফেরে না, তবু তাকে স্মৃতি বলা যায়, কারণ মনের মধ্যে কোথাও যে তা আছে সে সম্পর্কে সংশয় নেই। নার্গিসের মুখ তার মনে পড়ে না, এমনকি অন্য কারো মুখও সে মনে করতে পারে না, সে চেষ্টা একবার করে তার মায়ের মুখখানা মনে করতে যায় সে, আর শীতল ঘাম হয়, শরীরে মৃদু কম্পন অনুভব করে; তবে কি সে ওয়ারেস নয় ? ভিন্ন কোনো ব্যক্তি ?— যে তার, ওয়ারেসের কিছুই সে স্মরণ করতে পারছে না ?

মাথার ভেতরে নিঃশব্দ চিৎকার সে শুনতে পায়, এবং সে চিৎকার তার নিজের কণ্ঠঃনিসৃত নয় এটুকু বোঝে, কিন্তু কার ? — ওয়ারেস দ্রুত উঠে বসে দু'হাতে নিজের মুখ ঠেসে ধরে, তাতেও উপশম হয় না, বরং নতুন একটি অভিজ্ঞতার ভেতর সে নিক্ষিপ্ত হয়, তার করোটি ফেটে পড়তে চাইছে, ভেতরে একটা প্রচণ্ড শক্তির চাপ অনুভব করে সে।

হঠাৎ সেই চাপ অন্তর্হিত হয়ে যায়, চিৎকার থেমে যায়, বালিশ পর্যন্ত মাথা নামিয়ে আনতে আনতে মনে হয় কুয়াশাক্রান্ত শূন্যতার ভেতরে মাইলের পর মাইল সে নত হয়ে চলেছে, তারপর যখন আশ্রয় পায়, তার শরীর স্বপ্নহীন উদ্যমহীন এক জড়তার ভেতরে মৃতমাংসের মতো পড়ে থাকে। তার অস্তিত্বের ওপর দিয়ে দিবস ও রজনীর চক্র ঘুরে যায়, মানুষের স্বাস্থ্য ক্রমশ বিনষ্ট হয়, বস্ত্র মলিন হয়,হ্রস্ব হয়, ছিন্ন হয়, কঙ্কাল ক্রমশ প্রকাশিত হয়, মানুষ

অন্নের জন্যে হাহাকার করে, সড়কের ওপর ফলকসমূহ ভগ্ন দশায় পতিত হয়, হায়, এখন আমরা কোন গান গাইব ?— দস্যুর মশাল আমাদের চন্দ্রকে হরণ করেছে, স্বাধিকার প্রমত্ত নেতার অট্টহাস্য আমাদের সূর্যকে আবৃত করেছে, বপনের জন্যে আমরা বীজ আর কোথায় পাব ? — যতদূর দৃষ্টি যায়, হায়, রক্তাক্ত ত্রিশূল ভিন্ন কিছুই দেখা যায় না। আমরা আর কী গাইব ? আর কী গান আছে ?

সেই দেশ কেমন একাকিনী বসে আছে, লুণ্ঠিত, যে সম্পদে ও সম্ভাবনায় পরিপূর্ণ ছিল, সে বিধবার মতো হয়েছে, যার পতাকা সমুদ্রেও একদা জাহাজেরা দর্পের সঙ্গে বহন করে নিয়ে গিয়েছিল; সে কর্মাধীন দাসীতে পরিণত হয়েছে অথচ একদা সে রাজ্ঞীর মতো তার সন্তানকে পর্বত পেরিয়ে প্রেরণ করেছিল; সে এখন রোদন করে, তার সন্তানদের মধ্যে আর এমন একজনও নাই যে অশ্রু মুছিয়ে দেয়; বালক ও বৃদ্ধেরা পথে পথে অবসন্ন পড়ে আছে, কুমারী ও যুবকেরা খড়গের আঘাতে পতিত হয়েছে; আমাদের মায়েরা এখন বিধবা, আমরা জলাশয় শুকিয়ে যেতে দেখেছি, আমরা আমাদের শস্যভাণ্ডার লুণ্ঠিত হতে দেখেছি, ক্ষুধার জ্বলন্ত তাপে আমাদের ত্বক তন্দুরের মতো জ্বলে; জড়ত্বের কাছে আমরা উদ্যমকে বিক্রয় করেছি, তাই আমাদের বীরেরা এখন সুবর্ণ পতাকার বদলে পাথরের যাঁতা বহন করে, শিশুরা চৌকাঠে হোঁচট খায়, প্রাচীনেরা দয়া ভিক্ষা করে এবং আমাদের বসত বাড়ির আঙিনায় শেয়াল যাতায়াত করে।

আমজাদ তার রক্তবর্ণ চোখের দিকে তাকিয়ে ভীতস্বরে বলে, জ্বরে তোমার গা যে পুড়ে যাচ্ছে ?

ওয়ারেস কেবলি মাথা নাড়ে, সে বলতে চায় 'না না না' কিন্তু কোনো শব্দ উচ্চারিত হয় না, কেউ তার উচ্চারণের শক্তি হরণ করেছে ধারণা করে সে ক্ষিপ্ত হয়ে ওঠে, আমজাদকে আঘাত করতে উদ্যত হয়, তার আগেই মূর্ছিত হয়ে পড়ে যায় সে।

পরবর্তীকালে নার্গিসকে সে বলবে, এই রাতটার কথা। জ্বরটা না এলে সেদিন আমি বুক ফেটেই মরে যেতাম।

আমি তো ছিলাম না।

না, তুমি তার পরের দিন এসেছিলে।

তোমার সঙ্গেই প্রথমে দেখা হয়েছিল, মনে আছে ?

হ্যাঁ, আছে। জ্বরটা তখন ছেড়ে গিয়েছিল, আমি সড়কের পাশে দাঁড়িয়েছিলাম, আমি কেবলি ভয় পাচ্ছিলাম আবার যেন সেই রকম না হয়, সেই বুক ফেটে যাওয়ার মতো।

আমার জন্যে ?

নার্গিসের প্রশ্নটা হঠাৎ বুঝতে পারবে না ওয়ারেস, বিহ্বল চোখে তাকিয়ে থাকবে।

নার্গিস বলবে, আবারো, আমার জন্য নয় ?

প্রশ্নটা করবার পর নার্গিস যে মোহন বঙ্কিম ভঙ্গিতে তার দিকে তাকিয়ে থাকবে সেটা তাকে ক্ষণকালের জন্যে দুর্বল করবে, মিথ্যা বলার জন্যে সে প্রলুব্ধ হবে, নারীর সহবাস তার সমস্ত কিছুকে ম্লান করে দিতে চাইবে, কিন্তু সে জয়ী হবে শেষ পর্যন্ত এবং নীরবে মাথা নাড়বে।

তবে আমার কথা একবারও ভাবো নি তুমি ?

ওয়ারেস চুপ করে থাকবে।

একবারও মনে হয় নি, আমি কীভাবে আছি, কোথায় আছি, বেঁচে আছি কিনা?

তোমার কি খুব কষ্ট হবে যদি বলি, ফটোতে তোমাকে যে দেখেছিলাম সেই মুখখানাও আমি মনে করতে পারছিলাম না? নার্গিসকে ম্লান হয়ে যেতে দেখে ওয়ারেস তার কাঁধ স্পর্শ করে বলবে, তোমাকে যে বিশেষ করে তখন মনে করতে পারি নি, সেইটেই বরং আমাকে রক্ষা করেছে, বরং তাইতেই আমি তোমাকে 'তুমি' বলে নয় 'তোমরা' বলে অনুভব করতে পেরেছি। তোমার বাবার সঙ্গে সেদিন বিকেলবেলায় কথা বলবার পর কিছুতেই আমার ভেতর থেকে এই চিৎকারটা যাচ্ছিল না যে— কেন সবাই অন্যায় অবিচার মাথা পেতে সহ্য করছে, কেন পড়ে পড়ে মার খাচ্ছে, কেন ক্রোধে ফেটে পড়ছে না, বিশ্বাসে কেন উঠে দাঁড়াচ্ছে না, আবার কেন অস্ত্র হাতে নিচ্ছে না। একবার যেমন নিয়েছিল?

উত্তর পেয়েছিলে?

তুমি কি ঠাট্টা করছ?

না।

না?

না। আমারও ঠিক এই কথাটাই মনে হয়েছিল লক্ষ্মী সাধুর বাড়িতে, যেখানে একটা ঘরের ভেতর ওরা আমাকে আটকে রেখেছিল।

নার্গিসের দ্রুত বিবর্ণ হয়ে আসা মুখের দিকে তাকিয়ে ওয়ারেস ব্যাকুল কণ্ঠে বলে উঠবে, থাক, ও কথা থাক।

কেন থাকবে? কেন তুমি আমার কথা শুনবে না? মনে না করলেই কি সব মুছে যায়?

না, যায় না।

আমার ভেতরেও কি চিৎকার উঠতে পারে না? ওঠে নি? লক্ষ্মী সাধুর বাড়িতে যখন ওরা আমাকে উঠিয়ে নিয়ে গেল, কেন সে প্রতিবাদ করল না? কেন তার ঘর সে ছেড়ে দিল আমাকে বন্দি রাখার জন্যে? লক্ষ্মী সাধুরাও তো ওদের হাত থেকে নিস্তার পায় নি? চাইলে তক্ষুণি ঐ লোক দু'টোকে শেষ করে দিতে পারত তারা, তাদের সাহস হয় নি। কতবার সুযোগ এসেছে আমাকে লুকিয়ে পার করে দিতে পারত, দেয় নি। বরং দিন রাত তারা আমাকে পাহারা দিয়ে রেখেছে, আবার আমাকে শুনিয়ে শুনিয়ে লোক দুটোকে কত শাপ শাপান্ত করেছে তারা, দুঃখ করেছে, চোখের পানি পর্যন্ত ফেলেছে। তাদের চোখের পানিটাও সত্যি ছিল, আবার আমাকে পাহারা দিয়ে রাখাটাও সত্যি ছিল। কীসের ভয়ে তারা চুপ করেছিল? কেন তারা ভয় পায়? কেন তারা চোখের পানি ফেলেছে অথচ কিছু করে নি?

আমিও বুঝতে পারি নি ওয়ারেস, আমারও অবাক মনে হয়েছে।

নার্গিসের চিবুক ছুঁয়ে ওয়ারেস তখন কান্নাভেজা গলায় বলবে, আমাদের তো এ ঐতিহ্য নয়, নার্গিস।

রাখ তোমার ঐতিহ্য।

তুমি রাগের কথা বলছ।

রাগ হবে না?

হবে, তোমারই তো হবে, তোমাকে যে কষ্ট পেতে হয়েছে, তোমার জন্যে যে কেউ এগিয়ে আসে নি। কিন্তু এ আমাদের ঐতিহ্য নয়। বাংলার চাষী কখনো মাথা পেতে সহ্য করে নি, কতবার সে মাথা তুলে দাঁড়িয়েছে, কতবার সে অস্ত্র হাতে নিয়েছে, পরাজিত হয়েছে, দমে যায় নি, আবার কোমর বেঁধে দাঁড়িয়েছে। একাত্তরে যে গ্রামে গ্রামে বাংলার ছেলেরা অস্ত্র হাতে নিয়েছে সেটাও কিছু হঠাৎ নয়, ইতিহাস আছে, চাষীর ছেলেরও রক্তে আছে রোখ, মার খেয়ে মার ফিরিয়ে দেবে।

তবে ? এখন কেন চুপ করে আছে ?

কিছুক্ষণ নীরব থেকে ওয়ারেস বলবে, সেটাই তো জানতে চাই, একবার দেখতে চাই।

তার কণ্ঠে কী একটা অনুভব করে নার্গিস তখন চকিত হয়ে উঠবে। বলবে, তার মানে ?

ওয়ারেস উত্তর দেবে না, যদিও উত্তর তার জানা।

কী বলতে চাও তুমি ? কী ভাবছ তুমি ? কী করবে তুমি ? তারপর সন্দেহটা প্রকাশ করেই ফেলবে নার্গিস, তুমি কি বল্লার চরে থাকবার কথা ভাবছ ?

ওয়ারেস স্থিরচোখে তাকিয়ে থাকবে নার্গিসের দিকে, সেটাই তার উত্তর, তাতেই তার সম্মতি সমস্ত আলো নিয়ে উদ্ভাসিত।

নার্গিস ব্যাকুল হয়ে প্রশ্ন করবে, সত্যি তুমি এখানে থাকতে চাও ? এর ভেতরে ?

এতক্ষণে একটা শব্দ উচ্চারিত হবে ওয়ারেসের কণ্ঠ থেকে, হ্যাঁ।

কেন ?

আমাকে থাকতে হবে।

আমি পারব না। আমি যেতে চাই, আমি বল্লার চর থেকে বেরিয়ে যেতে চাই।

কোথায় ?

যেখানে হোক, যেখানেই হোক।

যেখানে বলে কোনো জায়গা নেই।

এখান থেকে দূরে, যে-কোনো জায়গায়।

তুমি পালাতে চাও ?

মুহূর্তকাল স্তম্ভিত হয়ে থেকে নার্গিস জেদি গলায় জানিয়ে দেবে, হ্যাঁ, তাই যদি বলো, আমি পালাতে চাই, এখান থেকে আমাকে তুমি নিয়ে যাও। তোমাকে নিয়ে যেতেই হবে।

যদি জানতাম এমন কোনো জায়গা আছে যেখানে স্বর্গ আছে, তোমাকে নিয়ে যেতাম। কিন্তু কোথাও তো নেই। যেখানেই যাও, বল্লার চর তোমার পেছন ছাড়বে না, বল্লার চর থেকে তুমি পালাতে পারবে না। ওয়ারেস মুখ ফিরিয়ে নিয়ে যোগ করবে, আমজাদও পালাতে চেয়েছিল, বল্লার চর তাকে রেখে দিয়েছে।

৭

বাড়ির কাছাকাছি এসে, কিষাণকে দ্রুত ফেলে আমজাদ বাংলাঘরে ঢোকে, ওয়ারেসকে অন্ধকারের ভেতর চুপ করে বসে থাকতে দেখে যে কথাটা উত্থাপন করবার জন্যে তাড়া নিয়ে সে ঢুকেছিল, তা উচ্চারণ করতে ইতস্তত করে মুহূর্তকাল, বলে, তুমি অন্ধকারে ?

১৬৯

এলে ?

লণ্ঠন দেয় নি ?

থাক এই ভালো।

মামা বাড়িতে নেই ?

আছেন।

কিছুক্ষণ নীরবতার পর আমজাদ বলে ওঠে, আমরা তাহলে কাল রওয়ানা হয়ে যাই, কী বলো ?

হঠাৎ লম্বা হয়ে বিছানায় শুয়ে পড়ে ওয়ারেস, অস্ফুট একটা আর্তধ্বনি তার কণ্ঠ থেকে বেরোয় অথবা ভুল শোনে আমজাদ, নির্ণয় করতে পারে না সে, ঈষৎ বিরক্ত হয়ে বলে, একেবারে আজ যাওয়াটা ভালো দেখায় না তার জন্যেই তো দিনটা থেকে গেলাম আমরা, তাই না ? ওয়ারেসের কোনো সাড়া না পেয়ে একটু অপেক্ষা করে আমজাদ তার পাশে চৌকিতে বসে পড়ে বলে, কিছু একটা বলো।

কাল যেতে চাও ?

হ্যাঁ, থাকা তো হলো।

নার্গিসের খবর পাওয়া গেছে সেটা মনে পড়ে যায় ওয়ারেসের, নেকবর আলী কাউকে না জানাতে বলেছেন স্মরণ হওয়ার সঙ্গে সঙ্গে আমজাদ থেকে দূরত্ব অনুভব করে এবং সে এ বাড়ির ভেতরে আরো প্রবিষ্ট।

সতর্ক গলায় আমজাদ জানতে চায়, কী ভাবছ ?

কিছু না।

কালই রওয়ানা হয়ে যেতে ওয়ারেস সম্মত ধরে নিয়ে আমজাদ স্বস্তি বোধ করে, উৎফুল্ল গলায় বলে, ভোরে ঠিক সময়ে বাস ছাড়লে কাউনিয়ায় গিয়ে মেল ধরতে পারব। বড় খালার কাছে গিয়েছিলাম। কী বলব বলো ? জোয়ান ছেলে খুন হলে মায়ের আর কী থাকে ? আমাকে জড়িয়ে ধরে সে কী কান্না, আমি আবার কান্না একেবারেই সহ্য করতে পারি না। এটা একটা দেশ, একটা জায়গা, এখানে মানুষ থাকতে পারে ? তোমাকে আগেই বলেছিলাম এতদূরে যাবে মেয়ে দেখতে ? তুমি তো আবার রোমান্টিক মানুষ, ঝুলে ধরে বসলে ফটো দেখেই, কী চুপ করে আছ যে ? এলোপাথাড়ি অনেকক্ষণ কথা চালিয়ে যাবার পর আমজাদের খেয়াল হয় ওয়ারেস নীরব হয়ে আছে।

ওয়ারেস বলে, সংক্ষিপ্ত একটি উচ্চারণ, শুনছি।

দীর্ঘনিঃশ্বাস ফেলে আমজাদ বলে, শুধু নার্গিসের জন্য মনটা খারাপ লাগছে, খুব খারাপ ফিল করছি, তুমি তো আর ওকে দ্যাখো নি, আমার চোখের সামনে ভাসছে।

নার্গিসের মুখ মনে করতে চেষ্টা করে তখন ওয়ারেস, মনে পড়ে না, সে আবার চেষ্টা করতে থাকে।

সুন্দরী ছিল। খেদের সঙ্গে উচ্চারণ করে আমজাদ। এখন পর্যন্ত কোনো খবর নেই, তুমি কল্পনা করতে পার ? একটা মেয়ে, একটা জলজ্যান্ত মেয়ে, উধাও করে নিয়ে গেছে, ভাবতে পার অবস্থাটা ?

হ্যাঁ।

ক্ষিপ্ত হয়ে ওঠে আমজাদ, কী ভাবতে পার ? তুমি ভাবছ আমি ভাবছি, আমরা শুনে স্থির থাকতে পারছি না, মামাকে দ্যাখো। আমার নিজের মামা বলে চেপে যাব কেন ? তার মেয়েকে ধরে নিয়ে গেছে, কোনো বিকার নাই ? স্বাভাবিক ? অফিসে গিয়ে কাজ করছেন, যেন কিছুই হয় নি ?

শ্রুতির ভেতরে হঠাৎ একটা প্রবল চিৎকার শুনতে পায় ওয়ারেস। কে চিৎকার করছে ?— সে সমস্ত ইন্দ্রিয় দিয়ে জগতকে বুঝতে চেষ্টা করে।

আমজাদ বলে চলে, আমি এদের কিছু বুঝতে পারি না। এটা কী করে হয় ? সহসা সে যেন একটা মীমাংসা খুঁজে পায়। স্বগতোক্তির মতো বলতে থাকে, হয়তো আমারই ভুল, এখন সব সয়ে গেছে, দেখতে দেখতে অবাক তারা আর হয় না, চঞ্চল হয় না, তুমি আমিই কেবল বিচলিত হচ্ছি, হয়তো তাই।

ওয়ারেস উঠে বসে বিছানায়, নিঃশব্দে অন্ধকারে যেন একটি মূর্তি প্রতিষ্ঠিত হয়, তার কণ্ঠ থেকে উচ্চারিত হয় অথবা সে আমজাদের শেষ দু'টি শব্দের প্রতিধ্বনি করোটির ভেতর শুনতে পায়, হয়তো তাই।

নিশ্চয়ই তাই। আমজাদ চৌকি থেকে উঠে চেয়ার টেনে নিয়ে ওয়ারেসের মুখোমুখি বসে বলে, এ এক অস্বাভাবিক অবস্থা, ওয়ারেস, মানুষ, এর ভেতরে থাকতে পারে না, কী করে এরা আছে ? আমি তো থাকতে পারতাম না, এক মুহূর্ত না। তোমার কি মনে হয় না, এখানে থাকলে তুমি পাগল হয়ে যাবে ? এই খুন, এই কান্না, এই ষড়যন্ত্র, এই অবিশ্বাস, এই দলাদলি, এই হানাহানি, আমি তো পাগল হয়ে যেতাম। মানুষের মুখ দেখে মানুষ পর্যন্ত চেনা যায় না। তোমার সেই লোকটির কথা মনে আছে ?

কে ?

সেই লোকটা, তিস্তা জংশনে, মাথায় রুমাল, কাঁচাপাকা দাড়ি।

ওয়ারেস তার করোটির ভেতর প্রচণ্ড একটা চাপ অনুভব করে মাত্র।

আমজাদ বলে যায়, তোমার অবশ্য লক্ষ করবার কথা না, আমিও করতাম না। জংশনে লোকটি একটা কথা বলেছিল, আমার মাথা থেকে কিছুতেই যাচ্ছিল না।

কী কথা ?

যে আল্লা সবখানেই আছেন, এমনকি তিনি বল্লার চরেও আছেন। বল্লার চরে ? আমার মনে হয়েছিল পেছনে একটা কাহিনী আছে, ঘটনা আছে, এমন একটা ঘটনা যে আর কোথাও না হোক বল্লার চরে নিশ্চয়ই একটা সুবিচার হয়ে গেছে। তারপর আজ একটু আগে শুনলাম। তুমি ধারণা করতে পারবে ওয়ারেস, আমি কী শুনলাম ? শুনলাম রংপুর মালখানা থেকে গতকাল সে তার বাজেয়াপ্ত হয়ে যাওয়া সোনার গয়নাগুলো ফেরত পেয়েছে। না, তার গয়না নয়, সকলেই জানে সে গয়নাগুলো কাদের, তবু এখন সেগুলো হাফেজ ইমামউদ্দিনের। একাত্তর সালে এগুলো সে মানুষের কাছ থেকে ছিনিয়ে নেয়, কোন মানুষ ? —যাদের বাড়ি পুড়ছিল, যারা পালাচ্ছিল, আর যারা হাফেজ ইমামউদ্দিনের মতো মানুষদের বিশ্বাস করে গ্রামেই থেকে গিয়েছিল। দেশ স্বাধীন হওয়ার পর জেলে গিয়েছিল, জেল থেকে কোনোদিন

বেরোবার আশা সে নিজেও করে নি কিন্তু একদিন বেরিয়েছে, তার ছেলে বেরিয়েছে জেল থেকে, কোন ছেলে ?— যে ছেলে নিজের দেশের ছেলেদের মিলিটারির কাছে ধরিয়ে দিয়েছে, কাফের বলে মুসলমানকে জবাই করেছে, সেই ছেলে। সেই ছেলের বাপ ইমামউদ্দিন বলে— লুট করা গয়না ফেরত পেয়ে বলে— আল্লা বল্লার চরেও আছেন। আর তা শোনে, বল্লার চরেরই মানুষ, তার পায়ের কাছে বসে শোনে, তিস্তা জংশনে আমি নিজের চোখে দেখেছি, নিজের কানে শুনেছি। মামার ঐ কিষাণ লোকটা আমাকে বলছিল ইমামউদ্দিনের ছেলে কামালউদ্দিনই আমানকে খুন করেছে। আমান গিয়েছিল রংপুর, চেষ্টা করতে, লুটের গয়নাগুলো ফেরত দেয়ার অর্ডার যেন না হয়, রংপুরের এক হোটেলে আমানের লাশ পাওয়া গেছে। তুমি ভাবতে পার, সেই কামালউদ্দিন বল্লার চরে প্রকাশ্যে এখনো ঘুরে বেড়াচ্ছে ? তুমি ভাবতে পার, সেই ইমামউদ্দিন নির্বিকার মুখে আমার মামার অফিসে বসে আছে ? আর আমার মামা, তার ভাগনে খুন, তার ছেলে গ্রেপ্তার, তার মেয়ে উধাও, তিনি কথা বলছেন, ইমামউদ্দিনের সঙ্গে ?

ওয়ারেসের দেহ হঠাৎ ভাঁজ হয়ে যেতে থাকে, তার মাথা নত হয়ে যায় বালিশের ওপর, দেহটা আছাড় খেয়ে বিছানার ওপর ছড়িয়ে পড়ে।

অস্ফুট চিৎকার করে চেয়ার থেকে লাফ দিয়ে উঠে দাঁড়ায় আমজাদ।

ওয়ারেস ?

সাড়া পাওয়া যায় না।

ঠিক তখন লণ্ঠন হাতে কিষাণ এসে ঘরে ঢোকে। তার হাত থেকে লণ্ঠনটা ছিনিয়ে নিয়ে ওয়ারেসের মুখের ওপর ঝুঁকে পড়ে আমজাদ, ওয়ারেসের চোখ বোজা, গায়ে হাত দিতেই হাতটা পুড়ে যায়, চোখের পাতা তুলে দেখে হতবাক হয়ে যায় সে। লাল টকটকে হয়ে আছে ওয়ারেসের চোখ।

৮

নেকবর আলী ভীতস্বরে উচ্চারণ করেন, উপায় ? তার আর্তনাদ আমজাদকে স্তম্ভিত করে, কারণ এই প্রথমবারের মতো সে নেকবর আলীর প্রাণ পর্যন্ত প্রত্যক্ষ করতে পারে, নেকবর আলী চৌকির ওপর বসে পড়েন এবং দু'হাতের ভেতর ওয়ারেসের মূর্ছিত মুখ সন্তর্পণে সংগ্রহ করে বিহ্বল হয়ে বসে থাকেন। তার অন্তর্দেশ থেকে একটি হাহাকার উত্থিত হয়, আমজাদ কি জীবিত কার সাধ্য কি তা শোনে, অতএব আমজাদ অতল হতাশায় নিমজ্জিত হতে থাকে।

নেকবর আলী বলেন, হামার চিন্তা করিবার ক্ষমতা নাই আর। অথচ তিনি অন্তর্গত অবিরল এই সংলাপ শুনতে পান, লুপ্ত হয়ে যাক সেইদিন, যেদিন আমার জন্ম হয়েছিল, সেই রাত্রি, যে রাত্রি বলেছিল— আলী বাড়িতে আজ আনন্দ। কেন আমার মা তার জঠরের কপাট বন্ধ করেন নাই ? আমার চোখ থেকে কষ্টকে গোপন রাখেন নাই ? আমি কেন গর্ভে মরি নাই, জানুযুগল কেন আমাকে গ্রহণ করেছিল ? স্তনযুগলই বা কেন আমাকে দুধ দিয়েছিল ? আমি কি এমন দেশের সাক্ষাৎ আর কখনো পাব, যেখানে ত্রাসিত সন্ধ্যা স্খলিত হয়ে পড়ে না ? কোথায় সেই দেশ, যেখানে দুষ্টেরা উৎপাত করে না, শ্রান্তেরা বিশ্রাম পায়, কন্যারা নিরাপদ

থাকে ? আমার হাহাকার নদীর মতো বয়ে যায়, আমি যা ভয় করি তাই আমার ঘটে, যে আশঙ্কা করি তাই উপস্থিত হয়, এবং উদ্বেগ, উদ্বেগই কেবল আমার দরজায় করাঘাত করে।

আমজাদ না বলে পারে না, আপনি ভাবছেন, নতুন পানিতে গোসল করে জ্বর হয়েছে। আজ রাতেই ভালো হয়ে যাবে।

নেকবর আলী নীরবে অতি ধীরে মাথা নাড়েন।

আমজাদ বলে, আপনার এমনিতেই অনেক দুশ্চিন্তা, আপনি আর কষ্ট করে বসে থাকবেন না, আমি জেগে আছি, দেখছি।

আবার ধীরে মাথা নাড়েন নেকবর আলী। অতঃপর মৃদু স্বরে বলেন, ভালো-মন্দ কিছু যদি হয়। মুঁই যে সাহস হারা হয়া গেলাম।

পাগল হলেন নাকি ? এত কিছু হয়ে গেল ভেঙে পড়লেন না আর এখন আপনিই এরকম করছেন ?

নেকবর আলী নীরবে বসে থাকেন, বস্তুত তাঁর জন্যে স্তব্ধতা নয়, তিনি আবার শুনতে পান, আমার দুঃখ যদি ভালো করা যেত, আমার বিপদ যদি তুলায় পরিমিত হতো, তবে তা বিশাল ব্রহ্মপুত্রের বালির চেয়েও ভারি হতো, এই জন্যে আমার বাক্য, অসংলগ্ন হয়ে পড়ছে। দুষ্টের বাণ আমার ভেতরে প্রবিষ্ট, আমার মাংস তার বিষ পান করছে, আমার আর পরিণাম কী যে আমি সহিষ্ণু হতে পারি ? আমার বল কি পাথরের বল ? আমার মাংস কি কাঁসারির পেতল ?

দীর্ঘনিঃশ্বাস ফেলে নেকবর আলী উঠে দাঁড়ান।

রাত আসে এবং রাতের সঙ্গে সেই রমণী আবার এসে ঘরের ভেতরে দাঁড়ায়, আবার তাকে ওয়ারেস দেখতে পায় তার দিকে পেছন ফিরে কী যেন সন্ধান করে চলেছে সে, বালিশ থেকে মাথা তুলে সে অবসন্ন চোখে একবার তাকে দ্যাখে, তারপর দুর্বলতাবশত মাথা নামিয়ে নেয়, আজ আর সে আগের মতো চঞ্চল বোধ করে না, রমণী কী খুঁজছে তা জানবার জন্য ব্যাকুলও সে হয় না, সে অপেক্ষা করে, তার বিশ্বাস হয় রমণী তার অন্বিষ্ট হাতে পেয়ে যাওয়ার পর শয্যার কাছে এসে দাঁড়াবে, অনেকক্ষণ পার হয়ে যায়, রমণী আসে না, এবং ওয়ারেস যখন মাথা তুলে তাকিয়ে দ্যাখে, রমণীর আর সাক্ষাৎ পাওয়া যায় না।

মাঝরাতে একবার উঠে আমজাদ তার গায়ে হাত দেয়, দ্যাখে জ্বর আরো বেড়েছে, আর্তধ্বনিসহ মাথা অনবরত এ-পাশ ও-পাশ করছে ওয়ারেস।

ওয়ারেস, ওয়ারেস।

কোথায় গেল ?

সে কোথায় গেল ?

কে ?

আমি কোথায় ?

বল্লার চরে।

উঠে বসে ওয়ারেস বিস্ফারিত চোখে চারদিক তাকিয়ে দ্যাখে, তারপর আমজাদকে সবলে আঁকড়ে ধরে বলে, এখন রাত ? খুব রাত ? অনেক রাত ?

হ্যাঁ, এই তো ভোর হয়ে যাবে।

কখন ?

একটু পরেই। কোনো ভয় নেই, জলেশ্বরীতে কোনো রকমে যেতে পারলেই ডাক্তারের কাছ থেকে ওষুধ নিয়ে নেব, জ্বরটর সব চলে যাবে। এখন একটু ঘুমানোর চেষ্টা কর।

আবার তার ঘুমের ভেতরে রমণী এসে দাঁড়ায়, আবার পেছন ফিরে, আবার সে সন্ধান করে। ওয়ারেস টের পায় তার উপস্থিতি কিন্তু তার দিকে দৃষ্টিপাত করে না-আর, সতর্ক প্রতীক্ষায় সময় বয়ে যায়।

ভোরবেলায় নেকবর আলী অভিমত প্রকাশ করেন, এ অবস্থায় জলেশ্বরী কেন, সাত্তারের হাটে বাসস্ট্যান্ড পর্যন্তই ওয়ারেসকে নিয়ে যাওয়া অসম্ভব।

তাহলে ? আশাহীন হয়ে পড়ে আমজাদ। বল্লার চর সাঁড়াশির মতো দাঁড়া মেলে তাকে জড়িয়ে ধরে, অকস্মাৎ সে ছটফট করতে থাকে, কিন্তু কিছু উচ্চারণ করতে পারে না।

হামার ফির রংপুর যাওয়া লাগে।

রংপুর ? আপনি যাচ্ছেন ? আমজাদের মনে হয় গূঢ় কোনো অভিসন্ধি নিয়ে তার মামাও তাকে এখন ত্যাগ করে যাচ্ছে।

হয়। রসুলের তদ্বির করা দরকার, জামিন যদি দেয়। রাইতে রাইতেই ফিরি আসমো আল্লায় দিলে। ইয়ার দিকে লক্ষ রাখো, হাটে একজন ওষুধ দেয়, তাকে মুঁই যাবার বেলা কয়া দেমো, আসি যাইবে।

ওয়ারেসের কপালে হাত রাখেন নেকবর আলী, উঠে দাঁড়ান, কিছুক্ষণ অপেক্ষা করেন সম্ভবত, সে চোখ মেলবে বলে, না তিনি বেরিয়ে যান, মূঢ়ের মতো দরজার দিকে তাকিয়ে থাকে আমজাদ।

নেকবর আলী আবার ফিরে আসেন, বারান্দার নিচে দাঁড়িয়ে নীরবে ইশারা করেন আমজাদকে কাছে আসতে, পুতুলের মতো কাছে এসে দাঁড়াতে তিনি ফিসফিস করে বলেন, একখান কথা কয়া যাঁও কাছে সরি আইস। চারদিকে চকিত চোখ বুলিয়ে এনে আমজাদকে তিনি বলেন, মুঁই বাড়ি হতে যাঁও তো, কত রকম মানুষ আছে, এতিউতি কোনো মানুষের ঘোরাফেরা দেইখলে না ডরান, কামালওদ্দি বলি একজন আছে মটর সাইকেল করি ঘুড়ি বেড়ায়, বাড়ির পরে আসি কোনো যদি খাড়া হয়া পড়ে, মিষ্ট কথা কয়া বিদায় করেন তাক, হামার কথা পুছ কইরলে কোনটে গেছোঁ না কন।

ঘরের ভেতরে দ্রুত একবার দৃষ্টিপাত করে নেকবর আলী পথে নেমে পড়েন। আমজাদের হঠাৎ প্রচণ্ড রাগ হয় ওয়ারেসের ওপর, ঘরের ভেতরে এসে গুম হয়ে বসে থাকে।

ঘণ্টাখানেক পরে জ্বরের একটু উপশম হতেই উঠে বসে ওয়ারেস।

সঙ্গে সঙ্গে আমজাদ চাপা গলায় ফেটে পড়ে, তুমি আর জ্বর বাধাবার জায়গা পেলে না ? হাসছ; জ্বরটা আর একটু আগে ছেড়ে গেলেও এতক্ষণ পথে থাকতাম। সেটা ভালো হতো না!

রাগ হয়েছে ?

হবে না ? তোমার জন্যেই তো যত সব।

একা গেলেই হতো।

একা ?

হ্যাঁ, তুমি চলে গেলেই পারতে ?

আর তুমি ? বাহ্, বেশ কথা। আমি বাইরের লোক বলে যাই, আর তুমি ঘরের লোক বলে থাক ?

কী পাগলের মতো বলছ ?

হ্যাঁ বলছি, আমার মাথার ঠিক নেই, আমি পাগল হয়ে গেছি, তাই বলছি। কাল বলছিলাম না, এখানে থাকলে পাগল হয়ে যেতে হবে, তাই হয়ে গেছি। আমি বাড়ির আত্মীয়, আমি বললাম কাল চলে যাই, গেলে না, মামা নিজে বললেন, তোমার ভদ্রতায় বাধল।

ভদ্রতা নয়, আমজাদ ভদ্রতা নয়, কী করে তুমি যাও, কী করে তুমি যেতে পার ?

মাথা টিপে ধরে ওয়ারেস আবার শুয়ে পড়ে।

অনেকক্ষণ একভাবে পড়ে থাকবার পর চোখ বুজে থেকেই সে বলে, তোমার না মায়ের দেশ এটা ? সাড়া না পেয়ে তাকিয়ে দ্যাখে আমজাদ ঘরে নেই।

সত্য নয়, তবু সত্য বলে সে অবলোকন করে— আমজাদ তাকে ফেলে রেখে ঢাকার দিকে চলে গেছে; নিজেকে তার সঙ্গীহীন বোধ হয় না এবং দৃশ্যমান সমস্ত কিছুর সঙ্গে নিজেকে সে নিবিড় সংলগ্ন বলে আবিষ্কার করতে সহজে সক্ষম হয়। তার শরীর লঘু এবং অত্যন্ত স্বাচ্ছন্দ্য বোধ হয়। দরজায় কাঠের ওপর খোদাই করা পানের পাতা দু'টি যেন কতকাল ধরে দেখে আসছে সে, ঘরের বাতায় গোঁজা ময়ূরের একটি পালক, মেঝের মাটি একটা জায়গায় অস্পষ্ট ঢেউয়ের ভঙ্গিতে নিচু হয়ে আবার সমান হয়ে গেছে, আম কাঠের টেবিল ঢাকা খবরের কাগজ লণ্ঠনের গোলতলার তেলের দাগে আবৃত, পানির গেলাসের গায়ে লাল নীল বার্নিশের ফোঁটা। বিছানায় যে চাদরের ওপর শুয়ে আছে সে, নীল শাদা খোঁপ কাটা, সেই চাদর যেন কতকাল ধরে ব্যবহার করে আসছে সে। সেখানে তার গায়ের আরাম সুতোয় সুতোয় বোনা হয়ে আছে, বালিশের ওয়্যারে মাধবীলতার ছোট ছোট তিনটে ফুল তোলা। সে তো জানেই মাত্র একটা দিন সে এখানে এসেছে, আবার তার ভাবতে বড় স্বাচ্ছন্দ্য বোধ হয় যে, আগের কোনো জীবনে সে এখানে ছিল কিংবা একই সঙ্গে এই জীবনেই। কান ভরে সে শোনে বাইরে হাঁসের ঐকতানে কোঁয়াকোঁয়া, গরুর হাম্বারব, মোরগের পাখা ঝাড়ার শব্দ, কোথায় ঢেঁকির পাড় পড়ে অবিরাম, টিনের চালে কাকের চিৎকার, সুপুরি গাছের মাথার ভেতর দিয়ে বাতাস সড়ক পেরিয়ে ক্ষেত পেরিয়ে যোজন যোজন পেরিয়ে কার যেন নাম ধরে ডাকে।

ব্যাগের ভেতরে হাতড়ে সে বের করে আনে ছোট্ট নীল বাকসোটা, ঢাকনা খুলতেই তুলতুলে নরম গদি আঙুলে কী একটা অনাস্বাদিত সুখের খানিক লাগিয়ে দিয়ে যায়, আংটিটা সে খুলে নেয়, চোখের সমুখে তুলে ধরে, ঘুরিয়ে ঘুরিয়ে দ্যাখে, ছোট্ট গোলাপি মুক্তোর গায়ে কতদিক থেকে আলোর নাচন দ্যাখে সে, কতবার দ্যাখে, তারপর রেখে দেয়। বাকসোটা বন্ধ হওয়ার টুক করে শব্দ হয়। বালিশের ওপর মুখ চেপে ধরে সে পড়ে থাকে, ঘ্রাণ এসে তাকে আলিঙ্গন করে, শস্যের ঘ্রাণ, খড়ের ঘ্রাণ, লতাগুল্মের ঘ্রাণ, ধুলোর ঘ্রাণ, আলাদা আলাদা একসঙ্গে যেন তারা পরীক্ষা নেয়— দেখি তুমি আমাদের চিনতে পার কিনা।

সে বাইরে এসে দাঁড়ায়। আকাশ বেগুনি হয়ে এসেছে, দিগন্তের কাছে লাল ছোপ লেগেছে অতি অস্পষ্ট, সূর্যকে বিদায় দেওয়ার জন্যে মেঘও যেন তার পেছনে পেছনে বহুদূর চলে গেছে, বহদূরে তারা স্থির দাঁড়িয়ে পড়েছে, স্তব্ধ বাতাসের গায়ে জ্বর লেগে আছে, নৈঃশব্দ্য হাহাকার করছে চারদিকে।

অবিলম্বে কিষাণেরা ফিরতে থাকে, গরু তাড়িয়ে ফেরার শব্দে সব কেমন সজল হয়ে যায়, বাঁশবন দুলে ওঠে, পাটের ক্ষেতে কাঁপন ধরে, পাখিরা চারদিকে মাতামাতি করতে থাকে। তারপর কলস ডুবে যায়, করুণ কাঁপন তুলে জল স্থির হয়, কিষাণেরা উঠান থেকে অন্তর্হিত হয়ে যায়, প্রাথমিক অন্ধকারের ভেতরে ওয়ারেস একাকী দাঁড়িয়ে থাকে।

ঠিক তখন সে তাকে দেখতে পায়, একখণ্ড অন্ধকারই যেন বা অবনত হয়ে সড়ক দিয়ে ছুটে আসছে, সে আসে তার গতি দ্রুততর হয় বেল গাছের বাঁক থেকে, হঠাৎ মুখ তুলে ওয়ারেসকে দেখে সে থমকে দাঁড়ায়, মাথার কাপড় পড়ে যায় তার, ক্ষণকালের জন্যে উদ্ভাসিত হয়ে ওঠে মুখখানি, রাত্রির পটে অঙ্কিত হয়ে যায়, তারপর সে দ্রুততর বেগে বাড়ির ভেতরে ঝাঁপ দিয়ে পড়ে।

অচিরে ওয়ারেসের দুই দিক থেকে দুই তরুণ দেখা দেয়। প্রথমে ধারণা হয় তার দিকেই আসছে, না তারা তাকে অতিক্রম করে চলে যায়, যেতে যেতে দু'জনেই ওয়ারেসকে পেছন ফিরে দেখতে থাকে এবং তারাও বাড়ির ভেতরে অন্তর্হিত হয়ে যায়।

অকস্মাৎ সেই নারী কণ্ঠে আবার বিলাপ শোনা যায়, কিন্তু প্রথম রাতের মতো বিশ্ব দুলে ওঠে না এবার, পথ গহ্বরে পতিত হয় না, বস্তুজগৎ অস্তিত্বহীন হয়ে যায় না; ওয়ারেস দেখতে পায় আকাশে একটি সজল চাঁদ এসে দাঁড়িয়েছে, প্রবাহিত জলের মতো শীতল বাতাস কখন থেকে তাকে স্নান করাচ্ছে আর চিকচিক করছে উঠানের কোনো কোনো ধূলিকণা।

দ্রুত পায়ে আমজাদ এসে তার সম্মুখে দাঁড়ায়, উত্তেজিত চাপা গলায় সে সংবাদ দেয়, নার্গিস এসেছে, এইমাত্র।

আমি দেখেছি।

৯

বাসরঘরে ওয়ারেস জিজ্ঞেস করবে, তুমি কি বুঝতে পেরেছিলে আমি কে?

নার্গিস নত মুখে মাথা নাড়াবে।

না?

নার্গিস তখন সম্মতিসূচক মাথা দোলাবে, ওয়ারেস তখন বিভ্রান্ত বোধ করবে, তার কাছে স্পষ্ট হবে না সেদিন সন্ধ্যায় নার্গিস তাকে দেখে বুঝতে পেরেছিল কিনা, ইশারার ভাষা এত মর্মান্তিক।

তখন আরো একটু পিছিয়ে সে শুরু করবে, আমার কথা শুনেছিলে?

মাথা দোলাবে নার্গিস।

মুখে বলো, আমি শুনতে চাই। শুনেছিলে আমার কথা?

হ্যাঁ।

জানতে আমি আসব ?

হ্যাঁ।

শুধু জানতে না ঠিক কবে আমি আসব, আমজাদ বলেছিল— গিয়ে পড়লেই হবে, খবর দিতে হবে না।

খবর দিলে তো বাবা তোমাকে মানা করে দিতেন আসতে।

তোমার সঙ্গে দেখাও হতো না।

বুঝতে পেরেছিলে, আমি ? — যখন আমাকে দেখলে ?

হ্যাঁ।

মোটেও না।

হ্যাঁ, সত্যি, সেই দূর থেকে শাড়ি পরা একজনের আভাস দৌড়ে আসছে, আমার ভুল হয় নি— তুমি, তোমাকে ছাড়া আর কেউ মনে হয় নি।

তুমি তো আমাকে কখনো দ্যাখো নি।

তবু আমার মনেই আসে নি, তুমি ছাড়া আর কেউ। তারপর, আমার কাছে এসে থমকে দাঁড়ালে। সেই আমার কনে দেখা ছিল।

আমি ভয় পেয়েছিলাম।

কেন ?

তুমি জানো না আমি তখন কীসের ভেতর থেকে আসছিলাম ? মৃদু তিরস্কৃত হয়ে ওয়ারেস চুপ করে থাকবে। আমার কোনো জ্ঞান ছিল না, বাড়িতে পা দিয়ে দেখি— তুমি, আমার কি তখন মনে আছে তুমি আসতে পার ? জানো, ভেতরে গিয়ে অজ্ঞান হয়ে পড়ে যাই ?

আর আমার আবার জ্বর আসে।

আবার জ্বর আসে ওয়ারেসের তবে আগের রাতের মতো নির্মমভাবে নয়, ধীরে ধীরে সে শরীরের ভেতর উত্তাপের বৃদ্ধি টের পায়, একটানে তাকে আছাড় দিয়ে ফেলতে চায় না, জ্বরটা যেন সইয়ে সইয়ে জায়গা করে নিতে চায়, কাল ঘুমিয়ে পড়ার কোনো স্মৃতি নেই, আজ সে টাল খেয়ে ঘুমের ভেতরে পড়ে যায়।

সেই রমণীর কথা একবার তার স্মরণ হয়, একবার সে আশা প্রকাশ করে যেন দেখা যায়, ঘুমের ভেতরে সে খণ্ডিত হয়ে থাকে তার প্রতীক্ষায়, কিন্তু প্রতীক্ষা ব্যর্থ হয়, সে তখন নিজেই যেন দরজা খুলে তার সন্ধানে বাইরে বেরোয়, কল্পনা ও বাস্তবের ভেতরে দূরত্ব কখনো লাঞ্ছিত হয়, ওয়ারেস সচকিত হয়ে আবিষ্কার করে সে কখন দরজা খুলে পাট ক্ষেতের পাড় দেয়া অন্ধকারের দিকে মুখ করে তাকিয়ে আছে।

চারদিকে মানুষের সঞ্চারণ সে টের পায়, ফিসফিস কণ্ঠ শুনতে পায়, অচিরে ছায়ামূর্তির মতো একটি কিষাণ উদিত হয়।

বাইরে যাবেন ?

না, এমনি।

সন্ধ্যায় দেখা সেই দুই তরুণের একজনকে সে এবার কিষাণদের পাশে এত ভীত চকিত চোখে দাঁড়াতে দ্যাখে, তারা স্তব্ধতার ভেতর দাঁড়িয়ে থাকে, ওয়ারেস ঘরে ফিরে যায়,

চারদিকে সতর্ক পাহারার ভেতরেও সে খুব উদ্বিগ্ন বোধ করতে থাকে, উদ্বেগের প্রসঙ্গে সে শনাক্ত করতে পারে না, আমজাদ বিছানার এক পাশে অঘোরে ঘুমোয়।

অথবা সে ঘুমোয় না, ওয়ারেস দরজা বন্ধ করে দিতেই আমজাদ উঠে বসে, খপ করে ওয়ারেসের হাত ধরে বলে, কী হয়েছে ?

কই, কিছু না।

বাইরে কিছু ?

না।

পাহারা দিচ্ছে ?

হ্যাঁ।

ছেলে দুটো বলছিল, ওরা যদি আসে, রাতেই আসবে।

কারা ?

ওরা, ওরা, ওরা।

স্তব্ধতার ভেতর পাশাপাশি শুয়ে থাকে দু'জন।

আমজাদ হঠাৎ ফিসফিস গলায় জিজ্ঞেস করে, তুমি ওদের দেখেছ ?

কাদের ?

ঐ ছেলে দুটো।

হ্যাঁ।

ওদের বিশ্বাস হয় ? আমার হয় না। সাত্তারের হাটে কাল প্রথম দেখেছিলাম। আমার সন্দেহ হয়। তোমার ?

ওয়ারেস উত্তর দেয় না।

আমজাদ চাপা গলায় বলে ওঠে, এখানে আমার কাউকেই বিশ্বাস হয় না।

ওয়ারেস পাশ ফিরে শুয়ে পড়ে, যেন একটি দেয়াল রচনা করে সে তাতে ঠেস দেয়, একটি মুখ সন্ধ্যার গভীরে আবার উদ্ভাসিত হয়ে ওঠে, ক্ষণকালের জন্যে, তারপর অন্তর্হিত হয়ে যায়, কিন্তু ম্লান একটি দীপ্তি থেকে যায়, এক খণ্ড কুয়াশার মতো, ওয়ারেস ঘুমিয়ে পড়ে, সে অনুভব করে রমণী আবার এই ঘরের ভেতরে এসে দাঁড়িয়েছে, আবার সে সন্ধান করতে থাকে, আজ বড় ধীর মনে হয় তাকে, যেন আজ সে নিশ্চিত, খুঁজে পাওয়া যাবেই, ওয়ারেসও আজ আর বিচলিত বোধ করে না, তাকে সাহায্য করার জন্যে উঠে দাঁড়ায় না, বরং কপট ঘুমের ভেতরে সে সন্ধান্ত সমাপ্তির অপেক্ষা করে, এমনকী তার হাতের মুঠোর ভেতরে নীল ছোট্ট বাকসোটির উপস্থিতি সে অনুভব করে, রাত প্রবাহিত হয়ে যায়।

সকালে আমজাদকে ওয়ারেস বলে, তোমার মামা ফিরেছেন রংপুর থেকে ?

না, কেন ? সে আরেক চিন্তা এখন।

ফেরেন নি ?

ওয়ারেসের কণ্ঠে এক প্রকার আর্তনাদ লক্ষ করে আমজাদ বিস্মিত হয়।

কাল রাতেই না ফিরবার কথা ছিল ?

তোমাকে তো বলেছি, এখানে কিচ্ছু ঠিক নেই, কারো কিছু ঠিক নেই।

নার্গিস ?

ওয়ারেসের মুখে অপ্রত্যাশিতভাবে নামটা ঈষৎ প্রশ্নের সুরে উচ্চারিত হতে শুনে আমজাদ সহসা কিছু নির্ণয় করতে পারে না। আবার কোনো প্রশ্ন করেও প্রাঞ্জলতা গ্রহণ করতে তার ভয় হয়।

ওয়ারেস আবার ছোট্ট করে বলে, ভালো আছে ?

আমজাদ রাহুমুক্ত বোধ করে উত্তর দেয়, আছে।

বিয়েটা আমি করতে চাই।

কী ?

শুনলে তো।

আমজাদ কিছুক্ষণ ধাবিত প্রত্যাবর্তিত চোখে ওয়ারেসকে নিঃশব্দে আক্রমণ করে সংক্ষিপ্ত একবার হাসে, বলে, তোমার মাথা ঠিক নেই।

আছে।

জ্বর এসেছে তাহলে ?

না।

তুমি জানো না, কী বলছ।

মামা এলে তাকে তুমি বলবে, বলবে আমি চাই।

লাফ দিয়ে উঠে আমজাদ দরজা ভেজিয়ে দেয়, ওয়ারেসের পাশে বসে চাপা গলায় হিসহিস করে ওঠে, পাগল, পাগল, তুমি পাগল।

কেন ?

তুমি, আমার বন্ধু ? তোমার ভালো আমি চাই। তোমার খারাপ হলে আমার খারাপ লাগবে ? আমি বলছি, এ বিয়ে তোমাকে আমি করতে দেব না।

কেন।

দীর্ঘ একটা নিঃশ্বাস বুকের ভেতরে টেনে নেয় আমজাদ, উঠে দাঁড়ায়, স্মিত মুখে তার দিকে তাকিয়ে থাকে ওয়ারেস, উত্তরের অপেক্ষা করে সে, যেন মৃদু হাতে একটা বল ফিরিয়ে দেয়ার জন্যে সে তৈরি, আমজাদ চেয়ারে বসে পড়ে।

বলে, তুমি জানো নার্গিসকে ধরে নিয়ে গিয়েছিল ?

জানি।

তুমি জানো সে চারদিন ছিল ?

জানি।

আমজাদ ইতস্তত করে এক মুহূর্ত তিক্ত গলায় বলে, তুমি জানো এই চারটে দিনে কী হতে পারে ? কী হয়েছে ?

তার চোখের দিকে তীব্র চোখে তখন তাকিয়ে থাকে ওয়ারেস, নিজের হৃৎস্পন্দন সে অনুভব করতে পারে, উদ্বেগ সহসা মুঠো পাকিয়ে বুকের ওপর উদ্যত হয়ে থাকে, সে জিজ্ঞেস করে, তুমি, তুমি কিছু শুনেছ ?

মৃদু উল্লাস বোধ করে আমজাদ, ওয়ারেসের দিকে আঙুল তুলে বলে, ভাবো নি তো ? এসব কিছুই তুমি ভাব নি। পারবে তুমি ঘর করতে একটা মেয়ের সঙ্গে যে চুরি হয়েছিল ? চুরি বলছি কেন ? চুরি তো কিছুই না। যাকে ছিঁড়ে খুঁড়ে খেয়েছিল, ধর্ষণ করেছিল, পারবে তুমি তাকে নিতে ? আমি জানি তুমি পারবে না, আমি পারব না, কেউ পারবে না।

আমজাদ, নার্গিসের সঙ্গে আমি একবার কথা বলতে পারি না ?

কী বলবে ? তার কাছে জিজ্ঞেস করবে ?

না।

তাহলে ?

আমি তার সঙ্গে একবার কথা বলতে চাই।

কিছুক্ষণ চুপ করে থেকে আমজাদ বলে, আশ্চর্য শান্ত গলায়, কথা বলবার অবস্থা তার নেই।

বড় হতাশ এবং বঞ্চিত বোধ করে ওয়ারেস, উঠানে আর্ত হাম্বারব করে ওঠে গাভী, বাতাসে সূর্যের তাপ প্রবল বেগে সঞ্চারিত হতে থাকে।

আমজাদ বলে, সেই থেকে শুয়ে আছে, চোখের পলক পড়ছে না, কথা বলছে না, তোমার একটা দোষ কী জানো, বাস্তব তুমি দ্যাখো না, আগে পরে চিন্তা কর না। কী করে বলতে পারলে নার্গিসকে তুমি বিয়ে করবে ? চিন্তা যে কর না, তার প্রমাণ, আমি যখন খারাপ কথা বললাম, তুমি চমকে উঠলে, নার্গিসের সঙ্গে কথা বলতে চাইলে। নার্গিস কি তোমাকে বলবে, তার কী হয়েছিল এই চারটে দিনে ? তোমার মাথা খারাপ হয়েছে ? কোনো মেয়ে বলে ? আর যদিও বা বলে, তুমি তাকে বিয়ে করে দয়া দেখাবে ?

দয়া ? না, দয়া কেন ?

নয় তো কী ? একেই তো দয়া বলে ?

না, আমজাদ, না।

তাহলে ?

রক্তের সম্পর্ক নেই বলেই কাউকে তুমি ছেড়ে দিতে পার ? তোমার তো মামাতো বোন, এরপর তোমার সেই সম্পর্ক শেষ হয়ে যাবে ? তুমি অস্বীকার করলেই মিথ্যে হয়ে যাবে যে সে তোমার নিজের একজন ? আমি তো মনে করেই এসেছিলাম, এখানে আমার বিয়ে হবে; আমজাদ এখানেই আমার বিয়ে। আমি ঠিক করে ফেলেছি, নার্গিসকে আমি বিয়ে করব।

তুমি মনে করেই এসেছিলে, এখানে বিয়ে করবে ? আমজাদ বিস্মিত হয়, বিশ্বাস করতে ইচ্ছে হয় না তার, আবার ওয়ারেসের চোখের দিকে তাকিয়ে হতভম্ব হয়ে যায়।

হ্যাঁ, আমি জানতামই একটা মেয়েকে দেখতে এসে, তাকে মুখ দেখার আংটি দিয়ে, তার বাড়িতে খাওয়া দাওয়া করে, মিথ্যা আশ্বাস দিয়ে, ফিরে গিয়ে জানাতে আমি পারব না— তাকে আমার পছন্দ হয় নি।

ওয়ারেসকে অচেনা মনে হয়। আমজাদ তাই আলোচনা অর্থহীন জ্ঞান করে।

ওয়ারেস বলে, আর এখন তো আমি আরো পারি না।

আমজাদ তার নিজের ভেতরে স্থাণুর মতো আসন গ্রহণ করে থাকে।

১০

নেকবর আলী সারা দিনেও বল্লার চরে ফিরে আসেন না, সারাটা দিন সবচেয়ে বিচলিত হয়ে থাকে আমজাদ, বারবার সে কিষাণদের সন্ধান করে, ইউনিয়ন অফিসে যেতে বলে, ওয়ারেসের মুখোমুখি স্তম্ভিত হয়ে বসে থাকে, নার্গিসের শয্যার পাশে সটান দাঁড়িয়ে থাকে, সন্ধ্যার সঙ্গে সঙ্গে তরুণ দু'জন নিঃশব্দে এসে যখন হাজির হয়, তার মনে হয় এই রাত আর জীবদ্দশায় অতিবাহিত হয়ে যাবে না।

উঠে বসে নার্গিস।

সমুখের দিকে স্থির তাকিয়ে থাকে।

ঘরে আমজাদের উপস্থিতি সে অনুভব করে কিনা, বোঝা যায় না।

আমজাদ তার দিক থেকে চোখ ফিরিয়ে নিতে পারে না, অথচ তাকিয়ে থাকাটাও কোনো সংবাদ, স্বাস্থ্য অথবা আবিষ্কার তাকে এনে দেয় না, সে উৎকর্ণ হয়ে থাকে— নারীকণ্ঠ থেকে কোনো স্বর উচ্চারিত হয় কিনা, অথবা এই চির সম্পূর্ণ কাল্পনিক বলে প্রমাণিত হলেই বা বিস্ময়ের কী? বস্তুত ঘোর বাস্তবকে মানুষ এভাবেই প্রাথমিক পর্যায়ে অস্বীকার করতে প্রয়াস পায়।

অবশেষে আমজাদ একটি উচ্চারণের প্রয়োজন ক্রমশ তীব্রভাবে অনুভব করে, বিভিন্ন বাক্য নিয়ে সে নীরবে পরীক্ষা করে বর্জন করে এবং এক সময় সুদূর থেকে নিজেকেই বলতে শোনে, মামা এখনো ফেরেন নি।

নার্গিসের তা কানে পশে কিনা, ঠাহর হয় না, কিন্তু এই স্তব্ধতার একটি চিকিৎসা হয়ে যায় ঐ উক্তির সঙ্গে সঙ্গে।

আমজাদ বলে, এসে যাবেন। তার নিজের যদিও বা সংশয় আছে, বাক্যটি অন্য কারো মুখে উচ্চারিত মনে হয়, সংশয় ক্ষণকালের জন্যে দূর হয়, যে উচ্চারণ করেছিল তাকেই যেন সে আশ্বস্ত করে এই বলে, নিশ্চয়ই কোনো কাজে আটকে পড়েছেন। অতঃপর রসুলের কথা স্মরণ হয়, সে যোগ করে, রসুলকে নিয়েই ফিরবেন বলে আমরা মনে করছি। কিছুক্ষণ চুপ করে থেকে মৃদুস্বরে সে ছোট্ট একটি প্রশ্ন করে, ওরা কারা?

নার্গিস একদৃষ্টে সমুখের দিকে তাকিয়ে থাকে।

কামালউদ্দিন?

নীরবতা।

এলি কী করে?

নীরবতা।

কষ্ট দিয়েছে?

নীরবতা।

যাক, এসেছিস তো। উচ্চারণ করতেই আমজাদ একটি বীভৎস চিত্রের হাত থেকে রক্ষা পেয়ে যায়, এবং তার মৃদু অনুতাপ হয় শেষ প্রশ্নটি করেছিল বলে, সে বোধ করে অজ্ঞাত কেউ তার ভেতর থেকে প্রশ্নটি করতে তাকে বাধ্য করেছিল। ঘর থেকে সে বেরিয়ে যায়। অথচ, সেই প্রশ্নটির হাত থেকে সে নিস্তার পায় না, কী প্রয়োজন জানা নেই অপিচ বোধ হয় নার্গিস ধর্ষিত কিনা তার জানা প্রয়োজন। উদ্ভ্রান্তের মতো সে এ-ঘর ও-ঘর করতে থাকে, উঠানের অন্ধকার তাকে ভীত করে, আলোর সমুখেও আশ্বস্ত বোধ করে না। রাত গভীর হতে দীর্ঘ সময় নেয়।

ওয়ারেস, আমার মনে হয়, ওরা অত্যাচার করেছে। লণ্ঠনের স্তিমিত আলোয় ওয়ারেসের প্রতিক্রিয়া বোঝা কঠিন হয়ে পড়ে, আমজাদ চোখ তীক্ষ্ণ করে সন্ধান করতে চেষ্টা করে কিছুক্ষণ এবং একই সঙ্গে বলে, আমি জিজ্ঞেস করেছিলাম।

নীরবতা।

এসেছিল যখন, শাড়ি ছেঁড়া।

নীরবতা।

আমার কোনো সন্দেহ নেই।

নীরবতা।

আমজাদ পাশ ফিরে শুয়ে পড়ে, তার দেহ টানটান হয়ে থাকে।

ধর্ষিতা রমণী মানুষকে বিচলিত করে কেন ?— এমত যে তার শেকড় উৎপাটিত ? এমত যে সে বোধ করে গবাদি পশুর জন্যে আর কোনো চারণভূমি নাই ?

আমজাদ অনুভব করে, ওয়ারেস বিছানা ছেড়ে উঠে যায়; বাইরে যায়, ওয়ারেসকে সে শুনতে পায় নিচু গলায় এখন কথা বলছে; কার সঙ্গে বলে ?— যার সঙ্গে বলে সে এমনকী অনুচ্চ হেসে ওঠে একবার; তারা কী করে এই স্বাভাবিকতা অর্জন করে আমজাদের বোধগম্য হয় না; তার চোখ থেকে নার্গিসের চিত্র অপসৃত হয় না; সে লুণ্ঠিত বোধ করে; মাংসে সে পাথর পায় কেবলি।

একজন গৃহকর্তার উদ্বেগ নিয়ে ওয়ারেস তরুণটিকে বলে, রাতটা সাবধানে থাকতে হবে।

হ্যাঁ, দিনে ওদের সাহস নাই।

আপনারা কয়জন ?

দুইজন। ঘরের কিষাণও আছে তিনজন।

কাল আপনাদেরই তো দেখেছিলাম ?

হয়।

ওরা আবার কিছু করবে মনে হয় ?

কওয়া যায় না।

আরেকটি তরুণ এসে যোগ দেয় নিঃশব্দে; বারান্দার ওপর পা ঝুলিয়ে বসে পড়ে; যেন কতকালের পরিচিত— ওয়ারেস তার কাঁধে হাত রাখে; অথবা জ্বরের দুর্বলতার জন্যে। তার ঘুম আসে না; রাত যেন ঘুমের জন্যে নয়; দীর্ঘ গল্প করবার আগ্রহ তাকে আলিঙ্গন করে আছে; সে জিজ্ঞেস করে, একাত্তরে যুদ্ধ করেছিলেন ?

না।

করেন নি ?

ছোট ছিলাম।

ও!

আমান ভাই যুদ্ধ করেছিল; রসুল ভাই আকবর হোসেনের সঙ্গে ছিল; শোনেন নাই আকবর ভাইয়ের কথা ? এই অঞ্চলে এত বড় মুক্তিযোদ্ধা না হয়। আমরা তখন ছোট।

তরুণের কণ্ঠে খেদ স্পষ্ট হয়; সেই খেদে অস্তিত্ব ধারণ করে দুই তরুণের মাঝখানে আসন নিয়ে থাকে।

যুদ্ধের সময় ছোট ছিলেন বলে মন খারাপ লাগে ?

হয়।

যুদ্ধ কি শেষ হয়েছে ?

ওয়ারেসের কথা শুনে তরুণ দু'জন সচকিত হয়ে ওঠে; সে নিজেও বিস্মিত হয়ে যায় নিজের উচ্চারণে; সে ঘোষণা করে, যুদ্ধ এখনো শেষ হয় নি।

কী কন ?

এখনো যুদ্ধ করতে পারেন ?

এখন কি মুক্তিযুদ্ধ ? বাংলাদেশ এখন নয় ?

হ্যাঁ, বাংলাদেশ কিন্তু সে বাংলাদেশ তো নয়; এখনই তো আসল মুক্তিযুদ্ধ।

হঠাৎ পাট ক্ষেত পেরিয়ে বহুদূর থেকে ক্ষীণ একটা কোলাহল কাঁপতে কাঁপতে উঠানে ভেসে আসে; বারান্দায় উঠে দাঁড়ায় একসঙ্গে সকলে, কিষাণদের ঘরের দিকে একজন তরুণ ছুটে যায়; অপর তরুণ ওয়ারেসকে ভীত চকিত স্বরে বলে, হাফেজের বাড়ি থেকে মনে হয়। অকস্মাৎ সেই কোলাহল পুষ্টি পায়; কেরোসিনের টিন পেটাবার শব্দ শ্রুত হয়; দূরে গাছপালার ফাঁক দিয়ে হঠাৎ কয়েকটি রক্তাভ শিখা আন্দোলিত হতে দেখা যায়, নারী ও পুরুষের কণ্ঠ শোনা যায়; সম্মিলিত বীভৎস একটা কোরাস আকাশ বাহিত হয়ে নেকবর আলীর বাহির উঠানে আছড়ে পড়ে।

বাড়ির ভেতরে সাড়া পড়ে যায়; কিষাণেরা দাপাদাপি করে আসে, ইতস্তত দৌড়াতে থাকে তারা, আশেপাশের বাড়ি থেকেও এবার মানুষের ভয়ার্ত সাড়া পাওয়া যায়; অন্ধকারে এ ওকে চিৎকার করে ডাকে; তরুণ দু'টি হতভম্ব হয়ে এ ওর মুখ চাওয়া চাওয়ি করে কেবল; তাদের সঞ্চালন শক্তি যেন শোষিত; আমজাদ ঘরের ভেতর থেকে ওয়ারেসকে ব্যাকুল স্বরে ডাকে।

ঘরের ভেতরে যেতেই ওয়ারেসকে সে জিজ্ঞেস করে, কী, কী হয়েছে ?

বোঝা যাচ্ছে না, বাইরে এসো।

ওয়ারেস দ্রুত আবার বাইরে যায়। আমজাদ বিমূঢ়ের মতো ঘরের উঠানের প্রান্তে সড়কের কাছে গিয়ে দাঁড়িয়েছে; দৃষ্টি বিস্ফারিত করে তারা কোলাহলের উৎস লক্ষ করছে; প্রায় এক মাইল; ভালো কিছুই বোঝা যায় না; উত্তেজিত চিৎকার আছড়াতে থাকে।

আগুন, আগুন লাইগছে মনে কয়।

নয়; ডাকাইত পইড়ছে য্যান, খেয়াল করিয়ে শোনো।

হাফেজ বাড়িতে ডাকাতি কইরবে কাঁই ?

কওয়া কি যায় ?

তা হবারে নয়।

চিখরা চিখরি শোনোঁ যে।

তখন বুকের ভেতরে নার্গিসের নাম থরথর করে ওঠে ওয়ারেসের, তার বিশ্বাস হয়ে যায় নার্গিসকে তুলে নিয়ে যাওয়ার জন্যেই ওরা আসছে; গ্রাম জ্বালিয়ে, বাড়ি লুট করে; জ্বলন্ত মশাল হাতে নেকবর আলীর বাড়ির দিকেই তারা আসছে, সে চিৎকার করে ওঠে; বাড়ির ভেতরে কেউ নেই ? ভেতরে কে দেখছে ?

প্রথমে তার কথা যেন কারো কানে পশে না, সে প্রবল হাতে নিকটের একজনকে আঘাত করে ওঠে, তখন সংবিৎ ফেরে তরুণ দুটি চঞ্চল হয়ে ওঠে, তাদের একজনকে ধরে ঝাঁকুনি দিয়ে সে তিরস্কার করে ওঠে তীব্রকণ্ঠে, সবাই তোমরা এখানে কেন ? ভেতরে যাও; ভেতরে দ্যাখো। প্রায় ধাক্কা দিয়ে সে তাকে পাঠিয়ে দেয়; পেছন থেকে চিৎকার করে বলে, দরোজার সামনে দাঁড়িয়ে থাকবে; কেউ যেন ঢুকতে না পারে। এবং তাতেও সে সম্পূর্ণ বোধ করে না; নিজেই সে দৌড়ে প্রবেশ করে ভেতর বাড়ির উঠানে।

ভেতরের উঠানে দাঁড়িয়ে সে চারদিকে সতর্ক দৃষ্টিপাত করে, উৎকর্ণ হয়ে শোনে সেই কোলাহল নিকটবর্তী হচ্ছে কিনা, কিষাণেরা এখন লাঠিসোটা সংগ্রহ করে দৌড়ে সদর ঘরের দিকে যায়, তারা পেছন বাড়িতে যায়, তারা সকলে এখন চক্রাকারে পরিক্রম করতে থাকে, মনিবের স্ত্রী ও কন্যার উদ্দেশে অভয় দিতে থাকে, ডরান না মাও, ডর না করেন; হামার বাড়িতে কিছু নয়।

নেকবর আলীর স্ত্রীর কণ্ঠ তখন শোনা যায়, তিনি হঠাৎ উচ্চস্বরে আল্লার নাম ধরে ডেকে ওঠেন এবং ছিন্ন একটি দীর্ঘ বস্ত্রের মতো তাঁর বিলাপ উড়তে থাকে।

তখন ওয়ারেস নিজেকে ভেতর বাড়িতে আবিষ্কার করে চঞ্চল হয়ে পড়ে; গৃহের অন্তরঙ্গ খণ্ডের ঘ্রাণ তাকে সহসা আবৃত করে ফেলে, প্রতিটি সংসারের নিজস্ব ঘ্রাণ আছে, নির্মমভাবে নিজেকে বহিরাগত মনে হয় তার; এই প্রথম; তবু সে দাঁড়িয়ে থাকে; দেখি বহিষ্কৃত কে তাকে করে ?

পরবর্তীকালে বহুবার এই অনুভূতির কথা তার মনে হয়েছে; ক্রন্দন শুনে অগ্রসর হতে গিয়েও সে প্রাণহীন হয়েছে; সংসারের ঘ্রাণ সে লঙ্ঘন করতে পারে নাই; যে বাড়িতে পা দেবার পর সে আপন ভিন্ন বোধ করে নাই; মধ্যরাতে দূরে ডাকাত পড়ার আওয়াজ শুনে সেই বাড়ির মানুষের জন্য দুর্ভাবনার ভেতরে দৌড়ে গিয়ে নিজেকে তার বহিরাগত কেন মনে হয়েছিল ?

হায়, হিংস্রতার সাক্ষাতে আমরা এভাবেই বিকৃত এবং বিনষ্ট হয়ে যাই; হিংস্রতার সঙ্গে প্রত্যক্ষ সেই তার প্রথম সাক্ষাৎ; ওয়ারেস ভাগ্যবান; সেই বিনষ্ট স্থায়ী ছিল না।

দূরের সেই কোলাহল অকস্মাৎ থেমে যায়; প্রথমে বিশ্বাস হয় না যে সমূলে তা গত, প্রত্যেকেই নিজের নিজের জায়গায় হৃৎস্পন্দনসহ বসে থাকে, দাঁড়িয়ে থাকে; নিঃশব্দে অন্ধকারে ঘোরে; রাত ভোর হয়ে যায়।

পরদিন মলিন বস্ত্রে হাফেজ ইমামউদ্দিন সাত্তারের হাটে প্রবেশ করে; হাটের দিন নয়; তবু হাটে কিছু দোকান খোলা থাকে; একে একে প্রতিটি দোকানে সে যায়, একই কাতর ধ্বনি তার কণ্ঠ থেকে এই একই বাক্য উপস্থিত করে— হামার কিছু রাখে নাই; বাহে, সর্বস্ব ধরি গেইছে ? দোকানের সমুখে কাঠের বেঞ্চে সে নতমুখে বসে থাকে; তার দীনতা বড় বিস্ময়কর দ্রষ্টব্য হয়ে পড়ে, মানুষেরা কৌতূহলী হয়ে দূরে সমবেত হয়; আবার সে দৃষ্টিপাত করলে তারা পলায়নের পথ খোঁজে; সে দু'হাত তুলে তাদের আহ্বান করে, কেউ কেউ আসে; কেউ কেউ সন্ত্রস্ত হয়ে সরে যায়; হাফেজ ইমামউদ্দিন মাথা থেকে রুমাল নামিয়ে অশ্রু মোছে. নির্লিপ্ত নিরাসক্ত নির্মীলিত চোখে সে মাঝে মাঝে বিশ্বকে অবলোকন করে।

হাফেজ ইমামউদ্দিন পরদিন হাটে আর যায় না, পরদিন সে ভিখারির মতো গ্রাম পর্যটনে বেরোয়, প্রতিটি সম্পন্ন গৃহস্থের আঙিনায় সে দাঁড়ায়, কেবল নেকবর আলীর উঠানে সে আসে না, অভ্যর্থিত হওয়ার আগেই জড়িতস্বরে সে বলে, না, না, বইসবার নই; জানেন তো হামাক কীভাবে বসেয়া গেইছে ? শ্রোতা নীরব থাকে, বাতাস আর যে-কোনো দিনের মতোই বয়ে যায়, বক্তাও নীরব থাকে, হাফেজ ইমামউদ্দিন বিশদ আর কিছু বলে না, যেন সর্বাঙ্গেই লুণ্ঠনের ছায়া স্পষ্ট অতএব বাক্য-ব্যয় বাহুল্য, বরং গৃহস্থের কুশল সে আগ্রহের সঙ্গে জিজ্ঞেস করে, উপদেশ দেয় সাবধান থাকতে এবং আল্লা যে এর বিচার অবশ্যই করবেন, সেই ঘোষণা দিয়ে প্রতিগৃহ থেকে সড়কে সে আবার নেমে যায়। সারাটা গ্রাম সে ঘুরে আসে, পাশের গ্রামেও কিছু কিছু ঘর সে তালিকা থেকে বাইরে রাখে না, পরের দিন তাকে আর গ্রামে দেখা যায় না।

পরের দিন এক অপ্রত্যাশিত ঘটনা ঘটে, নেকবর আলী বাড়ি আসেন না, কিন্তু সদর থেকে তার বাড়িতে পুলিশ আসে। কোনো এক গূঢ় কারণে হাটের দোকানগুলো সঙ্গে সঙ্গে বন্ধ হয়ে যায়, গৃহস্থেরা দ্রুত ফেরে; রমণীরা ঘরের ভেতরে আশ্রয় নেয়; যুবতীরা নৈঃশব্দ্য আঁকড়ে ধরে খড়ের ঘরে বিলীন হয়ে থাকে। নেকবর আলীর বাড়িতে পুলিশ তল্লাশী চালায়, একনলা একটি বন্দুক এবং কোরবানির দুটো ছুরি তারা আটক করে, নেকবর আলী বর্তমানে কোথায় সে সম্পর্কে তারা জেরা করে বাড়ির প্রতিটি মানুষকে; তারপর তারা ফিরে যায়, খাল পেরিয়ে; সাত্তারের হাটের ভেতর দিয়ে; গৃহস্থেরা একে একে নিঃশব্দে বাড়ির বাহির উঠানে আসে; কেউ কেউ সড়কে নামে; হাটের দোকান আবার খুলে যায়, যুবতীরা শাক তোলে; রমণীরা ধান ছড়া দেয়; জলেশ্বরী থেকে বাস আবার আসে যায়, সন্ধ্যার আগেই একটা গুঞ্জন শোনা যায় যে জলেশ্বরীর বাসস্ট্যান্ড থেকে নেকবর আলীকে গ্রেপ্তার করা হয়েছে, এমন শোনা যায় হাফেজ ইমামউদ্দিনের বাড়িতে যে অলঙ্কার লুট হয় তা তাঁর, নেকবর আলীর বাড়িতে অথবা স্বয়ং তাঁর কাছ থেকে পাওয়া গেছে; এ বিষয়ে স্পষ্ট কেউ সংবাদ দিতে পারে না।

হায়; মানুষ কীভাবে পতিত হয়। এমন দিন ছিল, সে কবে ছিল ?— যখন তাঁর পদচিহ্নে ক্ষীর বর্ষিত হতো, হাটের চত্বরে গিয়ে দাঁড়াতেন, যুবকেরা পথ ছেড়ে দিত, বৃদ্ধরা উঠে দাঁড়াত, অধ্যক্ষেরা আলাপ থেকে বিরত হতো, তাঁর সাধুবাদ বায়ু বহন করত; এমন দিন ছিল, সে কবে ছিল ? —যখন তিনি আর্তনাদকারী দুঃখীকে এবং পিতৃহীন ও অসহায়কে উদ্ধার করতে পারতেন, অন্যায়কারীর চোয়াল ভঙ্গ করতেন এবং তার দাঁত থেকে শিকার

উদ্ধার করে আনতে পারতেন; এমন দিন ছিল; সে কবে ছিল ?— যখন তিনি বিশ্বাসের সঙ্গে বলতে পারতেন, আমার আয়ু বালিকণার মতো হবে এবং আমি আমারই গৃহে আমারই শয্যায় পুত্র-কন্যার দিকে দৃষ্টি স্থাপিত রেখে জগৎ থেকে বিদায় নেব। তিনি আজ ভস্মে আবৃত হয়েছেন, তার চিত্র কীটকুট্টিত হয়েছে।

১১

মোটর সাইকেলের আওয়াজ শোনা যায় অকস্মাৎ। সন্ধ্যার স্তব্ধতা ভেদ করে যান্ত্রিক সেই ধ্বনি পলকে পলকে বৃদ্ধি পায়। আমজাদের স্মরণ হয় নেকবর আলী রংপুর যাওয়ার আগে একটি মোটর সাইকেলের কথা বিশেষভাবে উল্লেখ করেছিলেন, এখন আতঙ্কে তার কাঁধ থেকে অস্থি খসে পড়ে যায়।

শুনতে পাচ্ছ ?

ওয়ারেস কিছু বলার আগেই মোটর সাইকেলের গিয়ার ফেঁসে যাওয়ার বিকট একটা শব্দ হয়, প্রবল একটি করাত এক যাত্রায় একটি বৃক্ষকে দ্বিখণ্ডিত করে ফেলে।

না, যেও না।

ওয়ারেসের হাত টেনে ধরে সে; যেন জীবন এতেই নিহিত ছিল।

মোটর সাইকেলের আওয়াজ এসে বাহির উঠানে লাফিয়ে পড়ে, চক্রাকারে ঘোরে, গর্জন করে; তারপর ক্ষণকালের জন্যে বিকট একটি আর্তনাদ তুলে স্তব্ধ হয়ে যায়। সঙ্গে সঙ্গে অচেনা কণ্ঠে চিৎকার শোনা যায়, কেউ চিৎকার করে ঘোষণা করে যে, তারা নার্গিসের খোঁজে আসে নাই; নার্গিস তাদের প্রার্থিত নয়, নেকবর আলীর মিষ্টত্ব যা পরীক্ষা করার তারা করে দেখেছে।

আমজাদকে এক ঝটকায় ঠেলে দিয়ে ওয়ারেস বাইরে আসে তখন।

পরবর্তীকালে ওয়ারেস বলবে, আমার ভেতরটা ফেটে পড়ছিল; লোকগুলোর জন্য যতটা নয়, তার চেয়ে আমজাদের ভয় দেখে, তার মুখ শাদা হয়ে গিয়েছিল, গলা থেকে ঘড়ঘড় একটা শব্দ বেরোচ্ছিল শুধু, বারবার দরজা আটকাতে চাইছিল, কই পারল না তো বাঁচতে ?

অথচ আমজাদ ভাই তো ওদের কিছু বলে নি ? ওদের সামনেও যায় নি ?

আমি জানি, সেই জন্যেই আমার দুঃখ হয়; সেই কথাটাই তো নেছার; ময়না; আলতাফ; এদের আমি এখন বলি যে, তোমরা চুপ করে থাকলে নিস্তার পাবে না, লুকিয়ে থাকলেই রক্ষা পাবে না; রক্ষাই যখন পাবে না তখন হাত গুটিয়ে থাকবে কেন ? এই কথাটা বোঝে না বলেই মানুষ পালায়, মার খায়; মরে। এই একেবারে খাঁটি সত্যি কথাটা সেদিনের ঘটনায় আমি মর্মে মর্মে টের পেয়েছি।

সেদিন তোমার জন্যে প্রথম আমার ভয় করছিল।

প্রথম ?

প্রথম আমি যেন অনুভব করে উঠলাম— তুমি। ক'টা দিন আমি ঠায় বসেছিলাম; তোমার চিৎকার শুনে আমি উঠে দাঁড়ালাম।

আমার তখন জ্ঞান ছিল না; চারদিকে যেন লকলক করে আগুন জ্বলছিল শুধু। ওরা যখন চিৎকার করে তোমার নামে যা-তা বলছিল; তোমার বাবাকে এবার দশ বছর জেলের ঘানি ঘোরাতে হবে বলে হা-হা করে হাসছিল, এ বাড়ির ভিটায় লাঙল পড়বে যখন বলছিল, আমি চিৎকার করে উঠেছিলাম, কী বলেছিলাম— এখন আর মনে নেই।

আমার আছে। তুমি বলছিলে—। নার্গিস ইতস্তত করবে, একটু অপ্রতিভ গলায় বাক্যটা শেষ করবে সে। তুমি একটা খুব খারাপ কথা চিৎকার করে বলছিলে। আমি এখন তোমাকে দেখে দেখে অবাক হয়ে যাই, ভাবতেই পারি না; কী করে তোমার মুখ থেকে ওরকম একটা গালি এসেছিল। শুধু কি একটা ?

হ্যাঁ, হ্যাঁ, এখন আমার মনে পড়েছে। মুহূর্তের জন্যে লজ্জিত এবং সামান্য বোধ করার পর ওয়ারেসের মুখ হঠাৎ কঠিন হয়ে যাবে, সে বলবে, সমস্ত যুক্তি তর্ক এক সময় একটা জ্বলন্ত পিণ্ড হয়ে যায় নার্গিস, যখন তুমি জানো যে অপরপক্ষ যুক্তিতর্ক কিছুই মানে না আর ন্যায় তোমারই পক্ষে— সেই পিণ্ডটাই হচ্ছে তখন একমাত্র অস্ত্র। বুকের পাঁজরের ওপর পা, আর আমার তখন ভদ্রতা-বোধ ?

আমারও কিন্তু তখন খারাপ মনে হয় নি; খুব স্বাভাবিক মনে হয়েছিল, যে-চিৎকারটা আমি দিতে পারি নি; আমারই দেয়ার কথা ছিল; তোমার মুখ থেকে ফেটে বেরিয়েছিল। আমি ঘর থেকে বেরিয়ে উঠানে নেমে পড়েছিলাম। আমার ভয় করছিল; তোমাকে ওরা এই বুঝি খুন করে।

খুনের কথা তো আমি বলেছিলাম। বলেছিলাম; বল্লার চরে ওদের লাশ পড়ে থাকবে।

আহ্, লাশ তো পড়ে ছিল আমজাদের, যে আমজাদ বহু আগেই ঢাকা ফিরে যেতে চেয়েছিল, যে আমজাদ পাল্টা চিৎকার করে নি, হুমকি দেয় নি; ঘরের ভেতর লুকিয়ে ছিল; সেই আমজাদকে রাতের অন্ধকারে ওরা ওয়ারেস বলে ভুল করেছিল সড়কের ওপর; আমজাদ ওয়ারেসের সঙ্গে তীব্র কথা কাটাকাটি করে 'এখানে আমি আর এক দণ্ড থাকছি না' বলে বেরিয়ে যায় উদ্ভ্রান্তের মতো, আর ফেরে না, রাত এগারোটায় শেষ বাসে সে জলেশ্বরীর দিকে রওয়ানা হয়ে গিয়েছিল বলেই ধরে নেয়া হয়, তারপর একদিন তার পেতলের বোতাম লাগানো নীল সাফারি স্যুটের পচে যাওয়া একটা অংশ পাট খেতের ভেতর আবিষ্কৃত হয়।

যেমন ঝড়ের মতো এসেছিল, আকস্মিকভাবেই ওরা এবার মোটর সাইকেল স্টার্ট দেয়, যন্ত্রের প্রচণ্ড একটা হুঙ্কার তারা স্বেচ্ছায় সৃষ্টি করে যেন এই তাদের উত্তর, তারপর তীরবেগে বেরিয়ে যায়; পাট ক্ষেতের ভেতর দিয়ে হেডলাইটের আলো দাপাদাপি করে উধাও হয়ে যায়, বিপরীতে নেকবর আলীর বাহির উঠানে অন্ধকারে প্রতিষ্ঠিত হয়ে থাকে ওয়ারেস, ধূসর এক মহিষের মাথায় প্রশস্ত শৃঙ্গের কথা আমরা স্মরণ করতে পারি।

আমরা তাকে দাঁড়িয়ে থাকতে কি দেখি না ? আমরা কি অনুভব করি না, চিৎকার এবং প্রতি চিৎকারের পর এমন এক স্তব্ধতা যার তলদেশ দিয়ে মানুষের নিঃশ্বাস বইছে ?

বেল গাছের বাঁক পেরিয়ে ওয়ারেস দৃষ্টি নিবন্ধ করে রাখে অনেকক্ষণ, তারপর গৃহস্থের প্রত্যাবর্তনের মতো যখন সে অনুভব করে ওঠে বিশ্বকে, ভেতরে যাবার জন্যে ঘুরে দাঁড়ায় এবং ভেতরে যাবার দরোজায় নার্গিসকে স্থাপিত দেখতে পায়।

জগৎ এবং জীবন তখন উভয়ে বড় সংলগ্ন হয়ে যায়।

নার্গিসের চিবুক ঈষৎ উত্তোলিত হয়, প্রতিমার মতো অপলক সে তাকিয়ে থাকে, অন্ধকারও ভীত হয় তাকে আর আবৃত করে রাখতে, চিবুকের ওই সামান্যতম সংস্থাপনে যেন শ্রুত হয়, 'তুমি কি সে-ই ? মানুষ যার বর্ণনা পায় পুঁথিতে, এই বর্তমানে তাকে আর পায় না বলে ক্রন্দন করে, সে-ই তুমি !' নার্গিসের দৃষ্টি আনত হয়, দৃষ্টির ঐ লক্ষ পরিবর্তনে যেন একটি বিষাদ গীত হয়, 'তুমি যদি বিভ্রম হও, আমার আর কী আশা আছে।' নার্গিসের ঠোঁট থরথর করে কেঁপে ওঠে, যেন একটি আর্তনাদ ফেটে পড়তে চায়, ফেটে পড়ে, ত্রা-হি-ত্রা-হি-ত্রা-হি, বল্লার চরের মাথার ওপর দিয়ে চিৎকার করতে করতে সর্পভীত পাখিরা অকস্মাৎ বাসা ছেড়ে বিপুল আকাশে পাক খায়।

মঞ্জুবাড়ি, গুলশান
ঢাকা।

স্তব্ধতার অনুবাদ

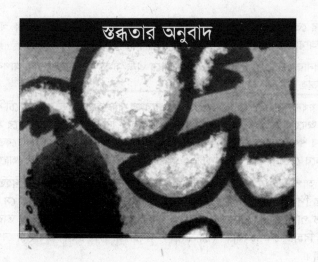

আমাদের ভেতরে এক উলঙ্গ মানুষ বাস করে, অতঃপর এই উলঙ্গ মানুষটিকে স্মরণ করে আমরা আমাদের কথা শুরু করি।— আপনি কি তাকে চেনেন ?

সে আপনার ভেতরেও বাস করে, বড় গভীরে এবং সমস্তক্ষণ প্রস্তুত হয়ে; আপনার নিদ্রা আছে, তার নেই।

আপনি যখন কারফিউ দেয়া শহরে ঘরের দরোজা বন্ধ করে বাতি নিভিয়ে চৌকির নিচে লুকিয়ে আছেন, সে তখন আপনার ভেতর থেকে লাফ দিয়ে বেরোয় এবং বাইরে সড়কে ঐ যে বুটের শব্দ তুলে হেঁটে যাচ্ছে ঘাতক, চোখের পলকে তাকে খতম করে সে বেতার কেন্দ্র দখল করে ঘোষণা করে, 'স্বাধীনতা'— অথচ আপনি তখনো চৌকির নিচেই আছেন।

কিংবা, আপনি যখন শ্রাবণের একটি প্রভাতে শোনেন আততায়ীর হাতে নিহত হয়েছে আপনার পিতা এবং তাঁর লাশ পড়ে আছে সিঁড়িতে আপনার ভেতর থেকে সে বেরোয়; সুবাসিত পানিতে তাঁকে গোসল করিয়ে নগরীর কেন্দ্রস্থলে দাফন করে এবং তারপর এই হত্যার বিচার সে চিৎকার করে চায়— অথচ আপনি তখন ভাষাহারা নপুংসকের ভূমিকায়।

অথবা, আপনার ভাণ্ডার যখন অন্নহীন; রাত যখন দিনের সম্ভাবনাহীন; আর আপনার হাতে আত্মহত্যার রশি, তখন সে তড়িৎ বেগে তুলে নেয় বিস্ফোরক, মুহূর্তে ধ্বসে পড়ে সব অট্টালিকা; উন্মুক্ত হয়ে যায় শস্যের প্রতিটি গুদাম, তাকে পুরোভাগে দেখা যায়— অথচ আপনি তখন কড়িকাঠ থেকে নিস্পন্দ লম্বমান।

অপিচ, আপনার অধিকার যখন কেউ হরণ করে এবং অভিযুক্ত করে এই বলে যে; আপনি আপনার জীবন পরিচালনা করতে সক্ষম, যখন আপনি সেই হরণকারীর জন্যেই ফুল চয়ন করতে কাননে পরিভ্রমণরত, তখন আপনারই ভেতর থেকে সে তীরবেগে নির্গত হয় এবং প্রতিরোধ গড়ে তোলে— অথচ আপনি তখন মাল্য রচনায় ব্যস্ত।

সে আমাদের হয়ে কথা বলে যখন আমরা নীরব, অতঃপর এই নীরবতার প্রতি আমরা আমাদের কথা শুরু করি।

সে আমাদের হয়ে লাফ দেয় যখন আমরা সম্মুখের দিকে দৃষ্টিপাত মাত্র নিশ্চল, অতঃপর এই নিশ্চলতার প্রতি আমরা আমাদের কথা শুরু করি।

আমরা ভীত, কিন্তু সে চুম্বন করে।

আমরা পলায়নপর; কিন্তু সে আলিঙ্গন করে।

আমরা আশাহীন, কিন্তু সে বপন করে।

আমরা আমাদের ভেতরে তার নিঃশ্বাস ও সঞ্চারণ অনুভব করি অনবরত, অথচ তাকে অস্বীকার করি। আমরা আমাদের পাঁজরের ভেতর চাপ অনুভব করি, তাই শীর্ণ করবার অভিপ্রায়ে তাকে এখন অনাহারী রাখি।

অতঃপর সমস্ত কিছু বিদীর্ণ করে সে বেরিয়ে আসুক, এই মিনতি করে তবে আমরা শুরু করি।

২

শেষ পর্যন্ত আমরা সিদ্ধান্ত করি, যে তিন শ্রেণীর মানুষ এই শহরে বাস করে— দালাল, পঙ্গু ও নির্বোধ; আমরা নিশ্চিত হয়ে যাই; ঢাকা থেকে হঠাৎ উধাও হয়ে যাওয়া লেখক ও চিত্রপরিচালক ফয়সাল হোসেনের বিষয়ে কোনো সংবাদই আমরা এখানে, এই নবগ্রামে; কারো কাছ থেকে পাব না।

ফয়সাল হোসেনের সঙ্গে আমাদের একবার সাক্ষাৎ হওয়া দরকার, তার অভূতপূর্ব আচরণের একটি ব্যাখ্যা আমাদের প্রয়োজন; আমাদের পত্রিকার পাঠকেরা অধীর অপেক্ষা করে আছে— কেন সে তার অতিশয় ব্যস্ত জীবন এবং একটি চিত্রগ্রহণের মাঝ পথে এভাবে অকস্মাৎ উধাও হয়ে যায় ?— তাই আজ কয়েকদিন হলো আমরা নবগ্রামে এসেছি। আমরা অনেকের সঙ্গে কথা বলেছি, অনেকের কাছে তার ঠিকানা চেয়েছি, অনেকের কাছে বিষয়টি উত্থাপন করেছি, কিন্তু আমাদের প্রশ্ন কেউ বুঝতে পারে নি; কেউ আমাদের পথ দেখিয়ে নিয়ে যেতে পারে নি। আর কিছুসংখ্যক ব্যক্তিকে তো আমরা নিজেরাই বিশ্বাস করতে পারি নি।

দালালকে বিশ্বাস করে কে ? পঙ্গু কি পথ দেখিয়ে নিয়ে যেতে পারে ? নির্বোধ কি প্রশ্ন বুঝতে পারে ? আমরা এই তিন ভিন্ন অপর কোনো শ্রেণীর একটি মানুষও নবগ্রামে এখন পর্যন্ত দেখতে পাই নি।

আমাদের ভেতরে আলোচনা হয়, আমরা কেউ কেউ মত প্রকাশ করি যে; তবে আমাদের ঢাকা ফিরে যাওয়াই ভালো এবং কিছুদিন থেকে আর যে সব কৃতি ব্যক্তিরা হঠাৎ উধাও হয়ে গেছে, যাদের বিষয়ে আর কোনো সংবাদ কিংবা ব্যাখ্যা পাওয়া যায় নি, তাদেরই মতো আরো একজন এই ফয়সাল হোসেন— এই সিদ্ধান্ত আমাদের পাঠকদের জানিয়ে দেয়া ভিন্ন উপায় নেই।

কিন্তু একটি মুশকিল হয়।

আমাদের একজন বলে, ফয়সাল হোসেন হতো যদি শিক্ষক কোনো সমস্যা ছিল না। শিক্ষক তিনি যতই খ্যাতিমান হন, তাকে নিয়ে এমন কোনো মাথাব্যথা কারো নেই যে, তিনি বিদ্যালয়ে যাওয়া বন্ধ করলে দেশব্যাপী একটা সাড়া পড়ে যাবে। শিক্ষকেরা ছাত্রদের মুখ নির্মাণ করেন, কিন্তু স্বয়ং তারা অবয়বহীন। শিক্ষকের ব্যক্তিগত জীবন সম্পর্কে কারো কোনো কৌতূহল নেই, শিক্ষকের ব্যক্তিগত জীবন যদি বা চমকপ্রদ হয় তবু সে সংবাদ ছাপলে পত্রিকার পাঠক বাড়ে না।

আমাদের আর একজন বলে, কিংবা ফয়সাল হোসেন কবি হলেও কথা ছিল; তার পিছু নিয়ে এতদূর ছুটে আসার কোনো দরকারই হতো না। একজন কবি যদি কবিতা আর না লেখে, কেউ অবাক হয় না। আসলে বর্তমানের এই বাংলাদেশে কোনো কবিকে আলাদা করে আর চেনা যায় না। কাজেই একজন লিখছে কী লিখছে না, কারো চোখে পড়ে না। আমার তো সন্দেহ হয়; বাংলাদেশের সকল কবিই যদি একদিন একযোগে কবিতা লেখা বন্ধ করে দেয়, কেউ পাশ ফিরে বসবে না; জিজ্ঞেস করবে না যে ব্যাপার কী ? কোথায় গেলেন আমাদের কবিরা ?

এবং আমরা বলাবলি করি, ফয়সাল হোসেন গায়ক বা সংবাদ পাঠক হলেও আমাদের এই কষ্ট স্বীকার করতে হতো না। বৃক্ষের বাৎসরিক ফলের মতো আমরা গায়ক ও সংবাদ

পাঠকদের ব্যবহার করি। এ বছরের আম খেতে বসে গত বছরের আমের কথা স্মরণ করি না। স্বাধীন বাংলা বেতার কেন্দ্র থেকে যাদের গান আমাদের সাহস দিয়েছে অবরুদ্ধ শহরে, যাদের কণ্ঠে সংবাদ আমাদের উজ্জীবিত রেখেছে দিনের পর দিন তারা এখন কোথায় ?— এ প্রশ্ন আমরা কেউ করি না। এবং কেনই বা আবার তাদের দেখা পাই না ?— এ কথা ভুলেও আমাদের মনে পড়ে না।

মুশকিল এই যে, ফয়সাল হোসেন চিত্রপরিচালক; তার কোনো সংবাদ না থাকলেও পত্রিকায় সংবাদ ছাপা হয়, বস্তুতপক্ষে শিক্ষক; কবি; গায়ক বা সংবাদ পাঠকদের যা নেই একজন চিত্রপরিচালকের তা আছে, তার কাজের ক্ষেত্র অর্থাৎ চলচ্চিত্র নিয়ে বিশেষ পত্রিকা আছে; বাংলাদেশে তো প্রধান দুটি সাপ্তাহিক রয়েছে এবং অন্য যে-কোনো বিষয়ের পত্রিকাতেও চলচ্চিত্রের জন্যে আছে নিয়মিত আলাদা পাতা, অতএব ফয়সাল হোসেনকে চেপে যাওয়া যায় না।

এবং আরো একটি কথা আছে।

আমাদের একজন সেই প্রসঙ্গটি ইতস্তত গলায় এবার উচ্চারণ করে, জহির রায়হানের পর এই প্রথম একজন চিত্রপরিচালক নিখোঁজ হয়ে গেলেন। জহিরের সঙ্গে ফয়সালের কোনো মিল যদি নাও থাকে, তবু এই নিখোঁজ হয়ে যাবার জন্যেই অনিবার্যভাবে পাঠকদের মনে একটা কৌতূহল জাগবে।

অতঃপর আমরা নীরব হয়ে থাকি।

৩

আমরা আবিষ্কার করি একটি লোক এই নীরবতার ভেতরে।

সিনেমা হলের সম্মুখে বুড়ো অশ্বত্থ গাছ, সেই গাছের নিচে কাঠের চারটে পায়ার ওপর দাঁড় করানো আগাপাশতলা আম কাঠ দিয়ে তৈরি চায়ের দোকান, পথ থেকে প্রায় লাফিয়ে উঠতে হয় তার পাটাতনে; গোটা তিনেক টেবিল আর টানা দুটো বেঞ্চ, এক হাতওয়ালা একটা চেয়ারও আছে, লোকটি কখন এসে আমাদের পাশ ঘেঁসে বসেছে আমরা কেউ ঠাহর করতে পারি নি, আমাদের সকলের চোখ এখন একসঙ্গে তার ওপর পতিত হয়।

লোকটি বেড়ালের মতো একবার চোখ ছোট করে আবার আমাদের দিকে স্থির চোখে তাকিয়ে থাকে। তাকে জীবিত বলে বোধ হয় না, মৃতও নয়; বয়স অনুমান করা যায়; রোদের দিকে তার পিঠ বলে চেহারাও ভালো করে বোঝা যায় না, বস্তুতপক্ষে তার পেছন থেকে চুঁইয়ে পড়া তীব্র রোদে সে অনতি স্বচ্ছ বলে প্রতীয়মান হয়।

মফস্বলে এমত হয়, চায়ের দোকানে আপনার টেবিল বলে কিছু নেই; অতএব বিনা অনুমতিতে লোকটি যে আমাদের বৃত্তের ভেতরে আসন নিয়ে বসেছে; আমরা ঠিক ক্ষুণ্ন হই না, কিন্তু শহরবাসী বলেই হয়তো কৌতূহলী হয়ে পড়ি। অপিচ, কৌতূহলী হবার আরো একটি কারণ আছে; ফয়সাল হোসেন বিষয়ে আজ কয়েকদিন যাবৎ নবগ্রামে আমরা বহুজনাকে বাজিয়ে দেখেছি, এবং আজ সকাল থেকে সন্দেহ করতে শুরু করেছি যে, এখানকার সবাই এখন আমাদের এড়িয়ে চলতে শুরু করেছে; দোকানদার স্বয়ং আর

গতকালের মতো প্রীত নয় ; চা দিতে দেরি করছে; প্রতিবার চা দেবার সময় আগের পেয়ালা হিসাব করে দাম বলছে; যেন দাম চুকিয়ে উঠে গেলেই সে খুশি, সেক্ষেত্রে নবগ্রামের একজন এভাবে আমাদের পাশ ঘেঁসে বসবে, কৌতূহল হয় বৈকি।

লোকটি আমাদের দিকে তাকিয়ে থাকে; আমরাও স্থির তাকিয়ে থাকি, যেন বা দুই পক্ষ একটি খেলায় আবদ্ধ হয়ে আছি। লোকটির চোখের পাতা আর পড়ে না; আমরাও নিষ্পলক। দূরে; সিনেমা হলের মাথায় পোস্টারে এক বিখ্যাত চিত্রনায়িকার বুক বরাবর মই চেপে ধরে তার ওপর গঁদ লাগিয়ে চলে কেউ, মই থেকে গঁদের বালতি ঝোলে, বুরুশের মাথায় গঁদ টপটপ করে পড়ে; গাঁদ যে লাগায় তার বগলে চেপে ধরা নতুন পোস্টার, কে জানে নতুন ছবিটি ফয়সাল হোসেন পরিচালিত কিনা, আমরা এতক্ষণ অপেক্ষা করছিলাম দেখার জন্যে; সমুখের লোকটি অকস্মাত আমাদের মনোযোগ অধিকার করে বসে।

লোকটি এবার পলক ফেলে, দীর্ঘশ্বাস ত্যাগ করে; দীর্ঘশ্বাস যারই হোক, বড় চমকিত করে; অতঃপর লোকটির ঠোঁটে এক চিলতে হাসি আসি আসি করেও আসে না আর। আমরা অপেক্ষা করি, লোকটি গলা পরিষ্কার করে কিছুক্ষণ ধরে; সে যে উদ্দেশ্য নিয়েই আমাদের পাশ ঘেঁসে বসেছে আর এতে সন্দেহ থাকে না, আমরা অপেক্ষা করি; আমরা তার কাছ থেকে একটি দীর্ঘ বক্তব্য আশা করতে থাকি।

লোকটি সংক্ষেপে কেবল উচ্চারণ করে, চা।

ঐ এক অক্ষরবিশিষ্ট এক স্বর শব্দটি আমাদের কাছে তার গলা পরিষ্কার করার সহায়ক শব্দ বলেই প্রথমত মনে হয়, আমরা তার বক্তব্যের অপেক্ষাই করে চলি, দ্বিতীয়বার সে উচ্চারণ করে; 'চা'। এবার আর আমাদের ভ্রম হয় না।

আমরা প্রতিধ্বনি করি। 'চা' ?

বড় ভালো হয়।

চা ?

আমার পয়সা নেই।

লোকটি 'পয়সা' শব্দটি এভাবে উচ্চারণ করে যেন পয়সার আকৃতি হয় পর্বতপ্রমাণ। এবং তারপর সে ভীত অথচ আত্মীয়তাপূর্ণ নিঃশব্দ হাসিতে আমাদের প্রত্যেকের মুখের দিকে ঘুরে ঘুরে তাকায়।

আমরা তাকে আরো একজন নির্বোধ বলে চিহ্নিত করি; কারণ পকেটে পয়সা না থাকা সত্ত্বেও সে কোনোরকম চাতুরির আশ্রয় না নিয়ে সরাসরি তার বাস্তব আমাদের জানিয়ে দিয়েছে।

এই ভদ্র সন্তানকে তবে এক পেয়ালা চা দেয়া হোক।

আমরা আবার ঐ দূরে সিনেমা হলের মাথায় নতুন পোস্টারের দিকে চোখ ফেরাতে যাব এমন সময় লক্ষ করি— লোকটির ভ্রু যতটা সম্ভব উত্তোলিত হয়। কেন হয় ?

তবে কি সে চায়ের অতিরিক্ত কিছু আশা করেছিল ? বিস্কিট ? অমলেট ? সিঙ্গারা ? আমরা ঈষৎ বিরক্ত বোধ করি; আমাদের দানশীলতা চায়ের অধিক বিস্তৃত করতে আমরা প্রস্তুত নই।

লোকটি প্রবল বেগে মাথা নাড়ে।

না, না, শুধু চা হলেই বেশ।

আমরা চায়ের অতিরিক্ত কিছু তাকে অনুরোধ করি নি, কিন্তু সে অনুমান করে নিয়েছে আমাদের মনোভাব; আমরা পরস্পরের মুখের দিকে তাকাই, লোকটিকে কিছুক্ষণ আগে যে নির্বোধ বলে চিহ্নিত করেছিলাম; এখন সকলেই তা সংশোধন করে নিতে প্রস্তুত বোধ করি। সিনেমা হলের মাথায় নতুন পোস্টার আর আমাদের কাছে বিষয় হয়ে থাকে না, আমরা লোকটাকে আবার ভালো করে দেখতে থাকি।

লোকটি তৃষিত চোখে দূরে চা বানানোর টেবিলের দিকে সম্মোহিতের মতো তাকিয়ে থাকে; সেখানে দোকানির ক্ষিপ্র হাতে এক ডজন গেলাশে এক সঙ্গে চা তৈরি হয়, চমৎকার বাজনা ওঠে কাচ ও চামচে; দোকানি অন্যান্যদের আগে চা দিতে শুরু করে, লোকটির চোখ গভীর ও সতর্কভাবে অনুসরণ করতে থাকে একেকটি গেলাসের গন্তব্য।

আমাদের একজন নিচু গলায় মত প্রকাশ করে, হয়তো ঐ ভদ্রসন্তান কথাটি লোকটিকে টোকা দিয়ে থাকবে। সে অবাক হয়েছিল।

সে কি ভদ্রসন্তান নয়? বর্ণনাটি আগে কখনো শোনে নি?

আমরা আর কীভাবে বলতে পারতাম?

সে এমনভাবে ভ্রু তুলেছিল, যেন সে চেয়েছিল চা; আমরা দিতে বলেছি সুরা।

সে বড় অবাক হয়েছিল। এবং এ কথায় আমরা সকলেই একমত হয়ে যাই।

লোকটির হাতে দোকানি অবশেষে চা তুলে দেয়, বলা ভালো; তার সমুখে চায়ের গেলাসটি ঠক করে নামিয়ে রাখে, ঈষৎ ঠেলে দেয়, এবং আমাদের দিকে ফিরে বলে, তিন টাকা পঁচাত্তর পয়সা।

ইদানীং আমরা এ হিসাব আর গ্রাহ্য করছি না।

আমরা বলাবলি করি, লোকটা কি ফয়সাল হোসেনকে চিনবে?

জিজ্ঞেস করে দেখা যেতে পারে।

কিন্তু আমরা এখনো তাকে জিজ্ঞেস করি না, যেন পরামর্শটি নিতান্তই বালকোচিত ছিল; আমরা সম্মোহিতের মতো তার চা পান দেখতে থাকি। আমরা দেখতে পাই, গেলাস তুলে নিয়ে সে এক ঝটকায় সাবলীলভাবে প্রায় অর্ধেক চা রাস্তায় ফেলে দেয় এবং নিমিষের ভেতরে লম্বা চুমুকে যতটা চা খাওয়া যায় খেয়ে নিয়ে বাকিটুকু আগের ভঙ্গিতে রাস্তায় ফেলে দেয়।

অতঃপর খুব সাবধানে গেলাসটি টেবিলে নামিয়ে রেখে বাঁ হাতের পিঠ দিয়ে সে মুখ মোছে, ঈষৎ উঠে দাঁড়ায়, কিন্তু না; বিদায় নেবার বদলে সে আমাদের বৃত্তের ভেতরে এগিয়ে এসে অত্যন্ত সংসারী গলায় বলে, অনেকদিন পর্যন্ত বিনা প্রশ্নে কেউ আমাকে চা খাওয়ায় নি। প্রশ্নের ভয়েই আমি সম্প্রতি আর কারো কিছু যাঞ্ছা করি না। আমার নাম মোহাম্মদ ইসমাইল।

আপনি তো চা মোটে খেলেন না, সবটা ফেলেই দিলেন।

অপচয় বলছেন ? লোকটি হেসে ওঠে। সামান্য চায়ের অপচয় দেখে আপনারা এত আপসোস করছেন ?— এসবে আমি আর কিছু গ্রাহ্য করি না।

লোকটির শেষ বাক্যটি আমাদের কাছে হেঁয়ালি বলে বোধ হয়। দালাল, পঙ্গু ও নির্বোধের এই শহরে আমরা কি অবশেষে চতুর্থ একটি শ্রেণীর মানুষের সাক্ষাৎ পেলাম— পাগল ?

মোহাম্মদ ইসমাইল অতঃপর বলে, আপনারা বিদেশী। মনে হয় খুব অল্প কয়েকদিনের জন্যে নবগ্রামে এসেছেন। নবগ্রামে অনেকেই অনেক কারণে আসে, আপনারা কেন এসেছেন জানি না, আপনারা নিজে থেকে না বললে জানতেও চাইব না, আর জেনেও কোনো লাভ নেই।

শেষ বাক্যটি আমাদের কৌতূহলী করে তোলে।

ইসমাইল অবিলম্বে যোগ করে, কারণ, আমি যে আর কাউকে কোনো বিষয়ে সাহায্য করব, এমন ভাবি না। আসলে, সাহায্য করতে পারব; সে ভরসাই নেই। আপনারা বিদেশী বলেই এতটা খুলে বলতে পারছি। এটাও তবে বলি যে, একদিন আমি মুক্তিযুদ্ধে অংশ নিয়েছিলাম।

মুক্তিযুদ্ধ ?

মোহাম্মদ ইসমাইলের চোখে ব্যঙ্গ মেশানো প্রশ্নের ভঙ্গি দেখে আমরা অনুমান করতে পারি যে, আমাদেরই চোখে যে প্রশ্ন তারই অনুকরণ সে করেছে মাত্র।

আমাদের চোখে সরল হয়ে আসে, মুহূর্তের ভেতরে আমরা স্মরণ করে উঠি এবং প্রফুল্ল গলায় বলি, ও হ্যাঁ, মুক্তিযুদ্ধ।

স্মিত মুখে আমরা মোহাম্মদ ইসমাইলের দিকে তাকাই, এবং এই প্রথম আমাদের চোখে পড়ে— তার বাঁ হাতের কড়ে আঙুলটি নেই।

সে হাতখানা আমাদের চোখের ওপর ভালো করে তুলে ধরে ঈষৎ দোলায় এবং উচ্চারণ করে, একাত্তর।

শিরদাঁড়ায় আমরা শৈত্য অনুভব করি। আমাদের ভেতরে কে একজন শুকনো গলায় প্রশ্ন করে, কী হয়েছিল ?

একাত্তরে ?

না।

আমরা একসঙ্গে নীরবে তার কাটা কড়ে আঙুলের দিকে ইঙ্গিত করি।

মোহাম্মদ ইসমাইল হাত নামিয়ে বলে, সামান্য একটা কড়ে আঙুলের আর কী ইতিহাস থাকতে পারে ? কিছু না, এমন কিছু না যে আপনাদের বলা যায়। তার চেয়ে অন্য কিছু বলি। আজ সপ্তাহখানেক হলো আমার চাকরিটা গেছে।

চাকরি ?

সরকারি নয়, গেরস্থের বাড়িতে চাকরি। সরকারি চাকরি কে আমাকে দেবে ? শেষ পর্যন্ত আমি ছেলে পড়াতাম। ছেলের বাবা আমাকে জবাব দিয়ে দেন। দফাদার সাহেব, মানে আমার ছাত্রটির বাবা, এ অঞ্চলের বড় ধনী মানুষ, তাঁর ঘর থেকেই যখন আমার চাকরি

গেছে আর চাকরি পাবার আশা নেই। তবে, আপনারা ভুলেও ভাববেন না যে আমি গিয়ে তার হাতে পায়ে ধরব। তাই যদি ধরতাম তো সরকারের ঘরে আমার চাকরি হতো। এখন হয়তো চিরদিনের জন্যেই আমাকে পথে বসতে হলো।

কী হয়েছিল ?

একাত্তরে ?

না, আপনার ছাত্রের কথা বলছি। কী হয়েছিল যে চাকরি গেল ?

সে অনেক কথা। মোহাম্মদ ইসমাইল ইতস্তত দৃষ্টি চালিয়ে আবার আমাদের দিকে চোখ ফেরায়, যেন এই সামান্য সময়ের ভেতরে সিদ্ধান্ত নেয় ঘটনাটি আমাদের বলবে কিনা। সে বলে, সেদিন আমার ছাত্রটি একটি রচনা লিখে আনে। বিষয় আমি তাকে বলে দিই নি, সে নিজে থেকেই রচনাটি লেখে। আপনারা কি জানেন, আজকাল ছাত্ররা নিজেরাই মাস্টারকে চালায়; মাস্টারকে তারাই বলে দেয় কী পড়াতে হবে, কতটা পড়াতে হবে, এমনকি কীভাবে পড়াতে হবে। এই রচনার বিষয় সে নিজেই ঠিক করে লেখে, এবং আমাকে দেখতে দেয়। তার ধারণা, রচনাটি পরীক্ষায় আসবে, আমি সংশোধন করে দিলে সে মুখস্থ করে রাখবে। হ্যাঁ, রচনাও আজকাল ছাত্ররা মুখস্থ করে পরীক্ষা দিতে যায়। প্রথমেই তার সঙ্গে আমার একপশলা তর্ক হয়ে যায়।

কী নিয়ে ?

রচনার বিষয় নিয়ে। রচনাটির বিষয় ছিল— আমি যদি এক কোটি টাকা পেয়ে যাই, তাহলে কীভাবে খরচ করব।

আমাদের ভেতরে একজন বলে ওঠে, এ রচনা ছেলেবেলায় আমরাও লিখেছি। অঙ্কটা তখন ছিল এক লাখ।

এখন এক কোটিও তখনকার লাখের সমান নয়।

আমার মনে পড়ে, বাংলা টিচার বলেছিলেন, এক হতভাগার কথা ছিল— আমি যদি রাজা হতাম তো সমস্ত ভাত গুড় দিয়ে মেখে খেতাম। টিচার সাবধান করে দিয়েছিলেন, গুড় দিয়ে ভাত মেখে খাবার স্বপ্নটা গরিব মানুষের। আমরা যেন রচনায় ওরকম কোনো সাধের কথা না লিখি।

মোহাম্মদ ইসমাইল আমাদের কথোপকথন শুনে হাসে না, যেমন আমরা পরস্পর হেসে উঠি। সে বলে, আমার ছাত্রকে আমি জিজ্ঞেস করি, এ রচনা কে তাকে লিখতে বলেছে ? সে জানায়, এ রচনা পরীক্ষায় আসবে। আমি তাকে বলি, আমার কথার পরিষ্কার জবাব দিতে, সে ঘুর পথে যায়, বলে— বিষয়টি নতুন নয়, টেস্ট পেপারে সে বহুবার এই বিষয়ে রচনা দেখেছে। আমি তাকে বলি, সে কি বিশ্বাস করে যে এক কোটি টাকা অমনি হঠাৎ পেয়ে যাওয়া যায় ? ছাত্রটি তখন এক বেয়াদপি করে বসে। সে বলে, আপনার কোনো ধারণা নেই, স্যার, এক কোটি টাকা আজকাল কিছুই না। শুনে মাথাটা আমার গরম হয়ে যায়, ছোকরা বলে কী! এক কোটি টাকা এমন কিছু নয় ? আমি তবু স্থির গলায় তাকে প্রশ্ন করি, তোমার কী মনে হয় ?— তুমি এক কোটি টাকা পেয়ে যেতে পার ? এই বাংলাদেশে সম্ভবত ? ছাত্রটি খুকখুক করে হেসে ওঠে। আমি যথেষ্ট ধৈর্য ধারণ করে তাকে বোঝাতে চেষ্টা করি যে, এ

ধরনের রচনা যদি পরীক্ষায় আসেও তো তার উচিত নয় তা লেখা, তার বরং উচিত হবে অন্য কোনো বিষয়ে লেখা, কারণ যা অবাস্তব তা নিয়ে বিন্দুমাত্র সময় খরচ করাও বিরাট অপচয়। ছাত্রটি ঘাড় বাঁকা করে বসে থাকে; অবিলম্বে আমাকে স্মরণ করিয়ে দেয় যে আর কিছুক্ষণ পরে তার ফুটবল খেলা আছে। অর্থাৎ আমি যেন এভাবে সময় নষ্ট না করি। আমার ভীষণ ক্রোধ হতে থাকে। গরিব যে দেশে আরো গরিব হচ্ছে, সে দেশের গরিব ছেলেদের পরীক্ষায় এ ধরনের রচনা যারা লিখতে বলে তাদের ফাঁসি দেওয়া উচিত, কারণ তারা মানুষকে নিয়ে মসকরা বৈ আর কিছু করছে না। যে ছেলেটি এ রচনা লিখে পরীক্ষা পাস করবে বাস্তবজীবনে সে পাঁচশ টাকা মাইনের একটা তুচ্ছ চাকরির জন্যে দোরে দোরে মাথা কুটে মরবে, আর যারা এ পরীক্ষা দেয় নি, কোটি টাকা পাবে তো তারাই, কীভাবে পাবে সে কাহিনী আপনিও জানেন, আমিও জানি। বিশদ এখানে বলার আবশ্যকতা দেখি না।

মোহাম্মদ ইসমাইলকে আমরা স্মরণ করিয়ে দিয়ে বলি, ছেলেটিকে পড়াবার চাকরি আপনার যায়, বলছিলেন।

হ্যাঁ, সেই কথা। অগত্যা আমি ছাত্রের খাতা দেখতে বসি। সে লিখেছে এক কোটি টাকা পেলে এই নবগ্রামে সে একটি হাসপাতাল প্রতিষ্ঠা করবে। তার হাসপাতালটি ক'বেড সম্পন্ন তা লেখে নি, আমারও ধারণা নেই মফস্বলে মাঝারি ধরনের একটা হাসপাতাল করতে কত খরচ হয়। সে যাক, তারপর একটি কলেজ প্রতিষ্ঠা করবে, এবং একটি এতিমখানা। কলেজ ও এতিমখানা স্থাপন করতেই বা কত খরচ পড়তে পারে, আমার জানা নেই। আমার সন্দেহ হয়, এই তিন প্রকল্পেই সে তার কোটি টাকার প্রায় সবটা খরচ করে বসে আছে। কিন্তু সেখানেই সে ক্ষান্ত হয় না। এরপর সে বৃত্তি দেবার কথা ঘোষণা করে, নবগ্রামে পাঠাগার প্রতিষ্ঠা করে, মসজিদ স্থাপন করে, রাস্তাঘাট পাকা করে দেয়, লঙ্গরখানা খোলে; এবং তারপরও হাতে তার যে টাকা থাকে তা সে অনির্ণীত নানা সৎকাজে ব্যয় করবে বলে ইচ্ছা প্রকাশ করে।

আমরা বলি, আমাদের ছেলেবেলাতেও এইসব কথা আমরা লিখেছি, নিজেদের গ্রামে আমরা সকলেই লাখ টাকা পেয়ে এতিমখানা করেছি, পুকুর কেটেছি, দু'হাতে দান খয়রাত করেছি এবং রচনার জন্যে বেশ ভালো নম্বর পেয়েছি।

আমি তাকে গোল্লা দিই।

আমরা বিস্মিত হয়ে যাই।

গোল্লা ?

হ্যাঁ, গোল্লা, বিরাট একটা রসগোল্লা। তার খাতা আমি ছুড়ে ফেলে দিই।

কেন ?

সে কি গুছিয়ে লিখতে পারে নি ?

তার বানান ভুল বেশি ?

বাক্য শুদ্ধ নয় ?

মোহাম্মদ ইসমাইল দু'হাত তুলে আমাদের থামিয়ে দিয়ে বলে, ছেলেটির হাতের লেখা ভালো, ব্যাকরণ-জ্ঞান ভালো, ভাবনা-চিন্তা বেশ গুছিয়েই সে লিখতে জানে, তবু আমি তাকে গোল্লা দিই।

কিন্তু কেন ?

সেও অবাক হয়ে এই একই প্রশ্ন করেছিল। আমি গোল্লা দিয়ে তার খাতা ছুড়ে ফেলে বলি, তুমি একটা ডাহা মিথ্যাবাদী। কোটি টাকা পেলে এসব তুমি কিছুই করবে না। যখন সত্যি সত্যি তোমার কোটি টাকা হবে, যদি কোনোদিন হয়, তুমি সমস্ত টাকা তোমার নিজের জন্যে খরচ করবে, সেই কথাটিই তোমার লেখা উচিত ছিল। মিথ্যে কথা যত সুন্দর করেই বলা হোক না কেন তার জন্যে আমি গোল্লার বেশি দিতে পারব না। তবে শুনে রাখুন, শুধু যে গোল্লা দিই তাই-ই নয়, আমি তাকে প্রহার করি।

প্রহার করেন ?

হ্যাঁ, প্রহার করি। মুরব্বিদের কাছে শুনে দেখবেন, মিথ্যে কথা বলবার জন্যে তাঁরা প্রহারের ব্যবস্থা করতেন। প্রথমে তার কান ধরে আমি বেশ কয়েকটা ঝাঁকুনি দিই। সে তারস্বরে চিৎকার করে ওঠে। তখন আমি তার চুল ধরে টানি, মাথাটা কোলের কাছে এনে মেরুদণ্ডের ওপর গোটা কয়েক বসিয়ে দিই। এতে আমার রাগটা বেশ জমকালো হয়ে পড়ে। অবিলম্বে তাকে আমি হাতের কাছে যা পাই তাই দিয়ে পেটাতে থাকি এবং ধাওয়া করি। শেষ পর্যন্ত বোধহয় সে মাটিতে পড়ে যায়, আমি তাকে লাথি মারতে শুরু করি। সেই অবস্থায় তাকে আমার হাত থেকে উদ্ধার করেন দফাদার সাহেব, মানে ছেলেটির বাবা।

কিন্তু ইসমাইল সাহেব, তাকে মারধোর করতে গেলেন কেন ?

দফাদার সাহেবও সে কথা জিজ্ঞেস করেছিলেন। আমি তাকে উত্তর দিই, মিথ্যে কথা বলবার জন্যে মারধোর করছি। তিনি জানতে চান মিথ্যে কথাটা কী ? আমি বিশদ করে বলি। আমি বলি যে, কোটি টাকা অমন হঠাৎ পেয়ে গেলে কে কবে দানছত্র খুলেছে ? উত্তরটা দফাদার সাহেবের মনঃপূত হয় না।

তিনি আপনাকে চাকরি থেকে জবাব দিয়ে দেন ?

তার আগে তিনি আমাকে প্রহার করতে শুরু করেন। আমার মুখের কথা শেষ হয়েছে কী হয় নি, তিনি পায়ের পাম্পশু খুলে আমাকে পেটাতে শুরু করেন এবং 'শালার মাস্টার' বলে আমাকে পথের ওপর তাড়া করে নিয়ে যান, চিৎকার করে বলতে থাকেন যে, মুক্তিযোদ্ধা বলে বহু খাতির করেছি, এখন আর সে দিন নাই। অনাবশ্যকভাবে তিনি আরো কিছু প্রসঙ্গ টেনে আনেন, তার মধ্যে একটি হচ্ছে— এই মুক্তিযোদ্ধাদের বড্ড বাড় বেড়েছে। অতঃপর তাঁর বাড়ির ত্রিসীমায় আমাকে দেখলে আমার পা ভেঙে দেবার হুমকি তিনি দেন। আপনারা কি বলবেন, এরপরও আমার ছেলে পড়াবার চাকরিটা আছে ?

তিন টাকা পঁচাত্তর পয়সা।

চোখ তুলে আমরা দোকানিকে দেখতে পাই, একেবারে ঘাড়ের পরে দাঁড়িয়ে সে চায়ের দাম চাইছে।

মোহাম্মদ ইসমাইল দ্রুত উঠে দাঁড়িয়ে দোকানিকে বলে, বুঝি না ? আমাকে তাড়াবার মতবল ? তখন কোথায় ছিলে, যখন তোমার বুড়ো বাপ আর তোমার যুবতী বোনটাকে আমি বর্ডার পার করে দিয়েছিলাম ? মনে পড়ে ? তিন টাকা পঁচাত্তর পয়সা ?

দোকানি অত্যন্ত ঠাণ্ডা গলায় একটি কথাই বলে, দোকানে বেশি ঝামেলা করবেন না।

আবার বর্ডার পার করতে হবে না, চান মিয়া ? তখন দেখব।

মোহাম্মদ ইসমাইল চলে যায়।

দোকানি আমাদের তখন বলে, এই যে হিস্ট্রি শুনলেন, এ এক বছর আগের কথা। গত শবে-বরাতের আগের ঘটনা।

তবে যে বলল, এক সপ্তাহ আগে ?

মাথার ঠিক নাই।

জানি, পথের দিকে চোখ ফেরালেই কিন্তু আর মোহাম্মদ ইসমাইলকে এখন দেখতে পাব না, তবু আমরা পথের দিকেই তাকাই, যেন বা সমর্থনের জন্যে যে এটা বিভ্রম ছিল না, আমারা নিশ্চিত তাকে দেখতে না পেয়ে বড় বিচলিত বোধ করি, তার কাটা কড়ে আঙুল আমাদের ভেতরে দুলে ওঠে আবার, কাটা জায়গায় বীভৎস ছোট শাদা দাগ আমাদের চোখ জুরের আসতে থাকে।

দোকানি বলে, অভাবে অভাবে মানুষটা আর মানুষ নেই।

সে তার চা বানাবার টেবিলের কাছে ফিরে যায়, সে পয়সার জন্যে এবার তার তাগাদা দিতে ভুলে যায়, আমরা তার পিছু নিয়ে যাই, তিন টাকা পঁচাত্তর পয়সা গুনে দিয়ে পথে নেমে আসি।

পথে পা রাখতেই চোখে পড়ে সিনেমা হলের মাথায় নতুন পোস্টার।

নবগ্রামের ফেরদৌস টকিজে নতুন ছবি 'নাগযুবতী' রচনা ও পরিচালনা ফয়সাল হোসেন, পোস্টারে ফয়সাল হোসেনের স্ত্রী চিত্রতারকা নাসিম বানুর কোমর পেঁচিয়ে উঠেছে ত্রিশিরা সাপ, দুই স্তনের মাঝখানে উদ্যত ফণা, চিবুকে ভঙ্গি রচনা করে নাসিম বানু সাপটিকে চুম্বন করতে ঠোঁট গোল করে আছে।

ক্ষণকালের জন্যে আমরা সকলেই বিস্মৃত হয়েছিলাম যে, ফয়সাল হোসেনের খোঁজেই আমরা নবগ্রামে এসেছি।

৪

কিন্তু আমরা খোঁজ করি নি আরো অনেকের।

যেমন, অধ্যাপক আসগর চৌধুরীর ব্যাপারটা আমরা খোঁজ করলেও পারতাম, কিন্তু তাঁর নাম বড় বড় অক্ষরে লেখা থাকে না কোনো পোস্টারে, কিংবা তাঁর স্ত্রী লীলায়িত ভঙ্গিতে আলিঙ্গন করে না কোনো সাপ, অতএব কেন আসগর চৌধুরী একদিন বিনা নোটিশে আর বিশ্ববিদ্যালয়ে আসে না, আমরা সন্ধান করি না, আমাদের জগৎ এমত ঘটনায় পাশ ফেরে না।

তবে সেই উলঙ্গ মানুষটি উৎকর্ণ এবং অস্থির, আমরা যদি দেখতাম, তো দেখতাম, সে খবরটি পাওয়া মাত্র পথে নেমেছে, আসগর চৌধুরীর বাড়ি পর্যন্ত ছুটে চলেছে ঊর্ধ্বশ্বাসে।

যে আজগর চৌধুরী জীবনে একটি ক্লাসও কামাই করে নি, অসুস্থতা-বিনা কখনো অনুপস্থিত থাকে নি, ঘণ্টা শুরু হবার আগেই যাকে চিরকাল দেখা গেছে ক্লাসের দরোজায়, সেই

আসগর চৌধুরী হঠাৎ কেন আজ ক্লাসে আসে নি ? অসুস্থ ? না, সেরকম সংবাদ পাওয়া যায় নি। অসুস্থ এর আগেও সে হয়েছে, তেমন অসুস্থ না হলে ক্লাস নিয়েছে তার যত কষ্টই হোক, আর যখন পারে নি— সুন্দর হস্তাক্ষরে চিরকুট পাঠিয়েছে বিভাগীয় প্রধানের কাছে। কিন্তু আজ ?

তবে কি সে গ্রেফতার হয়েছে ?

ঊর্ধ্বতন মহলে আমাদের অনেকেরই বন্ধু আছে— এই বাংলাদেশে কার না আছে ?— আমরা যদি তাদের কাছে খোঁজ নিতাম, তারা আমাদের বলে দিত, না, তাকে গ্রেফতার করা হয় নি। আমরা তবু তর্ক করতে পারতাম যে, আসগর চৌধুরীর রাজনৈতিক আদর্শ বিপজ্জনক, হ্যাঁ, আর কারো জন্যে না হোক তার নিজের জন্যে, আমরা বলতে পারতাম, আসগর চৌধুরী বহুবার বহু ঘটনায় এমন সব উক্তি প্রকাশ্যে করেছে যা প্রচলিত আইনবিরুদ্ধ, আমরা কিছু ঘটনা স্মরণ করিয়ে দিয়ে আশংকা প্রকাশ করতে পারতাম যে; আসগর চৌধুরী সরাসরি সংঘর্ষে নামতেও ইতস্তত করে নি; অতএব সে যে একদিন গ্রেফতার হবে এতে আর আশ্চর্য কী! ঊর্ধ্বতন মহলে আমাদের যে বন্ধুরা আছেন তাঁরা আমাদের তবু আশ্বস্ত করতেন, না, তাকে গ্রেফতার করা হয় নি। বন্ধুরা এক সময় বরং বিরক্ত হয়েই বলতেন, একজন অধ্যাপককে গ্রেফতার করে পানি ঘোলা করবার মতো মূর্খতা আর কী হতে পারে ? কেন এই শাদা কথাটা আমরা বুঝতে পারছি না ?

তবে কি তাকে অপহরণ করা হয়েছে ?

এ সম্ভাবনা অতঃপর আমাদের মনে হতে পারত। কিন্তু আমাদের পক্ষে অতটা সহজ হতো না এবার এরকম একটা ঝাঁপি থেকে খবর বের করা; তবু তো আমরা সবাই দেশের ভেতরের বটে এবং আমরা আরো চেষ্টা করতে পারতাম, লতায় পাতায় নানারকম লোকের কাছে চালাচালি হয়ে অবশেষে শেকড়ের কাছাকাছি পৌঁছোতে পারতাম, জিজ্ঞেস করতাম— তবে কি তাই ?

হো হো করে হেসে উঠত ওরা।

অপহরণ ? আসগর চৌধুরীকে ? এমনকী শক্তিমান অধ্যাপক যে তাকে উধাও না করলে আমাদের চলছে না ?

না, কোনো এক বিশেষ প্রাণী ঘেউ ঘেউ করে এবং কাফেলা এগিয়ে চলে। না, আসগর চৌধুরীকে আমরা কখনো গ্রাহ্য করি নি, তার বিষয়ে আমরা কিছুই জানি না, আপনারা অন্যত্র সন্ধান করুন।

অন্যত্র কোথায় আর সন্ধান করব আমরা ?

অতঃপর কেউ বলতে পারে, যে, আসগর চৌধুরী বিদেশে ভালো চাকরি পেয়ে চলে গেছে; যাবার অনুমতি পাওয়া অসম্ভব হতে পারে ভেবে সে নিঃশব্দে সরে পড়েছে। আমরা এ কথা শুনে তৎক্ষণাৎ প্রতিবাদ করে উঠতাম— আসগর চৌধুরী এভাবে পালিয়ে যাবার মানুষ নয়। তখন আমাদের বলা হতে পারত, যে, মানুষ পরিবর্তনশীল, মানুষ সব সময়ই যে-কোনো সম্ভাবনার অন্তর্গত।

তখন প্রথমেই যে কাজটি আমাদের করা দরকার ছিল, আমরা তাই করতাম, আসগর চৌধুরীর বাসায় যেতাম এবং বিস্ময়ের কথা, বাসাতেই আছে বলে দেখতে পেতাম।

না, সে চমৎকার সুস্থ আছে, গত সপ্তাহেই ডাক্তারের কাছে গিয়েছিল সে, কোনো রোগ ধরা পড়ে নি। তার হৃদযন্ত্র ভালো আছে, রক্তচাপ স্বাভাবিক আছে, প্রস্রাবে শর্করা যাচ্ছে না।

না, বিশ্ববিদ্যালয়ে তার চাকরি ঠিকই আছে।

না, পারিবারিক কোনো সমস্যাও তার হয় নি, গত মাসে তার একটি নাতনি হয়েছে, কন্যাটি এখন তার কাছেই আছে, সেদিন একটি রঙিন গ্রুপ ফটোও তোলা হয়েছে।

তবে আপনি ক্লাসে যাচ্ছেন না কেন ?

আসগর চৌধুরী এ প্রশ্নের উত্তর দেয় না।

আপনি তো কখনো ক্লাস কামাই করেন নি।

আসগর চৌধুরী নীরব থাকে।

আপনার ছাত্ররা প্রতিদিন আপনার অপেক্ষা করছে।

আসগর চৌধুরী স্তব্ধ।

আপনার এ আচরণের আমরা কোনো ব্যাখ্যা পাচ্ছি না।

আসগর চৌধুরী নিঃশব্দে উঠে যায়, সে ভেতরে যায়, সে আর আসে না।

দরোজায় পর্দা দুলে ওঠে; পর্দার পেট বারবার বাতাসে ফুলে ওঠে, স্তব্ধতা ভিন্ন এ ঘরে এখন আর কেউ বাস করে না।

তবু তো আমরা কেউ কেউ তার ছাত্র বলে এতদূর পর্যন্ত খোঁজ নিতাম, কিন্তু আর সকলের বিষয়ে ? নবগ্রামের ইন্সপেকশন বাংলোর সমুখে ইঁদারা, তার পানি বড় শীতল, আমরা বালতি বালতি পানি তুলে গোসল করি, রোদ আমাদের অদূরে হিংস্র উজ্জ্বলতা নিয়ে অপেক্ষা করছে, আমরা ছায়ায় ছায়ায় কামরায় ফিরে আসি। রোদ নিয়ে আবুল কাশেমের মতো আর কেউ এত বেশি কবিতা লেখে নি আমাদের বাংলা ভাষায়, এবং এত ভালো কবিতা।

হ্যাঁ, আমরা আবুল কাশেমের বিষয়ে কোনো তৎপরতা দেখাই নি, অকাল অপরাহ্ণে রোদের মতোই সে নিঃশব্দে অপসৃত হয়ে গেছে আমাদের জগৎ থেকে।

আপনাদের কি স্মরণ হয় আবুল কাশেমের কথা ? আমাদের এমন কোনো দিবস ছিল না যেদিন পত্রিকাগুলোর বিশেষ সংখ্যায় প্রথম পাতায় প্রথম কবিতাটি আবুল কাশেমের ছিল না, আমাদের এমন কোনো সাহিত্য আসর ছিল না যার প্রধান আকর্ষণ আবুল কাশেমের নিজের কণ্ঠে তার কবিতা পাঠ ছিল না, আমাদের বিদ্যালয়সমূহে এমন কোনো আবৃত্তি প্রতিযোগিতা ছিল না যার কবিতা আবুল কাশেমের কাব্যসংগ্রহ থেকে নেয়া ছিল না।

আপনাদের কি স্মরণ হয় তার একটি বিখ্যাত কবিতার প্রথম স্তবক ?— 'এ এক বৈশাখ, সমস্ত কিছুতে লাঙল চালিয়ে অনবরত দু'ভাগ করে চলেছে অত্যন্ত দ্রুতগতিতে, উড়ছে বস্তু আর উদ্বেগের কণা বৈশাখের চুল্লির বাতাসে। কুটিরে তো স্ফটিক শীতল মেঝে হয় না; কৃষককে কেউ হাওয়া করে না চন্দনের জলে ভেজানো পাখায়। চিল একটা চিৎকার করে উঠছে থেকে থেকেই। আর আমার পাশে শব হয়ে শুয়ে আছে যে— তাকে ঠিক ভালো করে জানি না। মনে হচ্ছে তুমি; কিন্তু না। অথচ এই তো এর হাতে আমার সংগ্রহ করা কার্পাস,

এর গলায় আমার যৌবনের রৌপ্যখণ্ড দিয়ে তৈরি সেই হাঁসুলি। মাঠে ষাঁড়গুলো দৌড়ে যাচ্ছে, মনে হচ্ছে তাদের লক্ষ্য জলাশয়, তারা বারেবারেই হঠাৎ থমকে শূন্যে তুলছে শিঙ, চোয়াল বেয়ে গড়িয়ে পড়ছে কষ, এবং অচিরেই তারা ফিরে আসছে কুটিরের কিনারে ছায়ার ঘাসে মুখ দিতে— যদি বা এই বৈশাখে উদ্ভিদের বিন্দুমাত্র দুধ থেকে থাকে।'

উদ্ভিদের শরীরের কি আশাহীনভাবে দুধ আর ছিল না, যে, একদিন জাতীয় একটি দিবস আসে পত্রিকাগুলো বিশেষ সংখ্যা প্রকাশ করে, কিন্তু কোনো পত্রিকাতেই আবুল কাশেমের কবিতা আর এবার দেখা যায় না; সাপ্তাহিকগুলোর কবিতা বিভাগের প্রথম পাতায় অন্য কবির কবিতা, উচিত ছিল আবুল কাশেমের; দৈনিকগুলোর ক্রোড়পত্রের প্রথম পাতায় ডান দিকে রঙিন কালিতে এবার ছাপা হয়েছে অন্য কবির কবিতা, আমরা অভ্যস্ত ছিলাম আবুল কাশেমের কবিতায়; অভ্যস্ত ছিলাম কিন্তু আবুল কাশেমের অনুপস্থিতি আমাদের কারো চোখে পড়ে না; তবে এ কেমন ছিল অভ্যেস ? দেশে কোনো গুঞ্জন ওঠে না; আবুল কাশেমের স্বাস্থ্য ভালো আছে কিনা কেউ প্রশ্ন করে না; সে জীবিত কিনা আদৌ, কেউ বিচলিত হয় না; আমরা সকলেই অন্য কবির অন্য কবিতা পড়ে যাই; আমরা সকলেই অতঃপর সাহিত্য আসরগুলোতে যাই এবং অন্য কবির কণ্ঠে অন্য কবিতা শুনে আসি; আবুল কাশেমের কথা আমাদের মনে পড়ে না; বাংলাদেশে রোদ হিংস্রতা নিয়ে প্রতিদিন চত্বরে পড়ে, আমরা তার ভেতরে আবুল কাশেমের পুরনো কবিতাও স্মরণ করি না আর।

আমাদের কেউ হয়তো অতিমূঢ় ও অস্পষ্টভাবে স্মরণ করে আবুল কাশেমের শেষ একটি কবিতার একটি পঙ্‌ক্তি— 'না হে না, কোনো ইন্দ্রজাল নয়; এ এমন এক সময় যখন মানুষের আহার ও উচ্চারণ, বন্ধুর হাতে হাত রাখা, বৃষ্টিতে ছাতা খোলা; রোদ্দুরে কাপড় শুকোতে দেয়া ইত্যাদি সব বাস্তবও ইন্দ্রজাল বলে বোধ হয়। আমাদের বিচ্ছিন্ন হাতগুলো বিষনীল আলোয় ইন্দ্রজালিকের হাত হয়ে যায়, স্ত্রীকে সম্বোধন পর্যন্ত কোনো গুপ্ত মন্ত্রের মতো শোনায় এবং অক্ষরগুলো ক্রমাগত জড়িয়ে যায় এ ওর গায়ে। আর কালো জামায় আমাদের শিক্ষানবিশেরা অপেক্ষা করে আড়ালে, হাতে কালো সুতো নিয়ে। আমারও গায়ের জামা আবার কালো হয়ে যায়; মঞ্চ কালো, প্রবেশের পথও এখন কালো; দেখা যায় 'নির্গমন' লাল অক্ষরে অন্ধকারে জ্বলজ্বল করে। আমার দেহের সব রক্ত এখন জমা হয় ঐ চারটি অক্ষরে। মাথার ওপরে— নির্গমন, দরোজার ওপরে— নির্গমন, প্রতিভার ওপরে— নির্গমন; উচ্চারণের ওপরে— নির্গমন; প্রযুক্তির ওপরে— নির্গমন; প্রতিবাদের ওপরে— নির্গমন; নির্গমন, নির্গমন; বস্তুত মানুষই নিষ্ক্রান্ত হলে পড়ে থাকে কাননে কিছু কবর, করোটিতে ছিদ্র, সম্বোধনে চিৎকার এবং রাষ্ট্রের মাংসখণ্ডে দেহহীন দাঁতের করাত।'

এবং আমরা আবুল কাশেমকে সম্পূর্ণরূপে বিস্মৃত হই; আমরা তার সন্ধান করি না; তার রচিত পঙ্‌ক্তির সঙ্গে তার আকস্মিক এই স্তব্ধতার কোনো সংযোগ স্থাপন করি না কেউ; বাংলা ভাষায় এখন অন্য কবিতা রচিত হতে থাকে; রঙিন পাঞ্জাবি চাপিয়ে এখন অন্য কবি আগের বাড়িগুলোতে ডিনারে যায়; আগের গেলাশ এখন অন্য কবির হাতে দুলে ওঠে; বাংলার বিষয় এখন অন্য কবিকে আশ্রয় করে, আবুল কাশেম উধাও হয়ে যায়।

এই মতো আরো অনেকেই উধাও হয়ে যায় আমাদের দৃষ্টির সমুখ থেকে; টেলিভিশনের খ্যাতিমান সংবাদ-পাঠক বজলুল করিমকে একদিন আর ন'টার সংবাদে দেখা যায় না, তবে

কি তাকে দেখব অধিক রাতের সংবাদ বুলেটিনে ?— দর্শক অপেক্ষা করে না; অন্য পাঠকের চিত্র ভেসে উঠে অধিক রাতে, পরদিন ন'টার সংবাদে, স্থানীয় সংবাদে, যাবতীয় সংবাদে, বজলুল করিমের পরিচিত চেহারা আর আমাদের সম্বোধন করে না; আমরা তার সন্ধান করি না, আমরা তার অপেক্ষা করি না, আমরা একই সংবাদ অপর পাঠকের কণ্ঠে শুনে যাই; বজলুল করিম আর আসে না, বজলুল করিম বলে কেউ কখনো ছিল— আমাদের কাছে তা মনেই হয় না; অতএব, বিদায়; বজলুল; যেমন আমরা বিদায় বলেছি রবীন্দ্র সঙ্গীতের সেই বিখ্যাত গায়িকা ফরিদা খাতুনকে একদিন, সে আর শ্রুত হয় না, না বেতার, না টেলিভিশন; না বটমূলে; আমরা ফরিদা খাতুনের অভাবও আর বোধ করি না, আমাদের শ্রবণ অন্য সঙ্গীতে ভরে থাকে; ফরিদা খাতুন হঠাৎ কী কারণে গান ছেড়ে দেয়, আমরা উদ্বিগ্ন বোধ করি না; উদ্বেগ তো অনেক পরের কথা, আমরা তার অনুপস্থিতি পর্যন্ত অনুভব করে উঠি না; আমরা মসৃণ গড়িয়ে যাই, যেন বা কোমল থেকে কড়িতে, যেন বা দিবস থেকে রাত্রিতে, যেন বা জনপদ থেকে প্রান্তরে।

ইন্সপেকশন বাংলোর প্রশস্ত বারান্দায় আমাদের খাবার ঠাঁই হয়; ডাঁটা শাক দিয়ে মুরগির মাংস রান্না হয়েছে; এই অদ্ভুত মিলন আমরা এর আগে কখনো প্রত্যক্ষ করি নি; বর্তমান পরিস্থিতিতে সবই সম্ভব এবং সূচারু বলে আমাদের বোধ হয়; প্রান্ত থেকে গরম হাওয়ার ঝলক এসে আমাদের চোখে মুখে লাগে; বারান্দার নিচে বিশাল গলগণ্ড নিয়ে এক ব্যক্তি আমাদের উচ্ছিষ্টের প্রত্যাশায় বসে থাকে; আমরা ইতিমধ্যেই নবগ্রামে বড় দীর্ঘকাল আছি বলে অনুভব করতে থাকি; এখানকার স্বাভাবিকতার ভেতরে আমাদের সমস্ত শেকড় প্রবিষ্ট বলে বোধ হয়।

চৌকিদারকে আমরা প্রশ্ন করি, ফেরদৌস টকিজে ম্যাটিনি শো আছে কিনা ?

প্রশ্নটি সে বুঝে ওঠে না।

দুপুরে সিনেমা হয় ?

দুপুরে ? সে রোদের দিকে বিভ্রান্ত চোখে ঘুরে ঘুরে দৃষ্টিপাত করে; মাথা নাড়ে; কিন্তু কেন মাথা নাড়ে সে বিষয়ে তার কোনো ধারণা নেই। অতঃপর সে গম্ভীর মুখে উচ্চারণ করে, দুটো শো আছে, সন্ধ্যায় এবং রাতে।

সন্ধের এখনো অনেক বাকি, বস্তুত সন্ধ্যা এখন অসম্ভব একটি দূরত্বে স্থাপিত বলে অনুভূত হয়; আমরা এখন আহার শেষ করে ঘরের ভেতরে যাই, মাথার ওপরে উত্তপ্ত টিন, চারদিকে নীল মাছি; কাঁঠালের ঘ্রাণ, আমরা যে যার বিছানায় শুয়ে পড়ি, এমত বোধহয় যে আমাদের গলগণ্ড হয়েছে, গলার কাছে কাঠিন্য এবং ভার।

আমাদের খণ্ডিত তন্দ্রার ভেতরে নাসিম বানু সাপটিকে চুম্বন করে চলে, মোহাম্মদ ইসমাইল তার ছাত্রটিকে প্রহার করে চলে, আসগর চৌধুরীর ক্লাস তার অপেক্ষা করে চলে; মাকড়শার জালে আবিল মফস্বলের এক প্রেস পরিণত বয়স্ক এক ব্যক্তি আবুল কাশেমের স্তব্ধতা কম্পোজ করে চলে, টেলিভিশনের পর্দায় দুধ-শাদা শূন্যতা উথলে পড়ে, ফরিদা খাতুনের ছোটখাটো শরীরটিকে দেখা যায় দুপুরের হিংস্র রোদে বটমূলে আছড়ে পড়ে আছে।

৫

বিকেল চারটার দিকে আমরা এমন কিছু শুনি যা আমাদের আহ্বান করে।

সাভারে শুটিং ছিল ফয়সাল হোসেনের; ছবিটি তার নিজের লেখা ও নিজের পরিচালনায় তৈরি। কেবল তাই-ই নয়, তার প্রযোজনাও বটে। এই শেষ তথ্যটি গুরুত্বপূর্ণ, কারণ, এর অর্থ এই যে ফয়সাল হোসেন নিজের টাকা ব্যয় করছে অথবা নিজের সরাসরি দায়িত্বে সংগৃহীত টাকা সে খাটাচ্ছে ; এবং সেদিন সকাল আটটা থেকে শুটিং হবার কথা ছিল, শিল্পী ও কলাকুশলী সকলেই সময়মতো পৌঁছে গিয়েছিল, কিন্তু ফয়সাল হোসেন আর সেখানে যায় নি।

ভোরবেলায় ফয়সাল হোসেনের প্রধান সহকারী শায়েস্তা খান তাকে ফোন করে ঘুম ভাঙায় এবং বলে, যে, ভাইয়া, আমরা রওয়ানা হচ্ছি; আটটায় ক্যামেরা ওপেন করব।

শায়েস্তা খানের পরবর্তী বর্ণনা অনুসারে ফয়সাল হোসেন অন্যান্য দিনের মতো অত্যন্ত প্রফুল্ল গলায় উত্তর দেয়, যে, আটটা মানে কিন্তু আটটা।

জানি ভাইয়া।

আমরাও জানি, যে, ফয়সাল হোসেন সময় সম্পর্কে অত্যন্ত সচেতন; শুটিংয়ে কখনোই সে দেরি করে না এবং যে মুহূর্তে সে লোকেশনে হাজির হয় এক অদ্ভুত উত্তেজনায় কাজের ভেতরে ঝাঁপিয়ে পড়ে, সারাক্ষণ পায়ের ওপর দাঁড়িয়ে একটানা শুটিং করে তবে বিশ্রাম নেয়; অন্যান্য পরিচালকের তুলনায় ফয়সাল হোসেনের একদিন কাজের পরিমাণ প্রায় দ্বিগুণ।

শুটিংয়ের অন্যান্য দিনের মতোই সেদিনও ফয়সাল হোসেন তার সহকারীকে রুটিন কিছু প্রশ্ন করে অতঃপর যেমন, কোন সিনের শুটিং, আর্টিস্ট কে কে, জিনিসপত্র যা যা দরকার জোগাড় হয়েছে কিনা, কোনো সমস্যা আছে কিনা; এবং ফোন ছেড়ে দেবার আগে সে বলে, আমি সাড়ে সাতটার মধ্যেই পৌঁছে যাব।

শায়েস্তা খান আমাদের জানায় যে, সকালবেলায় আরো একবার ফোনে আমার সঙ্গে ভাইয়ার কথা হয়। ছবির সহনায়িকা দুলালী, আজকের শুটিংয়ে ফিমেল আর্টিস্ট শুধু সে, তাকে নিয়ে যাবার জন্যে বাড়িতে যাই; সেখানে গিয়ে শুনি দুলালীর মা খুব অসুস্থ, দুলালীর বেরোতে একটু দেরি হবে। কিন্তু আমাদের একজনের জন্যে দেরি করা সম্ভব হয় না। আমি তাগাদা দিতে থাকি; দুলালী তখন ভাইয়াকে ফোন করে এবং একটু পরে আমাকে ভেতরে নিয়ে ফোনে কথা বলতে বলে। ভাইয়া আমাকে বলেন, তোমরা রওয়ানা হয়ে যাও, যাবার পথে আমি দুলালীকে নিয়ে আসছি। আমরা দুলালীকে রেখে রওয়ানা হয়ে যাই, সাতটার ভেতরে আমরা লোকেশনে পৌঁছে যাই। দুলালীর যেহেতু একটু দেরি হবে আসতে, আমি সহনায়ক জাহাঙ্গীরকে মেকাপে বসিয়ে দিই এবং তার ক্লোজ-আপগুলো তুলে ফেলবার প্রস্তুতি নিই। আমার প্ল্যান ছিল, দুলালী এসে মেকআপ নিতে নিতে জাহাঙ্গীরের একা কাজগুলো করে ফেলবেন ভাইয়া, তারপর টু-শটগুলো নেব। জাহাঙ্গীরের মেকআপ নেয়া হয়ে যায়, শট তাকে বুঝিয়ে দিই, ক্যামেরা মোটামুটি পজিশনে সেট করা হয়, সাড়ে সাতটা পার হয়ে আটটা হয়ে যায়, ভাইয়া এসে পৌঁছোন না। আমরা অনুমান করি, দুলালীর জন্যেই ভাইয়ার আজ দেরি হচ্ছে। ন'টা ক্রমে দশটা হয়ে যায়। আমরা অস্থির হয়ে পড়ি।

ঐ 'অস্থির' শব্দটি আমরা লুফে নিই।

কেন ? অস্থির হয়ে পড়েন কেন ? আপনাদের মনে কোনো সন্দেহ হয় কি ? দুলালীকে নিয়ে ?

শায়েস্তা খান ইতস্তত করে।

আমরা বিশদ করে বলি, আপনার কি মনে হয়, যে, ফয়সাল হোসেনের দেরি হচ্ছিল দুলালীর মায়ের অসুখের জন্যে নয়, বরং দুলালীর জন্যেই ?

তার মানে ?

শায়েস্তা খানকে আমরা চোখ টিপে বলি, এমনকি আপনার মনে হয়েছিল যে, দুলালীর সঙ্গে ফয়সাল হোসেনের গোপন একটা কিছু— ইয়ে— আর তার জন্যেই দেরি।

শায়েস্তা খান ক্ষিপ্ত হয়ে আমাদের জানায়, যে, ফয়সাল হোসেন সে জাতের মানুষ নন, আমরা ঈষৎ হেসে উঠি; ইঙ্গিতটা বুঝতে পেরে সে বলে, নাসিম বানুর সঙ্গে ভাইয়ার প্রেম ছিল, সত্যিকার প্রেম, সবাই জানে ভাইয়ার ঐ একটিই প্রেম ; বারে বারে প্রেমে পড়বার লোক তিনি নন, না, দুলালীকে তিনি একজন শিল্পীর চেয়ে বেশি কিছু মনে করেন না।

কিন্তু এটা তো ঠিক, যে, ফয়সাল হোসেনই দুলালীকে আবিষ্কার করে; অন্যান্য ছবিতে যেখানে দুলালী কেবল নাচের পার্ট পেয়ে থাকে, ফয়সাল হোসেন সেখানে তাকে গত তিন ছবিতে সহনায়িকার ভূমিকায় কাস্ট করে এবং আমরা এও শুনেছি, তার আগামী ছবির নায়িকা হচ্ছে দুলালী।

শায়েস্তা খান কিছুক্ষণ হাঁ করে আমাদের দিকে তাকিয়ে থাকে।

আমরা অতঃপর তাকে স্মরণ করিয়ে দিই, যে নাসিম বানু যখন সহনায়িকা ছিল; তখন ফয়সাল হোসেন একদিন তাকে নিয়ে উধাও হয়ে যায়, দুজনেই শুটিংয়ে আসে না।

শায়েস্তা খান দুর্বল গলায় বলে, কিন্তু ভাইয়ার সঙ্গে তার বিয়ে হয়েছিল।

গোপনে।

হ্যাঁ, প্রথম দিকে গোপনই ছিল।

এখানেও যে গোপনে দুলালীর সঙ্গে বিয়ে হয় নি, আপনি বুকে হাত দিয়ে বলতে পারেন ?

শায়েস্তা খানকে ছেড়ে দিয়ে আমরা দুলালীর বাড়ির দিকে অগ্রসর হই।

আমরা আশা করি না, যে, দুলালীকে বাড়িতে পাব; আমরা ধরেই নিই, যে দুলালীও উধাও; আমরা দুলালীর মায়ের সঙ্গে দেখা করবার মানসেই পা বাড়াই।

আমরা বহু দেখেছি; আমরা জানি, দুলালীর মায়ের সঙ্গে একবার চাক্ষুস হলে গোটা ব্যাপারটা সম্পর্কে আঁচ করতে পারব; এমন নামজাদা ব্যবসা-সফল একজন পরিচালকের সঙ্গে যদি তার মেয়ের একটা সম্পর্ক গড়ে উঠেই থাকে; তাহলে বুড়ি মুখে যতই অস্বীকার করুক ভেতরের খুশিটা চেপে রাখতে পারবে না।

কিন্তু বিস্ময় আমাদের জন্যে অপেক্ষা করে।

দুলালীকে তার বাড়িতেই পাওয়া যায়। গোড়াতে সে ধরা দিতে চায় না; বলে, না, মায়ের শরীর খারাপ বলে আজ শুটিংয়ে যাই নি।

আমরা যেন জানি না, প্রশ্ন করি, কার শুটিং ছিল ?

ফয়সাল ভাইয়ের।

কোন ছবি যেন ? আমরা মনে না করতে পারবার অভিনয় করি।

বেহুঁশ দুনিয়া। আমি সাইড হিরোইন করছি।

সতর্ক গলায় আমরা প্রশ্ন করি, শুটিং আজ তাহলে প্যাক-আপ ?

হ্যাঁ, কাজ আজকে আমারই ছিল, আর জাহাঙ্গীরের। আমি না গেলে শুটিং হবে কী করে ? শুটিং আজ প্যাক-আপ হয়ে গেছে।

আমরা একটি মিথ্যে সংবাদ তাকে দিই। বলি, শুটিং তো চলছে দেখে এলাম।

মুহূর্তে চোখ-মুখ শাদা হয়ে যায় দুলালীর, কিন্তু সে নতুন অভিনেত্রী হলেও একেবারে নতুন তো আর নয়, নিজেকে সে সামলে নেয়, চমৎকার হাসিতে উদ্ভাসিত করে তোলে মুখ, বলে, তাই বুঝি খোঁজ নিতে এসেছেন, কাস্ট থেকে আমাকে বাদ দেয়া হয়েছে কিনা ? হাসিতে ভেঙে পড়ে দুলালী।

আমরা স্থির চোখে তার দিকে তাকিয়ে থাকি; হাসতে হাসতে চোখ তুলে একবার আমাদের দিকে দেখে নেয় দুলালী; হঠাৎ তার চোখ আটকে যায় আমাদের চোখের সঙ্গে; চোখ আর সে ফেরাতে পারে না; আমাদের চোখে সে কিছু একটা পাঠ করে নেয় দ্রুত; তার হাসি মিলিয়ে যায়; মুখে উদ্বেগ এসে ছোঁ মারে; ঠোঁট থরথর করে কেঁপে ওঠে তার; দুলালী উচ্চারণ করে, শুটিং চলছে ?

আমরা দ্বিতীয়বার মিথ্যেটাকে প্রসারিত করি না, নীরব হয়ে থাকি।

দুলালী আবার প্রশ্ন করে, ফয়সালভাই শুটিং করছেন ?

আমরা অপেক্ষা করে চলি।

আপনারা দেখে এসেছেন ?

আমরা বলি, আমরা আসল কথাটা শোনবার জন্যে এসেছি দুলালী।

কীসের আসল কথা ?

তোমার যদি কোনো কথা থাকে।

আমার কী কথা ?

সেই কথাটাই তো জানতে চাই।

অতঃপর আমরা দুলালীকে নানারকম লোভ দেখাই; তার সমুখে এখনো বহু পথ বাকি; এখনো সে সহনায়িকা; নায়িকা হবার স্বপ্ন কি দুলালী দ্যাখে না ? আমরা আমাদের পত্রিকাগুলোতে দুলালীর বিষয়ে এমন সব লেখা লিখব, রঙিন ছবি ছাপব, প্রতি সপ্তাহে তাকে নিয়ে কিছু না কিছু রটনা করব যে, দুদিনেই সে সবার মনোযোগ আকর্ষণ করবে।

কী বলো, দুলালী ? আজ শুটিংয়ে যায় নি কেন ফয়সাল হোসেন ?

দুলালী বিস্ফোরিত চোখে আমাদের প্রত্যেককে দেখতে থাকে।

শুটিংয়ে তোমাকে নিয়ে যাবার কথা ছিল তার।

দুলালীর চোখের পাতা কেঁপে কেঁপে ওঠে।

হ্যাঁ, বলো, দুলালী। ফয়সাল হোসেন কি ভেতরে আছে ?

দুলালী হঠাৎ দুহাতে মুখ ঢেকে কেঁদে ওঠে; আমরা ধৈর্যের সঙ্গে অপেক্ষা করি; তার চোখ টকটকে লাল; কাজল গলতে শুরু করেছে; আমরা বিব্রত বোধ করতে থাকি।

মেয়েটিকে আমরা ক্ষণকালের জন্যে চোখে দেখে উঠি; ফয়সাল হোসেনের সঙ্গে কী আছে তার, যে, সে এমন করে কাঁদে ? আমরা একটি চমকপ্রদ সংবাদ-ইঙ্গিত লক্ষ করি; আমাদের বিশ্বাস হয়ে যায়, যে, ফয়সাল হোসেনের এই অনুপস্থিতির পেছনে আছে দুলালী।

দুলালীর গালে পুরু পাউডারের প্রলেপ, এতক্ষণ আমরা লক্ষ করি নি, এখন সেখানে অশ্রুর গলিত দাগ, এই দাগও আমাদের চোখে অভূতপূর্ব বলে প্রতিভাত হয়। হঠাৎ দুলালী আঁচল টেনে মুখের প্রায় অর্ধেক ঢেকে ফেলে এবং চোখে মুখে 'আমি এখুনি আসছি' এরকম একটা চকিত ভঙ্গিমা রচনা করে বাড়ির ভেতরে চলে যায়।

কিছুকাল পরে সে নতুনভাবে প্রসাধিত হয়ে ফিরে আসে; তার ফিরে আসার ভঙ্গিতে আবার আমরা আমাদের চেনা দুলালীকে দেখতে পাই; দেহে সেই ইচ্ছাকৃত এলিয়ে পড়া ভাব, অথচ চেহারায় একপ্রকার কঠিন ঔদ্ধত্য, চোখে ঈষৎ ব্যঙ্গজড়িত হাস্য এবং স্তন অগ্রগামী।

দুলালী ঘরে ঢুকতে ঢুকতে বলে, কী মনে হয় ? ফয়সাল হোসেনকে পেছনের দরোজা দিয়ে পার করে এলাম ?

তুমি জানো।

আপনারা তবে আমার বাড়িতে ফয়সাল হোসেনকে খুঁজতে এসেছেন ?

আমরা জানি, তোমাকে শুটিংয়ে নিতে সে আজ সকালে এসেছিল, তুমিই তাকে শেষ দেখেছ।

ভেতরে একবার আসতে চান ? দেখতে চান ফয়সাল হোসেন আছে কিনা ?

যদি না তাকে পেছনের দরোজা দিয়ে বের করে থাক।

দুলালী হেসে ওঠে, বুকের কাপড় তার পড়ে যায়, কিন্তু সে অচিরে তা তোলে না; বলে, আপনারা কি সাধারণ বুদ্ধিও হারিয়েছেন ? এটা দোতলার ফ্ল্যাট, পেছন দিয়ে নেমে যাবার কোনো পথ নেই।

আমরা অপ্রস্তুত বোধ করি।

আমাদের প্রতি চ্যালেঞ্জ ছুড়ে দুলালী বলে, ভেতরে চলুন।

না, থাক।

থাকবে কেন ? একটা ভদ্র মেয়ের বাড়িতে এসে আপনারা এক পুরুষের খোঁজ করবেন, আর সে সত্যি সত্যি ভেতরে আছে কিনা না দেখেই চলে যাবেন ? তারপরে কাগজে মজা করে লিখবেন ? তা হচ্ছে না। ভেতরে আসতেই হবে। আসুন।

অগত্যা আমরা তার অনুসরণ করি।

ভেতরে দুটি মাত্র কামরা, একটিতে শয্যায় শুয়ে আছে দুলালীর মা, আমাদের সন্দেহ থাকে না, সে সত্যি সত্যি অসুস্থ— এই প্রথম অন্তত একটি সংবাদের প্রত্যক্ষ সমর্থন আমরা পাই, দুলালীর মা পরিষ্কার একটা চাদর বুক পর্যন্ত টেনে শুয়ে আছে, আমরা অনুভব করি, যে, দুলালী ভেতরে এসে এই চাদর বের করে মায়ের গায়ে টেনে দিয়েছে, অর্থাৎ সে আমাদের ভেতরে নেবে তা ঠিক করেছে ঝোঁকের মাথায় নয়, বেশ ভেবেচিন্তে; দুলালীর ছোট দুটি ভাইবোন বিছানার পাশে পা ঝুলিয়ে ফটো তোলার মতো বসে আছে, এটিও দুলালী ভেতরে এসে রচনা করে গেছে আমাদের জন্যে; পাশের ঘরে দুলালী নিজে থাকে, ঘরটি অপেক্ষাকৃত বড়, জানালা প্রশস্ত; দেয়াল জুড়ে দুলালীর বিভিন্ন ছবির স্টিল ফটো বড় বড় আকারে টানানো, সমস্ত ঘরে রমণীয় ঘ্রাণ, ছুড়ে দিলে সাপের মতো পিছলে পড়ে এমন সব জামা-পাজামা ইতস্তত স্তম্ভিত হয়ে আছে, বড় আয়নায় আমাদের সম্মিলিত প্রতিবিম্ব পড়ে।

খাটের তলা দেখবেন না ?

আমরা ক্রুদ্ধ হয়ে পড়ি; কিন্তু প্রকাশ করি না।

দুলালী নিজেই খাটের ওপর থেকে বেড কভার একটানে সরিয়ে নেয়, খাটের পাড় বেয়ে ঝুলে ছিল বেড কভারের কার্নিশ, বার্নিশ করা পা বেরিয়ে পড়ে, যেন বা ট্রাউজার গুটিয়ে কেউ নকল পা দেখায়; খাটের তলা আমরা শূন্যই দেখতে পাই; দুলালী আমাদের দেখতে বাধ্য করে।

রান্নাঘর বাদ থাকবে ?

রান্নাঘরটিও আমাদের দেখতে হয়; রান্নাঘরের পরেই কুল বারান্দা, মাথা পর্যন্ত লোহার গ্রিল দিয়ে ঢাকা; নিচে গলিপথ; না, ফয়সাল হোসেন এ বাড়িতে নেই এবং সে ছিল না, যে, গ্রিল ভেঙে পালিয়ে গেছে আমাদের সাড়া পেয়ে।

আমরা বসবার ঘরে ফিরে আসি। দুলালী আমাদের একজনের পাশে বেশ খানিকটা ঘেঁসে ধপ করে বসে পড়ে। যেন তার ইচ্ছে ছিল না এতটা ঘেঁসে বসবার কিন্তু ভালো অনুমান করতে পারে নি বলেই কাঁধ ছোঁয়াছুঁয়ি হয়ে গেছে বসবার সঙ্গে সঙ্গে।

দুলালী বলে, কিছু মনে করবেন না। আপনাদের চটাতেও ভয় করে। লাইনে আমি নতুন, আর আপনাদের হাতে অনেক কিছু, প্লিজ আমাকে ভুল বুঝবেন না। আমার মনে হয়, আপনারা বাড়াবাড়ি করছেন।

কী রকম ? যথাসম্ভব শান্ত গলায় আমাদের একজন প্রশ্ন করে।

কী রকম আবার কী ? কত কারণে একটা লোক শুটিংয়ে না যেতে পারে। একটাই কি কারণ, যে, কোনো মেয়ের সঙ্গে তার অ্যাফেয়ার হয়েছে ?

আমরা তা বলি নি।

ও, বলেন নি! তাহলে আমিই বুঝতে ভুল করেছি। আমাকে মাফ করবেন।

দুলালীর কণ্ঠে আমরা পরিহাস লক্ষ করি; আমরা বিস্মিত হই, যে, তার মতো নতুন একজন শিল্পী হঠাৎ এতটা সাহস কোত্থেকে পেল, যে, এতদিনের ঝুনা সাংবাদিকদের সঙ্গে টক্কর দিয়ে কথা বলছে ? আমাদের ভেতরে কেউ কেউ ইতিমধ্যেই অপ্রতিভ বোধ করতে শুরু করে; হয়তো আমরা ছোট একটা ব্যাপারকে একটু বড় করেই দেখছি; হয়তো আমরা

দুলালীর বাড়িতে ফয়সাল হোসেন আছে— এ কথা বলে বুদ্ধির পরিচয় দিই নি; হয়তো আমরা একটি ভালো মেয়ের মর্যাদায় ঘা দিয়ে ফেলেছি সরস একটি সংবাদের পিছু ধাওয়া করে; দুলালীর পরিহাসকে আমরা ক্ষমা করে দিই।

আমাদের একজন প্রায় আত্মসমর্পণের সুরে বলে, আমাদের কথায় কিছু কষ্ট নিও না, দুলালী। অনেক সময় এরকম উপর চেপে না ধরলে আসল কথা বেরোয় না। দুলালীকে খোশামোদের আমেজ দিয়ে সে অতঃপর বলে, তোমাকে আমরা খুব ভালো জানি, তোমার ফিউচার সম্পর্কে আমরা খুব আশাবাদী, তুমিও লাইনের আর পাঁচটা মেয়ের মতো নও যে সাংবাদিকদের কাছে দিনকে রাত করে বলবে, তাই তোমার কাছে আমাদের আসা, যে ফয়সাল হোসেনের খবর পেলে তোমার কাছেই পাব। আজ তো তোমাকে তার শুটিংয়ে নিয়ে যাবার কথা ছিল ?

ছিল।

সে এসিছিল ?

না।

না ?

আপনারা এখনো আমার কথা বিশ্বাস করছেন না।

আমরা আর দুলালীর এই অনুযোগে কান দিই না, দিতে চাই না, তাড়াতাড়ি বলে উঠি, তবে সে বাড়ি থেকেই সোজা অন্য কোথাও চলে গেছে।

হয়তো তাই। আমি কী করে জানব ? বাহ্ ? আমার মায়ের শরীর ভালো নেই, নিজের চোখেই দেখলেন। মাকে ওষুধ খাওয়াবার ছিল। তেতো ওষুধ মা খেতে চান না। আমি শুটিংয়ে গেলে মা খাবেন না, ভাই-বোন দুটো তো কত ছোট, ওদের কথায় কি তিনি খাবেন ? তাই আমাকে বাসায় থাকতে হয়। প্রডাকশনের গাড়ি যখন আমাকে নিতে আসে আমি ফয়সাল ভাইকে ফোন করে আমার প্রবলেমের কথা বলি, তিনি ফোনেই তার অ্যাসিস্ট্যান্টকে বলে দেন যে, আমাকে তিনি তুলে নিয়ে যাবেন।

তারপর ?

তারপর আর কিছু নেই। মাকে ওষুধ খাইয়ে বসে আছি, আটটা বেজে যায়, ফয়সাল ভাই আর আসে না। আমি কী করব ভেবে পাই না। অপেক্ষা করতে থাকি।

তার বাড়িতে ফোন করলে পারতে ?

ভেবেছিলাম, আবার ভাবলাম হয়তো এক্ষুণি এসে পড়বেন। বসে না থেকে মেকআপ নিয়ে নিলাম চট করে, যেন শুটিং স্পটে গিয়ে আর দেরি না হয়। শেষ পর্যন্ত নটা বেজে যায়, আমি ফোন করি, ফোন করে জানতে পাই তিনি অনেক আগেই বেরিয়ে গেছেন।

তোমার কী মনে হয় তখন ? তোমাকে তো সোজা এসে তুলে নেবার কথা ছিল ?

আমার মনে হয় কোনো প্রবলেম হয়েছে, স্টুডিওতে গেছেন, জানেন তো তার তিনটে ছবির এখন ফাইনাল এডিটিং চলছে, নিশ্চয় কোনো ঘাপলা হয়েছে। আমি অপেক্ষা করতে থাকি।

কতক্ষণ অপেক্ষা করলে ?

এগারোটা পর্যন্ত। তারপর ছেড়ে দিই। আমার মন বলে, কোনো কারণে আজ আর শুটিং হচ্ছে না, প্যাক-আপ হয়ে গেছে। আমার ভীষণ রাগ হয়, কেউ ফোন করে আমাকে একটা খবর দিতে তো পারত ? একটা দিন আমার নষ্ট হয়ে গেল। তারপরে কী রকম রাগ হয় বলুন, তিনটের দিকে শায়েস্তা খান ফোন করে জানতে চায়, ভাইয়া কোথায় ? উঠেছি এক বকা দিয়ে, কিন্তু সে যা বলল আমার বুক হিম হয়ে যায়। ফয়সাল ভাইকে নাকি কোথাও খুঁজে পাওয়া যাচ্ছে না; তিনি শুটিংয়ে যান নি, দুপুর পর্যন্ত অপেক্ষা করে ইউনিট সাভার থেকে ফিরে এসেছে। সত্যি কী হয়েছে, জানেন নাকি ? আমার কেমন ভয় করছে। বলুন না, আপনারা তো সাংবাদিক।

আমরা বলি, কথাটা প্রথমেই জিজ্ঞেস করা উচিত ছিল না তোমার ? অথচ, প্রথমে তো বললে, আজ শুটিংয়ে যাও নি মায়ের শরীর ভালো না বলে, শুটিং প্যাক-আপ হয়ে গেছে।

জানেন, বিশ্বাস করবেন ?— আমি প্রথমেই জিজ্ঞেস করতাম। কিন্তু।

কিন্তু কী ? মিথ্যে বললে কেন ?

আমার যেন মনে হলো, আপনারা আমাকে সন্দেহ করছেন, তাই এসেছেন। আমি তাই উল্টোপাল্টা বলে আপনাদের কাট্টি মারতে চেয়েছিলাম। আপনারা তো বলেছেন, যে, ফয়সাল ভাই আমার ঘরে আছেন, বলেন নি ? আমি কি তবে ভুল সন্দেহ করছি ? মিথ্যে বলে অন্যায় করেছি ? বলুন ? এমনিতে কিছু না করেও আমাদের বদনাম, তারপরে কখন কী লিখে বসেন পেপারে, আমার খুব ভয় করছিল।

আমরা উঠে দাঁড়াই।

দুলালী বসেই থাকে।

চললেন ?

দুলালী হঠাৎ লাফ দিয়ে উঠে দাঁড়ায়।

আমাদের একজনের হাত ধরে ব্যাকুল হয়ে প্রশ্ন করে, আচ্ছা, ম্যাডাম কিছু বলতে পারে না ? ম্যাডামের কাছে আপনারা খোঁজ করেন নি ?

ফয়সাল হোসেনের স্ত্রী নাসিম বানুর কথা আমাদের মনে পড়ে নি তা নয়, তবে আমরা প্রথমে দুলালীর কাছেই আসতে চেয়েছিলাম।

আমরা বলি, ম্যাডাম শুটিংয়ে আছেন। খবরটা পেলে তিনি আপসেট হয়ে পড়তে পারেন, তাই এখনো তাকে জানানো হয় নি।

বাহ্, ম্যাডাম তার বৌ, তার কাছে আগে জিজ্ঞেস করবেন না আপনারা ?

৬

নাসিম বানুর কাছে আমরা যাই আরো দু'দিন পরে। দুলালীর ওখান থেকে বেরিয়ে আমরা পকেটের পয়সা হিসেব করি, কোথাও সুরা পান করবার মতো যথেষ্ট সঙ্গতি আবিষ্কৃত হয় না; অতঃপর আমরা এ-বাড়ি ও-বাড়ি করি, কিন্তু কেউ আমাদের কাছে বোতলসহ ধরা দেয় না; ফয়সাল হোসেনের পাছায় লাথি মেরে আমরা যে যার বাড়ি ফিরে যাই তখন একেকটা মরুভূমি বহন করে। আছে, কোথাও আছে ফয়সাল হোসেন, যাবে কোথায় ? শালা শায়েস্তা

খানের বাচ্চা স্টুডিওতে বসে হা হুতাশ করে আমাদের পিলে চমকে দিয়েছিল। আমরা ফয়সাল হোসেনের এই ম্যাজিক ভুলে যাই; দিন দুই কাজে ডুবে থাকি আপিসে।

হঠাৎ নাসিম বানুর টেলিফোন আসে।

আপনারা এসব কী রটাচ্ছেন ?

কী সব ?

ভালো করেই জানেন কী সব ?

বুঝতে পারছি না, ম্যাডাম। আমরা এমন কিছু তো এ সংখ্যায় লিখি নি আপনার সম্পর্কে।

লিখেন নি, সামনের সপ্তাহের পেপারে লিখবেন, আপাতত মুখে মুখে রটিয়ে দেখছেন।

আমরা মতান্তরে পড়ে যাই; আদপেই বুঝতে পারি না, যে, নাসিম বানু হঠাৎ এত মারমুখো হয়ে পড়ল কেন ? বহু বছর ধরে টপ নায়িকা, ফস করে তাকে কিছু বলাও যায় না, নীরবে তার উষ্মা হজম করতে হয় আমাদের।

নাসিম বানু আবার খোঁচা দিয়ে টেলিফোনে বলে, কি আপনাদের রটনা তো ? স্বীকার করেন তাহলে ?

আমরা বিনীত কণ্ঠ রচনা করে বলি, আপনি কোথাও একটা ভুল করছেন, ম্যাডাম; আপনি বিনা দোষে আমাদের দোষী করছেন।

মোটেই নয়। আমি ভালো করেই জানি, আপনারা ছাড়া আর কেউ নয়।

বেশ তো, বলুন না কী আমরা রটিয়েছি ?

হেসে উঠে নাসিম বানু।

উঁহু বাবা, ফোনে বলব না। ঢাকার ফোন, হরদম ক্রস কানেকশন হচ্ছে, কে কোথায় শুনে ফেলবে।

তবে ?

আজ স্টুডিওতে আসবেন ? চার নম্বরে আমার শুটিং আছে দুটোর পর। সামনাসামনি কথা হবে। তখন দেখব পালান কী করে। ছি ছি। রাখি।

স্টুডিওর চার নম্বর ফ্লোরে বিশাল সেট পড়েছে; জরির কাজ করা নীল ভেলভেটের আঁটসাঁট ট্রাউজার শার্ট পরে নাসিম বানু খোলা তলোয়ার হাতে দাঁড়িয়ে আছে একটা শট দেবার জন্যে; আমরা এসে উপস্থিত হই; নাসিম বানুর দৃষ্টি আকর্ষণ করি, কিন্তু সে যেন আমাদের দেখতেই পায় না; পরিচালক আল-হাবীব চিৎকার করে ওঠে, 'ক্যামেরা', নাসিম বানু বিদ্যুদ্বেগে ঘুরে দাঁড়িয়ে ক্যামেরার লেন্সের দিকে তলোয়ারের খোঁচা দেবার ভঙ্গি করে; আবার চিৎকার ওঠে, 'কাট'; চারদিকে স্বস্তির নিঃশ্বাস পড়ে, উজ্জ্বল বাতিগুলো নিভে যায়, সহসা বড় অন্ধকার মনে হয় সবকিছু স্তিমিত ও দরিদ্র, নাসিম বানু হাতের তলোয়ার আমাদের দিকে তুলে ধরে হঠাৎ খোঁচা দেবার ভঙ্গিটি পুনরায় রচনা করে বাঁ চোখ টেপে, তারপর বলে, আরে আপনারা ?

আমরা স্মিতমুখে অপেক্ষা করি।

নাসিম বানু আরো দুটি শট দেয়; এই দুটি শটেই নায়কের সঙ্গে তার তলোয়ার যুদ্ধের অংশ নেয়া হয়; এরপরে নায়কের একক শট নেয়া হবে; নাসিম বানু মেকআপ রুমের দিকে অগ্রসর হতে হতে আমাদের আমন্ত্রণ জানায়, আসুন, আমার সঙ্গে চা খাবেন।

পেছন থেকে নায়ক অনুপম খান পরিহাসে চেঁচিয়ে বলে, আর আমাদের চা কি চা নয়?

আমরাও বেরিয়ে যেতে যেতে, অনুপমের উদ্দেশে বলি, শুনতে পাই নি, আবার বলুন। এবং হাসতে হাসতে মেকআপ রুমে ঢুকি।

আয়নার সমুখে হাতাওয়ালা চেয়ারে ধপ করে বসে পড়ে নাসিম বানু। চেয়ারের মাথায় দু'হাত সে ছড়িয়ে মেলে দেয় পেছন দিকে, বুক উঁচু হয়ে ওঠে, দু'পা ফাঁক করে সমুখে সে টান টান ঠেলে দেয়; পুরো শরীরটা চোখের পলকে লোভনীয় একটি নীল ভেলভেট ক্রুসে রূপান্তরিত হয়ে যায় তার; ঘন ঘন নিঃশ্বাস নিতে থাকে সে আমাদের দিকে নিষ্পলক চোখে তাকিয়ে।

খুব তলোয়ার ঘোরাচ্ছেন। হাঁপিয়ে গেছেন দেখছি।

আমাদের লৌকিকতায় নাসিম বানু খুব প্রীত হয় বলে মনে হয় না।

ঠোঁটে কম্পহীন হাসি, চোখে চঞ্চল আগুন, নিষ্পলক সে তাকিয়ে থাকে আমাদের দিকে; সুন্দরী রমণীর সাক্ষাতে কে না নির্বাপিত বোধ করে? আমরা বিনষ্ট হয়ে যেতে থাকি; আমরা শেষ পর্যন্ত এই সম্মোহনকে ছিন্ন করবার উদ্দেশ্যে সরব হই এবং বলি, ম্যাডাম, বলুন।

যেন সে শুনতে পায় নি, নাসিম বানু নীরবতা পরিহার করে না।

আমরা আবার বলি, আপনি কি শুনেছেন? আমরা কী রটাচ্ছি?

নাসিম বানুর হাসি প্রসারিত হয়।

আপনি অনেক দিনের পুরনো শিল্পী, আপনাকে সবাই আমরা ম্যাডাম বলি, আপনার বিষয়ে অন্তত বাজে কথা আমরা বাজারে ছড়াব না, এ আপনি নিজেও ভালো করে জানেন।

ভাবছি।

আমরা প্রায় প্রতিধ্বনি করে উঠি, ভাবছেন?

ভাবছি আসলেই আপনারা, না সেই হারামজাদি। কথাটা কে রটিয়েছে?

সুন্দর মুখে কুৎসতি উচ্চারণের সঙ্গে সমাজে আমাদের পূর্বপরিচয় আছে এবং জীবনের উচ্চারণ থেকে পর্দার উচ্চারণের তুমুল ভিন্নতা আছে; আমরা গভীর শীলতার সঙ্গে অপেক্ষা করতে থাকি। আমরা তৃপ্ত বোধও করি; কারণ, স্পষ্টতই নাসিম বানু আমাদের আর দোষী করতে সাহস পাচ্ছে না, অন্যের ঘাড়ে চাপাতে চাইছে; আমরা অবিলম্বে বেশ বলবান বোধ করতে থাকি। সুন্দরী রমণীর সাক্ষাতে এহেন অনুভব সুরাতুল্য।

আমরা উচ্চকণ্ঠে বলে উঠি, কথাটা যেই রটাক, আপনার সম্মানের যদি ক্ষতি হয়, আমরা রুখে দাঁড়াব।

পারবেন?

আপনি বলে যান, তারপর দেখুন।

পারবেন দুলালীর বিরুদ্ধে কলম ধরতে ?

দুলালী ?

হ্যাঁ, দুলালী। দ্যাট বিচ।

আমরা উৎকর্ণ হয়ে পড়ি; দুলালীর সঙ্গে আমাদের শেষ সাক্ষাৎ ভেসে ওঠে; ফয়সাল হোসেনের সেদিন শুটিংয়ে না যাবার কথাটা ঘাই মারে।

কী রটিয়েছে দুলালী ?

যে, ফয়সালের সঙ্গে আমার নাকি ছাড়াছাড়ি হয়ে গেছে ?

আমরা পরস্পর গা টেপাটেপি করি, সন্তর্পণে।

নাসিম বানু লক্ষ করে না; সে চেয়ারের পেছন থেকে হাত ফিরিয়ে নিজের প্রসারিত ঊরুর ওপর রাখে, নীল ভেলভেটের ওপর করতল ঘষতে থাকে; আমরা তার ক্রিয়ায় সম্মোহিত হয়ে পড়ি ক্ষণকালের জন্যে। সে অতঃপর বলে, ফয়সাল নাকি আমার কাছ থেকে সারাটা জীবন অবহেলাই পেয়ে এসেছে। আরো কী রটিয়েছে জানেন ? ভাবতেও পারবেন না। আপনারা পুরনো মানুষ বলে বলছি, এর বিচার আপনারা করবেন, দুলালী রটিয়েছে যে, ফয়সাল নাকি আমাকে আর অনুপম খানকে দরোজা বন্ধ অবস্থায় ধরে ফেলেছে। আমাদের ভেতরে একজন শিস দিয়ে ওঠে; নাসিম বানুর করতল স্থির হয়ে পড়ে; পা গুটিয়ে আনে সে; কোলের ওপর দু'হাত জড়ো করে করুণ মূর্তি হয়ে যায়।

আপনারা শোনেন নি ?

না।

নিশ্চয়ই শুনেছেন।

না, ম্যাডাম, আমরা এসব কিছুই শুনি নি। আপনি কার কাছে শুনলেন ?

সবাই বলাবলি করছে। অনুপম খান গতকাল আমাকে বলে।

অনুপম খান ?

নাসিম বানু কাতর গলায় উচ্চারণ করে, অনুপম আমার ভালো বন্ধু ছাড়া তো আর কিছু নয়। দু'জনে এক প্রফেশনে আছি, কাজের আন্ডারস্ট্যান্ডিং আছে দু'জনের, ব্যস, অনুপমকে জড়িয়ে কথা, সে তো ভীষণ ভেঙে পড়েছে, ঘরে তার বৌ আছে, আমার স্বামী আছে, আমার স্বামীকে আমি প্রাণ দিয়ে ভালোবাসি; কথাটা সে আমাকে বলেছে, অনুপম বলেছে, অনুপম বাজে কথা আমাকে বলবে কেন ? দুলালী নিশ্চয়ই এসব রটিয়েছে।

যে, আপনাদের দুজনকে ফয়সাল সাহেব ধরে ফেলেছে ?

হ্যাঁ।

কবে ?

কবে মানে ?

মানে, কবে ধরেছে বলেছে ?

নাসিম বানু ক্ষেপে ওঠে। আমি কী জানি ? যে রটিয়েছে তাকে গিয়ে জিজ্ঞেস করুন।

দুলালী ?

হ্যাঁ, হ্যাঁ, দুলালীকে। তার ছাড়া আর কার স্বার্থ আছে ? বুঝতে পারছেন না, সে হিরোইন হতে চায়, আকাশে চড়তে চায়, নিজের কোনো গুণ নেই, আছে শুধু ছেনালি, কারো কাঁধে পা রেখে ওপরে উঠতে চায়। ফয়সালের মতো কাউকে ফাঁসাতে পারলে তার আর চাই কী ? বুঝেছেন ?

আমরা প্রশ্ন না করে পারি না।

ফয়সাল সাহেব কী বলেন ? কথাগুলো তার কানে যায় নি ? আপনি তাকে কিছু বলেন নি ? তিনি কী বলছেন ?

বলব কখন ? সে কি ঢাকায় ?

ঢাকায় নেই ?

না।

আউটডোর শুটিংয়ে গেছেন ?

না, বাড়িতে, দেশের বাড়িতে।

কবে ?

দিন দুই আগে।

আমরা কিছুক্ষণ চিন্তা করি; নাসিম বানু আমাদের মুখের পরে উদগ্রীব চোখ মেলে বসে থাকে। আমরা আগাগোড়া চিন্তা করে নিই একবার, ধাপগুলো সাজিয়ে নিই মনে মনে— দুলালীকে শুটিংয়ে নিয়ে যাবার কথা ছিল ফয়সাল হোসেনের, সে দুলালীর বাড়িতে যায় না, সে শুটিংয়ে যায় না, সে ঐ দিনই দেশের বাড়িতে চলে যায়, পরের দিন দুলালী অনুপমের সঙ্গে নাসিম বানুকে জড়িয়ে কথা বলে, তার পরের দিন অনুপম নাসিম বানুকে সেটা জানায়; আমাদের কাছে সমস্তটাই গোলমেলে বলে বোধ হয়।

আমরা প্রশ্ন করি, ম্যাডাম, একটা কথা।

বলুন।

ফয়সাল সাহেব হঠাৎ দেশের বাড়িতে গেলেন কেন ?

বাহ, দেশের বাড়ি থাকলে যাবে না দেশের বাড়িতে ? সেটা অপরাধ ? অস্বাভাবিক ?

দু'হাত দু'দিকে মেলে নাসিম বানু আমাদের চোখ পাঠ করতে থাকে নীরবে; আমরা ধরা দিই না; আমরা তার পরবর্তী বক্তব্যের অপেক্ষা করি।

নাসিম বানু ধীরে তার হাত দুটো গুটিয়ে আনে; আনতে আনতে বলে, বিশ্বাস করুন, আমার সঙ্গে ফয়সালের কোনো ঝগড়া হয় নি, ঝগড়া হয়েছে বলে দেশের বাড়িতে যায় নি সে, এ আপনাদের বিশ্বাস করতেই হবে।

আমরা অনুভব করি, যে, ফয়সাল হোসেনের দেশের বাড়িতে যাওয়া নিয়ে নাসিম বানু স্বয়ং নিশ্চিত নয় বলেই বারবার এভাবে সে মিনতি করে; আমাদের অভিজ্ঞতা বলে, যে, এসব মুহূর্তে নীরবে অপেক্ষা করলে অপরপক্ষ নিজে থেকেই অনেক কিছু প্রকাশ করে; অতএব আমরা নীরব থাকি।

অচিরে নাসিম বানু বলতে শুরু করে, বিশ্বাস করুন, দুলালীর সঙ্গে ফয়সালের কিচ্ছু নেই, কিচ্ছু থাকতে পারে না। ফয়সাল সেরকম মানুষই না, তার হাতের নিচ দিয়ে বহু অমন দুলালী পার হয়ে গেছে, সে ফিরেও তাকায় নি। অবশ্য, দুলালী একটা খারাপ মেয়ে, নোংরা ব্যাকগ্রাউন্ড থেকে এসেছে, ফয়সালকে ফাঁসাবার জন্যে সে সব কিছু খুলে দিতেও রাজি, কিন্তু ফয়সালও হুঁশিয়ার ছেলে। বিশ্বাস করুন, সেদিন শুটিংয়ে যায় নি ফয়সাল, ইউনিটকে কিছুই বলে নি, ইউনিট সাভারে অপেক্ষা করছে, ফয়সাল কমলাপুর থেকে ট্রেনে করে নবগ্রাম গেছে, দুলালী সুযোগটা নিয়েছে; ইচ্ছে করে রটিয়েছে— তারই জন্যে আমাকে সে ছেড়ে দিয়ে কোথাও চলে গেছে। ভাবতে পারেন ? এটা কখনো হতে পারে ? ফয়সাল আমাকে এভাবে ছেড়ে দিয়ে কোথাও চলে যাবে ? জানেন, কী কথা রটেছে ? দুলালীকে গাড়িতে নিয়ে লোকেশনে যেতে চেয়েছিল ফয়সাল, আমি নাকি বাধা দিই, তাই নিয়ে আমার সঙ্গে কথা কাটাকাটি, রাগ করে ফয়সাল হাওয়া হয়ে গেছে। আর তাই যদি হবে, তো, ফয়সাল আমার কাছ থেকে সোজা যাবে দুলালীর বাড়িতে, দেশের বাড়িতে কেন ? নবগ্রাম কেন ? যে নবগ্রামে সে দশ-বারো বছরের ভেতরে একবারও যায় নি ?

অনিবার্য প্রশ্নটি এবার আমরা করি।

তাহলে দেশের বাড়িতে সে গেছে কেন ? ম্যাডাম ? আপনি নিশ্চয়ই জানেন, কেন ? কে আছে তার দেশের বাড়িতে ? কোনো টেলিগ্রাম এসেছিল ? নাকি এমনিই গেছে ? তাই যদি হয়, তাহলে ঢাকা থেকে অতদূরে যাবার দরকারটা তার পড়ল কেন ? আসলে, কী হয়েছিল, ম্যাডাম ?

নাসিম বানু বাঁ হাতের আঙুলগুলো দু'চোখের ওপর চেপে ধরে বসে থাকে কিছুক্ষণ।

আসলেই কিছু হয়েছিল ?

দরোজা ঠেলে অনুপম খান ঢোকে; ঢুকেই সে নাসিম বানুকে ও রকম একটা ভঙ্গিতে বসে থাকতে দেখে আমাদের দিকে সপ্রশ্ন চোখে তাকায়; আবার সে নাসিম বানুকে দেখে; আমরা দু'জনকেই দেখি; আমরা অনেক দেখেছি এবং এখন তাই দু'জনের ভেতরে সত্যি সত্যি কিছু আছে কিনা, অনুপমের সঙ্গে নাসিম বানু বন্ধ ঘরে ছিল কিনা, পাঠ করতে চেষ্টা করি; বলাবাহুল্য আমরা নাসিম বানুর অর্ধেক কথা বিশ্বাস করি নি, তা সে যতই বলুক— বিশ্বাস করুন, আপনারা।

নাসিম বানু চোখ থেকে আঙুল সরিয়ে অনুপম খানকে সমুখে দেখে এক মুহূর্তের জন্যে বোকা হয়ে যায়; আমাদের দৃষ্টি এড়ায় না।

নাসিম বানু বয়সের তুলনায় অনেক তরুণ হাসিতে উদ্ভাসিত হয়ে পড়ে এবার।

অনুপম খান দ্রুত আমাদের দিকে ফিরে বলে, সরি, এবং ঘর থেকে বেরিয়ে যায়; যাবার আগে আরেকবার দৃষ্টিপাত করে নাসিম বানুর দিকে; একটা বিদ্যুৎ আমরা লক্ষ করি।

আমরা বলি, বলুন, ম্যাডাম।

আসলেই কিছু হয়েছিল কিনা ? না, বলেছি তো, অনুপম আমার বন্ধু, ব্যস, এই পর্যন্ত।

স্মিতমুখে আমরা সংশোধন করে দিই।

না, আমরা ফয়সাল সাহেবের কথা বলছিলাম। কিছু হয়েছিল কি ? কেন যায় সে নবগ্রামে ? সেদিন সকালে কী হয়েছিল ?

ঝগড়া হয়েছিল কিনা ? না, হয় নি।

দরোজা ঠেলে প্রোডাকশনের একজন আসে, নাসিম বানুকে ফ্লোরে ডাকে নতুন শট দেবার জন্যে, সংশয়ের ভেতরে কিছুক্ষণ দুলে থাকে নাসিম বানু, তারপর বলে, আমি খুব টায়ার্ড, মিনিট পনের পরে আসছি।

লোকটি চলে যায়; যাবার আগে আমাদের দিকে আপ্যায়নের একটা হাসি রেখে যায়; নাসিম বানু চেয়ারের ওপর দু'পা তুলে জোড় আসন হয়ে বসে, কিন্তু নীরবতার ভেতরে।

আমরা ঈষৎ অধৈর্য হয়ে বলি, ম্যাডাম, একটা মানুষ, কোনো খবর না দিয়ে শুটিং ফেলে কাউকে কিছু না বলে, নিজের টাকায় বানানো ছবিকে মাঝপথে ঝুলিয়ে রেখে, চলে যায় কিছুই না হলে ? টেলিগ্রাম আসে নি, আপনার সঙ্গে ঝগড়া হয় নি, দুলালীর সঙ্গে কিছু না, তবে ? তবে কী হতে পারে ?

আমরা নিজেরাই কৌতূহলী হয়ে পড়ি ; এতক্ষণ গুরুত্বটা ঠিক বুঝতে পারি নি, কিন্তু কথাটা গুছিয়ে বলবার পর নিজেরাই চমকে উঠি।

ফয়সাল হোসেন কেন এভাবে চলে যায় ?

ভেতরের উলঙ্গ মানুষটি অস্থির হয়ে পড়ে; তাকে আমরা আর ধরে রাখতে পারি না; প্রচণ্ড টান অনুভব করি; তাকে আমরা বজলুল করিমের পেছনে যেতে দিই নি, তাকে আমরা আবুল কাশেমের ব্যাপারে আটকে রেখেছি, তাকে আমরা ফরিদা খাতুনের খোঁজ নিতে বাধা দিয়েছি, আসগর চৌধুরীর ব্যাপারে ঈষৎ বিচলিত হয়েছিলাম, কিন্তু কোনো উদ্ভিদ আর হতে দিই নি।

আমরা ফয়সাল হোসেনের পেছনে ধাবিত হবার জন্যে প্রস্তুত বোধ করি।

নাসিম বানুর কণ্ঠস্বর বহু দূরের এবং যন্ত্রনিসৃত বলে আমাদের বোধ হতে থাকে।

সেই সকালবেলার কথা যতবার আমি ভাবি, কিছুই দেখতে পাই না, এমন কিছু— যাতে একটা কিছু মনে হয়, বোঝা যায়, কাউকে বলা যায়। সকাল সাড়ে ছ'টায় অ্যালার্মের ঘড়ি বেজে ওঠে; আমাদের দুজনেরই শুটিং, ফয়সাল যাবে লোকেশনে, আমি স্টুডিওতে, আমি আমাদের বাথরুমে যাই, ফয়সাল গেস্ট বাথরুমে, ওর দাড়ি কামাতে গোসল করতে পাঁচ মিনিটের বেশি সময় কখনোই লাগে না, আমি আমার বাথরুম থেকে শুনতে পাই ফয়সাল ঘরে এসে গলা ছেড়ে গান গাইছে; আমি জানি কাপড় পরতে পরতে ও এরকম গান করে, সব সময়, চিরকাল। তাহলেই বুঝবেন, সেদিন সকালের সঙ্গে আর দশটা সকালবেলার কোনো তফাত ছিল না। আমি ভোরে কখনোই নাস্তা খাই না, বাথরুম থেকে বেরিয়ে সোজা আমি মেকআপে বসে যাই, সাধারণত বাড়িতেই আমি মেকআপ করি স্টুডিও ফ্লোরে শুটিং থাকলে, ফয়সাল আমার কাছে চেয়ার টেনে নাস্তা খেতে থাকে, রোজের মতোই দুটো পরোটা সে খায়, মাংস ফেলে রাখে, ভাজি একটু ছোঁয়, মিষ্টি সবটুকু খেয়ে নেয়; রোজের মতোই আমি তাকে একটু বকি, এত মিষ্টি খেও না, মাংসটা খেলে না; বুঝলেন, সবই আর পাঁচটা সকালবেলার মতো চলছিল, একটুও অন্যরকম নয় যে কোনো সন্দেহ করা যায়। সন্দেহ ?

নাসিম বানু ক্ষিপ্ত গলায় জবাব দেয়, আমি কি সেই সন্দেহের কথা বলছি ? আমি বলছি, এমন কিছু ছিল না যে ভাবা যায় সে শুটিংয়ে যাবে না, যে আজ তার শুটিং নয়, বুঝেছেন ? এর মধ্যে অনুপম ফোন করে।

অনুপম খান ?

অসহিষ্ণু গলায় নাসিম বানু বলে, কেন, সে ফোন করতে পারে না ? আপনারা দেখছি দুলালীর কথাটাই বিশ্বাস করে বসে আছেন।

না, ম্যাডাম, না, একটুও না।

নাসিম বানু আমাদের বিশ্বাস করবে কিনা, একটু ভেবে নিয়ে অতঃপর অগ্রসর হয়। বলে, অনুপম বলে, তার শুটিংয়ে আসতে একটু দেরি হবে, ঘণ্টাখানেক, তাই আমি যেন তাড়াহুড়ো করে স্টুডিওতে না যাই। বুঝেছেন ? সাদা ব্যাপার। ফোন রেখে দিতেই আবার ফোন বেজে ওঠে। ফয়সালের অ্যাসিসট্যান্ট ফোন করে, শুটিংয়ের কথা বলে। তখনো ফয়সাল কিন্তু শুটিংয়েই যাচ্ছে। সে বলে, ঠিক সময়ে সে লোকেশনে পৌঁছে যাবে। কিছুক্ষণ পরে পরপর দুটো ফোন আসে; নাম বলে না, তাদের চিনি না, আমার সঙ্গে কথা বলতে চায়, এরকম ফোন রোজ আসে, সকালে বিকালে রাতে, এমনকি ভোর রাতেও; দু'বারই ফয়সাল 'রং নাম্বার' বলে ফোন কেটে দেয়। আবার ফোন বাজে। ফয়সাল বলে ওঠে, হারামজাদা আবার ফোন করেছে, ফোন তুলে মুখ খারাপ করতে যাবে হঠাৎ সে হেসে ফেলে অপর দিকের গলা শুনে, ফোনের মুখ ঢাকা দিয়ে সে আমাকে বলে, দুলালী ফোন করেছে, কিছুক্ষণ সে কথা বলে, তারপর ওর অ্যাসিসট্যান্ট ঐ একই ফোনে আসে, কথা বলে, ফয়সাল বলে যে দুলালীকে নিয়ে সে লোকেশনে যাবে।

আমরা অপেক্ষা করি; আমরা নাসিম বানুর মুখ নিকট থেকে লক্ষ করতে থাকি।

না, এতে আমি কিছু মনে করব কেন ?

আমরা তো কিছু বলি নি, ম্যাডাম।

বুঝেছেন, আমার মন অত ছোট নয়। ফয়সালের ওপর আমার ষোলো আনা বিশ্বাস আছে। ফয়সাল দুলালীর মতো মেয়ের দিকে ফিরেও দেখবে না। অ্যাসিসট্যান্টের সঙ্গে কথা শুনেই বুঝেছি, যে, কোনো অসুবিধে হয়েছে, দুলালীকে তাই ওর নিয়ে যেতে হবে। এ রকম হয়, হয়ে থাকে, আমি কতবার কত ডিরেকটরের গাড়িতে লোকেশনে গেছি।

তারপর ?

তারপর আবার কী! কোনো ডিরেকটরের সঙ্গে আমার কিচ্ছু হয় নি, যে যার সম্মান নিয়ে থেকেছি, এক গাড়িতে গেছি তাতে কী!

আপনি তো বললেন, দুলালী ভালো মেয়ে নয়। আপনার মনে এলো না কিছু ? ফয়সাল তাকে গাড়িতে নিয়ে লোকেশনে যাবে, আপনার মন কিছু বলল না ?

জানি, সে একটা বাজে মেয়ে; হ্যাঁ, জানিই তো। কিন্তু এটাও জানি, ফয়সাল কাজের সময়ে একেবারে আলাদা মানুষ, কাজ ছাড়া কিছু তখন বোঝে না, দুলালী এক গাড়িতে গেলেও দুলালীকে তার চোখেই পড়বে না, বুঝেছেন ?

তারপর কী হলো ?

ফয়সাল বেরিয়ে গেল।

যাবার সময় কিছু বলে গেল না ?

রোজ যাবার সময় যা বলে তাই বলে গেল, কখন ফিরবে ঠিক বলতে পারছে না, তবে শুটিং থেকে সোজা স্টুডিওতে ফিরে আসবে, চার নম্বর ফ্লোরে এসে আমার খোঁজ করবে।

আপনি বাসায় রয়ে গেলেন ?

হ্যাঁ, আমি বাসায় রয়ে গেলাম। অনুপম ফোন করে বলেছিল না ? — দেরি হবে; আমিও দেরি করে বেরুব তাই। মেকআপ শেষ করে একটু রান্নাঘরে গেলাম, তারপর ন'টার দিকে অনুপমের ফোন এলো; সে বলল স্টুডিওতে যাচ্ছে, আমিও বেরিয়ে পড়লাম, স্টুডিওতে এসে দেখি ফয়সাল চার নম্বরের সামনে দাঁড়িয়ে আছে।

সকাল ন'টায় ?

হ্যাঁ, সকাল ন'টায়। কেমন অস্থির হয়ে পায়চারি করছে। আমার বুকটা ছ্যাঁৎ করে উঠল।

দুলালীর কথা ভেবে ?

তার মানে ?

মানে, আপনি তো জানতেন দুলালীকে নিয়ে সে লোকেশনে যাচ্ছে, তবে হঠাৎ কেন স্টুডিওতে, আপনারই ফ্লোরের সামনে ? তাই আপনি চমকে উঠেছিলেন ?

দেখুন, আমার মন অত ছোট নয়। ফয়সালকে ওভাবে পায়চারি করতে দেখে আমার কেমন মনে হয়, বুকের ভেতরে ধ্বক করে ওঠে। সত্যিকারের স্ত্রী হলে স্বামীর জন্যে ওরকম করতে পারে জানবেন। আমার গাড়ি থামতে না থামতে ও ছুটে কাছে আসে। আমি বলি, তুমি লোকেশনে যাও নি ? ও মাথা নাড়ে। আমি বলি, কোনো ঘাপলা হয়েছে ? ও মাথা নাড়ে। আমি আশ্বস্ত হয়ে সাদাভাবে প্রশ্ন করি, তবে যে স্টুডিওতে ? তোমার না লোকেশনে শুটিং এখন ? ফয়সাল আমাকে আলাদা জায়গায় সরিয়ে নিয়ে বলে, তাকে হঠাৎ ঢাকার বাইরে যেতে হচ্ছে।

আপনি প্রশ্ন করলেন না, কেন যেতে হচ্ছে ?

ফয়সাল বলল, পরে বলবে।

আপনি জানতে চাইলেন না, কোথায় যাচ্ছে ?

নইলে আপনাদের বললাম কী করে, যে, নবগ্রাম যাচ্ছে ?

আপনি অবাক হলেন না ?

তার দেশের বাড়ি ওটা। অবাক হব কেন ?

হঠাৎ যাচ্ছে, অবাক হবেন না ?

আমরা জটিলতার ভেতরে পড়ে যাই; নাসিম বানুর বক্তব্য আমাদের কাছে বিশ্বাসযোগ্য মনে হয় না; আমরা বিস্ফারিত চোখে তার দিকে তাকিয়ে থাকি।

অবাক দেখছি আপনারাই হয়েছেন! কিছুদিন থেকেই নবগ্রাম যাবার প্ল্যান ওর ছিল। আমি জানতাম। তাই অবাক হই নি। কিছুদিন থেকে মাঝে মাঝে ও রাতে ওর বাবাকে স্বপ্ন

দেখছিল, ওর ছেলেবেলায় বাবা মারা যান। বাবার কবর জেয়ারত করতে যেতে চেয়েছিল। আমি অবাক হব কেন ? বাধা দেব কেন ?

আপনি সঙ্গে যেতে চাইলেন না ?

আমার যাবার কি উপায় আছে ? আমার শুটিং করবে কে ? পঁয়ত্রিশখানা ছবি আমার হাতে। এক মুহূর্ত সময় নেই।

সে গেল ?

হ্যাঁ, সেদিনই সে নবগ্রাম যায়।

আমরা আবার দেখতে পাই দরোজা খুলে যায়, প্রোডাকশনের লোকটি আসে।

ম্যাডাম, শট আছে। সবাই ওয়েট করছে।

নাসিম বানু উঠে দাঁড়ায়।

আমরা তাকে বলি, কিছু মনে করবেন না। এক মিনিট। দুটো কথা।

বলুন।

এক নম্বর। ফোনে আপনি বললেন, আমরা রটাচ্ছি, এখানে ডেকে এনে বললেন, দুলালী। আমরা বুঝতে পারলাম না। দুই নম্বর, আপনি বললেন, সেদিন সকালে এমন কিছুই ছিল না, যে, এক মুহূর্তের জন্যে আপনি ভাবতে পারেন ফয়সাল শুটিং না করে কাউকে কিছু না বলে এভাবে ঢাকা থেকে যাবে। আবার এখন বলছেন, সে আপনাকে বলে যায় সে তার বাবার কবর জেয়ারত করতে যায়, সে যে তার শুটিং থেকে হঠাৎ উধাও হয়ে যায়— এটা আপনি একেবারে চেপে গেলেন। কেন ? আপনি কি বুঝতে পারছেন না, আপনি আগাগোড়া দু'রকম কথা বলছেন ? আপনি কি দেখতে পাচ্ছেন না, আপনি একই সঙ্গে উদ্বিগ্ন এবং উপেক্ষা করছেন ? ম্যাডাম, আপনি কি আমাদের সঙ্গে অভিনয় করছেন ?

নাসিম বানু কী একটা বলতে গিয়েও নিজেকে সামলে নেয়; তারপর আংশিক প্রতিধ্বনি করে, 'অভিনয়'। এবং একটানে দরোজা খুলে ফ্লোরের দিকে চলে যায়।

আমাদের ভেতরে একজন বলে, এমন কি হতে পারে না, ফয়সাল হোসেন আর নাসিম বানু দু'জনেই একটা সেনসেশন ক্রিয়েট করতে চাইছে ? দু'জনে বেশ যুক্তি করে ? যাতে বেশ কিছুদিন কাগজে কাগজে ওদের নিয়ে লেখালেখি হয় ?

আরেকজন পর্যবেক্ষণ করে, তাই যদি হয়, নাসিম বানু স্টোরিটা গুলিয়ে ফেলেছে। পেটে বিদ্যে নেই, মাথায় ঘিলু নেই, রূপের জোরে করে খাচ্ছে, বোকার মতো কী বলতে কী বলছে। সম্ভবত, ফয়সাল হোসেন যা শিখিয়ে দিয়েছিল সব ভুলে মেরে দিয়েছে।

তবু আমরা নিশ্চিত হতে পারি না, আমাদের চোখের ভেতরে নাসিম বানুর শেষ মুহূর্তের অভিব্যক্তি স্থায়ী বাসা করে নেয়, সে অভিব্যক্তি ভীতির, সে অভিব্যক্তি দুঃস্বপ্ন দেখার। স্টুডিও থেকে রওয়ানা হবার আগে আমরা আরেকবার চার নম্বর ফ্লোরে যাই, উজ্জ্বল চোখ ধাঁধানো আলো, রঙের ফুলঝুরি; রঙিন কাগজের প্রাসাদ, অন্ধকার একটি কোণ থেকে আমরা লক্ষ করি, ক্যামেরার সমুখে নাসিম বানু আর অনুপম খান তলোয়ার লড়ে চলেছে, তাদের দু'জনের দেহে পোশাকের গায়ে ঝিকমিক করছে অসংখ্য রুপালি বুটি, হঠাৎ নাসিম

বানুর হাত থেকে তলোয়ার পড়ে যায়, অনুপম খান তার তলোয়ারের ডগা ছুঁইয়ে দেয় নাসিম বানুর কণ্ঠনালিতে, ধীরে অগ্রসর হয়, এবং দেহের সঙ্গে দেহ স্পৃষ্ট হবার এক মুহূর্ত পরে অনুপম খান নাসিম বানুকে দৃঢ় আলিঙ্গন করে চুম্বন করতে উদ্যত হয়, পরিচালক চিৎকার করে ওঠে 'কাট।' আমরা নিঃশব্দে বেরিয়ে যাই।

আমরা পরস্পর কিছু আর বলাবলি করি না, কিন্তু আমাদের প্রত্যেকেই অনুভব করতে থাকি, নাসিম বানুর অভিব্যক্তিটি তখন আসলে ছিল— এক বিকট স্তব্ধতার সঙ্গে আকস্মিক সাক্ষাতেরই বটে।

হঠাৎ স্তব্ধতা ও তন্দ্রা ভেদ করে তীব্র তীক্ষ্ণ সঙ্গীত হয়; আমরা লক্ষ্য করি, ইন্সপেকশন বাংলোর সমুখ দিয়ে বাদক দল চলেছে, তাদের সম্মুখে ছেঁড়া ময়লা জামাপরা নিরানন্দ কয়েকটি বালক, বালকদের হাতে বাঁশের লাঠিতে বাঁধা চাটাই, চাটাইয়ের ওপর পোস্টার, পোস্টারে নাসিম বানু সাপটিকে চুম্বন করতে উদ্যত।

অদূরে অপরাহ্ণ মলিন হয়ে আসে।

৭

এইভাবে দিন নষ্ট হয়ে যায়; বহুবিধ পথে আমাদের দিনসমূহ নষ্ট হয়; দিন একটি প্রতীক হয়, উদ্যমের, অহঙ্কারের, অগ্রগামীতার।

সেই তীব্র তীক্ষ্ণ সঙ্গীতে আমরা জেগে উঠি, আমাদের তন্দ্রা ছিঁড়ে যায়; স্তব্ধতা চূর্ণিত হয়; আমরা বড় আশা করে দ্রুত নবগ্রামের পথে নামি; পথে সেই বালকদলকে দেখতে পাই, এবং সেই বালকদলকেও কিন্তু অচিরে তারা অপরাহ্ণের বিষণ্ন আলোর ভেতরে নিমজ্জিত হয়ে যায়; এই ছিল এবং তারা এইমাত্র আর নেই; আমরা হতভম্ব হয়ে পথের ওপরে দাঁড়িয়ে থাকি।

আমরা কী সাধে আর নির্মাণ করব নৌকো ?— আমাদের কোনো যাত্রী নেই; আমরা কী আশায় কর্ষণ করব মাঠ, আমাদের কোনো বীজ নেই— এই প্রকার শব্দ সংবলিত একটি গাথা আমরা অতঃপর নবগ্রামের বায়ুমণ্ডলে ভেসে যেতে দেখি।

অপরাহ্ণের রঙ গোলাপি বলে আমাদের কাছে প্রতিভাত হয়; সদ্য কাটা প্রাণীর মাংসের মতো সেই রঙ; সমস্ত কিছুই রক্তাক্ত বলে বোধ হতে থাকে; আমরা এখান থেকে পালাবার জন্যে উদগ্রীব হয়ে পড়ি; কিন্তু খবর পাই রাতের ট্রেন আজ আর আসবে না; কেন আসবে না, সে সংবাদ ইস্টিশন মাস্টার জানেন না, তিনি মেটুলি রঙের প্রাচীন দরোজাটি বন্ধ করে কোয়ার্টারে ফিরে যান।

আমরা এক অদ্ভুত পরিবর্তন লক্ষ করি নবগ্রাম শহরটির।

প্রথম যখন এখানে এসে নেমেছিলাম, শহরটিকে ছোট এবং এক সড়ক বিশিষ্ট বলে মনে হয়েছিল; এখন শহরটি বড় বিস্তৃত, প্রতি দুটি বাড়ির ভেতরে অনেকখানি ফাঁকা জায়গা বলে আমরা দেখতে পাই; বড় সড়কটি থেকে এখন আমরা বহু গলিপথ বিভিন্ন দিকে ধাবিত অবস্থায় আবিষ্কার করি; বস্তুত শহরটিকে কেন্দ্রস্থলে ঈষৎ অবনমিত বলে আমাদের কাছে ধরা পড়ে।

অপরাহ্ন অচিরেই রাত্রিতে পর্যবসিত হয়ে যাবার কথা; আমরা লক্ষ করি অপরাহ্ন অকস্মাৎ তার গতি হারিয়ে স্থির হয়ে পড়ে। যে মুহূর্তে সে স্থির হয়ে পড়ে নবগ্রামের স্তব্ধতা পর্বতের মতো অবতীর্ণ হয়ে যায়; বিপণি বিতানের ভেতর আমরা হাঁটি, বিতানে কোনো লোক দেখি না, পণ্যসমূহ অন্য জগতের বলে ভ্রম হয়, দরোজায় দরোজায় অপেক্ষমাণ বিক্রেতাদের খোদিত মূর্তির মতো দেখায়; খেলার মাঠে আমরা লক্ষ করি প্রয়োজনীয় বাইশ সংখ্যার চেয়ে অনেক কম সংখ্যক খেলোয়াড়, বিশাল মাঠে তারা প্রায় উদরস্থ হয়ে আছে, তারা শূন্যের দিকে স্থির হয়ে আছে, কেউ কেউ বা বাতাসেই ঝুলন্ত অবস্থায়, বুঝি বলের পেছনে লাফ দিয়েছিল, বলটিও আকাশে এখন স্থির ও রুদ্ধ অবস্থায় ঝুলছে; আমরা দ্রুত সেখান থেকে সরে পড়ি; আমাদের চোখের ভেতর দিয়ে সারি সারি নিস্পন্দ মুখ সিনেমার ক্লোজআপের মতো ধীরে সরে যেতে থাকে, গুড়ের জালাসমূহ পথে গড়ায়; অসংখ্য ঠেলাগাড়ি চিৎ হয়ে পড়ে থাকে; ভূতের কীর্তির মতো, যেমন আমরা ছেলেবেলায় শুনেছি, পথের ওপরে পাশের বাঁশবন নুয়ে থাকে, সেই বাঁশ অতিক্রম করতে গেলে যদি হঠাৎ লাফিয়ে সোজা হয়ে যায় সেই ভয়ে আমরা নালার ভেতরে নেমে পড়ি এবং সন্তর্পণে অগ্রসর হতে থাকি।

আমরা কোথায় এবং কেন অগ্রসর হতে থাকি, বুঝি না।

আমরা অকস্মাৎ চাঁদের আলো অনুভব করি।

চাঁদের আলোতেও সমস্ত কিছু মাংসের গোলাপি বলে প্রত্যক্ষ হয়।

৮

সেই আলোর ভেতরে বালকদের আমরা আবিষ্কার করি খাবার ভাগ করে খেতে।

আমরা দূর থেকে জটলাটি লক্ষ করি এবং আমরা লক্ষ করি, এই মুহূর্তে, সারা নবগ্রামে একমাত্র এখানেই এক কর্মচাঞ্চল্য। আমাদের কৌতূহল হয়।

আমাদের ভেতরে কেউ সন্দেহ প্রকাশ করে, যে, এ মায়া মাত্র; নিকটবর্তী হলেই দৃশ্যটি ভেঙে যাবে, আমরা ইতস্তত করি, আমরা আবার দৃষ্টিপাত করি এবং দ্বিগুণ মনোযোগের সঙ্গে।

আমরা এতটা দূর থেকে বিশেষ কিছুই দেখতে পাই না, কেবল দেখতে পাই বালকেরা বৃত্তাকারে বসে আছে, তারা একটি কর্মকাণ্ডকে ঘিরে আছে, ক্রমশ বৃত্তের কেন্দ্রের দিকে পায়ে পায়ে তারা এগিয়ে যাচ্ছে, তাদের কাঁধ নড়ছে, নত হয়ে আসছে, কেন্দ্রে অবশ্যই কিছু একটা আছে যার দিকে তারা সম্পূর্ণ অস্তিত্ব বাজি রেখে সমবেত হয়েছে।

দৃশ্যটি না ভেঙে যায়, আমরা পা টিপে অগ্রসর হই; বালকেরা না মিলিয়ে যায়, আমরা নিঃশ্বাস স্তম্ভিত করে নিকটবর্তী হই; এবং আমরা দেখতে পাই।

আমরা দেখতে পাই, কেন্দ্রস্থলে কয়েক চাঙারি খাবার, মিষ্টি, সিঙারা, কচুরি, পুরী; বালকেরা সম্মিলিতভাবে আহার করছে, গোগ্রাসে গিলছে; এক গ্রাস মুখে পুরে দেবার সঙ্গে সঙ্গে ছোঁ মেরে আবার তারা হাতে তুলে মুখের অদূরে ধরে রাখছে, কোঁৎ করে গ্রাস গিলে ফেলবার সঙ্গে সঙ্গে হাতের অংশটুকু মুখের ভেতরে ঠেসে দিচ্ছে এবং আবার ছোঁ মেরে

খাবার নিচ্ছে; পরস্পরের দিকে তারা নীরব সহাস্য দৃষ্টি বিনিময় করছে; বালকদের তুলনায় খাবারের পরিমাণ এত বেশি যে, অনেক কিছুই মাটিতে গড়াচ্ছে, প্রভাতের জন্যে কিছু সঞ্চয় করে রাখবার কোনো সভীত প্রেরণাই তারা বোধ করছে না।

না, এ মায়া নয়; কারণ, বালকেরা আমাদের দিকে ফিরে তাকায়, কিন্তু এই ঘটনাও বাস্তবের যথেষ্ট প্রমাণ বলে আমাদের কাছে মনে হয় না। অচিরে বালকেরা আমাদের দেখতে পেয়েও কোনোরকম চাঞ্চল্য প্রকাশ করে না, আহারে বিরতি দেয় না, যেন তারা শূন্যতার দিকে তাকিয়েছিল মাত্র, তারা আগের মতোই গোগ্রাসে আহার করে চলে।

আমরা ডাক দিই।

বালকেরা আবার ফিরে তাকায়।

এই, তোমরা কী করছ এখানে ?

বালকেরা খাবার ভর্তি মুখে আমাদের মূর্খতায় হেসে উঠতে চেষ্টা করে; আমরাও অনুভব করি, যে, প্রশ্নটি বড় বাতুল ছিল।

অপরাহ্নে এই বালকদেরই আমরা দেখছি বড় নিরানন্দ, দেখেছি 'নাগযুবতী' ছবির পোস্টার কাঁধে করে শহর প্রদক্ষিণ করতে; গরিব এই বালকদের পক্ষে এত টাকার খাবার সংগ্রহ করা অসম্ভব, তাছাড়া ভাত নয়, মাছ নয়, মিষ্টান্নের দিকে কেন তারা ঝুঁকবে যদি না কেউ ওদের দান করে থাকে ? আমরা প্রশ্ন করি, এই খাবার তোমাদের কে দিয়েছে ?

সাহেব।

সাহেব ?

বালকেরা ভোজে এতক্ষণে তৃপ্ত, এখনো বহু খাবার অভুক্ত পড়ে আছে; বালকেরা উঠে দাঁড়ায়, তাদের পায়ের কাছে অবশিষ্ট খাবারগুলো অনন্তকালের জন্যে উপেক্ষিত হয়ে পড়ে থাকে এখন; তারা বলে, এক সাহেব। লম্বা চওড়া। ভালো সাহেব।

আমাদের বড় কৌতূহল হয়।

কেমন সাহেব ? কোন সাহেব ?

আগে দেখি নি।

নতুন এসেছে ?

জানি না।

জানো না মানে ?

বালকেরা হেসে উঠে বলে, কত মানুষ আছে দুনিয়ায়। কে নতুন কে পুরনো, কে বলতে পারে ?

আমরা ভিন্ন পথে অগ্রসর হই; নবগ্রামে যখন কিছুই ঘটে না, তখন এখানে একটি ঘটনার সাক্ষাৎ পেয়ে আমরা সহজে তার অনুগমন থেকে বিরত হতে পারি না; আমরা আবার প্রশ্ন করি, সেই সাহেব কেন তোমাদের খাবার দিলেন ?

বালকেরা পরস্পর গা টেপাটেপি করে কিছুক্ষণ; তারপর একজন উত্তর দেয়, বোধহয় তার কেউ নাই। তাই খাবার দেয়।

তার মানে ?

কারো কেউ থাকলে, কে আর অপরকে খেতে দেয় ?

আমরা স্মরণ না করে পারি না, যে, কেউ না থাকলেও সম্প্রতি আর কেউ কাউকে কিছু দান করে না; কিন্তু বালকেরা এই সংবাদ রাখে না বলে আমরা বড় মজা পাই।

আমরা আবার প্রশ্ন করি, তার দেখা কোথায় পেলে ? কখন তোমাদের তিনি খাবার দেন ? আমাদের ভেতরে একজন ফিসফিস করে বলে, একেবারে পুলিশি জেরার মতো হয়ে যাচ্ছে না ? যদি উত্তর না দেয় ?

আমরা আশঙ্কা করি, বালকেরা এক্ষুণি ছুটে পালিয়ে যাবে, আমরা তাদের খপ করে ধরে ফেলতে প্রস্তুত হয়ে থাকি।

কিন্তু বালকেরা আমাদের জেরায় বিচলিত বোধ করে না আদৌ; তাদের ভেতরে একজন নেতৃত্ব গ্রহণ করে; বলে, নদীর পানিতে মুখ ধুয়ে আসি আগে।

এটা কি পালিয়ে যাবার ছল ? আমরা নিশ্চিত হতে পারি না। আমরা তার অনুগমন করে নদীর কিনারে যাই। নদীর অপর পাড়ে চাঁদ একটি নিখুঁত গোল, বালকটি সরসর করে পানিতে নেমে যায়, অনেকক্ষণ সে পানি নিয়ে খেলা করে, তারপর ইশারায় সে আহ্বান করে সঙ্গীদের, সমস্ত স্তব্ধতাকে দুলিয়ে দিয়ে তারা হৈ হৈ করে পানিতে নেমে পড়ে, চাঁদের আলোয় অনেকক্ষণ ধরে তারা খেলা করে, নেতা বালকটি কী ইশারা করে; তখন তার সঙ্গীরা দ্রুত আচমন সেরে, আকণ্ঠ জলপান করে উঠে আসে পাড়ে।

ধুলোয় যে মিষ্টিগুলো গড়াচ্ছিল, এতক্ষণে আমরা লক্ষ করি, কয়েকটি কুকুর এসে তা আহার করছে; বালকেরা কুকুরদের দিকে আঙুল তুলে হো হো করে হেসে ওঠে; আমাদের প্রশ্ন তারা ভুলে যায় সম্পূর্ণভাবে।

আমরা স্মরণ করিয়ে দিই।

তখন তারা সম্মিলিতভাবে বলতে শুরু করে, কখনো কোরাসে, কখনো বিচ্ছিন্নভাবে; তারা বলে, নবগ্রামে আমাদের জন্ম, কিন্তু নবগ্রামে আমাদের কোনো ভূমি নেই। আমরা পোস্টার বহন করি, কিন্তু পোস্টারের বিষয় আমাদের জানা নয়। আমরা শৈশব থেকেই বহন করছি পোস্টার, এবং শৈশব থেকে আমরা পথবাসী; আমরা বহু বিচিত্র পোস্টার বহন করে নবগ্রাম প্রদক্ষিণ করেছি কতবার— সিনেমার পোস্টার, ভোটের পোস্টার, হরতালের পোস্টার, ওরস মোবারকের পোস্টার, ফুটবল খেলার পোস্টার, নতুন কোনো দোকানের পোস্টার। আমরা পোস্টারের ভেতরে খাদ্যের ঘ্রাণ পাই, কখনো কেউ পোস্টার লিখতে বসলেই আমরা তা অনুভব করে উঠি, আমরা সেই ঘ্রাণ অনুসরণ করে অগ্রসর হই, পোস্টার বহন করে সারা শহর প্রদক্ষিণ করে এলে আমরা খোরাকি পাই, আমাদের সমুখে যখন পয়সা ছুড়ে দেয়া হয় তখন আর কোনো বস্তু তার চেয়ে চকচকে বলে আমরা মনে করি না। আমরা পোস্টার বহন করি, কিন্তু পোস্টারের বিষয় আমাদের জানা নয়।

তারপর ? বালকেরা, তারপর ?

তারপর আমরা আজ এই সিনেমার পোস্টার বহন করি, আমাদের সমুখে বাদকদল বিচিত্র সব যন্ত্র বাজিয়ে তালে তালে হেঁটে যায়। অবশ্যই উল্লেখ করা দরকার সব পোস্টারের সমুখে

বাদকদল থাকে না। যখন বাদকদল উপস্থিত থাকে, আমাদের ভার লঘু হয়ে যায়, পথ চিনে আমাদের আর অগ্রসর হতে হয় না, বাদকদলই পথ দেখিয়ে নিয়ে যায়। আমরা আজ অপরাহ্নে বাদকদলের অনুগমন করে শহর প্রদক্ষিণ করতে থাকি; আমরা কোথায় বা কোন পথে অগ্রসর হচ্ছি, লক্ষ করি না। মনে হয়, একটি জীবনকাল আমরা এভাবে হেঁটে চলি, আমাদের পাকস্থলীতে ক্ষুধা শিমুল কাঁটার মতো বিঁধে থাকে, আমরা প্রদক্ষিণ শেষে ধুলোয় পড়ে থাকা কিছু চকচকে পয়সার স্বপ্ন দেখতে থাকি, পান্তা ভাতের মতো সমস্ত কিছুই আমাদের কাছে পানিতে ভেজানো বলে বোধ হতে থাকে; অতঃপর এক সাহেব আমাদের হাত তুলে ইশারায় ডাকেন, যেন বা তিনি আমাদের থামতে বলেন, আমরা ইতস্তত করি, তিনি সামান্য অগ্রসর হয়ে আমাদের ওপরে তার ছায়া ফেলে দাঁড়ান, আমরা থেমে যাই; বাদকদল যন্ত্র বাজাতে বাজাতে বিচিত্র ভঙ্গিতে ঘাড় নাড়াতে নাড়াতে পথের বাঁকে অদৃশ্য হয়ে যায়, সাহেবটি আমাদের সমুখে এসে দাঁড়ান, এই প্রথম আমরা লক্ষ করি যে, তিনি লম্বা, তিনি বাকহীন, তাঁর গায়ে অচেনা কোনো ফুলের নির্যাস, বড় সুঘ্রাণ, আমরা তাকে একজন ভালো সাহেব বলে শনাক্ত করি।

তারপর ? বালকেরা, তারপর ?

আমরা পোস্টার বহন করি, কিন্তু পোস্টারের বিষয় আমাদের জানা নয়। নবগ্রামে আমাদের জন্ম, কিন্তু নবগ্রামে আমাদের কোনো ভূমি নেই। আমাদের পিতা নেই, কিংবা মা; সাহেবটিকে দয়াবান বলে আমাদের বোধ হয়। কোনো একটি প্রয়োজনে তিনি আমাদের থামান, কিন্তু আমরা অনুমান করতে পারি না কিছু, তিনিও অচিরে কিছু বলেন না, তিনি নির্বাক তাকিয়ে থাকেন আমাদের দিকে; আমরা ভীত হতে পারতাম, আমরা তৎক্ষণাৎ পিছিয়ে যেতে পারতাম, যখন তিনি আবার আমাদের দিকে হাত প্রসারিত করে রাখেন, আমরা সম্মোহিতের মতো তাঁরই দিকে অগ্রসর হই। আমাদের জীবনব্যাপী পোস্টার বহনের ইতিহাসে এমন ঘটনা আমরা স্মরণ করতে পারি না— তিনি আমাদের একজনের হাত থেকে একটি পোস্টার নিয়ে বড় আনাড়ি ভঙ্গিতে নিজের কাঁধে রাখেন। আপনারা নিশ্চয়ই দেখেছেন, বাঁশের চাটাইয়ের মাঝখানে বাঁশের একটি টুকরো বাঁধা হয়, চাটাইয়ের ওপর পোস্টার গাদ দিয়ে লাগাতে হয় এবং সেই বাঁশের গোড়া ধরে পোস্টারটি সটান খাড়া অবস্থায় কাঁধে ঠেকিয়ে ধরে থাকতে হয়; সাহেবটি আমাদের অনুকরণে ওভাবে ধরে রাখতে চেষ্টা করেন, বাতাসের দমকে পোস্টার কাত হয়ে পড়তে চায়, তিনি সামলাতে পারেন না, আমরা হেসে উঠি। এবং এর আগে কখনো যা আমরা দেখি নি, সাহেবটি চোখ কয়েকবার পিটপিট করে হেসে ওঠেন, কিন্তু তাঁর হাসির কোনো শব্দ আমাদের কানে পশে না; ওভাবে কেউ হেসে উঠলে তার শব্দও অবশ্যই শ্রুত হওয়া উচিত, কিন্তু হয় না; আমরা অনুভব করি, যে, তাঁর যে-কোনো কিছুতেই সম্মত হওয়া এখন আমাদের কর্তব্য।

তারপর ? বালকেরা, তারপর ?

সাহেব আমাদের কোনো আদেশ উচ্চারণ করেন না, কিন্তু আমরা অতঃপর আমাদের কাঁধ থেকে পোস্টারগুলো মাটিতে নামিয়ে রাখি, আমরা উবু হয়ে বসে পোস্টারগুলো একটার ওপর একটা রাখি; সাহেব পকেট থেকে দেশলাই বের করে দেন নীরবে, আমরা দেশলাই জ্বালি; চাটাই সমেত পোস্টারগুলো এই গ্রীষ্মের শুষ্কতার ভেতরে দাউদাউ করে জ্বলে ওঠে; আমরা গোল হয়ে দাঁড়িয়ে থাকি; আমরা বহু বিচিত্র পোস্টার বহন করে নবগ্রাম প্রদক্ষিণ

করেছি কতবার— সিনেমার পোস্টার, ভোটের পোস্টার, হরতালের পোস্টার, ওরস মোবারকের পোস্টার, ফুটবল খেলার পোস্টার; আমরা সমস্ত পোস্টার এই আগুনে ছাই হয়ে যেতে দেখি। পথে এতক্ষণ কোনো লোক ছিল না, আমরা হঠাৎ আমাদের বৃত্তের ভেতর নতুন একটি মানুষের অস্তিত্ব অনুভব করে উঠি, আমরা তার মুখ দেখতে পাই না, কিন্তু তার কাটা কড়ে আঙুল, অচিরেই লোকটি দ্রুত চলে যায় যেন অন্য কোথাও একই প্রকার আগুন জ্বলছে, তার উদ্দেশে সে ধাবিত হয়।

আমরা প্রত্যেকেই এ সংবাদ পরিচয়ের চিহ্ন অনুভব করে উঠি, পরম আগ্রহের সঙ্গে ঘটনার পরবর্তী বাক্যের দিকে তাকিয়ে থাকি।

বালকেরা বলে, আগুন নিঃশেষে নিভে যায়। সাহেবটি আমাদের অনুসরণ করতে বলেন নীরবে, আমরা অগ্রসর হই, আমরা ইস্টিশনের কাছে মিষ্টির দোকানে আসি; তিনি আমাদের মিষ্টান্ন কিনে দেন, আমরা জন্ম অবধি মিষ্টান্নের কথাই কেবল শুনেছি, আমরা আশৈশব রেলওয়ের প্ল্যাটফরমে মিষ্টান্নের রসসিক্ত শূন্য চাঙারি কেবল সন্ধান করেছি, আজ আমরা লক্ষ করি— মিষ্টান্ন কত লঘুভার, তার ঘ্রাণ কী স্বর্গীয়, যেন তা আমরা বহন করি না, দোকানের মাথায় সাইনবোর্ডে যে উড়ন্ত পরী মিষ্টান্নের থালা ফুল জড়ানো হাতে উড়িয়ে নিয়ে অবিরাম কোথাও উড়ে যায়, সেই পরীই যেন আমাদের হয়ে চাঙারিগুলো বহন করে নদীর পাড়ে রেখে যায়। আমাদের আহারের মাঝপথে আপনারা এসে উপস্থিত হন।

আর সেই সাহেব?

তিনি তার বাড়িতে ফিরে যান।

তোমরা কি তার বাড়ি চেনো?

আমরা তার বাড়ি চিনি। আমরা তাকে অতি ধীর গতিতে একটি বাড়িতে প্রবেশ করতে দেখেছি।

তোমরা কি আমাদের সেখানে নিয়ে যেতে পারো?

বালকেরা আমাদের পথ দেখিয়ে নিয়ে চলে। নবগ্রাম তাহলে কেবল দালাল, পঙ্গু, আর নির্বোধের শহর নয়, সেখানে তবে স্বার্থহীন, অক্ষত এবং সহজ বুদ্ধির মানুষ এখনো বর্তমান আছে।

৯

লণ্ঠনের লাল এবং আঁঠালো আলোর ভেতরে ফয়সাল হোসেন, তাকে এমত বোধহয় সে আমাদের পূর্ব পরিচিত কেউ নয়, এক ভিন্ন ব্যক্তি, এমনকি আমাদের মতো একটি প্রাণী বলেও তাকে নির্ণয় করা দুঃসাধ্য হয়, আমাদের চারপাশে আমরা যাদের দেখি তাদের অনুরূপ তার অঙ্গ প্রত্যঙ্গ বটে, তবু তাকে ইতিহাস বহির্ভূত বলে প্রতীয়মান হয়, আমরা চমকে উঠি।

বারান্দার চাল বিপজ্জনকভাবে অবনত, চালের টিনে আমলকির ডালপালা অবিশ্রান্ত আঁচড় কেটে চলেছে খসখস সরসর ধ্বনি উঠছে, আমরা আর সময় নষ্ট করতে সাহসী হই না, তার স্তব্ধতাও বড় বিপজ্জনক বলে মনে হতে থাকে।

শেষ পর্যন্ত আপনার দেখা পেয়ে গেলাম কিন্তু।

ফয়সাল হোসেন আমাদের অভিনীত হাসিটির কোনো প্রতিবিম্ব রচনা করে না।

অবশ্য আপনার স্ত্রীই আমাদের বলেন, যে, আপনি নবগ্রামে।

ফয়সাল হোসেন তার স্ত্রীর কোনো স্মৃতি মুখভাবে ধারণ করে না।

নবগ্রাম এসেও আপনার কোনো সন্ধান পাই না, আমরা তিনটি দিন ব্যয় করি।

ফয়সাল হোসেন দিনের সংজ্ঞা সম্পর্কে অবহিত বলে আমাদের বোধ হয় না।

আমরা আজ রাতের ট্রেনেই ঢাকা ফিরে যেতাম, কিন্তু ট্রেন আজ আসছে না।

ফয়সাল হোসেন বিচলিত বোধ করে না। আমরা বহু বৎসর যাবৎ ফয়সাল হোসেনের সঙ্গে পরিচিত, তবু অনিশ্চিত বোধ করি, আমরা আমাদের পত্রিকাগুলোর নাম করে আমাদের পরিচয় তাকে জানাই, অতঃপর বলি, আপনি নিশ্চয়ই বুঝতে পারছেন, আপনার সন্ধানেই আমরা নবগ্রামে এসেছি, দু'একটি প্রশ্ন ছিল, আপনি স্বীকার করবেন, আপনার মতো একজন জনপ্রিয় চিত্রপরিচালকের এভাবে উধাও হয়ে যাওয়াটা প্রতিদিনের ঘটনা নয়। আপনি অবশ্যই স্বীকার করবেন, আপনি কাউকে কোনো খবর না দিয়েই ঢাকা ত্যাগ করেন, এমনকি আপনার সাভারে শুটিংও আপনি বসিয়ে রাখেন, যেন একটু দেরি হলেও আপনি শুটিংয়ে যাবেন, আপনাদের ইউনিট দুপুর গড়িয়ে যাওয়া পর্যন্ত অপেক্ষা করে, দুলালীকে আপনি নিয়ে যাবেন বলেছিলেন, সেও তার বাড়িতে অপেক্ষা করে; আপনার স্ত্রী বলছেন আপনি নাকি স্টুডিওতে তার সঙ্গে দেখা করে নবগ্রাম আসবার কথা জানান, আমরা দুঃখিত, আমরা ম্যাডামের কথা এক বর্ণও বিশ্বাস করতে পারি নি। আমরা মনে করি, তিনি নিতান্ত অনুমান করেই নবগ্রামের কথা আমাদের বলেছেন, মানুষের দু'একটি অনুমান লাগসই হয়, তাতে বিস্ময়ের কিছু নেই। কেবল আমরা আদৌ যা অনুমান করতে পারছি না, আপনি কেন এভাবে হঠাৎ ঢাকা ত্যাগ করেন ? কেন এভাবে আপনার চলতি ছবির শুটিং বর্জন করেন ? বস্তুতপক্ষে আমাদের সন্দেহ হয়, আপনি আপনার পেশাই ত্যাগ করে এসেছেন। কেন ? আমাদের কৌতূহল হয়। আপনার ছবির দর্শকসংখ্যা বিপুল, তারা আপনার সংবাদের জন্যে ব্যাকুল। আপনি আমাদের কিছু বলুন।

ফয়সাল হোসেন জীবনের লক্ষণ ঈষৎ প্রকাশ করে, সে টুলের ওপর সামান্য নড়ে বসে, আমাদের আশা সহস্রগুণ হয়ে যায়, আমরা সমুখে ঝুঁকে পড়ে বসি, যেন তার উচ্চারিত একটি বর্ণও আমাদের শ্রুতি ফসকে না যায়।

কিন্তু ফয়সাল হোসেন কিছু উচ্চারণ করে না।

আপনার কি কিছুই বলবার নেই ? তা হতেই পারে না। কেউ যখন কোনো সিদ্ধান্ত নেয় তার একটা কারণ থাকে, কারণটি অপর কেউ জানুক না জানুক সে নিজে ভালো করে জানে। আমরা উত্তরের জন্যে অপেক্ষা করছি।

টিনের চালে আমলকির আঁচড় ভিন্ন কোনো শব্দ আর এ জগতে নেই।

আমাদের ভেতরে একজন তখন বেপরোয়া ভঙ্গিতে বলে, তাহলে কি সত্য এই, যে, আপনি আপনার স্ত্রীকে অনুপম খানের সঙ্গে এক ঘরে বন্ধ দরোজা অবস্থায় আবিষ্কার করেন ? যদি আবিষ্কার করে থাকেন, কী অবস্থায় তাদের দেখতে পান ? চুম্বনরত ? আলিঙ্গনে আবদ্ধ ?

উভয়ের পোশাকই বা দেহে ছিল, অথবা নয় ? যদি আপনি দেখেই থাকেন, আপনি কি জানালা দিয়ে দেখেছেন ? কারণ, আমরা শুনেছি, দরোজা বন্ধ ছিল। আপনি যদি দরোজায় ধাক্কা দিয়ে থাকেন, তাহলে তো তারা সাবধান হয়েই যেত, আপনার পক্ষে কিছু আবিষ্কার করা সম্ভব হতো না। যদি জানালা দিয়ে না দেখে থাকেন, তবে কি কোনো ছিদ্র বা ফাঁক দিয়ে দেখেছেন ? যদি তাই হয়, তাহলে বলব, কেউ বিনা কারণে বন্ধ ঘরের ছিদ্র বা ফাঁক অনুসন্ধান করে উঁকি দেয় না, সন্দেহ করবার মতো বিশেষ কারণ থাকলেই উঁকি দেয়। আপনি কি তবে কিছুদিন থেকে আপনার স্ত্রীকে সন্দেহ করছিলেন ? যদি করে থাকেন, তাহলে সন্দেহের সূত্রগুলোই বা কী ? উভয়ে যখন একত্রে উপস্থিত, শুটিংয়ের জন্যে তো তারা প্রায়ই এক স্থানে থাকেন, দেশের সবচেয়ে জনপ্রিয় জুটি তারা, আপনার সবগুলো ছবিতেও তারা, আপনি কি কোনো শুটিং চলাকালে এমন কিছু দেখেন যা আপনাকে বিচলিত করে ? আমরা আপনার ভালোবাসার কথা জানি, আপনি যখন ম্যাডামের সঙ্গে প্রেম করছিলেন, আপনার স্মরণ হবে, আমরাই তখন আপনাকে প্রয়োজনীয় সাহায্য করেছি, আপনাদের প্রেমের সংবাদ মূল্য অনেক— এ কথা জেনেও আমরা পত্রিকায় দীর্ঘদিন কিছু লিখি নি, আপনাদের প্রেমকে পরিণত হতে দিয়েছি। আপনি যদি ম্যাডামের কাছে আঘাত পেয়ে থাকেন, সে কথাও আমাদের খোলাখুলি বলতে পারেন, যেমন একদা সব কথা বলেছিলেন এবং আমরা কথা দিতে পারি যে, আপনি না চাইলে এ সংবাদও আমরা পত্রিকায় প্রকাশ করব না, তা এর সংবাদমূল্য যতই হোক না কেন।

নিতান্ত কৌতূহল তবে ?

ফয়সাল হোসেনের কণ্ঠ শুনে আমরা চমকে উঠি; অন্য কোনো কারণে নয়, এতক্ষণ সে নীরব ছিল বলে উচ্চারিত শব্দগুলোর সঙ্গে তার স্বরযন্ত্রের সম্পর্ক সহসা আমরা নির্ণয় করতে পারি না; ধ্বনি অন্ধকার অথবা অন্তরাল থেকে নির্গত, মুহূর্তের জন্যে আমাদের এই ভ্রম হয়।

ফয়সাল হোসেন আমাদের খোঁচা দিয়ে বলে, কী ? তাই কি ?

তার চোখের তারায় লণ্ঠনের আলো অথবা বিদ্রূপ, কিংবা আত্মপীড়নের সুখ-চিহ্ন; আমরা নিশ্চিত হয়ে যাই যে, নাসিম বানুরই বিশ্বাসঘাতকতায় সে ঢাকা ত্যাগ করবার সিদ্ধান্ত নেয়।

ফয়সাল হোসেন আমাদের তিরস্কার করে ওঠে, চুপ করে কেন ? কৌতূহল নয় ?

আমরা ঈষৎ রুষ্ট হয়ে পড়ি। বলি, তবে তাই। কৌতূহল। এবার আপনিও তবে স্বীকার করুন অনুপম খানের সঙ্গে ম্যাডামকে আপনি আবিষ্কার করেছেন।

না, স্বীকার করব না।

কিন্তু ঘটনা সত্যি ?

সত্যি কি মিথ্যা আমি কিছুই বলব না।

আপনি কি ইতোমধ্যেই তালাক দিয়েছেন ?

নীরবতা।

আপনি কি মনে করেন, অনুপম খান সত্যি সত্যি ম্যাডামকে জীবনসঙ্গিনী করতে চায় ? না, দু'দিনের একটা ঘোর মাত্র ?

২২৭

নীরবতা।

আচ্ছা, অনুপম খানের কথা না হয় থাক। আপনি কি ম্যাডামকে ছাড়া এরপর কোনো ছবির কথা ভাবতে পারেন? ম্যাডাম আমাদের সবচে' নামি-দামি তারকা। তাকে হারিয়ে আপনি কি আগের মতো ছবি করতে পারবেন? নাকি, আপনি অন্য কাউকে ম্যাডামের মতো গড়ে তুলবেন এবার? ধরুন, দুলালীকে।

আপনাদের বড় কৌতূহল। আপনারা বড় খুশি হন ম্যাডামের সঙ্গে আমার ছাড়াছাড়ি দেখলে। আপনারা এক্ষুণি ছুটবেন খবর লিখতে, যদি আমি বলি, যে, হ্যাঁ, আমি নাসিম বানুর চেয়েও বড় শিল্পী গড়ে তুলতে পারি এবং ইতোমধ্যেই একজনকে গড়ে তুলতে শুরু করেছি, সে দুলালীই হোক কিংবা কোনো ঘুটে কুড়ুনি। তাই না?

আমরা ভিন্ন এক ফয়সাল হোসেনকে প্রত্যক্ষ করি; আমরা বরাবর দেখে এসেছি সাংবাদিকদের সঙ্গে অত্যন্ত আত্মীয়তাপূর্ণ কণ্ঠ সে ব্যবহার করে; আজ তার ব্যতিক্রম অনুভূত হয়। কীভাবে এই নতুন ব্যক্তিত্বের মোকাবিলা আমরা করব, বুঝে উঠি না।

আমরাও দূরত্ব রচনা করে নিই; আমরাও অনাত্মীয় হয়ে পড়ি।

ফয়সাল সাহেব, দুলালীর নাম আমরা কেবল উদাহরণ দেবার জন্যে উচ্চারণ করি নি। একটি উদ্দেশ্য আছে। দুলালীকে আমরা টোপ হিসেবে ব্যবহার করেছি, আপনি সে টোপ গিলেছেন। আপনার কথা বলবার ভঙ্গিতেই স্পষ্ট হয়ে গেছে, যে, দুলালী একটি বিষয়, আপনার নাটকে দুলালীর ভূমিকা আছে এবং সে ভূমিকা বেশ বড়।

আমলা লক্ষ করি, ফয়সাল হোসেনের চোখে কৌতূহল; সে আমাদের প্রত্যেকের মুখ চঞ্চল চোখে পরিভ্রমণ করে।

ফয়সাল সাহেব, নাসিম বানুর কথা আমরা উল্লেখ করেছি বটে, কিন্তু অনুপম খানের সঙ্গে তার হৃদয়ঘটিত কোনো সম্পর্ক আছে বলে আমরা বিশ্বাস করি না। আমরা আপনার কাছ থেকে সত্য বের করবার কৌশল হিসেবে আপনাকে ভিত্তিমূল পর্যন্ত নড়িয়ে দিতে চেয়েছিলাম এবং সে কারণেই কথাটা শুরুতে উত্থাপন করি। আমরা বিশ্বাস করি, নাসিম বানু একটা নির্বোধ নয়, যে, আপনাকে ফেলে সে অনুপম খানের সঙ্গে ঝুলে পড়বে। তাছাড়া নাসিম বানু আপনাকে অত্যন্ত ভালোবাসে, এর বহু প্রমাণ আমরা বহুবার পেয়েছি। এসব বিশদ করে বলবার কোনো আবশ্যকতা দেখি না। তবে, একথা কিন্তু আমরা কখনো বলি নি, যে, আপনি স্বয়ং নাসিম বানুকে একই প্রকার ভালোবাসেন। আজ আপনাকে বলতে আমাদের দ্বিধা নেই যে, আপনি নাসিম বানুকে সম্পূর্ণ বাণিজ্যিক কারণে বিয়ে করেন। আপনি লক্ষ করেন এই অভিনেত্রীর বিপুল সম্ভাবনা, আপনি তার বাজার-মূল্য সম্পর্কে নিশ্চিত হয়ে যান, আপনি তাকে প্রেম নিবেদন করেন। আপনি একদা কবিতা লিখতেন, বহু বছর পর আপনি নাসিম বানুর উদ্দেশে কবিতা রচনা করতে থাকেন, মধুপুর জঙ্গলে একবার এক ছবির শুটিংয়ে আপনি তাকে গারোদের মহল্লায় বেড়াতে নিয়ে যান, সেখানে আপনি তাকে নির্জনে— না বলাৎকার নয়, তার পা জড়িয়ে ধরেন এবং ঘোষণা করেন যে, সে যদি আপনার জীবনসঙ্গিনী না হয় তাহলে আপনি আত্মঘাতী হবেন। নাসিম বানু নেত্রকোনার এক সাধারণ ঘরের মেয়ে, প্রেম সম্পর্কে তার ধারণা গ্রাম্য কবির মতো, সে আপনার কথা বিশ্বাস করে, সে আপনাকে তার হৃদয় দান করে। আপনি ফয়সাল

হোসেন কিন্তু প্রেমের জন্যে নয়, ব্যবসার জন্যেই তাকে হৃদয় দেবার অভিনয় করেন। এই একটি মুহূর্তে একজন পরিচালক অভিনেতা হয়ে যায় এবং একজন অভিনেত্রী সে অভিনয়কে বাস্তব বলে বিশ্বাস করে ওঠে। আপনাদের বিয়ে হয়ে যায়। আপনি নাসিম বানুর মতো একজন জনপ্রিয় চিত্রতারকাকে হাতে পেয়ে সিনেমার বাজার নিয়ন্ত্রণ করতে শুরু করেন, আপনি আপনার পরিচালনার পারিশ্রমিক বাড়িয়ে দেন, আপনি প্রতিদ্বন্দ্বী পরিচালকদের নির্মীয়মাণ ছবিগুলোর সমাপ্তি বিলম্বিত করতে শুরু করেন নাসিম বানুর শুটিং ডেট তাদের দিতে টাল বাহানা করে। আপনি এমনকি নাসিম বানুকে অবলম্বন করেই নিজের প্রোডাকশন শুরু করে দেন।

ফয়সাল হোসেন মন্ত্রমুগ্ধের মতো আমাদের কথা শুনতে থাকে; ধরা পড়ে গিয়েও সে এমন একটি মুখভাব ফুটিয়ে রাখে, যেন অন্য কারো কাহিনী তাকে শোনানো হচ্ছে।

ফয়সাল সাহেব, আপনি অত্যন্ত হিসেবি লোক; আমাদের সিনেমায় প্রতিভার চেয়ে হিসেব করবার ক্ষমতাটাই একজন পরিচালকের বড় গুণ। আপনি কিছুদিন থেকে লক্ষ করেন, যে, ম্যাডাম নাসিম বানুর বাজার ঈষৎ পড়ে আসছে; দর্শকেরা নতুন মুখের জন্যে ব্যাকুলতা প্রকাশ করছে; নাসিম বানু আর সেই আগের মতো একটি চমক নয়। অতএব, আপনি ক্রমশ নাসিম বানুকে একটি ভার হিসেবে মনে করতে শুরু করেন এবং নতুন এক নাসিম বানুর জন্যে ইতস্তত দৃষ্টিপাত করতে থাকেন; আপনি দুলালীর ভেতরে তেমন একজনের সম্ভাবনা দেখতে পান, আপনি দুলালীর সঙ্গে শুটিং বহির্ভূত সম্পর্ক গড়ে তোলেন। হ্যাঁ, ফয়সাল সাহেব, আপনার ইতিহাস আমরাই আপনাকে শোনাচ্ছি, আপনি শুনুন এবং বলুন যে, সত্য এ নয়। সত্য এই যে, আপনি দুলালীর সঙ্গে ঘনিষ্ঠ হয়ে পড়েন; এ ধরনের ঘনিষ্ঠতা অনিবার্যভাবে দৈহিক ঘনিষ্ঠতা। বস্তুত পক্ষে, সিনেমার জগতেই বা কেন, অনেকে তো বলেন, যে-কোনো নারীর সঙ্গে পুরুষের ঘনিষ্ঠতা দৈহিক ভিন্ন নয়— কোনো ক্ষেত্রে তা স্থাপিত হয়ে যায়, কোনো ক্ষেত্রে তা বাসনার ভেতরেই সীমাবদ্ধ থাকে সামাজিক নানা কারণে। কিন্তু আমরা আপনার ও দুলালীর কথা বলছি। কোনোরকম অস্পষ্টতার আশ্রয় না নিয়ে আমরা বলতে চাই, যে, দুলালীর সঙ্গে আপনার ঘনিষ্ঠতা শয্যা পর্যন্ত বিস্তৃত হয়। আমরা আগেও বলেছি, এখন আরেকবার বলছি, আপনি যদি চান আমরা এ সংবাদ কাগজে লিখব না, কিন্তু যা সত্য তা আমাদের মধ্যে আলোচিত হতে বাধা কী ? অতীতেও এমন কত গোপনীয় বিষয় আমরা আপনার সঙ্গে খোলাখুলি বলেছি। আপনি এখন সঙ্কোচ করবেন কেন ?

আপনারা বলে যান। আমি শুনছি।

আমরা লক্ষ করি, ফয়সাল হোসেনের এখনো আন্তরিক চেষ্টা বিষয়টি গোপন রাখবার, অন্ততপক্ষে যতক্ষণ পারা যায় সেই চেষ্টা করে যেতে সে বদ্ধপরিকর। অন্যপক্ষে আমরা এটাও লক্ষ করি, যে, তার চোখের তারায় জীবনের লক্ষণ, তারুণ্যের আগুন, ভালোবাসার অঙ্কুর।

আমরা বলে যাই, আপনার সেদিন শুটিং ছিল; সাভারে আপনার ইউনিট ভোরবেলাতেই পৌঁছে যায়; আপনার যাবার কথা সাড়ে সাতটার ভেতরে। আপনি হঠাৎ টেলিফোন পান, যে, দুলালীর মায়ের শরীর ভালো নয়, তাকে ওষুধ খাওয়াতে হবে, অতএব তার যেতে দেরি

হবে, আপনি তাকে আপনার গাড়িতে নিয়ে যাবার প্রস্তাব দেন। আপনি প্রতিষ্ঠিত পরিচালক, দুলালী নবাগতা। গাড়ির ড্রাইভার নেই। গাড়ি আপনি নিজে চালান; নতুন একটি মেয়েকে নিয়ে আপনি যে একা গাড়িতে অতদূরে যাবেন না, তা বলাই বাহুল্য; বিশেষ করে আপনি জানেন, এইসব মুহূর্তেই নবাগতা ও উচ্চাভিলাষী একটি মেয়ে আপনার ওপর প্রভাব বিস্তার করবার চেষ্টা করতে পারে। কিন্তু আপনি সহজেই রাজি হয়ে যান, দ্বিতীয়বার আপনাকে অনুরোধ করতে হয় না, আপনি এক মুহূর্তের জন্যে ইতস্তত করেন না, দুলালীকে তৎক্ষণাৎ লিফট দিতে রাজি হয়ে যান। কেন ? না, আপনাকে উত্তর দিতে হবে না; আমরাই আপনার মনের কথাটি বলে দিচ্ছি, আপনি শুনুন— আপনি দুলালীর টেলিফোন পেয়ে শঙ্কিত হয়ে পড়েন, ভয়ানক একটা কিছুর আশঙ্কা করেন এবং বেশি জানাজানি হয়ে যাবার ভয়ে রাজি হয়ে যান। এখন প্রশ্ন এই যে, আপনার আতঙ্ক হয়েছিল কেন ? আপনি দ্রুত বাড়ি থেকে বেরোন, সবকিছুই অন্যান্য দিনের মতো— এই ভাবটি ফুটিয়ে তোলবার মানসে আপনি ম্যাডামকে বলে যান, যে, শুটিং থেকে ফিরে চার নম্বর ফ্লোরে আপনি ম্যাডামের খোঁজ করবেন। আপনি দুলালীর বাড়িতে পৌঁছবার পর যা আশঙ্কা করছিলেন তাই ঘটে যায়; দুলালী আপনাকে বলে, সে গর্ভবতী, আপনি তার গর্ভের সন্তানের পিতা; আপনি প্রথমে হেসে উড়িয়ে দেন, কিন্তু অচিরে আপনি ভাবিত হয়ে পড়েন, শুটিং আপনার মাথায় উঠে যায়। দুলালীকে আপনি গর্ভপাতের কথা বলেন, সে রাজি হয় না; দুলালীকে আপনি পরবর্তী ছবিতেই নায়িকা করবার প্রস্তাব দেন, সে হেসে ওঠে; সে আপনাকে বলে, যে, সে তার গর্ভের সন্তানের স্বীকৃতি চায়, পর্দায় নায়িকা হবার সুযোগ তার কাছে এই মুহূর্তে তুচ্ছ। আপনি তাকে বোঝাতে চেষ্টা করেন, সে বোঝে না; আপনি তাকে শুটিংয়ে যেতে বলেন, সে শুটিংয়ে যেতে রাজি হয় না। দুলালী আপনাকে বলে, আজ শুটিং ক্যানসেল হোক— এটাই সে চায়, এবং সে আপনাকে মৃদু হুমকি দেয়— শুটিং ক্যানসেল হবার কারণ সে আমাদের জানিয়ে দেবে, পত্রিকায় লিখতে বলবে। আপনি, ফয়সাল হোসেন, ভয় পেয়ে যান। আপনি তার বাড়ি থেকে বেরিয়ে স্টুডিওতে যান; আপনার ইচ্ছে ছিল এই— ম্যাডামকে আপনি দুলালীর বিরুদ্ধে কিছু বলবেন, তাঁকে বলবেন, যে, দুলালী আপনাকে ব্ল্যাকমেইল করতে চাইছে; কিন্তু শেষ পর্যন্ত আপনি কথাটা বলবার মতো সাহস পান না, কারণ একদা ম্যাডাম ছিলেন দুলালীর মতোই উঠতি নায়িকা এবং আপনি তাকে বিয়ে করবার আগে স্ত্রীর মতো ব্যবহার করেছেন, গর্ভে সন্তান আসবার পর আপনাদের বিয়ে হয়; এই ইতিহাস স্মরণ করে আপনার ধারণা হয় ম্যাডাম আপনাকে বিশ্বাস করবেন না, ম্যাডাম ধরে নেবেন, যে, একই ঘটনার পুনরাবৃত্তি হচ্ছে দুলালীকে নিয়ে। আপনি তখন ম্যাডামকে বলেন, নবগ্রামে আপনার বাবার কবর জেয়ারত করতে যাবেন; আমাদের তো সন্দেহ হয়, আপনি এমন একটা কিছু পরিস্থিতি হতে পারে এ ভয় কিছুদিন থেকেই করছিলেন, তাই নবগ্রামে আপনার বাবার কবরের কথা, বাবাকে স্বপ্নে দেখবার কথা, মিছেমিছি ম্যাডামকে বলতে শুরু করেছিলেন কিছুদিন থেকে। তাই নয় কি ?

এমন একটি কাহিনী আমিও রচনা করতে পারতাম না। প্রায় সখেদে ফয়সাল হোসেন উচ্চারণ করে।

নিতান্তই কাহিনী তবে ?

উত্তরটা আপনার কাছ থেকেই আমরা আশা করছি।

লণ্ঠনের আলো দপদপ করে ওঠে ; ফয়সাল হোসেনকে বড় বিচলিত দেখায় সহসা; সে কি আলোর মুমূর্ষু অবস্থা দেখে ? অথবা, আমাদের বিবরণের সত্যতায় ?

আমাদের প্রশ্নতীব্র নিঃশব্দ উপস্থিতির ভেতরে ফয়সাল হোসেন অপ্রতিভ বোধ করে— এ স্পষ্টই আমরা দেখতে পাই; আমরা বিজয়ী ভঙ্গিতে নড়েচড়ে বসি।

অতঃপর সে বলে, এ কাহিনীর রচয়িতা কে আমি জানি না, তাকে প্রশংসা করি; তার অসাধারণ ক্ষমতা আছে জীবনের সঙ্গে কল্পনাকে মিশ্রিত করবার; বস্তুত কল্পনা বিহনে জীবন কিছু নয় এবং জীবন বিহনে কাহিনী মৃত মাকড়শা মাত্র। আপনারা কি কখনো মৃত মাকড়শা দেখেছেন ? সে তার আপন রস তন্তু করে জটিল একটি জাল রচনা করে কেন্দ্রস্থলে অপেক্ষমাণ ছিল, কখন তার মৃত্যু হয়, কিন্তু সে তার স্থান থেকে বিচ্যুত নয়, তখনো তার পাকস্থলী শূন্য এবং মড়মড়ে হয়ে গেছে কিন্তু অপেক্ষমাণ ভঙ্গিটি সে ত্যাগ করে নি তখনো, যেন সে শিকার ধরবার জন্যে জাগ্রত এবং প্রস্তুত; অনন্তকাল ধরে একটি মাকড়শা নিষ্প্রাণ অবস্থায় এইভাবে থাকতে পারে। আপনাদের কাহিনীতে আমি সেই মৃত অপেক্ষমাণ ভঙ্গিটি প্রত্যক্ষ করলাম।

অর্থাৎ এ কাহিনীর সঙ্গে তাহলে জীবনের যোগ নেই ?

সিদ্ধান্তটি আপনারাই উচ্চারণ করলেন।

এ কাহিনী কি আপনার চলচ্চিত্রের কাহিনীর চেয়েও জীবনবিযুক্ত ?

জীবন সম্পর্কে ধারণা থাকলেই কেবল এ প্রশ্নের উত্তর দেয়া যেতে পারত।

কার ধারণা থাকলে ? আপনার ? অথবা আমাদের ?

উভয়পক্ষের। কারণ, কাহিনীমাত্রই দুটি পক্ষ দাবি করে— রচয়িতা এবং শ্রোতা।

অর্থাৎ, আপনি বলতে চান, উভয়পক্ষেরই জীবন সম্পর্কে একমত হওয়া আবশ্যক ? আপনি বলতে চান, জীবন কী ? এই সংজ্ঞায় উভয়পক্ষে অভিন্নতা জরুরি ?

হ্যাঁ এবং না।

স্পষ্ট করুন। বোধগম্য হলো না।

হ্যাঁ এই জন্যে যে, রচয়িতা যাকে জীবন বলে মনে করেন, শ্রোতারও তাকে জীবন বলে মনে না করলে, শ্রোতা অবিরাম মনে করবেন যে, তাকে কল্পকথা শোনানো হচ্ছে। আবার না এই জন্যে যে, রচয়িতা যদি এমন ইন্দ্রজাল সৃষ্টি করতে পারেন যে, তিনি যা কিছুই বলছেন তাই-ই সত্য বলে প্রতিভাত হচ্ছে, তখন শ্রোতার তা বিশ্বাস করা ছাড়া গত্যন্তর কী ? কাজেই জীবনের সংজ্ঞায় উভয় পক্ষের একমত হওয়াটা জরুরি এবং জরুরি নয়।

কিন্তু ফয়সাল সাহেব, তৃতীয় আরেকটি পরিস্থিতি হতে পারে।

যেমন ?

রচয়িতা নিজেই সম্মোহিত; রচয়িতা যাকে জীবন বলে মনে করছে তা সত্য নয়, কিন্তু সে এ সম্পর্কে অবোধ ও অজ্ঞান; সে তার সমস্ত প্রতিভা নিয়োগ করে এই অসত্যকেই প্রকাশ

করে চলেছে এবং তার দৃষ্টি এতটাই অন্ধ, যে, শ্রোতা কীভাবে গ্রহণ করছে তা আদৌ তার চোখে পড়ছে না।

ফয়সাল হোসেন কিছুক্ষণ বিনীতভাবে বিষয়টি ভেবে দেখে এবং স্বীকার করে, হ্যাঁ, এরকম হতে পারে বৈকি। আবার, এমনও হতে পারে, যে, রচয়িতা শুনেই অবোধ ও অজ্ঞানের অভিনয় করছে, না, অভিনয় শব্দটি ঠিক হলো না, সে শ্রোতাকে চতুরভাবে বুঝতে দিচ্ছে যে রচয়িতা অবোধ ও অজ্ঞান কিন্তু বস্তুত তা নয়। বিষয়টি অত্যন্ত জটিল, প্রক্রিয়াটি আরো। আপনারা কি বিশ্বাস করবেন, এতকাল কাহিনী রচনা করেও আজ পর্যন্ত আমি এর কিছুই সম্যক বুঝি না।

আপনি কি সে চেষ্টা কখনো করেছেন?

হ্যাঁ করেছি।

এবং আপনি ব্যর্থ হয়েছেন?

স্বীকার করতে কোনো বাধা দেখি না। তবে ইতোমধ্যেই একটি সিদ্ধান্তের কথা আপনাদের আমি বলতে পারি। সেটি হচ্ছে, জীবন বলে কিছু নেই।

আমরা বিস্মিত হয়ে একযোগে বলে উঠি, নেই?

না।

তবে কী আছে?

জীবনের প্রতিবিম্ব আছে।

প্রতিবিম্ব? প্রতিবিম্ব মানেই কি মূল একটি বস্তুর অস্তিত্ব স্বীকার করা নয়?

আবারো গভীরভাবে কথাটা ভেবে দেখে ফয়সাল হোসেন।

আমরা পরম ধৈর্যের সঙ্গে অপেক্ষা করি।

অতঃপর সে বলে, মূল বস্তুটি যদি স্তব্ধতা ভিন্ন আর কিছুই না হয়?

তবু সেই স্তব্ধতাই হচ্ছে প্রতিবিম্বটির মূলরূপ।

আপনারা আমাকে একটি বিপদে ফেলেছেন।

কী রকম?

আপনারাই প্রথম এই শব্দটি ব্যবহার করেন— মূল। অনেক সময় লক্ষ করে দেখবেন, সংলাপে আমরা একে অপরের দ্বারা প্রভাবিত হয়ে পড়ি। প্রতিপক্ষের সংলাপে ব্যবহৃত শব্দ, বাগভঙ্গি, এমনকি উচ্চারণের দোষ পর্যন্ত আমরা অজান্তে নিজের করে নিই। আমি আপনাদের দ্বারা প্রভাবিত হয়ে মূল শব্দটি আমার সংলাপে ব্যবহার করেছি এবং অবিলম্বে আপনারা যে উত্তর দেন তাতেও ঐ শব্দটি আপনারা আবার ব্যবহার করেন। কিন্তু আমি এই শব্দের অর্থ বুঝি না; মূল বলতে কী বোঝায় আমি জানি না; কোনো কিছুরই মূল আছে কিনা সে সম্পর্কে আমার ঘোর সন্দেহ আছে। ইতিপূর্বে আপনারা দুটি কাহিনী আমাকে শোনান, সে দুটির মূল কী আমি বলতে পারব না, আপনারাও বলতে পারবেন না। যদি আপনারা সম্পূর্ণ কল্পনা থেকে বানিয়ে কাহিনী দুটি উপহার দিয়ে থাকেন, তাহলে কল্পনাই হচ্ছে এদের মূল; কিন্তু ধরুন, যদি এর কোনো একটি সত্যি হয়ে যায়, কোনো একটি

কাহিনী যদি বস্তুতই জীবনে ঘটে গিয়ে থাকে, তাহলে তার মূল আর কল্পনা নয়, জীবন। আপনারা দেখবেন, আমাদের বহু কল্পনা সত্য বলে প্রমাণিত হয় শেষ পর্যন্ত।

আমরা হঠাৎ আবিষ্কার করি, যে, ফয়সাল হোসেনের সঙ্গে আমরা এমন এক বিষয়ের দিকে ধাবিত হয়েছি যার সঙ্গে আমাদের এখানে উপস্থিতির কোনো সম্পর্ক নেই। আমাদের সন্দেহ হয়, সে আসল কথাটি এড়িয়ে যাবার জন্যেই জটিলতার সৃষ্টি করে, অন্য প্রসঙ্গের দিকে কৌশলে আমাদের শ্রম ও মনোযোগ নিয়ে যায়।

আমাদের একজন খাড়া হয়ে বসে; সে বলে তবে কি শেষ পর্যন্ত দুলালীর বিষয়টাও সত্য বলে আমরা দেখতে পাব ?

ফয়সাল হোসেন হো হো করে হেসে ওঠে।

আমরা তার এহেন হাসির কোনো কারণ দেখতে পাই না।

ফয়সাল হোসেন অচিরে বলে, তাহলে স্বীকার করছেন, দুলালীর বিষয়টি আপনাদের কল্পনা প্রসূত; তা সত্য কিনা কেবল সে অপেক্ষা করছেন। নয় ?

আমরা যেন ফাঁদে পড়ে যাই; যেন বা সেই মৃত মাকড়শাটিকে প্রত্যক্ষ করে উঠি, শিকারের অপেক্ষায় সে কেন্দ্রস্থলে স্থির বসে আছে; অথবা সে মৃত নয়, যদিও আমাদের সে রকম মনে হচ্ছে।

অতঃপর আমাদের কী করা কর্তব্য, প্রস্থান অথবা আরো প্রশ্ন, ধমক অথবা আত্মসমর্পণ, নির্ণয় করে উঠতে পারি না।

আবার হেসে ওঠে ফয়সাল হোসেন, সম্ভবত তার হাসির দমকেই লণ্ঠনের আলো নিভে যায়; আঁঠালো আলোর বদলে এবার আঁঠালো অন্ধকার আমাদের শরীরে চটচট করে; আমরা বিস্মিত হয়ে দেখি, যে চাঁদ বালকদের মিষ্টান্ন ভোজ আলোকিত করে রেখেছিল, তা এখন সম্পূর্ণ উধাও, এবং বারান্দার নিচে সড়কের ওপর ঠাস ঠাস শব্দ করে বাঁশবনের কয়েকটি বাঁশ নুয়ে পড়ছে।

আমরা বন্দি বলে বোধ করি।

বালকেরা নির্মল ভঙ্গিতে বাঁশগুলো টপ টপ পার হয়ে কোথায় অদৃশ্য হয়ে যায়।

ফয়সাল হোসেন বলে, মনে হয়, সত্য সন্ধান আপনাদের কাছে ধর্মার্থে করণীয় পরম একটি অনুষ্ঠান; সত্যের খোঁজে অপূর্ব-পরিচিত একটি শহরে আসতেও আপনাদের বিরাগ নেই। কিন্তু সত্যই কি সত্য ধরা দেয় ? সত্যও কি ব্যক্তিভেদে ভিন্ন নয় ? আপনার সত্য এবং আমার সত্য এক ও অবিভাজ্য, কে বলেছে ? না, কোনো দার্শনিক কূটতর্ক আমি উত্থাপন করতে চাইছি না; আমি কেবল এইটুকুই বলতে চাই— সত্য একটি ধারণা মাত্র। কিছুক্ষণ আগে আপনারা আমার রচিত চলচ্চিত্রের কথা একবার উল্লেখ করেছিলেন; আপনারা কি অবাক হবেন, যদি আজ এতকাল পরে বলি, যে, আমি যা সত্য বলে জানি তার বিন্দুমাত্র আমার কর্মে উপস্থিত ছিল না, এবং যে সত্য আমি দর্শকদের সমুখে উপস্থিত করেছি তা আদৌ সত্য কিনা আমি কখনো বিচার করে দেখি নি। বস্তুত আমি সচেতনই ছিলাম না, যে, সত্য নামক ধারণাটি নিয়েই আমাদের জীবদ্দশা।

আবার প্রসঙ্গান্তরে যাচ্ছি, কিংবা বলা ভালো, ফয়সাল হোসেন আবার আমাদের বিপথে চুম্বকের মতো টেনে নিয়ে যাচ্ছে, তা সত্ত্বেও আমরা না বলে পারি না, তবে কি এখন আপনি সচেতন ?

আর কোনো লাভ দেখি না।

কেন ? এবং কারণ ?

আমি বিশিষ্ট কিংবা অনন্য নই, আমি একটি গোষ্ঠীতে বাস করি, সেই গোষ্ঠীর প্রতীকসমূহ আমি আমার অস্তিত্বের কারণ ও নিবৃত্তি বলে গণ্য করি; সেই আমি যখন নির্মমভাবে সচেতন হই, যে, এই গোষ্ঠীই আর সচেতন নয়, তখন আমার একার সচেতনতায় কিছু এসে যায় না; মানুষের একার কোনো সাধ্য নেই; রবীন্দ্রনাথও একা রবীন্দ্রনাথ নন, তিনি একটি কালের একটি গোষ্ঠীর শীর্ষরূপ মাত্র; সত্যজিৎ কখনোই সত্যজিৎ নন যদি না তিনি একটি কালের একটি গোষ্ঠীর হন। বস্তুতপক্ষে সামগ্রিক চেতনাই রূপধারণ করে ব্যক্তির জন্ম দেয়। সামগ্রিক স্তব্ধতা জন্ম দেয় সামগ্রিক স্তব্ধতারই; মৃত কেবল মৃতই প্রসব করতে পারে।

আমরা প্রতিবাদ করে উঠি। বলি, ব্যক্তির প্রাণ কি গোষ্ঠীতে সঞ্চারিত হতে পারে না ? ব্যক্তির উদ্যম কি গোষ্ঠীকে সচল করতে পারে না ? ব্যক্তির ক্রোধ কি গোষ্ঠীকে সশস্ত্র করে তুলতে পারে না ?

না, পারে না।

তবে নেতা এবং নেতৃত্বকেই আপনি অস্বীকার করছেন।

নেতা ঈশ্বর নন, এবং আপনারা যদি বিশ্বাস করেন, যে, ঈশ্বর আছেন, তবে ঈশ্বরের হাতেই সব ছেড়ে দিন, নেতার সন্ধান করবেন না; নেতা সম্মিলিত নেতৃত্ব— অভিলাষেরই ঘনীভূত রূপ, ঈশ্বর খণ্ড খণ্ড ক্ষুদ্র ঈশ্বরের ঘনফল আদৌ নয়।

আমরা বুঝে পাই না, ফয়সাল হোসেন কেন এমন সব বিষয় উত্থাপন করে যার মর্মার্থ আমাদের পক্ষে উদ্ধার করা অসম্ভব; আমরা অতএব স্তব্ধতাই অবলম্বন করি; এবং অচিরে বিস্মিত হয়ে লক্ষ করি, যে, ফয়সাল হোসেনের উদ্দেশ্যও তাই বটে— আমাদের স্তব্ধতার ভেতর নগ্ন করে দেখিয়ে দেয়া।

সে হয়তো আমাদের অভ্যন্তর পাঠ করে নেয়; সে আবার হেসে ওঠে; কী এক অকথিত বাণীর প্রকাশ হিসেবে সে একবার পথের ওপর নুয়ে থাকা বাঁশগুলোর দিকে অঙ্গুলি নির্দেশ করে; আমরা সেদিকে দৃষ্টিপাত মাত্র দু'একটি বাঁশকে চট করে আবার সটান হয়ে পড়তে দেখি; বিস্ময় আমাদের বাঁধ মানে না।

আমরা বন্দিদশা থেকে মুক্ত হয়ে পড়বার সম্ভাবনা প্রত্যক্ষ করি। আমাদের কেউ কেউ উঠে দাঁড়াবার জন্যে পা জড়ো করে নেয়।

ফয়সাল হোসেন নিঃশব্দে আমাদের ইঙ্গিত করে ক্ষণকাল তিষ্ঠিত হবার জন্যে।

আর কী কথা তবে থাকতে পারে ?

আছে।

আপনি তো কোনো কাহিনীই সত্য বলে স্বীকার করলেন না। আমরা কাহিনী শব্দটি ব্যবহার করেছি বটে, অচিরে আর করব না।

ঈষৎ ভ্রু তুলে তাকায় সে।

হ্যাঁ, আমরা দুলালীর কথাই লিখব। তার গর্ভের সন্তানটির কথা লিখব। আপনার পিতৃত্বের কথাও লিখব।

লিখবেন ?

হ্যাঁ, কারণ, আপনি না লিখতে অনুরোধ করেন নি, যদিও সে প্রকার অনুরোধ পেলে আমরা এখনো বিবেচনা করে দেখতে প্রস্তুত।

দুলালীর সঙ্গে কি আপনাদের কথা হয় ?

এ পর্যন্ত বলতে তো কোনো দোষ নেই, তাই বলি, হ্যাঁ, হয়।

ফয়সাল হোসেন সখেদে উচ্চারণ করে, দুলালীর অপেক্ষা করা উচিত ছিল।

আমরা কৌতূহলী হয়ে পড়ি।

অপেক্ষা করা উচিত ছিল ? কীসের অপেক্ষা ? সন্তান প্রসবের ? অথবা আপনার সঙ্গে তার চূড়ান্ত ফয়সালা হয়ে যাবার অপেক্ষা ?

কোনোটারই নয়।

তবে ?

শ্বেতচিহ্নটি সর্বাঙ্গে ছড়িয়ে পড়া পর্যন্ত অপেক্ষা করা তার উচিত ছিল।

'শ্বেতচিহ্ন' শব্দটি আমরা শনাক্ত করতে পারি না; এবং সে ততদিন অপেক্ষা করলেই বা কাহিনীর কী হেরফের হতো ঠাহর করতে পারি না।

ফয়সাল হোসেন বলে, আপনারা অনেকদূর কষ্ট করে এসেছেন, এখানে আপনারা যে এসে উপস্থিত হয়েছেন তাও আমি জানি, তবু আপনাদের কাছে না গিয়ে এখানে অবস্থান করছি, এই অসৌজন্যতার জন্যেও আমি লজ্জিত বোধ করছি। কিন্তু একই সঙ্গে প্রশংসা করছি আপনাদের ধৈর্যের এবং অনুসন্ধিৎসার। না, আর আমি আপনাদের নিরাশ করব না। আপনারা এক্ষুণি বিদায় নেবেন না; আমি বলব এবং যা ঘটেছে তাই বলব। হয়তো 'ঘটেছে' কথাটি ঠিক হলো না, আপনারাও একবার এমনি একটি শব্দ উচ্চারণ করে সখেদে আবার সংশোধন করে নিয়েছিলেন, একই সুবিধে আমিও দাবি করছি এবং বলছি— তাই-ই বলব যা যে-কোনো মুহূর্তে যে-কোনো ব্যক্তির জীবনে ঘটমান হতে পারত।— আমি অসুস্থ।

এ প্রকার সাধারণ একটি ঘোষণা আমাদের চমকিত করে; আমরা এ সম্ভাবনা আদৌ কেন ভাবি নি, ভেবে নির্বোধ বোধ করি।

ফয়সাল হোসেন হাত তুলে আমাদের শান্ত হতে নীরবে অনুরোধ করে এবং অচিরে সরব হয়। সে অতঃপর বলতে থাকে, অনুপম খান কোনো প্রসঙ্গই নয়, আমার স্ত্রীরও কোনো ভূমিকা নেই, আর দুলালী তো বৃত্তেরই বাইরে। আমি এবং আমার অসুস্থতা ভিন্ন আর কোনো বিষয় নেই। কিছুদিন থেকেই আমি লক্ষ করছিলাম, মাঝে মাঝে আমার স্বরভঙ্গ

হচ্ছে; শুটিং চলাকালে আমি সাধারণত অভিনেতাদের সংলাপ নিজেই অভিনয় করে দেখিয়ে দিই; আপনারা জানেন আমাদের দেশে চড়া পর্দার অভিনয় সব সময়ই বেশি বিক্রি হয়, কিছুদিন থেকে লক্ষ করি যে, আমি অভিনয় দেখিয়ে দেবার কালে আকাঙ্ক্ষিত স্বরপর্দাটিতে আরোহণ করতে পারছি না। আমি এ ব্যর্থতা কাউকে বলি না, এমনকি আমার স্ত্রীকেও না, যদিও সব কথাই যে তাকে বলি এমনও নয়, তবু এহেন মামুলি একটা কথা তাকে বলা যেত, তাও বলি না, কারণ, আমি লক্ষ করি, স্বরভঙ্গের কালে আমি একই সঙ্গে শিরদাঁড়ায় প্রবল শৈত্য অনুভব করে উঠি, প্রস্রাবের প্রয়োজন টের পেয়েও প্রস্রাব ক্ষমতার বিলুপ্তি বোধ করি। আমি চিকিৎসকের কাছে যাই; তিনি আমাকে নানাপ্রকার বিশেষজ্ঞের কাছে দিনের পর দিন পাঠাতে থাকেন, আমি অনুগত দাসের মতো রিপোর্টগুলো চিকিৎসকের কাছে এনে জমা দিতে থাকি; অচিরেই এ সবই আমার কাছে এক রহস্যময় খেলা বলে বোধ হয়; আমি স্বেচ্ছায় খেলাটিতে উত্তেজনার সঙ্গে যোগ দিই এবং একদিন যখন আমার চিকিৎসক বলেন, যে, আর রিপোর্টের প্রযোজন নেই, এবার সমুদয় বিবেচনা করে রোগ নির্ধারণের সময়, আমি অস্তিত্বের ভেতরে শূন্যতা বোধ করে উঠি। এতকাল শুটিং থেকে বেরিয়ে, কাউকে কিছু না বলে আমি বিশেষজ্ঞদের কাছে যাতায়াত করছিলাম, সেই নিষিদ্ধ স্বাদ থেকে অন্তিমে বঞ্চিত হয়ে আমি বড় হতাশ হয়ে পড়ি। বস্তুতপক্ষে আমার আর কোনো উৎসাহ থাকে না চিকিৎসকের রায় শোনবার জন্যে; আজীবন এ রকম রিপোর্ট সংগ্রহ করে গেলেই আমি বোধহয় সতেজ ও সপ্রাণ বোধ করতে পারতাম। আমি আর ভূমিকা বিলম্বিত করব না, সেদিন সাভারে শুটিং ছিল, ইউনিট পৌঁছে গিয়েছিল, দুলালীকে আমার নিয়ে যাবার কথা ছিল, বাড়ি থেকে আমি বেরিয়েও ছিলাম, শাহবাগের সমুখে ট্রাফিক লাইটে আমি গাড়ি দাঁড় করাই, বাতি ছিল লাল; সেই লাল রঙটি আমার চোখে হঠাৎ বড় নতুন ও অপূর্বদৃষ্ট বলে বোধ হয়; আমি সম্মোহিতের মতো তাকিয়ে থাকি এবং অচিরে আমার কাছে মৃত্যুর প্রতীক লাল বলে প্রতীয়মান হয়। আমরা মৃত্যুর রঙ নীল ভাবতেই অভ্যস্ত, নীল আমাদের কাছে বহু প্রাচীন প্রতীক এই অবসানটির, কিন্তু আমার চেতনায় নীল চোখের পলকে লাল হয়ে যায়। না, আমি একাত্তরের কথা স্মরণ করি নি তখন, একাত্তরে তিরিশ লক্ষ লোক প্রাণ দিয়েছিল, এই ঢাকা নগরী লাল হয়ে গিয়েছিল, সেই লাল আমি এতদিন পর্যন্ত মনে রেখেছি এমন দাবি করি না; সম্ভবত সে দাবি আমরা কেউই আর করতে পারি না; লাল আমরা বর্তমানে যথেচ্ছ ব্যবহার করছি, ঢাকা নগরী চায়নিজ রেস্তোরাঁয় ছেয়ে গেছে এবং সে রেস্তোরাঁগুলোর ভেতরে লাল রঙের ছড়াছড়ি, যত্রতত্র আজকাল মাজার জেগে উঠছে এবং তাদের মাথায় লাল ত্রিকোণ পতাকা পতপত করে ওড়ে; ইদানীং লাল ইটের বাড়ি তৈরি করাও জনপ্রিয় ফ্যাশনে পরিণত হয়েছে; কিন্তু এইসব লাল আর আমাদের তিরিশ লাখ মানুষের রক্ত স্মরণ করায় না। আমি জানি না; সম্ভবত আগাম খবর সত্যি সত্যি মানুষের অবচেতন মন পেয়ে যায়; মানুষের মনের বিবর্তিত রূপের শুরু থেকে ব্যবহার করে, এখনো বিরাট অংশের ক্রিয়া ও যৌক্তিকতা আমাদের অজ্ঞাত। সে যাক, আমি প্রসঙ্গ বদলাতে চাই না, ইতিপূর্বে দু'একটি বার সে চেষ্টা করে আপনাদের নীরব তিরস্কারের পাত্র হয়েছি। আমি গাড়ি ঘুরিয়ে আমার চিকিৎসকের কাছে যাই; তার বাড়িতে গিয়ে শুনি তিনি মেডিকেল কলেজে চলে গেছেন; আমার দৃষ্টিতে তখন আর কিছু নেই, শুধু পথ, সে পথ সাভারের নয়, আমি মেডিকেল কলেজে যাই, আমার চিকিৎসকের দেখা পাই, তিনি আমাকে তার কামরায়

নিয়ে গিয়ে দরোজা বন্ধ করে দেন, আমি ভীত হয়ে পড়ি। তাঁকে আমি প্রশ্ন করি, আমার কোনো অসুখ ধরা পড়েছে কিনা। অবিলম্বেই তিনি উত্তর না দিয়ে আমার গুণকীর্তন শুরু করেন, আমার সম্পর্কে বিভিন্ন প্রকার সাহসী আশা প্রকাশ করেন— আমি এ সবের কোনো প্রসঙ্গই উপলব্ধি করতে পারি না। তিনি আমাকে চা খাওয়ান, চা শেষে আমি সিগারেট ধরাতে যাব, তিনি স্মিতমুখে আমাকে বারণ করেন; আমি অপ্রস্তুত হয়ে যাই, আমার ধারণা হয়— মেডিকেল কলেজে একজন অধ্যাপক-চিকিৎসকের কামরায় ধূমপান করাটা নিয়ম বহির্ভূত কিন্তু এ কথাও আমার স্মরণ হয় যে, অতীতে যতবার আমি এখানে এসেছি, ধূমপান করেছি, তিনি নিষেধ করেন নি। আমি বিস্মিত হয়ে তাঁর দিকে তাকাই। তিনি টেবিলের ওপার থেকে উঠে এসে আমার সমুখে টেবিলে নিতম্ব রক্ষা করে বসেন এবং কয়েক মুহূর্ত আমার চোখের দিকে স্থির তাকিয়ে থেকে বলেন, যে, আমার ক্যান্সার হয়েছে, গলনালি অথবা স্বরযন্ত্র— তা তিনিই ভালো বলতে পারবেন, রোগ সেখানে প্রাথমিক পর্যায় ছেড়ে অনেকদূর অগ্রসর হয়েছে; আমি কথাটা শুনে কিছু বলতে যাব, স্বরযন্ত্র আমার আদেশ পালন করে না, আমি স্তব্ধতার সঙ্গে কিছুক্ষণ কুস্তি লড়ে অবসন্ন হয়ে চেয়ারে এলিয়ে পড়ি। আপনারা নিশ্চয়ই আশা করবেন না, যে, এরপরও আমার শুটিংয়ের কথা মনে থাকবে? আমি শুটিং, সাভার ইউনিট, আমার ছবি— সবকিছু ভুলে যাই যেন তা অন্য কারো জীবনের ও অন্য কোনো প্রতিষ্ঠানের; এমনকি ফয়সাল হোসেন নামক একটি ব্যক্তির অস্তিত্বও আমি সম্পূর্ণ বিস্মৃত হই। গলার ভেতরে আমি রোমশ কিছু অনুভব করতে থাকি, গলনালি অস্বাভাবিক রকমে স্ফীত বলে বোধ করি, কামরায়— যেমন হাসপাতালে হয়— সাদা রঙ ক্লথের পর্দাকে কাফনের কাপড় বলে প্রতীয়মান হতে থাকে। কীভাবে সেখান থেকে বেরোই আমার আর স্মরণ হয় না, আমি সোজা স্টুডিওতে যাই এবং যাই আমার স্ত্রীর সন্ধানে, তখনো সে এসে পৌঁছোয় নি, আমি জানতাম, আমার সামনেই ফোন এসেছিল, অনুপমের আসতে দেরি হবে তাই যেন ম্যাডাম একটু দেরিতে স্টুডিওতে যায়, আমি তখন ফ্লোরের বাইরে অপেক্ষা করতে থাকি, লক্ষ করে থাকবেন যে ফ্লোরের সমুখে নতুন ভিটেবালি ফেলা হয়েছে, সেখানে হঠাৎ লক্ষ করি আমার পায়ের ছাপ উঠেছে, আমার ঘাড়ে কী ভূত চাপে— আমি পা চেপে চেপে হাঁটতে থাকি, আগাগোড়া ফ্লোরের সমুখে বালির ওপর পায়ের চিহ্ন মনে হয়, যেন আমি ইতোমধ্যেই বিদায় নিয়েছি, আর কেউ আমার শরীর ধারণ করে পদচিহ্ন রচনা করে চলেছে। ম্যাডামের গাড়ি এসে যায়, সে আমাকে দেখে অবাক হয়, যেন আমার মুখ চেনার বাইরে বদলে গেছে; তার সেই দৃষ্টি আমাকে এক সত্যের সমুখে অকস্মাৎ দাঁড় করিয়ে দেয়; আমি দেখতে পাই আমার ও তার ভেতরে জীবন ও মৃত্যুর ব্যবধান, ফয়সাল হোসেন আর নাসিম বানুর ভেতরে বাস্তবতা আর বিভ্রমের ব্যবধান; সে আমাকে কিছু প্রশ্ন করে, প্রশ্নগুলো স্মরণে নেই, উত্তরে আমি কী বলি তাও আমার স্মরণ হয় না; আমি এতটা দূরত্ব অনুভব করি, হাত বাড়িয়ে তাকে ছুঁতে পারব সে আশা হয় না; আমাদের অদূরে শুটিংয়ের কিছু একস্ট্রা শিল্পীকে বাদশাহি আমলের সৈনিকদের পোশাক পরে ঘোরাফেরা করতে দেখি, দেখি বল্লমের কাঠের ডগায় সিলভার বারনিস লাগাচ্ছে সুরেশ পেইন্টার, একটা ঘোড়ার পিঠে জরির সাজ পরানো হচ্ছে; আমি অবিলম্বে সেখান থেকে বিদায় নিই; সমস্ত কিছুই ক্যান্সার আক্রান্ত বলে আমার বোধ হয়; সমস্ত কিছুই স্বরভঙ্গজনিত কারণে নিশ্চুপ বলে অনুমিত হয়, আমি পালিয়ে আসি।

একজন বলে, এ সবই কি মায়া ছিল তবে ?

আরেকজন যোগ করে, এবং বালকেরা ?

ও আরেকজন, তারা কি সত্যি সত্যি আমাদের পথ দেখিয়ে ফয়সাল হোসেনের কাছে এনেছিল ? অথবা ফয়সাল ছিল আমাদেরই অন্তর্গত ?

ভেতরের উলঙ্গ মানুষটি এই প্রথম ইতস্তত করে, চৌমাথায় দাঁড়িয়ে থাকে, তারপর সে ছুটে চলে যায়; সে কোথায় যায় ?

সে যদি অন্যত্রই ধাবিত হয়, তাহলে, সত্য এখানে ছিল না ? আমরা এই উপলব্ধির পর নীরবে অগ্রসর হই; প্রায় সমস্ত রাত বৃত্তাকারে চলবার পর বাংলোর সাক্ষাৎ পাই বটে।

১০

সমস্ত রাত নবগ্রামে ট্রেন এসে সিটি দেয়, কোনো যাত্রী নেই, ট্রেন চলে যায়, আবার ফিরে আসে, আবার সিটি দেয়, বিশ্ব চরাচরে একটি শূন্য ট্রেন যাত্রীর জন্যে তীব্র তীক্ষ্ণ চিৎকার করে ওঠে মুহুর্মুহু, আমরা স্থবির হয়ে বসে থাকি, প্ল্যাটফরমে ইট বিছানো চত্বরে উঁকি দেয়া সাহসী ঘাসগুলো অকস্মাৎ বিবর্ণ হয়ে যায়, আখের ক্ষেতে গোক্ষুর সাপ লেজের বাড়ি মারে, আখ তৎক্ষণাৎ হলুদ হয়ে যায়, বাঁশ টাস টাস করে, আমরা কিছু মানুষের মরণ আর্তনাদ শুনতে পাই, আমরা ধাবিত হই, আমরা এখনো ধাবিত হতে পারি, অবাক হই; আমরা দেখতে পাই— পরিচিত কিছু মুখ, তারা শূন্য সাদা একটি বিশাল পর্দার সমুখে দাঁড়িয়ে আছে, স্বেচ্ছায় তারা সেখানে উপস্থিত নয়, তাদের সমুখে এক ব্যক্তি কালো কাপড়ের নিচে মাথা সম্পূর্ণ ঢুকিয়ে কী একটা যন্ত্রের হাতল উন্মাদের মতো ঘুরিয়ে চলেছে, সমুখের মানুষগুলো ক্রমশ তিনমাত্রিক থেকে দ্বিমাত্রিক হয়ে যাচ্ছে আশাহীনভাবে, তারা চিৎকার করছে, রাত্রির বুকের ওপর দিয়ে ট্রেন ভীত হয়ে তিস্তা জংশনের দিকে ফিরে যাচ্ছে ভয়াবহ গতিতে; জলের কলসগুলো শূন্য, কেউ অনবরত আছাড় মেরে ভেঙে চলেছে; কাঠের কয়েকটি বল্লম স্থির হয়ে আছে রক্তাক্ত আকাশে; বাদকদল যন্ত্র বাজিয়ে শহর প্রদক্ষিণ করছে কিন্তু কোনো শব্দ হচ্ছে না; আর একটি মানুষের কাটা কড়ে আঙুলটি পৃথিবীর বিস্তৃত প্রান্তরে এখন লাফিয়ে চলেছে যেন বা টিকটিকির ছিন্ন লেজ।

আমরা কোলাহল শুনে বেরিয়ে আসি।

আমরা বিস্মিত হই নবগ্রামের চাঞ্চল্য দেখে; পথে লোক; বাড়ির দরোজায় লোক, বিপণি বিতানে লোক, কাছারির মাঠে লোক, থানার লাল সিঁড়িতে লোক; কিন্তু সেইসব লোক একদিন ছিল স্থানু, চিত্রার্পিত, আজ তাদের আমরা দেখতে পাই অবিরাম উথলে উঠছে, নড়ে উঠছে, সমবেত হচ্ছে, বিচ্ছিন্ন হচ্ছে, এ ওর কাঁধ জড়িয়ে ধরছে আবার ছেড়ে দিচ্ছে; যেন বা এক বিশাল কটাহে অনুপানসমূহ শীতল ও স্থির হয়ে ছিল, অকস্মাৎ আগুন জ্বালিয়ে দেওয়া হয়েছে, এখন টগবগ ধ্বনি উঠছে, অনুপান আদিম সমুদ্রের মতো বিক্ষুব্ধ হয়ে পড়েছে।

কে ? কোথায় ? এবং কী হয়েছে ?

আমরা কোনো উপায় পাই না।

আমাদের এমত বোধ হয়, নবগ্রামে আমরা আগন্তুক নই, এখানেই আমাদের উত্থান ও বিলয়; আমরা ভীত হয়ে পড়ি; আমরাও অচিরে চলমান জনস্রোতের অংশ হয়ে পড়ি।

এই স্রোত কোথায় যায়?

মানুষেরা আমাদের দিকে দৃষ্টিপাত করে না।

ফয়সাল হোসেনের কর্কট ব্যাধির চেয়েও ভীষণ মনে হয় বস্তুজগতের এই ক্রমশ অবনত হয়ে আসা; আমরা শ্বাসরুদ্ধ হয়ে পড়ি।

দালাল, পঙ্গু ও নির্বোধের এই শহরে আমরা কোনো তীর আশা করতে পারি না। নির্বোধ আমাদের কৌতূহলের কি নিবৃত্তি ঘটাতে পারে? পঙ্গু আমাদের কোনো উৎসের দিকে নিয়ে যেতে পারে? আর দালালকে বিশ্বাস করে কোন মূর্খ একাত্তরসূচক একটি সংখ্যা স্থায়ীভাবে মুদ্রিত হয়ে যাবার পর?

আমরা এমন কোনো ব্যক্তি দেখি না যে এই গণচাঞ্চল্যের কারণ আমাদের জন্যে নির্দেশ করতে পারে; আমরা ভিড়ের ভেতরে বালকদের সন্ধান করি; বালকেরাই এখন আশা, সেইসব বালক যারা একাত্তরে জন্ম গ্রহণ করে নি, একাত্তর যাদের কাছে শ্রুত কথা মাত্র; একাত্তরের পূর্বের আমরা সকলেই তো নির্বোধ অথবা পঙ্গু কিংবা দালালে পরিণত।

আমরা অগ্রসর হয়ে চলি; আমরা অচিরে শহরের প্রান্তভাগে একটি কুঁড়েঘরের সমুখে উপনীত হই; মানুষের প্রচণ্ড চাপ ও ঠেলাঠেলিতে নিকটে পৌঁছোতে কষ্ট হয় আমাদের, আমরা প্রায় আশা ছেড়ে দিই, তবু স্থান ত্যাগ করি না, অপেক্ষা করি।

জনস্রোত কুটিরের ভেতরে যায়; যারা যায় তারা কোলাহল করতে করতে প্রবেশ করে, আমরা লক্ষ করি— ভেতরে তারা ক্ষণকালের বেশি অবস্থান করে না, বেরিয়ে যখন আসে তাদের চোখে মুখে এক আমূল পরিবর্তন দৃষ্ট হয়, যে চোখে শীতলতা ছিল সে চোখ প্রজ্জ্বলিত, যে মুখ স্তব্ধ ছিল তা সুগ্রথিত শব্দময়, যে বিশৃঙ্খলা ছিল তা এখন জ্যামিতির ঈর্ষা উদ্রেককারী সরল রৈখিক মিছিলে পরিণত।

আমরা অপেক্ষা করি। আমাদের আশা অবিনাশী, আমরাও কখনো না কখনো ভেতরে প্রবেশ করব।

১১

পেছনের প্রচণ্ড চাপে আমরা এক পা এক পা করে অগ্রসর হই; অকস্মাৎ যেন পর্দা সরে যায়, বস্তুত আমরা কুটিরের ভেতরে প্রবেশ করি।

কুটিরের ভেতর মাটির মেঝে, সেই মেঝেতে ইঁদুরের বড় বড় গর্ত মাটির ঢিপি; বাইরে রোদ্দুর, ভেতরে নকল কাচের টুকরোর মতো অসংখ্য রোদ্দুর, বছরের প্রথম দিনের প্রভাতের মতো কোমল অন্ধকার সমস্ত কিছুর ভেতরে স্থির হয়ে আছে।

আমরা দেখতে পাই রক্তাক্ত একটি কুঠার।

আমরা দেখতে পাই মাটির ঢিবির ভেতরে একজন উপবিষ্ট।

আমরা দেখতে পাই উপবিষ্ট ব্যক্তিটি মোহাম্মদ ইসমাইল।

আমরা দেখতে পাই মোহাম্মদ ইসমাইল রক্তাক্ত কুঠারটি কোলে নিয়ে নিষ্পলক চোখে বসে আছে; যেন বা কুঠারটি তার ঔরসজাত আরেকটি শিশু।

তার দক্ষিণ পাশে আরো দুটি প্রকৃত শিশুকেই আবিষ্কার করি, রক্তাক্ত ও মৃত।

তার বাম পাশে আমরা এক রমণীকে লক্ষ করি; রমণী রক্তাপ্লুত, রমণী বিগত প্রাণ।

এখনো ধীরগতিতে রক্ত গড়িয়ে চলেছে মাটির ওপর দিয়ে, যেন বা অজ্ঞাত এক সরীসৃপ। আমরা স্তব্ধতার ভেতরে মানুষের অসাধ্য পর্দায় অতি উচ্চ ও সূক্ষ্ম তারে শব্দ শুনি, কিন্তু তার মর্ম বুঝি না।

মোহাম্মদ ইসমাইলকে খোদিত মূর্তি বলে ভ্রম হয়; রাসলীলার সঙ বলে প্রতীয়মান হয়; বিশ্বের যে-কোনো মহৎ রচনার, যে-কোনো মহাকাব্যের, যে-কোনো অমর নাট্যের বিষয় যুদ্ধ, রক্ত ও কুঠার ভিন্ন আর কিছু নয়, এই সিদ্ধান্ত তবে সত্য?

আমরা আবিষ্কার করি মোহাম্মদ ইসমাইলের কাটা কড়ে আঙুলের স্থানে শ্বেতীর মতো যে বর্ণ ছিল, অপটু ও পাতলা চামড়ার আবরণ এই বারো বছরে রচিত হয়ে গিয়েছিল, সেই চামড়া ফেটে টপটপ করে রক্ত নির্গত হচ্ছে, শ্বেতবর্ণ অন্তর্হিত হয়ে গেছে।

এবং সেই ফোঁটা ফোঁটা রক্ত এখন একটি ধারায় পরিণত হয়ে যাচ্ছে; ধারাটি আপন বেগে মেঝের ওপর দিয়ে পথ করে নিচ্ছে, ধারাটি কুটির ছেড়ে বহির্গত হচ্ছে; আমরা কুটির ত্যাগ করে বাইরে বেরিয়ে দেখি, সেই ধারা নবগ্রামের প্রতিটি পথে প্রবাহিত হচ্ছে, অতি চিকন একটি ধারা পথের নিপুণ মধ্যভাগ দিয়ে; আর জনস্রোত সেই ধারাটিকে অনুসরণ করে এগিয়ে চলেছে, বস্তুত তারা কুটির থেকে যা দেখবার দেখে নিয়ে ফিরে যাচ্ছে, কিন্তু একে ফেরা বলে না; আমাদের অন্তরের ভেতরে অনুভূত হয়, যে, ব্যবহারের অপেক্ষায় দীর্ঘকাল পতিত একটি পথে একে অগ্রসর হওয়া বলে।

<h2 style="text-align:center">১২</h2>

উদ্ভিদের মতো মাটি ফুঁড়ে ফয়সাল হোসেন আমাদের পথ রোধ করে দাঁড়ায়।

আপনারা কি ভয় পেয়েছেন?

আমরা তলদেশে ডুব দিই এবং ভয় বলে কিছু দেখতে পাই না।

আপনারা কি ফিরে যাচ্ছেন?

আমরা পরস্পরের দিকে চকিত দৃষ্টিপাত করি, কারো ভেতরে কেউ কোনো সমর্থন আবিষ্কার করতে পারি না।

আপনারা কি সত্য সম্পর্কে এখনো দ্বিধান্বিত?

আমরা সত্যের জন্যেও আর কোনো প্রেরণা অনুভব করি না; যেন সত্য ইতোমধ্যেই নির্ণীত হয়ে গেছে; এখন কেবল ক্রিয়া, কেবল কর্তব্য সম্পাদন।

ফয়সাল হোসেন আমাদের আকর্ষণ করে শহরের চৌমাথায় নিয়ে যায়; চারটি পথ দিয়ে রক্ত প্রবাহিত হয়ে চলেছে, মানুষেরা একদল কুটিরের দিকে যাচ্ছে, একদল কুটির থেকে নিষ্ক্রান্ত হয়ে আসছে।

আপনারা কি কোনো ধ্বনি শুনতে পাচ্ছেন ?

নীরবে মাথা নেড়ে আমরা সমর্থন জানাই।

ফয়সাল হোসেন বলে, এবং নীরব আমরা বহুকাল; নীরবতা আমাদের অভ্যেসে পরিণত হয়েছে; সামান্য একটি 'হ্যাঁ' উচ্চারণ করতেও আপনারা আর শক্তি খুঁজে পান না, মাথা নেড়েই কাজ সারেন। আমরা তো জানি উচ্চারিত শব্দ বিনা কোনো ঘোষণা কিংবা সাক্ষাৎ সম্ভব নয়; আমরা নীরবতার আশ্রয়ে আত্মরক্ষা করি, যেন প্রয়োজনবোধে নীরবতার ভিন্ন কিংবা বিপরীত অনুবাদ করতে পারি; সে সুযোগ আমরা বহুকাল থেকে হাতে ধরে রেখেছি।

ফয়সাল হোসেনের বক্তব্য, ক্রিয়াপদের ব্যবহার, আমাদের দৃষ্টি আকর্ষণ করে; সমস্ত কিছুই সে এভাবে প্রকাশ করে যেন তা এইমাত্র অতীতকালে পর্যবসিত হয়ে গেছে, এবং এই যে বর্তমান এর প্রকাশক কোন ক্রিয়ারূপ তাও জানা নেই।

অতঃপর ফয়সাল হোসেন বলে, গত রাতে আমি যা আপনাদের বলেছি, এবং আপনারা আমাকে যা বলেছেন, তিনটি কাহিনীর কোনোটিই সত্য নয়। না, সত্য সম্পর্কে আমি কোনো কূটতর্কে আর যাব না; তবে এটুকু বলি, যে, যদিও বা তিনটি কাহিনীই সুরচিত, যদিও বা তারা ভিন্ন ভিন্ন কালে ও পরিস্থিতিতে সত্য বলে গৃহীত হতে পারত, এখন এই রক্তাক্ত কুঠারের পরে তারা আর সত্য নয়, না এখন, না আগামীতে; আগামী এখন সম্পূর্ণ ভিন্ন আকৃতিতে রচিত হতে চলেছে, সে রচনা সম্পূর্ণ হয়ে যাবার আগেই আমি আমার শেষ কাহিনীটি আপনাদের বলে রাখতে চাই। মানুষের ব্যাকুলতা বড় অদ্ভুত, সে নিমজ্জিত হবার মুহূর্তেও জীবনের স্বপ্ন দেখে, নিশ্চিহ্ন হবার কালেও ভবিষ্যৎ রচনা করবার প্রেরণা অনুভব করে বটে। মানুষ তার রক্তাক্ত নখর দিয়েও স্বাক্ষর দিতে সদাপ্রস্তুত।

প্রবাহিত জলধারার মতো জনস্রোতের ভেতরে আমরা কয়েকজন স্থির দাঁড়িয়ে আছি; ফয়সাল হোসেন এই জনস্রোতের তোড় অনুভব করে না; যেন বা সে গতরাতের বারান্দায়।

সুস্থির গলায় সে বলতে থাকে, সেদিন সকালে সাভারে আমার শুটিং ছিল। আপনারা জানেন, আমি শুটিংয়ের অন্তত আধ-ঘণ্টা আগে সবসময় পৌঁছে যাই। সেদিন সকালে আমি সাড়ে সাতটার ভেতরেই সাভারে পৌঁছোবার ইচ্ছে রাখি; সেইভাবে আমি প্রস্তুত হতে থাকি। ইতোমধ্যে টেলিফোন আসে, আমার সহকারী ফোন করে, এটা তার নিত্যদিনের কর্তব্য বটে, আমিও তাকে জানিয়ে দিই যে, যথাসময়ে পৌঁছে যাব। তারপর আবার টেলিফোন আসে; দুলালী ফোন করে তার মায়ের অসুখের কথা বলে, তার কিছু দেরি হবে বলে; আমার সহকারী তখন দুলালীর বাড়িতে গিয়েছিল তাকে গাড়িতে তুলে নেবার জন্যে, আমি সহকারীকে ফোনে ডেকে বলে দিই, যে, দুলালীকে আমিই তুলে নেব, ইউনিট যেন তার জন্যে অপেক্ষা না করে।

আমি এখন পর্যন্ত নতুন কিছু শুনি না; আমরা অপেক্ষা করি।

আমি অকুস্থলে উপস্থিত না থেকেও বলতে পারি, আমার ইউনিট সঙ্গে সঙ্গে সাভারের পথে রওয়ানা হয়ে যায়। আপনারা জানেন, আমার শিক্ষাগুরু ছিলেন জহির রায়হান; তাঁর কাছে আমি যে কেবল সিনেমার কলাকৌশলই শিক্ষা করেছি তা নয়, খুব সচেতনভাবে তাঁর ব্যক্তিগত অভ্যেসগুলোও রপ্ত করেছি, সেটা করেছি এই জন্যে যে, প্রতিভা আমাদের সবার

কাছেই ম্যাজিক বলে প্রতীয়মান হয়, আমরা সকলেই মনে করি, যে, কেবল কৌশল শিক্ষাই যথেষ্ট নয়, শিক্ষাদাতার অনুকরণও আবশ্যিক, সম্ভবত প্রতিভার কিছুটা অংশ শিক্ষকের মুদ্রাদোষ, ব্যক্তিগত রুচি ও অভ্যেসের ভেতরেও নিহিত আছে। আপনারা লক্ষ করে দেখবেন, উর্দি বিনা সৈনিক— সৈনিক নয়; অথচ সৈনিক তো উর্দির সঙ্গে তার সাহস, নৈপুণ্য ও সতর্কতা ছাউনিতে ফিরে ত্যাগ করে না; আসলে উর্দি তাকে একটি প্রতীক দান করে, বস্তুতপক্ষে যে-কোনো উর্দিরই ইতিকথা এই। উর্দি কেবল সৈনিকেরই, তা নয়; কবি যে লম্বা চুল রাখেন, সেটাও এক ধরনের উর্দি, উকিল যে কালো কোট পরেন সেটাও এক ধরনের উর্দি; অথচ এসবের সঙ্গে কবির কবিতা রচনার ক্ষমতা বা উকিলের মামলাসংক্রান্ত পারদর্শিতার কোনো সংস্রব নেই। যাক, যা বলছিলাম। স্বীকার করবেন, চিত্রপরিচালকদের এ রকম কোনো উর্দি বা পরিচয় চিহ্ন নেই; কালো কোট, লম্বা চুল ইত্যাদি কিছুই চিত্রপরিচালকের পরিচায়ক-চিহ্ন নয়; অনেকে অবশ্য বলবেন, গলায় ভিউফাইন্ডার ঝোলানো, বম্বার জ্যাকেট গায়ে চাপানো, ক্রিকেট ক্যাপ মাথায় ধারণ করা— এগুলো একজন চিত্রপরিচালককে শনাক্ত করতে সাহায্য করে, কিন্তু আমাদের দেশে এসব এখনো চালু নয়; চিত্রপরিচালককে মতিঝিলের ইনডেন্টর বলে আপনাদের ভ্রম হতে পারে এই বাংলাদেশে, কিংবা বন্ধকী মালের কারবার আছে এমনও মনে হয় কাউকে কাউকে, কাউকে দেখে সদ্য বিবাহিত যুবক মনে হয়— যার গায়ে পাঞ্জাবি এবং পায়ে নাগরা, কাউকে বা মনে হয় কলেজের অধ্যাপক, অধিকাংশকে দেখে আপনি বুঝতেই পারবেন না তার পেশা কী? অথচ যে-কোনো পেশারই দাবি আছে বহিরঙ্গে একটা বিশেষত্ব ধারণ করবার; তাই আমরা সেই প্রেরণায় গুরুকে অনুকরণ করতে শুরু করি, যেন জহির রায়হানকে যদি মানুষেরা চিত্রপরিচালক বলে জানে, তবে তার ভঙ্গিগুলো ধারণ করলে আমরাও তার সহযোগী বা সহকর্মী বলে সহজে পরিচিত হতে পারি, বস্তুতপক্ষে আরেকজন জহির রায়হান হয়ে উঠতে পারি। আমার গুরুর অভ্যেস ছিল, শুটিংয়ে বেরুবার আগে কিছুক্ষণ বাথরুমে সময় ব্যয় করা, আমিও সেদিন শুটিংয়ে রওয়ানা হবার আগে বাথরুমে যাই; জহির ভাইয়ের অভ্যাস ছিল, রওয়ানা হবার মুহূর্তে বইয়ের আলমারির কাছে দাঁড়ানো, যেন বই খুঁজছেন, দ্রুত টাইটেলগুলো দেখে নিচ্ছেন, তারপর কোনো বই না ছুঁয়ে বেরিয়ে পড়া, আমারও এটা অভ্যেসে দাঁড়িয়ে গেছে। আমি সেদিন বইয়ের আলমারির কাছে যাই; জহির ভাইকে দেখেছি বাড়ি থেকে বেরিয়েও আবার ঘরে ফিরে আসতে, কী একটা খোঁজাখুঁজি করে আবার গাড়িতে গিয়ে বসতে; আমিও এটা রপ্ত করে ফেলেছিলাম; জানি, নিতান্তই অনুকরণ তবু অভ্যেসটি ছাড়তে পারি নি; আমিও সেদিন গাড়ি পর্যন্ত গিয়ে আবার ঘরে ফিরে আসি। ম্যাডাম এই অভ্যাসগুলো জানেন, তিনি স্মিত চোখে আমাকে দেখেন, আমিও তার দিকে ফিরে অন্যমনস্কভাবে হাসি। এ অভ্যেস জহির ভাইয়েরও ছিল; আমার গুরু শুটিংয়ে বেরুবার চূড়ান্ত মুহূর্তে ভাবিকে মুখে কিছু বলতেন না, দিনের সবচে' সুন্দর হাসিটি রচনা করে নীরবে তিনি গৃহত্যাগ করতেন; আমিও সেদিন জহির ভাইয়ের মতোই নাসিমের দিকে তাকিয়ে নীরবে একটু হাসি এবং রওয়ানা হই।

আমরা এখন পর্যন্ত এমন কিছুই ফয়সাল হোসেনের কাছে শুনতে পাই না যা চমকপ্রদ, যা নতুন এবং যা অপর তিনটি কাহিনী থেকে ভিন্ন কিছু হয়ে উঠবার সম্ভাবনাপূর্ণ।

তবে আমরা বিস্ফারিত চোখে লক্ষ করি, পথে মানুষের সংখ্যা বিপুল; এত বিপুল যে,

নবগ্রামের মতো ছোট একটি শহরে এত লোকের বাস আমাদের বিশ্বাস হয় না; এবং লোকসংখ্যা প্রতি মুহূর্তে দ্বিগুণ হয়ে পড়েছে।

নিরাসক্ত চোখে ফয়সাল হোসেন সেদিকে একবার তাকিয়ে দেখে, যেন এসবই তার প্রত্যাশিত ছিল; একমাত্র তাকেই এ জনসমুদ্র থেকে দূর ও দ্বীপ বলে প্রতিভাত হয়; সে বলে, বাড়ি থেকে বেরিয়ে আমি দুলালীর কাছে যাই।

আমরা ঈষৎ বিস্মিত হই; দুলালী আমাদের বলেছিল, ফয়সাল হোসেন আসে নি; ফয়সাল হোসেন বলছে সে গিয়েছিল; জাহাজ এই প্রথম দিকচিহ্নহীন সমুদ্রে একটি লক্ষ্যের দিকে অগ্রভাগ ফেরায়; তার অগ্রভাগে জলপরীর দারু নির্মিত মূর্তিটি পর্যন্ত আমরা প্রত্যক্ষ করে উঠি।

ফয়সাল নিষ্কম্প কণ্ঠে বলে চলে, বাড়ির সমুখে গাড়ি থামিয়ে একবার হর্ন বাজাই; দুলালীরা দোতলায় থাকে; গাড়ির জানালা দিয়ে উঁকি দিই; না, অচিরে বারান্দায় কেউ আসে না, আমার আশা ছিল দুলালী ব্যালকনিতে এসে আমাকে হাত নেড়ে অপেক্ষা করতে বলবে, তার চিহ্নমাত্র দেখি না, বাড়িটি জনশূন্য বলে আমার ভ্রম হয়। আমি কিছুক্ষণ চিন্তা করি; ভুল ঠিকানায় এসে পড়ি নি তো? এর আগে মাত্র একবারই আমি এ ঠিকানায় এসেছিলাম, তাও এক গভীর রাতে, শুটিং থেকে ফেরবার পথে, সেদিন আমার নিজের গাড়ি বিকল ছিল, ম্যাডামের গাড়ি তার কাজে ব্যস্ত ছিল, আমরা সকলেই মাইক্রোবাসে করে ফিরছিলাম, আমি বাসেই বসেছিলাম, দুলালী নেমে গিয়েছিল— শুধু সেই স্মৃতির ওপর ভরসা করে সেদিন সকালেও রাস্তায় যাই; আমার ঈষৎ ক্রোধ হয়, শায়েস্তা খানের উচিত ছিল আমাকে ঠিকানা স্মরণ করিয়ে দেয়া। আমি কিছুক্ষণ গাড়িতে বসে থাকবার পর ইতস্তত করে নেমে পড়ি, সিঁড়ি দিয়ে উঠি এবং ফ্ল্যাটের দরোজায় লাল বোতামে টিপ দিই; আশঙ্কা হতে থাকে, যদি দুলালীর বাড়ি এটা না হয় তাহলে কী করে তার সন্ধান পাব, আমার শুটিং বসে থাকবে, শায়েস্তার ওপর আবার আমার বিরক্তি দেখা দেয়, ঠিক তখন দরোজা খুলে যায় এবং আমি এক বালিকাকে দেখতে পাই। এক বালিকার হাতে ললিপপ, বেশ কিছুটা ক্ষয়প্রাপ্ত, লালাসিক্ত, বালিকা নত চোখে আমাকে ভেতরে আসবার জন্যে দরোজা ছেড়ে দাঁড়ায়।

আমাদের ভেতরে একজন বলে, দুলালীর বোন।

হ্যাঁ, আমারও তাই মনে হয়। আমার ঈষৎ দুঃখ হয়, বালিকাটি যথেষ্ট জীবন্ত নয়, অথচ তার মুখের আদল দুলালীর চেয়েও সুন্দর, আমি একটি ক্ষতি বোধ করতে থাকি, বালিকাটি বড় হলে দুলালীর চেয়েও ভালো করতে পারত পর্দায়, যদি সে এই প্রাণহীনতাই ধারণ করে থাকে আজীবন তাহলে আর আশা কোথায়? আমি অতঃপর ভেতরে যাই। দরোজার ওপার থেকে দুলালীর কণ্ঠ ভেসে আসে— ফয়সাল ভাই? আমি গলা তুলে বলি— তৈরি তো? তারপরেই তার মায়ের অসুখের কথা আমার মনে পড়ে যায়, আমি অন্তরালবর্তী দুলালীকে প্রশ্ন করি— তোমার মা কেমন? উত্তর আসে— এইমাত্র ওষুধ খেয়ে ঘুমিয়ে পড়েছেন। আমি সমস্ত ফ্ল্যাটে তৎক্ষণাৎ মৃতের ঘ্রাণ অনুভব করে উঠি। আমি প্রায় চিৎকার করে বলি— হারিআপ, দুলালী, ইউনিট বসে আছে। তার কণ্ঠ শোনা যায়— আর এক মিনিট। তারপর নীরবতা, আমি এক মুহূর্তের জন্যে বিভ্রান্ত বোধ করি, আমি যার সঙ্গে কথা বললাম সে কি দুলালী? না, অপর কেউ? আমি কি ঠিক বাড়িতেই এসেছি? কেন আমার সে রকম মনে

হয়, আমি এখন পর্যন্ত বুঝি না; তারপর থেকে আমি অনেকবার ভেবেছি, কোনো হদিস পাই না। শোনা যায়, মানুষ অনেক সময় আগাম খবর পায়, এতকাল কথাটা ধার্মিক ব্যক্তিদের মুখে শোনা যেত, আজকাল বিজ্ঞানীরাও বলছেন। হ্যাঁ, আমরা নাকি আমাদের মনের অধিকাংশ খবরই রাখি না, তার শক্তি, শীর্ষ ও বিস্তৃতি সম্পর্কে মানব নাকি এখনো মূর্খের পর্যায়েই রয়ে গেছে। আমার কৌতূহল হয়; আমি অনুমান করি যে, দুলালীর কণ্ঠ ঠিক পাশের ঘর থেকেই শোনা গিয়েছিল, সে ঘরের পর্দা বাতাসে মৃদু উড়ছে, আমি লুব্ধ বোধ করি, আমি উঠে দাঁড়াই; বলতে ভুলে গেছি, আমাকে বসিয়ে রেখে ললিপপ হাতে বালিকাটি ভেতরে চলে গিয়েছিল, সে উপস্থিত থাকলে আমি হয়তো দোদুল্যমান ঐ পর্দার দিকে অগ্রসর হতাম না; আমি এখন সন্তর্পণে অগ্রসর হই এবং পর্দাটি ঈষৎ তুলে ধরি।

ফয়সাল হোসেন এ পর্যন্ত বলে নীরব হয়ে যায়; আমরা অস্থির হয়ে পড়ি।

পর্দাটি আপনি ঈষৎ তুলে ধরেন। আমরা তাকে সাহায্য করবার মানসে আবৃত্তি করি।

হ্যাঁ, আমি তাই করি।

আবার তার নীরবতা, এবং আবার তাকে ঠেলে অগ্রসর করবার চেষ্টায় আমরা বলি, আপনি তখন দেখতে পান।

হ্যাঁ, আমি তখন দেখতে পাই।

আপনি কি দুলালীকেই দেখতে পান ?

হ্যাঁ, আমি দুলালীকেই দেখতে পাই।

এ সংবাদে আমরা ক্ষুণ্ন বোধ করি; দুলালীর বাড়িতে দুলালীর কণ্ঠস্বর শুনে পর্দা ফাঁক করে দুলালীকেই দেখতে পাবার ভেতরে কোনো বিস্ময় নেই।

তবে, আমরা বিস্ময়েরই বা কেন আশা করি ? বর্তমানে বিস্ময় আর কী থাকতে পারে ? আমাদের চারপাশে অনবরত যা ঘটে তার গতি-প্রকৃতি যত বিস্ময়করই হোক না কেন, বিস্মিত হতে আমরা ভুলে গেছি; আমরা এখনো আমাদের সংলাপে ও বর্ণনায় 'বিস্ময়' শব্দটি ব্যবহার করি বটে, তবে সেটা অভ্যেস বশে, অথবা অন্য কোনো শব্দের অভাব বলে।

আমরা আবারো আবৃত্তি করে উঠি, আপনি দুলালীকে দেখতে পান।

এবং আমি আরো কিছু দেখি। বস্তুতপক্ষে, দুলালীর আগে সেই আরো কিছুটাই আমি দেখে উঠি। আমি দেখতে পাই, কিছু সাদা দাগ, আমি দেখতে পাই, দুলালীর মুখমণ্ডলে সাদা দাগ, আমি শ্বেতীর সাক্ষাৎ পাই; আমি দেখতে পাই দুলালী সেই দাগের ওপর প্রলেপ দেবার জন্যে ত্বকের রঙের অনুরূপ ক্রিম হাতে করে আছে, তার হাত চিবুক পর্যন্ত উত্তোলিত, সে ফিরে আমাকে দেখতে পায় এবং সংক্ষিপ্ত তীক্ষ্ণ একটা চিৎকার করে দু'হাতে মুখ ঢেকে ফেলে; তার গলা, তোয়ালে, চুল সেই ক্রিমে মাখামাখি হয়ে যায়। আমি বরফ হয়ে যাই, ধীরে আমার হাত থেকে পর্দার কোণ পড়ে যায়, দুলালী পর্দার আড়ালে ঢাকা পড়ে। তার শ্বেতী আছে আমি আগে কখনো জানতাম না; তার শ্বেতী আছে আমি ঘুণাক্ষরে কখনো অনুমান করতে পারি নি। সমস্ত মুখ পাতাবাহারের মতো চিত্রিত, মৃত, অসুস্থ, যেন বা মানুষের মুখ ওটা নয়; আমি দুলালীকে এতবার দেখেও সেদিন সেই মুহূর্তে চিনতে পারি না আর; দুলালীর আর্তনাদ আমার কাছে জন্তুর স্বর বলে ভ্রম হয়; সে কি এখনো মুখ

ঢেকেই বসে আছে আয়নার সমুখে ? আমার সমুখে বিশ্বে একটা বিকট চিড় ধরে যায়, কিন্তু তা শব্দহীন, কেবলি ধ্বসে পড়া, আর কিছু নয়। আমি দ্রুত নেমে আসি, গাড়িতে গিয়ে বসি, গাড়ি স্টার্ট নিতে চায় না, মনে হয় গাড়িটিও আমার সঙ্গে বিশ্বাসঘাতকতা করছে, আমাকে এখানেই রেখে দেবার ষড়যন্ত্র করছে, আমি আবার প্রাণপণে মোচড় দিই চাবিতে, একসেলটরে পা প্রবল বেগে চেপে ধরি, বন্যপশুর মতো হঠাৎ আমার গাড়ি ডাক ছেড়ে ওঠে, আমি নিমেষে বড় রাস্তায় এসে পড়ি, গাড়ি সাইড করে আমি একবার পেছনের দিকে তাকাই, কীসের আশায় বা কার প্রত্যাশায় তাকাই— জানি না, পেছনে শূন্যতা, নির্জনতা, স্তব্ধতা এবং এসবই একে অপরের সঙ্গে জড়িয়ে। আমি পথের ওপরে বাড়িগুলোর দিকে দৃষ্টিপাত করি; আমার বোধ হয় উজ্জ্বল পেইন্টের আড়ালে শ্বেতী; আমি কিছু মানুষকে হেঁটে যেতে দেখি, তাদের মুখ ক্রিম প্রসাধিত বলে বোধ হয়, এবং তার আড়ালে শ্বেতী; আমি নীল আকাশে ভাসমান কিছু মেঘ দেখতে পাই, গোল ও কোমল, কিন্তু সভয়ে চোখ ফিরিয়ে নিই, আকাশের শ্বেতী চিহ্ন বলে আমার কাছে তা প্রতীয়মান হয়। আমি ঊর্ধ্বশ্বাসে স্থান ত্যাগ করি; আমার গাড়িই যেন আমাকে স্টুডিওতে নিয়ে আসে; স্টুডিওর ফ্লোরগুলো সম্প্রতি পরিচ্ছন্ন রূপ ধারণ করেছে, কাঁঠালি চাঁপার মতো হলুদ পেইন্ট দেয়ালে, আমি শিউরে উঠি; আমার যেন মনে হয় পেইন্ট উঠে আসছে, বিকট শ্বেতী চিহ্ন প্রকাশিত হচ্ছে। আমার গাড়ি দেখেই চৌকিদার গেট খুলে ধরে, আমি গেটের বাইরেই গতিহীন বসে থাকি গাড়ির স্টিয়ারিং ধরে; আমার জীবন ও কর্মের ওপর প্রলিপ্ত রঙটি সিনেমার পর্দায় অতি ধীরগতিতে খসে পড়তে থাকে, শ্বেতী চিহ্ন আমি প্রত্যক্ষ করে উঠি; স্বেদে আমার মুখ সিক্ত হয়ে আসে, আমি আর্তনাদ করে উঠি, যেন এই স্বেদে আমার রঙ গলে পড়বে এবং আমারই মুখমণ্ডলে শ্বেতী চিহ্ন প্রকাশিত হয়ে পড়বে।

আমাদেরও হাত অজান্তে আমাদের মুখে উঠে আসে; আমরাও কি শ্বেতী চিহ্ন সন্ধান করি ? এবং তা আমাদেরই মুখে ? আমরা তো জানি, রঙ কখনো স্পর্শ দ্বারা শনাক্ত করা যায় না, এবং কে পারে নিজের দিকে দৃষ্টিপাত করতে ? অতঃপর আমরা আমাদের নাক, চোখ, কান যথাস্থানে আছে কিনা সে বিষয়েও সন্দিহান হয়ে পড়ি এবং টেনে টেনে পরখ করতে থাকি। ফয়সাল হোসেন বলে, অতঃপর আমি আরো আবিষ্কার করি এক স্তব্ধতা এবং সেই স্তব্ধতার ওপর শব্দের প্রসাধন; উচ্চারিত সমস্ত শব্দ যা এই বর্তমানব্যাপী, কবিতা, বক্তৃতা, নাট্য সংলাপ, সংবাদ, সঙ্গীত এবং তা ধুয়ে যাবার অপেক্ষায়, মুছে যাবার অপেক্ষায়, খসে পড়বার অপেক্ষায় অনন্তকাল ধরে যেন বা, আর তার অন্তরালে শ্বেত স্তব্ধতা। সেই স্তব্ধতাকে হত্যা করি তেমন কুঠার কই আমার হাতে ? আমরা কুঠারও দেখতে পাই, আমরা আমাদের হাতও দেখতে পাই, কিন্তু দুয়ের ভেতরে কোনো সংযোগ স্থাপন করবার বিজ্ঞান আমাদের আর জানা নেই। আবার আমরা তো এটাও প্রত্যক্ষ করলাম, কুঠার এবং হাতের সংযোগ হওয়াটাই যথেষ্ট নয়, তার লক্ষ্য সম্পর্কেও আমাদের স্পষ্ট ধারণা ও স্থির মস্তিষ্ক থাকা প্রয়োজন, নইলে যা করব তা আত্মহত্যারই নামান্তর। তবু তো একটি উদ্যম, তবু তো একটি প্রাণ লক্ষণ, তবু তো একটি ঘটনা যখন আর কিছুই ঘটে না; তবু তো মানুষগুলো নড়ে উঠেছে, মানুষগুলো বেরিয়ে পড়েছে, মানুষগুলো এখন শব্দ সৃষ্টি করছে। আপনারা কি একটা ধ্বনি শুনতে পাচ্ছেন না ? মোহাম্মদ ইসমাইলের জন্যে আমার হৃদয় ভেঙে যায়, কিন্তু এই ঘটনাটি না ঘটলে আমার হৃদয় সম্পর্কেই আমি সচেতন হতে পারতাম

না, আমরা কেউই রৌদ্রের ভেতরে স্থাপিত হতে পারতাম না; মোহাম্মদ ইসমাইল স্তব্ধতার গায়েই কুঠার হেনে রক্তপাত ঘটিয়েছে, এবং সেই রক্ত, তার স্ত্রীর রক্ত, তার শিশু সন্তানদের রক্ত আমাদের স্তব্ধতার প্রলেপ বড় দ্রুত ধুয়ে দিতে শুরু করেছে। বড় শহরে আমি আর কিছু আশা করি না, আমি এই গণ্ডগ্রামগুলোতেই এখন ভবিষ্যৎ প্রত্যক্ষ করি।

১৩

বালকদের আমরা দেখতে পাই; বালকেরা এখন সংখ্যায় সহস্র গুণ। নদীর পাড়ে মিষ্টান্ন ভোজনরত বালক কটিকে আমরা আর আলাদা করে শনাক্ত করতে পারি না; সকলের মুখ এক মুখ বলে বোধ হয়; আমরা তাদের মিছিলের পুরোভাগে দেখি, আমরা বয়স্কদের অনুসরণ করতে দেখি নত মস্তকে; জানালা ও দরোজায় আমরা মাতা ও ভগ্নিদের দেখি কৌতূহলে চোখ মেলে এ সমস্তই গ্রহণ করতে; বৃদ্ধদেরও আমরা দেখতে পাই মৃত্যুর অপেক্ষা ছেড়ে বাড়ির হাতায় এসে দাঁড়াতে, পঙ্গুরা হুইল চেয়ার নিয়ে পথে নেমে পড়ে, নির্বোধেরা যেন শিশুদের সাক্ষাতে আলোকিত হয়ে ওঠে— যেন বা তাদের জড়বুদ্ধি প্রাচীনকালের মতো খসে পড়ে; কিছু লাল অট্টালিকা ধ্বসে পড়ে, রক্ষীরা চিৎকার করে পালায়, মোড়ে মোড়ে পত্রিকার ছেঁড়া পাতা উড়ে যায়, অন্নের সুঘ্রাণে বাতাস ভরে ওঠে; সেই বাদকদলকে আবার আমরা দেখতে পাই, আবার তারা যন্ত্র হাতে, এবার তারা বালকদেরই নির্দেশে সঙ্গীত করে ওঠে, সেই সঙ্গীতের তালে তালে বহুকাল বিস্মৃত একটি জয়ধ্বনি সম্মিলিত কণ্ঠে শ্রুত হয় এখন; স্তব্ধতার ভেতর থেকে বিদীর্ণ সেই ধ্বনি; বয়স্করা ইতস্তত করে, বয়স্কদের কেউ কেউ পরীক্ষামূলকভাবে জয়ধ্বনিতে যোগ দেয়, কেউ বা বালকদের প্রীত করবার জন্যেই উচ্চকণ্ঠে জয়ধ্বনি দিয়ে ওঠে, কিন্তু বালকেরা তিরস্কারের ভঙ্গিতে তাদের দিকে দৃষ্টিপাত করতেই তারা নীরব হয়ে যায়, দালালেরা সরে পড়বার পথ খোঁজে, কিন্তু চাপে পিষ্ট হয়ে যায়, তারা আর্তনাদ করে কিন্তু শব্দ শোনা যায় না, বস্তুত সেই ধ্বনি ব্যতীত আর কোনো শব্দ এখন নেই।

ফয়সাল হোসেন আমাদের দিকে ফিরে তাকিয়ে বলে, জীবন ও কল্পনার দূরত্ব সব সময় নির্ণয় করা যায় না; সম্ভবত দূরত্ব বলে আদৌ কিছু নেই।

ফয়সাল হোসেন স্মিত মুখে বালকদের দিকে তাকায়, হয়তো বা ওদের মিষ্টান্ন ভোজ দেবার স্মৃতিটুকু সে জাগিয়ে তুলতে চায় এই অভিব্যক্তির মাধ্যমে, কিন্তু বালকেরা তাকে পাশ কাটিয়ে অগ্রসর হয়; আমরা ফয়সাল হোসেনের দাফন ও জানাজার জন্যে ইমামের সন্ধানে বেরোই; এখানে আমরা ছাড়া আর কে তার আত্মীয় ? আমরা লাশ বহন করে স্তব্ধতার দিকে পা বাড়াই; আমাদের সঙ্গে জ্যামিতিক হারে দূরত্ব বৃদ্ধি করে বালকেরা জয়ধ্বনি করতে করতে নবগ্রামের পঞ্জরের ভেতরে প্রবিষ্ট হয়ে যায়।

কালধর্ম

আমরা এখন এই কাহিনীর গভীরে প্রবেশ করতে চাই, কাহিনী বস্তুত একটি খোলশ মাত্র, আমরা সেই খোলশ ছিঁড়ে ভেতরের দিকে দৃষ্টিপাত করতে চাই; যদি তা সম্ভব হয়— ব্যক্তিগতভাবে আমি আশঙ্কা করি, আমাদের প্রবলতম চেষ্টাও ব্যর্থ হবে— তবু এ কাহিনীর গভীরে যদি আমাদের প্রবেশ শেষপর্যন্ত সম্ভব হয়, তাহলে কেবল তখনই আমরা নির্ণয় করতে পারব যে, এ কাহিনী প্রেমের অথবা আতঙ্কের, স্বাস্থ্যের অথবা অসুস্থতার; কেবল তখনই আমরা সিদ্ধান্ত করতে পারব যে, এ কাহিনী কেবল রফিকুল ইসলামেরই অথবা এ কাহিনী আমাদের প্রত্যেকের। সর্বশেষ এই বিকল্পটি আদৌ সুখপ্রদ নয়; বস্তুত, আমরা এই কাহিনীটি উপেক্ষাও করতে পারতাম, সময়-ধারণার কোনো দূর অঞ্চল দিয়ে এই কাহিনীটিকে নিঃশব্দে বয়ে যেতে দিতে পারতাম আশাহীন অন্তহীন আকারহীন সেই ভয়াবহতার দিকে যেখানে শেষ পর্যন্ত সমস্ত কিছুই লুপ্ত হয়ে যায়; কিন্তু না; মানুষের অন্তর্গত হঠকারিতা থেকে আমরা কেউই মুক্ত নই; অতএব আমাদের অগ্রসর হতেই হয়।

অচিরেই আমরা জেনে যাব যে, এক রোববারের বিকেলে রফিকুল ইসলাম ঘুমিয়ে পড়েছিল, যদিও সে দিনের বেলায় প্রায় কখনোই ঘুমোয় না, তার মরহুম বাবা বলতেন দিনের বেলায় ঘুমোনোটা রসুলুল্লাহর না-পছন্দ; সে হঠাৎ সোফার ওপর ঘুমিয়ে পড়েছিল এবং কেবল ঘুমই নয়, সে একটি স্বপ্নের ভেতরে প্রবেশ করেছিল, তারপর ঘুম থেকে যখন সে জেগে উঠেছিল তখন দিনটি সেদিনই অথবা পরদিন, সে শনাক্ত করতে পারে নি, সময় লেগেছিল, তারপর সমস্ত কিছুই তার কাছে ভঙ্গুর বলে বোধ হয়েছিল, টেবিল, চেয়ার, দেয়াল, দরজা, টেলিফোন, এমনকি সড়কের ওপর মানুষের কণ্ঠস্বর এবং ক্যালেন্ডারের পাতায় তারিখের সংখ্যাগুলো।

আমরা এ সংবাদও পেয়ে যাব, যে স্বপ্নের স্মৃতি রফিকুল ইসলামকে অত্যন্ত ধীরগতিতে আক্রমণ করেছিল, প্রথমে স্বপ্নটিকে সে স্বপ্ন বলেই গণনা করেছিল, সুস্বপ্ন অথবা দুঃস্বপ্ন— কোনোটাই তার মনে হয় নি, তারপর, সমস্ত কিছু কেবল ভঙ্গুরই নয়; যখন দূরবর্তী বলেও তার বোধ হতে থাকল, যখন সে কোনো কিছুই আর তার নিজস্ব নয় বলে অনুভব করতে থাকল, তখন সে সঙ্কট প্রত্যক্ষ করতে শুরু করেছিল।

অস্পষ্ট একটি সঙ্কট; সম্ভবত অন্য কারো সে সঙ্কট; তার, রফিকুল ইসলামের, কোনো সংযোগ নেই, এরকম একটি সঙ্কট, এভাবেই তো মানুষ সাধারণত আত্মরক্ষার প্রথম কৌশল রচনা করে থাকে কিন্তু কখনোই সে জয়ী হতে পারে না; বস্তুত রফিকুল ইসলামও অচিরে আবিষ্কার করে যে এ সঙ্কট তারই, অন্য কারো নয়। সে দ্রুত নেমে আসতে থাকা সন্ধ্যার অন্ধকারের ভেতর চুপ করে বসে থাকে দুই করতল যুক্ত করে; ঠোঁটের ওপর যুক্ত দুই তর্জনী ঈষৎ ছুঁইয়ে রেখে; সে ভাবতে থাকে অথচ কিছুই ভাবে না; অতীত যেন আন্দোলিত হয়ে উঠতে চায়; দৃষ্টিপাত মাত্র সে আন্দোলন পাষাণ হয়ে যায়; ভবিষ্যতের ওপর যেন আলোক সম্পাত ঘটে; দ্বিতীয়বার সচেতন হলেই সে আলো অকস্মাৎ উধাও হয়ে যায়; এবং এই বর্তমান ক্রমশ বৃক্ষহীন হয়ে যেতে থাকে।

অন্ধকার চিৎকার করে ওঠে।

টেলিফোন তুলে নেয় রফিকুল ইসলাম; কোথাও এখনো মানুষ আছে, আগ্রহ আছে, উদ্যম আছে; সে প্রায় লাফ দিয়ে টেলিফোনের কাছে যায়; রিসিভারের ভেতরে ব্যাকুল হয়ে সাড়া পাঠায়, 'হ্যালো, হ্যালো।'

ওপার থেকে অচিরে কোনো কণ্ঠ শোনা যায় না; মৃদু একটা খসখস ধ্বনি শ্রুত হয় মাত্র; রফিকুল ইসলামের সন্দেহ হয় সে যথেষ্ট জোরে সাড়া দেয় নি; এবার সে উচ্চকণ্ঠে বিজ্ঞাপন দেয়; 'হ্যালো'। সর্পাঘাতের মতো উচ্চারণটি কাজ করে যেন-বা; তৎক্ষণাৎ ওপারে কেউ রিসিভার নামিয়ে রেখে দেয়, নামিয়ে রেখে দেবার নিশ্চিত শব্দ শুনেও রফিকুল ইসলামের প্রত্যয় হয় না, সে আরো একবার সাড়া দিয়ে ওঠে, 'হ্যালো।' টেলিফোনের তার দিয়ে স্তব্ধতা প্রবাহিত হতে থাকে।

লোকটি কে হতে পারে ? অন্য যে-কোনো সময় ফোন বেজে উঠলেই রফিকুল ইসলামের মনে অন্তত দু'তিনটি নাম উদিত হয়ে থাকে; প্রায় অভ্যেসে পরিণত হয়ে গেছে অনুমানের এই খেলা এবং প্রায়ই তার অনুমান সত্যি হয়ে যায় বলে খেলাটা সে ভালোই বাসে, কিন্তু আজ একটি নামও তার মাথায় আসে না; যেন বিকেলের ঐ অপ্রত্যাশিত স্বপ্নের চাদরে তার পরিচিত জগৎ ইতোমধ্যেই আচ্ছাদিত হয়ে গেছে। আমরা কি স্বপ্নের আগে 'অপ্রত্যাশিত' এই বিশেষণটি ব্যবহার করেছি ? —অচিরেই এর সার্থকতা আমরা অনুভব করতে পারব।

রিসিভার রেখে দিতে দিতে তার একবার মনে হয়, তাহলে কি গাফফার অথবা তার স্ত্রী সুলতানাকে কেউ চাইছিল ? —ইউনিভার্সিটি জীবনের যে বন্ধু-দম্পতির সঙ্গে সে এই ফ্ল্যাট শেয়ার করে আছে। রফিকুল ইসলামের বর্তমান অবস্থায় স্মরণ করা সম্ভব নয় যে, ফোন এসেছে থেকে কখনোই তার মনে হয় নি— এই যে ফোন বাজছে এটা গাফফারের বা সুলতানার, যেন এই এক সত্য যে, গাফফারের আছে সুলতানা, আর রফিকুল ইসলামের আছে ফোন; তাই কখনো কেউ যদি ফোনে গাফফারকে চেয়েছে সে একটু বিস্মিতই বোধ করেছে, ডেকে দেবার মতো বাজে একটা কাজ, যতক্ষণ কথা চলছে ততক্ষণ ভদ্রতাবশত ঝুলবারান্দায় দাঁড়িয়ে থাকবার মতো একটা ঝামেলা ঘাড়ে এসে পড়ল বলে ঈষৎ বিরক্তিও বোধ করেছে সে, এমনকি গাফফার যতক্ষণ ফোন ব্যবহার করছে তার খুবই সঙ্গত মনে হয়েছে সুলতানার খোঁজ করে তার সঙ্গে দুটো রসিকতা করা— যা অন্য সময়ে সে কখনোই করে না।

এই পর্যায়ে আমাদের ধারণা নিয়ে নেয়া ভালো যে, রফিকুল ইসলাম এখনো অবিবাহিত, সেকালে সুলতানার সঙ্গে গাফফারের প্রেম না থাকলে হয়তো তার সঙ্গে রফিকুল ইসলামেরই একটা সম্পর্ক হয়ে যেতে পারত, জটিল রকমে সরল এই সম্ভাবনাটুকু তারা তিনজনই এখন পরিপাক করে নিয়েছে এবং বাড়ি ভাড়া করবার মতো প্রয়োজনীয় একটা অনুষ্ঠানে একত্রিত হতে সেই সম্ভাবনাটিকে অন্তরায় হতে দেয় নি তারা কেউই; যখন তারা ফ্ল্যাটটি নিয়েছিল তখন এখানে ফোন ছিল না, রফিকুল ইসলামই চেষ্টা করে ফোন এনেছিল; উদ্যোগটা তার এবং গ্রাহক হিসেবে তারই নাম বিধায় ফোনটি আছে তারই ঘরে এবং দিনের প্রায় সবকটি ফোনই আসে তার অথবা সে নিজে করে। গাফফার দু' সপ্তাহের ছুটি নিয়ে সুলতানার সঙ্গে আজমীর গেছে, যাবার আগে আত্মীয়-স্বজন বন্ধু বান্ধব সবাইকে

সে জানিয়ে গেছে, তাদের প্রত্যেকের নেয়াজ-নজর বহন করে সে তীর্থের দিকে যাত্রা করছে, সেও আজ প্রায় এক সপ্তাহ হয়ে এলো, কাজেই এ ফোন গাফফারের বা সুলতানার জন্যে না বাজবারই কথা।

তাহলে ফোন করেছিল কে ? যে করেছিল, সে সাড়া পেয়েও ফোন রেখে দিলই-বা কেন ? আমরা জানি, আয়োজনের তুলনায় শহরে ফোনের সংখ্যা অনেক বেশি বলে ডায়াল করলে ভুল নম্বরে চলে যাওয়া, অন্য ফোনের সঙ্গে আড়াআড়ি সংযোগ হয়ে যাওয়া ইত্যাদি নিত্যদিনের ঘটনা; কিন্তু আমাদের ভুলে গেলে চলবে না বরং এ থেকেই আমরা প্রমাণ পেয়ে যাই যে, রফিকুল ইসলাম বর্তমানে বর্তমান-বিস্মৃত; বিকেলের সেই স্বপ্নের দংশনে সে এখন বাহ্যজ্ঞানহীন।

রিসিভার রেখে সোফায় ফিরে বসতে যাবে, রফিকুল ইসলামের চোখে পড়ে, এই প্রথম, যে কখন সন্ধে হয়ে গেছে, ঘরে বাতি জ্বালা হয় নি সে উঠে সুইচ টিপতে যাবে, বোর্ডের দিকে ডান হাত বাড়িয়েছে; ঠিক সেই মুহূর্তে তার মাথার ভেতরে অন্য এক সংযোগ সাধিত হয়ে যায়, তার বাতি জ্বালানো হয় না।

স্বপ্নের ভেতরে শ্রুত সেই সংলাপ তার স্মরণ হয় সহসা, বস্তুত সে স্বপ্নের ভেতরেই আরো একবার প্রবেশ করে যায়, আরো একবার সমস্ত কিছু অভিনীত হতে থাকে। যার এক পর্যায়ে সে নিজেকে দেখতে পায় মানিকগঞ্জ রেল জংশনে ট্রেন বদল করবার জন্যে বিছানা গোটাচ্ছে, এমন সময় পেছন থেকে কে একজন তার পাঞ্জাবির পেছনের খুঁট ঈষৎ তুলে ধরে, পরিচ্ছদে এত মৃদু টান যে প্রায় অনুভবই করা যায় না, তরল গলায় বলছে, 'দেখি, আপনি কতটুকু মুসলমান'।

রাত; কিন্তু ট্রেনে বা প্ল্যাটফর্মে কোনো বাতি নেই, মানিকগঞ্জেও যে-কোনো রেলপথ বাস্তবে নেই, স্বপ্নের ভেতরে সে কথা আদৌ তার মনে পড়ে নি।

সর্বাংশে এখন শীতল হয়ে যায় রফিকুল ইসলাম, মানসিক অনেকখানি শক্তির প্রয়োজন হয় আলো জ্বালতে, আলো জ্বেলে সে তার ডাইনে বাঁয়ে কী একটা সন্ধান করতে থাকে, নিজেও ভালো করে বুঝতে পারে না, ভেতর থেকেই কে যেন তাকে দিয়ে সন্ধান করিয়ে চলে; সে একটি জিনিস হারিয়ে ফেলবার সম্ভাবনায় বড় বিচলিত বোধ করতে থাকে, অবশেষে অজ্ঞাত সেই বস্তুর সন্ধান আর অর্থহীন সিদ্ধান্ত করে সে একটি পত্রিকা কোলে তুলে নেয়, অচিরে পত্রিকাটিও সে ত্যাগ করে এবং একটি সিগারেট ধরায়। স্বপ্নটিকে সে অতঃপর শুরু থেকে শেষ পর্যন্ত বিস্তৃত করে মেলে ধরে।

আমরাও হয়তো তার স্বপ্নের সঙ্গে এই পর্যায়ে পরিচিত হতে পারতাম, কিন্তু রফিকুল ইসলামকে রাতে কোনো একটি ট্রেনে উঠতে দেখবার সঙ্গে সঙ্গেই টেলিফোন আবার বেজে ওঠে, অতএব রফিকুল ইসলামের সঙ্গেই আমাদের মনোযোগ ফেরাতে হয় টেলিফোনের দিকে, আগের মতো এবার সে আর লাফ দিয়ে টেলিফোন ধরে না, টেলিফোন একতালে বেজে চলে; সে পায়ের নিচে কার্পেটের নকশার দিকে স্থির চোখে তাকিয়ে থাকে।

আহ্ রফিকুল ইসলাম, হয় তুমি টেলিফোন ধর, অথবা বিকেলে দেখা স্বপ্নের কথা মনে কর; ধারাবাহিকভাবে তোমার স্বপ্নের বর্ণনা তুমি দাও, দুটোর যে-কোনো একটা তুমি বেছে নাও; দুটোতেই আমাদের একই মাত্রায় কৌতূহল এখন; কিংবা আরো স্থিরভাবে দেখলে,

টেলিফোন কে করছে সেটাই আমরা আগে জেনে নিতে চাই, কারণ স্বপ্নের কথা তুমি কিছু পরেও স্মরণ করতে পারবে; কিন্তু টেলিফোন যে করেছে সে হয়তো আর অধিককাল অপেক্ষা করবে না, রেখে দেবে।

রফিকুল ইসলামের এমত বোধ হয় যে, অসম্ভব জেনেও সম্ভাবনাটি তার কাছে মৃত মনে হয় না যে; ফোন তুললেই সে আবার স্বপ্নে শ্রুত সেই সংলাপটি শুনতে পারে, দেখি, আপনি কতটুকু মুসলমান।

স্বপ্নের ভেতরে লোকটি তার পাঞ্জাবির পেছনের খুঁট ঈষৎ তুলে ধরেছিল কেন ? তার কণ্ঠই-বা পরিহাস তরল ছিল কেন ?

আহ, রফিকুল ইসলাম; ফোন বেজে চলেছে।

সে, রফিকুল ইসলাম, রিসিভার তুলে নেয়।

হ্যালো।

শুকুর আলহামদুলিল্লাহ।

টেলিফোনের ওপারে নাসিরুদ্দিনের, তার বহুদিনের বন্ধুর গলা টের পেয়েও রফিকুল ইসলামের মন থেকে উদ্বেগ যায় না যে, এখনই এই কণ্ঠ স্বপ্নের সংলাপটি আবার উচ্চারণ করে বসবে, দেখি, আপনি কতটুকু মুসলমান।

নাসিরুদ্দিন আল্লার উদ্দেশে প্রশংসা উচ্চারণ করে বলে চলে, যাক, তাহলে বাড়িতেই আছ; দোস্ত, আমি মনে করলাম— হ্যালো, হ্যালো— রফিকুল ইসলামের সাড়া না পেয়ে নাসিরুদ্দিন একই সঙ্গে ডাকে এবং ট্যাপ করতে থাকে দ্রুত আঙুলে— হ্যালো, রফিক, আমি নাসির, নাসিরুদ্দিন কলিং, হ্যালো।

হ্যালো।

অতঃপর, কণ্ঠ যে রফিকুল ইসলামের এবং লাইন কেটে বা ক্রস হয়ে যায় নি এ বিষয়ে নাসিরুদ্দিন যখন নিশ্চিত হয়ে যায় তখন তার উচ্চারণ গিটকিরিযুক্ত হয়ে পড়ে; নাসিরুদ্দিন প্রীতবোধ করলে সংলাপের তলদেশে অবিরাম এহেন ধ্বনি সৃষ্টি করে থাকে বটে; সে এবার এই রোববারের সন্ধে বেলায় ফোন করবার উদ্দেশ্যটি ব্যক্ত করে।

তোমার ফ্ল্যাটে কিছুক্ষণের জন্যে আজ আসতে চাই।

রফিকুল ইসলাম নিজেকে আদৌ প্রস্তুত বোধ করে না, বরং সহসা সে উদ্বিগ্ন হয়ে পড়ে; তার জিহ্বা শব্দ উচ্চারণে সাময়িকভাবে অসমর্থ হয়ে পড়ে; অপর পক্ষে যখন আকুল 'হ্যালো, হ্যালো' শ্রুত হতে থাকে তখন শরীরের সমস্ত শক্তি প্রয়োগ করে রফিকুল ইসলাম কেবল বলতে পারে, কী বললে ? কথাটা নাসিরুদ্দিনকে সে আরেকবার বলতে অনুরোধ করে; এমনকি এই ছলনার আশ্রয়ও সে নেয় যে; লাইন গোলমাল করছে, কিছুই স্পষ্ট করে শোনা যাচ্ছে না। তখন নাসিরুদ্দিন বাক্যটি দ্বিতীয়বার উচ্চারণ করে, এবং আগের চেয়ে কিছুটা দ্রুতগতিতে। রফিকুল ইসলাম তখন তার আসবার উদ্দেশ্য জানতে চায়, আসবার বিশেষ কোনো দরকার আছে কিনা, এমনকি এটাও সে জানতে চায়; বস্তুত সে ইঙ্গিত করে, নাসিরুদ্দিনের এখন না এলে চলে কিনা।

নাসিরুদ্দিন ঈষৎ বিস্মিত হয়। বহুবার সে রফিকুল ইসলামের ফ্ল্যাটে এসেছে, ফোন করে এবং না করেও; যতদূর তার স্মরণ হয় প্রতিবারই সে সাদরে গৃহীত হয়েছে; আজ রফিকুল ইসলামের ভাব তার বোধগম্য হয় না। কিছুক্ষণের মধ্যেই রফিকুল ইসলাম আরো জানতে চায় যে সে, নাসিরুদ্দিন; একটু আগেই টেলিফোন আরেকবার বাজিয়েছিল কিনা, এবং যখন সে তাকে জানায় যে 'না' ফোন তাকে সে আজ প্রথম করছে, তখন 'ও তুমি বলছ তুমি এর আগে আমাকে ফোন করো নি'? তারবাহিত কণ্ঠের এই ধীরতা লক্ষ করে নাসিরুদ্দিন তখন বুঝে নিতে ঠিকই সক্ষম হয় যে, রফিকুল ইসলাম তাকে বিশ্বাস করছে না; কিন্তু কেন?

এক মুহূর্ত নীরব থেকে, হ্যাঁ কিংবা না-এর দিকে ধাবিত হবার আগে দম নেবার মতো স্থির নিশ্চল থেকে, অবশেষে নাসিরুদ্দিন আরো একবার তার ইচ্ছেটা ব্যক্ত করে, কিঞ্চিৎ ক্রুদ্ধ গলায়, কিছুটা অনুতাপের স্বরে। ক্রোধ এই জন্যে যে, একটি সাধারণ বাক্য তাকে তৃতীয়বারের মতো উচ্চারণ করতে হচ্ছে; অনুতাপ, অনুরোধটি অন্য কোনো বন্ধুকেই তার হয়তো করা উচিত ছিল।

চতুর্থবারে নাসিরুদ্দিন পুরনো বাক্যের অর্ধাংশ উচ্চারণ করে মাত্র, 'আজ একটু আসতে চাই।'

টেলিফোনের এ প্রান্তে রফিকুল ইসলাম ভ্রূ কুঁচকে বসে থাকে, রিসিভারটি তার হাতে ভারশূন্য হয়ে যায়; তার সন্দেহ হয়, কী সন্দেহ হয়, কোন্ প্রসঙ্গে সন্দেহ হয়, কিছুই স্পষ্ট নয়; তবু তার গভীর সন্দেহ হতে থাকে, বাস্তব এবং স্বপ্নের ভেতরে যে দ্যুতিময় ক্ষীণ জলরেখা এখন সেখানে গাঢ় বেগুনি রঙের আক্রমণ প্রত্যক্ষ করে সে হতাশ হয়ে পড়ে; বস্তুত নাসিরুদ্দিনের আসতে চাওয়ার সঙ্গে বিকেলের ঐ স্বপ্নের একটা গূঢ় যোগাযোগ থাকা বিচিত্র নয়।

ওপার থেকে নাসিরুদ্দিন যখন জানতে চায় যে আজমীর থেকে গাফফার দম্পতি ফিরে এসেছে কিনা— সে জানতে চায়, কারণ এ ছাড়া রফিকুল ইসলামের শৈত্য আর কিসে সম্ভব সে অনুমান করতে পারে না— তখন শ্রোতা চমকিত হয়ে ওঠে; রফিকুল ইসলাম একাধিকবার উচ্চারণ করতে থাকে, 'না, না, না'।

ঘরে তাহলে কেউ আছে নাকি?

না।

কারো আসবার কথা আছে?

না।

তুমি কি বাইরে যাচ্ছ?

না, না তো।

সবকটি প্রশ্নের উত্তরে 'না' শুনে তখন নাসিরুদ্দিন স্তম্ভিত হয়ে যায় এবং ক্ষণকাল পরে এক তরফা 'আমি আসছি' এই ঘোষণা দিয়ে সে টেলিফোন রেখে দেয়।

রফিকুল ইসলামের গাড়ি নেই, কিন্তু ঐ স্বপ্নটিতে তার নিজের গাড়ি ছিল; গাড়ি সে চালাতে জানে না, স্বপ্নের ভেতরে তার কোনো ড্রাইভার ছিল না, এবং সেটাই যেন ছিল বড়

স্বাভাবিক। রফিকুল ইসলাম আমদানি-রপ্তানির ব্যবসা করে; কিন্তু ঐ স্বপ্নের ভেতরে সে ব্যবসায়ী ছিল না, কোনো সভায় সে কখনো বক্তৃতা করে নি, স্বপ্নের ভেতরে তার নেমতন্ন ছিল মফস্বলে কোথায় এক সম্মেলনে প্রধান অতিথির ভাষণ দেবার। সেই মফস্বলের উদ্দেশে সে গাড়ি চালিয়ে যাত্রা করেছিল নিশ্চয়ই, কারণ স্বপ্নের যেখানে শুরু, সে স্মরণ করে, সে কাউকে বলছে 'গাড়ি আমি এতদূর অবধি আর আনি নি'; তার আরো স্মরণ হয়, ট্রেনে করে কিছুটা পথ গিয়ে তাকে নিজের গাড়ি নিতে হবে। এবং সে এখন রক্তের ভেতরে টের পেয়ে যায় যে, সম্মেলনের শহর পর্যন্ত সে নিজের গাড়ি নিয়ে যায় নি নিরাপত্তার অভাবে। নিরাপত্তার অভাব ? রফিকুল ইসলামের যেন মনে পড়তে থাকে, সম্মেলনে যোগ দিতে যাওয়াটাই তার জন্যে বিরাট এক ঝুঁকি ছিল। ঝুঁকিটা যে আদৌ সে নিয়েছে, স্মরণ করে সে বিস্মিত হয়ে যায়।

সে দরোজায় করাঘাত শুনতে পায়।

নাসিরুদ্দিন ভালো করে ভেতরে আসতেও পারে নি, রফিকুল ইসলাম নিজের কণ্ঠস্বরই শুনতে পায়, যেন বহুদূর থেকে উচ্চারিত, মানিকগঞ্জে তো রেল লাইন নেই, নাসির ?

মানিকগঞ্জ ?

হাঁ করে তার মুখের দিকে কিছুক্ষণ তাকিয়ে থাকে নাসিরুদ্দিন, নিজেরই ঠোঁটে জায়মান হাসিটিকে নিয়ে সে কিংকর্তব্যবিমূঢ় হয়ে পড়ে; এ যেন হঠাৎ হাতে এসে যাওয়া এমন এক বস্তু যার উপযোগিতা তার জানা নেই, সে বগল থেকে লম্বা মোড়কটি পাশ টেবিলের ওপর নামিয়ে রাখে; দ্রুত একবার ফ্ল্যাট বাড়ির সবকটি ঘর চক্কর দিয়ে আসে, গাফফার দম্পতির দরোজা ঈষৎ ঠেলে উঁকি দেয়; কিন্তু ঢোকে না, নাকে শ্বাস টানে; বিবাহিত জীবনের ঘ্রাণ তাকে ক্ষণকালের জন্যে উদ্বায়ী করে তোলে; মোড়ক খুলে হুইস্কির আস্ত বোতলটি সে সন্তর্পণে বের করে আনে, তারপর চমৎকৃত গলায় রফিকুল ইসলামকে দুটি গেলাশ আনতে অনুরোধ করে এবং গেলাশ দুটি এসে গেলে আলোর দিকে তুলে ধরে কাচের পরিচ্ছন্নতা পরীক্ষা করতে করতে সে সরব হয়, মাথা খারাপ ? মানিকগঞ্জে রেল লাইন ? তারপর গেলাশ দুটি নামিয়ে রেখে নাসিরুদ্দিন স্খলিত গলায় বলে, বরং আরেকটা গেলাশ এখনই এনে রাখতে হয়।

আরেকটা গেলাশ ?

নাসিরুদ্দিন স্মিত চোখে তাকিয়ে থাকে।

আর কেউ আসবে নাকি ? কে আসছে ? কই, বলবে তো ?

নাসিরুদ্দিনের চোখ চকচক করতে থাকে, ঠোঁট সিক্ত দেখায়। মৃদু একটা দুলুনিও লক্ষ করা যায় তার শরীরে, যেন যে আসবে তার নাম সে বলবে না বটে কিন্তু এইসব ইঙ্গিত থেকে অনুমান করে নিক রফিকুল ইসলাম যদি সে ওস্তাদ হয়ে থাকে। নাসিরুদ্দিনের চোখ, ঠোঁট আর দুলুনি সব কেমন সম্মোহিত করে ফ্যালে রফিকুল ইসলামকে; তার নিজের শরীরেই যেন সে দুলুনির সংক্রমণ অনুভব করে ওঠে, দ্বিতীয়বার তার আর জিজ্ঞেস করা হয় না, কে আসছে ?

অচিরে একটি পরিবর্তন লক্ষ করে রফিকুল ইসলাম ভীত হয়ে পড়ে; হুইস্কির গেলাশে চুমুক দিতে গিয়েও থমকে যায় সে। সে দেখতে পায় নাসিরুদ্দিনের ঠোঁট থেকে সিক্ততা অন্তর্হিত

হয়ে যাচ্ছে, চোখ ক্রমশ সুদূর সন্ধানী হয়ে উঠছে; লঘুতার চিহ্নমাত্র আর নেই কোথাও; মসৃণভাবে প্রবহমান সময় যেন হঠাৎ একটি মৃদু আর্তনাদ করে, যেন-বা একটি প্রত্যঙ্গ হারিয়ে অগ্রসর হচ্ছে এখন; এবং শরীরের সেই দেখা-যায়-কি-যায় না দুলুনি এখন সন্দেহাতীতভাবে অনুপস্থিত।

রফিকুল ইসলামের চোখের সঙ্গে নাসিরুদ্দিন স্থির শীতল একটি সেতু রচনা করে অস্ফুটস্বরে উচ্চারণ করে, মানিকগঞ্জে রেল লাইন ?

আবার কেন কথাটা সে উত্থাপন করে, রফিকুল ইসলামের বোধগম্য হয় না; প্রথমত সে উৎকর্ণ হয়ে থাকে, অনেকক্ষণ অপেক্ষা করেও নাসিরুদ্দিনকে দ্বিতীয় কিছু আর বলতে শোনে না, তখন বিকেলের সেই স্বপ্নের স্মৃতি তাকে হঠাৎ বিদীর্ণ করে গাঢ় কৃষ্ণরস হয়ে গড়িয়ে যায়, সে প্রায় চিৎকার করে ওঠে 'না-আ'। কিন্তু কীসের প্রতি এই নিষেধের উচ্চারণ তা বক্তা বা শ্রোতা কেউই শনাক্ত করতে পারে না, ফলে তারা দুজনেই দুজনের দিকে অবিশ্বাসী দৃষ্টি নিয়ে তাকিয়ে থাকে; যেন এক যুদ্ধের মানচিত্র; এবং দুজনের অজ্ঞাতেই গেলাশের বরফ বিশ্বস্তভাবে গলে হুইস্কির সঙ্গে মিশে যেতে থাকে, যায়।

অবিলম্বে নাসিরুদ্দিন একটি সিদ্ধান্ত নিয়ে ফ্যালে। তার আর সন্দেহ থাকে না যে মানিকগঞ্জে রেল লাইন বসাবার উদ্যোগ সরকার নিচ্ছে এবং আগাম খবরটা রফিকুল ইসলাম ইতোমধ্যেই সংগ্রহ করে ঠিকাদারির পত্র প্রায় হস্তগত করে ফেলেছে। অতএব নাসিরুদ্দিন আর মুখোশ ধারণের প্রয়োজন অনুভব করে না, সে এখন সরাসরি জানতে চায় রফিকুল ইসলাম তাকে বন্ধু বলে মনে করে কিনা ? যুক্তির ধাপ সে, রফিকুল ইসলাম, আদৌ ঠাহর করতে না পেরে ভ্যাবাচ্যাকা গলায় সায় দেয়— অবশ্যই সে তাকে বন্ধু বলে মনে করে। তাহলে সে এরও স্বীকারোক্তি এখনই দিয়ে দিক যে, নাসিরুদ্দিন অতীতে তাকে ব্যবসায়ে সাহায্য করেছে কিনা; দুটো বড় প্রকল্পে তাকে অংশীদার করে নিয়েছিল কিনা; বস্তুত রফিকুল ইসলাম এখন প্রতিষ্ঠিত ব্যবসায়ী হয়ে গেলেও গোড়ার দিকে নাসিরুদ্দিনের জন্যেই হালে সে পানি পেয়েছিল কিনা ? হ্যাঁ, এ কথাও সত্যি; রফিকুল ইসলাম কিঞ্চিত ভীতস্বরে স্বীকার করে নেয় এবং বিস্ফারিত চোখে পরবর্তী প্রশ্নের অপেক্ষা করে থাকে।

তাহলে, নাসিরুদ্দিন গেলাশে লম্বা চুমুক দিয়ে প্রস্তাব করে, রফিকুল ইসলাম এখন এই বসাতেই মানিকগঞ্জ সংক্রান্ত গোটা ব্যাপারটা তাকে খুলে বলুক। সে এ রকম ইঙ্গিতও দেয় যে, তাতে রফিকুল ইসলাম লাভবানই হবে। বক্তব্যটিকে আমূল প্রোথিত করবার জন্যে নাসিরুদ্দিন ছোট করে বাঁ চোখও টিপে রাখে অনেকক্ষণ।

তখন রফিকুল ইসলাম, যদিও নাসিরুদ্দিনের এ জিজ্ঞাসার উদ্দেশ্য তার জানা নেই, অত্যন্ত কৃতজ্ঞ গলায় শুরু করে এবং দিনের সূচনা থেকেই সে শুরু করে, জানোই তো ওরা এখানে নেই। সুলতানা যাবার সময় ঝি বেটিকেও দু' সপ্তাহের ছুটি দিয়ে গেছে, এবং এই ছুটি দেয়া যে কেন সে আমি ভেঙ্গে না বললেও তুমি বুঝতে পারবে; বাসায় আমি একা আর ঝি'টি বিগতা যৌবনা নয়। নাসিরুদ্দিন প্রশ্রয়ের নীরব হাসিটি প্রসারিত করে রাখে। অতএব, এই সাত দিন রোজ সকালে যা করছি— আজ সকালেও নিজের চা নিজেকেই বানিয়ে নিতে হলো। বিছানায় শুয়ে শুয়ে ঠিক করলাম, আজ আর বাসা ছেড়ে বেরুব না; আজ সারাদিন শুয়েই থাকব।

তারপর ?

নাসিরুদ্দিনের অসহিষ্ণু গলা শুনে হঠাৎ বড়কে যায় সে; কিছুক্ষণ কিছু বলতে পারে না; আসলে বিকেলে ঐ স্বপ্ন দেখার আগে পর্যন্ত গুরুত্বপূর্ণ এমন কিছুই ঘটে নি যা সবিস্তারে বলা যায়, রফিকুল ইসলাম আমতা আমতা করে।

তখন নাসিরুদ্দিন আরো একবার তাকে স্মরণ করিয়ে দেয় যে, ব্যাপারটা খুলে বললে রফিকুল ইসলামের লাভ বৈ ক্ষতি হবে না।

রফিকুল ইসলাম তখন হঠাৎ এক প্রশ্ন করে বসে, নাসির, তুমি স্বপ্নে বিশ্বাস কর ?

স্বপ্ন ?

হ্যাঁ, স্বপ্ন।

স্বপ্নের সঙ্গে এর যোগ কোথায় ?

কীসের যোগ ?

মানিকগঞ্জে রেল লাইনের।

আছে। যোগ আছে। সেই জন্যেই তো জিজ্ঞেস করছি।

তখন হা হা করে হেসে ওঠে নাসিরুদ্দিন। আরো একটা লম্বা চুমুক নিয়ে, তালুতে জিব ঠেকিয়ে টকাস শব্দ করে সে বলে, বোলো না যে সরকারি ফাইলটার খবর তুমি স্বপ্নেই প্রথম পেয়েছিলে। মুহূর্তে হাসি পরিত্যাগ করে সে রাষ্ট্রীয় তদন্তকারীর মতো গম্ভীর হয়ে যায়; দৃষ্টির শলাকায় রফিকুল ইসলামকে কিছুক্ষণ নেড়েচেড়ে দেখে সে অবশেষে বলতে বাধ্য হয়, অবশ্যই তুমি আমাকে আপন মনে কর না, রফিক। যদি আপন মনে করতে তাহলে সমস্ত কিছুই খুলে বলতে। তুমি চোখেমুখে এমন একটি ভাব ফুটিয়ে রেখেছ যেন সমস্ত কিছুই বলতে চাও, এবং আমি তার এক বর্ণ বিশ্বাস করছি না বলে মনে বড় আঘাত পেয়েছ। হ্যাঁ, এ যাবৎ তুমি যা বলেছ, যতটুকুই তুমি বলেছ তোমার মুখের ওপরেই বলছি, আমি একটি অক্ষরও বিশ্বাস করি নি। বলা বাহুল্য বোতলে করে দুধ খাওয়া আমি অনেক আগেই ছেড়ে দিয়েছি। বরং এখন আমিই তোমাকে কিছু বলব, শোনার পর তুমি স্বীকার না করলেও অন্তত নিজের মনেই অনুভব করতে পারবে যে, আমি যা বলছি তা ষোলো আনায় ষোলো আনা সত্যি।

রফিকুল ইসলাম সম্মোহিতের মতো তাকিয়ে থাকে, নাসিরুদ্দিনের চিন্তাধারার সঙ্গে বাস্তবকে সে কিছুতেই মেলাতে পারে না, অথচ প্রতিবাদ করে ওঠার প্রয়োজনও সে ভালো করে অনুভব করে না; বস্তুত সে বিকেলের স্বপ্নের দিকে পিঠ ফিরিয়ে বসে মনোযোগী ছাত্রের মতো শ্রবণ করে চলে।

হ্যাঁ, আমাকে তুমি বিশ্বাস কর না; অথচ এত বড় কাজ তুমি একা সামাল দিতে পারবে না, এটাও তুমি ভালো করেই বোঝো। কি বোঝো না ? একটা রেল লাইন বসানো বলে কথা। এ তোমার কোদাল চালিয়ে নর্দমা কাটা নয়। মানিকগঞ্জের ওপর দিয়ে যে একটা রেল লাইন হবে, এ খবর যে আমি পাই নি তা নয়। তবে বিশ্বাস করি নি। কেন করি নি সে অনেক কথা। আমার মূর্খতাও বলতে পার। এখন দেখছি, খবরটা ষোলো আনাই পাকা খবর ছিল। রফিক, তোমার প্রশংসা করি, খবরটা তুমি বিশ্বাস করেছ; এগিয়ে গেছ; সম্ভবত

যেখানে যা টাকা খাওয়ানো দরকার খাইয়েছ, যদিও আমার কাছে রহস্য থেকে যাচ্ছে যে এত টাকা তুমি নগদ পেলে কোথায়; কারণ এ কাজে প্রচুর টাকা ঢালতে হবে কেবল কাজটা পেতেই। হয়তো কোনো পার্টনার নিয়েছ। পার্টনার নেবার আগে আমাকেও তুমি বলতে পারতে; অতীতে আমি তোমাকে একাধিক ব্যাপারে পার্টনার নিয়েছি এবং নিয়েছি তোমার অনুরোধ করবার আগেই, আমাদের দীর্ঘকালের বন্ধুত্ব স্মরণ করে।

হো হো করে হেসে ওঠে রফিকুল ইসলাম, অনবরত দুহাত নেড়ে সে হাসতে থাকে, চোখ বন্ধ করে সে পাকস্থলীর ভেতর থেকে হাসতে থাকে; সম্মুখের গেলাশ উল্টে ফেলে দিয়ে আবার তা খপ করে সোজা করে বসিয়ে সে হাসে, হুইস্কি ঢালতে ঢালতে হাসে, চুমুক দেবার চেয়ে হাসিকেই অগ্রাধিকার দিয়ে সে হা হা করে হাসে এবং বিপজ্জনকভাবে তার হাতে গেলাশটি দোল খায়।

লাফ দিয়ে উঠে দাঁড়ায় নাসিরুদ্দিন। কিন্তু শান্ত গলায় ধীরগতিতে সে উচ্চারণ করে, সত্যি নয়? আঃ সত্যি নয়; হাসলেই সব মিথ্যে হয়ে যাবে? আমি বলছি, আমি তোমাকে বলছি, রফিকুল ইসলাম, কাজটা তুমি পেয়ে গেছ, পাও নি? সেইজন্যে গাফফারকে তুমি খরচ দিয়ে আজমীর পাঠাও নি? খাজা বাবার দরগায় তোমার শিরনি নিয়ে গাফফার যায় নি? রফিকুল ইসলামের দিকে ঝকঝকে তলোয়ারের মতো তাকিয়ে থেকে নাসিরুদ্দিন গেলাশে চুমুক দেবার জন্যে ঠোঁট নামায় এবং অকস্মাৎ আর্তনাদ করে ওঠে। আর্তনাদটিকে মাঝ পথেই সে সমস্ত শক্তি প্রয়োগ করে চাপা দেয় এবং মৃতগলায় 'তুমি জানো, এ সবই সত্যি' বলে ধপ করে বসে পড়ে।

তার এহেন আচরণ দেখে রফিকুল ইসলাম হতভম্ব হয়ে যায়।

বসে পড়বার পর নাসিরুদ্দিন হাতের গেলাশটিকে এক ধাক্কায় টেবিলের দূরপ্রান্তে সরিয়ে দেয়, যেন সে এই মুহূর্তে বিষ আবিষ্কার করতে পেরেছে তার পানীয়ের ভেতরে, বস্তুত বিষক্রিয়া হবার মতো বিকৃত দেখায় তার মুখ, রফিকুল ইসলাম উদ্ভ্রান্ত হয়ে পড়ে।

কী, কী হলো তোমার?

হ্যাঁ; তোমার এখানে আসাই উচিত হয় নি।

নিঃশব্দ তীব্র একটা ব্যথায় নাসিরুদ্দিন ক্রমাগত এপাশ ওপাশ করতে থাকে, সজোরে মাথা ঝাঁকুনি দেয়, মাঝে মাঝে যেন কি একটা আঘাত সে ঝেড়ে ফেলতে চাইছে, আর অবিরাম অস্ফুটস্বরে 'আহ, আহ' করতে থাকে। তারপর হঠাৎ সে সমস্ত কিছু ঝেড়ে ফেলে ঋজু হয়ে বসে, অকস্মাৎ তাকে রক্তহীন দেখায়, সে বলে, কোরান শরিফের সোনার লকেটটা পর্যন্ত আমি খুলে এসেছি; তোমার বাসা খালি; এখানে একটু বসব; একজন আসবে; আর তুমি খাজা বাবার কথা আমাকে মনে করিয়ে দিলে? এখন? এই সময়ে? জানো আমার হাতে গেলাশ, সামনে বোতল, বুঝতে পেরেছ মাল খবর দিয়ে এসেছি; তুমি নিজে পর্যন্ত খাচ্ছ; আর এর ভেতরে খাজা বাবার নাম তুমি আমার মুখ দিয়ে উচ্চারণ করালে? বিকৃত কণ্ঠে নাসিরুদ্দিন একবার 'আহ' ধ্বনি তুলে আবার নিঃশব্দে মোচড়াতে থাকে তার সারা শরীর। তারপর ধীরে সে উঠে দাঁড়ায়, বাথরুমের দিকে যাবার আগে একবার শুধু বলে যায়, 'মিনতি আসবে; দরোজার দিকে খেয়াল রেখ'।

অবিলম্বে মিনতি এসে যায়, এবং রফিকুল ইসলামকে আগে কখনো না দেখলেও বহুদিনের পরিচিতের সঙ্গে দেখা হবার অনুকরণে সে ঠোঁট টিপে হাসে, হঠাৎ জল ছুঁড়ে দেবার মতো চোখে নাচন তুলে ঘরে ঢোকে, তারপর সেখানে নাসিরুদ্দিনকে না দেখে বর্ষার ঘন কালো মেঘ হয়ে যায় মুহূর্তে।

আছে। বাথরুমে আছে। রফিকুল ইসলাম মিনতিকে আসন নেবার নীরব ইঙ্গিত করে নিজেই আগে বসে পড়ে এবং আরো একবার হাতের ভঙ্গিতে আমন্ত্রণ জানায়। বাথরুমের দরোজা আধো খোলা; অবিরাম জলের ঝাপ্টা শোনা যায়, দুজনেই তারা জলের শব্দ শোনে অনেকক্ষণ ধরে, অবশেষে রফিকুল ইসলাম তৃতীয় গেলাশটি হাতে নিয়ে মিনতির দিকে ঈষৎ তুলে ধরে, মিনতি 'না' সূচক মাথা নেড়ে চিবুক তুলে ধরে, রফিকুল ইসলাম স্মিত মুখে 'হ্যাঁ' সূচক মাথা দোলায়, অবশেষে চিবুক কাত করে মিনতি একখণ্ড লজ্জা হয়ে অপেক্ষা করতে থাকে, রফিকুল ইসলাম তৃতীয় গেলাশটিতে হুইস্কি ঢেলে তার হাতে তুলে দেয়।

নাসিরুদ্দিনের মেদবহুল ছ'ফুট লম্বা লাশের কথা স্মরণ করে রফিকুল ইসলাম মিনতির জন্যে শঙ্কিত বোধ করে, সে মিনতির দিকে আড় চোখে তাকায়; মিনতি গেলাশ হাতে নিয়ে চোখ নামিয়ে বসে আছে, তার স্বাস্থ্য এত ক্ষীণ যে ঘরের ভেতরে উপস্থিতিটুকু অনুভব করা যায় না; এমন বোধ হয় কঙ্কালের ওপর একটি মুখ এখনো জীবন্ত রয়ে গেছে কোনো রহস্যময় কারণে, বস্তুত ঘরের ভেতরে মিনতির মুখটিকে ভাসমান বলে রফিকুল ইসলাম গণনা করে।

বাথরুমে জলের শব্দ বন্ধ হয়ে যেতেই দুজনে উৎসুক চোখে তাকায়; পরিপাটি সিঁথি করা নাসিরুদ্দিন বেরিয়ে আসে হাসতে হাসতে এবং মিনতির উপস্থিতির কোনো স্বীকৃতি না দিয়ে সে রফিকুল ইসলামকে জানায়, গোসলই করে ফেললাম, তোয়ালেটা কার ছিল হে ? তোমার বন্ধুর বউয়ের নয় তো ? কেমন একটা গন্ধ পেলাম।

সম্ভবত বন্ধুর বৌয়ের উল্লেখে মিনতি ভীত হয়ে পড়ে; সে উদ্বিগ্ন চোখে নাসিরুদ্দিনের দিকে তাকায়, এবং এই প্রথম নাসিরুদ্দিন তাকে সম্বোধন করে ওঠে, আরে না, না, বাড়ি ফাঁকা, শুধু আমরা তিনজন, বাড়িতে কী বলে এসেছ ?

মিনতি উত্তরে নীরবে হাসে একটু, তখন তার পাশে বসে পড়ে, নাসিরুদ্দিন তাকে জড়িয়ে ধরে সশব্দে গালে চুমো দিয়ে উৎফুল্ল চোখে রফিকুল ইসলামকে বলে, হোল নাইট-এর প্রোগ্রাম।

২

রাত গভীরতর হয়; বাইরে থেকে আনা কাবাব প্রায় অভুক্ত পড়ে থাকে; রফিকুল ইসলামের ঘরে মিনতিকে নিয়ে সেই যে নাসিরুদ্দিন খিল দিয়েছে, আর কোনো সাড়াশব্দ পাওয়া যায় না; সে, রফিকুল ইসলাম, বসবার ঘরে একাকী সুরাপান করে চলে; মানিকগঞ্জের রেলগাড়ি বদল করবার প্রস্তুতি চিরকালের জন্যে স্তম্ভিত হয়ে থাকে।

একই সঙ্গে আরো দুটি ভাবনা প্রবাহিত হতে থাকে; এক, নাসিরুদ্দিনকে সে তার স্বপ্নের কথা আদৌ বলতে পারত কি ? —যদিও সে উদ্যোগ নিয়েছিল, এবং কিছু দূর পর্যন্ত অগ্রসর

হয়েছিল, এখন মনে হয়, ঐ অপ্রত্যাশিত বাধা না পেলেও সে মধ্যপথেই থেমে যেত হয়তো-বা, কারণ, স্বপ্ন মাত্রেই অবিভাজ্য। দুই, মানিকগঞ্জে কি সত্যি সত্যি রেলপথ বসানোর সরকারি উদ্যোগ চলছে ? —অথবা, এটাও একটি স্বপ্নমাত্র এবং এ স্বপ্ন জাগরিত অবস্থার— এর দ্রষ্টা ঠিকাদার-মুৎসুদ্দিরা ?

হঠাৎ দরজা খোলার শব্দ ওঠে; মিনতি ঘর থেকে বেরিয়ে এসে সুনির্দিষ্টভাবে রফিকুল ইসলামের পাশে এসে বসে পড়ে; রফিকুল ইসলাম আড়চোখে দৃষ্টিপাত করে এবং মিনতির গায়ে শাড়ি এতটুকু স্খলিত কিংবা তার প্রসাধন বিন্দুমাত্র অন্তর্হিত নয় দেখে সে বিস্ময়বোধ করে।

অচিরে মিনতি জানায়, প্রায় নীরব উচ্চারণে যে, না, কিছুই হয় নি। তার কাছ থেকে আরো সংবাদ পাওয়া যায়, আপনার বন্ধু আউট হয়ে গেছে। অতঃপর সে, মিনতি, রফিকুল ইসলামের পাশে চুপচাপ বসে থাকে; রাত প্রবাহিত হয়ে চলে।

অবশেষে রফিকুল ইসলাম গা ঝাড়া দিয়ে উঠে দাঁড়ায় এবং কাবাবের পাত্র রান্নাঘরে রেখে এসে মিনতির সম্মুখে অপ্রস্তুত ভঙ্গিতে দাঁড়িয়ে থাকে— পুরনো আসনে তথা মিনতির পাশে সে ফিরে বসবে কিনা মনস্থির করতে পারে না। তখন মিনতিই তাকে আহ্বান জানায়, বসুন।

হ্যাঁ, বসছি।

রাত কটা হলো ?

মিনতির হাতেও ঘড়ি আছে, কিন্তু কেন সে সময় জানতে চায় তথাপি, স্পষ্ট হয় না।

এগারোটা। আপনার ঘড়িতে কত ?

আমার ঘড়ি স্লো যাচ্ছে।

ঈষৎ উদ্বিগ্ন বোধ করে রফিকুল ইসলাম, মিনতি কি ঘড়িটা মিলিয়ে নেবে না ? নাকি, সে-ই মিলিয়ে দেবে বলে অপেক্ষা করে আছে ? রফিকুল ইসলাম অস্পষ্ট একটা হতের ভঙ্গি করে, ফলে তার হাত অকস্মাৎ মিনতিকে ছুঁয়ে যায় এবং সে বিদ্যুৎস্পৃষ্টের মতো হাত ফিরিয়ে আনে, মিনতি খলখল করে হেসে ওঠে।

সেই হাসির ভেতরে দু'টি শব্দই একাধিকবার উচ্চারিত হয় মাত্র, 'আপনার বন্ধু' 'আপনার বন্ধু'। তারপর নিজেই সে সংযত হয়ে যায়, বলে, থাক। এবং জানতে চায়, আপনার ঘর কোনটা ?

রফিকুল ইসলাম শঙ্কিত হয়ে প্রশ্ন করে, নাসিরুদ্দিন একেবারেই আউট ? ওটাই তো আমার ঘর। তাহলে ? আপনি কি এখন বাড়ি যাবেন ? যেতে চাইলে আমি না হয় পৌঁছে দিতে পারি।

আমি তো সকালে যাব বলে বেরিয়েছি।

তাহলে আপনি কোথায় শোবেন ? এতো এক মুশকিল হলো।

কেন ? আর ঘর নেই ?

আছে, সে ঘরে ওরা সব গুছিয়ে রেখে গেছে। না, না; সেখানে হয় না।

আপনি এত কী ভাবছেন ?

মিনতির হঠাৎ এই প্রশ্নে হতচকিত হয়ে যায় রফিকুল ইসলাম।

প্রথমত মনে হয় শোবার ব্যবস্থা নিয়ে তার চিন্তিত হয়ে পড়বার দিকেই মিনতি ইঙ্গিত করছে; আবার পর মুহূর্তেই ধারণা হয়ে যায় যে মিনতি তার গভীর পর্যন্ত দেখে ফেলেছে। এবং ঐ প্রশ্নটি করেছে। রফিকুল ইসলাম এখন কেবল বিচার করতে থাকে যে, প্রশ্নটি নেহাতই সৌজন্যমূলক অথবা সত্য সত্যই আন্তরিক; সিদ্ধান্ত করা সহজ হয় না আদৌ।

কই, ভাবছি কোথায় ?

হ্যাঁ, ভাবছেন। আপনার গেলাশ খালি। ঢেলে দিই ?

না।

ঘরে তাস আছে ?

তাস ?

হ্যাঁ, তাস থাকলে দুজনে খেলা যেত। আপনি তাস খেলেন না ?

ঘরে তাস আছে, রফিকুল ইসলাম তাস খেলেও থাকে, কিন্তু এখন মিনতির কাছ থেকে প্রস্তাব আসবার পর সে এমন বোধ করে যে, তাস আদৌ সে দেখে নি এবং জীবনে কখনো খেলে নি, বস্তুত অতীত অভিজ্ঞতার সবটুকুই তার এখন অপরের বলে বোধ হতে থাকে।

রফিকুল ইসলাম পাল্টা প্রশ্ন করে, আপনি স্বপ্নে বিশ্বাস করেন ?

বিন্দুমাত্র কালক্ষেপ না করে মিনতি উত্তর দেয়, হ্যাঁ, করি। কেন ?

করেন ?

হ্যাঁ, করি। কেন করব না ?

কেন করবেন ?

সকলেই তো করে। স্বপ্ন অনেক সময় সত্যি হয়ে যায়। আপনার কখনো হয় নি ?

রফিকুল ইসলাম সহসা স্মরণ করতে পারে না, অতীতে কোনো স্বপ্ন তার সত্যি হয়ে গিয়েছিল; সে এখন বড় বিচলিত হয়ে পড়ে, যদি আজ বিকেলের স্বপ্নটা সত্যি হয়ে যায়। উদ্বেগ তার গলার ভেতরে বিস্তৃত হতে থাকে; একটু আগে অনিচ্ছা প্রকাশ করলেও নিজেই সে এবার খানিকটা হুইস্কি ঢেলে নেয় এবং ঠোঁটে গেলাশে হবার পর সে আবিষ্কার করে চুমুক দেয়া আদৌ সহজ হচ্ছে না' গেলাশ নামিয়ে রেখে রফিকুল ইসলাম সিগারেট ধরায়।

কই বললেন না ? —আপনার কখনো কোনো স্বপ্ন সত্যি হয়ে যায় নি; আমার অনেকবার হয়েছে। বললে বিশ্বাস করবেন না, আমি অনেক আগাম খবর স্বপ্নে জেনে গেছি; যেমন, ম্যাট্রিক পরীক্ষার আগে আমি স্বপ্ন দেখেছিলাম, থার্ড ডিভিশনে পাস করেছি; শেষে ফল বেরুলে দেখি সেই থার্ড ডিভিশন। তারপর আমার ভাই, বড় ভাই; বাবা মারা যাবার পর সে-ই আমাদের দেখত, একদিন স্বপ্ন দেখলাম ভাই বিয়ে করে বৌ নিয়ে এসে মা-কে কি সব অপমান করে গেল, মা কাঁদছেন, ভাই আর জীবনে আমাদের কাছে এলো না, বৌ নিয়ে আলাদা হয়ে গেল; অথচ, যখন এই স্বপ্নটা দেখি তখন আমার ভাই বিয়েই করে নি। বললে আপনাকে বিশ্বাস করতেই হবে যে ভাই শেষ পর্যন্ত বৌ নিয়ে আলাদা হয়েও যায়;

বিয়েও সে বাইরে করে, সত্যি হয় নি, বৌ নিয়ে এসে মাকে সে অপমান করে যায় নি। তারপরে আরো আছে। তবে আপনার মনে হতে পারে যে, আমি কেবল দুঃখের স্বপ্নগুলোই সত্যি হয়ে যাবার কথা বলছি। না, সুখের স্বপ্নও সত্যি হয়েছে আমার। জানেন, সেই ছোটবেলা থেকেই আমি মাঝে মাঝেই স্বপ্নে আমাকে হালকা নীল রঙের শাড়িতে দেখতে পেতাম, দেখতে পেতাম হালকা নীল শাড়ি পরে আমি একটা ভারি সুন্দর মাঠের ভেতর দিয়ে হেঁটে যাচ্ছি, ঠিক যেন হাঁটছি না, বাতাসের ওপর দিয়ে ভেসে যাচ্ছি। আপনি হাসছেন? আমার এ স্বপ্ন কিন্তু সত্যি হয়েছিল। আপনি হয়তো জানেন না, আমি সিনেমায় পার্ট করি— ছোট পার্ট— আমার যে প্রথম পার্ট ছিল, রমনা পার্কে শুটিং, আমাকে লেকের পাশ দিয়ে সরু বাঁধানো রাস্তা দিয়ে হেঁটে যেতে হবে; একা, যাচ্ছি দূরে একজন যাকে আমি ভালোবাসি তার কাছে, সে পার্কের অপরদিকে অপেক্ষা করছে, আমার যাওয়া দেখে ছবির যে হিরো, সে তার প্রেমিকার কথা মনে করছে, আমার কাজ ঐ অতটুকুই ছিল। আপনি বিশ্বাস করবেন? —আমাকে শুটিংয়ে যে শাড়িটা পরতে দিয়েছিল তার রঙ ছিল হালকা নীল, ঠিক যে রকম আমি স্বপ্নে কত কতদিন দেখেছি? তারপরে আরো আছে। তার আগে আপনি বলুন, আপনার কোনো স্বপ্ন সত্যি হয় নি কখনো?

ঠিক মনে পড়ছে না।

সেকি? একটাও মনে নেই?

না, বোধহয় আমি সে রকম স্বপ্নই দেখি না।

তাহলে আপনি আর কী করে জানবেন, স্বপ্ন সত্যি হয় কি না। অবশ্য আপনার সঙ্গে কথা বলতে বলতে আমার এক নতুন কথা মনে এসেছে। আমি বকবক করলে যদি কিছু মনে না করেন তো, বলি। আর যদি কিছু মনেও করে বসেন তবু না বলে পারব না। কারণ, কথাটা আমার আগে কখনো এ ভাবে মনে হয় নি। অনেক কথা আছে, যা সব সময়ই চারদিকে আছে, হাতের কাছে আছে; অথচ মনে পড়ে না, বিশেষ করে চোখে পড়ে না; ভাবিয়ে তোলে না। বলতে পারেন, কথাটা মনে হয়েছে থেকে এখন আমি আর শান্তি পাচ্ছি না। বলি?

বলুন।

আপনি আমাকে আপনি করে বলছেন কেন?

বক্তব্যটি হঠাৎ স্পষ্ট হয় না রফিকুল ইসলামের কাছে, ঘুরে মিনতির চোখের দিকে সে গভীরভাবে তাকায়, তারপরই হেসে ফেলে, বলে, 'কেন বলছি, জানি না তো। তাছাড়া এই তো ঘণ্টা কয়েক আগে মাত্র আপনার সঙ্গে আলাপ হলো, আপনি বলব না তো কি বলব?

তুমি বলবেন। তারপর মিনতি মৃদুস্বরে যোগ করে, যদি আপনার ইচ্ছে হয়। এবং অনতিবিলম্বে এক চমকপ্রদ ধাঁধা উপহার দেয়, আপনার সঙ্গে তো মাত্র কয়েক ঘণ্টার দেখা নয়।

মানে? তার মানে?

মিনতি মৃদু মৃদু হাসতে থাকে।

আপনার সঙ্গে আগে কোথাও দেখা হয়েছে নাকি ?

হ্যাঁ, হয়েছিল।

হয়েছিল ? বিস্ময়ে রফিকুল ইসলাম পিঠ সোজা করে।

কোথায় ? কবে ? কই, আমার কিছু মনে পড়ছে না।

আপনার তো মনে পড়বার কথা নয়।

রফিকুল ইসলাম সত্যি সত্যি হতভম্ব হয়ে যায়, আবার তার এ কথাও মনে হয় চকিতে, যে, সে হয়তো জেগে নেই; ঘুমে এবং ঘুমের ভেতরে মিনতি নামে এই যুবতীর সঙ্গে তার সাক্ষাৎ হয়েছে।

মিনতি প্রাঞ্জল করে দেবার উদ্যোগ নেয়, বলে, আপনার কী করে মনে পড়বে ? আমি যা দেখি আপনি দেখেন না, আর আপনি যা দেখেন আমি তা দেখতে পাই না। আপনি যে স্বপ্ন দেখেন, তা কি আর কেউ দেখতে পায় ? অথবা আমার স্বপ্ন আপনার কি কখনো হতে পারে ? বলতে বলতে মিনতির চোখে যেন এক প্রকার সন্দেহের ছায়াপাত ঘটে; যেন সে নিজের বক্তব্য যথার্থ আর যথেষ্ট যুক্তিপূর্ণ বলে মনে করতে পারছে না; সে নিজের সঙ্গে লিপ্ত হয়ে পড়ে, অচিরে সংগ্রাম থেকে সে নিজেকে সরিয়ে আনে এবং বলে চলে, সে যাই হোক, আপনার সঙ্গে আমার দেখা হয়েছিল; কিন্তু সে যে আপনিই তা আগে বুঝতে পারি নি, এখানে এসেও তা বুঝতে পারি নি, বুঝতে পারছি এই একটু আগে থেকে, যখন আমার ভেতর থেকে বোধ হলো যে, আমার যে কথাটা মনে হয়েছে তা আপনাকে এবং কেবল আপনাকেই বলা যায়; ঠিক তখনই বুঝতে পারলাম যে, লোকটি আসলে আপনি ছিলেন।

আমি তো কিছুই বুঝতে পারছি না।

আসলে আপনি যথেষ্ট চেষ্টা করছেন না।

চেষ্টা তখনই করা যায়, যখন জানা থাকে যে কোন পথে চেষ্টা করতে হবে। তাই নয় কি ? অনেক সময় দেখা গেছে মানুষ চেষ্টা করছে বলে মনে করে, আসলে সে কিন্তু কিছুই করছে না। মানুষ তখন বড় হতভাগ্য। অন্তত আমি তাই মনে করি।

মিনতি রফিকুল ইসলামের হাতের ওপর হাত রাখে, কিছুক্ষণ চোখের দিকে তাকিয়ে থাকে সে, তারপর দুর্বোধ্য একটি বাণী পাঠানোর ভঙ্গিতে সে মৃদু চাপ দেয় তার হাতের ওপর এবং অবিলম্বে হাত মুক্ত করে হেলান দিয়ে বসে বলে, আপনি একটু আগে স্বপ্নের কথা বলছিলেন, না ? জানতে চাইছিলেন স্বপ্ন সত্যি হয় কি না। এই মুহূর্তে আমি আপনাকে আমার আরো একটি স্বপ্ন সত্যি হয়ে যাবার কথা বলতে পারি। আপনার সঙ্গে এটাই যে প্রথম দেখা নয়, সেই কথাটার যোগ আছে এর সঙ্গে। আপনি অবাক হচ্ছেন ? তাহলে শুনুন। আমি প্রায়ই এমন একজন মানুষকে আমার আশেপাশে টের পেতাম, এমনকি দেখতামও, এটাই আমার স্বপ্ন, যে আমাকে ভাড়া করে আনে নি, টাকা গুনে যার কাছে আমি যাই নি, আমাদের এমনিতেই দেখা হয়ে গেছে এবং সে আমার মতামত চাইছে কোনো একটা বিষয়ে, উত্তর চাইছে কোনো একটা প্রশ্নের। আমার কখনো কখনো মনে হতো, আপনি কিছু মনে করবেন না, সেই লোকটির সঙ্গে যেন আমার সংসার, সে আমাকে যে প্রশ্ন করছে তা সাংসারিক প্রশ্ন, এবং আমার উত্তরের ওপর তার সুখ নির্ভর করছে।

আমি অনেকদিন তার গলা পর্যন্ত শুনতে পেয়েছি, ছায়ার ভেতর তার দাঁড়ানো মূর্তিটাও আমি এখন মনে করতে পারি, আমার সব সময়ই মনে হতো সে বড় চেনা, কিন্তু কারো সঙ্গে ঠিক মেলাতে পারতাম না; এখন পারছি। এখন আমার ভেতর থেকে বিশ্বাস হচ্ছে, আপনি সেই লোক, আপনাকেই আমি দেখতাম। আর এরই সঙ্গে জড়িয়ে আছে একটু আগে যে কথাটি আমার মনে হয়েছিল। আপনাকে এখন আমি সেটাই বলছি।

রফিকুল ইসলামের শোবার ঘরের দরজা খুলে যায়, যেন দমকা বাতাসে; কিন্তু না; নাসিরুদ্দিন টালমাটাল পায়ে বেরিয়ে এসে দরজার পাল্লায় ঠেস দিয়ে দাঁড়ায় এবং অত্যন্ত জড়িতস্বরে প্রশ্ন করে, বাথরুমটা কোথায়? প্রশ্ন করে সে উত্তরের অপেক্ষা করে না, অন্ধের মতো অগ্রসর হয় দেয়াল ধরে ধরে এবং গাফফারদের শোবার ঘরের দরজা দড়াম করে খুলে প্রস্রাব করবার উদ্যোগ নেয়। তখন লাফ দিয়ে রফিকুল ইসলাম তার কাছে যায়, তাকে টেনে বাথরুমের ভেতরে নিয়ে যায়, নাসিরুদ্দিন তাকে সাপটে ধরে অনেকক্ষণ ধরে ভারমুক্ত হয়।

নাসিরুদ্দিন নিমীলিত চোখের জড়িত স্বরে প্রশ্ন করে, সে শালী কোথায়?

রফিকুল ইসলাম নিঃশব্দে তাকে শোবার ঘরের দিকে নিয়ে যেতে থাকে।

নাসিরুদ্দিন আবার বলে, নেই?

নাসিরুদ্দিন আবার বলে, নেই? চলে গেছে? ক্রুদ্ধ হয়ে পড়ে সে। কেন গেল? কেন যেতে দিলে?

বিছানায় শুইয়ে দিতেই নাসিরুদ্দিন ঢলে পড়ে, বিড়বিড় করে মিনতির উদ্দেশে সে গাল দেয় এবং অচিরে নীরব হয়ে পড়ে। রফিকুল ইসলাম দরোজা ভেজিয়ে বাইরে এসে দ্যাখে, মিনতি তার আসনে নেই; তার আশঙ্কা হয়; মিনতি তাহলে সত্যিই চলে গেছে; ক্ষণকালের জন্যে সে বড় নিঃসঙ্গ বোধ করে এবং যখন মিনতিকে গাফফারদের দরোজার কাছে আবিষ্কার করে তখন বড় আনন্দ হয় তার।

মিনতি গাফফারদের ঘরের বাতিটা জ্বেলে দিয়ে, দরোজার কাছে দাঁড়িয়ে, গলা লম্বা করে ভেতরটা উৎসুক চোখে দেখছে। রফিকুল ইসলাম তার কাঁধে হাত রাখে, তখন মিনতি বড় লজ্জা পেয়ে যায়, যেন সে অননুমোদিত কিছু করছিল, মাথা নিচু করে রফিকুল ইসলামের সঙ্গে সে সোফার দিকে অগ্রসর হয় এবং রফিকুল ইসলাম বসে পড়বার পর, ক্ষণকাল ইতঃস্তত করে; সে, মিনতি, তার কোলের ওপর অতি ধীরে বসে পড়ে গেলাশটি হাতে নিয়ে রফিকুল ইসলামের ঠোঁটের কাছে স্থাপন করে।

নিঃশব্দে এক চুমুক তাকে পান করিয়ে মিনতি গেলাশটা সযত্নে টেবিলের ওপর রেখে দিতে দিতে বলে, স্বপ্ন কেবল ঘুমিয়েই দেখে না, মানুষ জেগে থেকেও স্বপ্ন দেখতে পারে— এই কথাটাই একটু আগে আমার মনে হয়েছিল, মনে হবার পর থেকেই আমার কেবল মনে হচ্ছিল, এই কথাটা এত সোজা, অথচ কখনো আমি অনুভবই করি নি। আমার এখন সন্দেহ হয়, ঐ যে নীল শাড়ির কথা বললাম, ওটা যে সব সময় ঘুমের ভেতরে স্বপ্নে দেখেছি, তা নাও হতে পারে; এখন তো আমার মনে হয়, আমি নিশ্চিত, জেগে থেকেও আমি আমাকে নীল শাড়িতে বহুবার দেখেছি। এই যে বললাম, আপনার সঙ্গে আমার এই

প্রথম দেখা নয়, আগেও দেখা হয়েছে সেটা কি ঘুমের ভেতরে স্বপ্নে দেখা হয়েছে? সম্ভবত নয়। আমি তো এখন বিশ্বাস করছি, ওটা আমার জেগে থেকেই দেখা। আপনি কী বলেন? আপনি যে চুপ করে আছেন বড়, আর আমাকে দিয়ে বকিয়ে নিচ্ছেন। আমি কিন্তু ভীষণ বকবক করতে পারি। এইসব কাজে যখন বেরোই, আমি দেখেছি, অনেকে কথা বলা পছন্দ করে; আবার অনেকে চায় বোবা হয়ে থাকি। আমার পক্ষে সব সময় অনুমান করে নেয়া সম্ভব হয় না, কে কী চান তাই আজকাল সাধারণত আমি চুপ করেই থাকি।

কোলের ওপরে মিনতি যে এত নির্ভার, এই আবিষ্কার রফিকুল ইসলামকে আচ্ছন্ন করে রাখে, সে মিনতির চুলে আঙুল দিয়ে লম্বা করে বিলি কাটতে থাকে অবিরাম, অচিরে মিনতি তার গলা জড়িয়ে ধরে।

আদুরে গলায় মিনতি বলে চলে, আপনি কোন স্বপ্নের কথা বলছেন? ঘুমিয়ে ঘুমিয়ে স্বপ্ন, না জেগে থেকে স্বপ্ন? কোন স্বপ্ন সত্যি হয় কিনা, জানতে চান? আপনি কি কখনো জেগে থেকে স্বপ্ন দেখেন নি? একটাও না? হতেই পারে না? এখন কি আপনি জেগে আছেন? না ঘুমিয়ে? বলুন না। আমি কি সত্যি সত্যি আছি? না, আপনার স্বপ্ন? আমি যদি স্বপ্ন হই, তাহলে আপনাকে এক্ষুণি একটা চিমটি কেটে জাগিয়ে দিই, আপনি দেখবেন আপনার স্বপ্ন সত্যি হয়ে গেছে; যে-আমি আপনার কোলে স্বপ্নের ভেতরে বসে আছি দেখবেন সেই-আমি সত্যি সত্যি বাস্তবে আপনার কোলেই বসে আছি।

তখন কোল থেকে মিনতিকে সন্তর্পণে নামিয়ে দেয় রফিকুল ইসলাম। মিনতির চোখ ক্ষণকালের জন্যে আশঙ্কায় বিস্ফারিত হয়ে যায়, তারপর সে, মিনতি, হেসে রফিকুল ইসলামকে আকর্ষণ করে উঠে দাঁড়াবার জন্যে।

তবু রফিকুল ইসলামকে বসে থাকতে দেখে মিনতি বলে, আমার যে ঘুম পাচ্ছে। সারারাত বসে থাকতে পারব না। অগত্যা নিজেই সে গাফফারদের ঘরে যায় এবং খাটের উপর দু'পা প্রসারিত করে মৃতদেহের অনুকরণে শুয়ে পড়ে, কিন্তু তার মুখ ফেরানো থাকে দরোজার বাইরে, সোফায় বসে থাকা, রফিকুল ইসলামের দিকে। অচিরে সে মুখ ফিরিয়ে নেয়, স্থাপন করে ছাদের দিকে, সেখানে সে কী সন্ধান করে শনাক্ত করা যায় না, বস্তুত সেই কৌতূহলবশতই রফিকুল ইসলাম ঘরের ভেতরে যায়, মিনতি তখন চোখ বোঁজে।

তার পাশে বসে পড়ে রফিকুল ইসলাম বলে, আজ বিকেলে একটা স্বপ্ন দেখেছিলাম। তার এই বাক্য যেন চাবুকের মতো কাজ করে, কারণ, বাক্যটি উচ্চারিত হওয়া মাত্র মিনতির দেহ চোখের পলকে গুটিয়ে আসে; তার দেহ হাওয়ায় উৎক্ষিপ্ত হয়ে যেন আবার খাটের ওপর নেমে আসে এবং পরবর্তী আঘাতের অপেক্ষা করতে থাকে ভয়ার্ত চোখে সে। বহুক্ষণ অতিবাহিত হওয়ার পরও রফিকুল ইসলাম যখন আর কিছুই বলে না, আসলে রফিকুল ইসলাম তখন কীভাবে শুরু করবে বুঝে উঠতে পারছে না, তখন মিনতি তার একটি শীতল হাত রফিকুল ইসলামের উরুতে স্থাপন করে পরীক্ষামূলকভাবে এবং মৃদুস্বরে উচ্চারণ করে, বলুন।

আজ বিকেলেই।

মিনতির হাত তখন প্রোথিত হয় রফিকুল ইসলামের উরুর মাংসে হাতের নখ মাংসের ওপর টের পেয়ে অস্ফুট আর্তনাদ করে ওঠে রফিকুল ইসলাম।

নখের চাপ আরো বাড়িয়ে দিয়ে মিনতি আবদার জানায়, বলুন, কী স্বপ্ন ?

আসলে স্বপ্নটি দেখে আমার ভয় পাওয়া উচিত কিনা; অথবা উপেক্ষা করা কর্তব্য কিনা, কিংবা নেহায়েত বদহজম থেকে এর জন্ম বলে উড়িয়ে দেয়া দরকার কিনা, আমি এখনো বুঝতে পারছি না। তুমি দু'রকম স্বপ্নের কথা বলছিলে— ঘুমিয়ে এবং জেগে থেকে। এর আগে এ নিয়ে কখনো আমি ভাবি নি, ভাববার প্রয়োজনও অনুভব করি নি; হয়তো দু'ভাবেই স্বপ্ন লোকে দেখে থাকে, তোমার কথায় অনুমান করছি, অনেক সময়, অনেক সময় কেন ? —প্রায় সব সময়ই মানুষ সচেতন নয় যে, স্বপ্নটা সে ঘুমিয়ে দেখেছে, না জেগে দেখেছে। আমি কিন্তু পৃথিবীর দশটা জিনিসের মতোই এটাও স্থির ধরে নিয়েছিলাম যে, মানুষ স্বপ্ন ঘুমিয়েই দেখে থাকে। অবশ্য জেগেও স্বপ্ন দেখা যায়, সে বিষয়েও আমি বরাবরই সচেতন ছিলাম। আমার কাছে প্রশ্ন সেটা নয়, যদিও তোমার কথা শুনবার পর এটাও এক প্রশ্ন হয়ে দাঁড়াল এখন। হ্যাঁ, কোনো কিছুই কি প্রশ্নাতীত নয় ? সে যা হোক আমার কাছে যে প্রশ্নটি বিকেল থেকে ক্রমশই দৈত্যের আকার ধারণ করছে তা হলো, স্বপ্ন কতখানি বাস্তবের ভেতরে প্রসারিত, আর এই যে বাস্তব, যার ভেতরে আমরা বাস করছি, তা কতখানি; বা বলা ভালো; কীভাবে স্বপ্নের ভেতরে প্রোথিত। বস্তুত, সমস্যাটি এই যে স্বপ্ন ও বাস্তবের ভেতরে স্পষ্ট কোনো সীমারেখা আছে কিনা, যদি তা থাকেই; তাহলে ভয়ের কোনো কারণ নেই, কিন্তু যদি না থাকে। বাক্যটি শেষ না করে রফিকুল ইসলাম বিছানার ওপর লম্বমান হয়ে পড়ে।

যেন তারা দু'জন একটি সূক্ষ্ম ভারসাম্যে স্থাপিত কাঠের ওপর অধিষ্ঠিত, রফিকুল ইসলাম লম্বমান হতেই মিনতি উঠে বসে; বস্তুত এখন তারা পূর্বচিত্রের বিপরীত রচনা করে বসে। মিনতি জানতে চায়, জামা ছাড়বেন না ? রফিকুল ইসলাম ঈষৎ অবাক হলে মিনতি ব্যাখ্যা দেয়, জামা ছেড়ে শুলে আরাম পেতেন। এবং রফিকুল ইসলামের অপেক্ষা না করে মিনতি নিজেই নিজের জামা ছাড়তে ব্যস্ত হয়ে পড়ে। প্রায় সম্মোহিত চোখে তার দিকে তাকিয়ে থাকে রফিকুল ইসলাম, অচিরে মিনতি তা টের পেয়ে 'যাঃ' বলে ঘরের বাতিটা নিভিয়ে দেয়, অতঃপর ঘরের ভেতরে শাড়ির খসখস শ্রুত হতে থাকে অনেকক্ষণ ধরে মিনতি যখন তার পাশে এসে শয্যাগ্রহণ করে রফিকুল ইসলাম একটি দীর্ঘনিঃশ্বাস ত্যাগ করে মাত্র। মিনতি কিছুক্ষণ অপেক্ষা করবার পর, অন্ধকারে ঈষৎ ভ্রূকুটি করে রফিকুল ইসলামের দিকে পাশ ফেরে তারপর প্রবাহিত জলধারার মতো অস্ফুট স্বরে হেসে উঠে তাকে জড়িয়ে ধরে।

রফিকুল ইসলাম তার বাহু সরিয়ে দিয়ে আরো একটি দীর্ঘনিঃশ্বাস ত্যাগ করে।

কী হলো ?

রফিকুল ইসলাম অনেকক্ষণ পরে উচ্চারণ করে, কিছু না।

আপনার ইচ্ছে করে না ?

রফিকুল ইসলাম নীরব থাকে।

তাহলে আমি না হয় বাইরে সোফার ওপরে যাই ?

রফিকুল ইসলাম তার হাত মিনতির ওপর ফেলে দেয়, হাতটি প্রতিরোধক একটি ওজনের মতো মিনতির বুকে চেপে থাকে, অবিলম্বে সেই হাত নিয়ে মিনতি খেলা করতে থাকে এবং আবার আদুরে গলায় আবদার জানায়, স্বপ্নের কথা বলবেন না ? হঠাৎ হাতটিকে কয়েকবার চুমো খায়, আঙুলগুলোর ভেতরে ঝড় তোলে নিজের আঙুল দিয়ে, তারপর সব ছেড়েছুঁড়ে রফিকুল ইসলামকে নিবিড় আলিঙ্গন করে বলে, কই ?

বলাবাহুল্য, আমাদের মনোযোগ এখন দ্বিধাবিভক্ত, বস্তুত, বেশ কিছুক্ষণ আগে থেকে এই প্রক্রিয়া শুরু হয়ে গেছে, আমরা একবার জানতে চাইছি রফিকুল ইসলামের স্বপ্নের পূর্ণ বিবরণ, আবার আমরা এটা লক্ষ করতে চাইছি মিনতির সঙ্গে রফিকুল ইসলাম কখন সংগমে লিপ্ত হয়। আমাদের কেউ কেউ তো এরকম ভাবতেই পারি যে, যুবতী যখন শয্যায় তখন আর বিলম্ব কীসের, তখন আর কোন ক্রিয়া এই ক্রিয়ার চেয়ে অধিক আকর্ষণীয় ? যদি আমাদের বর্তমান মনোভাব একই হয়, তাহলে, এখুনি আমরা কল্পনা করে নিই না কেন, যে ক্রিয়াটি এই মুহূর্তেই সম্পাদিত হয়ে গেল ?

উঠে বসে রফিকুল ইসলাম একটি সিগারেট ধরিয়ে বলে, বিকেলে সাধারণত আমি ঘুমোই না। আমার বাবা একেবারেই পছন্দ করতেন না দিনের বেলায় ঘুমোনো। তিনি আমাদের পাছায় বেত মেরে তুলে দিতেন, যদি বা কোনো দুপুরে ঘুমিয়ে পড়তাম, বিশেষ করে ইস্কুল ছুটির মাসগুলোতে। এখন আমার এমন অভ্যেস হয়ে গেছে হাতে কোনো কাজ না থাকলেও দিনের বেলায় ঘুমোবার চেষ্টা করি না, যদি-বা ঘুমোই সে কালে-ভদ্রে, তাহলে ধরেই নিতে হবে যে আমার শরীরটা একেবারেই ভালো নেই। আজ বোধ হয় শরীরটা ভালো ছিল না, বাইরে থেকে বুঝতে পারি নি, দুপুরে রেস্তোরাঁয় খেয়ে এসে— ওরা আজমীর গেছে থেকে বাইরেই খাচ্ছি— খেয়ে এসে সোফার ওপর কাত হয়ে একটা কাগজ দেখছি, কাগজে একটা প্রবন্ধ বেরিয়েছিল বাংলাদেশী সংস্কৃতির ওপর, ব্যাপারটা ভালো করে বুঝতে চেষ্টা করছিলাম যে বাঙালি সংস্কৃতি বললে ভারতীয় গন্ধ কীভাবে আসে, আজকাল এই রকম একটা কথা নিয়ে খুব হৈচৈ হচ্ছে, তুমি অত বুঝবে না, হঠাৎ দেখি ঘুমিয়ে পড়েছি কখন; ঘুমিয়ে যে পড়েছি সেটা টের পেলাম জেগে উঠে, বড় জোর আধঘণ্টা ঘুমিয়েছিলাম আর তার ভেতরেই স্বপ্নটা। মিনতি, এ তোমার জেগে স্বপ্ন দেখা নয়, রীতিমতো ঘুমিয়ে দেখা; আমি যেন ঢাকার বাইরে কোথায় বেরিয়েছি কী একটা সভায় প্রধান অতিথি হয়ে, আমি যে গিয়েছি, সেখানে গাড়ি করেই যাওয়া যেত, গাড়ি করে বেরিয়েওছি, কিন্তু গন্তব্য পর্যন্ত গাড়ি নিই নি।

কেন ?

মনে হলো নিরাপত্তার অভাব, অতদূর গাড়ি নেয়া ঠিক হবে না; তাই নিই নি। আসলে, রওয়ানা হওয়া থেকে স্বপ্নটা শুরু হয় নি, কাজেই ভালো করে বলতে পারব না। স্বপ্ন শুরু হয়েছে মানিকগঞ্জে রেলগাড়ি এসে দাঁড়াবার পর, আর তুমি নিশ্চয়ই জানো মানিকগঞ্জে কোনো রেল লাইন নেই।

স্বপ্নে অনেক কিছু হয়, আসলে যা নেই। স্বপ্নের মজাই তো ঐখানে।

আহ্, মাঝখানে কথা বোলো না।

রাগ করলেন ? আমার কিন্তু ধারণা হয়েছিল, আপনি কথা শুনতে পছন্দ করেন। অনেকেই আবার করে না। আপনাকে বলেছি তো।

হ্যাঁ বলেছ। রফিকুল ইসলাম বিক্ষুব্ধ হয়ে বসে থাকে এবং নিজেই বুঝতে পারে না এই ক্ষোভের কারণটা কী, ফলে সে আরো ক্ষুব্ধ হয়ে ওঠে, এক ধাক্কায় মিনতিকে বিছানার ওপাশে অনেকখানি সরিয়ে দিয়ে গুম হয়ে বসে থাকে, তারপর অনুতপ্ত বোধ করে আবার আকর্ষণ করে মিনতিকে, মিনতির একটা হাত নিজের হাতের ভেতর লতিয়ে ধরে থাকে সে, যেন এভাবে আরেকটি জীবন্ত মানুষের সঙ্গে যুক্ত হয়ে সে স্বপ্নটির মোকাবেলা করবার সাহস অর্জন করে নেয়।

অচিরে রফিকুল ইসলাম স্বপ্নের ভেতরে ফিরে যায় এভাবে, কী একটা জটিল বিষয়ে সভাটি ছিল, সে বিষয়ের সঙ্গে আমার কোনো যোগ নেই, বিষয়টি যে কি তাও আর মনে করতে পারছি না। গাড়ি যেখানে ছেড়ে গেছি সেখানে পৌঁছুতে ট্রেন নিতে হয়; আমি সেই ট্রেন নিয়েই মানিকগঞ্জ রেল জংশনে এসে পৌঁছেছি, এখানে বোধ হয় আমাকে গাড়ি বদল করতে হবে, অথবা এখানে নেমেই আমার গাড়ি পেয়ে যাব, মানে মোটর গাড়ি; ঠিক কিছুই মনে নেই; আমি বাংকের ওপর পাতা আমার বিছানা গোটাচ্ছি, এমন সময় পেছন থেকে আমার পাঞ্জাবির খুঁটে মৃদু একটা আকর্ষণ বোধ করলাম। কে যেন আমার খুঁট ধরে টানছে; অথবা কিছু একটা করছে। আমি ঝুঁকে পড়ে বিছানা গোটাচ্ছিলাম, টান পড়তেই একটু সোজা হয়েছি, এমন সময় পেছন থেকে শুনতে পেলাম কে যেন আমাকে উদ্দেশ্য করে বলছে— দেখি, আপনি কতটুকু মুসলমান; ভেবেছিলাম; টান টের পাবার পরই ভেবেছিলাম, পেছন ফিরে লোকটিকে দেখব; কিন্তু কথাটা শুনে আমার সমস্ত শরীর হিম হয়ে গেল; আমার শরীর যেন অপরের হয়ে গেল; পেছনে আর তাকানো হলো না; তাকাবার মতো শক্তি পেলাম না; লোকটির কণ্ঠে কী এক ধরনের সুর ছিল; যেন পরিহাস করছে অথবা এও হতে পারে আমার অনেক দিনের পরিচিত বলে লঘু গলায় কথাটা বলেছে; সেই সুর আমার কানে লাগল; আমার ঘুম ভেঙ্গে গেল; এখনো মনে পড়ছে আর পরতে পরতে হিম হয়ে আসছে সব কিছু। লোকটি কে হতে পারে ?

মিনতি উঠে বসে বলে, আপনি পেছন ফিরে তাকালেন না কেন ? তাহলেই তো দেখতে পেতেন।

স্বপ্নের ওপরে কি আমাদের হাত আছে ? আমরা কি নিয়ন্ত্রণ করতে পারি কতটুকু দেখব আর কতটুকু দেখব না ?

মিনতি কিছুক্ষণ চুপ করে থেকে নতুন এক তথ্য দেয়; কিন্তু জানেন, অনেক সময় আমরা চেষ্টা করলে একই স্বপ্ন আবার দেখতে পারি। আমার এ রকম বেশ কয়েকবার হয়েছে। অনেক সময় আমি চেষ্টা না করেও একই স্বপ্ন একাধিকবার দেখেছি। আমার একটা স্বপ্ন একটা শাদা বাড়ি নিয়ে; বাড়িটা একতলা, অনেক ফুল গাছ, অনেক মানিপ্ল্যান্ট; কোনো মানুষ সেখানে থাকে না; আমি যে গিয়েছি— সেই আমিও যেন সেখানে থেকেও আবার নেই; অনেকটা জলছবির মতো; এই বাড়িটা আমার খুব ভালো লাগে; আমার মনে হয় আমি সেখানে আর কোনো জন্মে ছিলাম; সেই বাড়িটা আমার বারবার দেখতে ইচ্ছে করে; আমি বহুদিন ঘুমোতে যাবার সময় মনে মনে বলেছি আজ যেন বাড়িটা আবার দেখতে

পাই। আপনি বিশ্বাস করবেন না শুনে, অনেক রাতে বাড়িটা আমি আবার দেখতে পেয়েছি। আমার মনে হয়; আপনিও যদি চেষ্টা করেন, ঘুমোতে যাবার আগে একমনে চান, তাহলে এই স্বপ্নটা আবার আপনি দেখতে পাবেন।

কিন্তু আবার যে আমি দেখতে চাই না।

কেন ?

রফিকুল ইসলাম ইতস্তত করে, সে সিদ্ধান্ত নিতে পারে না। বলবে, সে ভয় পেয়েছে ? বলবে, স্বপ্নটি থেকে সে দূরে যেতে চায়; কাছে নয় ?

মিনতি আবার প্রশ্ন করে, বালিকা কণ্ঠে, কেন ?

কী হবে দেখে ?

তাহলে আপনি জানতে পারতেন, ঐ লোকটি আপনার চেনা কি না ? আপনি তো বলছিলেন যে, তার গলা চেনা মনে হয়েছিল আপনার।

নাও হতে পারে। গলায় একটা সুর ছিল, সেইটেই আমাকে ভাবাচ্ছে।

তাহলে আপনি অন্তত লোকটির মুখ দেখতে পারতেন, এরপরে যাদের সঙ্গেই দেখা হয় আপনি মিলিয়ে দেখতে পারতেন, স্বপ্নের লোকটি এই লোক কিনা। আমার মনে হয়, আপনার উচিত, রোজ ঘুমোতে যাবার আগে এই স্বপ্নের কথা ভাবা, স্বপ্নটি আবার দেখতে চাওয়া, শুধু তাই না, আপনার উচিত স্বপ্নটি আরো একটু বেশি দেখতে চাওয়া, যেন আপনি অন্তত সময় পান পেছন ফিরে তাকাবার, পেছন ফিরলেই তো লোকটিকে দেখতে পারেন।

কে তোমাকে বলল, লোকটিকে আমি দেখতে চাই ?

আমি জানি আপনি দেখতে চান। না চাইলেও আপনার চাওয়া উচিত; লোকটিকে দেখা আপনার দরকার, আপনারই ভালো হবে।

রফিকুল ইসলাম বিস্মিত হয়ে যায়। বলে, আমার ভালো হবে মানে ?

মিনতি অস্ফুট স্বরে উচ্চারণ করে, আপনি যে ভয় পেয়েছেন।

অপ্রত্যাশিত এই সংলাপ রফিকুল ইসলামকে আতঙ্কিত করে তোলে; বস্তুত, সত্য গোপন করা যে সম্ভব নয় এটা উপলব্ধি করলে মানুষ ঐ ভাবেই নিহত বোধ করে।

মিনতি, বলে আমার মনে হয়, লোকটিকে দেখতে পেলে আপনার আর ভয় থাকত না। আমি হলে স্বপ্নটি আবার দেখতে চাইতাম।

৩

কয়েকদিন পরে রফিকুল ইসলাম এক ঘোর সন্ধেবেলায় তার বিজয় নগরের অফিস থেকে বেরোয়; সাধারণত সে রিকশা করেই বাসায় ফেরে; আজ তার পার্টনার কিছু ফাইল নিয়ে কাজ করবে, তাই অফিসেই থেকে যায় এবং ড্রাইভারকে ডেকে বলে দেয় রফিকুল ইসলামকে পৌঁছে দিয়ে আসতে; রফিকুল ইসলাম গাড়িতে এসে বসে; অকস্মাৎ বিদ্যুৎ চলে যায় তখন; গোটা পথ এবং গাড়িগুলো অন্ধকারে ঝাঁপ দেয়; গাড়ি মগবাজারের দিকে অগ্রসর হয়।

স্মৃতি এবং জীবনের ওপরে আলোকসম্পাত সর্বদা সম্ভব নয়; হয়তো আদৌ তা নয়— অন্ধকার যখন হেড লাইটের আলোয় গাড়ির সম্মুখভাবে নেচে নেচে অগ্রসর হয় রফিকুল ইসলাম সখেদে স্মরণ করে; তার গাড়ি হঠাৎ থেমে যায়; ড্রাইভার জানায় একটি চাকা বসে গেছে, চাকা পালটাতে হবে।

অন্ধকারের ভেতর চাকা পাল্টানো খুব সহজ হয় না, ড্রাইভার অনবরত অনুচ্চস্বরে ভাগ্যকে তিরস্কার করে চলে, ধাতব টুংটাং ধ্বনি হতে থাকে, রফিকুল ইসলাম লক্ষ করে গাড়ির বাঁ হাতেই একটি পুকুর, সে গাড়ি থেকে নেমে পুকুর ঘেঁসা ফুটপাথের ওপর দাঁড়ায় এবং একটি সিগারেট ধরায়।

পুকুরের অপর পাড়ে মানুষের কণ্ঠ শোনা যায়, বিশেষভাবে কোনো শব্দ বা বাক্য শনাক্ত করা যায় না, কিছু ধ্বনি শ্রুত হয় মাত্র। রফিকুল ইসলাম পোড়া সিগারেটের শেষাংশটুকু পুকুরের বুকে ছুঁড়ে দেয়, এবং ঠিক তখন অপর পাড় থেকে সংক্ষিপ্ত একটি আর্তনাদ উত্থিত হয়। রফিকুল ইসলাম সচকিত হয়ে ওঠে। তার এমত বোধ হয় যে আর্তনাদটি সে শোনে নি, কল্পনা করেছে মাত্র, আবার সে বুঝে পায় না মানুষের কণ্ঠনিসৃত একটি আর্তনাদই বা সে কেন এখন কল্পনা করতে যাবে? সে দৃষ্টি তীক্ষ্ণ করে পুকুরের অপর পাড়ের দিকে প্রেরণ করে, কিন্তু কিছু দেখা যায় না, আর কোনো শব্দ শ্রুত হয় না। রফিকুল ইসলাম আবার গাড়িতে এসে বসবাস জন্যে পেছন ফিরতেই আর্তনাদটি শোনা যায়, এবং তা আগের মতোই সংক্ষিপ্ত এবং অনুচ্চ, সে আবার পুকুরের অপর পাড়ের দিকে দৃষ্টি নিবদ্ধ করে; তখন একাধিক মানুষের দেহ সেখানে শনাক্ত করতে পারে, আরো ভালো করে তাকিয়ে তার ধারণা হয় যে মোট তিনটি মানুষ সেখানে উপস্থিত।

তিনটি মানুষের ভেতরে দুজনকে দাঁড়ানো এবং একজনকে প্রায় শায়িত অবস্থায় সে দেখতে পায়; আবার আর্তনাদটি শ্রুত হয়, এবারও অনুচ্চ বটে কিন্তু প্রলম্বিত; রফিকুল ইসলাম অস্থির বোধ করে। তাকে দেখা যায় না, গাড়ির ওপাশে সে ঢাকা পড়ে গেছে; কেবল ধাতব টুংটাং থেকে তার যাবার তাড়না বোধ করে, অপর পাড়ে যাবার পথ সে অনুসন্ধান করে, অচিরেই এক পাশে সরু একটি কাঁচা পথ সে আবিষ্কার করে এবং অগ্রসর হয়।

লোকগুলোর নিকটে পৌঁছোয় সে। দেখতে পায়, দূর থেকে যা সে অনুমান করেছিল সেটাই সত্যি; দু'টি লোক দাঁড়ানো একটি লোক শায়িত, কেবল নিকটে আসবার দরুন সে অতিরিক্ত এটুকু জ্ঞানলাভ করে যে, দাঁড়ানো লোক দুটি শায়িত লোকটির দেহের দুই প্রান্ত ধরে দাঁড়িয়ে আছে। রফিকুল ইসলাম ঘনিষ্ঠ হয়ে দাঁড়াবার পর তিনজনের কারোরই যেন অনুভব হয় না তার উপস্থিতি, বস্তুত সে ত্রয়ীর কাছে ছায়া বা বৃক্ষমাত্র, তারা কেউই তার এদিকে ফিরে তাকায় না; এর জন্যে রফিকুল ইসলাম এক প্রকার কৃতজ্ঞতাই বোধ করে; সে সম্মোহিতের মতো দৃশ্যটির দিকে তাকিয়ে থাকে।

অবিলম্বে লোক দুটি তৃতীয় লোকটিকে হাওয়ায় ঈষৎ দোলায়, যেন-বা পুকুরের পানিতে ছুঁড়ে দেবে, লোকটি আবার সেই অনুচ্চ স্বরে আর্তনাদ করে ওঠে; আর্তনাদ যে এই লোকটিই করেছিল সেই ধারণার প্রত্যক্ষ প্রমাণ পেয়ে রফিকুল ইসলাম তৃপ্ত বোধ করে এবং পরবর্তী ঘটনার অপেক্ষা সাগ্রহে করতে থাকে।

লোকটি আর্তনাদ করে উঠতেই অপর লোক দু'টি যেন হেসে ওঠে; শব্দ শ্রুত হয় না অথচ একেবারে যে হয় না তাও বলা যায় না, লোকটিকে তারা আবার স্থির করে; মাটিতে নামায়, পরস্পরের দিকে গূঢ় অর্থবোধক দৃষ্টিতে তাকায় এবং আবার শূন্যে তুলে ধরে আবার ছুঁড়ে দেবার ভঙ্গি করে, আবার আর্তনাদ ওঠে, আবার তারা স্থির হয়; আবার তাকে শূন্যে তুলে ধরে ছুঁড়ে দেবার জন্যে দোলায়, তখন রফিকুল ইসলাম ত্রয়ীর ভেতরে প্রবিষ্ট হয়ে জানতে চায়, কী করছেন ?

ও আপনি ? দু'জনার একজন উচ্চারণ করে।

বাক্যটি প্রশ্ন নয় বরং আশ্বস্ত হবার একটি উচ্চারণ যেন; অন্য যে কেউ হলে চঞ্চল বা বিক্ষুব্ধ হবার কারণ ঘটত, কিন্তু যেহেতু সে নিতান্তই রফিকুল ইসলাম তাই ভয়ের কোনো কারণ নেই, অথচ রফিকুল ইসলাম স্মরণ করতে পারে না যে এদের সঙ্গে তার আদৌ কখনো দেখা হয়েছিল কিনা। আবার সে প্রশ্ন করে, এখানে এ সব কী হচ্ছে ?

দেখছেন তো ?

হ্যাঁ, দেখছি। রফিকুল ইসলাম এই প্রথম এক প্রকার শৈত্য অনুভব করে, কেন করে তা শনাক্ত করতে না পেরে বড় বিচলিত হয়ে যায়, নিজের জামার আরো একটা উঁচু বোতাম সে লাগিয়ে নিতে নিতে শায়িত লোকটির ওপর ঈষৎ ঝুঁকে পড়ে, হয়তো এই লোকটি তার চেনা কেউ হতে পারে; যদি অপর দু'জন না-ই হয়।

তখন শায়িত লোকটিকে একেবারেই মাটিতে নামিয়ে রেখে অপর দু'জন রফিকুল ইসলামকে একটু তফাতে আসতে ইঙ্গিত করে; অচিরে তারা কিছুটা দূরে সমবেত হয়; একটি লোক রফিকুল ইসলামের হাত সম্ভ্রমে ধারণ করে বলতে থাকে, আপনার মতো কর্মপ্রাণ এবং উদ্যোগী মানুষের কাছে নিশ্চয়ই অজানা নয়, যে-কোনো কাজই সহজ নয়; তা সে কাজ আপাত দৃষ্টিতে যত সহজই মনে হোক।

অবশ্যই।

এবং আপনার কাছে এটাও নিশ্চয়ই অজানা নয় যে, অধিকাংশ মানুষের কাছেই এই তথ্যটি সম্পূর্ণ অজানা। রফিকুল ইসলাম এখানে ঈষৎ বিভ্রান্ত বোধ করে, কারণ সে নিশ্চিত হতে পারে না যে, বর্তমান সংলাপের কণ্ঠ প্রথম যে সরব হয়েছিল তারই অথবা দ্বিতীয়জনের। আসলে, অধিকাংশ মানুষই কাজটা একাই সারতে পারবে বলে হাত লাগায় এবং ব্যর্থ হয়। সাফল্যের একটা বড় শর্ত, কাজের মাত্রা বুঝে লোক নিয়োগ করা কাজটি সম্পাদনের জন্যে। আপনি নিশ্চয়ই এতক্ষণে বুঝতে পেরেছেন যে, আমরা তা করি নি, অতএব এ পর্যন্ত কেবল ব্যর্থই হচ্ছি।

রফিকুল ইসলাম অত্যন্ত স্বাভাবিক গলায় উচ্চারণ করে, বস্তুত সে নিজেই অবাক হয়ে যায় আপন কণ্ঠের এই স্বাভাবিকতা লক্ষ করে, কিন্তু কাজটা কী ?

কিছুক্ষণ হতভম্ব নীরবতার পর প্রথম অথবা দ্বিতীয়জন উচ্চারণ করে, কাজটা যখন শুরু করে দিয়েছি এখন আর সময় নেই ব্যাখ্যা করবার; এখন আসলে, কাজটাই বড়; কাজটাই শেষ করতে হবে। আমরা যখন আপনাকে এসে দাঁড়াতে দেখি তখন আশ্বস্ত হই যে, আমাদের শক্তিবৃদ্ধি হলো, এবার আমরা যথার্থই কাজটি করে ফেলতে পারব।

ইতস্তত গলায় রফিকুল ইসলাম বলে, তার মানে, আপনারা আমার সাহায্য চাইছেন ? কিন্তু কাজটি কী তা না জেনে আমি কি আপনাদের কোনো সাহায্য ভালোভাবে করতে পারব ? আগে থেকে একটু জেনে নিতে পারলে ভালো হতো না ? বস্তুত রফিকুল ইসলাম এখন আবিষ্কার করে ফেলে যে, লোক দুটিকে তার পরিচিতই মনে হচ্ছে, তবে কোথায় বা কীভাবে পরিচিত— সেটুকুই কেবল পরিষ্কার হচ্ছে না। রফিকুল ইসলাম একবার পেছন ফেরে অদূরে শায়িত লোকটিকে দেখে বিস্মিত হয়; কারণ, সে যেন আশা করেছিল যতক্ষণ তারা কথা বলছে সেই ফাঁকে লোকটি হয়তো সরে পড়েছে। রফিকুল ইসলাম বিস্মিত হয়; কারণ লোকটি অক্ষত এবং সুস্থ থাকা সত্ত্বেও বন্দি ক্রীতদাসের মতো সবিনয়ে অপেক্ষা করছে।

তা ভালো হতো, কিন্তু সময় যে নেই; লোকটি পালিয়ে যেতে পারে।

আমার মনে হয় সে যাবে না।

কিংবা লোকজন এসে পড়তে পারে।

জায়গাটি তো নির্জনই দেখছি।

লোক দুটো নিঃশব্দে দাঁত বের করে হাসে, ফলত অন্ধকারের ভেতর দাঁতের শুভ্রতা ক্ষণকালের জন্যে ঝকঝক করে ওঠে। একজন বলে, চিরকালই কিন্তু নির্জন থাকবে না।

এ কথা শুনে নিশ্চিত হয়ে পড়ে রফিকুল ইসলাম; কথাটির সারবত্তা সে অস্বীকার করতে পারে না; সে আবার শায়িত লোকটির দিকে দৃষ্টিপাত করে; দৃষ্টি ফিরিয়ে আনে উপস্থিত লোক দুটির দিকে, অবশেষে বলে, আমারও আবার একটু তাড়া আছে।

সত্যিই কি আপনার তাড়া আছে ?

হ্যাঁ, আছে।

আপনি কি বাড়ি ফিরে যাচ্ছেন না ?

রফিকুল ইসলাম ইতস্তত করে, কারণ বাড়ি ফিরে যাওয়াটাকে ওরা যথেষ্ট গুরুত্বপূর্ণ বলে মনে করবে কিনা; সে বিষয়ে তার সংশয় উপস্থিত হয়।

বাড়িতেই ফিরে যাচ্ছেন তো ?

হ্যাঁ, তবে গাড়ি আবার এক্ষুণি অফিসে পাঠাতে হবে। আমার গাড়ি তো নয়। আমার পার্টনারের। সে আবার কোথায় যেন বেরুবে বলছিল। শেষ কথাটি সে মিথ্যে বলে, এবং মিথ্যেটা ধরা পড়ে যাবার ভয়ে লোক দুটির দিকে সে আড়চোখে তাকায়।

লোক দুটি চিন্তিত হয়ে পড়ে।

তাদের একজন অস্ফুটস্বরে বলে ওঠে, তাহলে তো মুশকিলের কথা।

রফিকুল ইসলামের আশা হয়, এরা হয়তো তাকে এবার ছেড়ে দেবে। কিন্তু না।

তাহলে তো খুবই মুশকিলের কথা। আপনার গাড়িটাও যে দরকার হবে, শুধু একটা ছোট ট্রিপের জন্যে। আপনি চলে গেলে গাড়ি পাব কোথায় ?

সেটা তো একটা সমস্যাই তবে।

আপনি কি, ধরুন, এই মিনিট দশেক সময় দিতে পারেন না ?

তা হয়তো চেষ্টা করলে পারা যায়।

ব্যস তাহলেই হবে।

আবার তারা শায়িত লোকটির কাছে ফিরে আসে। রফিকুল ইসলামের এখন বোধ হয়, লোকটি অসুস্থ এবং তাকে এখান থেকে এখনই উঠিয়ে হাসপাতালে নিয়ে যাবার কথা ওরা ভাবছে। লোকটিকে যে ওরা পুকুরে দুলিয়ে ফেলে দেবার কথা ভাবছিল, বস্তুত সে চেষ্টাতেই রত অবস্থায় সে এদের দেখতে পেয়েছে, একথা সম্পূর্ণ বিস্মৃত হয়ে যায় রফিকুল ইসলাম।

ধরুন, আপনিও ধরুন।

লোক দুটি রফিকুল ইসলামকে আমন্ত্রণ জানায়, সে অপর দু'জনের সহযোগিতায় শায়িত লোকটিকে আবার শূন্যে তুলে ধরে এবং সরু পথ ধরে এগিয়ে যাবার জন্যে মোড় নেয়, মোড় নিতে গিয়ে তিরস্কৃত হয় সে।

আহ্, কী করছেন ?

কেন, গাড়ির দিকে।

না, না; না। বড় অসহিষ্ণু গলায় একজন উচ্চারণ করে; এমন কি তার কণ্ঠে এমন সুর লক্ষ করা যায় যে সুরে লোকে ভাড়াটে কুলির প্রতি প্রয়োগ করে থাকে। অচিরেই তা আরো স্পষ্ট হয়, অপরজন শাসিয়ে ওঠে, ভালো করে ধরুন। কোমরের কাছে।

তিরস্কৃত হয়ে রফিকুল ইসলাম থতমত খেয়ে যায়; পাছে লোক দুটি তার ওপর আরো রুষ্ট হয়ে পড়ে সেই আশঙ্কায় সে অবনত দাসের মতো অভিনিবেশের সঙ্গে লোকটির কোমর শক্ত করে পেঁচিয়ে ধরে এবং তিনজনে তারা এখন লোকটিকে উল্টে দেয় শূন্যের ওপর। ধরা এবং উল্টে দেয়ার মাঝপথে রফিকুল ইসলাম লোকটির কোমরে কঠিন কিছু অনুভব করে, বস্তুত তার খোঁচা লাগে; জিনিসটি কী জানবার জন্যে সে তীব্র অধীরতা বোধ করে। কিন্তু দেহটি সম্পূর্ণ এখন ওলটানো বলে তার কৌতূহল চরিতার্থ করবার কোনো অবকাশ হয় না, সে খণ্ডিত এবং স্থির দাঁড়িয়ে থাকে পরবর্তী নির্দেশের জন্যে। লোক দুটি নিজেদের ভেতরে নিঃশব্দে কি যেন বলাবলি করতে থাকে অতঃপর, এই সুযোগে রফিকুল ইসলামের হাত সচল হয় এবং সে অন্ধকারে তার হাত পাঠিয়ে দেয় লোকটির নাভি বরাবর— সেই কঠিন বস্তুটির সন্ধানে, অচিরে তার হাত লক্ষস্থলে পৌছোয়, জিনিসটি কঠিন এবং চৌকো, সিগারেটের বাকসের চেয়ে আকারে বড় নয়, কিন্তু ঘনত্ব তার চেয়ে অনেক কম, রফিকুল ইসলাম জিনিসটির ওপর খোদিত নকশার রেখা অনুভব করতে পারে।

তার আঙুল রেখাগুলো পড়তে চেষ্টা করে; অচিরে অন্ধকার চিরে যায় এবং মানসিক এক প্রকার আলোয় সে বস্তুটিকে আঙুলের চোখে দেখে ফেলে। বস্তুটি তার পার্টনারের কোমরে বেলটের বকলস। সঙ্গে সঙ্গে হাত শিথিল হয়ে আসে তার, ধৃত লোকটির কোমর ঝুলে পড়ে, ফলে বেসামাল হয়ে পড়ে অপর দুজনের ধরে-থাকা, সেই আকস্মিকতায় রফিকুল ইসলাম তার হাত পুরোপুরিই সরিয়ে নেয় এবং লোকটি ধাপ করে মাটিতে পড়ে যায়, অপর লোক দুটি একসঙ্গে অস্ফুট চিৎকার করে ওঠে।

ভীত গলায় রফিকুল ইসলাম প্রশ্ন করে, এ কে ?

চিনতে পারছেন না ?

রফিকুল ইসলাম মাথা নাড়ে।

আশ্চর্য। আমরা তো ভেবেছি, গোড়া থেকেই আপনি জানেন; লোকটা কে।

অন্ধকার যে।

হ্যাঁ, তা একটা কথা। লোক দুটি শব ব্যবচ্ছেদকারীদের ভঙ্গিতে শায়িত লোকটির পাশে হাঁটু গেড়ে বসে পড়ে এবং সেখান থেকে মুখ তুলে রফিকুল ইসলামের দিকে চিন্তিত দৃষ্টিপাত করে। অচিরে তাদের একজন সরব হয়, মানুষের কাছে অন্ধকার বহুদিন থেকেই ব্যবহারের অনুপযুক্ত একটি পরিস্থিতি বটে। কৃত্রিম আলো যেদিন থেকে আমরা রচনা করতে শুরু করেছি, অনেক সময় লক্ষ করে থাকবেন যে, আলোর অভাবে নিজের চেনা ঘরই অচেনা হয়ে যায়, চেনা মানুষকেই অন্ধকারে আমরা প্রশ্ন করতে বাধ্য হই— কে ওখানে ? নয় ? বক্তা মৃদু হেসে ওঠে। নীরব হয় এবং কয়েক মুহূর্ত পর সে, অথবা দ্বিতীয়জন প্রশ্নের আকারে এই তথ্য দেয়— আপনি কি আপনার পার্টনার নাসিরুদ্দিনকে চিনতে পারছেন না ?

নাসিরুদ্দিন ? নাসিরুদ্দিন ইসলাম প্রতিধ্বনি করে ওঠে। এ নাসিরুদ্দিন ? নাসিরুদ্দিন তো আপিসে। ফাইল দেখছে। কাল ভোরের বিমানে চাটগাঁ যাবে।

তখন তার অবিশ্বাসকে দুমড়ে দিয়ে শায়িত লোকটি ক্ষীণস্বরে উচ্চারণ করে ওঠে, আমি নাসিরুদ্দিন।

তুমি ? তুমি যে আমাকে গাড়ি দিয়ে পাঠালে। বললে তাড়াতাড়ি গাড়ি ফেরত দিতে। তোমাকে রেখে বেরুলাম। তার আগে তুমি ওখানে এসে গেলে কী করে ? আর এই লোক দুটিই-বা কে ?

রফিকুল ইসলামের দু' কাঁধে চাপ পড়ে, ফিরে তাকায় সে, দেখতে পায় লোক দুটি দুদিক থেকে তাকে ঠেসে ধরেছে, কিন্তু এই চাপ প্রয়োগ তাকে আহত করবার জন্যে নয়, বরং তাকে কর্তব্যে ফেরাবার কারণে— এই কথাটিও সে অনুভব করতে সক্ষম হয়।

এভাবে সময় নষ্ট করছেন কেন ?

রফিকুল ইসলাম এবার স্পষ্ট বুঝতে পারে যে, দুজনের ভেতরে কোনো সংলাপকে উচ্চারণ করছে, কারণ দ্বিতীয়জন এবার সরব হয়, আসুন ধরুন আবার।

আবার তারা নাসিরুদ্দিনকে, যদি সে নাসিরুদ্দিনই হয়, শূন্যে তুলে ধরে এবং রফিকুল ইসলাম তার কোমর জড়িয়ে ধরে, ধীরে তারা পুকুরের পাড় বেয়ে নামতে থাকে, পাড়ের মাটি কোথাও পাথরের মতো শক্ত, কোথাও ময়দার তালের মতো নরম, কখনো পা বসে যায়, কখনো পা প্রতিহত হয়, পানির কাছে পৌঁছুতে তাদের দীর্ঘ সময় লাগে, রফিকুল ইসলাম আবিষ্কার করে যে এ পুকুর প্রায় শুকিয়ে আছে, খাড়া পাড়ের নিচে হাতখানেকের বেশি পানি পড়ে নেই।

পানির কাছে এসে যেতেই নাসিরুদ্দিন খিনখিন করে ওঠে, না, এখানে না, এখানে না। এখানে বড় নোংরা, থুতু; প্রস্রাব। বলতে বলতে বমি করবার মতো সে ওয়াক করে ওঠে একবার।

নোংরা ? থুতু ? প্রস্রাব ? লোক দুটো পালা করে ধমক দিয়ে নাসিরুদ্দিনকে মাটিতে নামায় এবং যোগ করে, হ্যাঁ, এখানেই।

এখানেই ?

হ্যাঁ, এখানেই, এখানেই, এখানেই। কেন, এখানে খারাপ কীসে ?

রফিকুল ইসলামের স্মরণ হয়, পুকুরটিতে সে গ্রাম থেকে আসা ধর্মপ্রাণ মানুষদের হাতমুখ ধুতে দেখেছে, ওজু করতে দেখেছে, এবং কখনো কখনো তাদের মূত্র ত্যাগ করতেও দেখেছে। পুকুরটিতে চিকন পানা বহু বছর ধরে লক্ষ করেছে রফিকুল ইসলাম, তাঁতে তৈরি সবুজ বিছানার চাদরের মতো গোটা পুকুরটাকে ঢেকে আছে; তার কোথাও কোথাও নীলাভ পানির ছিদ্র; বহুবার সে বিস্মিত হয়েছে এই কথা ভেবে যে এখানে এইটুকু পানিতে এত লোকের ওজু গোসল এবং প্রাত্যহিক কাজ সম্পন্ন হতে পারে কোন যাদুবলে।

দু'জনের একজন নাসিরুদ্দিনকে যথেষ্ট ধমক দেয়া হয়েছে বিবেচনা করে, এখন কোমল গলায় সান্ত্বনা দেয়, আমরা আপনার শত্রু নই, আপনার ভালো আমরা চাই, ভালো করবার জন্যেই এত সবের আয়োজন। আপনি কি এতটুকুও জানেন না, যে, পবিত্রের স্পর্শে সবকিছু পবিত্র হয়ে যায় ? আপনার কি জানা নেই, পুণ্যবানের ছোঁয়া পেলে সমস্ত কিছুই নির্মল হয়ে যায় ? আপনি যাকে নোংরা বলছেন সে আপনার নোংরা মনেরই ধারণামাত্র। যে পানিতে আল্লার এবাদত হয়; সে পানিতে আপনার গোসল হতে পারে না— এটা কেবল কাফেররাই বলবে; বলবে যারা গৃহহারা বেদ্বীন; যারা শয়তানের খাস নৌকর।

দ্বিতীয়জন এবার সরব হয়ে ওঠে, আপনি দেখবেন; এই গোসলের পর আপনার মনের সমস্ত ময়লা চলে যাবে।

রফিকুল ইসলাম আশ্বস্ত বোধ করে যে, লোক দুটির উদ্দেশ্য নাসিরুদ্দিনকে হত্যা করা নয়, যা এতক্ষণ তার মনে হচ্ছিল নিতান্তই গোসল করানো। সে এমনকি নাসিরুদ্দিনকেও তাড়া দেয়, এত আপত্তি কীসের ? একটা গোসল বই তো নয় ? নাও, ওঠো।

নাসিরুদ্দিন শায়িত অবস্থা থেকে আধো উঠে বসে, বুকের ওপর মাথা ঝুলে থাকে তার এবং সেই ভঙ্গি দেখে ভীষণ হাসি পায় রফিকুল ইসলামের। সে লোক দুটিকে সম্বোধন করে বলে, দেখেছেন এখনো গড়িমসি করছে।

তাতে ওরই খারাপ হবে।

হবেই তো। নাসির, উঠে বোসো; চট করে গোসল; তার পরেই ছুটি।

না।

রফিকুল ইসলাম প্রথমত মনে করে ঐ 'না' উচ্চারণ করছে নাসিরুদ্দিন, কিন্তু মুহূর্তকাল পরেই সে বুঝতে পারে তার ভুল।

দ্বিতীয় লোকটির কণ্ঠ শোনা যায়, ছুটি কীসের ? কে বলল, গোসল করলেই ছুটি ? এখনো সবটাই বাকি আছে। গোসল তো কেবল শুরু।

উদ্বিগ্ন হয়ে রফিকুল ইসলাম জানতে চায়, কতক্ষণ লাগবে ? মানে, কাল ওর চাটগাঁ যাবার কথা আছে কিনা। আমাদের ব্যবসার একটা খুব জরুরি কাজ। না গেলে কাজটা ফসকে যাবে।

আমরা জানি।

জানেন ?

আর এটাও আমরা জানি যে, আপনি মিথ্যা কথা বলছেন। দ্বিতীয়বার যদি আপনি আর কোনো মিথ্যা উচ্চারণ করেন, তাহলে আপনার জন্যেও ব্যবস্থা নিতে আমরা বাধ্য হবো। আপনি হয়তো অবাক হয়ে ভাবছেন কোন কথাটা আপনার মিথ্যা; তাই না ? তাহলে শুনুন, নাসিরুদ্দিন আপনার পার্টনার নয়, তার সঙ্গে এক সময়ে ব্যবসার কোনো যোগ থাকলেও এখন আর আপনার নেই। বলতে গেলে, এখন আপনাদের ভেতরে প্রতিদ্বন্দ্বীতাই চলছে। আপনার কি স্মরণ হয় না, মাত্র সেদিনই এই নাসিরুদ্দিন আপনার বাসায় বসে আপনাকে সন্দেহ করছিল যে, গোপনে আপনি মানিকগঞ্জে রেললাইন বসাবার ঠিকাদারী বাগিয়ে ফেলেছেন ? স্মরণ হয় ?

হ্যাঁ, হয়। আমতা আমতা করতে থাকে রফিকুল ইসলাম এবং জীবন হাতে নিয়েই সে কিছু না বলে পারে না যে; কিন্তু আমার যে ধারণা ছিল; নাসিরুদ্দিন আমার পার্টনার নয়, তার সঙ্গে এক সময়ে ব্যবসার কোনো যোগ থাকলেও এখন আর আপনার নেই। বলতে গেলে, এখন আপনাদের ভেতরে প্রতিদ্বন্দ্বিতাই চলছে। আপনার কি স্মরণ হয় না, মাত্র সেদিনই এই নাসিরুদ্দিন আপনার বাসায় বসে আপনাকে সন্দেহ করছিল যে, গোপনে আপনি মানিকগঞ্জে রেললাইন বসাবার ঠিকাদারী বাগিয়ে ফেলেছেন ? স্মরণ হয় ?

হ্যাঁ, হয়। আমতা আমতা করতে থাকে রফিকুল ইসলাম এবং জীবন হাতে নিয়েই সে কিছু না বলে পারে না যে; কিন্তু আমার যে ধারণা ছিল; নাসিরুদ্দিন আমার পার্টনার।

আপনি স্বপ্ন দেখছেন।

স্বপ্ন ?

হ্যাঁ, স্বপ্ন! আর ভুলে যাবেন না যে, নাসিরুদ্দিনের পরিণতি আপনারও একদিন হতে পারে। সত্যি কথা এই যে, আপনার বিষয়ে আমরা এখনই কিছু ভাবনা-চিন্তা করছি। আসুন; নিজের ভালো যদি চান, সাহায্য করুন, এই পশুটাকে গোসল করাতে হবে। লোকটি রফিকুল ইসলামের দিকে এমন দৃষ্টিতে তাকায় যেন সেও পশু ভিন্ন কিছু নয়। সমস্ত প্রশংসা আল্লার। বলে লোকটি নাসিরুদ্দিনকে পায়ের দিকে শূন্যে তুলে ধরে, অপর লোকটি দু' হাত টেনে তোলে এবং নিঃশব্দে রফিকুল ইসলাম আবার কোমরের কাছে ধরে, যে বিদ্যুৎ চলে গিয়েছিল এক পলকের জন্যে তা ফিরে এসে আবার হারিয়ে যায়; এবং সেই এক পলকের ভেতরেই রফিকুল ইসলাম আবিষ্কার করে যে লোক দুটির আপাদমস্তক তুষারের মতো শাদা পোশাকে ঢাকা; বস্তুত তা কাফনও হতে পারে, তার স্মরণ হয়, তার বড় চাচা কোনো কোনো রাতে কাফন গায়ে জড়িয়ে আল্লার কাছে বুক চাপড়ে কাঁদাকাটি করতেন, লোক দুটি ভয়াবহ তাড়া দেয় তাকে অকস্মাৎ।

নাসিরুদ্দিনকে ধরে সেই অবস্থাতেই পানিতে নামে তারা; রফিকুল ইসলামের হাঁটু পর্যন্ত পানিতে ডুবে যায়। অতি ধীরে নাসিরুদ্দিন নিমজ্জিত হয়, এক পলকের জন্যে বিদ্যুৎ আবার এসে ফিরে যায়। দেখা যায়, নাসিরুদ্দিনকে পুকুরের সবুজ চিকন শ্যাওলা বেমালুম গ্রাস করে নিয়েছে কিছুক্ষণ আগে, সে এই পানি নোংরা বলে যে ঘোর আপত্তি করে উঠেছিল এখন তার চিহ্নমাত্র আর নেই। পানির নিচে অধিক্ষণ থেকেও তার শরীরের

কোনো প্রতিবাদ বা বিক্ষোভ লক্ষ করা যায় না, আকর্ষণের ইঙ্গিতে রফিকুল ইসলাম তার কোমর উঁচু করে ওঠায় এবার এবং অপর লোক দুটি সন্তোষজ্ঞাপক নিঃশ্বাস ফেলে। তারা নাসিরুদ্দিনকে পাড়ের ওপর স্থাপিত করে। পরবর্তী নির্দেশের অপেক্ষায় রফিকুল ইসলাম নত চোখে দাঁড়িয়ে থাকে ? অবিলম্বে নীরব একটি নির্দেশ পায় সে, শায়িত সিক্ত নাসিরুদ্দিনের পাশে তাকে বসে পড়তে বলা হয় যেন, সে বসে পড়ে।

কিন্তু সে; রফিকুল ইসলাম, হয়তো ইঙ্গিত অনুধাবন করতে ভুল করেছিল, কারণ বসে পড়বার সঙ্গে সে তিরস্কৃত হয়।

বসতে কে বলেছে আপনাকে ?

সন্ত্রস্ত হয়ে রফিকুল ইসলাম উঠে দাঁড়ায়। তাকে বলা হয়, আপনি এখন যান; গাড়ি নাসিরুদ্দিনের, সে যখন এখানে, গাড়ি আপসে ফেরত পাঠাবার দরকার আছে কি ? দাঁড়িয়ে আছেন কেন ?

নাসিরুদ্দিনই এবার ক্ষীণ কণ্ঠে উচ্চারণ করে, রফিক, তুমি যাও; যাও।

রফিকুল ইসলাম তবু ইতস্তত করে, তার ভেতর থেকে প্রবল একটি আশঙ্কা ঠেলে বেরুতে চায়, ভাবে এদের হাতে ছেড়ে দিয়ে যেতে তার পা উঠতে চায় না, হঠাৎ সে ঝুঁকে পড়ে নাসিরুদ্দিনের হাত ধরে টান দিয়ে স্খলিত গলায় বলে ওঠে; নাসির ? দৌড় লাগাও।

অবাক হয়ে যায় রফিকুল ইসলাম যখন সে দেখে যে নাসিরুদ্দিনই তার হাত মুচড়ে নিজেকে ছাড়িয়ে নিয়ে উলটে ধমক দেয়; বেদ্বীন, শয়তান। লোক দুটি হা হা করে হেসে ওঠে এবং নাসিরুদ্দিন ঝাঁপিয়ে পড়ে রফিকুল ইসলামকে প্রহার করতে শুরু করে; রফিকুল ইসলাম পালাবার পথ পায় না।

প্রায় দৌড়ে সে স্থান ত্যাগ করে; লোক দুটির অট্টহাসি তাকে তাড়া করে ফেরে সারাটা পথ, সে প্রায় বাড়ির দরজায় হুমড়ি খেয়ে দড়াম করে দরজা খুলে অন্ধের মতো সিঁড়ি বেয়ে দোতলায় উঠে যায় এবং চিৎকার করে ওঠে, আলো এখনো আসে নি ?

সুলতানা তখন একটি খাট মোমবাতি হাতে করে এগিয়ে এসে গভীর চোখে তার দিকে তাকিয়ে থাকে।

প্রায় একযুগ পরে খিলখিল করে হেসে ওঠে সুলতানা; বলে তোমার ট্রাউজারে এত শ্যাওলা কেন; রফিক ?

৪

নিজের ঘরে শুয়ে ছিল রফিকুল ইসলাম, দরোজায় টোকা শুনে ফিরে তাকায় এবং সেদিকেই চোখ রেখে আগের মতোই শুয়ে থেকে নিস্পন্দ হয়ে থাকে, যেন অচিরেই দরোজা স্বচ্ছ হবে, সে আগন্তুককে দেখতে পাবে, টোকার শব্দ আর হয় না; অনেকক্ষণ, তারপর দরোজায় ঈষৎ চাপ অনুভূত হয়, রফিকুল ইসলাম উঠে বসে, সে যে-কোনো ব্যক্তির আবির্ভাব প্রত্যাশা করে। কখনো কখনো আমরা বিশ্বের প্রতিটি মানুষ থেকে এতটাই দূর বোধ করি যে আলাদা করে আর কাউকে নির্ণয় করতে পারি না এবং তখন সে দূরত্ব ছিঁড়ে নিকটে আসে, আমাদের এমত ধারণা হয়, সে অন্যান্যদের কিছু অংশ বহন

করে উপস্থিত হয়েছে, যে যখন কথা বলে তখন এমত বোধ হয়— তার উচ্চারণের ভেতরে অপরের কণ্ঠেও শ্রুত হচ্ছে। বস্তুত, রফিকুল ইসলামের শোবার ঘরের দরোজা ঠেলে এখন জীবিত বা মৃত যে কেউই প্রবেশ করুক-না কেন, তার প্রতিক্রিয়া হবে একই প্রকার। রফিকুল ইসলাম খাটের ওপর বসে পড়ে দীর্ঘকাল প্রতীক্ষা করতে থাকে আগন্তুকের জন্যে।

অনুচ্চস্বরে দরোজার ওপার থেকে নারীকণ্ঠে উচ্চারিত হয়, আছ নাকি ? সুলতানার মতোই এ নারীর স্বর। সুলতানাই বটে তবু যেন সুলতানা নয়; দরোজার পাল্লা সরিয়ে সুলতানা এসে ঘরের মাঝখানে দাঁড়ায়।

আছ তাহলে ?

রফিকুল ইসলাম আগের মতোই নিস্পন্দ বসে থাকে, কোনো জিজ্ঞাসা বা উদ্বেগ তাকে এতটুকু বিচলিত করে না, কেবল ঈষৎ চিন্তিত বোধ করে সুলতানার হাতে খাট মোমবাতিটি নেই দেখে, যেন যা-কিছু তফাৎ তা ঐ মোমবাতির অনুপস্থিতির কারণেই।

বিরক্তি করলাম না তো ? সুলতানার উচিত ছিল বাক্যটি ইতস্তত এবং লজ্জিত স্বরে উচ্চারণ করা, কিন্তু তার বদলে লক্ষ করা যায় এক ধরনের প্রত্যয় এবং আঘাত করবার প্রবণতা।

সুলতানা সোফার এক কোণে বসে পড়ে, পাশে এতটা জায়গা ছেড়ে দেয় যেন ঘরে আরো অনেকে এসেছে এবং তাদের সবার জায়গা হবে না বলে সে কুণ্ঠিত বোধ করছে।

ঘুমিয়ে ছিলে বুঝি ?

ঐ অমনি, চোখ লেগে এসেছিল একটু।

আপিস নেই ?

গিয়েছিলাম তো। রফিকুল ইসলাম পাল্টা প্রশ্ন করে, গাফফার ফেরে নি আপিস থেকে ?

না ? রফিকুল ইসলাম বিস্মিত হয়ে ঘড়ি দ্যাখে। সন্ধে সাড়ে সাতটা বাজে, ফেরে নি ?

না। আজ কী বার মনে নেই ? বেস্পতিবার। রোজ বেস্পতিবারে তো গাফফার আপিস থেকে সোজা মসজিদে যায়।

ও। তখন উঠে দাঁড়ায় রফিকুল ইসলাম, যেন বাস্তব এবং বিশ্ব তার আবার সঠিক দূরত্বে স্থাপিত হয়, সে নির্বিঘ্নে স্মরণ করতে পারে যে— কিছুদিন থেকে গাফফার প্রতি বৃহস্পতিবার মসজিদে সারারাত কাটিয়ে পরদিন আপিস করে, জুমার নামাজ পড়ে বাসায় ফেরে তিনটে নাগাদ। কেন যে উঠে দাঁড়িয়েছিল রফিকুল ইসলাম, আর মনে করতে পারে না; অগত্যা সে আবার বসে পড়ে খাটের ওপরেই।

তা তুমি অবেলায় শুয়ে ছিলে কেন ? কখন আপিস থেকে ফিরলে তাও টের পেলাম না। শরীর খারাপ নয় তো ?

না। ভালোই তো আছি।

অবশ্যই তা দেখতেও পাচ্ছি যে ভালো আছ, ভালো ছিলে, আমরা দু' সপ্তাহ ছিলাম না বলে কোনো অসুবিধেই হয় নি।

রফিকুল ইসলাম চকিত চোখে সুলতানাকে একবার দেখে নেয়, তারপর বলে, মনটা অবশ্য ভালো নেই।

তোমার মন বলে কিছু আছে নাকি ?

ক্ষণকাল চুপ করে থেকে রফিকুল ইসলাম জেদি একটা উত্তর দেয়, আছে।

তাহলে সে মনের কি হয়েছে শুনি ?

মন নিয়ে সাধারণত যা হয় সে রকম কিছুই হয় নি।

মন নিয়ে সাধারণত কী হয় শুনি ?

এই... প্রেম, বিচ্ছেদ, শূন্যতা; যন্ত্রণা... সাধারণত এই সবই তো ?

আর অসাধারণত ?

শুনলে খুব হতাশ হবে সুলতানা।

তবু; শুনি না!

তোমার কাছে স্বীকার করব কিনা ভাবছি; ভাবছি, স্বীকার করাটা উচিত হবে কিনা।

অত ধানাই পানাই না করে বলে ফ্যালো তো। সেই ইউনিভার্সিটি আমলে করতে, মানাতো; এখন আর চলে না।

ভাবছিলাম, নাসিরের সঙ্গে সেই যে গোড়ায় ব্যবসা শুরু করেছিলাম; ওর সঙ্গে থেকে গেলেই মনে হয় ভালো ছিল। আজ একটা কাজ ও পেয়েছে যেটার পেছনে আমি সাড়ে তিন মাস লেগেছিলাম, জানতেও পারি নি নাসির চেষ্টা করছে; জানলাম আজ; হাতছাড়া হয়ে যাবার পর। কাজটা হচ্ছে আরবের টাকায়, বুঝতেই পারছ, টাকার খনিতে হাত দিয়েছে আমাদের নাসিরুদ্দিন।

তাহলে তোমার চোখ টাটাচ্ছে বলো। রফিকুল ইসলামকে স্তব্ধ হয়ে থাকতে দেখে সুলতানা আবার বলে, তাই না ? নইলে তুমি আপিস থেকে ফিরে বিছানা নেবার মানুষ ? সুলতানার চোখ চকচক করতে থাকে, কেন করে ঠাহর করতে না পেরে রফিকুল ইসলাম ক্রুদ্ধ বোধ করে এবং তা লক্ষ করে সুলতানা স্বচ্ছন্দেই হাসতে থাকে।

হাসছ ?

হাসছি তো। নিশ্চয়ই কাঁদছি না। অবশ্য হাসতে হাসতেও লোকে কাঁদে; সে তুমি বুঝবে না। আমি এখন অনেক রকম কথা মনে করে হাসছি। তোমার শুনতে ইচ্ছে করছে না ? নাকি, আমার ওপর খুব রাগ হয়েছে তোমার ? দ্যাখো, আমার ওপর রাগ করে কী করবে ? এত বছর তোমাকে জানি, এত বছর পরে মানুষের সঙ্গে এরকম একটা সম্পর্ক হয়ে যায়, যায় না ? —যখন মনে হয় রাগ করলেও সে আছে; না করলেও সে আছে। আমার স্বামীটিকে দ্যাখো না ? —এই যে মাতামাতি করছে, রোজ বেস্পতিবারে থাকে না, যখন থাকে তখন তার আবার অজু নষ্ট হয়ে যাবে বলে কাছে ঘেঁসতে দেয় না, আমি যাব না আমাকে জোর করে আজমীর নিয়ে গেল, সারাদিন বসে বসে হিসেব করছে এইটে করলে এত লক্ষ সোয়াব, ঐটে পড়লে এতগুলো নফল নামাজ পড়বার ফায়দা, শাড়ি কিনে দেয় নি আজ এক বছর; ওদিকে তিনটে বোরকা সে ঠিকই নিয়ে এসেছে; মাসখানেক থেকে

দাড়ি রাখতে শুরু করেছে— না, আমি নাস্তিক নই; আল্লাকে আমিও বিশ্বাস করি; নামাজ পড়ি রোজাও রাখি; কিন্তু ওর এগুলো আমার কাছে বাড়াবাড়ি মনে হয়, ঠিক যেমন ব্যাংক ব্যালান্স বানায় লোকে— আমার স্বামীটি যেন আল্লার খাতায় সোয়াবের সেভিংস অ্যাকাউন্ট খুলেছে, শুনতে খারাপ শোনাবে তবু বলি; পাশের মানুষটিকে যে অবহেলা করে সে আল্লাকে ভালোবাসে কী করে ? —তবু তাকে ফেলে দিতে পেরেছি ? না, ভাবতে পারি যে তাকে ছেড়ে আরেকজনের কাছে গিয়েছি ?

রফিকুল ইসলাম সহসা নির্ণয় করতে পারে না যে সে এখনো স্বপ্ন দেখছে না জেগে আছে। রক্তের ভেতরে ভীতি অনুভব করে ওঠে। তৃষ্ণা পায় তার। এবং বড় হতাশ বোধ করে এই জগৎ সম্পর্কে; অগত্যা সে স্বপ্ন বা বাস্তব যাই হোক-না কেন তার হাতে নিজেকে ছেড়ে দিয়ে ঠায় বসে থাকে।

অবিলম্বে সুলতানা এক চাঞ্চল্যকর সিদ্ধান্ত প্রকাশ করে, আমার মনে হয় গাফফার সাহেব পালাতে চায়, আর এটা হচ্ছে তার পালাবার রাস্তা।

প্রথমত 'সাহেব' সম্ভ্রমসূচক এই শব্দের ব্যবহার, দ্বিতীয়ত 'পালানো' এই অপ্রত্যাশিত অভিযোগ, রফিকুল ইসলামকে চঞ্চল করে তোলে, দ্রুত সে গাফফারের মুখ স্মরণ করে এবং সেখানে এ জাতীয় কোনো মতলবের সংকেত আছে কিনা সন্ধান করতে থাকে। ব্যর্থ হয়ে সে উদ্বিগ্ন গলায় বলে 'সুলতানা, কতদিন থেকে তুমি এটা টের পেয়েছ ? আমাকে আগে বলো নি কেন ? অবশ্যই তোমার বলা উচিত ছিল; কারণ, কখনোই তোমার ভালো ভিন্ন আর কিছু চাই নি। পুরনো দিনগুলোর কথা তোমার এখনো নিশ্চয়ই মনে আছে ? মনে আছে, তোমাকে আমি কীভাবে ঘিরে রাখতাম যাতে কেউ তোমাকে নিয়ে খেলতে না পারে ? মনে পড়ে গাফফারের সঙ্গে যখন তোমার বিয়ে ঠিক হলো, তখনো আমি তোমাকে বলি নি আমার ভালোবাসার কথা। কেন বলি নি ? বলি নি কেবল তোমাকে কোনো কষ্ট না দেবার কারণে। আর আজ এত বড় একটা কষ্ট তুমি বুকের মধ্যে নিয়ে চুপ করে বসে আছ, আশা করছ আমি তা জেনেও চুপ করে থাকব ? গাফফারকে আমি খুন করে ফেলব যদি সে একটা পা-ও বাইরে ফ্যালে। পালাবে মানে ? আমি থাকতে সে পালাতে পারলে তো ? ওর গালের দাড়ি আমি কামিয়ে দেব, তুমি দ্যাখো না ?

হাসতে হাসতে সুলতানা যখন নিজেরই কোলের ওপর ঝুঁকে পড়েছে আর মুখে আঁচল চাপা দিয়ে 'মা মাগো' বলছে অনবরত, তখন রফিকুল ইসলাম কথা থামিয়ে হাঁ করে তাকিয়ে রইল। অবিলম্বে তার ধারণা হয় গালের দাড়ি কামিয়ে দেবার পর যে চেহারা হবে গাফফারের সেইটে কল্পনা করেই সুলতানা হাসছে, অতএব তারও সে হাসিতে যোগ দিতে আর কোনো বাধা থাকে না; রফিকুল ইসলামও হেসে ফেলে এবং হেসে ফেলবার পরই তার স্মরণ হয় সুলতানা হাসতে শুরু করেছিল দাড়ি কামিয়ে দেবার অনেক আগে থেকেই। তৎক্ষণাৎ হাসি থামিয়ে রফিকুল ইসলাম জিজ্ঞেস করে দুঃখ নিজের, হাসছও নিজেই। একেই বোধ হয় বলে হাসতে হাসতে কাঁদা। একটু আগেই বলছিলে না ? আমার সামনে কাঁদতে লজ্জা করে বুঝি ? তাই কান্না চেপে হাসছ।

না কাঁদবার হলে তোমার সামনেও কাঁদতে পারি; বোধ হয় কেবল তোমার সামনেই পারব। আমি হাসছি তোমার বুদ্ধি দেখে।

তার মানে ?

আমি বললাম কী আর তুমি বুঝলে কী ? যাক, একটা লাভ অন্তত হলো, একটা কথা জানতে বড় ইচ্ছে করত; তোমার নিজ মুখ থেকে সেইটে আজ জেনে গেলাম তোমার বোকামির জন্যে, যে, তুমি আমাকে ভালোবাসতে। সুলতানা হঠাৎ সমুখে ঝুঁকে কোমল গলায় জিজ্ঞেস করে, এখনো বাসো ?

মাথা ঝাঁকিয়ে রফিকুল ইসলাম বলে ওঠে, সেটা কোনো কথা নয়, সুলতানা। বলো, আমি বুঝতে কোথায় ভুল করলাম; এ যে তুমি একেবারে ভাঁজ হয়ে হাসছ ?

অপমান লাগছে ?

মধু নিশ্চয়ই মনে হয় নি।

ও বাবা তাহলে সত্যি তোমার খুব লেগেছে। আচ্ছা, আমি কি বলেছি মনে করে দ্যাখো তো, মনে করলেই বুঝতে পারবে তুমি কী বুঝতে কী বুঝেছ। আমি বলেছি, গাফফার পালাতে চায় আর এটা তার পালাবার রাস্তা। কোনটা ? এই অতিভক্তি, এই অতিধার্মিকতা। তাই নয় কি ? রফিক, তুমি এই সোজা কথাটা বুঝতে পারছ না; আর তোমার ওপর আমি এত ভরসা করে আছি ?

শেষ কথাটা চমকিত করে দেয় রফিকুল ইসলামকে। এত ভরসা করে থাকা— অর্থটা কী ? কিন্তু তলিয়ে দেখবার মতো অবকাশ পায় না সে, সুলতানা সংলাপ চালিয়ে যায়।

ভেবে দ্যাখো না, রফিক, স্বাধীনতা পাবার পর থেকে তো স্বস্তি নেই। জিনিসের দাম ধাঁ ধাঁ করে বাড়ছে, কোথায় গিয়ে ঠেকেছে; রোজগার সে হারে বাড়ছে না; নুন আনতে পান্তা ফুরোয় বলে না ? —সেই দশা; তারপর নিরাপত্তা নেই, নিশ্চয়তা নেই; চুরি-ডাকাতি-ছিনতাই; রাজনৈতিক স্থিতিশীলতা নেই; একের পর এক হত্যা; ক্ষমতা দখল, বন্দুকবাজি; ধাপ্পা; খুনী পুরস্কার পায়, বুক ফুলিয়ে বেড়ায়। চুরি করতে যে জানে তার ঘরে অভাব নেই, আর সাধু হলে তো না খেয়ে মরলে। এ অবস্থায় মানুষ বাঁচতে পারে ? এক খুনে ডাকাত হয়ে; নয়তো সব থেকে চোখ বুঁজে মসজিদে ঢুকে এই কথা বলতে হয় যে— এ জীবন কিছু নয়, মৃত্যুর পর যে জীবন সেটাই আসল জীবন, তাই সব সেই আসল জীবনের জন্যে পাথেয় সঞ্চয় কর, এ জীবনে যত মার খাবে ততই তোমার বেহেশতি আসন পাকা হবে। আমাদের গাফফার সাহেব সেই পথ ধরেছেন। এটা পালানো নয় তো কী ? সেই যে পাখি আছে না ? —চালের খড়ে মুখ দিয়ে পড়ে থাকে আর মনে করে আমাকে কেউ দেখতে পাচ্ছে না, আমি ধরাও পড়ব না, গাফফার সাহেব সে-ই।

কিন্তু সুলতানা ছাত্রজীবনে তুমি তো রাজনীতি করতে, এখনো তার সবটা যে হারিয়ে যায় নি তা তোমার একটু আগের কথা আর বক্তৃতার ঢং শুনেই বোঝা যায়। তুমি তো যথেষ্ট লেখাপড়াও করেছ, তুমি কি করে বললে যে, মানুষের এখন বেঁচে থাকবার ঐ দুটো মাত্রই পথ আছে, খুনী হওয়া, নয়তো মসজিদে যাওয়া ? তোমার কি জানা নেই, আরো একটা বিকল্প আছে, বিকল্প বলা ঠিক হলো না, কারণ ওটাই একমাত্র পথ, আর সে পথ হচ্ছে বিপ্লবের পথ ?

না, ছাত্রজীবনে তুমি রাজনীতি করতে বলে মনে পড়ে না, আজকাল গোপনে গোপনে করছ নাকি ? টপ করে বিপ্লব উচ্চারণ করে বসলে যে।

এ আর এমন কী ? বিপ্লব তো আজকাল মুদ্দোফরাসও অবলীলাক্রমে বলে ফেলছে। বিপ্লব এখন জাতীয় শব্দ, যেমন জাতীয় ফুল শাপলা। বিপ্লব করতে পারি না পারি বিপ্লব কথাটা উচ্চারণ করবার অধিকার এখন এ দেশের প্রতিটি নাগরিকের।

তো আমাকে বলো, লোকে বিপ্লব করছে না কেন ? তারা তোমার চেয়ে বোকা ?

মানে তুমি জানতে চাইছ তোমার স্বামীটি বোকা কিনা ? এই তো ? না, সে বোকা নয়, তোমাকে খুশি করবার জন্যে বলছি না যে সে বোকা নয়, আসলে সে ভীতু। ভয়টা দু'দিকের, বিপ্লব করতে গেলে সবকিছু ভুলে গিয়ে নামতে হয়, ঠিক যুদ্ধে যাবার মতো, যে সৈনিক যুদ্ধে যায় সে জেনেই তার ভেতরে যায় যে, প্রাণটা যে-কোনো মুহূর্তে চলে যেতে পারে, তবু সে যায়, তবু সে লড়াই করে; বিপ্লবের দাবিটাও তেমনি, বরং তার চেয়ে আরো খানিক বেশি; তুমি বিপ্লব করবে তার ফল লাভ তোমার হতেও পারে, নাও পারে, ব্যক্তিগতভাবে তোমার কিছু না পাবারও সম্ভাবনা ষোল আনা, তবু তুমি ঝাঁপিয়ে পড়বে, কারণ তুমি নিজের একান্ত ব্যক্তিগত কোনো লাভ চাও না, তুমি চাও, তোমার পাশের মানুষ, বলা যাক তোমার পরের মানুষ, পরবর্তী বংশের মানুষেরা ভালো একটা জীবন পাক। আমরা নিজের এই জীবন, এই দেহ, এই দেহের সুখ-দুঃখটাকে খুব বড় করে দেখি বলে ও-রকম একটা ঝাঁপ দিতে ভয় পাই। এ গেল একদিকের ভয়। এ ভয় আমার নিজেরই আছে, তাই যে কথাগুলো খুব সহজে উচ্চারণ করে গেলাম, কাজে দেখাতে বলো, সবার আগে আমাকে দেখবে গা ঢাকা দিতে। জানো সুলতানা, আমি আজ বেশ কয়েকদিন ধরে এইসব নিয়ে ভাবছি, কেন ভাবছি সে আরেক ইতিহাস। আমি যে-আমি খুব কম স্বপ্ন দেখতাম, সেই আমি আজ কয়েকদিন থেকে অবিরাম স্বপ্নও দেখে চলেছি; এমন সব স্বপ্ন যার বিন্দুবিসর্গ আমার ভাবনায় কখনো ঠাঁই পায় নি। এই যে তোমার সঙ্গে কথা বলছি, আমার কখনো সন্দেহ হচ্ছে, আমি জেগে আছি তো ? নাকি, স্বপ্ন; সব স্বপ্ন। ক্রমে তফাতটা যেন কমে আসছে। জেগেই থাকি বা ঘুমিয়েই থাকি, কেবল একটি অনুভব সাধারণ বলে দেখছি; ভয়ের অনুভব; ঘোর একটা আতঙ্কের অনুভব; এই অনুভবটা সাঁকোর মতো আমার ঘুম ও জাগরণকে ছুঁয়ে আছে আজকাল। আমার এমনও মনে হয়, কেবল আমি নই, আমরা সকলে, এমনকি দেশের এই মানচিত্রটা পর্যন্ত আতঙ্কের মসিতে অঙ্কিত এখন। আমি কৃতজ্ঞ, তুমি মন দিয়ে শুনছ সুলতানা। কেউ বিশ্বাস করবে না, ভয়ে কাউকে এসব বলতেও পারি নি যদিও তুমি জানো আমার ভেতরের কথা বলবার মতো কেউ নেই; তোমাকে যে বলতে পারছি, আদৌ তোমাকে বলছি, এ ব্যাপারেও আমি ঠিক নিশ্চিত নই; আমার মনে হচ্ছে আমি আমারই সঙ্গে একা এই ঘরে বসে কথা বলে চলেছি। তবু যখন তোমাকে চোখে মুখে স্পষ্ট দেখতে পাচ্ছি তা বাস্তবেই হোক বা আমার স্বপ্নে, আমি অনেক লঘু বোধ করছি এই কথা ভেবে যে কাউকে না কাউকে আমি কথাগুলো বলতে পারছি। তুমি যদি স্বপ্ন হও, আমি ইচ্ছাশক্তি প্রয়োগ করছি যেন তুমি হঠাৎ অদৃশ্য হয়ে না যাও; আমি এই সেদিনই শুনেছি ইচ্ছাশক্তি দিয়ে পুরনো স্বপ্ন আবার দেখা যায়, শুনেছি সে স্বপ্ন প্রসারিতও করা যায়; বস্তুতপক্ষে স্বপ্নের শেষ স্বপ্নদ্রষ্টার হাতেই শেষ অবধি। আমি তোমার স্বামীর প্রসঙ্গে কথা বলছিলাম, আমি বলছিলাম ভয় দু'দিকের। প্রথমটা বলেছি, দ্বিতীয়টি এবার বলি। এ ভয় ঈশ্বরের ভয়, পরকালের ভয়, শেষ বিচারের ভয়, দোজখের ভয়— যদি তুমি এসবে বিশ্বাস কর; প্রায় ক্ষেত্রেই দেখা যায় নীতিবদ্ধ

ধার্মিক না হয়েও আমরা এসব বিশ্বাস করি। তোমার মনে হতে পারে, মানুষের ভালো করবার জন্যে বিপ্লব করব তার সঙ্গে পরকালের ভয়ের যোগ কোথায়? আছে। বিপ্লব যারা চায় না, তারা বিপ্লব ঠেকিয়ে রাখবার জন্যে এই বিশেষ ভয়টিকে ব্যবহার করে থাকে। তারা ভালো করেই জানে যে ইহকালের এই জীবন থেকে মানুষের মুখ যদি পরকালের দিকে ঘুরিয়ে দেয়া যায় তাহলে শোষণ হতে পারবে নির্বিঘ্ন। আমি স্পষ্ট করেই বলতে পারি যে, সারা দেশে হঠাৎ এই যে ধার্মিকতার ঢল দেখছ, এর পেছনে আছে গূঢ় রাজনৈতিক কারণ, কেউ চাইছে মানুষগুলোকে দৈবনির্ভর করে তুলতে; দৈবের বিধান বলে সবকিছু মেনে নেওয়াতে। ধর্মটা আমরা মায়ের পেট থেকে পড়েই উত্তরাধিকার হিসেবে পাই বলে প্রায় সকলেই তা নিয়ে আর কোনো প্রশ্ন তুলি না, যেমন নিজের চেহারা নিয়ে কেউ প্রশ্ন তোলে না; কাজেই ধার্মিক না হয়েও আমরা ধর্মের আওতায় বাস করি এবং কেউ যখন ধর্মটাকে বিশেষ কোনো উদ্দেশ্যে ব্যবহার করতে চায়, সহজেই আমরা তখন তার শিকার হয়ে যাই। তোমার স্বামীও তাই হয়েছেন। এবং তুমি ঠিকই বলেছ, এ তার পলায়নের পন্থা ভিন্ন আর কিছুই নয়।

সূচনাতেই আমাদের প্রস্তাব ছিল যে, কাহিনীর খোলশ ছিঁড়ে আমরা ভেতরে প্রবেশ করতে চাই, আমাদের এমন সন্দেহও ছিল যে প্রবেশ আদৌ সম্ভব হবে কিনা, আমরা কি ইতিমধ্যেই শীত বোধ করতে শুরু করেছি? অথবা, আমাদের ভেতরে কেউ কেউ কি চিৎকারযুক্ত স্বগতোক্তি করছি এখন, যে এর চেয়ে কাহিনীর পৃষ্ঠদেশে অবস্থান করাই ছিল উত্তম? তাহলে অন্তত সহজ হতো, নিশ্চয় করা যে এ কাহিনী প্রেমের অথবা আতঙ্কের, স্বাস্থ্যের অথবা অসুস্থতার; ব্যক্তিবিশেষের অথবা সকলের। হ্যাঁ; এখন তো নতুন করে শুরু করা আর সম্ভব নয়; অতএব এই ক্ষীণ আশা নিয়ে আমরা অগ্রসর হই যে পরবর্তী অংশটুকু অসহিষ্ণুদের কিঞ্চিৎ সান্ত্বনা দিতে পারবে!

পরবর্তী বৃহস্পতিবারে সুলতানা বিকেলে দিনের আলো মরে যাবার বেশ কিছু আগেই রফিকুল ইসলামকে অফিসে টেলিফোন করে; রফিকুল ইসলাম বিস্মিত হয়; কারণ, সুলতানা এর আগে কখনো অফিসে তাকে যোগাযোগ করে নি; কোনো দুঃসংবাদ শোনবার জন্যে নিজেকে সে প্রস্তুত করে রাখে; যদিও যে-কোনো দুঃসংবাদের জন্যে বহু আগে থেকেই নিজেকে প্রস্তুত বলে বোধ হয় তার।

সুলতানাই কিছুক্ষণ পরে তাড়া দেয়, চিনতে পেরেছ? আমি সুলতানা। চুপ করে আছ যে?

বলো, শুনছি।

তোমার গলা অন্যরকম শুনছি যেন। ব্যস্ত নাকি?

না। তুমি বলো।

ব্যস্ত থাক আর যাই থাক, আমার একটা জিজ্ঞাস্য আছে।

বলে ফ্যালো।

বাসায় আসছ কখন?

সাধারণত যখন আসি।

সেটা কখন? সাতটা? আটটা? নটা? কখন?

তোমার কি বিশেষ কোনো দরকার আছে, সুলতানা?

হ্যাঁ, আছে। রাত হয়ে গেলে আজ আর ফিরো না। আর ফিরতে যদি হয়, দিনের আলো থাকতে থাকতে ফিরে এসো।

কারণ?

তোমার সঙ্গে আমার একটা কথা আছে যেটা আমি দিনের আলোয় বলতে চাই।

রাতে বলা যাবে না?

না।

কারণ?

রাতে আমি নিজেকে বিশ্বাস করতে পারব না। যে কথা বলব, রাতে শুনলে তুমিও বিশ্বাস করতে পারবে না এবং আমাকে ভুল বুঝবে। আমি কোনো ঝুঁকি নিতে চাই না। আর একটি কথা, রফিক, তুমি যদি আজ দিন থাকতে না ফিরে আসতে পার কিংবা না ফিরে আসতে চাও, তাহলে এ কথা আর হয়তো কোনোদিনই তোমাকে বলতে পারব না। তাই বলে এটাও ধরে নিও না যে, তোমাকে দিনের আলোয় ফিরে আসতে অনুরোধ করছি এখন, কারণ, আমি চাই না যে তুমি মনে মনে ধরে নাও, আমিই তোমাকে সেধে ডেকে এনেছি। মনে কর, আমি অন্য কেউ, আমি এখন আমারই হয়ে তোমাকে একটা খবর দিচ্ছি মাত্র যে তুমি যদি দিন থাকতে ফিরে এসো, তাহলে একটা কথা বলতাম তোমাকে, কিংবা এক্ষেত্রে বলতে হয়, সুলতানা তোমাকে একটা কথা বলত।

'আমি আসছি' বলে টেলিফোন রেখে দেয় রফিকুল ইসলাম এবং আবার তার ভ্রান্তি হতে থাকে যে, সে জাগ্রত অথবা নিদ্রিত; মিনতির কথা স্মরণ হয়, যে বলেছিল স্বপ্ন দু'ভাবেই দেখা সম্ভব? পথে নেমে সেই আপাদমস্তক শাদা কাপড়ে আচ্ছাদিত লোক দু'টির কথাও তার স্মরণ হয়, যাদের একজন বলেছিল, মানুষের কাছে অন্ধকার বহুদিন থেকেই ব্যবহারের অনুপযুক্ত একটি পরিস্থিতি এবং মানুষ যে দিন থেকে কৃত্রিম আলো রচনা করতে শিখেছে সেদিন থেকেই অন্ধকার মানুষের শত্রুতা সাধন করতে উঠেপড়ে লেগেছে। রফিকুল ইসলাম বিস্ময়বোধ করে সুলতানার বক্তব্যের ভেতরে একই উপলব্ধির উপস্থিতি লক্ষ করে, সুলতানাও রাতের অন্ধকারকে বিশ্বাস করতে প্রস্তুত নয়।

দরোজা খুলে দিয়ে সুলতানা খাবার টেবিলের খাড়াপিঠ একটা চেয়ার টেনে, কোলের ওপর দু'হাত জড়ো করে নির্মিত মূর্তির মতো হয়ে যায়। রফিকুল ইসলামের স্মরণ হয় সহসা, যে, আজ বৃহস্পতিবার এবং গাফফার সারা রাত ফিরবে না; সে কিছুটা দূরে, যতটা দূরের অধিক আর সম্ভব নয়, সোফায় আসন নিয়ে উদগ্রীব হয়ে অপেক্ষা করতে থাকে।

সুলতানা বলে, তুমি মন দিয়ে শুনবে এবং আমি যদি কিছু জিজ্ঞেস করি, সত্যি কথা বলবে, তা সে সত্যি কথাটা যতই মর্মান্তিক হোক কিংবা তোমার আমার এতকাল যে সম্পর্ক তার ভিত নড়িয়ে দেবার মতো হোক। রাজি?

বেশ তো।

হ্যাঁ, তুমি মন দিয়ে শুনবে, রফিক; কারণ, আমি যা বলব তা কখনো কোনো মেয়ে এভাবে বলেছে বলে শোনো নি বা উপন্যাসেও পড় নি। যদি চমকে যাও, তাহলে মনোযোগ নষ্ট হবে, আমার বক্তব্য বুঝতে পারবে না। বুঝেছ?

আমি মন দিয়েই শুনব।

এবং চমকে যাবে।

এবং চমকে যাব না।

গাফফারকে আমি তালাক দিতে চাই। তুমি হয়তো শুনে থাকবে যে, মেয়েরা তালাক দিতে পারে না, নিতে পারে মাত্র; যদি সেরকম কিছু শুনে থাক, ভুল শুনেছ; ইসলামে মেয়েরাও তালাক দিতে পারে। আমি দিচ্ছি।

রফিকুল ইসলাম মনে মনে হাসে; না, অন্য কোনো কারণে নয়, কেবল এই জন্যে যে, তার মনের বর্তমান অবস্থায় কোনো উচ্চারণই তাকে চমকে দেবার পক্ষে যথেষ্ট নয়, যে ইতোমধ্যেই ভীত সে চমকে ওঠার স্তর পার হয়ে গেছে, এই কথাটা সুলতানা জানে না বলেই রফিকুল মনে মনে হেসে ওঠে।

কি, কিছু বলছ না ?

তুমি বলেছ, কখনো কিছু জিজ্ঞেস করলেই কেবল উত্তর দেব এবং উত্তরটা যেন খাঁটি হয়, তাই চুপ করে আছি। তুমি তো এখন পর্যন্ত কোনো প্রশ্ন কর নি।

তাহলে এখন করছি। তুমি কি আমাকে ভালোবাসতে ?

বাসতাম।

এখন ?

এখনো বাসি।

কতটা ভালোবাস ?

ভালোবাসার কতটা আবার কী ?

প্রশ্নের উত্তরে প্রশ্ন করার কথা তো ছিল না।

তা ছিল না।

কতটা ভালোবাসা ?

তোমার কী মনে হয় ?

রফিক, আবার তুমি প্রশ্নের উত্তরে প্রশ্ন করলে। প্রশ্ন তখনই কেউ করে যখন মনের মধ্যে সংশয় থাকে। আমাকে ভালোবাসা নিয়ে তোমার কোনো সংশয় আছে ?

না।

তাহলে ?

একটা অক্ষমতা আছে। অক্ষমতা থেকেও লোকে প্রশ্ন করতে পারে। এ অক্ষমতা তোমাকে ভালোবাসার নয়, এটা সেই ভালোবাসাকে প্রকাশ করবার অক্ষমতা, বিস্তৃতিকে তুলে ধরে দেখাবার অক্ষমতা, শব্দের অক্ষমতা। আমার তো মনে হয় যে-কোনো মানুষেরই এই অক্ষমতা। ভালোবাসাকে দেয়া যায় মাত্র, যেমন খণ্ড খণ্ড আভাস আমি তোমার কাছ থেকে বহুদিন পেয়েছি, তুমিও যদি আমার কাছ থেকে তা পেয়ে থাক, তাহলে এ তোমারই কাজ যে, তুমি সেই খণ্ডগুলো জোড়া দিয়ে সম্পূর্ণ একটা রূপ তৈরি করে নেবে, যেমন আমি নিয়েছি, এবং আমার মনে কোনো ক্ষোভ নেই যে তোমার ভালোবাসা আমি পাই নি।

২৮৫

সুলতানা কিছুক্ষণ চুপ করে থেকে পরীক্ষামূলকভাবে চিবুক তুলে তাকায় একবার, নামিয়ে নেয় এবং অনুচ্চস্বরে বলতে থাকে, সমাজ চায় মেয়েরা পুরুষের ওপর নির্ভরশীল হোক, মেয়েরা পুরুষের ওপর নির্ভর করে এসেছে, আমাদেরও তাই শেখানো হয়েছে, আমাদের অনেকে এখন অনেক লেখাপড়া করেছি, স্বাধীন উপার্জন করছি, হয়তো স্বামীকেই নিজের উপার্জনে পোষণ করছি, তা সত্ত্বেও সেই আমরা পুরুষের ওপর নির্ভরশীলতা আদৌ ছাড়তে পারি নি, মনের দিক থেকে তো নয়ই, মর্যাদার দিক থেকেও নয়। যে মেয়ে স্বাধীন বলে বড়াই করে, আমাদের সমাজ ব্যবস্থায় সেও কিন্তু পুরুষেরই অনুমোদন সাপেক্ষে স্বাধীন। এত কথা বলার উদ্দেশ্য এটাই তোমাকে বোঝানো যে, আমিও নির্ভরশীল। আর সেই জন্যেই তোমাকে এখন আমি জিজ্ঞেস করব, যে তুমি কি আমাকে এতটা ভালোবাস যে বিয়ে করতে পারবে ?

পারি।

সময় নিয়ে ভেবে বলো।

সত্যি কথাটা মনের মধ্যে সব সময় আছে বলেই সময় নেবার বা নতুন করে ভাববার দরকার হয় নি, সুলতানা। হ্যাঁ, তোমাকে আমি এতটা ভালোবাসি যে বিয়ে করতে পারি।

প্রশ্নটা কেন করেছি, অনুমান করতে পার ?

হ্যাঁ পারি।

শুনি তোমার অনুমান।

গাফফারকে ছেড়ে দিয়ে তুমি আমার সঙ্গে সংসার করবার কথা ভাবছ।

সুলতানা চুপ করে থাকে।

রফিকুল ইসলাম ঈষৎ অসহিষ্ণু গলায় জানতে চায়, কি, তাই না ?

সুলতানা বলে, তোমার কাছে দাবি করেছিলাম, প্রশ্ন করলে সত্যি উত্তর দেবে, মুখে না বললেও সে দাবি তোমারও। হ্যাঁ; আমি তাই ভাবছি। গাফফারকে ছেড়ে দিয়ে আমি একা থাকতে পারি হয়তো, অনেকে হয়তো সে পরামর্শই দেবে, কিন্তু না, এ সমাজ সেটা বিড়ম্বনা ডেকে আনা মাত্র, তাই আমি আবার সংসার করতে প্রয়োজনের চেয়ে কিছুমাত্র দেরি করতে চাই না, আর আবার যদি সংসার করতেই হয় তো একদিন যে আমাকে ভালোবেসেছিল, যে আমাকে কখনো মুখ ফুটে বলে নি, তাকে যদি পাওয়া যায়, আমি ইতস্ততই বা করব কেন ? তাছাড়া, তোমার এবং আমার দু'জনেরই এখন বয়স হয়েছে, বয়স হবার একটা সুবিধে, সব কথা মুখোমুখি বলা যায়। তুমি কি আমাকে বিয়ে করবে ?

হ্যাঁ, করব।

তোমার খারাপ লাগবে না ?

কেন ?

যখন লোকে বলবে, বলবেই বলবে, যে তুমি বন্ধুর বৌকে ভাগিয়ে নিয়ে বিয়ে করেছ, তোমার খারাপ লাগবে না ?

রফিকুল ইসলাম হেসে উঠে বলে, একটু আগেই বললে না ? —এখন আমাদের দু'জনেরই বয়স হয়েছে ? বয়স হবার আরো একটা সুবিধে এই যে, মানুষকে উপেক্ষা করবার শক্তি তখন এসে যায়। বলতে বলতে রফিকুল ইসলাম উঠে দাঁড়ায় এবং সুলতানার দিকে অগ্রসর হয়।

তখন বিদ্যুৎবেগে উঠে দাঁড়ায় সুলতানা, দু'পা পিছিয়ে যায়, খাবার টেবিলের কোণ ধরে একটা অস্পষ্ট আড়াল সৃষ্টি করে নেয় সে মুহূর্তে এবং ঈষৎ ভীত গলায় বলে, কী করছ ? না, রফিক না, এখন কিছুই না। এখন তুমি আমাকে ছোঁবে না। আমি এখনো একজনের স্ত্রী, এখনো আমি তালাক দিই নি। আমি আজ রাতে বরং তোমাকে বাইরে কোথাও থাকতে বলব, তুমি কাছে আসছিলে বলে এই মুহূর্তে সিদ্ধান্ত নিয়ে এটা বলছি না, এটা আমি আগেই ভেবে রেখেছি যে তুমি আজ বাইরে থাকবে, আজ রাতে তো গাফফার নেই, আমি জানি এর আগেও বহু বেস্পতিবার গাফফার না থাকলেও তুমি থেকেছ কিন্তু আজ যখন তুমি আমাকে বিয়ে করবে বলেছ, আজ তোমাকে নিয়ে এক বাড়িতে থাকতে পারি না, না রফিক, না। হ্যাঁ আমি নিজেকেও বিশ্বাস করি না। রাতের অন্ধকারকে আমি বিশ্বাস করি না। কারণ, আমি বড় একা আর আমি কিছুই পাই নি, তাই বলে আমি দুর্বল হয়ে নিজেকে নষ্ট হতে দিতে পারব না। আজ রাতে তুমি ঘরে থাকলে আমি দুর্বল হয়ে যাব। তুমি যাও। তুমি আমাকে পাবে যখন তোমার পাবার সময় হবে।

দাঁড়িয়ে থেকো না, তুমি বোসো। রফিকুল ইসলাম অপেক্ষা করে যতক্ষণ না সুলতানা আবার তার চেয়ারে এসে বসে। তারপর বলে, যাকে ভালোবাসা যায়, তাকে যে একই সঙ্গে শ্রদ্ধা করা যায় কথাটা আজ উপলব্ধি করতে পারলাম। কথাটা আগে শুনেছি হয়তো, কিন্তু এখন আমার মনে হচ্ছে আমিই এ সত্যটা পৃথিবীতে প্রথম আবিষ্কার করলাম, ঠিক যেন মানুষ যখন কাউকে ভালোবাসে, মনে করে আমার মতো এমন করে আর কেউ কখনো ভালোবাসে নি, আমি অদ্বিতীয়, আমিই প্রথম। একটু আগে তুমি জানতে চেয়েছিলে আমি তোমাকে কতটা ভালোবাসি ? উত্তর দিতে পারি নি, এখন মনে হচ্ছে উত্তরটা দিতে পারব। এখন আমি বলতে পারি যে, আমি তোমাকে এতটা ভালোবাসি যতটা ভালোবাসলে বলা যায় পৃথিবীতে আমিই প্রথম প্রেমিক। অতীতে যারা ভালোবেসেছে তারা কেউ ভালোবাসে নি, ভবিষ্যতে যারা ভালোবাসবে তারা কেউই ভালোবাসবে না। হ্যাঁ সুলতানা, আমি তোমার জন্যে অপেক্ষা করে থাকব।

আমি সেই সময়ের জন্যে অপেক্ষা করে থাকব। আমি আমাদের জন্য অপেক্ষা করে থাকব।

রফিকুল ইসলাম নিজের ঘরে যায় এবং জানালা দিয়ে বাইরে তাকিয়ে শঙ্কিত হয়ে পড়ে। বেলা দ্রুত পড়ে আসছে। রোদ মরে গেছে অনেক আগেই। যে-কোনো মুহূর্তে আকাশে নক্ষত্র অথবা চাঁদ দেখা দেবে। রফিকুল ইসলাম দ্রুত দু'হাতে শোবার পাজামা টুথ ব্রাশ দাড়ি কামাবার জিনিসগুলো গুছিয়ে নেয় ব্যাগে, তারপর সুলতানাকে কোনো সম্ভাষণ না জানিয়েই তীরের মতো ছুটে বেরিয়ে যায় ফ্ল্যাট থেকে, যেতে যেতে একবার কেবল তার কাছে চকিত ধরা পড়ে যে সুলতানার শরীর ঘিরে অন্ধকার নেচে নেচে খেলা করতে শুরু করেছে।

৫

সেদিন সকাল থেকেই তার, রফিকুল ইসলামের, মনে হতে থাকে যে তাকে কেউ অনুসরণ করছে। ফ্ল্যাট থেকে বেরুবার মুহূর্ত থেকে ধারণাটি জন্ম নেয়, যখন সে রিকশায় উঠে বসে এবং হঠাৎ মনে হয় একই সঙ্গে কে যেন তার পেছনের রিকশাটিতে দ্রুত উঠে বসল আর ইশারা করল পিছু নেবার জন্যে, আপিসের সিঁড়ি বেয়ে উঠতে উঠতে তার মনে হয় সে পেছনেই আছে, কেমন অস্বস্তি বোধ করে ওঠে সে, কিন্তু পেছনে ফিরে তাকানো হয় না, সে নিজেই ভালো করে বোঝে না, যেন সে পেছন ফিরে তাকাবার পদ্ধতি বিস্মৃত হয়েছে। সে অথবা তার শরীর বারবার আপিসে; সে বেয়ারাকে জিজ্ঞেস করেছে, কেউ কি আমার খোঁজে এসেছিল ? বেয়ারা 'না' সূচক মাথা নেড়েছে প্রতিবার। এটাও তার কাছে নতুন মনে হয় যে, বেয়ারা বিশেষ করে কেবল এই প্রশ্নটির উত্তরই নীরবে দিয়ে যায় আজ। এ রকমও সন্দেহ হয় যে, বেয়ারা গোটা ব্যাপারটাই জানে অথবা সে স্বয়ং এর ভেতরে আছে।

বিকেলে স্টেডিয়ামে খেলা দেখতে যায় রফিকুল ইসলাম; বিজয় নগর থেকে হেঁটেই সে স্টেডিয়াম পর্যন্ত যায়, পথে পা দিয়েই দেহের ভেতরে সে এক প্রকার শৈত্য অনুভব করে এবং অবিলম্বে সন্ত্রস্ত হয়ে ওঠে— তার পেছনে আবার সেই অনুসরণকারীকে সে টের পায়; অথবা বাস্তবে তার অস্তিত্ব নেই একটি ধারণা মাত্র; যদি তাই-ই হয়, সেই ধারণাই তার সমতালে তার পেছনে পেছনে হেঁটে আসে স্টেডিয়াম পর্যন্ত, রফিকুল ইসলাম খেলার মাঠে ঢুকতে ভয় পায়; গেটের কাছে দাঁড়িয়ে সে ইতস্তত করে; দোকানপাটের সম্মুখ দিয়ে হাঁটাহাঁটি করে বিনা প্রয়োজনে এবং সারাক্ষণ অনুসরণকারীকে অনুভব করে সে, অবশেষে সে একটি সিদ্ধান্ত নেয়। সে, রফিকুল ইসলাম স্টেডিয়াম ত্যাগ করে বায়তুল মোকাররাম মসজিদের দিকে দ্রুত অগ্রসর হয় এবং এখন মসজিদের সিঁড়ি বেয়ে মাঝে মাঝেই দু-একটা করে ধাপ টপকিয়ে ওপরে উঠে যেতে থাকে। তার স্মরণ হয় মরহুম বাবার কথা, যে, শয়তান পৃথিবীর সর্বত্র অবাধে যাতায়াত করতে পারে চোখের পলকে কেবল মসজিদ ছাড়া, মসজিদের ছায়া পর্যন্ত শয়তানের সীমানা। রফিকুল ইসলাম আপন মনেই মৃদু মৃদু হাসতে থাকে কেমন জব্দ, যদি তুমি শয়তান হও তাহলে এবার তুমি আমার পেছন ছাড়বে। মসজিদের সিঁড়ি বেয়ে উঠতে উঠতে নিজেকে বড় লঘু বোধ হয় তার; সে ওপরের চত্বরে দাঁড়িয়ে যায়; তার চারপাশ দিয়ে অসংখ্য নামাজীরা ওঠানামা করে; দূরে কেউ সেজ্‌দায় অবনত দেখা যায়, আবার কেউ মোনাজাত শেষ করে তখনো মাথা ঝুঁকিয়ে বসে থাকে রফিকুল ইসলাম গভীরভাবে অনুসন্ধান করে মনের ভেতরে এবং অনুসন্ধানকারী যে পেছনেই আছে তেমন অনুভূতির কোনো অংশই সে আর খুঁজে পায় না। তখন অনেকক্ষণ সে হেঁটে বেড়ায় চত্বরে, তারপর একটা রেলিংয়ের মতো উঁচু জায়গার ওপর বসে পড়ে বুকের ওপর মাথা নামিয়ে চোখ বোজে; অনুসরণকারী তাকে ত্যাগ করে যাবার কৃতজ্ঞতায় সে অভিভূত হয়ে বসে থাকে। কিন্তু অচিরে সে বিবৃত বোধ করে, কারণ তার অজু নেই এবং নামাজ পড়তে সে জানে না— এভাবে এখানে এতক্ষণ বসে থাকাটা নতুন কোনো বিপদ ডেকে আনতে পারে। তার প্রবল আশঙ্কা হয় এবং সে দ্রুত উঠে দাঁড়ায়। দাঁড়াবার সঙ্গে সঙ্গে তার ভেতরটা আবার শীত হয়ে যায়; সে অনুভব করে অনুসরণকারী তাকে আদৌ ত্যাগ করে নি; এতক্ষণ সে একটা ভ্রমের ভেতরে ছিল; তার মরহুম বাবার একটি কথা স্মরণ হয়। শয়তান মানুষ মনের ভেতরে বহন করে চলে। রফিকুল ইসলাম ভয়ার্ত

দৃষ্টিপাত করে সিঁড়ির দিকে এবং একটিই লোককে সে দেখতে পায় সিঁড়ির শেষ ধাপের নিচে দাঁড়িয়ে আছে যেন তারই অপেক্ষায়। দৃষ্টি তীক্ষ্ণ করে রফিকুল ইসলাম তাকায় শনাক্ত করতে চেষ্টা করে তাকে, এতদূর থেকে অসম্ভব হয় তা এবং মনে হয় লোকটি তারই অপেক্ষায় ওখানে দাঁড়িয়ে আছে।

রফিকুল ইসলাম ধীরে এগিয়ে আসে; সিঁড়ি বেয়ে নামে এবং লোকটির সম্মুখে এসে দাঁড়ায়। না, লোকটিকে সে এর আগে কখনো দেখে নি, মধ্যবয়সী, গালের দাড়ি নিখুঁত কামানো, পরনে বাদামি রঙের সাফারি সুট, হাতে ঝকঝকে ব্রীফকেস, মুখে অভ্যর্থনার উপযুক্ত মাপা হাসি, লোকটি রফিকুল ইসলামকে উজ্জ্বল চোখে অনুসরণ করে যতক্ষণ সে সিঁড়ি বেয়ে নেমে আসে; কাছে আসতেই দ্রুত একটা হাত বাড়িয়ে দেয়া; সংক্ষিপ্ত করমর্দনের পর লোকটি তাকে ইশারা করে অগ্রসর হবার জন্যে।

নিঃশব্দে তারা বিজয়নগরের অফিসে এসে ঢোকে। সারা পথ কোনো কথা হয় না; নিঃশব্দেই লোকটি এমন এক ধারণা দিতে সক্ষম হয় যে, এই সাক্ষাৎকার রফিকুল ইসলামের পক্ষে লাভজনক হবে। রফিকুল ইসলাম উদগ্রীব বোধ করে নিজেকে। বস্তুত সে বেয়ারাকে নির্দেশ দেয় অবিলম্বে দু'কাপ কফি দিয়ে দরোজার বাইরে বসে থাকতে, যেন কেউ তাদের বিরক্ত না করে।

লোকটি কফির কাপে পরীক্ষামূলক একটা চুমুক দিয়ে, কাপ নামিয়ে বাঁ হাতের অনামিকা দিয়ে ঠোঁট মুছে নিয়ে সবকটি দাঁত বের করে নিঃশব্দে হাসে।

আপনার আপিসে এসে শুনলাম, আপনি খেলা দেখতে গেছেন, খেলা দেখে আপিসে আর ফিরবেন না বলে জানা গেল। অথচ আজই আপনার সঙ্গে আমার দেখা করা দরকার। আগামীকাল বড় দেরি হয়ে যাবে। তাই সময় নষ্ট না করে স্টেডিয়ামের দিকে ছুটলাম; দেখলাম, আপনি মসজিদে যাচ্ছেন। আপনি যে নামাজ পড়েন আমার জানা ছিল না; এখন জেনে বড় স্বস্তি বোধ করছি, কারণ, এটা আপনার পক্ষে যাবে। মি. নাসিরুদ্দিন নামাজ পড়েন না।

নাসিরুদ্দিন ?

হ্যাঁ, আপনার বন্ধু নাসিরুদ্দিন। আমি আপনাকে মসজিদে দেখে এখন জোর গলায় বলতে পারি যে একটু চেষ্টা করলেই জয় আমাদের হবে।

জয় ?

আপনি কি এখনো কিছু বুঝতে পারছেন না ? আশ্চর্য; এর বেশি তো বলার দরকারও দেখি না। আপনি ব্যবসা করেন; ইঙ্গিতই আপনার জন্যে যথেষ্ট হওয়া উচিত। সম্ভবত, আপনার মন ভালো নেই এবং ভালো না থাকাই স্বাভাবিক, কারণ গত কয়েক মাস ধরে আপনি যে কীভাবে কাজটার পেছনে লেগেছিলেন সে খবর পুঙ্খানুপুঙ্খ আমি রাখি। আমি আরবের সেই টাকায় যে কাজটা হবার কথা তার কথা বলছি।

ও সেটা ? সেটা তো নাসিরুদ্দিন পেয়ে গেছে, আমি পরাজয় স্বীকার করে নিয়েছি। সেটার কথা আবার উঠছে কেন ?

পরাজয় আপনি স্বীকার করেছেন আমি বিশ্বাস করি না। আপনি নিজেও হয়তো জানেন না যে আপনারই মনের ভেতরে কোথাও এখনো আশা লুকিয়ে আছে। নইলে কাজটার উল্লেখ করা মাত্র আপনার চোখ ঝিলিক দিয়ে উঠল কেন?

রফিকুল ইসলাম ঈষৎ বিরক্ত বোধ করে, সেই সঙ্গে কিঞ্চিৎ অপ্রতিভ। সেটা চাপা দেবার জন্যেই হয়তো সে এখন লাগাম হাতে নেয়। বলে, কিন্তু আপনি কে? আপনাকে কখনো দেখেছি বলে মনে পড়ে না।

লোকটি নীরবে মৃদু মৃদু হাসে মাত্র, কোনো উত্তর দেয় না।

ভ্রূ কুঞ্চিত হয়ে আসে রফিকুল ইসলামের। অকস্মাৎ তার মনে হয়, লোকটির কণ্ঠস্বর সেই লোকটির। অবিকল যে তার পাঞ্জাবির খুঁট ধরে, পেছন থেকে একটি প্রশ্ন উচ্চারণ করেছিল একদা। চেয়ারের ওপর নড়ে চড়ে বসে রফিকুল ইসলাম। মিনতির পরামর্শে রাতের পর রাত সে স্বপ্নটি আবার দেখবার জন্যে ইচ্ছাশক্তি প্রয়োগ করেছে, কিন্তু স্বপ্নটি আর ফিরে আসে নি। পেছন ফিরে লোকটির চেহারা দেখে নেয়া তার পক্ষে সম্ভব হয় নি আর, এখন পরিষ্কার সে সমুখে বসে আছে, দামি সিগারেটের বাক্সের ওপর দুটি আঙুলে অস্ফুট শব্দ তুলে চলেছে।

লোকটিকে ভালো করে দেখতে থাকে রফিকুল ইসলাম, মনের মধ্যে গেঁথে নিতে থাকে তার মুখের প্রতিটি রেখা, ভাঁজ এবং একই সঙ্গে বিচার করতে থাকে যে— স্বপ্নের ভেতরে ঐ প্রশ্নটি যে তাকে ভীত করেছিল তার কোনো যুক্তি আছে কিনা, কারণ, লোকটিকে দেখে হুমকি দেবার মতো মনে হচ্ছে না, বরং তাকে সাহায্য করবার আন্তরিক ইচ্ছাই চোখেমুখে আঁকা।

রফিকুল ইসলামের স্থির দৃষ্টি থেকে চোখ ছাড়িয়ে নিয়ে লোকটি বলে, না, আমাকে আপনি চিনবেন না। আপনার সঙ্গে ব্যবসার কোনো যোগ কখনো আমার হয় নি, আশা করছি এবার হতে পারবে। যাদের সঙ্গে হয়েছে তাদের কাউকে কাউকে আপনি চেনেন, তাদের জিজ্ঞেস করলে আপনি অন্তত এটুকু জানতে পারবেন যে, আমি যার পেছনে লাগি তা হাতে এনে ছাড়ি। আপনি বলছেন, নাসিরুদ্দিন সাহেব ব্যবসাটা পেয়ে গেছে; আমি বলি— ব্যবসায় শেষ কথা বলে কিছু নেই। একথা আপনাকে বলা বাহুল্য যে, ব্যবসার রাস্তা সব সময়ই সদর রাস্তা নয়, অনেক গলিঘুঁজি আছে। লোকটি এইখানে থেমে টং করে ব্রীফকেসের ডালা খুলে একগাদা কাগজপত্র বের করে টেবিলের ওপর মেলে ধরে। আপনি কাগজগুলো একবার দেখুন, তাহলেই বুঝতে পারবেন, কেন আমি বলছি যে ব্যবসায় শেষ কথা বলে কিছু নেই। না না আমার কোনো তাড়া নেই; দরকার হলে সারা রাত আপনার সঙ্গে থাকব। আপনি কাগজগুলো আগে একবার দেখে নিন, তারপর কথা হবে। লোকটি সিগারেট ধরিয়ে চেয়ার পেছনে ঠেলে দিয়ে পা লম্বা করে বসে এবং চোখ বোঁজে।

রফিকুল ইসলাম শিস দিয়ে উঠতেই লোকটি চোখ খুলে স্মিতমুখে তাকায় এবং সোজা হয়ে বসে পড়ে, মাথা দুলিয়ে উচ্চারণ করে, এবার তাহলে বুঝতে পারছেন? আমি জানি কাগজে একবার চোখ বোলালেই সব পানির মতো পরিষ্কার হয়ে যাবে আপনার কাছে। এখন নিশ্চয়ই আর বলবেন না যে মি. নাসিরুদ্দিন বাজি মেরে দিয়েছেন? আপনি এবার

এই কাগজগুলো দেখুন। লোকটি আরেক তাড়া কাগজ বের করে আনে ব্রীফকেস থেকে, রফিকুল ইসলামের হাতে সযত্নে তুলে দিয়ে বলে, এখানে আপনি দেখতে পাবেন আমাদের প্ল্যানটা।

রফিকুল ইসলাম আমাদের শব্দটি লক্ষ না করে পারে না। তার ভ্রূ ঈষৎ উত্তোলিত হয় কিন্তু তা স্থায়ী হতে দেয় না সে, কাগজের ওপর অবিলম্বে ঝুঁকে পড়ে এবং খুঁটিয়ে খুঁটিয়ে দেখতে থাকে, আবার তার কণ্ঠ থেকে একটি শিস ছাড়া পায়।

লোকটি নিঃশব্দে হাত বাড়িয়ে দেয় টেবিল পেরিয়ে এবং রফিকুল ইসলামের সঙ্গে করমর্দন করে বলে, পরিষ্কার বুঝতে পারছেন, এখনো সময় আছে, এই প্ল্যানে আমরা যদি এগোই তাহলে নাসিরুদ্দিনের কনট্রাক্ট ক্যানসেল হয়ে যাবে, পাব আমরা। আপনি রাজি?

আমি রাজি।

তাহলে আরো একটা কথা এক্ষুণি হয়ে যাক। আমি নিজে পিকচারে আসতে চাইছি না। আমার অসুবিধা আছে। আমি বরং আপনাকে পেছন থেকে বিলড আপ দেব। এগিয়ে যাবেন আপনি আর ভেতরে আপনার সঙ্গে আমার ফিফটি ফিফটি থাকবে। অসুবিধে নেই তো?

না, অসুবিধে কী?

অসুবিধে হতে পারে।

কী রকম?

আরবের সঙ্গে কারবার, বুঝতে পারছেন না? আপনাকে একটু সামলে চলতে হবে, নামাজটা শিখে নিতে হবে, কোরান-হাদিস একটু দেখে রাখতে হবে। ও দেশে যাতায়াত করতে হবে তো আপনাকে?

এ আর এমন কী?

আপনার উপর আমার ভরসা আছে বলেই এসেছি, রফিক সাহেব। এখন আপনার একবার সে দেশে যাওয়া দরকার ইমিডিয়েটলি।

কিন্তু?

কিন্তু আবার কী?

নাসিরুদ্দিন সন্দেহ করবে যে আমি হঠাৎ আরব মুলুকে যাচ্ছি কেন? আমাদের প্ল্যান তো জিনিসটা এ পর্যায়ে গোপন রাখা?

লোকটি হা হা করে হেসে ওঠে। বলে, আপনিও যেমন, গোপন থাকবে না কেন? অবশ্যই থাকবে। আপনি কি আর অমনি-অমনি যাবেন? আপনি যাবেন হজ্ব করতে। এখন হজ্বের মৌসুম না? সবাই জানবে আপনি হজ্ব করতে যাচ্ছেন। ফেরার পথে কাজটা সেরে আসবেন, কাকপক্ষীতে টের পাবে না। লোকটি আবার হেসে ওঠে এবং তখন তার সঙ্গে হাসিতে যোগ দেয় রফিকুল ইসলাম।

রফিকুল ইসলাম বলে, আপনি আরেক কাপ কফি খাবেন?

লোকটি অফিসের চারদিকে কৃত্রিম সতর্ক দৃষ্টি ঘুরিয়ে এনে নিচু গলায় জিজ্ঞেস করে, আপিসে আপনি রাখেন না ?

রাখি।

তাহলে আর কফি কেন ?

লোকটি হাত বাড়িয়ে টেবিলের ওপর থেকে কাগজগুলো টেনে নেয়, নিজে একবার উলটে পালটে দেখে দ্রুত, তারপর ব্রীফকেসে বন্ধ করে রেখে রফিকুল ইসলামের অপেক্ষা করে। অবিলম্বে রফিকুল ইসলাম তোয়ালে ঢেকে বোতল আর দুটি গেলাশ নিয়ে আসে এবং নিঃশব্দে লোকটিকে আমন্ত্রণ জানায় পাশে রাখা জোড়া সোফার দিকে।

আহ্, রফিকুল ইসলাম, তুমি এখন সুলতানার কথা মনে কর না, সুলতানা যে তোমার সুরাপান করা পছন্দ করে না, তা তুমি ভালো করেই জানো, অথচ গেলাশ হাতে নিয়েই তুমি সুলতানার কথা ভাবতে শুরু করেছ। তুমি কি মনে করেছ ব্যবসা তোমার হাতে ইতোমধ্যেই এসে গেছে, আর সেই জয়ের আনন্দে সুলতানাকে এখন তোমার অংশীদার করে নেওয়া দরকার ? তোমার মতো পাকা ব্যবসায়ী এখুনি আনন্দ করবে কেন ? নাকি, যে সুলতানাকে তুমি এতকাল ভালোবেসে এসেছ তাকে শেষ পর্যন্ত পেয়ে যাচ্ছ বলে যে আনন্দ সেটাই এখন তুমি অনুভব করছ আর তা গুলিয়ে ফেলছ ব্যবসার সঙ্গে ?

আমরা সঠিক উত্তর দিতে পারব না, আমরা কেবল দেখতে পাব। রফিকুল ইসলাম গভীর রাতে আবার দাঁড়িয়ে আছে ফ্ল্যাটবাড়ির দরোজায়; কতদিন সে এখানে আসে নি, তালাক হয়ে যাবার পর গাফফার এ ফ্ল্যাট ছেড়ে দিয়েছে, সেই সঙ্গে রফিকুল ইসলামও। সুলতানা বলেছে, তার ইদ্দত পুরো না হওয়া পর্যন্ত রফিকুল ইসলাম যেন এ ফ্ল্যাটে বাস না করে।

মত্ত অবস্থাতেও রফিকুল ইসলাম বিস্মৃত হয় না যে, রাত এখন গভীর এবং সুলতানা হয়তো ঘুমিয়ে পড়েছে; অথচ সুলতানার জন্যে তীব্র একটা আকর্ষণ বোধ করে, যেন বা অস্তাচল সূর্যকে টানে; দরোজায় সে চাবি পরায়, সন্তর্পণে চাবি ঘুরিয়ে সে ফ্ল্যাটের দরোজা খোলে সুলতানা ঘরের দরোজা ঈষৎ ঠেলে দাঁড়ায় এবং সুলতানার ঘুমন্ত মুখের দিকে কিছুক্ষণ তাকিয়ে থেকে ঘরের ভেতরে অগ্রসর হয়।

অকস্মাৎ সে, রফিকুল ইসলাম, তার হাঁটুর নিচে সিক্ততা অনুভব করে, একেবারে গোড়ালি পর্যন্ত সপসপ করতে থাকে। অবনত হয়ে সে লক্ষ করে তার ট্রাউজারে শ্যাওলা; চিকন সবুজ শ্যাওলা; কাদা; পানি; নোংরা; সে দ্রুত ট্রাউজার খুলে ফেলে দেয়; জামায় যদিও কোনো সিক্ততা নেই; তবু জামাটিও সে ত্যাগ করে।

এবং এগিয়ে এসে সুলতানার ঠোঁটে চুম্বন দেয় রফিকুল ইসলাম; চুম্বন তাকে উদ্দীপ্ত করে তোলে; জগৎ তার পদানত মনে হয়; পাশে শুয়ে পড়ে সে আলিঙ্গন করে সুলতানাকে। সুলতানা ঘুমের ভেতরে ঈষৎ নড়ে ওঠে, যখন তাকে জায়গা ছেড়ে দেয়, যেটুকু শঙ্কা ছিল তা অন্তর্হিত হয়ে যায় রফিকুল ইসলামের।

আমরা এভাবেই তাদের রেখে বিদায় নিতে পারতাম; কিন্তু আমরা জানি, সুলতানা বিবাহিতা; অতএব ঘুমের ভেতরে তার শয্যার পাশে কারো দেহের স্পর্শ পেয়ে সে যে অভ্যাসবশত জায়গা ছেড়ে দেয় নি সে কথা ভুলে যাই কী করে ? বস্তুত, পরমুহূর্তেই চাপা

আর্তনাদ করে সুলতানা জেগে ওঠে, লাফ দিয়ে উঠে বসে ছোট বাতিটা জ্বালায় এবং শায়িত রফিকুল ইসলামের মুখের দিকে কিছুক্ষণ হতভম্বভাবে তাকিয়ে থেকে প্রবল একটা ধাক্কা দেয়। রফিকুল ইসলাম তা সামলে নিয়ে তাকে আবার চুম্বন করতে উদ্যত হলে সুলতানা তার গালে প্রচণ্ড এক চড় বসিয়ে দেয়।

সুলতানা বিছানা ছেড়ে দৌড়ে ঘরের বড় বাতিটা জ্বালায় এবং চিৎকার করে ওঠে বেরিয়ে যাও, বেরিয়ে যাও। রফিকুল ইসলামকে যখন সে আধো উঠে বসে মৃদু মৃদু হাসতে দ্যাখে তখন সে বলে, হাঁপাতে হাঁপাতে আমি জানতাম, আমি জানতাম, আমার তখনই বোঝা উচিত ছিল।

কখন ?

যখন আজমীর থেকে ফিরে এসে আমার বিছানায় একটা সস্তা দুল পাই। সুলতানা ছুটে ড্রেসিং টেবিলের ড্রয়ার থেকে মিনতির অজ্ঞাতে খুলে পড়া একটা দুল বের করে আনে, ছুঁড়ে দেয় রফিকুল ইসলামের কোলের ওপর।

রফিকুল ইসলাম তা হাতে তুলে নেয় না; গ্লানিকে বিষণ্নতায় রূপান্তরিত করবার চেষ্টা করতে করতে সে বলে, তাহলে আমাকে বিয়ে করতে বলেছিলে কেন ?

সুলতানা কান্নায় ভেঙ্গে পড়ে হাহাকার করতে থাকে, আমি জানি না, আমি জানি না, আমি জানি না।

আমরাই কি শেষ পর্যন্ত জানতে পারি যে এ কাহিনী প্রেমের অথবা আতঙ্কের, স্বাস্থ্যের অথবা অসুস্থতার ? ব্যক্তি বিশেষের অথবা সকলের ? সম্ভবত সূচনা থেকেই আবার আমাদের শুরু করতে হবে এবং দিনের আলোয়।

স্মৃতিমেধ

আপনাদের অখণ্ড মনোযোগ প্রার্থনা করি, জীনাত মহলকে আপনারা স্মরণ করুন। কোন জীনাত মহল ?— স্মৃতি থেকে কখনোই কিছু হারিয়ে যায় না, আমরাই কেবল আমাদের গূঢ় প্রয়োজনে কোনো কোনো স্মৃতিকে পেছনে ঠেলে দিই মাত্র; জীনাত মহলকে এখন একবার সমুখে আনুন, এই অনুরোধ করি। আমি এখনো বিশ্বাস করতে প্রস্তুত যে আমরা কেউই তাকে ভুলে যাই নি এবং আমি এটাও জানি যে, বিশ্বাস থেকে বাস্তব যখন অন্তর্হিত হয়ে যায় তখন সে বড় দুঃসময় আমাদের। কে বলবে আমরা দুঃসময়ের ভেতরে বাস করছি ?

আমরা তো বাইরের মানুষ, জীনাত মহল যে তার ভাশুর রহমতউল্লাহ সাহেবের সংসারে আজ এগারো বছর যাবৎ বাস করছে, প্রতিদিন দেখা হচ্ছে, সেই রহমতউল্লাহও জীনাতকে বিস্মৃত হয়েছিল, কিন্তু আজ সে জীনাতকে বড় বেশি প্রত্যক্ষ করছে, বড় চঞ্চল আজ রহমতউল্লাহ, এবং আজ অপরাহ্ণের আগেই জীনাত মহলের দেবর সেলিমুল্লাহর কাছে অতীত বর্তমানের চেয়েও বাস্তব হয়ে দেখা দেবে।

আসুন, আমরা জীনাত মহলকে অবলোকন করি, তাকে আমরা কিছুটা সময় দিই, এবং বর্তমানে তো আমরা কত কিছুতেই সময় দিয়ে থাকি। স্মৃতি এবং বিস্মৃতির খেলা আমরা জানি না তা নয়, জীনাত মহলকে অবলোকন করতে গিয়ে যদি কোনো স্ফুলিঙ্গ এসে আমাদের নিশ্চিন্ত শৌখিন জামায় একটি দগ্ধ ছিদ্র রচনা করে, আমরা জামা বদলে নেব, আমরা জামা বদলে নিতে জানি, যদি তেমন প্রয়োজন দেখাই দেয় আমরা না হয় জীনাত মহলের কথা আরো একবার বিস্মৃত হবো, আমরা যে বিস্মৃত হতে পারি না তা তো নয়।

কিন্তু, এখন, বিনতি করি, জীনাত মহলকে আপনারা স্মরণ করুন।

না, সে মৃত নয়, জীবিত। না, সে বিদেশেও নয়, জীনাত মহল বাংলাদেশেই আছে, এখনো সে ঢাকাতেই আছে, এখনো সে করিমুন্নেসা মহিলা কলেজে অধ্যাপনা করছে, এখনো সে কেনাকাটা করতে দোকানে যায়, পথ দিয়ে হাঁটে, এখনো সে আমাদেরই মতো কখনো কখনো কোনো অনুষ্ঠানে বা সমাবেশে যায়, এখনো সে আমাদেরই মতো কখনো ভীত, কখনো আশান্বিত হয়। জীনাত মহল এখনো আমাদেরই ভেতরে এবং আমাদের সঙ্গে আছে। তবু যদি স্মরণ না হয়, আমি কি আপনাদের সাহায্য করব স্মরণ করতে ?

সে রূপবতী এবং রূপবতী তো বাংলাদেশের রাজধানীতে কত আছেন। না, তাকে আমরা আলাদা করে নিতে পারছি না।

সে উচ্চশিক্ষিত এবং এ কালে উচ্চশিক্ষিত মহিলা নিতান্ত অপ্রতুল নয়। অতএব, তাকে আমরা নির্দিষ্ট করে সনাক্ত করতে পারছি না।

হ্যাঁ, আমার মনে পড়ছে এবং এবার হয়তো আপনাদের স্মরণ হবে, জীনাত মহল বিধবা, কিন্তু আমাদের বিধবার সংখ্যাও তো কম নয়, কখনো কখনো মানুষের ঠোঁটে আমি শিস শুনতে পাই, এবং সে অনেক আগের কথা, এবং সে আরেক জীবনের কথাই কি নয় ?— এবং সর্বদাই আমরা কি উপদিষ্ট নই যে, ভবিষ্যতের দিকে দৃষ্টি স্থাপন করুন, যেন ভবিষ্যৎ অতীত বর্জিত কিছু; না, জীনাতকে আমরা কেউই স্মরণ করতে পারছি না।

তবে কি আমি এখান থেকেই বিদায় নেব ?— এবং আমার সম্পাদক কি বলবেন যে তাঁকে আমি এবারের উৎসবে লেখা দেবার কথা দিয়েও কথা রাখতে পারলাম না ? মিনতি করি, আসুন, আমরা জীনাত মহলের দিকে দৃষ্টিপাত করি, আমরা না হয় দূরেই থাকব, এবং আমাদের এ দূরত্বকে যে কেউ বা কিছুতে কেড়ে নিতে পারবে না, এ আমরা বহুবার প্রমাণ করেছি গত দশ বছরে। আমি স্বীকার করছি, আপনাদের আবার আমি নিরাপদে ফিরিয়ে দিয়ে যাব আপনাদেরই বর্তমানের কাছে।

২

তার নিজের ঘরে, দোতলার এক প্রান্তে বড় ছোট তার নিজের ঘরে, বিছানায় শুয়ে জীনাত; এখন ভোর ছ'টা; চমকে উঠে সে দরোজার দিকে তাকায়, দরোজা তো বন্ধই ছিল এবং আছে, তার মনে হয় দরোজা খুলে যায়, বিস্ফারিত চোখে সে তাকিয়ে থাকে দরোজার দিকে। তার ফিরে তাকাবার সঙ্গে সঙ্গে আমাদের মনে হবে, আমাদেরই দিকে স্থাপিত হলো তার ভয়ার্ত দু'টি চোখ, আমরা আত্মগোপন করবার জন্য চঞ্চল হয়ে উঠব, কিন্তু না, আমাদের কোনো আশঙ্কা নেই, আমাদের সঙ্গে তার এই অকস্মাৎ ফিরে তাকাবার কোনো যোগাযোগ নেই।

জীনাত তাকিয়ে থাকে, দরোজা যে-বন্ধ সেই বন্ধই থাকে, জীনাত দৃষ্টি ফিরিয়ে নেয় না, দরোজা খোলে না, কিংবা তার স্বামী কলিমুল্লাহ আবার এসে তাকে বলে না, 'জীনাত, আমি এসেছি।' আবার ? কলিমুল্লাহ তো কখনোই আর ফিরে আসে নি, অথবা বারবার সে জীনাতের বঞ্চিত ভবিষ্যতের ভেতরই ফিরে এসেছে, তাই মনে হয়— আবার।

জীনাত তার চোখ ফিরিয়ে নেয় না, জীনাতের শোবার ঘরের দরোজা আর খুলে যায় না। কখনোই এই দরোজা, তার দরোজা, আর খুলে যাবে না; তবু সে অপেক্ষা করে থাকে, এবং এই এগারো বছর অপেক্ষা করে আছে, যেন এগারোটি বছর ছিল এগারোটি মুহূর্ত মাত্র; তার এই দরোজা এই রকম একটি স্তব্ধ ও গুরুতভার ভোরবেলায় ধীরে ধীরে খুলে যাবে, অথবা ধীরে নয়, মৃত্যুর মুখ থেকে অকস্মাৎ যে মুক্তি পেয়ে যায় তার প্রত্যাবর্তন কি ধীর হয় ? — এক ধাক্কায় দরোজা খুলে কলিমুল্লাহ এসে দাঁড়াবে।

জীনাত, আমি এসেছি।

স্বপ্নের ভেতরে আমরা কখনো কখনো দ্বিতীয় একটি স্বপ্ন দেখি, এবং সেই দ্বিতীয় স্বপ্নের ভেতরে তৃতীয় স্বপ্ন কি আমরা কল্পনা করতে পারি ? এবং যদি সেই স্বপ্নের ভেতরে স্বপ্ন এবং তার ভেতরে স্বপ্নে কোনো অসম্ভবকে সত্যি হয়ে যেতে আমরা দেখি, তাহলে কি আমরা পাথরের মূর্তির মতো কেবল তাকিয়েই থাকব ? অথবা বিস্ফোরিত হয়ে দ্রষ্টব্যের ওপর ঝাঁপিয়ে পড়ব ?

এ দুয়ের কোনোটিই নয়, জীনাত স্বাভাবিকভাবেই উঠে দাঁড়াবে, এবং স্বাভাবিকতার ইতি হয়ে যাবে সেখানেই, সে মূর্চ্ছিত হয়ে পড়ে যাবে। অচিরে, অথবা একটি জীবন অতিবাহিত হয়ে যাবার পরে, সে সংলাপ শুনতে পাবে কলিমুল্লাহর।

জীনাত, আমি এসেছি।

আমার যে বিশ্বাস হয় না।

এই তো আমি, জীনাত।

কেউ যে ফিরে আসে না।

আমি এসেছি।

কেউ তো ফিরে আসে নি।

আমি কি ফিরে আসি নি ? আমি কি আবার আমার ঘরে নই ?

আমি ভাবি নি, তুমি ফিরে আসবে।

আমারও কোনো আশা ছিল না, আমি ফিরে আসতে পারব।

এবং জীনাত বলবে, ওরা তো তোমার ছাত্র ছিল ?

এবং কলিমুল্লাহ বলবে, হ্যাঁ, ওরা দু'জনেই আমার ছাত্র ছিল। তুমি তো কতদিন ওদের দেখেছ, জীনাত। ওরা আমাদের বাসায় এসেছে, বেতের ঐ সোফার ওপর বসে থেকেছে, বিনয়ে যতটা সম্ভব সংকুচিত হয়ে থেকেছে, তুমি নাশতা দিতে চাইলে প্রবল আপত্তি করেছে, তোমার নিশ্চয়ই মনে আছে, ওরা আমার ছাত্র ছিল, ওরা আমাকে খুব ভালোবাসত, ভক্তি করত, আমিও ওদের ভালোবাসতাম।

দরোজায় ওরা এসে বেল বাজাল।

তার আগে নিচে মোটরের শব্দ শুনেছিলাম,. জীনাত। আমরা ভাবছিলাম, এই দুপুরবেলায় কে এলো ?

তুমি তখন ভাতে কেবল হাত দিয়েছিলে। তোমার চুল থেকে গোসলের পানি তখনো দু'এক ফোঁটা পড়ছিল। কখনোই তুমি গোসল করে ভালো করে মাথা শুকোও না। তুমি ভাত রেখে উঠে গেলে।

দরোজা খুলে আমি ওদের দেখলাম।

আমি তোমাকে একবার নিষেধ করেছিলাম দরোজা খুলতে।

আমি তোমার চোখে নিষেধ দেখতে পেয়েছিলাম, একবার ইতস্তত করেছিলাম, তারপর আমার হাত দরোজা খুলে দিয়েছিল।

দরোজায় তোমার দুই ছাত্র দাঁড়িয়েছিল।

তাদের একজন আমাকে দেখেই মাটির দিকে চোখ নামিয়ে নিয়েছিল, আরেকজন আমার দিকে স্মিতচোখে তাকিয়েছিল। আমার ধারণা হয়েছিল ওরা কোনো বিপদে পড়ে আমাদের কাছে এসেছে। জীনাত, আমি অনেকবার লক্ষ করে দেখেছি, নিজের সমূহ বিপদেও কখনো কখনো তরুণদের চোখ ভীত দেখায় না। আমি ওদের বললাম, কী হয়েছে ?

ওরা বলল, স্যার একটু আসতে হবে।

আমি জামা পরে নিলাম।

আমি বললাম ভাত খেয়ে যাও।

ওরা বলল, স্যার, এসে খাবেন।

আমি বললাম, কোথায় যাচ্ছ ? তুমি ছাত্রদের দিকে একবার তাকিয়ে আমার দিকে ফিরে নীরবে একটু হাসলে। তুমি কি তখন কিছুই বুঝতে পারো নি ? তোমার কি একবারও মনে হয় নি, ওরা তোমাকে কোথায় নিয়ে যাচ্ছে ?

দুপুরের সেই অস্বাভাবিক নীরবতার ভেতরে নীরব থাকাটাই যেন স্বাভাবিক বলে আমার বোধ হচ্ছিল।

তোমার কী হয়েছিল, তুমি চশমা ফেলেই চলে যাচ্ছিলে, সিঁড়ি দিয়ে কয়েক ধাপ নেমেই আবার তুমি ফিরে এলে, ঘরের ভেতরে এসে চশমা পরলে, তখন একবার আমার হাতে তুমি হঠাৎ হাত রাখলে, মাত্র এক মুহূর্তের জন্যে, তারপর তরতর করে নেমে গেলে, জানালা দিয়ে দেখলাম তুমি একটা শাদা গাড়িতে উঠে বসলে।

আমি গাড়িতে বসলাম, আমার ছাত্র দু'জন আমার দু'দিকে এসে বসল, প্রায় লাফিয়ে, সঙ্গে সঙ্গে গাড়ি ছেড়ে দিল। আমার ডান পাশের ছেলেটি হঠাৎ রুমাল দিয়ে আমার চোখ বেঁধে দিল, বাঁ পাশের ছেলেটি আমার মাথা টেনে সিটের ওপর ঠেসে ধরল। আমি একই সঙ্গে বিস্মিত এবং উদাস বোধ করলাম। তখনো আশঙ্কা হচ্ছিল যে চশমাটা না ভেঙে যায়। রুমাল বাঁধার সময় চশমাটা আমার কোলের ওপর পড়ে গিয়েছিল, আমি সেটা তৎক্ষণাৎ হাতে নিয়েছিলাম, এখন চশমাটা তুলে ধরে কারো হাতে দেবার জন্যে অন্ধের মতো হাতড়াচ্ছি, কেউ নেয় না, হঠাৎ একটা ধাক্কা অনুভব করি, চশমাটি আমার হাত থেকে ছিটকে পড়ে যায়। ওরা আমাকে কোথায় নিয়ে যায়, আমি জানি না, ওরা আমার চোখ থেকে রুমাল খুলে নেয় না। অচিরে গাড়ি এবড়ো-থেবড়ো জমির ওপর দিয়ে চলে। ওরা আমাকে বেশ কিছুটা পথ হাঁটিয়ে নিয়ে যায়।

আমি আমাদের সমুখের ফ্ল্যাটে বেল বাজাই, তারা দরোজা খোলে না, আমি নিচের তলায় এসে বেল বাজাই, কেউ দরোজা খোলে না, আমি ওপরে গিয়ে টেলিফোন তুলি, টেলিফোন খারাপ হয়ে পড়ে আছে, আমি কাকে ফোন করতাম জানি না।

আমাকে গুলি করে ফেলে রেখে গেল। আমি অনেকটা নিচে পড়ে যাই, আমি অনুভব করি আমার নিচে অন্য কারো শরীর, আমার ঠিক পাশেই অন্য কারো শরীর, এবং তারা মৃত। কতক্ষণ আমি সেখানে থাকি, আমি জানি না, সারা রাত ধরে আমি হাঁটছি, আমি ফিরে এসেছি, জীনাত, আমি আবার আমার ঘরে ফিরে এসেছি, আমি তোমার কাছে ফিরে এসেছি, আমার চশমাটা ওদের গাড়িতেই বুঝি রয়ে গেছে।

তোমার আরেক জোড়া চশমা এখনো আমার কাছে আছে।

সেটার ফ্রেম আমার মোটে ভালো লাগে না।

চশমা ছাড়া যে তুমি কিছুই দেখতে পাও না।

আমি তো চশমা ছাড়াই দেখছি, জীনাত, আমার ডাইনে লাশ, আমার বাঁয়ে লাশ, আমার নিচে লাশ। লাশগুলো আমার চোখে এমনভাবে মুদ্রিত হয়ে যায়, পরমুহূর্তে আমি চোখ বুজলেও স্পষ্ট তাদের দেখতে পাচ্ছি। আমার মনে হচ্ছিল, ওদের গুলিতে আর কিছু নয়,

আমার দু'চোখের পাতাগুলো কেবল উড়ে গেছে, আমি আর কখনোই চোখ বুজতে পারব না। আমাকে, এরপর সারাটা জীবন এবং সমস্ত দৃশ্যের ভেতরে দেখতে হবে— একটি হাত বুকের ওপর পড়ে আছে, একটি পা প্রসারিত হয়ে আরেকজনের নাভি স্পর্শ করে আছে, কারো বা লজ্জা আবরিত করতে না পেরে সবুজ খোপকাটা লুঙ্গি ক্রমশ কাদায় ডুবে যাচ্ছে।

দরোজা থেকে আজ বড় দ্রুত চোখ ফিরিয়ে নেয় জীনাত মহল, শরীরের সমস্ত সচেতন শক্তি দিয়ে সে চোখ বোজে, সে এখনো চোখ বুজতে পারে, এবং আমরাও পারি, কিন্তু আমরা এখন জীনাতকে দেখব বলেই চোখ বুজে ফেলব না, আমরা দেখতে পাব তার চোখ বেয়ে অশ্রু গড়িয়ে পড়ছে, এই অশ্রু সে আজ এগারোটি বছর গড়িয়ে যেতে দিয়েছে, কিন্তু আজ তাকে আমরা দেখব ক্ষিপ্র হাতে অশ্রু মুছে ফেলতে, অশ্রু মুছে ফেলতে এত দীর্ঘদিন তার লেগেছে দেখে আমরা হয়তো হেসে উঠতে পারতাম, কিন্তু এখন কিছুটা কৌতূহল আমরা বোধ করছি বলেই হাসব না এবং নীরবে তাকে লক্ষ করব।

আমরা দেখতে পাচ্ছি, জীনাত মহল উঠে বসেছে, এবং সে তাকিয়ে আছে তার এই ছোট্ট ঘরটির দিকে, ঘরের ভেতরে জিনিসগুলোর দিকে— বই, শাড়ি, চিরুনি, স্যান্ডেল এবং আয়নায় এক মুহূর্ত পরে তার নিজের মুখ, দৃশ্যমান সমস্ত কিছুই বস্তু এবং এখন বস্তুর মতো নিশ্চল। বস্তুর নিজস্ব কোনো স্মৃতি নেই, এবং তার মুখ আজ এই ভোরবেলায় আরো একটি বস্তু ছাড়া আর কিছুই নয়।

যদি সত্যি সত্যি কলিমুল্লাহ ফিরে আসত, ধরা যাক আজ এই এগারো বছর পরে, বিশেষ এই ভোরবেলাটিতে, সে ফিরে এলো এবং এই দরোজা খুলে দাঁড়াল, জীনাত মহল কি বিস্মিত হয়ে বলতে পারবে, তোমার জামায় কোন কাদা ? তোমার শরীরে কোন রক্তের দাগ ?

গুলিবিদ্ধ হলে রক্ত ক্ষরিত হয়, এবং রক্ত ক্ষরিত হয়েছে, রক্ত শুকিয়ে গেলে কালো হয়ে যায়, এবং রক্ত তার শরীরে কালো হয়ে গিয়েছে; রক্ত কালো হয়ে গেলেও রক্ত বলে চিনে নিতে কারো কষ্ট হয় না, এমন কি যে কখনো এত রক্ত দেখে নি, সেও অতি সহজেই চিনে নিতে পারে। আর ইট-খোলার গর্ত থেকে কেউ যদি হামাগুড়ি দিয়ে উঠে আসে, বৃষ্টির এই বাংলাদেশে, তার জামায় তো কাদা লেগে থাকবেই। থাকবে না ?

আমি অঙ্গীকার করেছি, এবং মাত্র কিছুক্ষণ আগেই, আপনাদের আবার আমি নিরাপদে ফিরিয়ে দিয়ে যাব আপনাদেরই বর্তমানের কাছে।

৩

আমরা দোতলায় দক্ষিণপ্রান্তের দিকে সরে গেলে, সবুজ বৃত্তের ওপর সোনালি রঙে লেখা ঈশ্বরের নাম সংবলিত একটি দরোজার সমুখে এসে দাঁড়ালে এবং প্রবেশ করলে, দেখতে পাব, রহমতউল্লাহ তার শয্যায় এপাশ-ওপাশ করছে; রাবেয়া, তার স্ত্রী, ছবির মতো শুয়ে আছে এবং ভোরের স্নিগ্ধ বাতাসে জানালার শাদা পর্দা খেলা করছে; আমরা অচিরেই রহমতউল্লাহকে রাবেয়ার দিকে হাত বাড়াতে দেখব।

আজ সারাটা রাত ভালো ঘুম হয় নি রহমতউল্লাহর, যতবারই সে জেগে উঠেছে, স্ত্রীকে ডেকে তুলবে কিনা ভেবেছে, কিন্তু কোনোবারই ডাকে নি, অবিলম্বে সে তাকে এখন ডেকে তুলবে।

এবং বিরক্ত গলায় রাবেয়াকে সে জিজ্ঞেস করবে, তোমাকে কিছু বলে নাই ?

রাবেয়া চোখ মেলে তাকায়, গত রাতে তাদের আলোচনার জের সে সাবলীলভাবে অনুভব করতে পারে সদ্য ঘুম ভেঙে উঠেও, এবং মাথা নেড়ে বলে, না।

কিছুই বলে নাই ?

না।

এ বাড়িতে থাকব না, শুধু এই ?

রাবেয়া নীরব থাকে।

রহমতউল্লাহ আবার বলে, এত বড় একটা কথা সে বলে গেল, তার আগে পরে কোনো কথা নাই ?

রাবেয়া চোখ বোজে।

তখন, উপাসনাকালীন ভোরবেলার পক্ষে অশালীন রূঢ়তার সঙ্গে রহমতউল্লাহ বলে ওঠে, এটা তার কোন ফস্টামি, তাকে একবার জিজ্ঞাসা করলা না ?

আমার ঠ্যাকা ? রাবেয়া মাজা ঘুরিয়ে চোখ বোজে।

স্ত্রীর পশ্চাতের দিকে তাকিয়ে রহমতউল্লাহ ক্ষিপ্ত হয়ে পড়ে। বলে, বাহ বাহরে বাহ, জায়ে জায়ে ভালোই মিলছ। কবে দেখি তুমিও বলবা, বাড়িতে আর থাকব না, বাড়ির ভাত ভালো লাগে না।

রাবেয়া সঙ্গে সঙ্গে স্বামীর দিকে ফিরে তাকায় এবং ক্রোধে তাকে দ্বিগুণ দেখায়। সে বলে, দ্যাখো, আমারে টান দিয়া কোনো কথা বলবা না, বললে এক— শুনবা দশ।

স্ত্রীর ধমকে কিছুটা কাবু বোধ করলেও রহমতউল্লাহ একেবারে হাল ছেড়ে দেয় না। বলে, মেজাজ ? মেজাজ কর আমার সাথে ? জীনাতের কাছে মেজাজ করতে পারলা না ? তুমি না বড় জা, বড় ভাবি ? সে যখন তোমারে বলল, এ বাড়িতে থাকব না, তুমি তারে শাসন করে একটা কথা বলতে পারলা না ?

বহুদিনের অভ্যেসপ্রসূত নিপুণতার সঙ্গে রাবেয়া তখন পাক দিয়ে উঠে বসে। এবং আমরা কিছুটা অপ্রস্তুত বোধ করলেও আমাদের শুনতেই হয়, সে এখন বলছে, ভাশুর হয়ে ছোটভাইয়ের বিধবার জন্যে মন পোড়ায় ? বাড়ি ছাড়বে সে, দু'নিয়া আন্ধার দ্যাখো তুমি ? বুঝি না ?

আহ, কী কও ? কী কও তুমি ? তুমি কি পাগল হয়ে গেলা ?

পাগল যে কে দুনিয়া এইবার দেখবে।

ছি ছি, পাশের ঘরে আমার সিয়ানা মেয়ে, তোমার কোনো আক্কেল নাই, রাবেয়া ?

মাথা নিচু করে কিছুক্ষণ বসে থাকে রহমতউল্লাহ, জ্বলন্ত চোখে তাকে দেখতে থাকে রাবেয়া।

অচিরেই রহমতউল্লাহ মাথা তুলে নিচুস্বরে বলতে থাকে, কলিম মারা যাওয়ার পরে আজ এগারো বছর জীনাত আমাদের কাছে আছে, এগারোটা বছর পার হয়ে গেল, মানুষের কাছে আমরা মাথা উঁচা করে চলি, মানুষ আমাদের কত প্রশংসা করেছে যে ভাইবৌকে ফেলে দিই নাই, এর মধ্যে বলা নাই কহা নাই, কী বিষয় জানা নাই, সে বলল— বাড়িতে আর থাকব না, চলে যাব, তুমি বড় ভাবি হয়ে একবার তাকে জিজ্ঞাসা করবা না যে বৃত্তান্ত কী ? তোমার কি কর্তব্য না যে শুনবা, মনে তার কোনো দুঃখ আছে নাকি, অথবা এমন বুদ্ধি তারে কে দিল ?

কথাগুলো বলতে বলতে রহমতউল্লাহ কখন তার স্ত্রীর পিঠে হাত রেখেছিল, মৃদু মৃদু পিঠ ঘষতে শুরু করেছিল তার, রাবেয়া এখন তার হাত তুলে পাশে আছাড় দিয়ে রেখে দেয়।

থাক, আমারে আদর করতে হবে না। আমি একাত্তরে কোনো শহীদের বৌও না, জাতীয় বিধবাও না যে ছবির মতো বসে থাকব আর মানুষের ভালো ভালো কথা শুনব।

এতদিন মনে তুমি এই পুষে রেখেছ ?

রাবেয়া চুপ করে থাকে।

রহমতউল্লাহ স্ত্রীর মনোভাবকে বর্ণনা করে স্বগতোক্তির মতো উচ্চারণ করে, তার মানে, তোমার ইচ্ছা, সে চলে যেতে চায় যাক, আমরা বাধা দেই না।

তোমার ইচ্ছা হয়, তুমি দাওগা।

আমার ইচ্ছার কোনো কথা না, রাবেয়া। ঈষৎ উত্তপ্তস্বরে রহমতউল্লাহ গূঢ় একটি আশঙ্কা প্রকাশের জন্যে নিজেকে প্রস্তুত করে নেয়। সে বলে, স্ত্রীলোকের মতো কথা বলো কেন ? এতকাল সংসার করেও সংসারের কিছুই বুঝলা না, এই দুঃখ। এখনো দেখি, তোমাকে সব পষ্ট করেই বলা লাগে। সেই পুরান ঢাকায় যখন ছিলা, তখন না হয় বয়স তোমার তেমন ছিল না, দুনিয়াও দ্যাখো নাই, এখন তো আমার সাথে বিলাত আমেরিকা গিয়েছ, তিনটি বড় বড় সন্তানের মা হয়েছ। একবার তুমি নিজেই চিন্তা করে দ্যাখো তো, জীনাতদ্বারা কোনো উপকার পাও নাই, তা তো না। বাহাত্তর তেহাত্তর সালের কথা মনে নাই ? জীনাতের পরিচয়ে তখন পরিচয় ছিল, কলিমের কথা দশ জায়গায় বললে পরে দশ রকম কাজ হতো। সে সব যে তোমার একেবারে আড়ালের কথা— তুমি বলতে পারবা না, অস্বীকারও করতে পারবা না। নাকি, গুলশানে বাড়ি হওয়ার পরে সব ভুলে গেলা ?

আমরা লক্ষ না করে পারব না যে রাবেয়া ঈষৎ বিচলিত হয়ে পড়ে স্বামীর এ কথা শুনে, আবার ক্রোধও সহসা ত্যাগ করতে পারে না, ফলত সে নিরুদ্দিষ্ট হয়ে স্বামীর মুখের দিকে তাকিয়ে থাকে এবং তার দৃষ্টি ক্রমশ স্তিমিত হয়ে আসতে থাকে।

এই রূপান্তর লক্ষ করে রহমতউল্লাহ উৎসাহের সঙ্গে অপেক্ষাকৃত উচ্চকণ্ঠে এবং একতোড়ে বলে যেতে থাকে, হ্যাঁ, হ্যাঁ, আগে পরে অনেক কথা আছে, বাড়ি ছেড়ে একজন যেতে চায়, আর অমনি তাকে চলে যেতে দেয়া যায় না। অন্য সব কথা ছাড়ান দাও, কখন কে ক্ষমতায় আসে, তুমি তার কী জানো ? যদি এমন হয়, যদি আমাদের কান

ধরে বলে, শহিদ প্রফেসার কলিমুল্লাহর বিধবাকে তোমরা পথে বের করে দিয়েছ, তলে তলে তোমরা বাংলাদেশ চাও নাই, তখন তুমি উত্তর দিবা কী ? অ্যাঁ ? কথা কও না যে! ছোট ভাইয়ের বিধবাকে নিয়ে তুমি অসভ্যের মতো আমারে সকালবেলায় একটা খোঁচা দিলা ? তোমাদেরই লোকে স্ত্রীলোক বলে।

রাবেয়া বিছানা থেকে নীরবে নেমে আসে, গায়ে আঁচল জড়িয়ে নেয় এবং দরোজার দিকে অগ্রসর হয়।

কই চললা ?

তোমার চা করে আনি।

সেই পথে জীনাতকে জিজ্ঞাসাও করবা, এই তো ?

রাবেয়া চুপ করে থাকে।

না, তোমার আর জিজ্ঞাসা করে দরকার নাই। বাড়ির বৌ নিজ মুখে এতদিন পরে যখন বলেছে বাড়িতে থাকবে না, সে তুমি সামাল দিতে পারবা না। আমিই তার সাথে কথা বলব।

রাবেয়া রান্নাঘরের দিকে চলে যায়।

আমরা হয়তো রাবেয়াকে অনুসরণ করতে পারতাম, রান্নাঘরে যেতে হলে জীনাতের ঘরের পাশ দিয়েই নেমে যেতে হয়; আমরা লক্ষ করতে পারতাম, স্বামীর নিষেধ সত্ত্বেও রাবেয়া জীনাতের ঘরের কাছে থামে কি না, দরোজায় করাঘাত করে কিনা এবং তাকে জিজ্ঞেস করে কিনা, কেন সে বাড়ি ছেড়ে চলে যেতে চাইছে ? আমাদের সন্দেহ হয়, স্বামীর সুদূরপ্রসারী ঐ আশঙ্কাটি জেনে যাবার পর রাবেয়া এখন সমস্ত কিছুই জীনাতের থাকা না থাকার ওপর সম্পূর্ণ নির্ভরশীল বলে দেখতে পাচ্ছে। এই এগারো বছরে যে জীনাত রাবেয়ার কাছে ক্রমশ আসবাবে পরিণত হয়েছে, সেই জীনাত এখন অকস্মাৎ ভয়াবহভাবে জীবন্ত ও অপরিচিত বলে যে বোধ হতে তাকে, এ আমরা তার চোখ দেখে অনুমান করতে পারছি।

কিন্তু না, আমরা শোবার ঘরেই থেকে যাব; কারণ আমরা লক্ষ করতে পেরেছি যে, রাবেয়া দরোজা দিয়ে বেরিয়ে যাবার সঙ্গে সঙ্গে রহমতউল্লাহর দৃষ্টিতে একটি পরিবর্তন আসে।

রাবেয়া কিছুক্ষণ আগে যে বলেছিল, ছোটভাইর বিধবার জন্যে মন পোড়ায় ? — সেই কথাটি রহমতউল্লাহ গোপনে এতক্ষণ লালন করছিল, এখন রাবেয়া চলে যাবার সঙ্গে সঙ্গে, একাকী ঘরে তা মস্তিষ্ক ছেড়ে বেরিয়ে আসে। রহমতউল্লাহ কল্পনায় জীনাতকে ঘুরিয়ে ঘুরিয়ে দ্যাখে এবং ঈষৎ শিউরে ওঠে। জীনাত এখনো রূপবতী, এখনো আকর্ষণীয়া, এখনো সে কামনার কুণ্ডে অগ্নিসংযোগ করতে সক্ষম। জীনাতকে কখনো সে এ চোখে দেখে নি, কোনোদিন দেখবে বলেও তার জানা ছিল না; রাবেয়া তাকে কথাগুলো বলবার পূর্ব মুহূর্ত পর্যন্ত সে জীনাতকে প্রতিমা বলেই গণ্য করে এসেছিল, এখন সেই প্রতিমা যেন দেহের বসন দুলিয়ে বিশ্বকে ডাক দেয়।

রহমতউল্লাহ অস্বস্তি বোধ করে; কল্পনাটিকে কিছুতেই সে ঘাড় ধরে বিদায় দিতে পারে না; পাপ এবং অপরাধবোধ তাকে যথেষ্ট জোরের সঙ্গে অন্য দিকে ফেরাতে পারে না;

জীনাতকে স্বয়ং জিজ্ঞেস করবার সিদ্ধান্ত সে নিয়েছিল, এখন ইতস্তত বোধ করে। এখন বিস্মিত হয়ে নিজের দিকে তাকায় এবং সন্ধান করতে চেষ্টা করে যে, অতীতে এমন কিছু সে করেছে কিনা যার দরুন তার স্ত্রী, রাবেয়ার মনে ঐ সম্ভাবনার উদয় হয়। এবং সে এটা না ভেবেও পারে না, যে, যদি কিছু তার আচরণে প্রকাশ পেয়েই থাকে, যা তার নিজেরই অজানা, ফলত যা অসম্ভব বিনা আর কিছুই নয়, তবু যদি রাবেয়া কিছু লক্ষ করেই থাকে, তাহলে সে এতকাল চুপ করে ছিল কেন? আর আজ যখন জীনাত বাড়ি ছেড়ে চলে যাবার কথা বলেছে, সেই বিদায়ের মুহূর্তেই বা রাবেয়া কেন এ কথা ওঠাল?

রহমতউল্লাহ বিছানার পাশে রাখা টেলিফোনের দিকে তাকায়। সেলিমকে ফোন করবে? সেলিম না হয় জীনাতকে জিজ্ঞেস করুক; সেলিম অনেকদিন জীনাতের সংসারে ছিল, ওদের বাড়িতে থেকেই বিশ্ববিদ্যালয়ে লেখাপড়া করেছে। এত ভোরে কি সেলিম ঘুম থেকে উঠেছে?

সেলিমের ঘুমজড়িত কণ্ঠস্বর শোনার পর রহমতউল্লাহ লক্ষ করে যে, সে কখন সেলিমকে ডায়াল করে বসে আছে।

কে? বড়ভাই? কী ব্যাপার? এত ভোরে ফোন করলে?

রহমতউল্লাহ বুঝে ওঠে না, কথাটা কীভাবে উত্থাপন করবে।

ভোর কোথায়? এত বেলা পর্যন্ত শুয়ে থাকা ভালো না। সেদিন দেখলাম, তোর স্বাস্থ্যটা বিশেষ ভালো ঠেকল না। সময়ে খাওয়া, সময়ে নিদ্রা, না হলে স্বাস্থ্য পূরণ হয়?

সেলিম হতভম্ব হয়ে ফোন ধরে থাকে। সে বুঝে পায় না বড়ভাই হঠাৎ ভোরবেলায় তার স্বাস্থ্য সম্পর্কে এতটা চিন্তিত কেন।

রহমতউল্লাহ একবার শুরু করে আর থামতে পারে না। জের ধরে সে বলে চলে, তারপর, বয়স পার হয়া যায়, এখনো বিয়া শাদি নাই, চাকর বাকরের হাতে সংসার, চাকর বাকরের হাতে খাওয়া দাওয়া। আর কত দিন?

সেলিমের সন্দেহ হতে থাকে যে, বড়ভাই নিশ্চয়ই কোনো মেয়ের সন্ধান পেয়েছে, তার সঙ্গে বিয়ে দিতে চায়। সেলিম দ্রুত বলে ওঠে, তোমাদের বলেছি তো, বিয়ে যখন করবার আমি করব, ও নিয়ে তোমরা ভেবো না।

তোমার যা ইচ্ছা কর, এখনকার যুবকরা তো আর মুরুব্বির কোনো কথা শোনে না। মুরুব্বিদের চুপ করে থাকাই দস্তুর।

তোমার কোন কথা কবে আমি শুনি নি বলো?

রহমতউল্লাহ নরোম গলায় বলে, না, সে নালিশ আমার নাই। তোর কথা বলি না; আমি একটা সাধারণ কথা, আর সকলের কথা কইলাম আর কী।

সেলিম এখনো বুঝে পায় না বড়ভাই কেন তাকে এই ভোরবেলায় ফোন করেছে; আর রহমতউল্লাহও বুঝে পায় না, সেলিমকে কথাটা কীভাবে বলা যায়।

দু'পক্ষই নীরব থাকে বেশ কিছুক্ষণ। অবশেষে রহমতউল্লাহ গলা ঝাড়া দিয়ে ওঠে।

শোন, আজ একবার আসতে পারবি?

কেন, কী হয়েছে ?

না, কিছু না। অনেক দিন তোরে দেখি না। কখন সময় পাবি ?

আজ ?

হ্যাঁ, আজ আসলেই ভালো হয়। গাড়ি পাঠাব ?

না, না, গাড়ি দরকার নেই। আমি চলে আসব।

কখন আসবি ?

সেলিম আবার সন্দেহ করতে থাকে, নিশ্চয়ই তাকে বিয়ে দেবার কোনো মতলব করছে বড়ভাই। সে আদৌ দেখা করতে আসবে কিনা ইতস্তত করতে থাকে। কারুশিল্প এবং দেশীয় উপহার সামগ্রীর একটি দোকান আছে সেলিমের, জিনিসপত্র আনতে প্রায়ই তাকে গ্রামে কারিগরদের কাছে যেতে হয়। সেলিম বলে, আজ আমার একটু ধামরাই যাবার কথা ছিল, পেতলের বড় একটা অর্ডার পেয়েছি সরকারের, আজ না এলে হয় না ?

তোমার আজই একবার আসা দরকার। পরামর্শ আছে। রহমতউল্লাহ এক তোড়ে বলে যায়, সাংসারিক ব্যাপার। নিজেদের মান-সম্মানের ব্যাপার। সারারাত আমার ঘুম হয় নাই। বাড়ির বড় হয়েই আমি এক বিপদে পড়েছি।

কী ? কী হয়েছে ?

জীনাতের সঙ্গে তোমার দেখা-টেখা হয় ?

সেলিম আকস্মিকভাবে তার মেজভাবির নাম উল্লেখিত হতে শুনে চমকে যায়।

হয়। হয় তো। সেদিনও দোকানে এসেছিলেন ভাবি।

তার সঙ্গে কোনো কথা-টথা হয়েছে ?

ভাবির কিছু হয়েছে নাকি ?

তোমাকে সে কিছু বলেছে ?

কী বলবে ?

এই তার নিজের কথা-টথা কিছু ?

কই ? না। তেমন কিছুই না। নিজের কথা আর কি বলবেন ভাবি ? বলবার কী থাকতে পারে ? জিজ্ঞেস করছেন কেন ?

রহমতউল্লাহ ধীর গলায় উচ্চারণ করে, সে কি তোমাকে বলে নাই যে আমার বাড়ি থেকে চলে যাবে ?

চলে যাবে ?

অন্য বাসা নেবে ?

কেন ? অন্য বাসা নেবে কেন ?

রহমতউল্লাহ উত্তপ্ত দ্রুত গলায় বলে, আমি তার কি জানি ? সেই কথাটাই জিজ্ঞেস করলাম, তুমি কিছু জানো নাকি ? তোমাকেও সে কিছু বলে নাই। ধামরাই যাওয়া বাদ

দাও। তুমি আসো। তোমার সাক্ষাতেই কথা হবে। মানুষ বলবে, ছোটভাইর বিধবাকে আমি বের করে দিয়েছি, সেটা কেমন কথা, সেলিম ? কী আমরা করি নাই তার জন্যে ? তুমিও কও, কী করতে বাকি রাখছি আমরা ? জীনাতের বড় দুই ভাই, এত বড় চাকরি করে তারা, একজন তো বিদেশে বাড়িঘরও করছে শুনছি, তারা নিজের বোনের কোনো খবর নেয় নাই, আর আমরা তাকে মাথায় করে রেখে হইলাম দোষী ? তুমি আসো। আমার এখানে নাশতা করবা।

টেলিফোন রেখে দেয় রহমতউল্লাহ এবং একই সঙ্গে সিদ্ধান্ত নেয়, যে সিদ্ধান্ত প্রথমেই সে নিয়েছিল এবং দুর্বল হয়ে যেতে দিয়েছিল, এক্ষুণি সে জীনাতকে তলব করবে।

ঠিক এই মুহূর্তে রাবেয়া চা নিয়ে আসে, তার হাতে থেকে কাপটা প্রায় ছিনিয়ে নিয়ে রহমতউল্লাহ বলে, জীনাতরে একবার ডাকো তো। ডাক দাও তারে।

৪

রহমতউল্লাহর কণ্ঠস্বরে ক্রোধ ছিল, এতটাই যে, স্ফুলিঙ্গ অনুভব করা যায়— ঘরের ভেতরে উড়ছে। আমরা তো দর্শক মাত্র, অতএব আমাদের স্মিত কৌতূহল বোধ করতে বাধা নেই যে, রহমতউল্লাহর এই ক্রোধের লক্ষ্য জীনাত নয়, রাবেয়া; রাবেয়া ঘরে ফিরে আসবার সঙ্গে সঙ্গে রহমতউল্লাহর আবার মনে পড়ে গেছে সেই অশ্লীল ইঙ্গিতটি। এখনো তার বোধগম্য হয় না, কী করে রাবেয়া ভাবতে পারল বিধবা ভাই বৌয়ের জন্য তার আকর্ষণ রয়েছে ? আমরা কি সব ক্ষেত্রেই আমাদের সব কিছু জেনে বসে থাকি ? রহমতউল্লাহর ভ্রু কুঞ্চিত হয়ে আসে। আবার জীনাতের মুখ, তার শরীরের বাঁধুনি— আহ, এটা আবার কেন ? এবং আবার তার শরীরের বাঁধুনি রহমতউল্লাহ অসহায়ের মতো স্মরণ করে বসে।

জীনাত আসতে একটু সময় নেয়। ততক্ষণে রাবেয়া শোবার ঘর একটু গুছিয়ে ফেলে, বালিশগুলো টেনেটুনে দেয়, জানালার পর্দা সরিয়ে দেয়, ড্রেসিং টেবিলের টুলখানা সামান্য এগিয়ে এনে রাখে, স্বামীকে বলে, পাঞ্জাবিটা পরে নাও।

স্ত্রীর হাত থেকে রহমতউল্লাহ পাঞ্জাবিটা খপ করে কেড়ে নেয় এবং ক্ষুব্ধ চকিত দৃষ্টিপাত করে খাটের ওপর জোড় আসন হয়ে অপেক্ষা করতে থাকে।

দরোজার কাছে জীনাত এসে দাঁড়ালে রহমতউল্লাহ দরোজার দিক থেকে দ্রুত চোখ ফিরিয়ে নেয় এবং দক্ষিণের বারান্দা দিয়ে বাইরে দূরে গাছ ও গাছের ওপর নীলাভ আকাশের দিকে তাকিয়ে বলে, আসো, বৌমা।

আজ 'বৌমা' সম্বোধন তার নিজের কানেই কেমন বেসুরো শোনায়, অপরিচিত বোধ হয় এবং জীনাতকে একবার মাথা থেকে পা পর্যন্ত দেখে নিতে তার ইচ্ছে জাগে, কিন্তু তবু সে দক্ষিণের দিকেই তাকিয়ে থাকে।

কিছুক্ষণ পরে বলে, ঘরের ভেতরে আসে।

শব্দ শুনে টের পায় জীনাত এখন ড্রেসিং টেবিলের টুলে বসেছে, তখন স্ত্রীর দিকে তাকিয়ে বলে, তোমার মনে কোনো দুঃখ থাকলে, তুমি আমার কাছে কও।

রহমতউল্লাহর দৃষ্টি রাবেয়ার ওপর স্থাপিত, যেন রাবেয়ার উদ্দেশে ছিল তার উচ্চারণ, রাবেয়ার চোখ স্মিত হয়ে ওঠে। রহমতউল্লাহ আবার ভ্রূ গ্রথিত করে আনে, রাবেয়ার চোখে এ কীসের ঝিলিক ? রহমতউল্লাহ জীনাতের দিকে এই প্রথম দৃষ্টিপাত করে।

এবং নিজেরই কথার প্রতিধ্বনি করে, বৌমা, তুমি আমার কাছে কও।

রহমতউল্লাহ লক্ষ করে জীনাতের চোখেও অবিকল সেই স্মিত দৃষ্টি; রহমতউল্লাহ রাবেয়ার দিকে আবার তাকায়, আবার জীনাতের দিকে এবং বিস্মিত হয়ে আবিষ্কার করে দু'জনের দৃষ্টিতেই একই আলোর চাপা বিচ্ছুরণ। এ কী করে হয় ? নিশ্চয়ই দুজনের মনের মধ্যে একই কথা সাঁতার দিচ্ছে না। তাহলে ? রাবেয়া এখন কী ভাবছে ? জীনাত এখন কী ভাবছে ? মানুষের মনোভাব অগণিত, অভিব্যক্তি সীমিত এবং তাই প্রায়শই পরিচিত অভিব্যক্তির পেছনে লুকিয়ে থাকে ভয়াবহ রকমের অপরিচিত ভাবনা। আমাদের হাতে প্রশ্ন বিনা কোনো অস্ত্র নেই।

রহমতউল্লাহ রাবেয়াকে এখন প্রশ্ন করতে পারবে না, জীনাত উপস্থিত; এবং জীনাতকেও সে ঐ স্মিত দৃষ্টি বিষয়ে প্রশ্ন করতে পারবে না, কারণ জীনাতের অভিব্যক্তি তাকে রহস্যময়ভাবে ভীত করে তোলে। সে শুধু জীনাতকে এটুকুই বলতে পারে, কিছু কও, বৌমা।

জীনাত একই অভিব্যক্তি নিয়ে নীরবে বসে থাকে, প্রীত বোধ করে রহমতউল্লাহ, জীনাতের নীরবতার জন্যে নয়, রাবেয়া শুনুক যে রহমতউল্লাহ জীনাতকে 'মা' সম্বোধন করে। ভেতরটা হঠাৎ স্বচ্ছন্দ হয়ে যায় বলেই, রাবেয়া যখন ঘর ছেড়ে যাবার উপক্রম করে রহমতউল্লাহ প্রায় তার হাত ধরে লঘু গলায় বলতে পারে 'আবার কই যাও, রুমির মা ? তুমি থাক। তুমিই তো কালরাতে আমারে বললা, জীনাতের নাকি কথা আছে, আমি তো এর মাথামুণ্ডু কিছুই বুঝতে পারলাম না।

জীনাত চোখ নামিয়ে নেয় না; রহমতউল্লাহ এবং রাবেয়া পরস্পর চকিত দৃষ্টি বিনিময় করে।

রাবেয়া উঠে দাঁড়িয়ে বলে, ছেলেমেয়ে নাশতা খাবে না ? এখনি চিল্লাবে সব। যাই। তুমি আরেক কাপ চা নিবা ?

আনো। বৌমার জন্যেও এক কাপ দিও।

রাবেয়া চলে যাবার পর রহমতউল্লাহ সখেদে শুরু করে, কলিমের জন্যে আমার বুকের এইখানে একটা সুরাখ হয়ে আছে, বৌমা। সংসারে সকল সময় কাঁদা যায় না, তোমার চোখের পানি শুকালেও আমি জানি তোমার অন্তরের পানি শুকায় নাই। আর কেউ না জানুক, আমি সেটা জানি, আমাকে তুমি কও, বৌমা, তোমার মনে যদি কোনো কষ্ট থাকে, আমার যদি ক্ষমতায় থাকে তার প্রতিকার, তুমি আমারে সব কথা কও।

জীনাত চুপ করে থাকে।

দীর্ঘনিঃশ্বাস ফেলে রহমতউল্লাহ বলে, তাহলে তুমি ঠিকই করে ফেলেছ যে এখানে আর থাকবা না ?

হ্যাঁ।

কেন ? এখানে অসুবিধা কী ছিল তোমার ?

কিছু না। সে কথা না।

তাহলে ? ভাইয়ের কাছে যাবা ?

না।

বিদেশে ?

না।

ঢাকাতেই থাকবা ?

জি।

ভাইয়ের কাছে যাবা না, আমার কাছে থাকবা না, ঢাকায় আর কোথায় থাকবা তুমি ? বাসা ভাড়া করবা ?

না।

না ? তাহলে ? মানুষ জিজ্ঞাস করলে আমি তার উত্তর কী দেব, বৌমা ?

কেউ আপনাকে কিছু জিজ্ঞেস করবে না, দাদা।

রহমতউল্লাহ হতবাক হয়ে যায়, নীরবে সে মাথা নত করে আনে।

জীনাত বলে, দাদা, মনে আপনি কোনো দুঃখ নেবেন না। আমি তো আর ছেলেমানুষ নই, নিজেকে দেখার মতো শক্তি আমার আছে। শক্তি যদি নাই থাকত, আমি আজ বেঁচে থাকতে পারতাম না। আমি যে এতদিন বেঁচে ছিলাম, এটাই আমার কাছে এখন এক আশ্চর্য বলে মনে হয়।

জীনাত দেখতে পায় দুপুর গড়িয়ে যাচ্ছে, বিকেল হয়ে যাচ্ছে, রাত নেমে আসছে, তার করাঘাতে কোনো ফ্ল্যাটের দরোজা কেউ খুলছে না এবং কলিম ফিরে আসে না।

জীনাত, আমি এসেছি।

কই ? কোথায় তুমি ?

জীনাত, ওরা আমার খুব প্রিয় ছাত্র ছিল।

তোমার চশমা কোথায় ?

আমি চশমা ছাড়াই স্পষ্ট সব দেখতে পেয়েছি, জীনাত। আমার ডাইনে লাশ, আর বাঁয়ে লাশ, আমার নিচে লাশ। ওরা রুমাল দিয়ে আমার চোখ বেঁধে দিলেও আমি জানি, গাড়ির ভেতরে, পায়ের কাছে, যেখানে আমার ঠেসে ধরা মুখ ঝুলে ছিল, রাইফেল ছিল।

আমাদের চোখে রুমাল বাঁধা না থাকলেও আমরা তো সে রাইফেল দেখতে পাব না, অতএব, আমাদের সে দিকে চোখ ফেরাবার দরকার কী ? আমরা বরং রহমতউল্লাহর দিকে মনোযোগ দিই, শুনি সে কী বলছে।

রহমতউল্লাহ দাঁতে দাঁত চেপে উচ্চারণ করে, অপ্রত্যাশিতভাবে, স্টুপিড।

আমরা খুশি হবো, কারণ, উচ্চারণের সঙ্গে সঙ্গে জীনাত এখন এই ঘরের ভেতরে আবার নিজেকে আবিষ্কার করবে, আমরা দেখব, জীনাত বিস্মিত হয়ে ভাশুরের দিকে তাকাবে এবং ধারণা করবে যে তিরস্কারটি তারই উদ্দেশে বর্ষিত হয়েছে।

অচিরে রহমতউল্লাহ যোগ করবে, নিজের দোষেই জীবনটা হারাল।

জীনাতের চোখে আবার সেই চাপা স্মিত দ্যুতি ফিরে আসে ক্ষণকালের জন্যে।

রহমতউল্লাহ বিস্তারিত করে, নিজের দোষে নয় তো কী ? সাধ করে জীবনটা দিল।

জীনাত কি নিরপেক্ষ দূরত্বে দাঁড়িয়ে শ্রবণ করছে ?

তুমি কী বলছ, জীনাত ? কেউ দরোজা খোলে নি ? এত বড় একটা কাণ্ড হয়ে গেল, কেউ এগিয়ে আসে নি ? সালাম সাহেব বাসায় ছিলেন না ? নিচের তলায় আমজাদ আলী ? ওপরের শামসুদ্দিন ?

ভোরবেলায় দরোজায় দাঁড়িয়ে থাকা স্বামীর দিক থেকে মুখ ফিরিয়ে নেয় জীনাত, মুখ ফিরিয়ে নিতে নিতে বলে, সারাটা দিন কাউকে যখন পেলাম না, সারাটা রাত তুমি যখন আর ফিরে এলে না, ভোরে আমি বেরুলাম।

কিন্তু, আমি এখনো আশ্চর্য হয়ে যাচ্ছি, কেউ দরোজা খুলল না ? তুমি নাম ধরে ডেকেছিলে তো ?

আমার কিছুই মনে পড়ছে না।

নাম ধরে ডাকলে নিশ্চয়ই তারা বেরুতেন। তাদেরও তো ভয় আছে ? তারা হয়তো ভেবেছেন, তাদেরও নিয়ে যেতে এসেছে।

দরোজায় তালা দিয়ে বেরুলাম, কিন্তু কোথায় যাব কিছুই জানা নেই, মোড়ে কোনো রিকশা নেই, পথে একটি লোক নেই, শব্দ নেই, মসজিদ থেকে শুধু ফজরের আজান।

কলিমুল্লাহ বলে, জীনাত, আমার পাশেই একটি লাশ, তার সমস্ত শরীর ঠিক আছে, শুধু চিবুকে একটা পাশ থেকে মাংস গলে খসে পড়েছে, শাদা হাড় বেরিয়ে আছে। আমার চিবুকটা তুমি ধরে দ্যাখো তো, জীনাত, আমার যেন মনে হচ্ছে আমার হাড় বেরিয়ে আছে। কই, হাত, তোমার হাত, জীনাত, তোমার হাত আমার চিবুকে রাখ।

হাত বাড়ায় জীনাত, পর মুহূর্তেই দ্রুত গুটিয়ে আনে।

কলিমুল্লাহ চিৎকার করে বলে ওঠে, আমি কীসের জন্যে প্রাণ দিলাম ?

রহমতউল্লাহ বলে, কোনো বেকুব ছাড়া এভাবে কেউ প্রাণ দেয় না।

জীনাত আবার স্মিত চোখে ভাশুরের দিকে তাকায়।

রহমতউল্লাহ নিরুদ্দিষ্ট বোধ করে সে দৃষ্টির সমুখে; কুপিত কণ্ঠে বলে, কী তোমাদের দরকার ছিল আবার সেই ইনভারসিটির কোয়ার্টারে ফিরে যাবার ? এমন না যে নিজের চোখে কিছুই দ্যাখা নাই। পঁচিশ তারিখ রাতে তো কোয়ার্টারেই ছিলা, সাতাশ তারিখে গেরামেও গেলা। তাও না হয় ফিরে আসছিলা, কলিমের ভাবসাব তুমি তার বৌ হয়ে লক্ষ করবা না ? মুক্তিবাহিনীর ছেলেদের সঙ্গে তার যোগাযোগ কবে হয়, কীভাবে হয়,

একেবারেই কি তোমার অজানা ছিল ? সে কথা বললে তো আমি বিশ্বাস করব না, বৌমা। এটা তোমরা একবারও বুঝলা না যে যুদ্ধ একটা আলাদা ব্যাপার। সে পোষায় কাদের ? ঘর সংসার নাই, আগে পাছে কিছু নাই, একটা কথা হয়, বন্দুক নিয়া ঝাঁপায়া যায়, ঝাঁপাবে তারাই। কলিমের তো এর মধ্যে যাওয়াই উচিত হয় নাই। আচ্ছা বেশ, মুক্তিবাহিনীকে সাহায্য করবার ইচ্ছা, ইন্ডিয়া গিয়া করতে পারত, জানের কোনো ভয় থাকত না। এই পরামর্শ কে তাকে দিল, ঢাকার ভেতরে বাস করে মুক্তিবাহিনীর সঙ্গে কানেকশন রাখা ? তোমাদের খুবই কর্তব্য ছিল তাকে নিষেধ করা। আমি ঢাকায় ছিলাম, আমাকেও তোমরা কিছু জানাও নাই। আমি এসব যোগাযোগের কথা শুনি দেশ স্বাধীন হওয়ার পরে। সে সব বলে আর কী হবে ? নিজের বিবেচনার দোষে তাজা প্রাণটা দিয়া দিল, এই আর কী।

দাদা ?

রহমতউল্লাহ উৎসুক চোখে জীনাতের ডাক শুনে তাকায়, তার আশা হয়, জীনাত হয়তো এতক্ষণে সব খুলে বলবে— এ বাড়ি ছেড়ে কোথায় সে যেতে চায় এবং কেনই বা যেতে চায়।

কিন্তু না, জীনাত বলে, এসব আলোচনা করে কী লাভ ?

না, লাভ আর কী ?

তাহলে ?

অপঘাতে মারা গেল, তাই দুঃখ হয়।

অপঘাত— এই শব্দটি জীনাতের ভেতরে হঠাৎ বিস্ফোরিত জিজ্ঞাসা হয়ে কোষে কোষে ছড়িয়ে পড়ে, কিন্তু চোখে সেই স্মিত দ্যুতি নতুন করে দেখা দেয় তার। কিছুই বলবে না বলে স্থির করে এ ঘরে এসেছিল জীনাত কিন্তু সে এখন নিজেরই এ উচ্চারণ শুনতে পায়, আপনার ভাই না হয় মুক্তিবাহিনীর সঙ্গে যোগাযোগ রেখেছিল বলে মারা যায়, আপনার কি ধারণা, সেদিন যারা মারা গেছে তাদের সবারই মুক্তিবাহিনীর সঙ্গে যোগ ছিল ?

রহমতউল্লাহ কী একটা বলতে গিয়েও থেমে যায়, ইতস্তত করে কয়েক মুহূর্ত, অকস্মাৎ আবিষ্কার করে সে জীনাতের দিকে স্থির চোখে তাকিয়ে আছে, চোখ ফিরিয়ে নেয় এবং প্রায় চিৎকার করে বলে ওঠে, আর সকলের কথা দিয়া আমি কী করব, বৌমা ? আমি ভাই হারাইছি, ভাইয়ের কথা চিন্তা করি।

আমিও তো স্বামী হারিয়েছি।

সেটা অস্বীকার করি না। তোমারেও চিন্তা করতে বলি, তার এটা নির্বুদ্ধিতা ছিল না ?

জীনাত উঠে দাঁড়াতে দাঁড়াতে বলে, তাহলে, আপনার মতে, তার বুদ্ধির পরিচয়টা কীসে পাওয়া যেত ? নিজের দেশে নিজেরই মাথা নিচু করে রাখলে ? শত্রুর পা ধরে পড়ে থাকলে ? নিজের ভাইয়ের বাড়ির দরোজা নিজে আঙুল তুলে খুনিকে দেখিয়ে দিতে পারলে ? বলুন। আর, তার পরেও নিশ্চয়তা ছিল যে আমরা সকলেই বেঁচে থাকব ? তারপরেও কি মানুষ মরে নি ? পঁচিশে মার্চে যারা বাড়িতে, সড়কে, হস্টেলে, ইস্টিশানে

৩১০

মেশিনগানের গুলিতে ঝাঁঝরা হয়ে যায়, তারা কি মুক্তিবাহিনী ছিল ? ডিসেম্বরের চৌদ্দ তারিখে যাদের ধরে নিয়ে যায়, চোখ উপড়ে ফেলে, যাদের হাত কেটে ফেলে, পেট চিরে ফেলে, গুলি করে ওরা যাদের গর্তে ফেলে রাখে মিরপুরে, তাদের কি শুধু মুক্তিবাহিনীর সঙ্গে যোগ ছিল বলেই ধরে নিয়ে যায় ? তাদের কেউ কেউ কি বেঁচে থাকলে মুক্তিবাহিনীর হাতেই প্রাণ দিত না ? যাদের প্রাণ যাবার কথা ছিল, তাদের অনেকেই কি আজো বেঁচে নেই ? ভালোভাবে ? এই বাংলাদেশে ?

হ্যাঁ, আমি আপনাদের কাছে অঙ্গীকার করেছি, আপনাদের আমি নিরাপদে ফিরিয়ে দিয়ে যাব আপনাদেরই বর্তমানের কাছে।

৫

চৌরাস্তায় বিশাল পিপুল গাছের নিচে দাঁড়িয়ে থাকবে জীনাত মহল, ভোরের আজান শুনে মাথায় কাপড় তুলে দিয়েছিল সে, আর নামিয়ে নেবে না, বরং ঘোমটা আরো স্পষ্ট করে তুলে দেবে, এই উদ্‌ভ্রান্ত বর্তমানের ভেতরেও সে ভুলে যাবে না যে তার রূপ আছে এবং রমণীর রূপ এক বিপজ্জনক সম্পত্তি।

এই অবকাশে, জীনাত যতক্ষণ একটি রিকশার অপেক্ষা করছে অথবা কোথায় যাবে বলে স্থির করে নিচ্ছে, আমরা চট করে স্মরণ করে নিতে পারি যে, কলিমুল্লাহ একদা এই রূপ দেখে কনে দেখার দিনেই কলমা পড়ে বাড়ি ফিরেছিল। সম্ভবত, স্ত্রীর রূপরাশি ধরে রাখবার প্রেরণাতেই অচিরেই তার হবি গড়ে ওঠে— ক্যামেরা দিয়ে ছবি তোলা। অবশ্য, এটাও ঠিক যে, কলিমুল্লাহর পুরনো ডায়রি ওল্টালে আমরা এক জায়গায় দেখতে পাব লেখা আছে— 'জীবনানন্দ দাশের রূপসী বাংলা পড়লাম। বাংলাদেশকে নতুন চোখে আমি দেখতে পেলাম। আমার মনে হলো, নতুন একটি দেশে আমি যেন হঠাৎ এসে উপস্থিত হয়েছি। আমার যাত্রা ছিল রাত্রির অন্ধকার ও নিদ্রার ভেতর দিয়ে। বাংলার এই নদী আমি দেখেছি কিন্তু এমন করে দেখি নি, বাংলার এই পাখির ডাক আমরা শুনেছি কিন্তু এমন করে শুনিনি, বাংলার এই ভাঁটফুলের ঘ্রাণ আমি পেয়েছি কিন্তু এমন করে পাই নি। এখন আমি রূপসী বাংলাকে আমার চারদিকে প্রত্যক্ষ করি। রূপসী বাংলার একেকটি পঙ্‌ক্তিকে আমি ধরে রাখতে চাই আমার ক্যামেরায়।'

অ্যালবামগুলো ওল্টালে, কলিমুল্লাহর তোলা নিসর্গ দৃশ্যগুলোকে অত্যন্ত সাধারণ ও কল্পনাবর্জিত বলেই মনে হবে, এবং আমরা কৌতুক অনুভব করব দু'টি অ্যালবাম জুড়ে জীনাতের একই ভঙ্গিতে এবং একই দূরত্বে তোলা ছবির পর ছবি দেখে, অচিরেই যার একটি থেকে অপরটি আর আলাদা করা যায় না।

ছাব্বিশে মার্চের ভোরবেলায়, বাতাসে যখন বারুদ ও স্তব্ধতা, একটি জানালার তলদেশ থেকে ধীরে ধীরে জেগে ওঠে একটি ক্যামেরার লেন্স, ভিউ ফাইন্ডারের ঘসা কাচে ফুটে ওঠে, নিচে মাঠের ওপর লাশের স্তূপ, গর্ত খোঁড়া হচ্ছে, দাঁড়িয়ে আছে ধূসর সবুজ রঙের একটি ট্রাক, অচিরে গর্ত খননকারী একজন গুলিবিদ্ধ হয়ে গর্তের ভেতরেই গড়িয়ে পড়ে। জীনাত কখন হামাগুড়ি দিয়ে পেছনে এসেছে, কলিমুল্লাহকে টেনে সরিয়ে নিয়ে গেছে জানালা থেকে।

কয়েক মাস পরে কলিমুল্লাহ বড় বিস্মিত হবে, যখন তার অচেনা এক তরুণ এসে সেই ফিল্ম চাইবে।

কে বলেছে ? না, না, আমি কোনো ছবি তুলি নি।

আপনি তুলেছেন।

তুমি ভুল করছ।

আমরা জানি, আপনি ছবি তুলেছেন, স্যার।

আমি নই, অন্য কেউ হয়তো।

আপনিই তুলেছেন। আমরা এও জানি, সেই ফিল্ম আপনি কোথায় লুকিয়ে রেখেছেন।

কোথায় ?

আপনার রান্নাঘরের পুব দিকের দেয়ালে, ঘুলঘুলির দুই ঝাঁঝরির ফাঁকে।

কে তুমি ?

আপনার ছোট ভাই সেলিমের বন্ধু আমি।

তখন স্মরণ হয় কলিমুল্লাহর, সেলিম সীমান্ত পেরিয়ে গেছে, যদিও এখানে তার বন্ধুরা সবাই জানে সে দেশের বাড়িতে আছে।

তুমি ওপার থেকে আসছ ?

তরুণ নীরবে সম্মতিসূচক মাথা নাড়ে একবার।

আমার ভয় হয়, এতদিনে না ছবি নষ্ট হয়ে গিয়ে থাকে। রান্নাঘরের গরমের ভেতরে ডেভেলপ করা ছাড়া পড়ে আছে।

মুক্তিবাহিনীর সঙ্গে কলিমুল্লাহর সেই প্রথম সংযোগ।

তরুণ বিদায় নেবার সময় কলিমুল্লাহকে বলে, আপনাকে আমাদের দরকার হবে, স্যার। আমি না এলেও অন্য কেউ আসবে। জয় বাংলা।

তরুণের ফিসফিস উচ্চারণও কত উঁচু পর্দায় উচ্চারিত বলে বোধ হয়, আমাদের কি স্মরণ হয় এই উচ্চারণের কথা ?

জীনাত তার পেছনে, দূরে, এঞ্জিনের শব্দ পায়, এবং তার মনে হয় একটি জিপ ছুটে আসছে ভোরের এই সড়ক দিয়ে; সে পাথর হয়ে দাঁড়িয়ে থাকে; তার পাশ দিয়ে গাড়িটি বেরিয়ে যায়; ওটি একটি প্রাইভেট কার ছিল। জীনাতের হৃৎস্পন্দন বেড়ে যায়; এ সময় প্রাইভেট গাড়িতেও মৃত্যু সহাস্যে যাতায়াত করে থাকে।

কোথায় যাবে জীনাত ? কার কাছে যাবে ? কলিমের খোঁজ কে তাকে দিতে পারবে ?

পেছনে যে ফ্ল্যাটে সে তালা দিয়ে এসেছে, তার মনে হয়, চিরদিনের মতো দরোজা বন্ধ করে দিয়ে সে বেরিয়েছে, আর কখনোই সেখানে ফিরে যাবার আশা তার নেই। আমরা ধারণা করতে পারি যে, এই মনোভাব যে কাউকে পরাস্ত অবনত করে দিয়ে যাবে। কিন্তু না, জীনাতকে এখন এই মনোভাব হঠাৎ বেপরোয়া করে তোলে; সে দৃঢ় পায়ে অগ্রসর হয় এবং অচিরে একটি রিকশা দেখতে পায়।

কী ভেবেছিলে তুমি ? ওরা কারা ?

আমার ছাত্র।

তুমি কি ভেবেছিলে, ওরা মুক্তিবাহিনীর ছেলে ?

দরোজায় এসে দাঁড়ানো সেই ছেলে দু'টিকে দেখে কলিমুল্লাহ কী ভেবেছিল ?

মাথা নিচু করে, ধীর পায়ে প্যাডেল করতে করতে রিকশাওয়ালা এগিয়ে আসে এবং নিজে থেকেই জীনাতের সমুখে এসে থেমে যায়; জীনাত উঠে বসে। রিকশাওয়ালা গন্তব্য জানতে চায়, জীনাত শুধু হাত তুলে অস্পষ্ট একটা ভঙ্গি করে, যার অর্থ এগিয়ে যাও। রিকশার ঝাঁকুনিতে তার ঘোমটা খসে পড়ে; কিন্তু জীনাত এখন আর তা তুলে দেয় না। সে কি বিস্মৃত হয়েছে তার রূপরাশির কথা ? সে কি জানে না, ঢাকায় এখন একাকী রূপসী যুবতীর চলতে নেই ? আমরা কি মৃদু হেসে উঠে বলতে পারব, সে সব আরেক জীবনের কথা, এবং জীনাত এখন একাকী নির্জন সড়কে চলতে বিন্দুমাত্র ভয় পায় না ? আমরা কি বলব, আমাদের কন্যারা স্কুল-কলেজে যায়, আমাদের স্ত্রীরা দোকানে যায় এবং নির্বিঘ্নে ফিরে আসে ?

পথ এত নির্জন, বাতাস এত মন্থর, প্রতিটি বাঁকেই যেন বিকট সমস্ত শব্দ থাবা গুটিয়ে অপেক্ষায় আছে বলেই শহর এত নিস্তব্ধ; জীনাতের রিকশা অগ্রসর হয়ে চলে।

একদিন একটি ছেলে দেখা করে যাবার পর জীনাত কলিমকে জিজ্ঞেস করেছিল, কেন এসেছিল ?

একটা খবর চায়।

কী খবর ? তুমি কি খবর দিতে পারবে ?

দেখি পারা যায় কি না।

কীসের খবর ?

আলমাস সাহেবের কথা মনে আছে ?

আমাদের আলমাস সাহেব ?

হ্যাঁ।

তিনি তো ইন্ডিয়ায়।

তাঁর ফ্যামিলি এখানে আছে।

নিয়ে যান নি ?

না। তিনি একাই গেছেন।

ফ্যামিলি কোয়ার্টারেই আছে ? বলো কী ?

না, দেশের বাড়িতে আছে।

কীসের খবর ওরা চায়, বুঝতে পারলাম না।

ওরা জানতে চায়, আলমাস সাহেবের বেতন তার স্ত্রী নিচ্ছেন কি না। ওদের সন্দেহ, ইন্ডিয়ায় আলমাস সাহেব গেলেও তার স্ত্রী বেতন নিচ্ছেন।

বর্ডার ক্রস করে গেলে তার বেতন ফ্যামিলিকে দেবে কেন?

সেটাই তো কথা। ওদের সন্দেহ, আলমাস সাহেব পাকিস্তানিদের স্পাই হিসেবে ইন্ডিয়ায় গেছে, পাকিস্তানিদের হয়ে কাজ করছে, গোপনে খবর পাঠাচ্ছে।

বলো কী?

ওরা যখন সন্দেহ করেছে, নিশ্চয়ই তার কারণ আছে, ওরা এখন প্রমাণ চায়। আলমাস সাহেবের স্ত্রী যদি বেতন তুলে থাকেন, তাহলে বুঝতে হবে কোথাও একটা গোলমাল আছে, যোগাযোগ আছে। সকলেই জানে আলমাস সাহেব ইন্ডিয়ায়, তবু তার স্ত্রী স্বামীর বেতন তুলছেন কীভাবে? কার নির্দেশে?

জীনাত বিস্মিত হয়ে স্বামীর মুখের দিকে তাকিয়ে থাকে।

তুমি অবাক হচ্ছ? অবাক হবার কী আছে?

কত সাবলীলভাবে কথাগুলো উচ্চারণ করেছিল কলিমুল্লাহ।

এবং জীনাতও সেই মুহূর্তে প্রথম আবিষ্কার করতে পেরেছিল যে, অবাক হবার কিছুই নেই; এখন সমস্ত কিছুই সম্ভব, এখন সব কিছুই সত্য।

আমরা কি স্মরণ করতে পারি, এমন একটি বদল এই দেশে ঘটে গিয়েছিল একদিন? আমি তো অঙ্গীকার করেইছি, আপনাদের নিরাপদে আবার আমি ফিরিয়ে দিয়ে যাব আপনাদের বর্তমানের কাছে।

৬

আমরা একটি ধ্রুব জগতের ভেতরে বাস করি; এবং ঐ 'ধ্রুব' বিশেষণটি আমাদেরই আরোপিত বটে। বাড়ি থেকে বেরিয়ে আমরা পথে নামি, পথ দিয়ে হেঁটে যাই, পথ ছিল এবং থাকবে আমরা ধরেই নিই, আমরা কখনোই কোনো দুঃস্বপ্নেও কল্পনা করি না যে, একদিন বাড়ি থেকে বেরিয়ে দেখব— পথ নেই, পথের জায়গায় অরণ্য অথবা অতল খাদ। আমরা জানালা দিয়ে তাকিয়ে যে দালানগুলো দেখি, আমাদের এমত ধারণা, সেগুলো আকাশ, গাছ বা পাথরের মতো আছে এবং থাকবে। যে বন্ধুটির সঙ্গে দেখা, সেই বন্ধুটি বরাবরই আমাদের কুশল জানতে চাইবে। যে বালকটিকে খেলা করতে দেখছি, সে কাল বিকেলেও ঠিক এখানেই খেলা করবে। যে হকার আজ ভোরে খবরের কাগজ দিয়ে গেছে, সে কাল ভোরেও আমাদের দরোজার ফাঁকে কাগজ গুঁজে দিয়ে যাবে। রেডিও ছেড়ে দিলে রেডিওতে অনুষ্ঠান শোনা যাবে। বাজারে গেলে বাজার খোলা পাওয়া যাবে। কাজের জায়গায় সহকর্মীদের সাক্ষাৎ পাওয়া যাবে।

এ সবই আমাদের কাছে 'ধ্রুব' বলেই আমরা পথে নেমে যদি দেখি কাল রাতের বৃষ্টিতে পথ বসে গিয়ে গর্ত সৃষ্টি হয়েছে, আমরা কিছুক্ষণ দাঁড়াই, নানা প্রশ্ন করি এবং পথ মেরামতকারীদের আসতে দেখে নিশ্চিন্ত হয়ে এগিয়ে যাই। যদি দেখি, মোড়ের দালানটি আজ ভাঙা, আমরা দাঁড়িয়ে পড়ি, ঈষৎ বিচলিত হই এবং রাজমিস্ত্রিদের আসতে দেখে আশ্বস্ত হই অবিলম্বে— দালানটির জায়গায় এখন আধুনিক বহুতল ভবন উঠবে। বন্ধুটির সঙ্গে সাক্ষাৎ হয়ে যাবার পরও সে যদি কুশল জিজ্ঞেস না করে আমরা অপ্রস্তুত বোধ

করি— বন্ধুটি নিশ্চয়ই আমাকে লক্ষ করে নি; সে যদি আমাকে দেখে দ্রুত অন্যদিকে চলে যায়, আমরা তৎক্ষণাৎ অনুমান করি, তার কোনো জরুরি কাজ আছে, সময় পেলে নিশ্চয়ই দু'দণ্ড দাঁড়িয়ে যেত। বিকেলে বালকটিকে খেলা করতে না দেখে আমরা স্মৃতির ভেতরে ফিরে যাই; ছেলেবেলায় আমাদেরও অসুখ করত, খেলতে যাওয়া হতো না; অথবা, কোনো অপরাধে মায়ের কাছে শাস্তি পেয়ে বাড়িতে বসে থাকতে হতো বন্দি হয়ে; কিংবা, এখন কি পরীক্ষার সময় ? — বালকটি পুরনো পড়া পড়ছে। ভোরে কাগজ আসে নি, কাগজ বেরুবার সময় হয়ে গেল, তবু কাগজ পেলাম না, নিশ্চয়ই বিদ্যুৎ বিভ্রাটের জন্যে খবরের কাগজের প্রেস সময়মতো চলে নি, কাগজ পেতে আজ দেরি হবে; অথবা, হকারটি বাড়ি থেকে টেলিগ্রাম পেয়ে চলে গেছে; আমরা বিরক্ত বোধ করি, সে কেন তার কোনো সঙ্গীকে বলে গেল না, আমার কাগজটি সময় মতো পৌঁছে দিতে ? রেডিও ছেড়ে যদি স্টেশন না পাই, আমাদের প্রথমেই মনে হয়, ঠিক ডায়াল করতে পারি নি, অথবা বাড়ির কেউ কাঁটা ঘুরিয়ে রেখেছে; অথবা রেডিও স্টেশনে বিদ্যুৎ নেই, সাময়িক বিঘ্ন ঘটেছে, আমরা ধৈর্য ধরে অপেক্ষা করি। বাজারে গিয়ে বাজার খোলা না পেলে, আমরা সন্দেহ করি, বাজারের ছুটির দিনে এসে পড়ি নি তো ? অথবা কোনো রাজনৈতিক দল হরতাল আহ্বান করে নি তো ? আমরা ব্যস্ত হয়ে স্মরণ করতে চেষ্টা করি এবং অর্থহীন হাসি ফুটিয়ে বন্ধ বাজারটি অবলোকন করি। কাজের জায়গায় সহকর্মীকে না দেখতে পেলে মাথা দুলিয়ে বলি, নাহ, তার কাজ ফাঁকি দেবার স্বভাব আর গেল না, কাল এসে লম্বা এক কাহিনী ফেঁদে বসবে।

এবং একটি ঘটনা ঘটে যায়; আমাদের তো বটেই, আমাদের পিতা ও পিতামহদেরও স্মরণকালের ভেতরে এমন ঘটনা এই প্রথম, নিরস্ত্র একটি জনসাধারণের ওপর সশস্ত্র বাহিনীর অতর্কিত আক্রমণ; এমন একটি বাহিনী যারা ঐ জনসাধারণের অর্থেই গঠিত, পালিত ও সজ্জিত, এমন একটি জনসাধারণ যাদের সমগ্র ইতিহাসে নেই যে তারা কোনোদিন কারো মাটিতে গিয়ে সামরিক অভিযান চালিয়েছে।

পঁচিশে মার্চ, বেস্পতিবার উনিশ শো একাত্তর, ঢাকা, রাত প্রায় দশটা। কুর্মিটোলা সেনানিবাস থেকে বেরিয়ে আসে তিন ব্যাটেলিয়ান সৈন্য, দ্বিতীয় মহাযুদ্ধের ব্যবহৃত এম-টুয়েন্টিফোর ট্যাংক হবে। ধীরে ধীরে তারা অগ্রসর হয় নগরীর দিকে, যে নগরী ঘুমোতে গিয়েছে পরদিন নতুন এক ভোরে জেগে উঠবে বলে এবং নতুন এক পতাকাকে অভিবাদন করবে বলে।

সেই ভোর এবং সেই পতাকার বিরুদ্ধে শুরু হয় 'অপারেশন সার্চ লাইট।'

ঘাতক বাহিনীর নথি থেকে, আমরা ইচ্ছে করলেই পড়ে নিতে পারি, এবং যদি বিস্ময়কর বা অবিশ্বাস্য মনে হয়, আমরা না হয় এই নথিটিকে অন্য কোনো জনতার ওপর অন্য কোনো বাহিনীর ঝাঁপিয়ে পড়বার নীল নকশা বলেই মনে করব ; আপনাদের আমি নিরাপদেই ফিরিয়ে দিয়ে যাব এবং এই অঙ্গীকার স্মরণে রেখেই নীল নকশাটি একবার আপনাদের দেখে নিতে অনুরোধ করব ।

লাল কালিতে ঢেঁড়া চিহ্ন।

'অপারেশন সার্চলাইট।'

লক্ষ্যসমূহ। এক, আওয়ামী লীগের প্রতিটি কার্যকলাপ বিদ্রোহসূচক এবং সশস্ত্র বাহিনীর বিরুদ্ধাচরণ যারা করে তারা বিদ্রোহী। দুই, সেনাবাহিনীর পূর্ব পাকিস্তানি সদস্যদের মধ্যে যেহেতু আওয়ামী লীগের ব্যাপক সমর্থন রয়েছে অতএব এই অভিযান অত্যন্ত চাতুরির সঙ্গে ছলনা, আকস্মিকতা এবং দ্রুততার সঙ্গে বাস্তবায়িত করতে হবে; জনসাধারণকে বিমূঢ় করে দিতে হবে, যেন বা বজ্রঘাতে।

অভিযানের সাফল্যের জন্য প্রয়োজন। তিন, সমগ্র প্রদেশে এক সঙ্গে এই অভিযান শুরু করতে হবে। চার, দলমত নির্বিশেষে সমস্ত রাজনৈতিক নেতা, ছাত্র নেতা, শিক্ষা ও সংস্কৃতি অঙ্গনের চরমপন্থী প্রতিটি ব্যক্তিকে নির্মূল করতে হবে; অভিযানের শুরুতেই প্রথম সারির সমস্ত রাজনৈতিক ও ছাত্র নেতাদের অবশ্যই পাকড়াও করতে হবে। পাঁচ, ঢাকা শহরে এই অভিযানের সাফল্য ষোল আনা অবশ্যই হতে হবে; এই কারণে ঢাকা বিশ্ববিদ্যালয় অধিকার করতে হবে, তল্লাশ চালাতে হবে। ছয়, সেনানিবাসগুলোর নিরাপত্তা বিধান করতে হবে। যারা এই নিবাসগুলো আক্রমণ করতে আসবে তাদের বিরুদ্ধে যথেচ্ছ গুলিবর্ষণের অনুমতি থাকবে। সাত, দেশের ভেতরে এবং বিদেশের সঙ্গে যোগাযোগের যাবতীয় ব্যবস্থা ছিন্ন করতে হবে। টেলিফোন এক্সচেঞ্জ, রেডিও, টেলিভিশন, টেলিপ্রিন্টার সার্ভিস এবং বিদেশী কনসুলেটগুলোর সঙ্গে বেতার সংবাদ প্রেরণ ব্যবস্থা বন্ধ করে দিতে হবে। আট, পূর্ব পাকিস্তানি সৈন্যদের নিরস্ত্র ও নিষ্ক্রিয় করে ফেলতে হবে। সকল ঘাঁটি ও অস্ত্রাগার পশ্চিম পাকিস্তানি সৈন্যরা নিয়ন্ত্রণ করবে ও পাহারা দেবে। একই ব্যবস্থা বিমান বাহিনী ও পূর্ব পাকিস্তান রাইফেল ক্ষেত্রেও নিতে হবে।

আকস্মিকতা ও ছলনা বিষয়ে। নয়, উচ্চতর পর্যায়ে— প্রেসিডেন্টের প্রতি অনুরোধ তিনি যেন রাজনৈতিক আলোচনা চালিয়ে যান; এমন কি মুজিবকে তিনি মিথ্যা আশ্বাস দেন যে, মি. ভুট্টো রাজি না হলেও তিনি অর্থাৎ প্রেসিডেন্ট পঁচিশে মার্চ তারিখে ঘোষণা দেবেন যে আওয়ামী লীগের দাবি ইত্যাদি তিনি মেনে নিয়েছেন। দশ, রণকৌশল পর্যায়ে— গোপনীয়তা যেহেতু এ অভিযানের সাফল্যের চাবিকাঠি, তাই, ঢাকা শহরে ইতিমধ্যেই যে সৈন্যদল রয়েছে তারাই, ক. মুজিবের বাড়িতে ঢুকে সবাইকে গ্রেপ্তার করবে, খ. বিশ্ববিদ্যালয়ের ইকবাল হল ও অন্যান্য গুরুত্বপূর্ণ হল, প্রকৌশল বিশ্ববিদ্যালয়ের লিয়াকত হল অবরোধ করবে, গ. টেলিফোন এক্সচেঞ্জগুলো বন্ধ করে দেবে, ঘ. যে যে বাড়িতে অস্ত্র আছে বলে জানা যায় সেই বাড়িগুলো ঘেরাও করবে। ঢাকার টেলিফোন এক্সচেঞ্জগুলো বন্ধ করে না দেয়া পর্যন্ত কুর্মিটোলা থেকে সৈন্যবহর রওয়ানা দেবে না। অভিযানের নির্দিষ্ট তারিখে রাত দশটার পর কাউকে সেনানিবাস থেকে বেরুতে দেয়া হবে না। শহরে প্রেসিডেন্ট ভবন, লাটভবন, এম এন এ হোস্টেল, রেডিও, টেলিভিশন ও টেলিফোন এক্সচেঞ্জগুলোতে যে সৈন্যরা রয়েছে কোনো না কোনো ছুতোয় আগে থেকেই তাদের শক্তি বৃদ্ধি করতে হবে। মুজিবের বাড়িতে অভিযান চালাবার জন্যে বেসামরিক গাড়ি ব্যবহার করবার দরকার দেখা দিতে পারে।

সেনাপতি। ঢাকা এলাকা— মেজর জেনারেল ফরমান। ঢাকা বাদে সমগ্র প্রদেশ— মেজর জেনারেল খাদিম হোসেন রাজা।

সেনা বিন্যাস ও দায়িত্ব।

ঢাকা। ফিফটি সেভেন ব্রিগেড, অর্থাৎ এইটিন পাঞ্জাব, থারটি টু পাঞ্জাব, টুয়েন্টি থারটিন ফ্রন্টিয়ার ফোর্স, থারটিওয়ান ফিল্ড রেজিমেন্ট, থারটিন লাইট অ্যাক-অ্যাক-রেজিমেন্ট, কুমিল্লা থেকে আনীত থ্রি কমান্ডোর কোম্পানি। এদের কাজ হবে— পূর্ব পাকিস্তান রাইফেলসের সদর দফতরে টু এবং টেন ইস্ট বেঙ্গলের আড়াই হাজার সৈনিককে নিরস্ত্র করা, রাজার বাগে দু'হাজার রিজার্ভ পুলিশকে নিরস্ত্র করা; টেলিফোন ও ট্রান্সমিটার, রেডিও, টেলিভিশন, স্টেট ব্যাংক নিষ্ক্রিয় করে দেয়া, তালিকা অনুসারে আওয়ামী লীগ নেতাদের গ্রেপ্তার করা, ইকবাল, জগন্নাথ, লিয়াকত— এই হলগুলো অবরোধ করা; ঢাকা থেকে সমস্ত সড়ক, রেল ও নদী পথ বন্ধ করে দেয়া, নদীতে টহল পাহারা দেয়া।

যশোহর। ওয়ান ও সেভেন ব্রিগেড, টুয়েন্টি ফাইভ বালুচ, গাজীপুরে অস্ত্র কারখানা ও রাজেন্দ্রপুরে তোপখানা টুয়েন্টি সেভেন বালুচ, টুয়েন্টি ফোর রেজিমেন্টের একাংশ এবং ফিফটি ফাইভ ফিল্ড রেজিমেন্ট। এদের কাজ হবে ওয়ান ইস্ট বেঙ্গল, পূর্ব পাকিস্তান রাইফেলস, রিজার্ভ পুলিশ ও আনসারদের নিরস্ত্র করা; যশোহর শহর আয়ত্তে আনা, আওয়ামী এবং ছাত্র নেতাদের গ্রেপ্তার করা, এক্সচেঞ্জ ও টেলিফোন যোগাযোগ বিচ্ছিন্ন করা, সেনানিবাস, শহর, বিমানবন্দর ও যশোর-খুলনা সড়ক সুরক্ষিত রাখা, কুষ্টিয়া এক্সচেঞ্জ নিষ্ক্রিয় করা, প্রয়োজন হলে খুলনায় শক্তি বৃদ্ধি করা।

খুলনা। টুয়েন্টি টু ফন্টিয়ার ফোর্স। এদের কাজ হবে— শহর সুরক্ষিত রাখা, এক্সচেঞ্জ ও রেডিও স্টেশন নিষ্ক্রিয় করে দেয়া, পূর্ব পাকিস্তান রাইফেলস, রিজার্ভ কোম্পানি ও রিজার্ভ পুলিশদের নিরস্ত্র করা, আওয়ামী লীগ ও কমিউনিস্ট নেতাদের গ্রেপ্তার করা।

রংপুর-সৈয়দপুর। টুয়েনটি থ্রি ব্রিগেড, টুয়েন্টি নাইন ক্যাভেলরি, টুয়েন্টি সিক্স ফ্রন্টিয়ার ফোর্স, টুয়েন্টি থ্রি ফিল্ড রেজিমেন্ট। এদের কাজ হবে— রংপুর-সৈয়দপুর সুরক্ষিত রাখা, সৈয়দপুরে থ্রি ইস্টবেঙ্গলকে নিরস্ত্র করা; সম্ভব হলে দিনাজপুরে সেক্টর হেডকোয়ার্টার ও রিজার্ভ কোম্পানিকে নিরস্ত্র করা, অথবা, সীমান্ত চৌকিগুলোর শক্তিবৃদ্ধি করবার কথা বলে রিজার্ভ কোম্পানিকে দূরে পাঠিয়ে দেয়া; রংপুরের রেডিও স্টেশন ও টেলিফোন এক্সচেঞ্জ নিষ্ক্রিয় করে দেয়া; রংপুরের আওয়ামী লীগ ও ছাত্র নেতাদের গ্রেপ্তার করা; বগুড়ায় তোপখানা সুরক্ষিত রাখা।

রাজশাহী। টুয়েন্টি ফাইভ পাঞ্জাব। এদের কাজ হবে— এক্সচেঞ্জ ও রেডিও স্টেশন নিষ্ক্রিয় করে দেয়া; রিজার্ভ পুলিশ ও পূর্ব পাকিস্তান রাইফেলসকে নিরস্ত্র করা; রাজশাহী বিশ্ববিদ্যালয়, বিশেষ করে মেডিকেল কলেজ অবরোধ করা, আওয়ামী লীগ ও ছাত্র নেতাদের গ্রেপ্তার করা।

কুমিল্লা। ফিফটি থ্রি ফিল্ড রেজিমেন্টস, ওয়ান অ্যান্ড হাফ মর্টার ব্যাটারিজ, স্টেশন ট্রুপস, এক কোম্পানি বাদে থ্রি কমান্ডো ব্যাটেলিয়ান। এদের কাজ হবে— ফোর ইস্ট বেঙ্গলকে নিরস্ত্র করা, পূর্ব পাকিস্তান রাইফেলস ও রিজার্ভ ডিস্ট্রিক্ট পুলিশেদের নিরস্ত্র করা; শহর নিয়ন্ত্রণে আনা; আওয়ামী ও ছাত্র নেতাদের গ্রেপ্তার করা; এক্সচেঞ্জ নিষ্ক্রিয় করা।

সিলেট। এক কোম্পানি বাদে থারটি ওয়ান পাঞ্জাব। এদের কাজ হবে— রেডিও স্টেশন ও এক্সচেঞ্জ নিষ্ক্রিয় করে দেয়া; সুরমা নদীর ওপর কীন ব্রিজ নিয়ন্ত্রণে রাখা, বিমান বন্দর

হাতে রাখা, আওয়ামী লীগ ও ছাত্র নেতাদের গ্রেপ্তার করা; পূর্বপাকিস্তান রাইফেলস ও রিজার্ভ পুলিশদের নিরস্ত্র করা।

চট্টগ্রাম। টুয়েন্টি বালুচ, অগ্রগামী দল বাদে, থারটি ওয়ান পাঞ্জাবের কোম্পানি যারা এখন সিলেটে, কুমিল্লা থেকে সড়ক পথে ইকবাল শফি সৈন্যদল আনবে এবং অভিযানের নির্দিষ্ট সময়ে শক্তি বৃদ্ধি করবে। ব্রিগেডিয়ার ইকবাল শফি সঙ্গে আনবে রণকৌশল ও যোগাযোগ বিভাগ, টুয়েন্টি ফোর ফ্রন্টিয়ার ফোর্স, ট্রুপ হেভি মর্টারস, ফিল্ড কোম্পানি এনজিনিয়ার্স, ফেনী অভিমুখে রওয়ানাকারী কোম্পানি। এদে কাজ হবে— ইবিআরসি, এইট ইস্ট বেঙ্গল, পূর্ব পাকিস্তান রাইফেলসের আঞ্চলিক দফতর, রিজার্ভ পুলিশদের নিরস্ত্র করা। কেন্দ্রীয় পুলিশ অস্ত্রাগার থেকে বিশ হাজার অস্ত্র আটক করা, রেডিও স্টশন ও এক্সচেঞ্জ নিষ্ক্রিয় করা, কমোডোর মুমতাজের অধীনে পাকিস্তানে নৌ বাহিনীর অংশের সঙ্গে সংযোগ স্থাপন করা; শাইগ্রি এবং জানুজার সঙ্গে কমোডোর মুমতাজ সংযোগ স্থাপন করবে এবং ইকবাল শফি না এসে পৌঁছুনো পর্যন্ত হুকুম দেবার অধিকারী হবে; জানুজা এইট ইস্ট বেঙ্গলের কমান্ডিং অফিসার বিধায় সে এবং শাইগ্রি মিলিতভাবে যদি অনুভব করে যে তাদের অধীনস্থ বাঙালিদের নিয়ে ভয় নেই, তাহলে তাদের নিরস্ত্র না করা যেতে পারে এবং সে ক্ষেত্রে শহরমুখী সেনা নিবাসের সড়কটিতে প্রতিবন্ধক সৃষ্টি করতে হবে, যাতে করে ইবি আরসি ও এইট ইস্ট বেঙ্গল আনুগত্য বদল করে মারমুখো হলে, এগোতে বাধা পায়; ওপরের কাজগুলো সাধিত হলে আওয়ামী লীগ ও ছাত্র নেতাদের গ্রেপ্তার করতে হবে।

গুরুগুরু ধ্বনি।

আকাশে লক্ষ সন্ধানী আতশ।

বারুদের গন্ধ।

আগুনের রক্ত লাল আভা।

মানুষের চিৎকার।

নীল নকশায় বর্ণিত 'নিষ্ক্রিয়' করে দেবার অনুবাদ 'দখল কর', 'গ্রেপ্তার' করবার অনুবাদ 'গুলি করে হত্যা কর'। 'সুরক্ষিত' রাখবার অনুবাদ 'কামানের গোলায় ধ্বসিয়ে দাও', 'নিরস্ত্র' করবার অনুবাদ 'আক্রমণ কর এবং লাশগুলো পেট্রল দিয়ে পুড়িয়ে দাও।'

এবং 'যেন বা বজ্রাঘাতে জনসাধারণকে বিমূঢ় করে দেবার জন্যে' পড়ে নিন 'রাজধানীর বাজারগুলো জ্বালিয়ে দাও, বস্তিগুলো পুড়িয়ে দাও, পুরনো ঢাকার গলিপথগুলোকে গোলার আঘাতে প্রশস্ত কর, চলন্ত যা কিছু— তারই ওপর গুলি বর্ষণ কর, রেল ইস্টিশান, লঞ্চ টার্মিনাল, বাসডিপো, ফুটপাত, যেখানেই মানুষ দেখবে খতম করবে।'

ছাত্রাবাসের ঘরে ঘরে, করিডোরে, বারান্দায় রক্তের স্রোত, ছাত্রীদের ওপর বলাৎকার; অধ্যাপকদের অন্তিম আর্তনাদ।

চৈত্রের ঝরা পাতার মতো সমস্ত শহরে লাশ আর লাশ; চৈত্রের পাতা হলুদ, মানুষেরা রক্তমাখা। 'আমরা মানুষ চাই না, আমরা মাটি চাই।'

ঠিক বাহাত্তর ঘণ্টা পরে বাংলার আকাশ থেকে মুষলধারায় বৃষ্টি নেমে আসে মাটির ওপরে। আপনাদের কি সেই বৃষ্টির কথা মনে পড়ে? আপনাদের কারো কারো কি তখন মনে হয়েছিল, কবিদের এ কথাই সত্য যে, প্রকৃতি মানুষের দ্বিতীয় সত্তা?

পঁচিশে মার্চ থেকে এগারোই মে তারিখের মধ্যে একের পর এক শহরগুলোতে 'অপারেশন সার্চলাইট' বাস্তবায়িত হয়; গোরস্থানের সম্পূর্ণ নীরবতা নেমে আসে সাতাশে মার্চ ঢাকায়, ছ'ই এপ্রিল চট্টগ্রামে, দশই এপ্রিল পাকশী, পাবনা, সিলেটে, এগারোই এপ্রিল ঈশ্বরদিতে, বারোই এপ্রিল নরসিংদিতে, তেরোই এপ্রিল চন্দ্রঘোনায়, পনেরোই এপ্রিল রাজশাহী ও ঠাকুরগাঁয়, ষোলোই এপ্রিল কুষ্টিয়া ও লাকসামে, সতেরোই এপ্রিল চুয়াডাঙ্গা ও ব্রাহ্মণবাড়িয়ায়, উনিশে এপ্রিল দর্শনায়, একুশে এপ্রিল হিলি, সাতক্ষীরা ও গোয়ালন্দে, বাইশে এপ্রিল দোহাজারীতে, তেইশে এপ্রিল বগুড়ায়, ছাব্বিশে এপ্রিল রংপুর ও নোয়াখালিতে, সাতাশে এপ্রিল সান্তাহার ও সিরাজগঞ্জে, আটাশে এপ্রিল মৌলবীবাজারে, দশই মে কক্সবাজারে, এগারোই মে হাতিয়ায়।

অতঃপর আমাদের সেই 'ধ্রুব' পরিপার্শ্বের বা কী হয়?

সেই পথ, সেই দালান, সেই বন্ধু, সেই বালক, সেই কাগজ, সেই রেডিও, সেই বাজার এবং সেই সহকর্মী?

এখন কি আপনি, এক মুহূর্তের জন্যে হলেও, বিহ্বল ও নিরুদ্দিষ্ট বোধ করছেন না? এবং ভাবছেন না যে আমি কীসের কথা বলছি?

হ্যাঁ, সেই পথের কথা বলছি যে পথ দিয়ে আমরা হাঁটতাম; আমাদের ঘর থেকে বেরিয়েই যে পথ, বহু ব্যবহৃত পথ, এখন সেই পথের ওপর যদি কংক্রিটের বাংকার অকস্মাৎ দেখা দেয়, যদি সেই বাংকারের ঘুলঘুলি দিয়ে মেশিনগানের নল উঁকি দেয়, অথবা উত্তর মেরুর শাদা ভালুককে পেছনের দু'পায়ের ওপর ভর দিয়ে থাবা বিস্তৃত করে দাঁড়িয়ে থাকতে দেখি, আমরা আমাদের মানসিক সুস্থতা সম্পর্কে প্রশ্ন তুলব না; বলব— এ হতেই পারে। যে দালানটির দিকে বহুবার দৃষ্টিপাত করেছি, এখন বাঁক নিয়ে সেই দালানের বদলে যদি দেখি ধ্বংসস্তূপ, অথবা দেখি কলোসাসের পিত্তল মূর্তি, আমরা কোনো অসঙ্গতি অনুভব করব না; ভাবব— এ হতেই তো পারে। আবার সেই বন্ধুর সঙ্গে দেখা হয়ে গেলে, এবং বন্ধুটি আপনাকে এখন মিলিটারির হাতে 'মুক্তি' বলে তুলে দিলে, আপনি তার আচরণে আর বিচলিত বোধ করবেন না। সেই বালকটির লাশ দেখতে পেয়ে আপনি পুলিশে খবর দেবার কথা আর ভাববেন না। হকারটি নিহত বলে কাগজ দিয়ে যেতে পারবে না, আপনি চমকে উঠবেন না। রেডিও স্টেশন বন্ধ হয়ে গেলে আপনি এখন ঘাবড়ে যাবেন না, বিদ্যুৎ বিভ্রাটের কথাও আর ভাববেন না। বাজারে গিয়ে যদি দেখেন যে বাজার পুড়ছে, আপনি এখন অন্য কোনো বাজারের সন্ধান করবেন। সহকর্মী অনুপস্থিত দেখে আপনি এখন স্বাভাবিকভাবেই তার মৃত্যুর কথা প্রথমে চিন্তা করবেন।

আপনি আহারের জন্যে প্রস্তুত এবং অনাহারের জন্যেও প্রস্তুত।

আপনি বাড়িতে বাস করবার জন্যে প্রস্তুত এবং গাছতলায় দাঁড়াবার জন্যেও একইভাবে প্রস্তুত।

আপনি মুক্তির জন্যে প্রস্তুত এবং বন্দিদশার জন্যেও প্রস্তুত।

আপনি বিজয় সংবাদ শুনবার জন্যে প্রস্তুত এবং পরাজয়ের সংবাদ শুনবার জন্যেও প্রস্তুত।

আপনি বেঁচে থাকবার জন্যে প্রস্তুত এবং মরে যাবার জন্যেও একইভাবে প্রস্তুত।

আপনি এই ঢাকায় ছিলেন।

আমাদের স্মরণকালে, আমাদের পিতা ও পিতামহদের স্মরণকালে যা কখনো ঘটে নি—সেই 'অপারেশন সার্চলাইট' মানুষের বিস্ময়কে 'নিষ্ক্রিয়' করে দিয়ে যায়, মানুষের অভ্যাসকে 'গ্রেপ্তার' করে ফেলে, প্রতিক্রিয়াগুলোকে 'সুরক্ষিত' করে রাখে, বস্তুত মানুষের প্রতিদিনকেই সে অভিযান 'নিরস্ত্র' করে রেখে যায়।

তাই আমরা জীনাতের মুখে যখন শুনি, সে রিকশাওয়ালাকে বলছে, মালিবাগে যাও, আমরা চঞ্চল হই না। আমাদের হয়তো জানা আছে মালিবাগে জীনাতের পরিচিত কে থাকে; মালিবাগে জীনাতের দূর সম্পর্কের মামাতো ভাই আবদুস সবুর থাকে যার কণ্ঠে আপনারা জেনারেল টিক্কা খানের ভাষণের বাংলা তর্জমা শুনেছেন।

৭

আর কিছুক্ষণের মধ্যেই সেলিমুল্লাহ তার বড় ভাইয়ের গুলশানের বাড়িতে এসে যাবে এবং এখানে সে জীনাত মহলকে পাবে না, জীনাত মহলের সঙ্গে তার দেখা হবে আজ অপরাহ্নে, জীনাত মহলের সঙ্গে তার কথা হবে সেলিমুল্লাহর নিজের ফ্ল্যাটে এবং আমরা ততক্ষণ পর্যন্ত অপেক্ষা করব।

সেলিমুল্লাহ তার বড় ভাইয়ের সমুখে এসে বসে। রহমতউল্লাহ সেলিমকে বিশেষ উদ্বিগ্ন দেখতে পায় না, টেলিফোনে সমস্যাটি সম্পর্কে ধারণা সে দিয়েছিল, কিন্তু তার কোনো প্রতিক্রিয়া সে ছোট ভাইয়ের অভিব্যক্তিতে এখন লক্ষ করতে পারে না।

রহমতউল্লাহ কিঞ্চিৎ অসন্তুষ্ট গলায় সংক্ষেপে সেলিমকে বলে, কী বুঝলা?

আমি তো এই প্রথম শুনলাম।

আমরাও এই প্রথম।

হয়েছিল কী?

কিছুই না। হওয়ার কোনো প্রসঙ্গই না। তোমার ভাবিরে ডাক দেই, তার কাছে শোনো, কথাটা সে তারেই কাল বলেছিল।

রাবেয়া অবিলম্বে বলতে শুরু করে, সন্ধ্যাবেলাই আমার মনে হয়, আমারে সে কিছু বলতে চায়। আমি তখন এতদূর পর্যন্ত ভাবি নাই। কলেজ থেকে বিকেলবেলায় যেমন রোজ আসে, গতকালও আসে, গা ধোয়, জামাকাপড় বদলায়; তারপর কিচেনে আসে। অন্য অন্য দিন অনেক রকম কথা কয়, গতকাল তার কিছুই না, চুপচাপ আমারে সে রান্নায় সাহায্য করে। তার সেই ভাব দেখেই আমার সন্দেহ হয়।

রহমতউল্লাহ অসহিষ্ণু কণ্ঠে বাধা দেয়, তোমার সন্দেহের কথা রাখ। এক প্যাচাল। কী কয় সেইটা তুমি সেলিমরে খুলে কও।

রাবেয়া কিছুক্ষণ থমকে থাকে। তারপর বিরস গলায় বলে, জানলে তো খুলে বলব ? খাওয়া দাওয়া শেষ, ঘরে যাওয়ার আগে হঠাৎ সিঁড়ির মুখে দাঁড় হয়ে বলে, ভাবি, আমি আর এখানে থাকব না।

রহমতউল্লাহ ব্যগ্র হয়ে প্রশ্ন করে, এই কথা ? আর কিছু না ? তুমি কিছু জিজ্ঞাস করলা না ?

করলাম।

কী জিজ্ঞাস করলা ? কেন থাকবে না ?

আমি জিজ্ঞাস করলাম, তুমি এইটা কী কও ?

সে ?

সে তার কোনো জবাব দেয় নাই।

তারপর ?

আমি জিজ্ঞাস করলাম, থাকবা না মানে ?

কী বলল সে ?

তারও কোনো জবাব আমারে দিল না। আবার বলল, ঠিক করছি, আর এখানে থাকব না।

আহ, তুমি জিজ্ঞাস করলা না, এর উদ্দেশ্য কী ? সে যাবে কই ?

কারে জিজ্ঞাস করব ? সে তখন ঘরে গিয়ে দুয়ার দিছে।

কী বুঝলা ?

রহমতউল্লাহ ছোট ভাইয়ের দিকে দুহাতে হতাশ ভঙ্গি করে তাকিয়ে থাকে।

রাবেয়া এবার স্বামীকে তাড়া দেয়। তুমি তো তারে জিজ্ঞাস করলা সকালে, তোমারেই বা সে কী জবাব দিছে ?

রহমতউল্লাহ চোখ নামিয়ে নেয়।

সেলিম বলে, আচ্ছা, মেজভাবিকে আমিই জিজ্ঞেস করছি।

সেলিম জীনাত মহলের ঘরে যায় এবং গিয়ে দেখে ঘরে কেউ নেই, বাথরুমে আছে হয়তো, সে কান খাড়া করে, কিন্তু কোনো শব্দ পায় না এবং লক্ষ করে বাথরুমের সুইচ নতমুখী, তাহলে বাথরুমে নেই।

ঘর থেকে বেরিয়ে রুমির সঙ্গে দেখা হয় সেলিমের।

ছোট চাচা, কখন এলে ?

তোর জীনা চাচি কইরে ?

এই তো কলেজে গেল।

দেখেছিস তুই ?

বাহ, আমার সামনে দিয়ে গেল।

রুমির চুলের বিনুনিতে ছোট্ট টান দেয় সেলিম।

ইস, লাগে।

সেলিম ফিরে এসে ভাই ও ভাবিকে বলে, নেই। রুমি বলল, কলেজে গেছে।

চকিত চোখ তুলে তাকায় রহমতউল্লাহ। কলেজেই গেছে, না সেই যে যাবার কথা বলেছিল, সেই বেরিয়ে গেছে?

সেলিম আবার বসতে বসতে বলে, না, না, এভাবে না বলে যাবে না।

রহমতউল্লাহ স্ত্রীকে বলে, সেলিমরে নাশতা দাও। রাবেয়া চলে যাবার পর রহমতউল্লাহ গলা নামিয়ে ভাইকে বলে, তোমার কী মনে হয়, অ্যাঁ? এর মধ্যে সেকেন্ড কোনো পারসন আছে?

বিস্মিত চোখ তোলে সেলিম।

ফিসফিস করে বলে চলে রহমতউল্লাহ, আমার তো মনে হয়, আছে। না হলে মেয়ে মানুষ; বাড়ি ছাড়বে কার ভরসায়? বয়স আছে, লেখাপড়া আছে, ভালো চাকরি করে, দেখতে শুনতে ভালো, যে কেউ তারে দেখলে পছন্দ করবে, তাছাড়া তার কোনো সন্তানাদিও নাই যে কোনো ঝামেলা আছে; যে-কেউ তারে বিয়ে করতে কোনো অসুবিধা বোধ করবে না। তুমি কী কও?

সেলিম চুপ করে থাকে। তার চোখে মুখে মৃদু হাসির ছটা।

তুমি কি তাহলে কিছু জানো?

সেলিমের মুখ থেকে হাসিটুকু দ্রুত অন্তর্হিত হয়ে যায়। সে বলে, না, আমি কোত্থেকে জানব? তারপরেই সে যোগ করে, আর বিয়ে যদি করেই তো করুক না।

কী কও?

ক্ষতি কী?

ক্ষতি নাই মানে? কত বড় একটা লজ্জার কথা! হুঙ্কার দিয়ে ওঠে রহমতউল্লাহ, জ্বলন্ত চোখে সেলিমের দিকে তাকিয়ে থাকে সে, যেন বা জীনাতের দিকেই। বলে, এটা বেহায়াপনা না?

বিধবারা কি বিয়ে করে না?

করে, কিন্তু সব বিধবা করে না। তার মতো বিধবার আবার বিয়ে করা উচিত হয় না। তার স্বামী রাজাকারের হাতে প্রাণ দিছে, তার স্বামীকে মুক্তিযুদ্ধের শহিদ বলে ঘোষণা করা হয়েছে, তার স্বামীর নামে এখনো ছাত্র সমাজ গৌরব করে, এখনো তারে সভা সমিতিতে ডাকে, স্বীকার করি আগের মতো আর ডাক পড়ে না তার, বা আগের মতো মিটিং ফিটিংও আর হয় না, কিন্তু আমরা তো ভুলে যাই নাই সে কোন মানুষের বৌ ছিল? কত বড় একটা মানুষের ঘর সে করেছে। কোন মুখে আবার সে বিয়া করবে? আর তুমি তাই অ্যাপরুভ করলা?

সেলিম ঈষৎ উত্তপ্ত গলায় বলে, আমার অ্যাপরুভের কোনো কথা নয়, বড়ভাই। আমি শুধু বলেছি, বিয়ে যদি করতে চায় তো ক্ষতি কীসে? মুসলমান বিধবাদের বিয়ে করবার কোনো বাধা নেই।

আইনের কথা ফালাও, বাস্তবের কথা কও।

বাস্তবেও সে বিধবা ছাড়া আর কিছু নয়।

শুধু বিধবা না, মুক্তিযুদ্ধের শহীদ প্রফেসারের বিধবা, ভুলে যাবা না।

তবু বিধবা।

তবু তুমি বলবা, তার বিয়া করা কোনো অন্যায় না?

একটু চুপ করে থেকে সেলিম বলে, ভাবি তো এখনো বলেন নি তিনি বিয়ে করছেন। শুধু একটা অনুমানের ওপর কথা বলছেন আপনি।

অনুমান না সেলিম, এটা কোনো অনুমান না। যে কেউ বুঝতে পারে, দশ-এগারো বছরের ভিতর কোনো কথা না, কোনো নড়াচড়া না, হঠাৎ সে বাড়ি ছাড়তে চায় কেন? বাড়ি যদি ছাড়বে তো তার কারণ বলতে তার বাধে কেন? আজ সকালে আমি নিজে তারে জিজ্ঞাস করেও কোনো জবাব আদায় করতে পারি নাই। কারণ, আমার সামনে বেহায়াপনা করার সাহস তার নেই। আমি সকল কিছু অনুমান করেই তারে বলি, যে, দ্যাখো তোমার স্বামী কী একটা মানুষ ছিল, কত বড় প্রশংসার কথা, জাতি তার জন্যে গৌরব করে, সে কথা তার কাছে তিতা লাগল, সে বেয়াদপের মতো আমার সামনে থেকে উঠে গেল, আরো সে আমারে বলে গেল— এইসব আলোচনা করে কী লাভ? তুমিই কও, সেলিম, কতদূর নিচে সে নামছে। এগারো বছর শহীদের বৌ, শহীদের বিধবা সেজে থাকার পর, এখন তার ভালো লাগছে না, এখন তার পুরুষ দরকার।

রাবেয়া নাশতা নিয়ে আসে এবং সেলিমের সমুখে সাজিয়ে দিতে দিতে বলে, আমি এর কিছুই বুঝতে পারলাম না। আমিও তো বাইরের মেয়ে, বাইরে থেকে আসছি, কিন্তু শ্বশুরবাড়ির এই রকম একটা ক্ষতি করতে আমিও পারতাম না।

সেলিম বড়ভাবির দিকে প্রশ্ন চোখে তাকায়, 'ক্ষতি' শব্দটির ব্যাখ্যা সে আশা করে তাকিয়ে থাকে। রাবেয়া অনেকক্ষণ কিছু বলে না, অনাবশ্যকভাবে নাশতাগুলো দ্বিতীয়বার ঠেলে-ঠুলে নতুন করে সাজিয়ে রাখে, তারপর বলে, আসলে রুমির বাপের ব্যবসা-বাণিজ্য নষ্ট করবার ইচ্ছা তার।

তুমি চুপ কর। স্ত্রীকে ধমক দিয়ে ওঠে রহমতউল্লাহ। কীসের মধ্যে কী কথা আনো? সে যাবে যাবে, থাকবে থাকবে; আমার ব্যবসা আমি করি, বৌমার সাথে তার সম্পর্ক কী? অ্যাঁ?

রাবেয়া থতমত খেয়ে যায়, স্বামীর মুখের দিকে আড়চোখে একবার তাকায়, অনুতপ্ত হয় এবং কিছুক্ষণ ইতস্তত করবার পর উঠে চলে যায় নীরবে।

তার যাবার দিক থেকে চোখ ফিরিয়ে রহমতউল্লাহ দেখতে পায়, সেলিম তারই দিকে তাকিয়ে আছে, তখন সে ঈষৎ হেসে কৈফিয়তের সুরে বলে, আরে, সেই যে সেভেন্টি টুতে জীনাতরে ডিরেক্টর করলাম আমার ফার্মে, তুমি তো জানোই সব, তোমারেও অফার করলাম যে ডিরেক্টর হও, তা তুমি তখন দেশ নিয়া ব্যস্ত থাকলা, বললা যে দেশের অনেক কাজ বাকি আছে, তোমার বড় ভাবির ধারণা— জীনাত যদি চলে যায়, আমার ফার্মের কী

হবে? সেই কথা নিয়া তার ঘুম নাই। তুমি বিয়া কর নাই, স্ত্রীলোকের অহেতুক সব কথা থেকে এখনো মুক্তিতে আছ; তোমার ভাবির ধারণা, জীনাত চলে গেলে আমার ফার্মের কাজ-কাম সব বন্ধ হয়ে যাবে। এখন মুক্তিযোদ্ধাদেরই কোনো পাওয়ার নাই, মুক্তিযোদ্ধার বিধবার কী পাওয়ার? তা এসব কোনো কথা নয়, আমি বড় চঞ্চল হয়েছি আমাদের ফ্যামিলির কথা ভেবে। তুমি নিজে মুক্তিযোদ্ধা ছিলা, তোমার মেজ ভাই স্বাধীনতার জন্যে জীবন দিয়েছিল, আমিও সেই নয় মাস জিন্দাবাহার অঞ্চলে সকলের মনে সাহস দিয়ে রেখেছিলাম, সকলের মুখের দিকে তাকিয়ে আমি ইন্ডিয়া যাই নাই যে গেলে এরা এতিম হয়ে যাবে, মিলিটারির হাত থেকে দু'চারজনকে বাঁচিয়েও এনেছি, আমার নিজের জীবনও বড় বিপদের মধ্যে ছিল, এখন আমাদের ফ্যামিলির ভেতরে যদি এই রকম একটা লজ্জার কথা হয়, শহিদ কলিমুল্লাহর বিধবা যদি আবার বিয়া করে...

সেলিম বাধা দিয়ে বলে ওঠে, বিয়েই যে করবে, আপনি ধরে নিচ্ছেন কেন?

তাহলে এর ভেতরে আর কোন কথা থাকতে পারে? তারে কোনো কষ্ট দেই নাই, তার কোনো অসুবিধা হতে দেই নাই, সম্মান করেছি, যত্ন করেছি, তবু সে যাবে কেন! লোকের কাছে আমি কী জবাব দেব? কও? তোমারে এইসবের জন্যেই ডাকা। তুমি আমারে তার মনের কথাটা জানাবা। তোমার কাছে সে অবশ্যই বলবে। তুমি তারে কলেজে গিয়া ধর, কী সংবাদ আমাকে আইজের মধ্যেই জানাবা, আমি বড় চঞ্চল থাকলাম।

সেলিম উঠে দাঁড়ায়।

রহমতউল্লাহ পেছন থেকে বলে দেয়, ট্যাক্টফুলি তারে জিজ্ঞাস করবা।

সেলিম একবার ভাবে, জীনাত মহলের কলেজেই না হয় যাওয়া যাক, কলেজের দিকে গাড়ি সে ঘুরিয়েও নেয়, কিন্তু কিছুদূর গিয়ে থেমে যায়; তার মনে পড়ে যায়, আজ তার ব্যবসার জরুরি একটা কাজ আছে; জীনাত মহলের ব্যাপারটা দু'একদিন পড়ে থাকলেও এসে যাবে না।

সেলিম তার দোকানের দিকে গাড়ি ফেরায়।

৮

আমরা এখন জীনাত মহলকে অনুসরণ করব। কোন জীনাত মহল এবং কবেকার জীনাত মহল? আমরা ইচ্ছে করলে বিরাশি সালের এই ফেব্রুয়ারি মাসে তাকে অনুসরণ করতে পারি, আবার একাত্তর সালের ঐ আগস্ট মাসেও তাকে অনুসরণ করতে পারি। বিরাশিতে সে রহমতউল্লাহর গুলশানের বাড়ি থেকে বেরিয়েছে, একাত্তরে সে রমনায় অধ্যাপকদের ফ্ল্যাট থেকে বেরিয়েছে। আশা করি আমাদের স্মরণে আছে যে, একাত্তর সালের ঐ আগস্ট মাসের এক দুপুরবেলায় জীনাত মহলের স্বামী কলিমুল্লাহকে তারই দু'জন ছাত্র ডেকে নিয়ে যায়, আর ফেরে না, জীনাত মহল প্রতিবেশী কাউকে ডেকে পায় না, ভোরে সে বেরোয় এবং রিকশা নেয়; আমরা তার রিকশা মালিবাগের দিকে অগ্রসর বলে জানি। আমরা অবশ্য এখনো জানি না বিরাশি সালে কোন গন্তব্যের দিকে সে ধাবিতা। আমরা হয়তো কেবল এই প্রশ্ন তুলতে পারি যে, ভোরবেলায় রহমতউল্লাহর সঙ্গে ঐ কথাগুলো না হলে এভাবে জীনাত মহল এখন বেরুতো কি?

প্রবাহিত কাল এবং তাড়িত জীবনের ভেতরে আমরা কোন জীনাত মহলকে এখন অনুসরণ করব ? আমরা কি মর্মাহত হবো উভয় ক্ষেত্রেই ? অথবা, উভয় ক্ষেত্রেই তার ভয়াবহ উদ্বেগকে আমাদেরই বলে অনুভব করে উঠব ? যা কিছুই আমাদের প্রতিক্রিয়া হোক না কেন, আমরা তো নিরাপদেই ফিরে আসব আমাদের এই বর্তমানে।

তবে একটি কথা। কলিমুল্লাহর বড় ভাই রহমতউল্লাহ ঢাকায় আছে, কলিমুল্লাহর শুভ-অশুভ কোনো সংবাদ তারই আগে পাবার কথা, তবু কেন তার কথা একাত্তরের এই আগস্ট মাসে জীনাত মহলের একবারও মনে পড়ল না ? রহমতউল্লাহর কাছেই জীনাত মহলের যাবার কথা প্রথমে, অথচ সে চলেছে এমন একজনের কাছে যে নিকট কোনো আত্মীয় নয়, তার সঙ্গে প্রায়ই দেখা হচ্ছে তাও নয়, তবে ? আমরা কি বিস্মিত হবো, যখন শুনব যে আবদুস সবুরের ঠিকানাও ভালো করে জানে না জীনাত মহল ?

এবং বহু বৎসর পরে মাত্র একবারই তার দেখা হয়েছে আবদুস সবুরের সঙ্গে। সে যে করাচি থেকে বদলি হয়ে এসেছে ঢাকায়, জীনাত জানত না, জানবার কোনো কারণও ছিল না; দেখা হয়ে যায় নিতান্ত আকস্মিকভাবে বাংলা একাডেমিতে একুশে ফেব্রুয়ারির সভায়, সেখানে জীনাত আর কলিম যায় শেখ মুজিব আসবেন শুনে, তাঁর বক্তৃতা ছিল, আর আবদুস সবুর সেখানে উপস্থিত থাকে পেশাগত কারণে, এবং সেখান থেকেই আবদুস সবুরের বাড়িতে তাদের যাওয়া হয়েছিল, মাত্র এই সেদিনের কথা, ছ'মাসও নয়, এখন মনে হয় আরেক জীবনের কথা।

গলিটা আবছা মনে পড়ে জীনাতের, বাড়িটা স্পষ্ট মনে পড়ে, গেটের কাছে কৃষ্ণচূড়ার গাছ ছিল, এখন কি সেই ফুলের মৌসুম ?—জীনাত শূন্য চোখ মেলে চারদিকে তাকায়, এই ক'মাসে ঢাকায় অনেক গাছ মিলিটারি কেটে ফেলেছে, সেই গাছটি কি এখনো আছে ?

নিজের ভাশুর রহমতউল্লাহকে ফেলে দূর সম্পর্কের মামাতো ভাইকে খুঁজছে কেন জীনাত মহল ? আবদুস সবুর একদা জীনাত মহলের জন্য পাগল ছিল, তাকে বিয়ে করতে চেয়েছিল, তাই কি একটা সুযোগ দিতে চায় সে তাকে ? রমণীরা কি তবে দুঃসাধ্যতম কাজটি উদ্ধার করবার জন্যে আপনজনের চেয়ে বঞ্চিত জনের ওপরেই নির্ভর করে থাকে ? অথবা, রহমতউল্লাহকে অবিশ্বাস করে জীনাত, ঘৃণা করে ? ঘৃণা করে, কারণ, রহমতউল্লাহ একাত্তরের সেই মানুষদের একজন, যারা শত্রুপক্ষে যোগ দিয়েছিল ? আর তাই জীনাত তাকে এড়িয়ে যায় ?

সত্য জটিল এবং সত্য সরল।

রহমতউল্লাহ যদি শত্রুপক্ষে থাকত, তাহলে তারই কাছে যেত জীনাত মহল, তারই কথা মনে পড়ত তার প্রথমে।

না, একাত্তরের আগস্টে, এই ভোরবেলায়, স্বামীর সন্ধানে বেরিয়ে জীনাত মহলের মনে পড়বে না তার আপনজনের কথা, বরং তার মনে পড়বে রেডিওতে আবদুস সবুরের কণ্ঠের স্মৃতি, প্রতি সন্ধ্যায় যে বলতে পারে সব কিছু স্বাভাবিক চলছে, যে বলতে পারে বিদেশী সাংবাদিকেরা যে হত্যা ও ধ্বংসলীলার কথা বলছে আসলে তা 'দুষ্কৃতিকারী'দেরই কীর্তি, যে বলতে পারে 'স্বাধীন বাংলা সরকার' কল্পনার ফানুস মাত্র এবং মুক্তিবাহিনীর

অস্তিত্ব ভারতীয় সাংবাদিকদের কলমের ডগায় শুধু, যে বলতে পারে বিপন্ন আর কিছু নয়, বিপন্ন ইসলাম; যে এসব পারে, সে একটি নিখোঁজ মানুষের সন্ধান তো দিতে পারেই, সে মৃতকেও সম্ভবত জীবিত করতে পারে।

অতএব, আমরা বিস্মিত হবো না জীনাত মহলকে আবদুস সবুরের বাড়িতে দেখে।

কিন্তু আবদুস সবুর বিস্মিত হবে এবং প্রীত হবে। সে বড় ব্যস্ত হয়ে পড়বে এবং বারবার বলবে, আর একটু পরে এলেই কিন্তু আমার সঙ্গে দেখা হতো না। আমি এই বেরিয়ে যাচ্ছিলাম। আবার এটাও সে জানিয়ে দেবে শুরুতে যে, এমন সময় এলে, মালেকা দেশের বাড়িতে।

আবদুস সবুরের স্ত্রী বাড়িতে নেই, কাজের ছেলেটিও কিছুদিন থেকে উধাও, একা একটি বাড়িতে তার একদা প্রণয়প্রার্থীর সঙ্গে সে সম্পূর্ণ একা, এই সত্যটি জীনাত মহল একই সঙ্গে অনুভব করবে এবং অনুভব করবে না; বাড়ি ভর্তি মানুষ থাকলেও তার আচরণ আদৌ ভিন্ন হতো না; সে হঠাৎ আবদুস সবুরের হাত টেনে নিয়ে, প্রায় নিজের বুকের ওপর চেপে ধরে বলবে, তুমি ছাড়া আমার কোনো পথ নেই, সবুর ভাই।

বিবাহিত জীবনের সতর্কতাবশত আবদুস সবুর নিজের হাত ঐ বিপজ্জনক অবস্থান থেকে সরিয়ে নেবার চেষ্টা করবে অকস্মাৎ, তারপরই তার স্মরণ হবে যে বাড়িতে কেউ নেই; সে তখন হাতটা ঈষৎ ঠেলে দেবে সমুখে এবং পরমুহূর্তেই অপ্রতিভ হয়ে নিজেকে ছাড়িয়ে নেবে। হাত ঠেলে দেয়া এবং ছাড়িয়ে নেবার অন্তবর্তীকালে, বিদ্যুত ঝলকের চেয়েও সংক্ষিপ্ত সময়ের ভেতরে সে স্মরণ করবে, এমন একটি মুহূর্ত এবং এমন একটি সংলাপের জন্যে একদা সে কী অধীর প্রতীক্ষাই না করত!

জীনাত?

না, আমি কোনো কথা শুনতে চাই না।

জীনাত?

না, আমি তোমার মুখ আর কোনোদিন দেখতে চাই না।

জীনাত?

না, তুমি আর কখনো আমার কাছে আসবে না।

আবদুস সবুর কি সেদিন ঈশ্বরের কাছে দাঁতে দাঁত চেপে প্রার্থনা করে নি, একদিন তাকে যেন আমারই কাছে আসতে হয়?

না, আবদুস সবুরের সে কথা স্মরণ হয় না। কই, সে রকম কোনো প্রার্থনা তো সে করে নি। বরং সে তখন মাটির সঙ্গে মিশে যেতে চেয়েছিল; তার মনে হয়েছিল, তার চেয়ে দরিদ্র আর কেউ নয়, তার চেয়ে অক্ষম আর কেউ নয়, তার চেয়ে অযোগ্য আর কেউ নয়।

না, না, এ স্মৃতিও তার নেই। কই, তার তো মনে পড়ে না নিজেকে সেদিন সে ঘৃণা করেছিল?

বরং সে এখন একটু বিব্রত বোধ করে যে, নিজেকে তার ধনী, সম্পূর্ণ এবং উৎফুল্ল বোধ হচ্ছে। তার কিছুটা অপরাধ বোধ হয়, কারণ জীনাতের অসহায়ত্ব সে লক্ষ না করে পারে না।

সে দ্রুত গলায় বলে, বোসো, তুমি বোসো তো, স্থির হয়ে বোসো; এখানে বোসো।

ডিভানের এককোণে ধপ করে বসে পড়ে জীনাত; এবং ঠিক সেই মুহূর্তে আবদুস সবুর তার প্রথম যৌবন, প্রণয় এবং পাগলামো বিস্মৃত হয়; বর্তমান রাজনৈতিক পট তার সমুখে উন্মোচিত হয়ে যায়; বাস্তবতার ভেতরে নিজেকে সে আবিষ্কার করে এবং 'বিপদ' ও 'উদ্ধার' এই শব্দ দুটিকে ঘরের ভেতরে প্রত্যক্ষ করে।

আবদুস সবুর একটু ঝুঁকে পড়ে জিজ্ঞেস করে, কী হয়েছে বলো তো ? কোনো বিপদ ? তোমার স্বামী কোথায় ?

জীনাত নিজেও অনুভব করতে পারবে না, কিন্তু আমরা দেখব, সে উচ্চারণ করতে অপ্রতিভ বোধ করছে, তবু তাকে বলতেই হবে; এবং সে একটু পরেই বলে, তারই জন্যে তোমার কাছে আসা।

কোথায় সে ?

আমি জানি না।

কোথায় সে ?

তাকে ধরে নিয়ে গেছে।

কে ? আর্মি থেকে ?

না। দুটো ছেলে।

অচিরে, আবদুস সবুর সমস্ত শুনবার পর প্রশ্ন করবে, ছেলে দুটিকে চেনো ?

আগে দু'একবার দেখেছি।

আগে মানে ?

এ বছরের শুরুর দিকে। বা গত বছর।

নাম জানো ?

না।

ছাত্র ?

হ্যাঁ, ছাত্র।

তোমার কি মনে হয়, তারা মুক্তিবাহিনীর ?

জীনাত চমকে উঠে তাকায়; আবদুস সবুর তা লক্ষ করে।

জীনাত মাথা নেড়ে বলে, না, তারা মুক্তিবাহিনীর ছিল না।

কী করে সিওর হলে ?

জীনাত হতবাক হয়ে তাকিয়ে থাকে। এ প্রশ্নের উত্তর দিলে কতটা সে জড়িয়ে পড়বে,

কিংবা আবদুস সবুরের কাছ থেকে সাহায্য পাবার সম্ভাবনা আদৌ থাকবে কিনা, জীনাত নির্ণয় করতে পারে না।

আবদুস সবুর বলে, ধরো যদি তারা মুক্তিবাহিনীর হয়, যদি তারাই তোমার স্বামীকে ধরে নিয়ে গিয়ে থাকে ?

জীনাত আবারো মাথা নেড়ে বলে, না।

তাহলে ? হতাশ ভঙ্গিতে দু'হাত ওল্টায় আবদুস সবুর।

এবং জীনাত মহল তখন কিঞ্চিৎ ঝুঁকি নিয়ে বলে, কী বলছ তুমি, সবুর ভাই ? তুমি জানো না যে আজকাল এভাবে আসে, বেল বাজায়, ডেকে নিয়ে যায়, লোকটা আর ফেরে না। তুমি শোনো নি ?

শুনেছি।

শুনেছ ? তবে ?

শুনেছি, মুক্তিবাহিনীর ছেলেরা আজকাল ঢাকায় এভাবে মানুষ মারতে শুরু করেছে।

জীনাত একটি অসম্ভব দরোজার সমুখে নিজেকে আছাড় খেতে দেখবে। জীনাত বলতে যাবে যে, মুক্তিবাহিনীর ছেলেরা যাদের মারছে তারা শত্রু এবং কলিম তা নয়; জীনাত বোঝাতে চাইবে যে, মুক্তিবাহিনীর ছেলেদের অভিযান পদ্ধতি ভিন্ন, বেল বাজিয়ে প্রাইভেট গাড়িতে তুলে নিয়ে যারা যায় তারা অন্য বাহিনীর ছেলে, মিলিটারি তাদের হাতে রাইফেল দিয়েছে, আর দিয়েছে অবাধ খুনের লাইসেন্স; কিন্তু জীনাত নিজেকে সামলে নেবে।

আবদুস সবুর বলবে, মুক্তিবাহিনীর ছেলে ছাড়া আর কে তোমার স্বামীকে ডেকে নিয়ে যাবে ? তুমি হয়তো অনেক রকম গল্প শুনবে, আমি তোমাকে বলছি, সরকার যে বাহিনী গঠন করেছেন তার ভেতরে আমাদেরই ছেলেরা আছে, দেশপ্রেমিক ছাত্র আছে, তরুণ আছে; তারা আর্মিকে প্রয়োজনে সাহায্য করবে, এই মাত্র; তাদের ওপর কোনো হুকুম নেই। কাউকে এভাবে ধরে নেবার, বা মেরে ফেলবার। এ রকম ধরে নিয়ে যাবার একটিও ঘটনা ঘটে নি; যদি কিছু শুনে থাক, গুজব শুনেছ; গুজবটা ইন্ডিয়া ছড়াচ্ছে।

জীনাত মহলের ইচ্ছে করবে তখন আবদুস সবুরের গালে প্রচণ্ড চড় বসিয়ে দিতে, কিন্তু সে নিজেকে এবারো সামলে নেবে।

আমরা দেখব, আমরা এখানকার এই দূরত্বে দাঁড়িয়ে আজ বিস্মিত বোধ করলেও, সেদিন আমরা স্বাভাবিকভাবেই অবলোকন করব যে, অবিলম্বে জীনাত গিয়ে আবদুস সবুরের হাঁটুর ওপর মাথা রেখে ফুঁপিয়ে ফুঁপিয়ে কেঁদে উঠল।

আমি কিছুই জানি না, আমি কিছুই জানতে চাই না, সবুর ভাই, তুমি ওকে ফিরিয়ে এনে দাও, তুমি পারবে; আমি জানি তুমি পারবে।

তার হাঁটুর ওপরে হাত রাখবার সঙ্গে সঙ্গে আবদুস সবুর দু'হাতে জীনাতকে জড়িয়ে ধরেছিল; আবদুস সবুর এখন উদ্‌ভ্রান্ত বোধ করে, এক বার তাঁর পিঠে সান্ত্বনার মৃদু চাপড় দেয়, আবার তাকে আকর্ষণ করে পায়ের ওপর দাঁড় করিয়ে দেবার জন্যে, মাংসের এই কোমলতা অচেনা ও অপ্রত্যাশিত মনে হয় একবার, আবার তাঁর ধারণা হয় সে নিজেই

নিজের কাছে ভিন্ন এক ব্যক্তিতে কখন রূপান্তরিত হয়ে গেছে। দুহাতে সে জীনাতের মুখ হাঁটুর গহ্বর থেকে খনন করে তোলে এবং স্খলিত গলায় বলে, তুমি কেঁদো না, তুমি কাঁদলে আমার খারাপ লাগে।

উত্তোলিত জীনাতের মুখ বেয়ে অবিরল ধারায় অশ্রু গড়িয়ে পড়ে।

কে এই রমণী ? এখন কোন কাল ?

আমি কি তবে সারাটা জীবন শুধু কাঁদব, জীনাত ?

কেন কাঁদবে ?

কেন কাঁদব তুমি জানো না ?

না। আমি জানতেও চাই না।

কত নিষ্ঠুর তুমি হতে পার।

তোমার জন্যে কিছু করতে পারলাম না বলেই নিষ্ঠুর বললে।

আবদুস সবুর জীনাতের মুখ থেকে হাত সরিয়ে নেয়, পর মুহূর্তে আবার হাত রাখে এবং সে নিজেও ভালো করে বোঝে না যে, জীনাতের মুখ সে এখন অতীতের হাত দিয়ে স্মৃতির ভেতরে ঠেসে ধরে।

আবদুস সবুর স্খলিত গলায় বলে, তোমাকে তো কখনো কাঁদতে দেখি নি।

জীনাতকে আমরা দেখতে পাই আবদুস সবুরের দিকে তাকিয়ে নীরবে ঈষৎ হাসতে এবং অচিরে জীনাতের কণ্ঠে আমরা লক্ষ করি ক্রন্দন ও অনুনয়ের সম্পূর্ণ বিদায়।

আবদুস সবুরকে আমরা দেখি সেই হাসির সমুখে নরম দেয়ালের মতো দুলে উঠতে এবং আমরা আবদুস সবুরকে লক্ষ করি জীনাতের দৃষ্টিকে অতঃপর ক্রমাগত এড়িয়ে যেতে।

জীনাত দ্রুত স্বাভাবিক করে তোলে নিজেকে, আঁচল দিয়ে অশ্রু মুছে নেয় নিঃশেষে। ডিভানে ফিরে গিয়ে বসতে বসতে জীনাত বলে, তুমি সবই জানো; জানো না ?

রাজনৈতিক পরিস্থিতির দিকে ইঙ্গিত করে সে, গুপ্তহত্যার দিকে সে নির্দেশ করে, ঘাতক বাহিনীর দালালদের দিকে প্রশ্নের আঙুল তুলে স্মিত চোখে আবদুস সবুরের দিকে তাকিয়ে থাকে।

আবদুস সবুর স্বীকারোক্তিসূচক মাথা দোলায় ছোট্ট করে।

সব খবরই তো পাও, পাও না ?

কিছু কিছু।

ঐ ছেলে দুটো রাজাকার, বুঝতে পারছ না ?

হতে পারে।

ওরাই ওকে নিয়ে যায়।

ভাবনার কথা।

জীনাত মহল নিজেই জানে না যে সে ক্রমশ আবার অনুভব করছে একদা সেই আধিপত্য

একটি যুবকের ওপর। জীনাত এখন এ সম্পর্কে সচেতন নয়; জঙ্গলে, আমাদের বোধ নয়, রক্তই এগিয়ে নিয়ে যায়।

তুমি বসে থেকো না, তুমি একটা কিছু কর।

আবদুস সবুরকে ব্যস্ত দেখায়।

তুমিই পারবে।

দেখি, দেখি না?

তোমার সঙ্গে ওদের ওঠা বসা আছে।

কাদের?

আর্মির।

একটু আধটু।

আবদুস সবুর দুর্বল বোধ করতে থাকে, জীনাতকে একবার আঘাত করতে ইচ্ছে হয় তার। জীনাত বলে, একটু নয়, আমি জানি তোমার খুব ভালো জানাশোনা আছে; তুমি ইচ্ছে করলে অনেক কিছু করতে পার।

আবদুস সবুর ভ্রূ গ্রথিত করে জীনাতের দিকে ক্ষণকালের জন্যে তাকায়, জীনাতের অভিব্যক্তি সে পাঠ করতে ব্যর্থ হয়। জীনাতের সংলাপ কি নিতান্তই একটি তথ্য? অথবা, অভিযোগ?

পার না?

আবদুস সবুর একথা উত্তর না দিয়ে জীনাতের সমুখে এসে দাঁড়ায় এবং কিছুকাল স্থির তাকিয়ে থেকে প্রশ্ন করে, তুমি আমাকে একটি কথার উত্তর দাও। তোমার স্বামীর সঙ্গে মুক্তিবাহিনীর কোনো যোগাযোগ আছে?

রক্তেরই অন্তর্গত কণ্ঠস্বর জীনাতকে ফিসফিস করে বলে দেয়, চুপ।

জীনাত পাল্টা প্রশ্ন করে, কেন জিজ্ঞেস করছ?

আমার জানা দরকার।

কেন?

আমার নিরাপত্তার জন্যে।

মুক্তিবাহিনী তোমার কিছু করতে পারে, তাই?

না, আর্মির কথা বলছি।

আর্মি তোমার কী করবে?

করবে না? যদি তারা জানে মুক্তিবাহিনীর সঙ্গে যোগাযোগ আছে এমন লোকের বৌ আমার কাছে এসেছিল, তারা আমাকে সন্দেহ করবে না? মুক্তিবাহিনীর লোকের জন্য আমি কেন ছুটোছুটি করছি, তারা প্রশ্ন করবে না? তুমি চাও, আমার ক্ষতি হোক?

জীনাত হঠাৎ ঠাহর করে উঠতে পারে না, কী তার উত্তর হওয়া উচিত।

আবদুস সবুর দু'হাত মুঠো করে ঝাঁকাতে ঝাঁকাতে বলে, তুমি বুঝতে পারছ না, নেশান কত বড় ক্রাইসিসের ভেতর দিয়ে যাচ্ছে ? দেশকে দু'টুকরো করতে চাইছে ইসলামের শত্রুরা, আর্মিকে কত বিরাট একটা দায়িত্ব পালন করতে হচ্ছে, তাঁরা কোনো চান্স নিতে পারে না, যদি জানে আমার সঙ্গে মুক্তির কোনো কানেকশান আছে, তারা আমাকে স্পেয়ার করবে না, তুমি বুঝতে পারছ না ?— আমি তাদের দোষ দেব না, একটা ইডিওলজি বাঁচিয়ে রাখার জন্যে তারা গাজির মতো লড়াই করছে।

জীনাতের আরো একবার ইচ্ছে করবে আবদুস সবুরের গালে চড় কষিয়ে দিতে, কিন্তু এবারো সে নিজেকে সামলে নেবে। এবং এই মুহূর্তেই সে মনে মনে বলবে, কলিমকে ফিরে পেলে এবার তারা ঢাকা থেকে বেরিয়ে যাবে, মুক্তিযোদ্ধাদের সঙ্গে সরাসরি যোগ দেবে, অস্ত্র হাতে নেবে।

আবদুস সবুর প্রশ্ন করে, কলিম কি মুক্তিবাহিনীর কাজ করছিল ?

জীনাত নির্মলকণ্ঠে মিথ্যা উচ্চারণ করে, না।

কোনো যোগাযোগ ছিল ?

না।

তার ফ্যামিলির কেউ মুক্তিবাহিনীতে গেছে ? তোমার এক দেবরকে দেখেছিলাম বাংলা একাডেমিতে, সে কোথায় ?

জীনাত অকম্পিত কণ্ঠে উচ্চারণ করে, সে দেশের বাড়িতে।

ভ্রূ তোলে আবদুস সবুর। আমাদের হয়তো স্মরণ হবে, সে এমন একটি সময় ছিল যখন আমরা অভিধানের অর্থে সব সময় কথা বলতাম না, আমরা এবং আমাদের প্রতিপক্ষ, উভয়েই। সীমান্ত পার হয়ে গেছে অর্থে আমরা তখন 'দেশের বাড়িতে' ব্যবহার করেছি।

দেশের বাড়িতে ? প্রতিধ্বনি করে ওঠে আবদুস সবুর।

জীনাত বলে, বিশ্বাস হচ্ছে না ? তোমার স্ত্রীও তো দেশের বাড়িতে গেছে বললে, তার মানে কি সে ভারতে গেছে ? না, মুক্তিবাহিনীতে যোগ দিয়েছে ?

তীক্ষ্ণ চোখে তাকিয়ে থাকে আবদুস সবুর; শূন্য চোখে জীনাত তার দৃষ্টির মোকাবেলা করে; আবদুস সবুর হঠাৎ অপ্রত্যাশিতভাবে হেসে ফেলে। তারপর দ্রুত সে হাসিটিকে বিদায় করে দেয় এবং বলে, তোমার তো খুবই বিপদ দেখছি, কিছু না করলে চলে না অথচ কী করি ? চিন্তিত মুখে উঠে দাঁড়ায় সে। আচ্ছা দেখি, কর্নেল হামজার সঙ্গে একবার কথা বলে দেখি।

কোনো কোনো পরিস্থিতিতে কোনো কোনো নামের উচ্চারণ সংকেতের মতো শোনায়, পেটা ঘণ্টার মতো বেজে ওঠে, গুপ্ত এক মন্ত্রের মতো ক্রিয়া করে— যেমন একদা পোল্যান্ডে কোনো জার্মান নাম, দক্ষিণ আফ্রিকায় ওলন্দাজ নাম এবং একাত্তরের বাংলাদেশে এইসব নাম। নামটি উচ্চারিত হবার সঙ্গে সঙ্গেই জীনাতের মনে হয়, এমনো তো হতে পারে— কলিম পাশের ঘরেই আছে এবং এই এসে দরোজায় দাঁড়িয়ে বলবে, জীনাত আমি এসেছি।

আবদুস সবুর বলে, তুমি এখন কোথায় যাবে ? বাসায় ?

আমি তোমার সাথে আসব ?

না, না। আমি কথা বলে নিই প্রথমে। তোমাকে খবর দেবার হলে পাব কোথায় ? তোমার বাসায় ফোন আছে ?

ছিল, এখন নেই।

তাহলে ?

জীনাত একটু ইতস্তত করে বলে, আমি যদি তোমার বাসায় অপেক্ষা করি ?

চকিতে ফিরে তাকায় আবদুস সবুর।

এখানে ? হ্যাঁ, এখানে থাকতে পার। হ্যাঁ, তাই থাক। আমার মনে হয় তোমার আজ বাসায় ফিরে না যাওয়াই ভালো হবে।

হঠাৎ জীনাতের মনে হয়, যদি কলিম ফিরে আসে বাসায় ? সে লাফ দিয়ে উঠে দাঁড়ায়।

কী হলো ?

বাসায় তালা দিয়ে এসেছি। ও যদি আসে ?

আবদুস সবুরের চেয়ে ভালো করে কেউ জানে না যে কলিম আর ফিরে আসবে না, আর যদি নিতান্তই আয়ু থাকে তার, এত শিগগির ফিরে আসবে না। এমন কি এখনই সে মনে মনে আন্দোলন শুরু করেছে— কর্নেলকে বিরক্ত করা উচিত হবে কিনা তার।

জীনাতের দিকে সে তাকায়। সে লক্ষ করে, তিন বছর আগে যে জীনাতকে সে জানত, বিবাহ সেই জীনাতকে আরো রূপবতী করেছে। আবদুস সবুর তার মনের মধ্যে বিক্ষিপ্ত কতগুলো ভাবনার ধাতব সংঘর্ষ অনুভব করতে থাকে।

আবদুস সবুর বলে, ইচ্ছে করলে বাসায় ফিরে যেতে পার। তবে এখানে যদি থাক, আমি খবরটা পাবার সঙ্গে সঙ্গেই দিতে পারতাম। দরকার হলে তোমাকে এসে নিয়েও যেতে পারতাম। কী করবে ?

জীনাত আবার ডিভানের ওপর বসে পড়ে।

৯

দুপুর বারোটার দিকে রহমতউল্লাহর ফোন আসে সেলিমের দোকানে।

তোমার ফোন করার কথা, করলা না ?

কী বিষয়ে ?

সেলিম অনুধাবন করতে পারে না রহমতউল্লাহর উদ্বিগ্ন এই কণ্ঠস্বর, রহমতউল্লাহ অপর প্রান্তে কিছুক্ষণ নীরব থাকে; এবং তখন সেলিমের কুয়াশা কেটে যায়; সে অনুভব করে যে জীনাত মহলের প্রসঙ্গে খবর আশা করছে তার বড়ভাই; কিন্তু কথা ছিল, দিনমানে খবর নিয়ে জানাবার।

সেলিম প্রথম আবার কথা বলে। ফোন করব, খবর পেলে তো করব ?

দেখা হয় নাই ?

না।

কী কও ? কলেজে গিছলা ?

কলেজে উনি যান নি। আমি চিঠি লিখে এসেছি, এলেই যেন আমাকে ফোন করেন।

রহমতউল্লাহ উত্তপ্ত কণ্ঠে শাসন করে ওঠে, আহ, ফোনে এইসব কথা হয় ? তোমার আক্কেল কী ?

না, সে আমি পরিষ্কার লিখে দিয়ে এসেছি, দেখা করলে ভালো হয়। দেখা যদি নাই করতে পারেন, ফোন করলে আমি যাব।

কলেজে যায় নাই, এ তো আরেক চিন্তা হয়ে গেল, সেলিম।

এখন তো আমারই চিন্তা হচ্ছে।

কথাটা সেলিম বলে বড়ভাইকে নিতান্ত খুশি করবার জন্যে নয়, সত্যি সত্যি সেও এখন ভাবিত হয়ে পড়েছে; যে-জীনাতকে এতকাল সে জেনেছে, যে-জীনাত নিয়ে আর কোনো বিস্ময় নেই বলে স্বীকৃত, তাকে এখন অকস্মাৎ অচেনা মনে হচ্ছে তার; স্মৃতির ভেতরে আলোড়ন অনুভব করছে সে এবং মাঝে মাঝে হৃৎস্পন্দন দ্রুততর বলে বোধ করছে, নিজের।

রহমতউল্লাহ অপর প্রান্ত থেকে হঠাৎ প্রশ্ন করে, এ দিকে কী রকম বোঝো ? হাওয়া কী ?

কার কথা বলছেন ?

দেশের কথা জিজ্ঞাস করি। কিছু শোনো টোনো ?

না, তেমন কিছু না। তাছাড়া আজকাল তো আমি পলিটিক্স ছেড়ে দিয়েছি।

হুম।

আপনি চিন্তা করবেন না।

চিন্তা করব না, কও কী ? টুকটাক করে খাই, যদি মূল ধরে টান দেয় ?

না, সে কথা বলছি না। ভাবিকে আমি জিজ্ঞেস করে আজই আপনাকে জানাব, আপনি চিন্তা করবেন না।

ও। আচ্ছা। আচ্ছা।

রহমতউল্লাহ ফোন ছেড়ে দেয়। সেলিম তাকিয়ে দ্যাখে দোকানে মধ্যবয়সী দুই বিদেশিনী এসে দাঁড়িয়েছে; সে তাদের দিকে অগ্রসর হয়।

দোকানে পণ্যসম্ভার ঘুরে ঘুরে দ্যাখে বিদেশিনীরা, সেলিম তাদের প্রশ্নের উত্তর দিয়ে চলে, এমন সময় একটি কাণ্ড ঘটে যায়; সকলেই আওয়াজ পেয়ে দরোজার দিকে ঘুরে তাকিয়ে দেখতে পায়, পথে মানুষজন পাগলের মতো ছুটছে আর একটা ছটছট শব্দ হচ্ছে অবিরাম।

নিমিষে পথ ফাঁকা হয়ে যায়।

সমস্ত শব্দ স্তব্ধ হয়ে যায়।

কয়েক মুহূর্তের জন্যে প্রত্যেকেই নিজেদের হৃৎস্পন্দন শুনে বধির হয়ে যায়।

সলিমুল্লাহ একদা যুদ্ধ করেছে, রণাঙ্গনে তার অভিজ্ঞতা আছে, সে বিস্তৃত হেসে বিদেশিনীদের জানায়, ওরা মনে করেছে গুলি চলছে।

তাহলে কীসের শব্দ ?

কিছু না, ম্যাডাম। ইলেকট্রিকের তারে তারে ছোঁয়া লেগে আওয়াজ হচ্ছে, স্পার্ক বেরুচ্ছে।

তাই ?

তাকিয়ে দেখুন।

সত্যি সত্যি তাকিয়ে দেখা যায়, বাইরে, মাথার ওপরে ইলেকট্রিকের তারে তারে স্ফুলিঙ্গ এই উজ্জ্বল রোদেও স্পষ্ট বোঝা যাচ্ছে। জনতাও এতক্ষণে বুঝতে পেরেছে এবং তারা আবার বেরিয়ে আসছে, পথ চলতে শুরু করেছে, পথ আবার মুখর হয়ে উঠছে।

বিদেশিনীরা অবাক হয়ে বলে, আশ্চর্য, এতেই এত ভয় ?

সেলিম উত্তর দেয়, তারা পঁচিশে মার্চ দেখেছে কিনা।

পঁচিশে মার্চ ? সেটা আবার কী ?

বিদেশিনীদের অজ্ঞতাকে ক্ষমা করে দেয় সেলিম, ব্যাখ্যা করে বুঝিয়ে দেয় তাদের, এবং জিনিস কেনাকাটা করে চলে যাবার পর সেলিম যখন নিজের কেবিনে এসে বসে হঠাৎ তার স্মরণ হয়, পঁচিশে মার্চ রাতে তার প্রবল জ্বর এসেছিল, সন্ধে থেকেই বিছানায় শুয়ে কাতরাচ্ছিল সে। তার মাথার ভেতরে অনবরত এখন ভনভন করতে থাকে বিদেশিনীদের প্রশ্নটি, পঁচিশে মার্চ, সেটা আবার কী ?

আমরা অচিরেই দেখতে পাব, সেলিম কোনো কাজেই এখন আর যথেষ্ট মনোযোগ ধরে রাখতে পারছে না; দোকানে সাজিয়ে রাখা পণ্যগুলো তার চোখে দূরের এবং অপরের বোধ হচ্ছে; বাঙালি এক তরুণী আসে এবং তাকে দেখে বাঙালি বলে তার মনে হয় না।

আমরা দেখতে পাব, সেলিম এসে তার দোকানের দরোজায় দাঁড়াবে এবং পথের দিকে তাকাবে; তার মনে হতে থাকবে, এই পথ বড় কোলাহলমুখর এবং তাড়া খেয়ে আবার এসে কেবিনে বসবে। তখন তার খেয়াল হবে যে, দরোজায় দাঁড়িয়েছিল যদি জীনাতকে আসতে দেখা যায় এবং সে বিস্মিত বোধ করবে যে, এখন সে যা কিছুই করছে, না ভেবে করছে এবং কাজটি করে ফেলবার পরই কেবল লক্ষ করতে পারছে যে কাজটি সে করে ফেলেছে।

ভোরের আলো ফুটে উঠবার কিছু আগে গুলির শব্দ থেমে যায়; দগ্ধ নগরীর ওপরে নেমে আসে শঙ্কিত রক্তাক্ত স্তব্ধতা।

জীনাতকে কলেজে টেলিফোন করবে সেলিম; কলেজে তাকে সে পাবে না।

ঢাকা নগরীতে তিন ব্যাটেলিয়ান সৈন্য— একটি সাঁজোয়া বাহিনী, একটি গোলন্দাজ বাহিনী, একটি পদাতিক বাহিনী।

সেলিম তার দোকান এলাকায় পর্যটনের রেস্তোরাঁয় যাবে এবং দুপুরের আহার সারবে সেখানে; পাঁচ ক্যান বাঘ মার্কা বিয়ার সে গলায় ঢালবে এবং নিজেকে সে বলবে, আমি একটু বেশি পান করছি কিন্তু আমার গলা দিয়ে আহার নামছে না, সম্ভবত আমার শরীরটা আজ বিশেষ ভালো নেই।

ইকবাল হলে এক রাতে দুশো ছাত্র নিহত হয়; বিকেলে জ্বর এসেছিল বলে সেলিম হল থেকে বাসায় এসেছিল।

ইকবাল হল আক্রান্ত হয়েছিল ট্যাংক, সাব মেশিনগান আর গ্রেনেড দিয়ে।

কর্মচারীর হাতে দোকান ফেলে রেখে সলিমুল্লাহ্ বাসায় যাবে এখন।

আজ নাও আসতে পারি। তুমি ক্যাশ ক্লোজ করে দিও।

সেলিম বাসায় এসে দেখবে জীনাত মহল লম্বা সোফায় টানটান হয়ে শুয়ে আছে, বুকের ওপর আধখোলা একটি পত্রিকা।

সেলিম কি জীনাতকে ইতিপূর্বে দেখেছে ? সেলিম যেন অচেনা একটি মানুষকে প্রত্যক্ষ করছে নিজের ঘরে; সে হতভম্ব হয়ে দাঁড়িয়ে থাকবে।

বুড়িগঙ্গার পানিতে টানটান হয়ে ভেসে আছে কয়েকটি লাশ, তাদের হাত পেছনে বাঁধা, এক জায়গায় ছ'টি লাশ একসঙ্গে দড়ি দিয়ে বাঁধা, ভেসে যাচ্ছে।

দ্রুত একটি জিপ ছুটে যায়; পেছনে কয়েকটি তরুণ চোখ বাঁধা।

আমি আমার সিপাইদের খুঁজছি। এক দারোগা পুড়ে যাওয়া বাজারের ধোঁয়ার ভেতর দিয়ে ধীর গতিতে হেঁটে যায়। দুশো চল্লিশ জন ছিল, তিরিশজনকে পেয়েছি, তিরিশটি লাশ; আর সবাই ?

স্তূপ হয়ে আছে লাশগুলো; পীলখানায়, রাজারবাগে, সদরঘাটে, নবাবপুরে; ইকবাল হলে, জগন্নাথ হলে, লিয়াকত হলে; কালীবাড়িতে, বাড্ডায়।

মীরপুরের ব্রিজ বন্ধ। ডেমরার ঘাট বন্ধ। সদরঘাটের ফেরি বন্ধ। লক্ষ লক্ষ মানুষ, খালি হাতে, থলে হাতে, মাথায় বস্তা, কাঁধে শিশু; কোথায় তারা যাবে ?

ইংলিশ রোড পুড়ছে, ফ্রেঞ্চ রোড পুড়ছে, নয়া বাজার পুড়ছে, শাঁখারি বাজার পুড়ছে, রায় সাহেব বাজার পুড়ছে, কাওরান বাজার পুড়ছে, পিপল পুড়ছে, ইত্তেফাক পুড়ছে, সংবাদ পুড়ছে, দিনের আলো পুড়ছে, রাতের অন্ধকার পুড়ে যাচ্ছে, নক্ষত্রের সঙ্গে প্রতিযোগিতা করছে সন্ধানী আতশ, বিশ্ববিদ্যালয়ের দেয়ালে দেয়ালে স্লোগানের অক্ষরগুলো গোলার আঘাতে ধ্বসে ধ্বসে পড়ছে।

ভাবি তুমি ? আমি যে তোমাকেই খুঁজছি।

সেলিমের মনে হবে, মিরপুরের ব্রিজের কাছে মিলিটারির বাধা পাওয়া হাজার হাজার মানুষের ভিড়ে জীনাতকে সে এতক্ষণ সন্ধান করছিল।

জীনাত উঠে বসতে বসতে বলে, খুঁজছিস ? হঠাৎ ?

কথা আছে।

কী কথা ?

তোমার কলেজে গিয়েছিলাম, যাও নি, বাড়িতেও ছিলে না, কোথায় গিয়েছিলে ?

জাহান্নামে।

ফাজলামো করো না, খুব দরকারি কথা আছে, আমি তোমাকেই সেই সকাল থেকে খুঁজছি। কোথায় তুমি যেতে চাও, শুনি ?

জাহান্নামে।

আবার ?

বললাম তো, জাহান্নামে। কেন জায়গাটা খারাপ ?

সেলিম জীনাতের পাশে ধপ করে বসে পড়ে বলে, আমার মুখ শুঁকে দ্যাখো, ড্রিংক করেছি, বুঝেছ ? আবোলতাবোল বকবার কথা আমার, যদিও পাঁচ সাত ক্যান বিয়ারে আমার কিছুই হয় না। কিন্তু তুমি এ সব কী বলছ ? মতলবটা কী বলো তো ?

জীনাত সেলিমের পিঠে চাপড় মেরে বলে, এই দুপুরবেলায় ড্রিংক করে এলি কোত্থেকে ?

জাহান্নাম থেকে।

জীনাত হেসে বলে, তাহলে তোর সঙ্গে সেখানে আমার দেখা হতো।

সেলিম অসহিষ্ণু গলায় বলে ওঠে, আচ্ছা, তুমি বলবে তো সেই জাহান্নামটা কোথায় যেখানে তুমি যাচ্ছ ? সাফ সাফ বলো তো, কী হয়েছে, কী বৃত্তান্ত। বড়ভাই আমাকে পাগল করে ফেলল, আচ্ছা বেশ; তাদের না বলো, আমাকে বলো, যাচ্ছটা কোথায় ?

জীনাত এবার গম্ভীর স্বরে উত্তর দেবে, আমরা শুনব, জাহান্নামে।

দ্রুত উঠে দাঁড়াবে সেলিম, দুদিকে হাত ছড়িয়ে বলবে, না, এটা কিন্তু বাড়াবাড়ি হয়ে যাচ্ছে ভাবি। আর ভালো লাগছে না।

স্মিত হয়ে উঠবে জীনাতের চোখ, অবিকল সেই অভিব্যক্তি যা আমরা আজ ভোরবেলায় তাঁর মুখে লক্ষ করেছি রহমতউল্লাহর শোবার ঘরে। এবং সে বলবে, কেন, জাহান্নাম খারাপ কীসে ? সেখানে আগুন আছে। আগুন দাউদাউ করে জ্বলে, অনন্তকাল ধরে জ্বলে, সে আগুনে সমস্ত কিছু পুড়ে যায়, ছাই হয়ে যায়, তবু সে আগুন নেভে না, জ্বলতেই থাকে।

সেলিম যদিও বলছে এবং আমরা শুনেছি, পাঁচ সাত ক্যান বিয়ারে তার কিছুই হয় না, আমরা সন্দেহ না করে পারব না যে তার কিঞ্চিৎ নেশা হয়ে গেছে ইতিমধ্যেই। জাহান্নাম কথাটা তাকে পেয়ে বসেছে।

সেলিম বলে, বড় ভুল ঠিকানায় যাচ্ছ তাহলে।

কেন ?

জাহান্নামের আগুন পোড়ায় কিন্তু ছাই করে না। শোন নি, সেখানে মানুষ কোটি কোটি বছর শুধু পোড়ে, পোড়ে, তবু মুক্তি পায় না ?

আমি তো মুক্তি চাই না, সেলিম। মুক্তির আশা আর করি না আমি।

সেলিম কিছুক্ষণ চুপ করে মেঝের দিকে তাকিয়ে থেকে বলে, সেখানে গেলে আমাকে নিয়ে যেতে পার না ?

তুই ? তুই কেন সেখানে যাবি ? তোর দুঃখ কীসে ? বেশ তো আছিস। কত ভালো আছিস। না ? ঠিক তোর নেশা হয়েছে। নেশাটা কেটে গেলেই দেখবি, চমৎকার আছিস। শুনতাম, দুঃখ ভোলার জন্যেই লোকে নেশা করে, তোর বেলায় উল্টো দেখছি— নেশা করে দুঃখকে দেখছিস।

হঠাৎ সেলিম দু'হাতে মুখ ঢেকে হুহু করে কেঁদে ওঠে।

সেলিম ? সেলিম ?

জীনাত মহল সেলিমের পিঠে হাত রাখে।

অচিরে সেলিম নিজেকে সামলে নেয়, করতল দিয়ে মুখ মার্জনা করে স্বাভাবিক গলায় বলে, কিছু না। হঠাৎ কলিম ভাইয়ের কথা মনে হয় গেল। তারপর সে প্রায় চিৎকার করে ওঠে অন্তবর্তী স্তব্ধতাকে খানখান করে দিয়ে, জানো ভাবি, শালাদের আমি কীভাবে খুঁজেছি ঢাকায় ফিরে ? সেই কসাই দুটোকে ? শুয়োরের বাচ্চা দু'টোকে ? হাতের মুঠোয় পেলে আমি বেয়োনেটের ফলা দিয়ে খুঁচিয়ে তিলে তিলে ওদের বুঝিয়ে দিতাম দালালি কাকে বলে।

সেলিমের হাত এখন রাইফেল ধরবার ভঙ্গিতে মুঠো হয়ে আছে, যেন সে রাইফেলের ডগায় লাগানো আছে বেয়োনেট এবং সেই বেয়োনেটের ফলা অধোমুখী, যেন মাটিতে এই মেঝের ওপরে পড়ে আছে সেই ফলা লক্ষ্যস্থল।

সেলিমের হাত এবং মুঠো শিথিল হয়ে আসে।

সেলিম বলে, ওদের খুঁজে পাবার আগেই আমার রাইফেল একদিন দিয়ে দিতে হয়।

ওরা ক্ষমা পায়।

ওরা বেরিয়ে আসে।

ওরা মিশে যায়।

আমাদের ভেতরে।

কিংবা, আমরাই ওদের ভেতরে।

জীনাত মহলের কথা শুনে চকিত চোখ তুলে তাকায় সেলিম তার দিকে, জীনাতের চোখে স্মিত দ্যুতির প্রসঙ্গ নির্ণয় করতে পারে না সেলিমুল্লাহ।

১০

সেলিমকে অচিরে আমরা দেখব রান্নাঘরে যেতে; সে একটি পরিচ্ছন্ন, স্বচ্ছ, দীর্ঘ, শাদা কাচের গেলাস আনবে; বইয়ের শেলফে গাঁথা ছোট ক্যাবিনেট খুলবে, গেলাসে হুইস্কি ঢালবে, আবার রান্নাঘরে যাবে; গেলাসে ফ্রিজের পানি নেবে, বসবার ঘরে ফিরে এসে

জীনাতের সমুখে বসে ছোট্ট একটি চুমুক দিয়ে নিজের ঠোঁট চুষবে ক্ষণকালের জন্যে এবং সারাক্ষণ তাকে দৃষ্টি দিয়ে অনুসরণ করবে জীনাত।

এতক্ষণ পরে সেলিম বলবে, ভাবি, কিছু মনে করো না। থার্স্টি ফিল করছি।

জীনাত তার দিকে তখনো সেই স্মিত চোখে তাকিয়ে থাকবে।

রক্তের মূল্যেই যদি স্বাধীনতা অর্জন করে নিতে হয়, তো বাংলাদেশ বহু আগেই শতগুণে সেই মূল্য চুকিয়ে দিয়েছে; এবং এটি একাত্তরের আগস্ট মাস।

একজন বিদেশী সাংবাদিক লিখবেন, এশিয়াতে এখন এক মহা বিপর্যয় চলছে, এমন এক তাণ্ডবলীলা চলছে যা আমাদের ভবিষ্যতকে রক্তাক্ত করে রেখে যেতে পারে; কেবল এশিয়ার ভবিষ্যৎ নয়, গোটা পাশ্চাত্য জগতেরও ভবিষ্যৎ; এবং এটি একাত্তরের আগস্ট মাস।

আরো একজন লিখবেন, পোল্যান্ডে নাৎসিদের ঝাঁপিয়ে পড়বার পর বিশ্ব আর এমন অবিশ্বাস্য এবং সুপরিকল্পিত হত্যাযজ্ঞ প্রত্যক্ষ করে নি।

এবং এই আগস্ট মাসেই আরো একজন সাংবাদিক লিখবেন, সারা দেশব্যাপী মৃত্যুর এই ভয়াবহ স্তব্ধতাই কেবল সত্য নয়, বস্তুত নতুন এক সঞ্চরণ ধ্বনি শোনা যাচ্ছে; এবং আমরা জানি এই ধ্বনি গেরিলাদের পদধ্বনি, সেনাবাহিনী থেকে পলাতক বাঙালি সৈন্যদের পুনর্গঠিত হবার প্রাণস্পন্দন।

একজন লিখবেন, দেশের নদীপথগুলো কার্যত এখন গেরিলাদের নিয়ন্ত্রণে।

আরো একজন লিখবেন, দিনে সেনাবাহিনী ভীত সন্ত্রস্ত পাহারা দিয়ে রাখে যে অঞ্চল, রাতে সেখানে পতাকা ওড়ায় গেরিলারা এবং গ্রামবাসীরা তাদের সংবাদ দেয়, খাদ্য দেয়, আশ্রয় দেয়।

এই আগস্ট মাসে আরো একজন বিদেশী সাংবাদিক লিখবেন, ঢাকায় আমি দেখেছি, খবর কাগজের হকার ছেলেরা পত্রিকার সঙ্গে স্বাধীন বাংলা সরকারের ইশতেহার গুঁজে দিচ্ছে। আমি দেখেছি লঞ্চঘাটে সৈন্যদের সমুখে জড়োসড়ো হয়ে বসে আছে যাত্রীরা এবং সৈন্যদের দিকে চোখ রেখে পাশের মানুষটিকে ফিসফিস করে বলছে, ঐ ওখানে গেরিলারা আছে— চোখের নীরব ইশারায় নদীর দূর অপর পাড় চিহ্নিত হচ্ছে মুক্তভূমি হিসেবে।

একজন লিখবেন, এই দেশটিকে গেরিলা যুদ্ধের আদর্শ ভূমি বলা যেতে পারে; রাজনৈতিক পরিস্থিতি এবং ভৌগোলিক বাস্তব উভয়দিক থেকেই। আমার মনে পড়ে যায় দক্ষিণ ভিয়েতনামের মেকঙ বদ্বীপের কথা।

আর, অন্য এক সাংবাদিক লিখবেন, শোনা যাচ্ছে প্রেসিডেন্ট ঢাকা সফরে আসছেন; গেরিলারা সতর্ক করে দিয়েছে যে, কোনো বাঙালি যেন বিমানবন্দরের আশেপাশে না যায়, কারণ তারা, গেরিলারা, সেখানে বিরাট এক হামলা করতে যাচ্ছে ঐদিন। এই সাংবাদিক আগস্টের প্রথম দিনটিতে আরো লিখবেন, ঢাকার ফার্মগেট অঞ্চলে গত শুক্রবার সন্ধ্যায় গেরিলারা অতর্কিত হামলা চালায়; তাদের লক্ষ্য ছিল সেখানে সামরিক স্থায়ী পাহারা

স্থলটি; বহুদূর থেকে গোলাগুলির শব্দ পাওয়া গেছে অনেকক্ষণ পর্যন্ত, এ-কথা আর অস্বীকার করবার উপায় নেই যে, বাঙালি গেরিলারা এখন খোদ ঢাকা নগরীতে যুদ্ধ করে যাচ্ছে।

অতএব, আমরা বিস্মিত হবো না, যখন শুনব আবদুস সবুরকে কর্নেল হামজা বলছে, গাড়ি করে আমিই তোমাদের মালিবাগে দিয়ে আসতে পারতাম, কিন্তু এখানে একটা দরকারে আমাকে থাকতে হচ্ছে।

সময়টা সন্ধের পর, জায়গাটি ক্যান্টনমেন্ট, এবং এখান থেকে মালিবাগ যেতে হলে ফার্মগেট হয়ে যেতে হয়; তেজগাঁ শিল্প এলাকার ভেতরে দিয়েও যাওয়া যায়, কিন্তু তার পুব দিকে বিরাট জলাভূমি এবং সেখানে ঘন অন্ধকার।

ঘণ্টা দুয়েক আগে জীনাতকে নিয়ে আবদুস সবুর এসেছিল কর্নেল হামজার কাছে, মাঝখানে সে জীনাতকে কর্নেলের কাছে রেখে উঠে গিয়েছিল, বলে গিয়েছিল সামরিক জনসংযোগ বিভাগের মেজর সালিকের সঙ্গে একটু দরকার আছে, কিন্তু আমরা জানি যে তার কোনো দরকার ছিল না, জীনাতকে নিয়ে ঘরে ঢুকবার সঙ্গে সঙ্গে আবদুস সবুর কর্নেল হামজার চোখে যে উজ্জ্বলতা লক্ষ করেছিল তাতে তার মনে হয়েছিল, জীনাতকে কিছুক্ষণের জন্যে তার সঙ্গে একা রেখে না গেলে কর্নেল রুষ্ট হতে পারে।

আমরা এবারো বিস্মিত হবো না, যখন শুনব কর্নেল হামজাকে আবদুস সবুর বলছে, আপনি কষ্ট করে গাড়ির ব্যবস্থা করবেন না, আমরা মোড় থেকে রিকশা অথবা স্কুটার নিয়ে নেব।

আবদুস সবুরকে নিয়ে কর্নেল বেরিয়েছিল মেসের গাড়ি-বারান্দায় ড্রাইভারসহ কোনো খালি গাড়ি আছে কিনা দেখতে। আবদুস সবুর জানে মাত্র দুদিন আগেই একটি প্রাইভেট গাড়ির ওপর হামলা হয় সাত মসজিদ সড়কের ওপর এবং প্রাইভেট গাড়িটি ব্যবহার করছিল সিগন্যালের একজন অফিসার, শাদা পোশাকে।

সিওর ? ট্রান্সপোর্ট লাগবে না ? কর্নেল হামজা বারান্দার ওপর দাঁড়িয়ে যায়।

আবদুর সবুর হঠাৎ শৈত্য অনুভব করে, কর্নেল নিশ্চয়ই জীনাতের প্রতি খুব প্রীত আছে, নইলে বারবার কেন গাড়ির কথা বলবে ? কতক্ষণ সে বাইরে ছিল ? বড় জোর এক ঘণ্টা ?

কর্নেল হামজা বলে, তোমার ভগ্নিটি রূপসী বটে।

আবদুস সবুর প্রতিধ্বনি করে, হ্যাঁ, রূপসী।

বিস্ময়কর।

আমি জানি।

আমি তো প্রথমে বাঙালি মনেই করি নি।

হ্যাঁ, বাঙালি তাকে মনে হয় না।

এরকম হয় ? না। ব্যতিক্রম ?

এরকম আছে, আছে বৈকি, কিছু কিছু আছে।

আবদুস সবুর মনের মধ্যে শূন্যতা অনুভব করে, তাই সে লক্ষ করে না যে কর্নেলের কথার প্রায় অবিকল প্রতিধ্বনি করে চলেছে সে। কিন্তু কেন সে শূন্যতা অনুভব করে ? সে কি জানত না ক্যান্টনমেন্টে জীনাতকে নিয়ে যাচ্ছে ? এবং সেখানে যে-কোনো কিছু ঘটতে পারে ? এমনকি সে নিজেই তো কর্নেলের কাছে জীনাতকে একা রেখে, একটা অজুহাত তুলে, বাইরে এক ঘন্টা কাটিয়ে ফিরে এসেছে এখন। সে নিজেই কি জীনাতকে তুলে দিয়ে আসে নি ? তবে, এখন এই শূন্যতার কারণ ?

কর্নেল কি জীনাতকে ব্যবহার করেছে ? আবদুস সবুরের স্নায়ু ঝিমঝিম করতে থাকে।

কর্নেল হামজা হেসে বলে, আমি তোমার ভগ্নির সঙ্গ উপভোগ করেছি।

কী অর্থ হতে পারে এই 'উপভোগ' কথাটির ? আবদুস সবুর পরীক্ষামূলকভাবে কর্নেলের দিকে তাকিয়ে নিঃশব্দে একটু হাসে এবং যখন তার প্রতিফলন ফুটে ওঠে কর্নেলের চেহারায়, তখন সে নিজেকে নিরবলম্ব বোধ করে ওঠে।

কর্নেল বলে, তোমারা ভগ্নিকে দেখবার পর, এখন আমি জানি যে, বাঙালিরা সবাই হিন্দু থেকে এক পুরুষের মুসলমান নয়। আমি নিশ্চয় করে বলতে পারি, তোমার ভগ্নিটির শরীরে পশ্চিমের রক্ত আছে, খাঁটি ইসলামি রেসের রক্ত আছে এবং এরাই আগামীতে মহৎ জননী বলে সম্মানিত হবে।

আবদুস সবুরের আর কোনো সন্দেহ থাকে না যে, জীনাতকে মহৎ জননীতে রূপান্তরিত করবার প্রক্রিয়াটি কর্নেল হামজা নিজেই সূচিত করে দিয়েছে আজ সন্ধ্যায়।

ঠিক তখন আবদুস সবুরের পিঠে প্রচণ্ড থাবড়া দিয়ে কর্নেল বলে ওঠে, আমি তার প্রেমে পড়তে পারতাম। আমি কিছুক্ষণ ধারণাটি নিয়ে খেলা করলাম এবং অবশেষে তোমাকে বঞ্চিত না করবার সিদ্ধান্ত নিলাম। আশা করি, আজ তোমাদের আনন্দে কাটবে এবং সাবধানে থেকো, আমি সিদ্ধান্তটি পরিবর্তন করতেও পারি।

হা হা করে হাসতে থাকে কর্নেল হামজা।

আবদুস সবুর কিছুটা নিশ্চিন্ত বোধ করে; কিছুটা, এবং মনের প্রধান অংশ জুড়ে তখনো শূন্যতা শৈত্য বিস্তার করে রাখে।

ততক্ষণে কামরার দরোজায় এসে গেছে তারা এবং সেখানে নতমুখে বসেছিল জীনাত মহল। সে তৎক্ষণাৎ উঠে দাঁড়ায় এবং তাকে দেখেই যেন স্মরণ হয় এমন দ্রুততার সঙ্গে কর্নেল হামজা আবদুস সবুরকে বলে, হ্যাঁ, হ্যাঁ, আমি তোমার ভগ্নিকে বলেই দিয়েছি তার স্বামীর প্রতি কোনো অত্যাচার যেন না করা হয়, কাগজপত্র চেয়ে পাঠিয়েছি এবং সে আগামী পরশুর ভেতরেই মুক্তি পেয়ে যাবে।

কর্নেল জীনাতের উদ্দেশে এবার বলে, আপনি আমাকে ফোন করবেন, জীনাত বেগম।

জীনাত চকিত চোখে কর্নেলের দিকে একবার তাকায় এবং সেটা লক্ষ করে আবদুস সবুর, এই দৃষ্টির কী অর্থ হতে পারে তার বোধগম্য হয় না, তার স্নায়ু সম্পূর্ণ অবশ হয়ে আসে।

আমরা কি আবদুস সবুরের এই প্রতিক্রিয়া লক্ষ করে তাকে করুণা করব ? তার প্রতি ক্রুদ্ধ বোধ করব ? না, তাকে ঘৃণা করব ? ঘৃণা করা সবচেয়ে সহজ, ক্রুদ্ধ হওয়াও খুব কঠিন

নয়, কিন্তু করুণা নয়, করুণা তাকে আমরা কিছুতেই করব না, অথবা বলা ভালো করতাম না, একাত্তরে, আগস্ট মাসে। কিন্তু এখন ? এ বিরাশির ফেব্রুয়ারিতে ? করুণা তো সহানুভূতির জননী, এবং সহানুভূতি কবর দিয়ে দেয় ক্রোধ এবং ঘৃণাকে। আমরা অনেকেই বরং এখন আবদুস সবুরকে প্রশংসা করব যে সে একজন অধ্যাপকের প্রাণ বাঁচাবার উদ্যোগ নিয়েছিল, আমরা অনেকেই বিশ্বাস করব না যে জীনাতকে সে কর্নেলের সঙ্গে একা ফেলে রেখে চলে গিয়েছিল, আমরা তো প্রতিবাদ করে উঠব, যদি কেউ আমাদের বলে যে, কর্নেলকে খুশি করবার গোপন একটি ইচ্ছেও তার অন্তরে ছিল, আমরা 'এ অসম্ভব' বলে চিৎকার করে উঠব এখন, যদি বলি, জীনাতকে সে সেই সন্ধ্যেয় চেয়েছিল নষ্ট হয়ে যাক, তাহলে রাতে তাকে নষ্ট করবার গ্লানি বা সংকোচ তাকে পোহাতে হয় না।

কিন্তু আবদুস সবুর কি সত্যি সত্যি চেয়েছিল কলিমুল্লাহর মুক্তি ? যদি উত্তর এই হয় যে, হ্যাঁ, সে চেয়েছিল, তাহলে প্রশ্ন ওঠে কলিমুল্লাহর অস্তিত্ব তার কাছে আদৌ প্রত্যক্ষ ছিল না, কলিমুল্লাহ একটি নাম মাত্র তার কাছে, সেই কলিমুল্লাহকে বাঁচাবার জন্যে যদি সে ব্যাকুল হয় তাহলে আর দশটা বাঙালির জীবন, পুরো বাঙালি জাতিটাকে বাঁচাবার জন্যে সে আকুল হয়ে উঠত না কি ? আর যদি আপনারা বলেন কলিমুল্লাহ নয়, জীনাতের জন্যেই জীনাতের স্বামীকে সে বাঁচাতে চেয়েছিল, তাহলে আরেকটি প্রশ্ন করা যায় নাকি যে, জীনাতকে তাহলে কর্নেলের কাছে কেন সে একা রেখে গিয়েছিল নষ্ট হয়ে যাবার সম্ভাবনার মুখে ?

এই দূরত্বে দাঁড়িয়ে আমরা এসব প্রশ্ন নিয়ে খেলা করতে পারি, কারণ আমরা ভুলে গিয়েছি যে একাত্তরের সেইসব দিনগুলোতে মানুষ, বাড়ি, মনুষত্ব, এসবের চেয়ে অনেক বড় মাত্রায় ক্ষতি হয়েছিল বাস্তবতার; বাস্তবতাই ছিল মূল নিহত, এবং অবরুদ্ধ ভূখণ্ডে, বিশেষ করে রাজধানীতে এবং বিশেষ করে প্রতিপক্ষ ও তাদের সহযোগীদের কল্পনা, আরচণ ও প্রতিক্রিয়া, নিহত সেই বাস্তবের জায়গায় ক্রমশ অবাস্তবতা এসে জায়গা করে নেয়; তখন সমস্ত কিছুই সংখ্যা, সমস্ত কিছুই আঁকিবুঁকি এবং সমস্ত কিছুই রক্তহীন পদার্থে পরিণত হয়ে যায়। মৃত্যুও অবাস্তব হয়ে যায়, নীতি অবাস্তব বলে বোধ হয় এবং তাই, শেষ পর্যন্ত আত্মসমর্পণের দিনেও আমরা প্রধান সেনাপতিকে দেখতে পাই লাল সাটিনের ড্রেসিং গাউন পরে বিস্তারিত প্রাতরাশ করতে এবং রেসকোর্সের ময়দানে পত্র-স্বাক্ষর করবার পর ক্যান্টনমেন্টে ফিরে গিয়ে বিজয়ী সেনাপতির কাছে অশ্লীল চুটকি বলতে।

ফেরার পথে আবদুস সবুরের কানে কর্নেল হামজার সেই হা-হা হাসি শতগুণ হয়ে বাজতে থাকে, আমরা এখন জানি, অশ্লীলতাটুকু সে এখন এই একাত্তরে অনুভব করতে পারবে না। কিছুক্ষণ আগে আমরা একটি প্রশ্ন দেখতে পেয়েছিলাম— আবদুস সবুরের শূন্যতা বোধ করবার কারণ কী ?

আমি আপনাদের আরো একবার স্মরণ করতে বলি, সেই যেখানে, আবদুস সবুর কর্নেল হামজার দিকে তাকিয়ে পরীক্ষামূলকভাবে একটু হাসে এবং দেখতে পায় অবিকল প্রতিরূপ সৃষ্টি করে কর্নেলও নিঃশব্দে হাসছে। আপনাদের কি স্মরণ হয়, আবদুস সবুর তখন নিরবলম্ব বোধ করেছিল ?

শূন্যতা, শৈত্য এবং অবলম্বনহীনতা, এ সবই একটা মনোভাবের সন্তান ছিল তখন, জীনাতের মাংস অধিকার করতে চায় সে, কিন্তু মনের মধ্যে যথেষ্ট শক্তি অনুভব করে না। প্রথমবার সে শৈত্য অনুভব করে, কারণ তার অবচেতন মনে, ভোরবেলায় তার বাড়িতে যখন জীনাতের মুখ দুহাতে ধরেছিল, যে শীতল বলে তার দেহকে মনে হয়েছিল, সেই শৈত্য ফিরে আসে। সে শূন্যতা অনুভব করে, কারণ তার আশঙ্কা হয় কর্নেল যদি আদেশ করে যে রমণীটিকে সম্পূর্ণ আমার জন্যে রেখে দেবে। সে নিরবলম্ব বোধ করে, কারণ তখন তার মনে হয় যে কর্নেল জীনাতকে ব্যবহার করেছে, সে নিজেও এখন অগ্রসর হতে পারবে, কিন্তু সেই একদা প্রেম পায়ের নিচে মাটি দুলিয়ে দিচ্ছে। সে শেষ পর্যায়ে নিশ্চিন্ত বোধ করেছিল, কারণ, আর কিছু না হোক, কর্নেলকে খুশি করতে পেরেছে। এবং বিদায় নেবার সময় জীনাত ও কর্নেলের দৃষ্টি বিনিময় দেখে যে তার স্নায়ু অবশ হয়ে এসেছিল তার কারণ, হঠাৎ তার এই আতঙ্ক যে, এরপরও যদি জীনাতের দিকে সে অগ্রসর হয় তাহলে কর্নেলের প্রীতি নির্মম ক্রোধে রূপান্তরিত হয়ে যাওয়াই সম্ভব।

মোড়ে স্কুটার নিয়েছিল আবদুস সবুর; স্কুটারের অস্বাভাবিক শব্দের জন্যে, পথে কোথাও গেরিলা হামলা হয়ে যায় যদি— সেই তীব্র শঙ্কার জন্যে, চুপ করে বসেছিল সে জীনাতের পাশে, বাসায় ফিরেও উচ্চারণ খুব সহজ নয় বলে সে দেখতে পায়।

জীনাত বলে, আমি এখানে এলাম কেন ? আমি বরং জিন্দাবাহারে দাদার কাছে যাই।

আবদুস সবুর বিন্দুমাত্র সময় ব্যয় না করে বলে, কর্নেল সাহেব বলেছেন, কলিম হয়তো আগেও ছাড়া পেতে পারে, তোমাকে হাতের কাছে থাকতে, তাছাড়া আর বিশ-পঁচিশ মিনিট পরেই কারফিউ শুরু হয়ে যাবে। আবদুস সবুরের অনুতাপ হয় যে কারফিউয়ের কথাটা আগে মনে এলেই আগের মিথ্যেটুকু বলতে হতো না।

আবদুস সবুর এখনি বিশ্বাস করে যে, কলিমুল্লাহ হয়তো বেঁচে নেই।

এবং কর্নেল হামজা জানে যে, কলিমুল্লাহর খোঁজ নেবার চেয়েও অনেক জরুরি কাজ তার আছে এবং কলিমুল্লাহকে যখন ধরেছে তখন নিশ্চয়ই তার কোনো কারণ আছে, অতএব মিছেমিছি হয়রান হবার কোনো আবশ্যকতা নেই।

আমরা আর কিছুদিনের মধ্যেই একের পর এক গণকবর আবিষ্কার করতে থাকব।

সারাটা রাত জীনাত মহল আবদুস সবুরের বসবার ঘরে সোফার ওপর স্থির বসে থাকবে, সারাটা রাত আবদুস সবুর বারবার উঠে এসে দেখবে তাকে, প্রতিবার জানতে চাইবে, বসে আছে কেন ? আবদুস সবুর প্রস্তাব দেবে, বরং জীনাতই শোবার ঘরে যাক, সে এখানে থাকবে। অবশেষে, শেষ রাতে আবদুস সবুর এসে জীনাতের সমুখে ঠাঁই নিয়ে বসবে।

জীনাত বলবে, আবার উঠে এলে যে ?

একটা কথা। একাত্তরের সেই একেকটি অস্বাভাবিক রাত এবং দূরে হঠাৎ গুলির শব্দ, আবদুস সবুর কিছুক্ষণ উৎকর্ণ থাকে কেন সে-ই জানে, এখন তো কোনো গুলির শব্দ নেই, বলে, আচ্ছা, কর্নেল কি তোমাকে কোনো প্রস্তাব দিয়েছিল ?

জীনাত নীরব থাকে।

না, চুপ করে থেকো না। আমার জানা দরকার।

তুমি শুতে যাও তো।

এড়িয়ে যেও না, আমাকে বলো।

আমি এড়িয়ে যাচ্ছি না।

তাহলে সোজা উত্তর দিচ্ছ না কেন ?

জীনাত সোফা থেকে পা নামিয়ে গুছিয়ে বসে, আবদুস সবুরের দিকে সম্পূর্ণ চোখে তাকায় এবং বলে, প্রস্তাব যদি দিয়েই থাকে, তুমি শুনে কী করবে ? তোমার কি ক্ষমতা আছে ?

আবদুস সবুর চোখ নামিয়ে বসে থাকে কিছুক্ষণ। কী যেন বলবার জন্যে একবার নড়েচড়ে ওঠে, আবার ভালো বুঝে স্থির হয়ে যায়।

জীনাত তখন তীব্র গলায় ফিসফিস করে ওঠে, বলো, তুমি ঠেকাতে পারবে ? বলো ? বলো ?

স্খলিত গলায় আবদুস সবুর বলে, তবু, তবু, শুনিই না ?

কী শুনতে চাও ?

তোমার গায়ে হাত দিয়েছে কি না।

যদি বলি, হ্যাঁ; তুমি বিশ্বাস করবে ?

তুমি তো মিথ্যে বলবে না। কোনো মেয়ে এ মিথ্যে বলে না।

তাই ? তাহলে যারা ধর্ষিতা হয়েছিল, তারা মিথ্যে বলেছিল ?

আবদুস সবুর চমকে তাকায় জীনাতের দিকে।

উত্তর দাও। তাদের কথা বিশ্বাস করো নি কেন তবে ? কেন তোমার মনে হয়েছে যে বিদেশী সাংবাদিকদের কল্পনা সব ? আর, ভারতের মিথ্যা প্রচার ?

চুপ, চুপ কর।

চারদিক সতর্ক দৃষ্টিপাত করে আবদুস সবুর উঠে গিয়ে জানালার কাছে ঘুরে আসে।

জীনাত ভূতগ্রস্তের মতো বলে চলে, ভয় পেলে ? কেউ শুনে ফেলবে ? তোমাকে ধরে নিয়ে যাবে ? তোমার বিপদ হবে ? প্রাণ যাবে ? যাক না। একটা ইডিওলজি বাঁচিয়ে রাখছে ওরা, তোমার আমার প্রাণ তো তুচ্ছ তার কাছে, তাই না ? গাজির মতো লড়ছে, জানো না ? নিজের কথাটাই ভুলে গেলে ? আমাকেই মনে করিয়ে দিতে হলো ?

আবদুস সবুর চাপা গলায় চেঁচিয়ে ওঠে, চুপ কর।

হেসে ওঠে জীনাত বলে, আমি যদি বলি, কর্নেল আমাকে কিছু করে নি, তাও তুমি বিশ্বাস করবে না, সবুর ভাই। কারণ তোমার চেয়ে ভালো করে কে জানে, এখন আমরা কীসের ভেতরে আছি ? বলতে বলতে ঝরঝর করে কেঁদে ফেলে জীনাত, কান্নায় তার কণ্ঠ বিকৃত হয়ে আসে এবং সেই বিকৃত কণ্ঠে সে বলে চলে, কলিম ফিরে আসবে কিনা জানি না, আর কারো স্বামীকে যেন এভাবে আর কোনোদিন কেউ ধরে নিয়ে না যায়।

আব্দুস সবুর হতভম্ব হয়ে বসে থাকে জীনাতের সম্মুখে এবং ক্রমেই তার ধারণা বদ্ধমূল হয় যে, জীনাতকে নিশ্চয়ই কিছু করেছে কর্নেল হামজা, নইলে এই বিকার বা প্রলাপের আর কী ব্যাখ্যা হতে পারে ? কিন্তু তাই যদি হবে, আবদুস সবুর এটাও না গুণে পারে না যে, এত দীর্ঘক্ষণ জীনাত স্বাভাবিক ছিল কীভাবে এবং কেন ?

আবদুস সবুর আবার জিজ্ঞেস করে, কর্নেল কিছু করেছে ?

জীনাত কান্না থামিয়ে আবদুস সবুরের দিকে তাকায়।

আবদুস সবুর বলে, নিশ্চয়ই সে কিছু করেছে, জীনাত।

জীনাত স্থির গলায় উচ্চারণ করে, হ্যাঁ, করেছে।

করেছে ?

হ্যাঁ, সে তোমার মাকে ধর্ষণ করেছে, তোমার বোনকে ধর্ষণ করেছে, তোমার স্ত্রীকে ধর্ষণ করেছে, তোমার ভাইকে হত্যা করেছে, বাবাকে খুন করে ভাগাড়ে ফেলে রেখেছে, তোমার বাড়িতে আগুন দিয়েছে, তোমার সন্তানকে বুটের তলায় পিষে মেরেছে, আর কী জানতে চাও, আর কী করেছে ?

আবদুস সবুর বিস্ফারিত চোখে জীনাতের কথা শোনে, প্রতি মুহূর্তে তার আতঙ্ক লাফিয়ে লাফিয়ে— ওঠে এই বুঝি দরোজায় ঘা পড়ে এবং জীনাত থেমে যাবার পরও সে বহুক্ষণ বাইরের দিকে কান খাড়া করে রাখে। তারপর জীনাতের দিকে দৃষ্টি ফিরিয়ে ঠাণ্ডা গলায় অতি ধীরে উচ্চারণ করে, জীনাত, তুমি মারা যাবে।

কী বললে ?

এক মুহূর্ত তুমি প্রাণে বাঁচবে না।

তুমি মারবে ?

না।

আমাকে ধরিয়ে দেবে ?

তুমি নিজেই ধরা পড়বে।

তখন তুমি ছাড়িয়ে নেবে। তোমাকে দিয়ে তো হবে না, তোমার বৌকে পাঠাবে। পাঠাবে না ? আমার চেয়ে এতই তাকে ভালোবেসেছ যে তাকে লুকিয়ে রাখবে, আর আমাকে জল্লাদের হাতে তুলে দেবে ?

আবদুস সবুর নিঃসংশয় হয়ে যায় যে জীনাত মহলের মস্তিষ্ক বিকৃতি ঘটেছে, সে ভেতরের ঘরে যাবার জন্যে পা বাড়ায় এবং ঠিক সেই মুহূর্তে জীনাত মূর্চ্ছিত হয়ে পড়ে যায়।

১১

সেলিম চোখ মেলে তাকায় এবং কপালের ওপর খুব শীতল বোধ করে। হাত দিয়ে দেখে একখণ্ড ভেজা কাপড়টা হাতে নিতেই তার হাতের ওপর জীনাতের হাত এসে পড়ে এবং তখন স্মরণ হয়, দ্রুত উঠে বসে সে। বলে, সে কী ? আউট হয়ে গিয়েছিলাম।

শুধু তাই নয়, শ্রীমান, বমি করে ঘর ভাসিয়েছ।

ছি, ছি। যাহ, হতেই পারে না।

আমাকে সব ধুতে হয়েছে।

সরি, একসট্রিমলি সরি, ভাবি, আমার কক্ষণো এ রকম হয় না।

রাত সোয়া নটা বাজে।

তাই ? ইস। তোমার তো খুব দেরি হয়ে গেল।

ভেজা রুমালখানা সেলিমের কপালে আবার লাগিয়ে দেয় জীনাত, শাসন করে বলে, শুয়ে থাক। বাহাদুরি দেখা গেছে।

সেলিমের মাথার ভেতরটা চাপা যন্ত্রণায় ভার হয়ে আছে, সে আস্তে আবার পিঠ ঠেকায় খাটের মাথায়, বলে, জানো ভাবি, সেই একাত্তরের কথা মনে পড়ছে। পঁচিশ তারিখে বিকেলবেলায় আমার আমার খুব জ্বর এলো, বাসায় এসে শুয়ে পড়লাম, আমার মাথায় তুমি জলপট্টি দিচ্ছিলে।

কী ভীষণ জ্বর এসেছিল তোর! একশো চার ডিগ্রি পর্যন্ত উঠেছিল।

জ্বরের ভেতরে আমি গুলির শব্দ পাচ্ছিলাম।

আর উঠে উঠে বসছিলি, তোর ভাই বুক দিয়ে ঠেসে ধরে তোকে শুইয়ে দিচ্ছিলেন।

জ্বরের ভেতরে আমি কামানের গোলা স্পষ্ট শুনতে পাচ্ছিলাম।

আর চিৎকার করে জিজ্ঞেস করছিলি, কী হচ্ছে ?

আমার কানের ঠিক পাশে কারা যেন গলা ছেড়ে কেঁদে উঠেছিল।

তুই উঠে দাঁড়াবার জন্যে দু'হাত ছুড়ছিলি। তোর ভাই তোর মুখ চেপে ধরে বুকের তলায় নিয়ে সারারাত শুয়েছিলেন।

আর তোমরা আমাকে কেবলি বলছিলে ও কিছু না, আমি ভুল শুনছি, জ্বরের ঘোরে আমি ভুল আওয়াজ পাচ্ছি।

ভাগ্যিস তোর জ্বর এসেছিল, নইলে তো হলেই রাত কাটাতিস, বাঁচতে পারতিস না।

আমার এখনো মনে পড়ে, শনিবার, সকাল নটা সাড়ে নটা হবে, বাড়ি থেকে সেই বেরিয়ে গেলাম, মেজভাই খুঁজে পেতে শ'দুয়েক টাকা দিলেন, সেই শেষ দেখা।

হঠাৎ উঠে বসে সেলিম, যেন বিদ্যুৎ তাকে স্পর্শ করেছে সহসা।

জীনাতও লাফ দিয়ে উঠে দাঁড়ায়। বলে, কী হলো ?

অনেকক্ষণ তার মুখের দিকে তাকিয়ে থাকে সেলিম। এবং প্রশ্ন করে, ভাবি, তুমি কি আবার বিয়ে করছ ?

কেন জিজ্ঞেস করছিস ? জীনাতের কণ্ঠে একটু আগের সেই স্মৃতিময়তা, সেই কোমলতা এখন এতটুকু আর অবশিষ্ট নেই।

দাঁড়িয়ে থেকো না, তুমি বোসো, তুমি আমার কথার উত্তর দাও।

আমাদের নিঃশ্বাস পতনের শব্দ যেন না হয়, সতর্কতার সঙ্গে আমরাও তার উত্তরের অপেক্ষা এখন করছি।

জীনাত এখন ধীরে ধীরে খাটের প্রান্তে বসবে এবং অসহিষ্ণু হয়ে সেলিম তাকে বলবে, বড়ভাইকে তুমি বলো নি, আমাকে তোমার বলতেই হবে।

কেন, তোর জোর কীসের ?

বাহ, তোমার ওপর আমার কোনো জোর নেই ? তোমাকে একটা কথা আমি জিজ্ঞেস করতে পারি না ? তুমি আমার একটা প্রশ্নের উত্তর দিতে পার না ?

না, কোনো প্রশ্নের উত্তর আমি দেব না।

তবে ?

যা বলতে হয়, আমার ইচ্ছায় আমি বলব।

আর আমি প্রশ্ন করতে পারব না ?

উত্তর শুনলে কষ্ট পাবি, সেলিম। যা বলবার বলব বলেই আমি তোর বাসায় এসে বসেছিলাম, তোর অপেক্ষাই করছিলাম। প্রশ্ন করিস না, দুঃখ পাবি।

তাহলে তোমার কিছু বলে দরকার নেই।

রাগ করে মুখ ফিরিয়ে নেয় সেলিম। জীনাতের একবার স্মরণ হয়, সদ্য আই এ পাশ করা সেলিমকে, তার চোখ মুখ স্মিত হয়ে ওঠে, এবং সেলিম চোখ ফিরিয়ে নীরব হাসিটুকু দেখতে পায়।

আবার হাসছ ?

জীনাত নিঃশব্দে আরো বিস্তৃত হাসি নিয়ে সেলিমকে দেখতে থাকে।

আমরা আর কতক্ষণ অপেক্ষা করব জীনাতের একটি সংবাদের জন্যে ?

জীনাত বলে, বেশ প্রশ্নই কর। আমি উত্তর দেব।

প্রস্তাবটি সঙ্গে সঙ্গে লুফে নেয় না সেলিম, কয়েক মুহূর্ত ইতস্তত করে, জীনাতকে বিবেচনা করে দ্যাখে মনে মনে এবং স্তিমিত গলায় প্রশ্নটি আবার উচ্চারণ করে, তুমি কি বিয়ে করছ ?

হ্যাঁ সেলিম এবং আমরা একই সঙ্গে উৎকর্ণ হয়ে উঠব, শ্বাস পতনের সঙ্গে উচ্চারিত ঐ ধ্বনিটি কি 'হ্যাঁ' অথবা 'না' ?

জীনাত বিনা প্রশ্নেই আবার বলবে, হ্যাঁ, আমি বিয়ে করছি।

সঙ্গে সঙ্গে মুখ ফিরিয়ে নেবে সেলিম, দেয়ালের একটি শূন্যতার দিকে তাকিয়ে থাকবে।

জীনাত বলবে, কেন, আমি কি বিয়ে করতে পারি না ?

সেলিম এর উত্তর দেবে না, মুখও ফিরিয়ে আনবে না।

বল, আমি বিয়ে করতে পারি না ?

তখন সেলিম দেয়ালের দিকে চোখ রেখেই ধীর গলায় বলবে, আমি আজ সকালে বড়ভাইকে নিজেই বলেছি, বিয়ে তুমি করতেই পার। বড় ভাই আমার ওপর খুব রাগ করে ওঠেন, তখন আমিই তো তাকে বলেছি, মুসলমান বিধবার কি বিয়ে হয় না?

তাহলে এখন মুখ ফিরিয়ে রেখেছিস যে? আমার দিকে তাকাতে পারছিস না?

দেয়ালের দিকেই অপলক চোখে তাকিয়ে থাকে সেলিম।

সেলিম?

নীরবতা।

আমাকে ঘৃণা হচ্ছে?

নীরবতা।

আমাকে রাক্ষসী মনে হচ্ছে?

নীরবতা।

তোর ভাইয়ের স্মৃতিকে আমি অপমান করছি বলে তুই মুখ ফিরিয়ে নিয়েছিস?

নীরবতা।

জীনাত সেলিমের হাত ধরে টান দেয়। বলে, সেলিম, তুই আমার দিকে তাকা।

সেলিম দীর্ঘনিঃশ্বাস ফেলে জীনাতের দিকে তাকায় এবং জীনাতের হাতে হাত রেখে বলে, ভাবি, আমি তোমাকে ঘৃণাও করছি না, রাক্ষসীও মনে করছি না, আমি এতক্ষণ শুধু ভাবছিলাম— এতদিন পরে হঠাৎ তুমি এরকম ঠিক করলে কেন, আর কেনই বা তুমি এর কিছুই আমাদের জানতে দাও নি? তুমি কাকে বিয়ে করছ, জানতে পারি?

হ্যাঁ, নিশ্চয়ই।

কে সে?

আবদুস সবুর।

কী? চিৎকার করে ওঠে সেলিম, আবদুস সবুর? তুমি আবদুস সবুরকে বিয়ে করছ, মুক্তিযুদ্ধের এক শহিদের বৌ হয়ে?

স্মিতমুখে চিৎকারের রেশটিকে মিলিয়ে যাবার সময় দেয় জীনাত মহল। তারপর বলে, আমি এক শহিদের বৌ, সে এক শহিদের স্বামী।

তার মানে?

তার বৌ একাত্তরে মারা যায়, গাঁয়ের বাড়িতে।

তাহলে সে মুক্তিবাহিনীর হাতে মারা গেছে।

না, মিলিটারির হাতে।

তাতেই বা কী? তুমি বলো না যে, তুমি আর আবদুস সবুর সমান।

আমি ঠাট্টা করছিলাম। দেখছিলাম, তুই কী বলিস।

হঠাৎ আশা হয় সেলিমের। সে বলে ওঠে, তাহলে আবদুস সবুরকে তুমি বিয়ে করছ না? তাই বলো। আমি তো সত্যি মনে করেছিলাম।

সত্যি এখনো।

অর্থাৎ?

তার বৌয়ের তুলনাটা ঠাট্টা করে দিয়েছি। বিয়ে আমি আবদুস সবুরকেই করছি।

চেহারাটা সম্পূর্ণ বিকৃত করে সেলিম বলে, একটা রাজাকারকে তুমি বিয়ে করছ শেষ পর্যন্ত?

হ্যাঁ, করছি।

এবং সেটা নিজ মুখে বলতে পারছ?

হ্যাঁ পারছি।

উত্তেজনায় সেলিম থরথর করে কাঁপে, কিছুক্ষণ কথা বলতে পারে না, জীনাতকে সেই আগের মতো আবার স্মিত চোখে তাকে অনুসরণ করতে দেখে সে ক্ষিপ্ত হয়ে ওঠে এবং ঘৃণার সঙ্গে উচ্চারণ করে, কী করে একটা রাজাকারকে তুমি বিয়ে করতে পারছ, আমি বুঝি না।

এবং জীনাত উত্তর দেয়, কী করে তোরাইবা রাজাকারকে মাথায় করে রাখতে পারিস, আমি বুঝি না।

তার মানে?

চারদিকে তাকিয়ে দ্যাখ। বলি নি, প্রশ্ন করিস না— করলে, দুঃখ পাবি? রাজাকারকে তোরা ক্ষমা করতে পারিস, আমি পারি না? রাজাকারকে তোরা মন্ত্রী করতে পারিস, আমি স্বামী করতে পারি না? একাত্তরের দালালকে স্বাধীনতার পদক দিতে পারিস, একাত্তরের দালালের গলায় আমি মালা দিতে পারি না? আমি করলেই অপরাধ? আর তোদের বেলায় সেটা উদারতা? আমাকে তোরা মনে রাখতে বলিস, আর নিজেরা ভুলে যাবার জন্য রক্ত ঢেকে রাখিস?

হতবাক হয়ে তাকিয়ে থাকে সেলিম।

বল, কিছু বল, সেলিম? বল, আমারই কি একার সব দায় মনে রাখার?

নীরবে দ্রুত মাথা নাড়তে থাকে সেলিম এবং নিজেই সে জানে না কী করছে, কিছুক্ষণ পরে দুর্বল গলায় সে বলে, ভাবি, তোমার স্বামী মুক্তিযুদ্ধের জন্যে একদিন জীবন দিয়েছিল।

হ্যাঁ দিয়েছিল, যে জীবন দিয়েছিল সে শুধু আমার স্বামী ছিল না, তোরও সে ভাই ছিল। ছিল না? অস্বীকার করবি? ভাই হয়ে তুই ভাইয়ের কথা ভুলে থাকবি, আর আমি তার বিধবা হয়ে তার কথা মনে রাখব? তুই আমাকে এইতো বলতে চাস, আমার স্বামী মুক্তিযুদ্ধের জন্যে জীবন দিয়েছিল, আমি কী করে পারি তার স্মৃতিকে এভাবে ভাসিয়ে দিতে? আমি যদি প্রশ্ন করি, তুই নিজে কি তার স্মৃতিকে ভাসিয়ে দিস নি? যুদ্ধ থেকে

ফিরে এসে, যাদের বিরুদ্ধে তুই যুদ্ধ করেছিলি, তাদেরই মতো কি হয়ে যাস নি ? তুই কি খুন করে বসে নেই এই দেশটার সমস্ত আশা স্বপ্ন ভবিষ্যৎ ? আজ তুই গর্ব করে বলিস পলিটিকস ছেড়ে দিয়েছিস, আজ তুই ব্যবসা করতে নেমে শোষণ করছিস গরিব কারিগরদের, আজ তোর অবসর কাটে মদের আড্ডায়। নিজের দিকে একবার তাকিয়ে দ্যাখ, সেদিনের মুক্তিযোদ্ধা আজ তোর কী চেহারা ? আর তোর মতো যারা নয় তারা কী করছে ? তারা কেউ হাত পা গুটিয়ে বসে আছে, কেউ হাসপাতালে পড়ে আছে, গ্রামের ভাঙা কুঁড়েঘরে শুয়ে আছে, নতুন নতুন দালালের ছুরিতে জীবন দিচ্ছে, কিন্তু কোনো প্রতিবাদ করছে না, উঠে দাঁড়াচ্ছে না, আর দেশ শুধু আশার বাণী শুনছে— এই সামনেই আছে আমাদের সোনার ভবিষ্যৎ। বল, আমাকে বল, আমিই শুধু অপমান করছি মুক্তিযুদ্ধের শহীদের ?

দু'হাতে মুখ ঢেকে বসে থাকে সেলিম।

জীনাত তার মুখ থেকে হাত কেড়ে নেয়।

বলবি তো তোদের ষড়যন্ত্র করে সরিয়ে দিয়েছে ? জিয়া ক্ষমতায় যায় নি ? জিয়ার মতো মুক্তিযোদ্ধা ক'জন ছিল ? সেই তার সমালোচনা কি মানুষ করে নি ? তোরা করিস নি ? তোরা কি বলিস নি, একজন মুক্তিযোদ্ধা ক্ষমতায় গেলে অবস্থার বদল হতো, অথবা জিয়া তো মুক্তিযোদ্ধা ছিল। তবে ? একদিন কি সারা দেশের মানুষ আওয়ামী লীগের দিকে তাকিয়ে থাকে নি ? কোথায় গেল তোদের বড় বড় কথা, আর মোটা মোটা স্লোগান, আর রক্ত দেয়ার স্মৃতি, আর সোনার বাংলার স্বপ্ন ? সব স্লোগান আর স্বপ্ন আর রক্ত বুঝি আমিই একা আগলে বসে থাকব ?

হঠাৎ ক্রিং ক্রিং করে টেলিফোন বেজে ওঠে, দু'জনেই চমকে তাকায় টেলিফোনের দিকে, যেন সমস্ত কিছু ভেঙে খানখান হয়ে যাচ্ছে ঐ আওয়াজে, হাত বাড়িয়েও ফিরিয়ে নেয় সেলিম।

না। আমি জানি কে করেছে। বড় ভাই। তিনি তোমার কথা জানতে চান।

টেলিফোন বেজেই চলেছে।

তোল, কথা বল, বলে দে আমি কী করছি।

সেলিম নিশ্চল বসে থাকে।

কেন ? ভয় করছে ? লজ্জা করছে বলতে ?

টেলিফোন নীরব হয়ে যায়।

আমার জন্যে লজ্জা হয়, নিজের জন্যে হয় না ? আমার জন্যে ভয় করে, দেশের জন্যে ভয় করে না ? কেন করে না জানিস ? একদিন ওরা তোদের হত্যা করেছিল, আর আজ তোরা হত্যা করে বসে আছিস তোদের স্মৃতিকে।

ভাবি।

বল। ডাক দিয়ে চুপ করে গেলি কেন ? স্মৃতিকে আমি হত্যা করলেই অপরাধ ?

সেলিম এ প্রশ্নের জবাব দিতে পারবে না, সেলিম জানবে যে সে একটি নিশ্ছিদ্র দেয়ালের সমুখে এখন দাঁড়িয়ে আছে।

এ আমি স্বপ্নেও ভাবতে পারি না, ভাবি। সেলিম অশান্ত পায়চারি করে ঘরের ভেতরে।

কেন ভাবতে পারিস না জানিস?

সেলিম থমকে দাঁড়ায়।

জীনাত বলে, আমি মেয়ে বলে, কথাটা শুনেই তুই অস্থির হয়ে গেছিস। আমি যদি ছেলে হতাম, তোর চোখেও পড়ত না যে আমি কী করছি। মেয়েদের তো তোরা সম্পত্তির মতো মনে করিস; বাপ-দাদার পুরনো কোনো জিনিসের মতো, যেটা কাজে লাগে না; কিন্তু মানুষকে দেখালে গৌরব বাড়ে। তাই তোরা দশ হাজার মানুষ মরেছে শুনলে পাশ ফিরে নিশ্চিন্তে ঘুমোতে যেতে পারিস, পঞ্চাশটা মেয়ে ধর্ষিত হয়েছে শুনলে উঠে বসিস।

জীনাতের পাশে ব্যাকুল হয়ে বসে পড়ে সেলিম, দু'হাতে ভাবির হাত ধরে সে অনুনয় করে ওঠে, তাই বলে নিজের কথা তুমি ভাববে না? নিজের কাছে নিজে তুমি ছোট হয়ে যাচ্ছ না? তোমার নিজের একটা জীবনবোধ নেই?

আমার জীবনবোধ?

হ্যাঁ, তোমার জীবনবোধ।

জীবন থাকলে তো জীবনেরবোধ থাকবে?

হতাশ হয়ে হাত ছেড়ে দেয় সেলিম। তীব্র খেদের সঙ্গে অবিলম্বে সে বলে, তোমার এ বিয়ে আমি মেনে নিতে পারছি না।

বহু কিছুই তো মেনে নিয়েছিস।

তোমার কিছুই আমি বুঝতে পারছি না।

অনেক কিছুই তো বুঝতে তোরা চাস নি?

তোমার একার এত কীসের দায়?

আমিও তো সেই কথাটাই তোর কাছে জানতে চেয়েছি, আমারই কি একার সব দায়?

আবার সেলিম অশান্ত পায়চারি করতে থাকে। এবার এসে ভাবির পাশে বসে পড়ে সে, আবার সে তার হাত ধরে বলে ওঠে, ভাবি এ হয় না, এ হতে পারে না, এ তুমি করতে পার না। এ তুমি জেদ করে করছ, রাগ করে করছ, তুমি আত্মহত্যা করছ, কেন তুমি এটা করছ?

কেন করছি? জীনাতের চোখ সহসা সজল হয়ে ওঠে। কেন করছি? নিজেরই প্রতিধ্বনি সে করে, তার চোখ দিয়ে পানি গড়িয়ে পড়তে থাকে। কেন করছি? সমস্ত শরীর কেঁপে কেঁপে উঠতে থাকে তার। সে বলে, এই আমার যুদ্ধ, আমার ব্যক্তিগত যুদ্ধ, আমার

একার যুদ্ধ, তোরা যে ভুলে গেছিস, তোদের আবার সব মনে করিয়ে দেবার যুদ্ধ, তোরা শিউরে উঠবি, তোরা চমকে উঠবি, অপমানে তোরা জ্বলে উঠবি, তাই আমার যুদ্ধ। আমি যে মেয়ে, আমি যে মায়ের জাত, মায়ের মুখে কালি না পড়লে ছেলে কেঁদে উঠবে কেন ?

যদি একাত্তরে আবদুস সবুরের মতো, এই বিরাশির ফেব্রুয়ারিতে দাঁড়িয়ে আপনারাও এখন সিদ্ধান্ত করতে পারেন যে জীনাত মহলের অকস্মাৎ মস্তিষ্ক বিকৃতি ঘটেছে, ব্যক্তিগতভাবে আমি একটি অঙ্গীকার পূরণের তৃপ্তি অন্তত অনুভব করতে পারব যে আপনারা নিরাপদেই আপনাদের বর্তমানে ফিরে আসতে পেরেছেন। ধন্যবাদ।

ডিসেম্বর, ১৯৮১
গুলশান, ঢাকা।